Genesis

Post Mortem

Science Fiction

Thariot

KEIN BUCH ENTSTEHT OHNE HILFE.

MEIN DANK AN BORIS, NICI, CHRIS UND LARA.

LEKTORAT: SIMONE KURILLA

KORREKTORAT: STEFAN STERN

BETA LESER:

ANTJE ADAMSON

WOLFGANG BREITKOPF

TITELBILD:

© ROLFFIMAGES

FOTOLIA.COM

THARIOT

MARTIN LANGNER

SOLINGEN 2014

1. AUFLAGE

ISBN-13: 978-1505426632

ISBN-10: 1505426634

THARIOT.DE

Jede hinreichend fortschrittliche Technologie ist von Magie nicht zu unterscheiden.

Arthur C. Clarke[1]

---

[1] Sir Arthur Charles Clarke, geb. 16. Dezember 1917, gest. 19. März 2008, war ein britischer Physiker und Science-Fiction-Schriftsteller.

Was zuvor geschah:

Im Jahr 2268 startet die Horizon auf ihre Mission, eine neue Welt zu entdecken. Das Ziel, das Sonnensystem Proxima Centauri, unser direkter Nachbar und etwa fünf Lichtjahre von der Erde entfernt. Ein beinahe perfekter Plan.

Die Realität, in der sich Elias und Anna nach der Reise wiederfinden, liegt 10.000 Lichtjahre vom ursprünglichen Ziel entfernt. Eine unbedeutende Abweichung, wenn man berücksichtigt, was sich ansonsten in der Zukunft alles verändert hat.

Band 1: »Genesis. Die verlorene Schöpfung«
Band 2: »Genesis. Brennende Welten«
Band 3: »Genesis. Post Mortem«

Die Geschichte von Elias, Anna, Dan'ren und der KI Vater geht weiter.

Thariot

Alpha Phase

I. Schöne neue Welt

Anna zitterte. Nervös strich sie mit der Hand über ihre feuerrote Stoppelmähne. Nur sieben Jahre. Es waren nur lausige sieben Jahre. Länger war sie nicht fort gewesen. Ein Witz, sich deswegen so anzustellen. Sie war kurz davor, sich zu übergeben. Mit aller Kraft schluckte sie die Anspannung herunter und hob den Kopf.

»Ist alles in Ordnung mit dir?«, fragte Dan'ren, die wie eine große Schwester neben ihr saß und sich während des Atmosphäreneintritts bemühte, ihr Halt zu geben.

»Ja ... ähm ... nein.« Das Luftloch, das der Gleiter unsanft durchflog, verbesserte die Situation keinesfalls. Anna schloss die Augen. Die Erschütterung drückte beide Frauen in die Sitze. Die anderen vier Plätze waren unbesetzt. Nichts würde mehr so sein wie zuvor. Jeder Mensch, den sie kannte, war bereits seit vielen Tausend Jahren tot. Dieses Gefühl war unerträglich.

»Wir hätten auch ein Portal nehmen können.« Dan'ren nahm Annas Hand und versuchte, mit einem Lächeln die Stimmung zu verbessern. Erfolglos. In jeder Sekunde, mit der sie sich der Oberfläche näherten, wurde es schlimmer.

»Nein!«, antwortete Anna bestimmt. Sie musste das tun. Jetzt. Sie musste sich stellen, die Realität akzeptieren und einen Grund finden, weiterzumachen.

»Ist ja gut ...«

»Entschuldige ... so war das nicht gemeint.« Anna suchte nach den richtigen Worten. Dan'ren über den Mund zu fahren, war nicht ihre Absicht gewesen.

»Wir landen in drei Minuten am Campus Martius Heliport. Ich bitte die Unannehmlichkeiten zu entschuldigen. Aktuell gibt es ein lokal begrenztes Unwetter, das den letzten Abschnitt unseres Anfluges beeinträchtigt«, erklärte die Stimme der Bord-KI freundlich. Anna musste an Vater denken. Seine Stimme hatte sie gemocht. Und Elias. Sie vermisste ihn. Oh ja, sie vermisste ihn wirklich. Auch diese Realität musste sie akzeptieren. Elias lebte nicht mehr.

»Ich mag Regen. Auf meiner Welt hat es im Prinzip immer geregnet«, erklärte Dan'ren und strich sich mit ihrer schmalen Hand beiläufig eine kupferfarbene Locke aus dem Gesicht.

»Wir sind nicht auf Iris.« Anna wusste nicht, ob sie auf Dan'rens Haarfarbe neidisch war, oder auf die Leichtigkeit, mit der sie mit der Situation umging.

»Ich weiß ... Anna, bitte ... lass es geschehen!«

»Das würde ich gerne ...«

Beim nächsten Luftloch ging es in die andere Richtung. Das gurtlose Haltesystem sorgte dafür, dass sie nicht unter die Decke der abgedunkelten Kabine knallten. Draußen prasselte das Gewitter gegen die kleinen Fenster des Gleiters, durch die bisher nicht mehr als die Dunkelheit der oberen Atmosphärenschichten zu sehen war.

»Sieh es als Geschenk. Eine zweite Chance ... du kannst dabei nur gewinnen«, sagte Dan'ren.

»Ja … natürlich. Trotzdem … ich fühle mich so klein. Winzig klein … kannst du das verstehen?« Anna glaubte, von der rasanten Entwicklung seit dem Untergang von Nemesis erdrückt zu werden.

»Es gibt viele Menschen, die Grund haben Demut zu zeigen. Du gehörst nicht dazu!«

Jeder, den Anna traf, kannte sie und bezeugte bei jedweder Gelegenheit überdeutlich seinen Respekt. Wie Dan'ren. Es gab auch keinen Wunsch, der ihr verwehrt wurde. Sie durfte tun, was sie wollte. Nach sieben kargen Jahren in der Wüste konnte sie den Überfluss an Wertschätzung, die ihr entgegengebracht wurde, noch nicht mit der von ihr erlebten Vergangenheit in Einklang bringen.

Anna nickte. Ein tiefes metallisches Geräusch erklang. Dumpf. Der Gleiter dockte am Heliport an. Es regnete in Strömen. Auf dem Irisdisplay am rechten Auge zeigte sich eine junge Frau, um die zwanzig Jahre alt, die mit ihr sprechen wollte. Ihr Gesicht wirkte asiatisch, der Pagenschnitt gab den dunklen Haaren eine pfiffige Note. Was wollte sie von ihr? Anna bestätigte die Kommunikation.

Mein Name ist Ishi Neria Denschu. Ich begrüße dich herzlich am Campus Martius Heliport. Leider ist das Wetter bescheiden. Während deines Aufenthaltes stehe ich dir rund um die Uhr als persönliche Assistentin zur Verfügung. Ich warte direkt vor dem …«

Was sollte das? Anna zwang sich zu einer höflichen Geste und deaktivierte die Verbindung.

»Sie macht nur ihre Arbeit«, sagte Dan'ren beschwichtigend und stand auf.

»Das tun wir alle.« Anna wollte dieses Gerede nicht mehr hören.

Als Anna ihren Fuß auf die Plattform des Heliports setzte, glaubte sie, kurz wegzusacken. Nur für einen Moment. Eine Schwäche, die außer ihr niemandem aufgefallen sein durfte. Auf der Statusleiste des Irisdisplays konnte sie die Reaktion der intelligenten Kleidung erkennen, die die Bewegung sofort korrigiert hatte. Obwohl, bei dem nanomechanischen Kampfanzug von gewöhnlicher Kleidung zu sprechen, unpassend war. Der schlichte silbrig weiße Stil des enganliegenden Einteilers täuschte über dessen innere Werte hinweg. Man hätte den metallisch glänzenden Streifen, der von ihrer rechten Schläfe bis zum Fußgelenk reichte, auch für ein Schmuckstück halten können. Wie ein extravagantes Diadem ragte es in ihr rechtes Auge hinein und berührte die rechte Brust sowie den Bauchnabel. Innerhalb der Saoirse-Sicherheitsbestimmungen wurde das K-6 Nano-System als Waffe für verdeckte Einsätze klassifiziert, um seinem humanoiden Träger unauffällig höchstmögliche Sicherheit und maximale destruktive Kapazitäten zu gewährleisten.

»Wo ist der Regen?«, fragte Anna und sah nach oben. Ein mobiles Kraftfeld sorgte als Regenschirm dafür, dass sie keinen Tropfen abbekam. Es war später Nachmittag und dunkle Wolken bedeckten beinahe den gesamten Himmel.

»Ich verstehe die Frage nicht ...«, erklärte Ishi verhalten, die mit einem grauen Einteiler gekleidet und unsicherem Gesichtsausdruck vor ihr stand. Die Asiatin war gut einen Kopf kleiner als Anna, wobei sie Dan'ren noch nicht einmal bis zur Brust reichte.

»Wir lieben Regen«, fügte Dan'ren dem amüsiert hinzu, die Anna inzwischen besser kannte.

»Darf ich dich Ishi nennen?«, fragte Anna, der ihre neue Assistentin eine Spur zu devot war.

»Natürlich.«

»Bist du ein Mensch?« Eine Frage, die für Anna sehr wichtig war. Sie musste wissen, mit wem sie es zu tun hatte.

»Ja … sicherlich … wir sind alle Menschen«, antwortete Ishi, sichtlich ratlos, was Anna mit der Frage bezweckte.

»Ein Mensch wie ich?«

»Natürlich nicht so berühmt wie …«

»Das ist nicht der Punkt«, unterbrach Anna sie. »Wenn ich dich jetzt schlage … blutest du?«

»Gewalt? Warum solltest du das tun?«, fragte Ishi, die ihr immer noch nicht folgen konnte. Es schien für sie völlig abwegig zu sein, angegriffen zu werden.

»Natürlich … dafür gibt es keinen Grund.« Anna entsann sich ihres neuen militärischen Ranges und die Zugriffsrechte auf das Saoirse-Netzwerk, die ihr damit zugebilligt wurden. Die gewünschten Informationen sollte sie einfacher erhalten können. Anna loggte sich über das Irisdisplay ein. Es genügte innerhalb der interaktiven Menüs die gewünschten Optionen anzusehen, um Abfragen an beliebige Datenbanken abzusenden. Die Antwort kam prompt und überraschte sie. Zukünftig sollte sie mit ähnlichen Fragen vorsichtiger umgehen.

Anna lächelte. »Entschuldige meine Frage … es ist alles in Ordnung.« Ishi wusste es nicht besser. Sie war davon überzeugt, ein Mensch zu sein. Und das war sicherlich nicht der richtige Moment, sie darüber zu informieren, was sie wirklich war.

Anna sollte schnell lernen, welcher Zeitgeist im Jahr 12.387 vorherrschte, sonst würde sie die Zukunft nicht überstehen. »Ich möchte gerne nass werden. Regen. Wasser. Nass werden. Verstehst du?« »Ähm ... ach so ... ich deaktiviere sofort das Kraftfeld«, antwortete Ishi. Der sintflutartige Regen, die Blitze und der Donner gingen unvermittelt auf Anna hernieder.

»Dan'ren, darf ich dir meine Heimat vorstellen ... die Erde ... herrliches Wetter, oder?«

Dan'ren lachte. Anna legte den Kopf in den Nacken und schmeckte mit ausgebreiteten Armen den Regen am Mittelmeer. Während der sieben Jahre auf Proxima hatte sie nicht geglaubt jemals wieder einen Fuß auf die Erde zu setzen.

Durchnässt und glücklich tanzte Anna durch den nachlassenden Regen. Dass andere sie dafür sicherlich für verrückt hielten, störte sie nicht. Sie hatte den Punkt im Leben überschritten, um auf die Meinungen Dritter Wert zu legen.

»Den Regen hättest du auch auf Iris bekommen können.« Dan'ren bemühte sich immer noch, bei Anna für ihre Heimat zu werben. Der Himmel klarte zusehends auf und auch die Sonne schaffte es an mehr und mehr Stellen, einen Weg zur Erde zu finden. Der Campus Martius Heliport befand sich auf einem Hügel, von dem sich binnen kurzer Zeit eine wunderbare Aussicht ergab.

»Das ist Rom ... die historischen Gebäude sind über 12.000 Jahre alt.«, sagte Anna und zeigte auf das Kolosseum, das inmitten der Stadt herausragte. Es beruhigte, etwas zu sehen, das sie kannte. Dan'ren staunte sichtlich.

Die kunstvoll restaurierte Architektur aus der Antike wirkte besser erhalten als Gebäude aus dem Jahre 2268. Noch bemerkenswerter waren allerdings die Häuser, die Anna nicht sah. In ihrer Zeit war die Altstadt von zahlreichen Hochhäusern umgeben gewesen, die scheinbar die letzten 10.000 Jahre nicht überstanden hatten. Genauso wenig konnte Anna Autos oder Flugzeuge sehen, die es hier früher ebenfalls zuhauf gegeben hatte.

»Ist das überhaupt Rom?«, fragte Anna und sah Ishi an.

»Die Ewige Stadt ... ein bedeutendes Weltkulturerbe, die historische Altstadt ist ein Denkmal«, antwortete Ishi, der es offensichtlich gefiel die Frage beantworten zu können.

»Und wo ist der Rest?« Die Antwort reichte Anna nicht.

»Welcher Rest?«

»Das moderne Rom, Straßen, Hochhäuser ... zu meiner Zeit lebten im Großraum Rom 23 Millionen Menschen und der Luftraum über der Stadt glich einem Bienenschwarm.«

Ishi lächelte, jetzt hatte sie die Nase vorne. »Oh ... so leben wir heute nicht mehr.«

»Wie leben *wir* denn?« Anna ahnte bereits, dass sie noch mehr als eine Überraschung erleben würde.

»Und wo ist das Meer?«, fragte Dan'ren und sah sich suchend um.

»Ich werde eure Fragen beantworten ... bitte folgt mir.« Ishi ging vor. Am Rande der Landeplattform, die ansonsten keine Aufbauten hatte, schob sich eine transparente Kabine aus dem Boden hervor. »Als Erstes bringe ich euch in euer Hotel. Als Gäste der Saoirse-Organisation habe ich für euch eine passende Suite reservieren lassen.«

11

Der Aufzug bewegte sich abwärts, was die Frage nach dem modernen Rom schnell beantwortete.

»Für was steht der Name Campus Martius?«, fragte Dan'ren, die wie Anna mit großen Augen durch die durchsichtigen Kabinenwände blickte. Unter der Oberfläche ergab sich die Sicht auf einen gigantischen unterirdischen Freiraum, der, wie ein Trichter geformt, nach unten schmaler wurde. An den Seiten ließen sich zahlreiche Terrassen und Gebäude erkennen, die genau das städtische Leben zeigten, das Anna an der Oberfläche vermisst hatte.

»Anna hatte gerade nach dem modernen Rom gefragt ... in der historischen Altstadt leben keine Menschen mehr. Es gab keine andere Möglichkeit, unser Erbe zu beschützen, als sich unter die Erde zurückzuziehen. Im Großraum Rom gibt es drei unterirdische Städte, Campus Martius im Norden, Esquilin im Osten und Lateran im Süden. Durch die Portaltechnologie können wir nahezu komplett auf Fahrzeuge verzichten.«

»Wie viele Menschen leben hier?«, fragte Anna, die gerade im Hinterkopf die Anzahl der Einwohner abschätzte, die in einer solchen unterirdischen Stadt leben konnten. Ihrem Gefühl nach vielleicht einige wenige Hunderttausend, aber alleine das Ausmaß, das die Metropole Rom 2268 mit 23 Millionen Einwohnern erreicht hatte, passte nicht in diesen Rahmen. Und dass die großen Städte in den letzten 10.000 Jahren geschrumpft waren, konnte sie sich nicht vorstellen.

»62.000 ... der Lebensraum auf der Erde ist reglementiert. Wir haben den Platz an der Oberfläche den Tieren und Pflanzen überlassen. Ich sehe die Frage, die als Nächstes kommt.

Auf der gesamten Erde leben nur noch 7 Millionen Menschen. Aber keine Sorge, unsere Art ist mit einer Population von 780 Milliarden Menschen in unserer Galaxie nicht vom Aussterben bedroht.«

»Oh ...« Dass die Erde inzwischen nicht mehr als ein Museum zu sein schien, hatte Anna nicht erwartet.

»Wir sind da ... bitte nach euch. Der Eingang des Hotels Via Veneto liegt drei Minuten Fußweg rechts von uns. Ein tolles Hotel. Es wird euch gefallen, bei der Unterbringung müsst ihr in der Saoirse-Organisation gute Freunde haben«, erklärte Ishi, während sich die Kabinentür des Aufzugs öffnete.

»Und wir sind wirklich unter der Erde?«, fragte Dan'ren ungläubig und sah schräg nach oben. Eben noch hatte es geregnet und jetzt blendete die Sonne am strahlendblauen Himmel? Aus dieser Perspektive sah Campus Martius wie eine Kleinstadt aus, die an einem Hang lag. Keine zehn Meter vor ihnen befand sich eine aus Bruchsteinen gemauerte Brüstung, die eine freie Sicht auf das Meer erlaubte. Ein Meer, das es unter der Erde so sicherlich nicht geben konnte. Überhaupt fühlte sich Anna in eine rustikale Kleinstadt der frühen Neuzeit vor dem Jahr 2000 versetzt. Neben ihnen flanierten gutgelaunte Touristen in legerer Kleidung, die zwar Anna keine Aufmerksamkeit schenkten, aber zumindest Dan'rens auffallend große Erscheinung mit neugierigen Blicken musterten.

»Beim Meer haben wir optisch etwas nachgeholfen.« Ishi war perfekt in dem, was sie tat. Egal was sie sagte oder zeigte, sie liebte die Welt, die sie Dan'ren und Anna präsentierte. »Der Rest ist aber genau das, was ihr seht ... oder anders gesagt, das was die Besucher sehen sollen. Ein Ort, an dem man eine richtig gute Zeit erleben kann.«

»Ist Campus Martius ein Ferienort?«, fragte Anna, die langsam besser verstand, wo sie war.

»Das Wort ist nicht mehr zeitgemäß, trifft es aber gut ... wenn du so willst, trifft das für die gesamte Erde zu«, antwortete Ishi und ging vor. Links von ihr die Aussicht auf das in der Abendsonne virtuell animierte Mittelmeer und rechts am Hang viele kleine Geschäfte, Cafés und mediterrane Restaurants. Viele der Touristen schienen es zu lieben. Ohne dass es überfüllt wirkte, waren alle Lokale gut besucht. Anna fühlte sich an die sündhaft teuren Ferienorte wie Monte Carlo, Nizza oder Saint-Tropez erinnert. Egal wen sie sah, die meisten Feriengäste waren alle jung, wunderschön und sehr wohlhabend. Die Kleidung, der Schmuck und das Auftreten - das Verhalten reicher Menschen hatte sich mit der Zeit nicht verändert.

»Ich bin beeindruckt ... ich habe eine andere Erde erwartet«, sagte Anna. Vor ihr lag der luxuriöse Hoteleingang des Via Veneto, das eine viergeschossige pastellfarbene Jugendstilfassade zierte, die sich harmonisch in das Stadtbild einfügte.

»Mit Ende des Post-Informationszeitalters Mitte des dritten Jahrtausends haben sich viele Dinge geändert ... wenn es dich interessiert, kann ich dazu eine passende Mediensammlung zusammenstellen lassen«, erklärte Ishi souverän. Nachdem ihre erste Begegnung unglücklich war, gefiel Anna die kleine Asiatin immer besser. Was machte es schon, dass sie kein Mensch war. Um sich auf ihre Basis[2] aus Kohlenstoff, Sauerstoff und Wasserstoff etwas einzubilden, war Anna in der falschen Zeit gelandet.

---

[2] Der Mensch besteht zu 63% aus Wasserstoff, zu 9,5% aus Kohlenstoff und zu 25,5% aus Sauerstoff.

»Das würde mich auch interessieren«, sagte Dan'ren, auf die diese Stadt unter der Erde vermutlich noch exotischer wirkte.

Anna lächelte. »Wir werden es uns gemeinsam ansehen.« Bei der Angst, die sie zuvor gehabt hatte, fühlte sie sich inzwischen richtig gut. Campus Martius mit seinen vielen vertrauten Dingen, war ein guter Einstieg, um die Zukunft der Erde besser zu verstehen. Sie schloss für einen Moment die Augen.

»Ich bin bei dir. Alles wird gut ... du brauchst keine Angst zu haben«, sagte Elias, der ihre Hand nahm, mit beiden Händen umschloss und vorsichtig küsste.

»Natürlich nicht ...«, antwortete Anna ausgelassen. Was könnte es Schöneres geben, als mit ihm Urlaub zu machen. Sommer, Sonne und Elias, als ob ein Traum wahr wurde.

»Du musst nur an mich glauben!« Seine Stimme wurde leiser. Elias, sagte Anna in Gedanken. Die Realität traf sie wie ein Schlag. Elias ist tot, schrie sie wortlos in ihr Inneres und sackte langsam auf die Knie. Überall war nur gleißend helles Licht.

»Anna?«, fragte eine unbekannte Stimme.

Stille.

»Anna?«, fragte Dan'ren, die vor ihr stand und ihre Hand hielt. »Anna, wo bist du?«

»Ich ...« Anna zögerte, aber die Antwort war einfach. »Ich war bei Elias ... gerade eben.«

»Hey ... weißt du noch, wer ich bin?« Dan'ren schüttelte sie an der Schulter.

»Meine Freundin ...« Anna hatte sonst keine mehr.

»Und die bringt dich jetzt in ein Bett.« Dan'ren umfasste ihre Schulter und führte Anna in eine im Jugendstil gehaltene mediterrane Hotelhalle.

»Ich regele die Einzelheiten mit der Suite ... ich werde auch eine medizinische Serviceeinheit rufen«, sagte Ishi, ein synthetischer Avatar, der nicht wusste, dass sein Bewusstsein von einem zentralen KI-Hoster[3] bereitgestellt wurde.

»Mir geht es gut ... danke«, antwortete Anna.

»Was hast du gesehen?«, fragte Dan'ren. »Für einen Moment warst du völlig weg ... du hast nicht reagiert ... nichts.«

»Ein Déjà-vu ... verrückt ... ein paar Dinge laufen mir hinterher ... sind aber harmlos«, Anna wollte nicht weiter darüber sprechen, sie fühlte sich müde und sehnte sich nach ihrem Bett. So wie früher auf Malta, ein schönes altes gemütliches Bett.

***

---

[3] Hoster = Rechenzentrumsdienstleister

II. Blutspuren

Als Anna am nächsten Morgen aufwachte fühlte sich wunderbar und hoffte nicht zu träumen. Das schneeweiß bezogene Doppelbett, das Kissen mit besticktem Baumwollbezug, die mit Daunen gefüllte Bettdecke, all diese Annehmlichkeiten waren bereits 2268 ein ausgesprochener Luxus gewesen. Die Vorstellung, dass sich die Vorlieben von Touristen nur wenig verändert hatten, erstaunte sie.

Auf einem kleinen Kirschbaumtisch neben dem Bett hatte eine Schale mit frischem Obst gestanden, von dem inzwischen nur noch Kerne und Schalen übrig waren. Die Vorstellung, Früchte unachtsam herumliegen zu lassen, war auf dem Planeten Proxima unvorstellbar. Anna hatte vor dem Einschlafen alles aufgegessen. Luxus-Suiten in Südeuropa kannte sie bereits von zahlreichen Reisen mit ihrem Vater, was die Freude daran nicht schmälerte. Sie hätte damals auch ein anderes Leben wählen können.

Anna stand auf, zog sich das Negligé aus schwarzer Seide über den nackten Po und ging zum Fenster. Die Aussicht auf das Meer war fantastisch, zwar eine Animation, aber das störte sie nicht. Die gute Laune war echt. Der tiefe Teppichboden, die antiken Kirschbaummöbel und alles andere in der Jungendstilsuite waren eine Augenweide. Es klopfte an der Zwischentür.

»Anna?«, fragte Dan'ren durch die geschlossene Tür. Ob sie auch so gut geschlafen hatte?

»Es ist offen.« Anna hatte die Tür nicht abgeschlossen. Warum auch, an diesem Morgen konnte zu ihr kommen, wer wollte.

»Das ist völlig verrückt ... ich habe die ganze Nacht kein Auge zubekommen.« Dan'ren benahm sich wie ein kleines Kind, das zum Geburtstag mehr Geschenke bekommen hatte, als es auspacken konnte.

»Du siehst müde aus ...«

»Zum Schlafen ist später Zeit ... hast du die Kleidung gesehen, die wir bekommen haben?«

»Schöne Sachen, oder?«, fragte Anna amüsiert. Dan'rens überdrehtes Verhalten konnte sie gut verstehen.

»Haben Frauen früher wirklich bunte Kleider ohne Hosenbeine getragen?«, fragte Dan'ren und hielt ein pastellfarben gemustertes Sommerkleid vor sich.

»Steht dir bestimmt gut.«

»Und Spitzenunterwäsche?« Jetzt nahm Dan'ren das Kleid auf die Seite und zeigte sich in einem ihrer sehr schlanken Figur schmeichelnden Slip und Büstenhalter.

»Ja.«

»Das ist doch unpraktisch, oder?« Dan'ren sah ungläubig an sich herab. Die Lerotin waren eindeutig in einem völlig anderen Zeitgeist erzogen worden.

Anna lächelte. »Sieht aber gut aus ... du wirst dich daran gewöhnen.«

»Auf Iris gibt es so etwas nicht ...«

»Lass es geschehen ... das waren deine Worte.«

»Das tue ich ... ich bin auch mit dem Schrank noch nicht durch.« Dan'ren schloss die Zwischentür wieder. Ein wenig Weiblichkeit hatte noch keiner Frau geschadet.

Das machte Anna neugierig. Sie ging zu einem der Schränke, öffnete ihn und staunte über die Auswahl, die ihr bereitgestellt wurde. Nach einer Dusche würde sie sich heroisch der Aufgabe stellen, etwas Passendes für den Nachmittag zu finden.

Es klopfte wieder an der Tür, diesmal aber am Eingang der weitläufigen Suite. Auch diese Tür, mit einem wunderschönen Messingbeschlag, hatte Anna nicht verschlossen.

»Ist offen!«, rief sie laut durch den Flur. Vermutlich war es Ishi, die zu ihr wollte.

»Einen wunderschönen guten Morgen.« Wie ein Wirbelwind stürmte Ishi in die Suite. Auf dem Handrücken bediente sie eine holografische Darstellung einer Tabelle. Ein Kalender, hoffentlich nicht ihrer, bei den ganzen blinkenden Einträgen. »Wir haben keine Zeit ... die warten bereits beim Frühstück auf uns!«

»Wer sind *die*?« Anna war nicht in der Stimmung sich zu beeilen. In dem Marmorbad wollte sie sich Zeit lassen, die letzten Tage hinter sich zu lassen. Bis zum frühen Nachmittag würde sie es sicherlich schaffen, sich für den restlichen Tag vorzubereiten.

»Eine Gruppe Journalisten wartet auf uns ... es sind während des Frühstücks zwei Interviews und ein Fototermin geplant. Gleich kommt eine Visagistin, die bringt auch etwas Nettes zum Anziehen mit. Den langweiligen Kram im Schrank braucht ihr nicht zu tragen ... für dich lässt Saoirse einiges springen!«

»Wie bitte?« Anna fühlte sich überfahren.

»Später am Vormittag ist ein Stream geplant. Das Mediateam baut im Ballsaal die Technik auf ... oder sollen die dich beim Shoppen filmen? Das kommt auch immer gut an.«

»Shoppen?« Dieses Wort hatte Anna bereits früher nicht gemocht, sie wäre nicht böse gewesen, wenn die Zeit den Begriff verschluckt hätte.

Ishi gab weiter Vollgas. »Na ja … wenn die Zeit knapp wird, können wir uns die aktuellen Kollektionen auch privat präsentieren lassen … die großen Labels würden alles dafür geben, wenn du auf den Bildern deren Sachen trägst.«

Anna schüttelte den Kopf. »Warte kurz …«

»Mittagessen um 13 Uhr. Ich habe Plätze im La Pergola reserviert. Die Nachricht, dass *die* Anna Sanders-Robinson in Campus Martius residiert, geht rum wie ein Lauffeuer! Das wird irre … du hast ein Date mit dem Prime, persönlich. Nader Heg'Taren möchte mit dir sprechen! Unglaublich, oder?« Die Stimme der Asiatin überschlug sich fast.

»Ishi!«, sagte Anna lauter, sie hatte keine Ahnung wer oder was ein Prime war. Das war alles zu viel des Guten.

»Am Abend haben wir eine Benefizgala arrangiert … die Gala geht live ins System! Wir werden mehr als 200 Milliarden Zuschauer haben! Das wird eine unglaubliche Quote geben!«

»Stopp!« Anna glaubte, eine Rolle in einem Zirkus angenommen zu haben.

Ishi ließ sich nicht aufhalten. »Danach haben wir eine Party in der Altstadt, nur mit guten Freunden, nicht mehr als 800 … das wird atemberaubend!«

»ISHI! HÖR AUF!«, brüllte Anna sie an.

»Bitte?«, fragte sie eingeschüchtert. »Entschuldige … habe ich etwas vergessen?«

»So wird der Tag nicht laufen!« Da würde Anna nicht mitmachen, sie würde nicht die Vorzeige-Heldin spielen, die nach vielen Jahren glorreich heimkehrte.

»Ich verstehe dich nicht«, sagte Ishi und ging einen Schritt zurück. Sie trug einen ähnlich grauen Funktionseinteiler wie am Tag zuvor. »Ist das wieder ein Test?«

»Kein Test!«

»Aber ...«

»Keine Interviews! Keine Bilder! Und vor allem keine Show!« Anna wusste genau, was sie wollte und dieses Tagesprogramm gehörte nicht dazu.

»Ähm ...«

»Ich gehe jetzt ins Bad! Wenn ich fertig bin, möchte ich frühstücken! Mit Dan'ren! Und mit dir, wenn du versprichst, deine Klappe zu halten! Ansonsten will ich niemanden sehen! Bekommst du das hin?« So und nicht anders.

»Natürlich ...«, stammelte Ishi widerwillig. Dass Anna nicht berühmt sein wollte, schien für sie kaum verständlich zu sein.

Als Anna nackt vor dem Spiegel stand, erschloss sich ihr eine weitere Facette der Zukunft. Der Medienwahnsinn hatte es auch über die Zeit geschafft. Vermutlich noch schlimmer als früher. Der Grund dafür war einfach zu verstehen, sie war die berühmte Wissenschaftlerin aus der Vergangenheit. Eine Attraktion, die sie nicht sein wollte. Weder früher, noch heute.

»Was willst du auf der Erde?«, fragte Anna, ohne dass jemand anderes als sie selbst die Frage beantworten konnte.

»Deine Vergangenheit suchen?« Anna schüttelte den Kopf. Schwachsinn. Sie sollte sich um ihre Zukunft kümmern!

Ihr schmaler Körper war gerade einmal 19 Jahre alt. Wenn sie in ihr eigenes Gesicht sah, glaubte sie jedes der 10.000 Jahre erlebt zu haben. Das silbrige Nano-Implantat an ihrer rechten Seite würde sie nicht mehr ausziehen können. Die Oberfläche bewegte sich sehr langsam, sie musste nur ruhig stehen bleiben, dann konnte sie die Veränderungen an ihrer rechten Seite erkennen. Es war ihr wichtig, auch äußerlich dieses Kapitel auf Proxima abzuschließen. Sie lächelte, der K-6 glich einem Schneckenhaus.

»Wer bist du?«, fragte sie leise. Ein feiner Blutfaden bildete sich an ihrem rechten Auge und lief unendlich langsam an der Nase vorbei auf ihren Mund zu.

»Was bist du?« Jeder Mensch brauchte ein Ziel, einen Fokus, einen Antrieb, ansonsten war man nicht mehr als eine lebende Leiche. Durfte sie als Replikantin überhaupt diese Frage stellen?

»Warum du?« Anna wusste es nicht. Weder, wer sie war, noch was und sicherlich konnte sie dafür auch keine Gründe liefern. Ihr ganzes Leben galt dem vergeblichen Ansammeln von Wissen. Und was hatte sie erreicht? Für jede Antwort fand sie zwei neue Fragen. Sie fühlte sich dem Ertrinken nahe.

Ein Schlag. Irgendetwas traf sie an der linken Gesichtshälfte. Der Blutfaden unter ihrem rechten Auge zeigte nun über den Nasenrücken. Was war das? Noch ein Schlag. Es knackte. Da war nichts. Nur ihr Verstand, der sich gerade auflöste.

»Ich werde stehen bleiben!« Anna blickte sich immer noch konzentriert in die Augen. Das war nur eine Frage des Willens. Sie würde nicht aufgeben! Im Weiß ihres linken Auges bildete sich ein blauer Punkt, der rasch größer wurde. War das real?

»Was ist das?« Nach dem nächsten Schlag vor den Kopf glaubte sie, kurz das Bewusstsein zu verlieren. Aber das bildete sie sich nur ein, wenn sie wirklich einem physischen Angriff ausgesetzt wäre, würde sie die Nano-Technologie ihres Implantates automatisch beschützen.

»Du stellst nicht die richtigen Fragen«, sagte Elias, der im Spiegel neben ihr auftauchte. Neben ihr stand aber niemand.

»Du bist eine Einbildung.«

»Stimmt.«

»Du bist tot!«, rief Anna wütend.

»Sicher?«

»Was willst du von mir?« Anna wusste nicht wie sie mit dem Teil in ihr umgehen sollte, der Elias nicht loslassen wollte.

»Na ... was sollte eine Einbildung schon wollen?«, fragte er amüsiert.

»Mich quälen!«

»Entscheidungen zu treffen kann schmerzlich sein ... das lässt sich nicht abstreiten.«

»Entscheiden? Soll ich mich umbringen, um bei dir zu sein?«, fragte Anna aufgelöst, Tränen schossen ihr über die Wange, während sich beide Augen komplett blau verfärbten.

»Ich sehe mich eigentlich nicht als depressive Einbildung ... das Leben ist viel zu wertvoll, um es wegzuwerfen. Betrachte mich doch einfach als Motivation!«

»Motivation, wozu?« Anna verstand nichts.

»Und wenn der Weg zurück ewig dauern würde ... erinnerst du dich noch?«, fragte Elias und küsste ihre Schulter. Anna glaubte, seine Nähe spüren zu können.

»Das ist unmöglich!« Absolut unmöglich! Davon war Anna überzeugt!

»Sicher?«

»Ich habe gesehen, wie das schwarze Loch Nemesis verschluckt hat! Du bist tot!«

»Kannst du mich gerade sehen?«, fragte Elias todernst und stellte sich im Spiegelbild neben sie.

»Ja!«, rief Anna wütend.

»Bin ich Realität?«

»Nein!«

»Noch Fragen?«

»Deinen Tod haben aber auch viele andere gesehen!«

»Es gab früher *viele* Menschen, die felsenfest davon überzeugt waren, dass die Erde eine Scheibe ist.« Elias spielte mit ihr.

»Willst du mir einreden, dass du noch lebst?«, fragte Anna, der Verzweiflung nahe.

»Ich bin nicht real. Ich lebe nur in deiner Erinnerung ... du bist die Richterin! Urteile selbst!«

»Was soll ich tun?« Anna wusste nicht, was sie sagen sollte.

»Triff eine Entscheidung ... nur wenige Menschen schaffen es hinter den Spiegel zu sehen.«

Die Situation überforderte sie. Elias, die Tagträume und die Zeit, das war zu viel. »Hilf mir!«

»Das kannst nur du selbst ...«, sagte Elias und löste sich auf.

»Ich ...« Anna sprach den Satz nicht weiter, in Gedanken sah sie Nemesis kurz vor der Katastrophe. Im nächsten Moment wurde alles schwarz. Jegliche Materie, sogar das Licht wurde innerhalb eines schwarzen Loches in einem unvorstellbaren gravitativen Mahlstrom verdichtet. Es gab nichts, was jemals wieder diesem Schlund entrinnen konnte. Nur weil sie von Elias träumte, würde daraus keine Realität werden.

»Ja! Das ist es!« Anna trat das Gaspedal bis zur Ölwanne durch. Der Zwölfzylinder wimmerte. Sie ritt auf 300 roten Pferden die italienische Riviera entlang, es roch nach Benzin und verbranntem Gummi. Nur raus aus dem goldenen Käfig. Das Leben, die Gefahr und den Wind auf der Haut spüren, mehr wollte sie nicht. Ohne Rücksicht riss sie das Steuer herum und steuerte den offenen Oldtimer scharf durch die nächste Kurve. Rechts eine schroffe Felswand, links das Meer, fünfzig Meter unter ihr, so fühlte sich Realität an.

»Mehr!« Barfuß bremste sie die nächste Kurve an, um am Scheitelpunkt zu kuppeln, herunterzuschalten und wieder voll auf das Gaspedal zu steigen. Die Reifen quietschten. Kleine Steine schossen an der Steilwand gegen die Fangnetze, die die Straße vor Steinschlag bewahren sollten. Ihr Vater hatte ihr Autofahren beigebracht. Echte Autos, nicht diese neumodischen Computer auf Rädern.

Anna tat nur wie ihr geheißen, mit roter Spitzenunterwäsche, einem zartrosa Sommerkleid, Sonnenbrille und Kopftuch hatte sie eine gute Zeit. Eine sehr gute. Sie wollte nicht wissen, was der historische Ferrari 340[4], Baujahr 1953, wert war, aber der Hotelmanager hatte keine

---

[4] Ferrari 340 MM (Mille Miglia), Radstand 2500mm, 4.1 Liter SOHC-V12, drei Weber-Vergaser, 300 PS bei 6600 U/min

Sekunde gezögert, ihr den Schlüssel zu geben. Anna hatte zuerst nicht geglaubt, dass der Ferrari, der als Dekoration in der Hotelbar stand, fahrtüchtig war. Ein Irrtum, der rote Flitzer ging wie Hölle.

»Ich lebe!«, brüllte Anna, ohne wirklich ihre Stimme hören zu können. Drei Stunden war sie bereits unterwegs. Sie hatte Ishi alle Termine absagen lassen, dieser Tag war für sie. Nur das Auto und sie. Auch Dan'ren wollte sie nicht dabei haben. Keine Elektronik, keine KI, kein Funk und absolut niemand, der außer ihr diese Straße dicht am Mittelmeer befuhr. Die Tankanzeige leuchtete, länger schon, eine Tankstelle zu finden, gestaltete sich als schwierig. Mit dem Fingernagel klopfte Anna auf die kleine Glasscheibe, was die Tanknadel allerdings nicht dazu bewegte, mehr Tankinhalt anzuzeigen. Ein Fehler. Die nächste Kurve klebte regelrecht an dem von der Sonne verbrannten Felsen. Links und direkt vor ihr ging es abwärts. Anbremsen, kuppeln, schalten, bremsen, der Wagen übersteuerte und rutschte über die Hinterachse aus der Ideallinie heraus. Für das kurze Stück Straße zwischen Anna und dem Meer war sie zu schnell. Wenn sie weiter auf der Bremse stehen blieb, würden die blockierenden Räder sie zum Drehen bringen. Was schlecht war. Sehr schlecht. Drehen bedeutete, die Kontrolle zu verlieren. Anna wollte weder das Auto noch ihr Kleid ruinieren. Bremse lösen, kuppeln, schalten, Gas geben. Die durchdrehenden Räder bettelten um Bodenhaftung. Das war zu wenig Vortrieb. Die kleine gemauerte Brüstung würde das Fahrzeug auch nicht halten, wenn sie langsamer gewesen wäre. Kuppeln, hochschalten, Vollgas. Bremsen war für Verlierer. Die Hinterachse versetzte kurz, die Räder bekamen Traktion und katapultierten den Ferrari wieder in die richtige Richtung.

Eine viertel Stunde später rollte der Wagen gemächlich aus. Mit leerem Tank, aber ohne eine Schramme. Das heiße Metall des Motors knackte. Anna stellte den Oldtimer auf einem flachen Kiesstreifen ab, hundert Meter links befand sich das Meer. Früher hatte sich an dieser Stelle sicherlich eine kleine Ortschaft befunden, im Jahr 12.387 gehörte die Natur wieder den Tieren und solchen Verrückten wie ihr.

»Hallo!«, rief Anna. Niemand antwortete, was sie nicht überraschte. Sie war allein. Barfuß lief Anna über den heißen Sand, was die K-6 Nano-Technologie sofort dazu veranlasste, einen metallischen Schutz um ihre Füße zu legen. Fürsorglich, aber heute nicht notwendig. Über das Irisdisplay deaktivierte Anna alles, was sie an dem Implantat ausschalten konnte. Komplett deaktivieren ließ sich das System nicht, aber jetzt spürte sie den Sand. Was am Nachmittag ein heißes Erlebnis war. Anna sprintete über den Strand, um sich die Fußsohlen im Meerwasser zu kühlen. Sie drehte sich im knöcheltiefen Wasser. Egal in welche Richtung sie sah, nur Meer, Strand und Berge.

Anna ging verträumt am Strand der Bucht entlang, es fühlte sich gut an den Kopf zu leeren. In einiger Entfernung saß ein junger Mann am Strand, braungebrannt, mit Surfershorts, schneeweißen kurzen Haaren und Vollbart. Ohne sie zu beachten, sah er auf das Meer hinaus. In seiner Nähe konnte sie weder Fahrzeuge noch Gebäude erkennen. Wer war er? Was machte er hier?

»Darf ich mich zu dir setzen?«, fragte Anna, als sie bei ihm angekommen war. Er musste gerade im Wasser gewesen sein.

»Oh … natürlich« Der junge Mann gab sich überrascht. »Hier kommt selten jemand vorbei.«

»Was tust du hier?« Anna hatte keine Lust auf Gerede über das Wetter. Da sie während drei Stunden Fahrt keine Menschenseele gesehen hatte, interessierte sie dieser junge Mann.

»Ich bin Forscher.«

»Meeresforscher?« Jetzt hatte er Anna am Haken.

Er lächelte. »Du bist ganz schön neugierig.«

»Eine meiner Schwächen.«

»Hast du mehr als eine?«, fragte er.

»Viele ... aber da möchte ich nicht drüber sprechen.«

»Ich erforsche menschliche Verhaltensweisen«, erklärte er bereitwillig.

»Hier gibt es wenige Untersuchungsobjekte.« Anna gefiel die Unterhaltung immer besser.

»Ich fange immer bei mir an ...«

»Schon Fortschritte erzielt?«

»Leider ... nur unwesentliche«, antwortete er freundlich.

»Vielleicht gehört das Unvollendete zu unserem Wesen?«, fragte Anna und nahm die Sonnenbrille ab.

»Durchaus denkbar ... aber unbefriedigend.« Jetzt sah er sie das erste Mal an.

»Dadurch haben wir einen Grund weiterzusuchen.« Ein Gedanke, von dem Anna überzeugt war.

Er lächelte erneut. »Die Forschung um des Forschens willen?«

»Ja.«

»In einer perfekten Welt ... ja.«

»Du scheinst hohe Ansprüche zu haben.« Anna hatte schon gelernt, einen Menschen nicht vom Äußeren her zu beurteilen. Der weißblonde Surfer war garantiert mehr, als sein Aussehen vorgab.

»Ich trage Verantwortung.«

»Daher die Auszeit hier draußen?«

»Auszeit?«, fragte er, der Begriff schien ihm nicht geläufig zu sein.

»Oder ist das dein typischer Arbeitsplatz?«, fragte Anna keck. »Wenn ja … bewerbe ich mich bei dir«

»Ich arbeite hier.«

»Ah ja … an deinem Teint? Aber die Sonne steht dir gut.« Anna fühlte sich bestens unterhalten.

»Das war kein Spaß«, sagte er ernst.

»Bitte?« Jetzt hatte er Anna abgehängt.

»Ich habe auf dich gewartet«, sagte er mit einer für Anna unerhörten Selbstverständlichkeit.

»Wer bist du?«

»Mein Name ist Nader, Nader Heg'Taren. Und ich würde mich freuen, wenn du für mich arbeiten würdest. Auch wenn wir sicherlich nicht jeden Tag am Strand sitzen werden.«

***

III. Lichtblicke

Anna hatte das Gespräch mit Nader beeindruckt, trotzdem zögerte sie, sein Angebot anzunehmen. Wenn du eine wichtige Entscheidung treffen musst, nimm dir alle Zeit, die du kriegen kannst, ein weiser Ratschlag ihres Vaters, dem sie nicht immer gefolgt war. Nader Heg'Taren war der führende Kopf einer interdisziplinären Forschungs- und Technologiegruppe mit dem Auftrag, neuen Lebensraum in der benachbarten Andromeda Galaxie zu erschließen. Eine klare Aufgabenstellung, mit großer Tragweite und einem Budget, das jeden bisher bekannten Rahmen sprengte. Das Team, das bereits seit 220 Jahren an dem Themenkomplex arbeitete, bestand aus über 300.000 Forschern, Ingenieuren und Technikern. Dazu gehörten noch die Rohstoff- und Industriekapazitäten von 92 Milliarden Arbeitskräften. Eine Entfernung von 2,5 Millionen Lichtjahren zu meistern, galt auch im Jahr 12.387 als Herausforderung. Ein geschicktes Ausnutzen natürlich vorhandener Raumfalten genügte dafür nicht mehr. Aber diese reizvolle Aufgabe musste warten.

Zuerst hatte Anna etwas anderes zu erledigen: Gregor am Galgen aufzuknüpfen! Nicht nur für den Mord an Sequoyah sollte er sich verantworten. Als Zeugin der Staatsanwaltschaft saß sie an diesem Morgen in einem Gleiter und flog vom Campus Martius Heliport zum Verhandlungsort. Außer ihr befand sich niemand an Bord. Wegen der beängstigenden Erlebnisse auf Nemesis traute sie der Portaltechnologie immer noch nicht.

»Ich liebe dieses Blau«, sagte Anna leise und lehnte den Kopf an das Fenster. Sie beobachtete, wie zuerst Italien, dann Europa und letztlich die Erde immer kleiner wurden.

In einer geostationären Umlaufbahn in 35.786 Kilometer Höhe befand sich die Raumstation Zeta-7, eine von 24 Raumstationen, die sich in Erdnähe rund um den Äquator verteilt befanden und auf denen inzwischen mehr Menschen lebten als auf der Erde selbst.

»Wir docken in drei Minuten am Orbitalportal Zeta-7 an. Stimmmodus erforderlich. Bitte verifizieren Sie Ihre Sicherheitsfreigabe: Name, Rang und Code«, erklärte die Bord-KI ihrer Aufgabe entsprechend. Sicherheit ging vor.

»Sanders-Robinson, Anna, Tracer, Code Hex51-112J.« Anna hatte für diesen Ausflug ins All weder Dan'ren noch Ishi mitgenommen. Im Prozess gegen Gregor auszusagen war ein persönliches Anliegen. Zudem sich bei Dan'ren ein ungeahntes Showtalent offenbarte. Die Interviews und Auftritte im Stream, die Anna dankend abgelehnt hatte, hatte die Lerotin mit einer unbeschreiblichen Freude übernommen. Sie redete wenig, lächelte geheimnisvoll und sah mit ihren endlos langen Beinen in jeglicher Pose umwerfend aus.

»Identität bestätigt ... Gleiter dockt in der Sicherheitszone V-134 an. Dort findet eine weitere Überprüfung statt.«

Die KI machte es spannend, Zeta-7 war eine von vier schwer bewaffneten Raumstationen im Orbit der Erde. Wegen der Anklageeröffnung gegen einen lange Zeit gesuchten Aitair-Führer galten besonders strenge Sicherheitsprotokolle. Die halbe Saoirse-Raumflotte, die ansonsten auf dem Mars stationiert war, sicherte weiträumig den erdnahen Raum. Mehr Sicherheit geht nicht, dachte Anna amüsiert, die diese Paranoia überzogen fand.

»Was für eine Raumstation ...«, sagte Anna anerkennend, während sie durch das Fenster den Andockvorgang beobachtete. Das Ding war gigantisch und ähnelte einem überdimensionalen Kreisel.

Auf den verschiedenen Plattformen an der erdabgewandten Spitze landeten und starteten Hunderte kleinerer Raumschiffe, die zwischen der Erde, dem Mars und den bewohnbaren Saturn- und Jupitermonden hin- und herpendelten. Der Warppunkt, um andere Sonnensysteme zu bereisen, befand sich in der Nähe des Mars. Auf der Raumstation Zeta-7 lebten vier Millionen Menschen und sozialisierte Androiden, wie Ishi, deren Leben sich nicht von dem der anderen Menschen unterschied. Eine Sache, mit der Anna noch nicht fertig war.

»Bitte begeben Sie sich umgehend zur sekundären Sicherheitsüberprüfung«, ordnete die Bord-KI an. Es würde noch mehr Sicherheit geben.

»Sir, yes, Sir!«, intonierte Anna überzogen. Das bunte Sommerkleid und die Sonnenbrille hatte sie im Via Veneto gelassen, dafür trug sie einen, zu den Stoppeln auf dem Kopf passenden, roten Einteiler. Die Möglichkeit, die Farbe ihrer Kleidung mit einem Wimpernschlag ändern zu können, gefiel ihr immer besser.

»Bitte legen Sie die Hände auf die dafür vorgesehenen Flächen«, sagte ein gutaussehender Mann freundlich, der Anna im Ankunftsbereich der Raumstation begrüßte. Über eine halbe Stunde stand sie schon in der Warteschlange und betrachtete den knackigen Hintern des braunhaarigen Schönlings. Die Landeplattformen der kleineren Raumschiffe befanden sich alle sternförmig um diese Schleuse angeordnet, an der nun einige hundert Reisende ein weiteres Mal überprüft wurden. An der schmucklosen grauen Wandverkleidung und dem dunklen Metallboden wird es wohl nicht liegen, dass hier ein derartig großer Andrang ist, dachte Anna. An den Seiten standen Wachen, deren schwarze Vollkörperpanzerungen auch deren Gesichter verdeckten. Wenn sie denn welche hatten.

»So?«, fragte Anna provokant, die diese Vorgehensweise für vorsintflutlich hielt. Wehe, wenn der Typ die Frechheit besäße, sie in ihrem hautengen Einteiler zu filzen.

»ALARM! ALARM! ALARM! Humanoides K-6 Waffenimplantat entdeckt!«, meldete eine synthetische Stimme. Alle Eingänge verriegelten sich. Die Menschen schrien auf und wichen sofort erschrocken von dem Kontrollpunkt zurück.

»Was ist …« Weiter kam Anna nicht. Binnen eines Sekundenbruchteils schoss aus dem Boden ein klebriges Granulat, vermutlich mit der Absicht, sie in einem Klumpen zu arretieren. Ein vergeblicher Versuch, da das K-6 System ihren gesamten Körper noch schneller mit einem blau schimmernden Panzer umgab, der mit einer Drehung nicht nur das sofort abbindende Granulat sprengte, sondern auch in einem zwei-Meter-Radius eine knöcheltiefe Kuhle in den massiven Metallboden glühte.

»Aufhören!«, rief Anna. Die Luft knisterte. Die statische Elektrizität ihrer Kampfkleidung ließ zwischen dem schützenden Abwehrkraftfeld und den gepanzerten Wachen, die inzwischen Waffen auf sie gerichtet hatten, Blitze überspringen.

»Ich bin keine Bedrohung!«, Anna bekam über die Steuerung in ihrem Auge zumindest das blaue Kraftfeld deaktiviert. Wegen der Bedrohungslage weigerte sich allerdings der Rest der Panzerung beharrlich, wieder unter ihrer Haut zu verschwinden.

»Nicht schießen!«, rief der junge Mann, der sie zuvor kontrollieren wollte, während er nervös auf die Wachen blickte, deren Waffen sich ständig weiter aufluden. »Ich kontrolliere die Freigabe der Frau erneut!« Ein Feuergefecht in der Schleuse einer Raumstation würde niemand überleben.

»Ich bin ein Saoirse-Offizier. Meine Körperpanzerung ist defensiv ...«, erklärte Anna, der dieser Vorfall selbst unheimlich war.

»Okay ... okay ... sie ist ein Tracer und darf dieses militärische Implantat grundsätzlich tragen. Ich habe die Freigabe der Kommandantur bestätigt bekommen ...«

Anna ließ ihn nicht ausreden. »Grundsätzlich?«

Wohl fühlte sich der Schönling nicht in seiner makellosen Haut. »Sie dürfen trotzdem nicht auf diese Station ... nicht mit einem militärischen Implantat. Die Energiesignatur ist viel zu hoch ... zudem sind Sie humanoid und agieren autark. Das Risiko ist zu hoch. Die diensthabende KI weigert sich strikt, Sie ...«

»Wie bitte?« Anna glaubte es kaum. Zuerst verpasste ihr Saoirse diese zweite Haut und jetzt war dieselbe angeblich zu gefährlich?

»Ich bitte Sie, Zeta-7 umgehend zu verlassen. Abfangjäger werden Ihren Weiterflug in das System Ihrer Wahl sichern.«

»Das werde ich nicht tun!« Anna würde sich sicherlich nicht wegen eines Computerfehlers wegscheuchen lassen.

»Ma'am, ich bin autorisiert Gewalt anzuwenden. Bitte folgen Sie meinen Anweisungen!« Der Schönling konnte auch anders, mit einem zuckenden Augenlid drohte er ihr.

»Nein ... ich möchte mit der wachhabenden KI sprechen! Sofort!« Anna war es leid, sie aktivierte ihre offensiven Systeme. Neben dem blau schimmernden Kraftfeld bildeten sich in ihren Händen zwei Schusswaffen, mit denen sie den dunkelhaarigen Schönling und eine der schwarz gepanzerten Wachen bedrohte. Die anderen drei Wachen standen hinter ihr.

»Das geht nicht! Das Netzwerk wurde aus Sicherheitsgründen auf unserem Landedeck heruntergefahren. Wir sind isoliert. Ich habe das Kommando! Sie haben meiner Anweisung vollumfänglich Folge zu leisten!« Der dunkelhaarige Schönling verschluckte sich fast, während er sprach.

Eine der automatischen Türen öffnete sich wieder, was gerade den jungen Schleusenkommandanten erschrocken zur Seite blicken ließ. Es war Nader, seine Ankunft überraschte auch Anna. Was wollte der hier?

»Das Protokoll verbietet die Aufhebung der Isolation ... unter allen Umständen.« Bereits während der überforderte Schleusenkommandant sprach, wurde er mit jedem Wort leiser.

»Überprüfen Sie meine Identität!«, ordnete Nader an. Anna würdigte er keines Blickes. Mit den weißen Haaren, Vollbart und der stark gebräunten Haut hob er sich deutlich von den am Boden liegenden Reisenden ab. Er trug auch keinen Funktionseinteiler, wie die meisten anderen, sondern einen weiten schwarzen Rock. In Annas Zeit wäre er ohne Probleme als Designer-Mönch durchgegangen.

»Prime! Ich erwarte Ihre Anweisungen.« Jetzt fiel dem Schönling die Farbe aus dem Gesicht. Auch wenn Anna noch nicht wusste, was ein Prime war, er hatte eindeutig etwas zu sagen.

»Dann hören Sie mir gut zu!« Nader wirkte konzentriert. »Öffnen Sie das Netzwerk. Nehmen Sie die neuen Zertifikate entgegen. Deeskalieren Sie die Schleuse. Entschuldigen Sie sich bei Tracer Sanders-Robinson. Lassen Sie meinen Gast passieren. Und hoffen Sie, dass Sie mir kein zweites Mal unangenehm auffallen!« Seine Anweisungen ließen wenig Raum für Interpretationen.

»Danke«, sagte Anna, die Nader danach begleitete. Der K-6 hatte sich wieder vollständig zurückgebildet, ob sie einen Kampf gegen die schwarz gepanzerten Wachen überlebt hätte? Das Rot ihres Einteilers passte nicht mehr, zur Beruhigung trug sie jetzt ein helles Grün.

»Keine Ursache. Leider haben auch einige Tausend Jahre technische Evolution die durchschnittliche Intelligenz in der Bevölkerung nicht signifikant steigen lassen.« Womit Nader ein bekanntes Problem der Menschheit ansprach.

»Aber die Gewehre haben so schlaue Leute wie wir gebaut.« Was aus Annas selbstkritischer Sicht die andere Seite der Medaille war.

»Womit wir wieder bei der Verantwortung wären. Lass es uns besser machen. Ich reiche dir meine Hand …«

Um Nader in Verlegenheit zu bringen, musste man sich vermutlich bessere Argumente einfallen lassen. Beide verließen den Transferbereich und betraten eine große Halle, in der in einem Halbkreis zahlreiche Ebenen terrassenförmig übereinander lagen und auf der freien Seite eine beeindruckende Panoramaansicht der Erde erlaubten. Neben dem tollen Ausblick auf die Erde bestaunte Anna in der Mitte der Halle eine gut zwanzig Meter hohe Bronzestatue der Justitia.

Anna lächelte. »Was ich zu schätzen weiß … heute werde ich mich um Gregor kümmern. Einer sehr guten Freundin und ihr zuliebe.« Sie zeigte auf die Statue. »Morgen höre ich dir zu.«

»Du hättest Politikerin werden sollen.«

»Das hätte meinem Vater gefallen …« Was Anna weder in diesem noch im nächsten Leben sein wollte. Sie suchte lieber Antworten, anstatt sie zu verschleiern.

»Warum hast du dir eigentlich einen K-6 implantieren lassen?«, fragte Nader und sah zu ihr.

»Passte gerade zu meiner Stimmung.« Nader ihre Motive zu erklären, war kompliziert und vermutlich auch missverständlich. Für sie war es die beste Wahl, ihre Verletzlichkeit zu verbergen. »Sind auf Nano-Technologie basierende Körperpanzerungen ungewöhnlich?«

»Oh ja!«

»Warum?«, fragte Anna, das wollte sie besser verstehen.

»Sie sind teuer, du kannst sie nicht ausziehen ... und wenn du dich das nächste Mal auf eine Waage stellst, bekommst du einen Herzinfarkt.«

»Wie bitte?« Da sie nicht dafür hatte zahlen müssen, waren die Kosten nebensächlich.

»Du wiegst jetzt 250 Kilogramm ...« Nader amüsierte sich prächtig, während es Anna kurz das Gesicht verzog und sie an ihrer Taille herabsah. »Spaß beiseite ... der K-6 wurde für militärische Kampfeinsätze unter Extrembedingungen entwickelt. Bei unserer Arbeit wirst du ihn nicht brauchen.«

»Verstehe ...« Anna wusste nicht, wie sie diese Informationen bewerten sollte. Nader war, wie ihr Vater, der politische Leiter eines großen Forschungsprogramms. Politiker sagten selten Dinge, ohne damit Interessen zu verfolgen.

»Wer hat die K-6 Implantation bei dir freigegeben?«, fragte Nader, während sie am Verhandlungsraum angekommen waren. Anna identifizierte sich erneut, was den Offizier an der Schleuse nervös die Überprüfung wiederholen ließ.

»Der Master Carrier der Nemesis-Flotte«, antwortete sie, ohne sich dabei Gedanken zu machen.

»Wer sonst ...« Nader drehte sich um. Ihre Antwort schien ihm nicht zu gefallen. »Bis später. Wir sprechen uns«

»Du kennst ihn?«, fragte Anna, für die eine Verbindung zwischen Nader und dem Master Carrier nicht selbsterklärend war. Aber Nader antwortete nicht mehr.

Anna durchschritt den Eingang, eine Gerichtsdienerin begleitete sie zu ihrem Platz. So sieht also die Gerechtigkeit der Zukunft aus, sagte sie zu sich selbst. In der Mitte des kreisrunden Saals befand sich ein Richterpult, um das mehrere bequeme Sessel stufenweise erhöht angeordnet waren. Wenn der Saal gefüllt wäre, was er nicht war, hätte er um die zweihundert Zuschauer fassen können. Bisher befanden sich höchstens zwanzig Personen im Raum, von denen Anna niemand kannte.

»Anna Sanders-Robinson, Ihr Platz, bitte ... darf ich Ihnen etwas zu trinken bringen?«, fragte eine dunkelhaarige Hostess, die Ishi überraschend ähnlich sah.

»Eine Tasse schwarzen Tee mit Zucker bitte.« Anna setzte sich und ließ das Gespräch mit Nader sacken. Sie sollte wachsam bleiben, Nader war sicherlich kein Samariter.

»Hallo Anna, wie war dein Urlaub?«, fragte eine bekannte Stimme, die Anna nicht unbedingt erwartet hatte.

»Lautet dein Name wirklich Master Carrier?«, fragte Anna, die es befremdlich empfand, einen Menschen mit einem Funktionsnamen anzusprechen.

»Ist das wichtig für dich?«, fragte der Master Carrier im Körper eines blonden Teenagers, nicht älter als sechzehn. »Übrigens, schicke blaue Augen.«

Er trug seinem Rang entsprechend eine weiße Uniform. Wieso gab es auf der Erde im Jahr 12.387 keinen Menschen oder Androiden im Erwachsenenalter? Auch auf Zeta-7 liefen nur Jugendliche herum.

»Ich bin altmodisch.« Die Farbe ihrer Augen war unwichtig, vermutlich eine Nebenwirkung des K-6.

»Kristof.«

»Hallo Kristof.«

»Hallo.« Ihm schien das unangenehm zu sein.

»Warum benutzt du diesen Namen nicht mehr?«, fragte Anna, die seine Persönlichkeit besser verstehen wollte. Unabhängig davon, ob er ein Mensch oder eine Maschine war.

Kristof lächelte zurückhaltend. »Das war in einem anderen Leben. Niemand kann die Zeit aufhalten.«

»Erzähle mir davon.« Anna ließ nicht locker.

»Kennen wir uns bereits so gut?«

»Ich bin sicher, dass du meine 31 Jahre in der Zeit von 2237 bis 2268 in allen Einzelheiten kennst.«

»Darüber gibt es Bücher ... o.k. ... Ich wurde im Jahr 9.412 auf dem Saturnmond Titan geboren«, erklärte Kristof, leise sprechend.

»Das ist schon eine Weile her.«

»2.975 Jahre ... von denen ich genau 37 Jahre ein Leben wie du es kennst gelebt habe. Ich hatte sogar eine Frau.«

»Was ist passiert?«

»Elternhaus, Schule, Akademie, Dienst in der Flotte, ich zeigte Talent, das war jedenfalls die Meinung meiner Vorgesetzten ... dann gab es allerdings einen Unfall, der mich beide Arme und Beine kostete.«

»Das war sogar zu meiner Zeit kein medizinisches Problem mehr ... wir haben viele Soldaten mit bionischen Organen und Körperteilen versorgt.« Das K-6 Implantat in Annas Augen war auch nicht mehr als eine moderne Prothese.

»Diese Medizintechnik ist teuer. Einem halbtoten Menschen einen Stecker in den Nacken zu stecken und ihn einen persönlichen Avatar steuern zu lassen, kostet nur einen Bruchteil davon. Zudem man damit keine wichtigen Offiziere mehr im Kampf verlieren kann.«

»Oh ... ein Backup.« Das hatte Anna bisher nicht so gesehen. »Und dein Körper machte das die ganze Zeit mit?«

»Natürlich nicht ... ich habe meine organischen Komponenten im Alter von 79 Jahren desintegriert«, sagte Kristof, ohne eine Miene zu verziehen.

»Und mit wem spreche ich jetzt?« Anna schüttelte ungläubig den Kopf.

»Mit einem neuronalen Computer, der mit meiner Persönlichkeit, Erfahrung und meinen Fähigkeiten ausgestattet ist. Gepaart mit einem Avatar, der mir gefällt.«

»Dann bist du eine KI.«

»Nein ... ein Mensch.«

»Jetzt wird mir einiges klar.« Anna fiel es wie Schuppen von den Augen. Jetzt verstand sie auch, wer Ishi war und warum ihr der Avatar der Gerichtsdienerin so ähnlich sah. Und sie verstand, warum in Campus Martius nur junge Menschen herumliefen.

»Eine KI wie Vater zu schaffen ist fehlerträchtig, teuer und dauert lange. Den Verstand eines lebenden Menschen in eine dafür optimierte KI-Infrastruktur zu laden, ist im Vergleich günstig.«

»Kennst du Nader Heg'Taren?«

»Den Prime? Wer kennt ihn nicht?«, antwortete Kristof mit einer Gegenfrage.

»Kennst du ihn persönlich?«

»Hast du mit ihm gesprochen?«

»Er will mich für sein Andromeda-Programm.«

»Dieses Miststück!« Kristof kannte Nader. Eindeutig. Auch wenn die beiden sich offensichtlich nicht mochten.

»Was verbindet euch?«, fragte Anna.

»10 Jahre schlechter Sex.«

»Bitte, was?«

»Nader war meine Frau. Seit dieses herzlose Wesen das Andromeda Projekt leitet, nutzt sie nur noch männliche Avatare.«

»Oh ...« Die Motive zwischenmenschlicher Probleme hatten sich in den letzten 10.000 Jahren nicht verändert. »Es wird voller. Die Verhandlung fängt gleich an.«

»Hat dir Nader erzählt, warum auf Zeta-7 soviel Betrieb ist?«

»Nein.« Die Frage hatte sich Anna auch bereits gestellt.

»Die hauen alle ab ... jeder, der es sich leisten kann, verlässt unser Sonnensystem«, erklärte Kristof, der die Coolness, die er ihr gegenüber als Master Carrier zelebriert hatte, inzwischen hinter sich ließ.

»Warum?«

»Frag Nader.«

»Kannst du mir bitte eine Kurzfassung geben?«

»Weißt du, was sich im Zentrum unserer Galaxie befindet?«

»Die Milchstraße?« Astrophysik war nicht Annas Stärke.

»Genau die!«

»Ein schwarzes Loch.« Das hatte Anna zumindest mal aufgeschnappt, da sich alles genau um dieses Schwarze Loch dreht.

»Knapp vorbei. Das dachte man lange Zeit, aber es ist kein schwarzes Loch. Es ist eine gravitative Anomalie.«

»Was ist der Unterschied?«

»Das schwarze Loch haben wir halbwegs verstanden. Die gravitative Anomalie nicht.«

»Das verstehe ich nicht.« Anna schüttelte den Kopf. »Erkläre es mir bitte!«

»Inmitten der Milchstraße befindet sich ein supermassereiches Irgendwas ... wir können es nicht sehen, spüren aber die Gravitation. Ein schwarzes Loch könnten wir nachweisen und berechnen. Von dem Ding haben wir keine Ahnung.«

»Dunkle Materie?« Auch das hatte Anna früher aufgeschnappt.

»Die gibt es nicht ... jedenfalls in keinem auf der Quantenmechanik[5] basierenden Modell.«

»Und?« Anna verstand nicht, worauf Kristof hinaus wollte.

»Dieses Ding wird exponentiell größer. Mit unangenehmen Folgen für unsere kleine Welt.«

»Auch das verstehe ich nicht.«

---

[5] Die Quantenmechanik ist eine physikalische Theorie zur Beschreibung der Materie, ihrer Eigenschaften und Gesetzmäßigkeiten. Sie erlaubt, im Gegensatz zu den Theorien der klassischen Physik, eine Berechnung der physikalischen Eigenschaften von Materie auch im Größenbereich der Atome und darunter.

»Diese gravitative Anomalie sorgt dafür, dass sich die Umlaufbahn der Erde um die Sonne verändert. Bisher haben wir ein Delta von 0,6 Grad. Bis 0,8 Grad schaffen es die 24 geostationären Raumstationen, die Erde in der Bahn zu halten. Danach geht es innerhalb sehr kurzer Zeit abwärts. Bereits eine geringfügige Annäherung an die Sonne sorgt dafür, dass die Sonnenwinde uns grillen. Und wenn die Erde abschmiert, rauscht auch der Rest unseres Sonnensystems verdammt schnell hinterher.«

»Oh ...« Die Ratten verlassen das sinkende Schiff. Anna hatte sich mit ihrer Rückkehr einen schlechten Zeitpunkt ausgesucht. »Und der Rest unserer Galaxie?«

»Dem wird es nicht anders ergehen. Wir wissen, dass es passiert. Wir streiten nur noch, wann es sein wird.«

»Über welche Zeitspanne reden wir?«

»Die Optimisten sagen 10.000 Jahre.«

»Und die Pessimisten?«

»Wenige Monate.«

»Wer hat recht?«, fragte Anna verunsichert, das stellte die Situation in einem ganz anderen Licht da.

Kristof schüttelte den Kopf. »Ich weiß es nicht.«

»Deshalb das Andromeda Projekt?«, fragte Anna, für die sich langsam das Puzzle zusammenfügte.

»Ja.«

»Scheinbar bist du auch davon nicht überzeugt.«

»Nein.« Kristof sah auf den Boden. »2268 startete die Horizon mit dem Ziel, unser benachbartes Sonnensystem zu erforschen. Proxima Centauri, ein System, das keine fünf Lichtjahre von uns entfernt ist.«

»Das haben wir knapp verpasst.«

»Oh ja ... auf Nemesis haben wir euch aufgegabelt. 10.000 Lichtjahre entfernt. Die Menschheit hatte es in 10.000 Jahren geschafft, ein Areal von 25.000 Lichtjahren zu erforschen.«

»Was dir scheinbar wenig imponiert ...« Anna konnte seine Ablehnung spüren, die Zeit hatte Kristof zynisch werden lassen.

»Es sind 80.000 Lichtjahre, bis wir an den Rand der Milchstraße kommen würden. Und 2.5 Millionen Lichtjahre bis zur Andromeda Galaxie, die selbst einen Durchmesser von 140.000 Lichtjahren hat.«

»Das sind viele Gründe, Nader zu helfen, diese Herausforderung zu meistern.« Für Anna gab es nur eine mögliche Entscheidung, sie würde sein Arbeitsangebot annehmen.

»Nader wird es nicht schaffen. Niemand kann das schaffen. Niemand.« Kristof, der Master Carrier, hatte den Mut verloren. Anna glaubte seine Befriedigung darüber wahrzunehmen, bald zu sterben.

»Und wir beide sehen zu?«, fragte Anna, die sich damit nicht zufriedengeben wollte.

»Mit Plätzen in der ersten Reihe!«

»Nein.« Das würde Anna nicht tun.

»Wie bitte?«

»Du wirst mir helfen!«

»Wobei? Bei der Rettung der Menschheit? Mach dich nicht lächerlich ... genieße die Aussicht und betrink dich, wenn es soweit ist.«

»Das war keine Bitte!«

»Hast du den Verstand verloren?« Der Master Carrier wollte gerade aufstehen. Anna hielt seine Hand fest.

»Nein. Auch wenn ich damit eine Ausnahme bin. Und dir helfe ich, deinen Verstand wiederzufinden!« Anna hatte keine Ahnung, was sie zu tun hatte, aber sie war entschlossen, alles zu wagen.

Kristof schluckte und setzte sich wieder hin. »Dabei hatte ich mir geschworen, nie wieder auf eine Frau zu hören.«

***

IV. Gerechtigkeit

Anna verwunderte es, dass sich der Gerichtssaal bis zum letzten Platz gefüllt hatte. In drei Minuten würde die Verhandlung beginnen. An den Wänden standen sogar einige Zuschauer, die keinen Sitzplatz mehr bekommen hatten. Bis auf den Master Carrier, Kristof, hatte sie bisher kein bekanntes Gesicht erkennen können.

»Ich werde dich bald sterben sehen!«, flüsterte Anna und stellte sich Gregor vor, wie er seinen letzten Atemzug machte. Keine zehn Meter vor ihr betrat er den Saal. Seine Hände waren von einer schuhkartongroßen schwebenden Apparatur umschlossen, die seine Bewegungen deutlich eingrenzte. Das Bild gefiel ihr. Er trug einen grauen Einteiler und kurz rasierte Haare. Mit einem für Anna zynisch zur Schau getragenen Lächeln musterte er die Zuschauer. Einigen nickte er zu. Fäuste gingen nach oben. An willigen Sympathisanten schien es ihm nicht zu mangeln. Ob die alle wussten, zu welchen Taten er fähig war?

»Bitte erheben Sie sich. Die ehrenwerten Richter der zweiten Strafkammer von Zeta-7 betreten den Senat«, erklärte eine Gerichtsdienerin, während zwei jugendliche Frauen in dunklen Roben den Saal betraten. An den Ritualen vor Gericht schien sich wenig geändert zu haben. Bis auf die Kleinigkeit, dass es scheinbar keine Avatare gab, die ein Alter jenseits der Zwanzig vermuten ließen.

»Die Föderation gegen Gregor Moyes. Ich eröffne die Verhandlung. Bitte nehmen Sie Platz«, erklärte die dunkelhaarige der beiden Richterinnen, die mit ihrem Avatar hätte Modell werden können. Die Rothaarige neben ihr hatte genau die Lockenpracht, die Anna nicht mehr wachsen wollte.

»Gregor Moyes, mir liegt ein Antrag vor, dass Sie sich selbst verteidigen wollen?«, fragte die dunkelhaarige Richterin.

»Ja, Euer Ehren«, antworte Gregor knapp.

»Stattgegeben.«

»Sie wollen weiterhin eine Erklärung abgeben?«, fragte Rotlöckchen, die Anna dazu bewegte, mit der Hand neidvoll über ihre ruinierte Frisur zu streichen.

»Ja.«

»Bitte …« Mit einer Geste gebot die Richterin ihm, zu sprechen. Auch Anna interessierte es, welche Weisheiten Gregor zum Besten geben wollte. Ihre Finger begannen zu kribbeln, ein ungewohntes Gefühl, was sie sofort an Elias denken ließ. Nein, rief sie sich in Gedanken zu. Sie würde ihn nicht vergessen, aber in dieser Verhandlung galt ihre Aufmerksamkeit voll und ganz Gregor.

»Geht es dir gut?«, fragte Kristof, der sie besorgt ansah. Dass hinter der kühlen Fassade des Master Carriers ein menschliches Wesen lebte, verwunderte sie immer noch. »Du bist ganz rot im Gesicht.«

»Alles in Ordnung.« Anna wurde es warm, aber ihr ging es nicht schlecht. Nur das Kribbeln in den Fingern störte sie. Es lenkte sie von Gregor ab, der gerade zum Sprechen ansetzte.

»Ich, Gregor Moyes, mache diese Aussage aus freien Stücken.« Er setzte ab. Die Menge raunte. Anna rollte mit den Augen, jetzt folgte vermutlich irgendeine esoterische Ego-Nummer, mit der er sich in ein besseres Licht rücken wollte.

»Ich, Gregor Moyes, habe immer im Interesse der Allgemeinheit gehandelt! Daher bekenne ich …« Das lautstarke Aufbegehren der Zuschauer brachte ihn zum Schweigen.

Dieser Arsch, dachte Anna, auch jetzt versuchte er noch für seine kranke Weltanschauung zu werben. Aber die Reaktion der Zuschauer zeigte, dass er im Gerichtssaal mehr Gegner als Befürworter hatte. Einige Leute von den Rängen forderten seine sofortige Freilassung, andere skandierten hingegen dafür, ihn standrechtlich zu erschießen.

»Ruhe! Bitte kommen Sie zur Ruhe! Ansonsten lasse ich den Saal räumen!«, rief die rothaarige Richterin resolut und hämmerte mit einem Holzhammer auf den Tisch. Die beiden Mädels und ihre antike Arbeitsweise gefielen Anna, als Richterin im Jahr 12.387 einen Holzhammer zu benutzen, zeugte von Stil.

Bei den Zuschauern konnte Anna zwei Lager ausmachen, bei denen die Gespräche der Rädelsführer lauter und handgreiflicher zu werden drohten. Rotlöckchen legte ihren Holzhammer auf die Seite, klappte an ihrem Handrücken eine holografische Steuerung auf und sorgte mit zwei Fingerbewegungen wieder für Ruhe im Gerichtssaal. Sie konnte es also auch moderner. Jeder Zuschauer, der sich zuvor unbelehrbar gezeigt hatte, setzte sich wieder hin und hielt fortan seine Klappe.

»Was hat sie gemacht?« Anna konnte keine Aktion erkennen, die über hundert Menschen spontan zur Einsicht bewegen konnte.

Kristof lächelte. »Es sind alles Avatare. Keiner von denen agiert autark, ein Richter hat in dieser Situation die Berechtigung, korrektiv in deren Bewusstsein einzugreifen. Die rothaarige Richterin auf Zeta-7 hat Zugriff auf den zentralen KI-Hoster.«

»Wieviel Menschen aus Fleisch und Blut gibt es im Raum?«, fragte Anna, die Kristofs Erklärung verstörte. Was für eine groteske Vorstellung, das sollten alles KIs von Menschen sein, die bereits seit Jahren tot waren?

»Gregor ist ein Klon, du eine Replikantin … echter als ihr beide ist hier niemand. Wobei Klone illegal sind und du altmodisch bist.« Der Master Carrier schien seinen Zynismus wiederzufinden.

Gregor räusperte sich. »Ich, Gregor Moyes, bekenne mich schuldig. Schuldig in allen Punkten der Anklage. Zudem möchte ich mein Bedauern aussprechen. Mir ist das Leid bewusst, das ich anderen bereitet habe. Ich bereue meine Taten, kann sie aber nicht ungeschehen machen. Ich akzeptiere meine Bestrafung und werde keine weiteren Rechtsmittel geltend machen.«

Anna wäre fast vom Sessel gerutscht. Hatte sie Gregors geheucheltes Geständnis gerade geträumt? Unsicher blickte sie auf die Seite, doch die Menge, die zuvor von der Richterin paralysiert worden war, war noch nicht in der Lage zu reagieren. Was vermutlich auch gut war, die wären ausgeflippt. Trotzdem konnte sie Gregors unerwartetes Manöver nicht einordnen.

»Öhm … ja.« Die rothaarige Richterin schnalzte mit der Zunge und lehnte sich nach hinten. Damit hatte niemand gerechnet.

»Die Staatsanwaltschaft beantragt eine Unterbrechung«, sagte ein Anwalt, der Anna bisher nicht aufgefallen war. Bestimmt hatte sich der Anwalt auch auf einen längeren Tag eingerichtet gehabt.

Die dunkelhaarige Richterin ergriff das Wort. »Stattgegeben. Ich rufe beide Parteien zu einer Besprechung ins Richterzimmer. Die Verhandlung wird in zwei Stunden fortgesetzt.«

»Was hat Gregor vor?«, fragte Anna und sah Kristof an. Je länger sie über sein Geständnis nachdachte, umso weniger konnte sie sich darauf einen Reim machen.

»Ihm droht die Todesstrafe ... ich weiß es nicht.« Kristof zuckte mit den Schultern. »Einsicht wird es kaum sein, das traue ich diesem Egomanen nicht zu.«

Der Gerichtssaal war wieder leer, die Richterin hatte die vorübergehende Kontrolle der Avatare erst aufgegeben, als Wachen ein friedliches Verlassen des Saals sichern konnten.

»Der will nicht sterben ... nein, nicht Gregor. Der wird sein Leben niemals aufgeben.« Davon war Anna überzeugt.

»Aber was will er jetzt noch erreichen?«, fragte Kristof.

»Einen Deal?« Das wäre für Anna eine vorstellbare Option, wenn auch eine ungewöhnliche.

»Der wäre teuer. Gregors Kopf wollen sich viele an die Wand hängen. Was könnte er anzubieten haben?«

»Entweder das war's für ihn oder wir werden gleich hören, womit er sich freikaufen will.« Anna drehte den Kopf, die Zuschauer betraten wieder den Saal. Es waren allerdings nicht dieselben. Über die Hälfte trug schwarz gepanzerte Rüstungen, die anderen blaue Uniformen.

»Stehen die unter deinem Kommando?«, fragte Anna und blickte Kristof an, die Uniformen kannte sie von seinem Flaggschiff.

»Nein ... viele meiner Schiffe sind im Dock, die Besatzungen sind mit Reparaturen beschäftigt. Zudem habe ich im erdnahen Sektor keine Befugnisse.«

»Was soll das dann?«

»Das wird kein Deal ...«

»Bitte?« Anna verstand ihn nicht.

Kristof schüttelte den Kopf. Anna sah Nader, der wie ein junger Gott in die Mitte des Gerichtsaals herabschritt, um die frohe Botschaft aus dem Olymp zu verkünden. »Das wird eine richtig miese Nummer.«

»Weil Nader dazukommt?«

»Das ist kein Zufall!«

Anna sah Nader, wie er sich an das Richterpult stellte. Sie wusste nicht, was sie davon halten sollte. Die beiden Richterinnen, die zuvor die Verhandlung geleitet hatten, waren nicht mehr im Saal. Das Bild, das Anna bisher von Nader gewonnen hatte, zerfiel in tausend Scherben. War er der König eines sterbenden Königreiches?

Nader hob die Hand, sofort wurde es ruhig. »Das Verfahren ist beendet. Der Angeklagte wird meiner Fürsorge unterstellt. Danke für Ihre Aufmerksamkeit.« Lange brauchte er nicht. Es herrschte eine unwirkliche Stille. Niemand sagte einen Ton.

»Darf die Öffentlichkeit den Grund dafür erfahren?«, fragte Anna und stand auf. Ihr Herz schlug schneller, während sich alle Köpfe ihr zuwandten.

»Anna Sanders-Robinson, das ist eine berechtigte Frage ...« Nader zögerte. Einer seiner Assistenten tippte etwas auf einem dieser holografischen Handrückendisplays ein, scheinbar ohne das gewünschte Ergebnis. Ein Misserfolg, den er sofort seinem Herrn ins Ohr flüsterte.

»Ich weiß.« Nader wusste natürlich bereits, dass Anna nicht auf Knopfdruck mundtot zu machen war.

»Bekommen *wir* eine Antwort?«, fragte Anna. Jetzt konnte sie nicht mehr zurück.

»Lass es ...«, flüsterte Kristof, der sich unbeteiligt gab. Anna wollte nicht auf ihn hören.

»Nein.« Nader hatte keine Probleme damit, sie mit der Frage stehen zu lassen. Sein Gesicht glich einem Stein. »Es ist eine Angelegenheit der föderalen Sicherheit. Gregor Moyes wird umgehend in meine Obhut übergeben.«

Anna glaubte gleich zu platzen, blieb aber cool. Die hätten sich die Farce mit der Gerichtsverhandlung auch sparen können.

»Anna, bitte … nicht heute.« Kristof versuchte weiterhin, sie zum Einlenken zu bewegen.

Nader lächelte. »Möchten Sie noch etwas sagen … ich meine … wir leben schließlich nicht in einer Diktatur.« Ob er mit der Frage sehen wollte, wo Anna stand?

Für Sequoyah, für unzählige andere namenlose Opfer und für die Gerechtigkeit, Gregor durfte mit diesen Verbrechen nicht ungestraft davonkommen. Aus Gier, Größenwahn oder schlichtem Irrsinn hatte er seine Taten verübt. Jeder Mensch, jeder Klon, jeder Replikant oder auch jede intelligente Maschine war für ihre Taten verantwortlich. Allen voran Anna, der ein besonderes Erbe auf den Schultern lastete.

»Prime, verstehe ich Sie richtig, dass über Gregor Moyes trotz seines Geständnisses kein Urteil gesprochen wird?«, fragte Anna, wobei sie die Antwort nicht interessierte. Sie brauchte einen Moment, um sich die richtigen Worte bereitzulegen. Die Zeit, zu entscheiden, war denkbar knapp.

Quo vadis? Welchen Weg wollte sie einschlagen? In der Welt von 12.387 waren freie Köpfe selten geworden. Das war ihre Verantwortung. Sie war dran. Es ging immer nur um Verantwortung, das hatte ihr Nader beeindruckend aufgezeigt.

»Die Verhandlung ist beendet.« Nader gefiel es nicht, sich zu wiederholen. Er sah Anna an. Wie auch alle anderen im Saal, jeder wollte ihre Entscheidung sehen.

Anna musste jetzt angreifen oder schweigen. Ob Sequoyah ihre Entscheidung verstehen würde? Ihre Finger kribbelten wieder. Sie strich sich mit der Hand über das Kinn. Zwischen dem Zeigefinger und dem Ringfinger bildete sich ein kleiner Lichtbogen, die Energie in ihr veränderte sich.

»Anna … nein … tue es nicht«, flüsterte Kristof. Er kämpfte um sie.

»Danke.« Anna beließ es dabei und setzte sich wieder. Heute hatte Nader gewonnen.

Die Menge raunte. Nader lächelte. Kristof atmete durch. Anna hatte sich entschieden. Sie wollte kämpfen, aber nicht hier. Den Ort und die Zeit wollte sie bestimmen und sich nicht von Nader aufzwingen lassen.

»Wenn ich noch ein Herz hätte, wäre es vorhin stehen geblieben«, sagte Kristof erleichtert. »Was hast du dir dabei gedacht, den Prime öffentlich herauszufordern?«

»Gregor darf damit nicht durchkommen!« Anna würde das nicht zulassen. Die beiden befanden sich in einem Randbereich von Zeta-7, in einem kleinen Park, über dessen Bäume und Pflanzen man durch eine unsichtbare Barriere auf die Erde sehen konnte.

»Um den mache ich mir weniger Sorgen …« Kristof aktivierte eine kleine schwebende Kugel, die er aus der Uniformtasche genommen hatte.

»Was ist das?«, fragte Anna.

»Jetzt kann uns niemand zuhören.«

»Können die nicht auf deine zentral gesicherte KI zugreifen?« In einer Welt, in der man Menschen auf Knopfdruck abschalten konnte, existierte keine Privatsphäre mehr.

»Ich parke mein Hirn immer auswärts. Weit weg von Naders hübschen Richterinnen.«

»Du verarschst mich ...«

»Meine KI läuft im Archivbunker meines Raumschiffes.«

Anna lächelte. »Ein wertvolles Privileg ...«

»Oh ja ... ich habe auch schon Beschwerden vorliegen, wie ich es wagen konnte, eine potenziell gewaltbereite Person in eine autarke K-6 Kampfpanzerung zu stecken.«

»Das war kein Zufall, oder?« Anna verstand, dass ihr Kristof mit der K-6 Nano-Technologie Eigenständigkeit geschenkt hatte.

»Den K-6 wirst du auf deinem Weg brauchen«, antwortete er befriedigt, der scheinbar früh erkannt hatte, was Anna bewegte.

»Wirklich *meinem*?«

»Ich würde lieber *unserem* sagen.«

»Was ist dein Weg?«, fragte Anna und sah ihn an. In Kristofs Augen erkannte sie den langen Pfad, den er bereits hinter sich hatte.

»Ich bin müde.«

»Und bisweilen ein zynischer Stinkstiefel.« Den hatte er für den Streit mit Vater noch gut.

»Entschuldige ... das stimmt. Aber bevor ich gehe, möchte ich zumindest eine Sache richtig machen.«

»Und welche?«, fragte Anna.

»Leben hinterlassen.«

Anna schüttelte ungläubig den Kopf »Kinder?«

»Ich möchte die 800 Horizon-Überlebenden weder im Labor noch in dieser Welt voller Toten zurücklassen.«

Anna schluckte. Den Weg wollte sie mitgehen. »Was muss ich dafür tun?«

»Nader täuschen, er ist der Schlüssel ...«

»Wird er mich nach der Gerichtsverhandlung noch haben wollen?«, fragte Anna, die sich gerade keine vertrauensvolle Zusammenarbeit mehr mit ihm vorstellen konnte.

»Er will, glaube mir, er will.«

»Was macht dich so sicher?« Anna konnte Kristof nicht folgen.

»Naders Ego ist noch größer als die gravitative Anomalie, die unser Sonnensystem bedroht. Er will die Andromeda-Galaxie nicht erforschen, er will sie erobern. Sein Projekt ist riesig, er hat nahezu unendliche Ressourcen. Trotzdem will er noch mehr.«

»Oh ...«

»Es soll bereits ein Raumschiff geben, dessen Bau sehr weit fortgeschritten ist. Ob es in der Lage ist die Reise zu schaffen, weiß ich nicht ... aber ich vermute, dass Gregor dazu etwas beitragen kann.«

»Der Deal.«

»Nur eine Vermutung ... aber ansonsten wäre Nader nicht im Gerichtssaal aufgetaucht. Gregors schwarze Seele interessiert kein Schwein.«

»Was ist meine Aufgabe? Mein Forscherwissen ist überholt. Was bringen dem berühmten Prime Nader Heg'Taren die bescheidenen Fähigkeiten einer Anna Sanders-Robinson?«

»Öffentlichkeit, Vertrauen bei Geldgebern, du bist im Moment das Pressethema Nummer eins.«

»Vielleicht sollte ich mir die Streams mal ansehen ...« Bisher hatte Anna Angst davor gehabt die Nachrichten anzusehen.

»Ich weiß, dass er um weitere Mittel buhlt ... es gibt Gerüchte, dass er Zugriff auf sämtliche Reserven im Saoirse-Universum haben will. Alle Rohstoffe, Raumschiffe, Technologien, Forscher und Menschen, die er kriegen kann.«

»Ist seine Mission dann eine moderne Arche?«

»Ein schöner Vergleich. Es gibt nur einen wichtigen Unterschied. Noah hat seine Plätze nicht meistbietend verkauft. Aktuell kaufen sich nur wohlhabende Leichen auf seinem Rettungsfloß ein.«

»Leichen?«

»Menschen, die früher gelebt haben und inzwischen nur noch als KI existieren.«

»Wie du?«

»Wie ich. Nur ohne Gewissen. Die kaufen sogar eher einen Lagerplatz für alte Sportwagen oder Yachten, als dass sie Menschen mitnehmen, die noch leben.«

»Ohne Gewissen, aber ewig jung. Ich habe sie in Campus Martius gesehen. Leben überhaupt noch Menschen aus Fleisch und Blut auf anderen Welten?«

»Leider sind viele Menschen genetisch deformiert ... wie auf Gaia. Aber ein paar Siedlungen mit natürlichen Gen-Pools gibt es noch, die würde ich lieber mitnehmen.«

»Hast du einen Plan?«, fragte Anna.

»Ja ...«

»Dann haben wir einen *gemeinsam* Weg!« Dafür würde Anna ihr Leben einsetzen.

***

V. Hinter dem Mond

Die Frage, ob Anna die richtige Entscheidung getroffen hatte, beschäftigte sie seit Tagen. Ihr Gewissen blieb ihr bisher eine Antwort schuldig. Sie fühlte sich wie eine Hochseiltänzerin, die sich ohne Sicherungsleine zu einem unbekannten Kunststück herausfordern ließ. Der Einsatz war hoch, Schritt für Schritt, sie konnte sich keinen Fehltritt erlauben.

»Du hast mich lange warten lassen«, sagte Nader, als Anna am Campus Martius Heliport in seinem privaten Gleiter Platz nahm. Drei Tage waren seit Gregors Gerichtsverhandlung vergangen. Anna hatte den Kontrakt gezeichnet, jetzt arbeitete sie für Nader Heg'Taren.

»Ich habe eine schwierige Persönlichkeit.« Anna verzichtete darauf, ihn zu begrüßen. Heute war ihr erster Arbeitstag, als ob sie ein Stück ihrer Seele feilbot. Dan'ren begleitete sie auf der Reise zum Saturnmond Titan in einem weiteren Begleitraumschiff. Der Flug würde vierzehn Stunden dauern, eigentlich ungewöhnlich lange. Innerhalb des heimischen Sonnensystems nutzte man weder Geschwindigkeiten nahe der Lichtgeschwindigkeit noch Wurmlöcher.

»Eine zutreffende Charakterisierung ... meine Sicherheitsberater haben mich vor dir gewarnt.« Nader saß ihr direkt gegenüber. In dem komfortablen viersitzigen Gleiter blieben die anderen zwei Plätze frei. Einen Piloten gab es nicht, die Bord-KI kümmerte sich um die Navigation. Die Druckmanschette an der Landeplattform löste sich mit einem dumpfen Geräusch, der Gleiter gewann schnell an Höhe.

»Waren das dieselben Berater, die dir geraten haben, Gregors Versprechungen zu glauben?« Anna hatte nicht vor Nader zu schaden. Er war ihr Schlüssel, um etwas zu bewegen.

Leben zu retten, das war ihre Mission. Jedes menschliche Leben, dessen sie habhaft werden konnte. Falls Nader fallen würde, wäre auch sie ihre privilegierte Position los und das würden mehr Menschen mit dem Leben bezahlen, als es eine Bestrafung für Gregor wert gewesen wäre.

»Gregor ist ein skrupelloser Mörder, Lügner und hat nicht einen Funken Gewissen.« Nader zuckte kaum sichtbar mit dem rechten Auge und legte die Beine übereinander. Sein synthetischer Avatar, der durch eine an einem sicheren Ort aufbewahrte KI gesteuert wurde, war auch in den Details nicht vom lebenden Menschen zu unterscheiden.

»Gregor ist ein Arschloch, aber er ist es nicht wert, über ihn zu streiten.« Anna musste wachsam bleiben. Um in Naders Schatten ihren Plan umzusetzen, würde sie ihn auf der richtigen Distanz halten müssen. Nicht zu weit entfernt, um ihn zu verlieren, aber auch nicht zu nah, um aufzufliegen.

»Er verfügt über Navigationsdaten. Genaue Raum/Zeit Koordinaten ... sogar eine ganze Sequenz.«

»Nach Andromeda?«, fragte Anna. Das war also der Deal? Wie sollte Gregor an solche Informationen gekommen sein? Sie glaubte ihm kein Wort.

»Es gibt Aitair in der Andromeda Galaxie. Wir können einen gezielten Warpsprung vornehmen ... sogar mehrere. Wir werden eigene Marker setzen und ein sicheres Reiseportal schaffen.«

»Die Aitair, ja?« Anna war Gregors Märchenstunde zu banal. »Wie haben sie das geschafft?«

Nader lächelte. »Die haben Glück gehabt ... ein Zufallstreffer, berichtete Gregor.«

»Versucht Saoirse nicht ständig, Marker im Raum zu verteilen?«, fragte Anna, die nicht an so viel Glück glauben wollte. Einen Warpmarker in eine fremde Galaxie zu schießen, entsprach vereinfacht dem Versuch, von der Erde mit einem Dartpfeil in der Hand ein Bulls Eye[6] auf dem Mars zu treffen. Das Problem war die Zeit, das Licht, mit dem man ein Ziel im Andromeda-System anvisierte, war bereits 2,5 Millionen Jahre unterwegs gewesen, bevor es jemand auf der Erde sehen konnte. In dieser Zeit konnte sich viel verändern. Die meisten gescheiterten Warpsonden dürften in Sonnen oder ähnlichen Todeszonen gelandet sein.

»Jeden Tag wieder ... über 50% *meiner* Projektressourcen verwenden wir, um weitere Marker in diese verschissene Galaxie zu entsenden. Bisher ohne Erfolg.«

»Und wenn Gregor lügt?«

»Über den Aitair Marker?« Nader lachte. »Dann hätten wir nur einen weiteren Erkundungsmarker verloren. Unser Risiko bleibt gering, wir können nur gewinnen.«

»Und wenn er uns an anderer Stelle hintergeht?« Anna würde Gregor nie wieder vertrauen.

»Das wird er sicherlich ... ich rechne fest mit einem Hinterhalt. Er wird versuchen, uns im passenden Moment zu verraten und sich unserer Technologie zu bemächtigen.« Naders Laune schien immer besser zu werden. »Auch ein Angriff wäre vorstellbar, selbst wenn das für die Aitair ein sehr törichter Plan wäre.«

---

[6] Roter Mittelpunkt einer Dartscheibe

»Das scheint dich nicht zu stören.« Für einen Moment überlegte Anna, von wem die größere Gefahr ausging, von Gregors Niedertracht oder Naders Überheblichkeit?

»Weder Gregor noch sonst jemand hat eine Vorstellung, mit was für einem Raumschiff wir in Andromeda ankommen werden. Du wirst es sehen ... und verstehen. Nichts in der Geschichte unserer Zivilisation ist damit vergleichbar.« Nader schien von seinen Worten regelrecht berauscht zu sein.

»Noch eine Titanic?« Die Bemerkung konnte sich Anna nicht verkneifen. Eine absolute Sicherheit gab es nicht.

»Angst vor Eisbergen?«

»Ja.« Die hatte Anna.

»Gut ... denn das ist deine Aufgabe ... du sitzt im Ausguck und wirst uns rechtzeitig vor ihnen warnen.«

Nader verstand es perfekt, andere in die Verantwortung zu nehmen. Natürlich würde Anna alles dafür tun Gefahren abzuwenden. Auch wenn Nader und sie nicht dieselben Motive antrieben, sie würden bei einem Fehlschlag gemeinsam verlieren.

»Die Gleiter docken in drei Minuten am Booster an. Bereiten Sie sich auf die 850G Beschleunigungsphase vor. Beschleunigungsdämpfer auf 850G eingestellt. Die Flugdauer zum Saturnmond Titan beträgt 14 Stunden. Entfernung 1,177 Lichtstunden. Durchschnittliche Reisegeschwindigkeit 0,0841c[7]«, erklärte die Bord-KI, die Annas Raumschiff, Dan'rens Gleiter und zwei Abfangjäger als Geleitschutz an eine Impuls-Boostereinheit koppelte.

---

[7] c = Lichtgeschwindigkeit

Die Atmosphären-Gleiter wären alleine nicht imstande gewesen die Reise anzutreten.

»Was lässt dich glauben, dass ich dazu in der Lage bin?«, fragte Anna, die ihre Rolle in seinem Plan noch nicht verstanden hatte.

»Du bist der unkonventionellste Geist, den ich kenne ... rebellisch, leidenschaftlich und unbestechlich.«

»Der Rebell in mir könnte dich verraten ...« Anna spielte mit seinen Worten.

»Ja ... durchaus vorstellbar. Ich bin mir meiner zwischenmenschlichen Defizite bewusst. Mein Leben sollte ich dir besser nicht in die Hände legen, aber unsere wertvolle Fracht sehe ich bei dir bestens aufgehoben.«

»Sicher?« Anna schluckte.

»Für das Überleben der Horizon Besatzung hast du bereits einmal dein Leben gegeben.« Nader wusste es besser.

»Das war die echte Anna Sanders-Robinson ...« Anna stand mit dem Rücken an der Wand.

»Bemerkenswert, oder?«

»Wie bitte?«

»Dass unser beider Geist bereits einen Tod überlebt hat?« Nader machte weiter.

»Das war nicht meine Entscheidung.« Was ein schlechtes Argument war, nur, ihr fiel keine bessere Antwort ein.

»Booster startet in drei, zwei, eins. Zündung der Impulstriebwerke. Ich wünsche Ihnen einen angenehmen Flug«, erklärte die KI des Gleiters freundlich.

Bei einer Beschleunigung von 850G würde jede Form menschlichen Lebens augenblicklich als Brei an der Wand kleben.

Auch Naders Avatar würde das nicht aushalten. Durch die Dämpfung bemerkte Anna nichts davon, an der Lehne öffnete sich ein Fach und gab den Geruch frisch aufgebrühten Tees frei.

»Glaubst du wirklich, dass wir Menschen unser Schicksal völlig frei in den Händen halten?«

»Ja.« Und keine Realität würde sie in ihren Grundfesten erschüttern können. Es gab keine Bestimmung. Die Wahrheit bestand nur aus Entscheidungen und Konsequenzen. Sie trug die Verantwortung für ihr Schicksal.

»Ich beneide dich.« Nader rutschte etwas tiefer und schloss entspannt die Augen.

»Warum muss eine KI schlafen?«, fragte Anna.

»Das gehört zum Glauben, ein Mensch zu sein«, antwortete er mit einem verschmitzten Lächeln. »Warum hast du plötzlich so auffallend blaue Augen?«

»Eine Reaktion auf das K-6 Implantat ... ich mag es.« Anna wollte ihm nicht sagen, dass sie keine Ahnung hatte, weswegen sich ihre Augen verfärbt hatten.

Die Ankunft auf Titan verlief unspektakulär, Anna hatte die längste Zeit des Fluges geschlafen. Auf dem größten Saturnmond lebten 87 Millionen Menschen, wobei im Jahr 12.387 zwischen organischen und synthetischen Individuen kein Unterschied mehr gemacht wurde. 90 Prozent der Arbeitskräfte hatten zwar noch ein Herz in der Brust, wurden aber für die Atmosphäre Titans genetisch konditioniert. Sie atmeten Stickstoff. Ein Mensch von der Erde würde auf der Oberfläche ohne Schutzanzug nicht überleben können.

»Prime, willkommen auf Iota-9«, begrüßte sie ein jugendlicher Offizier der Föderation in einer dunkelblauen Uniform, als Nader und Anna den Gleiter verließen. Ein unscheinbarer Typ, groß, blass, rotblonde Haare, allerdings mit wachen Augen. Die Bauweise der Raumstation Iota-9 glich der von Zeta-7, unterschiedlich waren allerdings der erhöhte Stickstoffdruck von 1,5 bar und die Tatsache, dass die Atemluft keinen Sauerstoff enthielt. Man hatte die Bedingungen an die natürliche Atmosphäre des Mondes angeglichen. Annas K-6 System hatte daher um Mund und Nase eine transparente Atemmaske entstehen lassen.

»Tracer, gib mir einen Status.« Nader ging vor. Er benötigte keine Atemhilfe. Synthetische Avatare schienen zwar zu atmen, waren aber nicht auf Sauerstoff angewiesen.

»Wir befinden uns zwölf Prozent hinter dem Plan. Tendenz schlechter werdend ... wir bekommen die Rohstoffe nicht schnell genug in die Werft. Die Anzahl der Kontraktpartner, die vor weiteren Lieferungen auf den Ausgleich offener Verbindlichkeiten pochen, steigt«, antwortete der Offizier und folgte mit schnellem Schritt.

»Ist der Stream vorbereitet?«

»Und wie wir vorbereitet sind ... alle warten auf deine Show! Wir sind live im System. 250 Milliarden Zuschauer werden an deinen Lippen hängen.« Der Offizier lächelte. Anna fand den direkten Umgangston zwischen Nader und dem Offizier bemerkenswert, die beiden schienen sich gut zu verstehen.

Jetzt schloss auch Dan'ren zu ihnen auf, die ebenfalls eine Atemmaske benutzte. Auf Annas Befehl hin trug sie wieder einen Lerotin Biosuit, inklusive ihrer Primärbewaffnung.

»Anna, das ist Lennox Macrae, bevor das Schicksal ihn aus seinem unnützen Körper befreit hatte, war er ein Bauer in einer Museumsanlage im schottischen Hochland«, erklärte Nader und eilte weiter durch die Gänge.

»Agrartechniker, bitte ...«

»Lennox, zu Anna Sanders-Robinson, dem medizinischen Offizier der Horizon muss ich dir vermutlich nichts sagen ...«

»Ihre Vita ist interessanter als deine. Obwohl ich mich immer noch frage, wie du einen anständigen Menschen für deinen Turmbau zu Babel gewinnen konntest.« Lennox schien nicht auf den Kopf gefallen, Anna gefiel seine Art.

»Mein Lächeln, mein Lieber ... aber das wirst du mit deinem schottischen Dickschädel nie verstehen. Anna, Lennox leitet die Baumaßnahmen unserer Werftanlage.«

»O.k.« Anna nickte. Einfach zu verstehen, wenn Nader Gott war, war Lennox der Erzengel Gabriel.

»Wie du vielleicht bereits bemerkt hast, läuft unser Andromeda-Projekt nicht so rund, wie wir es gerne hätten.«

Anna lächelte. »Aber nur unterschwellig ...«

»Gregor ist kein Problem, die Navigation ist kein Problem und die restliche Technik auch nicht. Wir haben keine Probleme in der Forschung, keine bei der Logistik und erst recht keine in der Fertigungssteuerung ... das einzige verschissene Problem, das wir bisher nicht lösen konnten, ist die Sicherung der fortlaufenden Finanzierung! Uns geht im wahrsten Sinne des Wortes das Blech aus!«

»Es geht um Geld?« Das hätte Anna nicht erwartet, in dieser Disziplin war ihr Vater unschlagbar gewesen. Jeremie Sanders-Robinson hatte seine Geldgeber stets im Griff gehabt. Bei dem Gedanken fiel Anna auf, dass sie es bisher versäumt hatte, nachzuforschen, wie und wann ihr Vater verstorben war.

»Dieses kapitalistische Dreckspack versucht sogar in dieser Situation noch, ihre Renditen zu optimieren! Ich meine ... es geht ums Überleben! Und die reden über die Sicherung von Vermögenswerten, Investitionen und ähnlichen Blödsinn!«

Anna ließ sich gerade auf dem Irisdisplay die Finanzierung der Andromeda-Projektierung anzeigen. Die Zahlen waren passend zur Mission astronomisch. Die lange Lebenszeit der Aktienbesitzer hatte eine kleine Gruppe sehr reich werden lassen. Und mächtig. So mächtig, dass sie sogar die regierende Föderation und die ansonsten allmächtige Saoirse-Kooperation in die Knie zwingen konnte.

»Das Projekt ist über Anteilsscheine finanziert ...«, sagte Anna, die jetzt ein besseres Bild von Naders Problemen bekam.

»Sag wie es ist ... wir haben den Reichen Fahrkarten für die erste Klasse verkauft.« Nader machte daraus keinen Hehl, genauso wenig um die Abneigung, die er dieser Gruppe gegenüber hatte.

»Aber dein Projekt ist teurer geworden als geplant?«

»Ja ... aber nicht wegen unserer Fehlplanung! Als vor einigen Jahren klar wurde, dass Anlagen in Grundstücken, Immobilien oder Raumstationen früher oder später in der Sonne verglühen werden ... entstand eine gigantische Spekulationsblase für Rohstoffe.«

»Weswegen die Fertigstellung *deiner Arche* wegen den gestiegenen Rohstoffpreisen in Rückstand kommt?« Es hatte sich nichts verändert, die Problemstellung hätte auch von 2268 sein können. Die Gier war größer als der Verstand.

»Leider ... uns läuft die Zeit davon«, erklärte Nader und ging durch einen Torbogen. Anna staunte über das Panorama, eine freie Sicht auf den Saturnmond Titan und die größte Raumschiffwerft, die jemals gebaut worden war.

»Wow ... wie groß ist das Schiff?«, fragte Anna, die sich an den Start der Horizon erinnerte.

»Die Größe des Schiffsrumpfs ist variabel ... technisch gesehen ist das Schiff ein Cluster aus vielen kleineren autonomen Einheiten. Die Konfiguration, die wir sehen, ist 1.200 Kilometer lang«, antwortete Lennox und bediente auf seinem Handrückendisplay einige Scheinwerfer, die das im All schwebende Schiff neu ausleuchteten.

»Möchtest du dem Schiff einen Namen geben?«, fragte Nader.

»Das würdest du mich tun lassen?« Anna verwunderte das.

»Probiere es mal ...«

»Horizon.« Für Anna konnte es keinen anderen Namen geben, die Mission von 2268 war ein fester Bestandteil ihrer Identität.

Nader lächelte zufrieden. »Wie könnte ich da widersprechen ...«

Die Beleuchtung, die Lennox neu ausrichtete, gab jetzt am Bug den Schriftzug zu erkennen.

HORIZON

Anna schluckte, Nader kannte sie besser als ihr lieb war. »Du hast es gewusst!«

»Verzeih mir ... aber würdest du nicht an Schicksal glauben, wenn wenige Wochen, nachdem das Schiff auf diesen klangvollen Namen getauft wurde, der bekannteste Offizier genau dieses Raumschiffes wieder von den Toten aufersteht?«, erklärte Nader bewegt.

**

VI. Premiere

Anna befand sich in einem unvorstellbar großen Hangar, dessen zum Weltraum offene Flanken durch kaum sichtbare Kraftfelder begrenzt wurden. Nur wenn man den Kopf schnell von links nach rechts bewegte, konnte man eine schwache Spiegelung erkennen, die es in der Schwärze des Alls nicht geben konnte.

Auf Iota-9 wurde das Raumschiff gebaut, welches die Menschheit vor den gravitativen Fluten der Apokalypse retten sollte. Die Fertigstellung schien weit fortgeschritten, das Schiff machte von außen einen überraschend flugfertigen Eindruck.

»Lass uns die Tiere an Bord nehmen, von jedem ein Paar, das Tor schließen und auf den Regen warten«, sagte Anna und staunte über die schiere Größe dieser Arche.

»Wie bitte?«, Lennox verdrehte die Augen.

»Anna liebt alte Geschichten ... ich bin nicht Noah.« Nader kannte das Alte Testament besser.

»Nein. Das bist du nicht. Warum zeigst du mir dieses Schiff?«, fragte Anna, nachdem die erste Begeisterung verklungen war. Der Master Carrier, Kristof, hatte über viele Optionen gesprochen, aber Iota-9 und dieses unbekannte Raumschiff hatte er nicht auf dem Plan. Weder diese Größe noch einen so weit fortgeschrittenen Bau. Auch wenn sie kaum zu übersehen war, die neue Horizon kannte ansonsten niemand.

»Ich brauche deine Hilfe«, sagte Nader, in einer Art, die Anna bisher noch nicht von ihm gehört hatte.

»Frag Gregor«, antwortete sie schnippisch.

»Du sagtest, dass er unwichtig ist ...«

»Arsch!«

»Anna, es geht um Menschenleben ... sehr viele Menschenleben ... bitte hör mir zu.« Nader kämpfte um seine Glaubwürdigkeit.

»Mir kommen gleich die Tränen ...« Er sollte sich für ihre Gunst mehr anstrengen.

»Zeige es ihr«, sagte Lennox und sah Nader an. »Ich würde dir auch nicht glauben.«

Nader schüttelte den Kopf. »Und du bist mein Freund?«

»Du hast keine Freunde!«

»Anna, ich spiele dir jetzt Daten auf dein Irisdisplay ... wenn du darüber mit dem Falschen redest, sterben Welten!«

Was hatte er vor, Anna vermochte seine bedeutungsschwere Dramatik nicht zu deuten. Die Daten wurden von ihrem System empfangen, ein Stream zeigte den Mittelpunkt der Milchstraße.

»Ich bin ein mieser Astrologe ...« Anna verstand die Bilder nicht, die ihr Nader zeigte.

»Aber du kannst rechnen ... sieh dir einfach die Zahlen an.« Nader sah zu Lennox.

»Wir haben noch fünf Minuten für das Vorspiel.« Lennox zeigte auf das Sendeteam, das bereits auf dem Zugang zum Hangar zu sehen war. Gleich würden sie auf Sendung gehen.

»Das Wachstum entwickelt sich sprunghaft ... warum gibt es bei den Messdaten solche abrupten Sprünge?«, fragte Anna, die sich die Folgen bildlich ausmalen konnte. Die gravitative Anomalie in der Mitte der Milchstraße würde bald alles verschlingen.

»Unsere Milchstraße ist 13.2 Milliarden Jahre alt, die Sprünge gibt es erst seit 250 Jahren ... wir wissen nicht, warum. Sie sind nicht erklärbar, nicht berechenbar, nicht logisch und sehen noch nicht einmal gut aus.«

»Und mit unseren gesamten technischen Möglichkeiten schaffen wir es nicht, dieses Phänomen zu erforschen?«, fragte Anna, die sich nicht vorstellen konnte, warum Wissenschaftler an dieser Aufgabe scheiterten.

»Ja ... sämtliche Analysen brachten nur eine Aussage ans Licht: Das Ding wird uns alle töten.«

»Wie lange haben wir noch?«, fragte Anna, der es kalt den Rücken herunter lief.

»Den letzten Sprung gab es vor drei Jahren ... nach dem nächsten wird die Erde nur noch Wochen haben«, erklärte Lennox.

»Deswegen das Schiff?«

»Unsere Arche ... das waren deine Worte.«

»Ist es fertig?«, fragte Anna.

»Nein ...«

»Wissen das deine Geldgeber? Fürchten sie nicht zu sterben?« Anna konnte nicht verstehen, warum es aus Budgetfragen Verzögerungen bei der Fertigstellung gab.

»Natürlich kennen sie die Situation ... darum haben wir doch diese Spekulationsblase. Davon abgesehen ... niemand von denen lebt noch in seinem Geburtskörper.«

»Und was soll das dann?«

»Die pokern ... die Preise steigen ... wer seine Rohstoff-Zertifikate zuletzt verkauft, macht den größten Gewinn.«

»Das ist Irrsinn!«

Nader nickte. »Realität.«

»Und was soll ich tun?«

»Hilf mir, für die Horizon zu werben ... wenn die Kleinanleger nachlegen, können wir weitermachen«, erklärte Nader.

»Und die Reichen werden noch reicher?«

»Das können wir nicht verhindern.«

Anna schüttelte mit dem Kopf. »Warum sollte ich das tun?« Sie wollte Menschen retten und nicht die Taschen von Bonzen füllen.

»791.«

»Bitte?«

»791 Fahrkarten biete ich dir für deine Mithilfe. 791 Besatzungsmitglieder der ersten Horizon und deren Kinder dürfen weiterleben.«

»Und das darfst du mir anbieten?«, fragte Anna verunsichert. Wer bestimmte darüber, wer weiterleben durfte?

»Ich mache diese Regeln nicht.«

»Verkaufe doch einfach den Kleinanlegern Plätze auf der Arche ...« Dieses Spielchen war Anna zu blöd.

»Das tun wir ... für den zweiten Sprung, den dritten und so weiter.« Nader blieb ernst.

»Es wird nur einen Sprung geben.« Das hatte Anna in diesem Moment auch verstanden.

»Nur einen.«

»Also geht es nur darum, den Massen noch einmal richtig die Taschen zu leeren?«, fragte Anna, obwohl sie die Antwort bereits kannte.

»Es geht um deren Rohstoffe. Die Randwelten sollen mehr investieren, sie sollen uns ihre Reserven geben«, erklärte Nader.

»Wie viele echte Menschen werden mitgenommen?«

»791.«

»Das ist ein schlechter Witz, oder?« Diese zynische Antwort hatte Anna nicht erwartet.

»Leider nicht.«

»Da du dir auch Gregor genommen hast … warum nimmst du dir nicht einfach, was du brauchst?«, fragte Anna, die gerade den Wunsch verspürte eine Rebellion anzuzetteln.

»Du verkennst meine Möglichkeiten … ich habe keine militärische Befehlsgewalt. Die Macht liegt beim Kapital, geschützt durch die demokratisch gewählte Exekutive der Föderation und der Justiz.«

Anna hatte das Bedürfnis, sich zu übergeben. Es hatte sich wirklich nichts verändert. Nader war ein Zahnrad im System. Wichtig, aber ersetzbar.

»Irgendwann wird die Täuschung auffliegen.«

»Irgendwann.« Nader nickte. »Aber dann sind wir nicht mehr da.«

Auch Anna nickte widerwillig, um Kristofs Plan umzusetzen, musste sie mitspielen. »Ich werde dir helfen.«

»Danke.«

»Meine Damen und Herren … sie sehen das Raumschiff, mit dem Männer wie Nader Heg'Taren Ihnen Andromeda zu Füßen legen werden. Begrüßen Sie mit mir den Prime, den führenden Kopf, der dieses Wunder möglich macht!«, rief eine blonde Kommentatorin, deren Oberweite jeglichen Versuch, neben ihr aufzufallen, zunichtemachte. Viel Stoff wollten die Massen nicht an ihr sehen, aus dem Oberteil hätte man auch Ohrenwärmer machen können.

Mehrere handgroße Kamera- und Scheinwerfereinheiten hatten die Szenerie fest im Griff. Alles, was sie sagten, alles, was sie zeigten, ging live in das gesamte Föderationssystem. Anna verfolgte über ihr Irisdisplay den Stream, wie er live gesendet wurde.

Wegen der vorhandenen Warpknoten, die als Vermittler fungierten, gab es auch in den bis zu 25.000 Lichtjahre entfernten Randwelten nur eine um wenige Sekunden verzögerte Signallaufzeit.

»Danke, danke ... ich danke Ihnen für diese herzliche Begrüßung. Heute darf ich Ihnen ... und Sie können sich kaum vorstellen, mit welchem Stolz ich das tue ... dieses wunderbare neue Raumschiff vorstellen!«, erklärte Nader euphorisch.

Während er vor Annas Augen einsam, beinahe blass vor einem übergroßen grauen Hintergrund stand, sah sie ihn im Stream inmitten einer riesigen Traube jubelnder Menschen stehen. Im Hintergrund Feuerwerk und unzählige kleinere Gleiter, die wie Insekten zum Licht strebten.

»Nicht so bescheiden ... Nader, das ist Ihr Applaus!« Die Blondine verstand es, ihn überlebensgroß zu präsentieren.

Nader wirkte wie ein Messias. Im Stream trug er eine mit kunstvollen Ornamenten besetzte schwarze Robe, einen weißblonden Zopf mit Silberfäden und hatte ein Lächeln, das sogar virtuelle Herzen von Toten zum Glühen gebracht hätte.

»Aber nein ... bitte liebes Publikum, beachten Sie mich nicht weiter ... im Gegensatz zu dem Stern, den ich Ihnen jetzt vorstellen darf ... bin ich ein kleines Licht!«

»Glauben Sie mir ... ich habe es selbst nicht glauben wollen! Das ist absolut einmalig! Nur einen Spot ... dann verspreche ich Ihnen, das haben Sie noch nicht erlebt!« Blondie war ein Profi. Schnitt. Es gab eine Werbepause, wie früher, Anna schauerte es.

»Anna, sind Sie bereit?«, fragte eine Assistentin, Modell Ishi, die bislang nicht im Bild zu sehen war.

»Oh ja!« Das war sie. So bereit wie noch nie. Verdammtes, seelenloses Gewäsch. Für Sequoyah. Für das Leben. Und für Elias, den sie nie vergessen würde.

Nader holte Luft. Noch nicht einmal sein Schnaufer war echt. »Mein hoch verehrtes Publikum. Im Jahr 2268 startete ein Raumschiff von der Erde, das Geschichte schrieb. Es verfehlte sein Ziel. Dachten wir. Natürlich kennen Sie die Geschichte der Horizon ... ist schließlich oft genug verfilmt worden.«

»Ich habe jede Verfilmung gesehen!« Blondie unterstütze Nader weiterhin mit vollem Körpereinsatz.

»Wer hat das nicht ...« Nader spielte mit den Massen. »Nun, ich kann Ihnen versichern ... wir hatten keine Ahnung! Absolut keine Ahnung, was der Mission wirklich zugestoßen war. Oder sollte ich besser sagen, was sie erlebt hatte? Oder noch besser ... immer noch erlebt?«

Anna gestand sich ein, dass der virtuell aufgemotzte Stream richtig gut war. Besser als das graue Original. Die Macher hatten es drauf, die Show war grandios.

»Nader, bitte ... jetzt lassen Sie uns nicht länger warten!«, protestierte die Blondine gespielt.

»Meine Damen und Herren. Begrüßen Sie mit mir Anna Sanders-Robinson. Medizinischer Offizier der Horizon und Tochter unseres Saoirse-Gründers Jeremie Sanders-Robinson!«

Die Kamera schwenkte auf Anna. Sie lächelte. Im Stream aufzutreten oder im Krieg zu kämpfen machte keinen Unterschied. Bei beidem konnte einem eine kleine Unachtsamkeit, ein falsches Wort, eine unvorteilhafte Geste das Leben kosten.

»Anna, bitte kommen Sie zu mir ... alle wollen Sie sehen«, gebot Nader und reichte ihr seine Hand. »Glauben Sie mir, Ihr Vater wäre stolz auf Sie gewesen.«

»Danke ... und an alle, die diesen Moment ermöglicht haben ... ich danke Ihnen von Herzen.« Anna verbeugte sich. Die sollten nun das bekommen, was sie sehen wollten. Ihre virtuell animierte rote Mähne reichte bis zum Po. Die Bildtechniker schenkten ihr auch fünf Kilo Körpergewicht, die sich äußerst vorteilhaft auf das Gesicht, die Brüste und den Po verteilten. Auch das K-6 Implantat konnte man im Stream nicht sehen, die weiße Galauniform der Föderation strahlte regelrecht.

»Meine Damen und Herren. Sie ist bescheiden. Aber wir wissen alle, was sie geleistet hat. Anna, das ist Ihr Applaus!«, heizte die blonde Moderatorin die Zuschauer weiter an. Die virtuelle Menge im Bild neben Anna tobte, sie spielte mit und winkte ins Nichts, was wiederum im Stream noch mehr Begeisterung auslöste. Der Regisseur spielte, parallel zum Stream, Absatzzahlen in ihr Irisdisplay. Der Zähler der Zuschauer, die in der ganzen Milchstraße verteilt, auf die Webseite klickten, schoss nach oben. Die Zuschauer kauften Spielzeugmodelle der Horizon, weiße Kleidung, Unmengen rotes Haarfärbemittel und natürlich Andromeda-Investments, die Nader auf diesem Wege feilbot. Die Umsätze waren gigantisch.

»Bitte ...« Anna ließ den Beifall ausklingen. »Ich würde Ihnen gerne eine Geschichte erzählen. Eine sehr alte Geschichte. Die Menschen von 2268 hatten gerade einige dunkle Jahrhunderte überlebt. Zeiten des Krieges und der Not, aber sie hatten überlebt. Die Horizon sollte die Menschheit in das nächste Sonnensystem bringen. Ein unerhörtes Ziel, dachten damals viele.

Nicht alle Menschen waren davon begeistert. Kritische Stimmen sprachen davon, dass die Probleme auf der Erde wichtiger wären, als einigen Wissenschaftlern ein nettes Wochenende auf Proxima Centauri zu verschaffen.«

Anna pausierte. Die Worte mussten sacken, um zu wirken. Die Zustimmung stieg, der Regisseur spielte ihr live die Reaktionen der Zuschauer ein. Nader lächelte und zeigte aus dem Off mit dem Daumen nach oben.

»Nun … wenn damals die Zweifler, die Vorsichtigen und die Bürokraten den Ton angegeben hätten … würden Sie mir jetzt nicht zuschauen. Hier würde kein Raumschiff gebaut werden und Andromeda würde weiterhin nur ein Ort wunderbarer Sagen und mehr oder weniger gut gemachter Science Fiction Filme sein.«

»Aber es gab auch Menschen mit Visionen …« Die blonde Moderatorin stellte sich neben sie. Der Regisseur spielte Bilder von Annas Vater ein. Private Videos, die damals auf Malta aufgenommen wurden. Ihre Mutter saß im Garten und ihr Vater beschäftigte sich mit einem rothaarigen Mädchen, das in einem Pappkarton saß und Pilot spielte. Anna schluckte. An diesen Nachmittag konnte sie sich gut erinnern.

»Mein Vater glaubte an die Horizon. Er glaubte an den unbändigen Willen der Menschheit nach Höherem zu streben. Er glaubte an mich. Seine Tochter, die er für seinen Traum auf eine lange Reise schickte.«

Stille.

»Ich glaube, dass es einen Grund hat, warum ich hier bin. Dass es einen Grund hat, warum ich überlebt habe. Und dass es unzählige Gründe gibt, warum dieses Raumschiff nur einen Namen tragen kann.« Anna strahlte und zeigte auf die Horizon, deren Bug nun im Bild zu sehen war.

Der Zuspruch im Netz sprengte alles Vorstellbare. Die Menschen kauften alles, was sie kriegen konnten. Nader nahm Unsummen ein, der Handel mit Andromeda-Zertifikaten boomte.

»HORIZON!« Anna thronte auf dem Olymp der Emotionen. »Helfen Sie uns diese wunderbare Vision in die Tat umzusetzen. Sichern Sie Ihren Kindern und Kindeskindern eine Zukunft. Investieren Sie in die Andromeda-Initiative.«

Die Verkaufszähler hörten nicht mehr auf immer neue Rekordzahlen anzuzeigen. Anna hatte ihren Job getan. Die Kameras im Hangar der Horizon deaktivierten sich, was die Aktivitäten im Netz allerdings nicht ruhiger werden ließ. Unzählige Sendeformate nahmen den Ball auf und zelebrierten Annas Aufruf, in das Projekt zu investieren. Sie war jetzt der Star im gesamten bekannten Universum.

Anna hatte sich nach der Show zurückgezogen, um über ihr weiteres Handeln nachzudenken. Der fensterlose graue Raum bot nicht mehr als ein Sofa, einen Getränkespender und eine künstliche Zimmerpflanze. Eine recht hässliche sogar.

Habe ich das Richtige getan, fragte sie sich mehrfach und dachte an die vielen enttäuschten Gesichter, die sie irgendwann als Lügnerin entlarven würden. Soweit durfte es nie kommen. Anna hatte mit Kristof gesprochen, der zu seiner Flotte zurückgekehrt war. Die Tatsachen, die sie geschaffen hatte, gefielen ihm besser, als sie es erwartet hatte.

Mach so weiter ... das wird funktionieren, waren seine Worte, an die sie sich klammerte. Die starke Frau, die viele in ihr sahen, war sie nicht. Zumindest nicht in diesem Augenblick. Mit dem Blick zur Seite dachte sie an Elias; sie vermisste ihn. »Bitte ... hilf mir.« Aber Elias antwortete nicht.

»Darf ich stören?«, fragte Nader vorsichtig.

»Bitte ...«

»Du warst großartig.«

»Danke.« Ein Lob ohne Bedeutung.

»Und du hast viele neue Freunde gewonnen ...«

»Ich glaube nicht, dass die Menschen, denen ich heute Andromeda-Investments verkauft habe, meine Freunde bleiben werden.« Dieser Gedanke war absurd.

Nader lächelte. »Aber nein ... doch nicht die.«

»Wer dann?«, fragte Anna, der gerade die Fantasie fehlte, Naders Gedanken mitzugehen.

»Mächtige Freunde ... Freunde, die dir helfen wollen.«

»Wobei?« Anna setzte sich auf, Nader hatte sie neugierig gemacht.

»Zu leben, Anna. Lange zu leben.«

»Ich verstehe nicht ...« Nader sprach in Rätseln.

»Ich habe eine persönliche Zertifikation für dich ... sehr wertvoll. Vielleicht sogar wertvoller, als du es dir im Moment vorstellen kannst.« Nader gab zwar Antworten, die Anna allerdings nicht verstand.

»Wofür? Für die Reise nach Andromeda?«, fragte sie unsicher.

»Die gibt es gratis ... nein, es ist deine Fahrkarte für ein ewiges Leben im primären KI-Host.«

»Bitte was?«

»Du darfst dich virtualisieren lassen ... wenn du magst noch heute. Ist das nicht toll? Du hast die Wahl in der Realität verschiedene Avatare zu benutzen. Deine KI wird mit der höchsten Sicherheitsstufe aufbewahrt. Zudem stehen dir auch exklusive Ego-Welten zur Verfügung. Du kannst wichtige Personen in der Geschichte nachleben oder auch historische Szenarien alternativ entwickeln.«

»Das ist …« Das war krank, Anna zwang sich, nicht zu sagen, was sie dachte.

»Fantastisch, ich weiß … du glaubst gar nicht, wie viele Mitglieder des obersten Föderationsrates, oder besonders unserer kreuzbraven Richter, in der Vergangenheit bereits dein Leben nachgelebt haben. Besonders als aus dir eine Heldin wurde. Jeder möchte sein wie du. Jeder will Annas Abenteuer erleben. Die werden sich darum reißen. Die Technik macht es möglich, du kannst in jedem virtuellen Körper wiedergeboren werden, der dich interessiert. Ein Geheimtipp ist es, einen neuen Körper ohne Vorwissen zu erfahren und erst nach dessen Tod wieder auf seine gesammelten Erinnerungen zurückgreifen zu können. Das soll sich wie ein schmutziges, urwüchsiges und gefährliches Leben anfühlen. Mit echter Angst um sein Leben. Fantastisch«

»Welches Ego-Programm lebst du am liebsten?«, fragte Anna und ließ sich keine Gefühlsregung anmerken.

»Na … das Anrecht Ego-Welten zu erleben, muss ich mir noch erarbeiten. Ist leider nicht billig … aber wenn ich meinen Job gut mache, werde ich vielleicht auch eine Zertifikation für den primären KI-Host bekommen. Dann hätte ich es geschafft.«

»Danke.« Anna sah Nader an. War das alles, was er ihr mitteilen wollte? Er wirkte bedrückt. »Ich ruhe mich gerade etwas aus.«

»Das sehe ich …«

»War noch was?« Anna wollte ihn nicht vor die Tür setzen, aber wenn er gegangen wäre, hätte sie ihn nicht aufgehalten.

»Ja.« Nader sah auf den Boden. »Eine Sache wollte ich dir noch mitteilen.«

»Bitte …« Anna merkte, dass es ihm schwerfiel zu sprechen.

»Es geht um die 791 Menschen der ersten Horizon Mission.«

»Sollen die auch auf die Festplatte?«, fragte Anna.

»Festplatte?«

»Sollen die auch virtualisiert werden?« Was Anna sicherlich nicht zulassen würde.

»Nein … die haben weniger Glück. Die bleiben zurück … die sind schon auf der Reise zum Mars.«

»Wieso Mars?«

»Niemand vom Mars wird jemals die Andromeda Galaxie sehen«, sagte Nader kleinlaut. »Ich möchte, dass du weißt, dass das nicht meine Idee war. Ich habe für ihr Leben gekämpft.«

»Aber?«

»Es werden keine lebenden Menschen mitgenommen. Wir werden die komplette Lebenserhaltung an Bord der Horizon einsparen … und mehr Fracht laden.«

»Menschen machen immer Probleme, oder?«, fragte Anna, das würde bedeuten, selbst nur einen Platz als körperlose KI in der wunderbaren neuen Welt bekommen zu können.

»Du hast nur noch wenige Tage Zeit, dich virtualisieren zu lassen.« Ob Nader ehrlich zu ihr war?

»Und Dan'ren?« Anna bemühte sich immer noch keine Emotionen zu zeigen, auch wenn ihr zum Heulen zumute war.

Nader schüttelte den Kopf. »Wir werden auch keine Lerotin mitnehmen.«

»Wieso sagst du mir das?« Anna musste annehmen, dass diese Informationen streng geheim waren. Nur ein Gerücht würde genügen, um noch vor dem Start einen epischen Bürgerkrieg anzuzetteln.

Nader lächelte. »Bevor ich starb, war ich ein Mensch ... wie du. Ich möchte das nicht vergessen.«

***

VII. Showgirls

Anna befand sich auf dem Weg nach *61 Cygni*, einem Doppelsystem im Sternbild Schwan, 11,4 Lichtjahre von der Erde entfernt. Mit einem Prismenfernglas ließ sich Cygni in einer wolkenklaren Nacht mühelos von der Erde erkennen. Die Sterne Cygni A und B waren etwas kleiner als die Sonne und sorgten für ein rötlich eingefärbtes Tageslicht.

Tellar, einer von drei bewohnbaren Planeten, ähnelte der Erde noch am stärksten, er befand sich in der habitablen Zone von Cygni B und verfügte über ein erdähnliches Magnetfeld. Beinahe ideale Bedingungen. Was ihm allerdings fehlte, waren ausreichende Wassermengen, das Terraforming für Tellar hatte über 200 Jahre gedauert. Jeder Tropfen wurde von anderen Welten mitgebracht. Das hatte vor 4.000 Jahren stattgefunden, dennoch blieb Tellar ein rauer Wüstenplanet. Mit zwei Milliarden Menschen gehörte er zu den wichtigen Industriezentren der Föderation, eine Tourismus-Branche gab es allerdings nicht.

Der Grund für diese rasante Entwicklung war einfach: Die riesigen Investitionen für die Schaffung einer minimalen Atmosphäre rechneten sich binnen weniger Dekaden. In der steinigen Erdkruste von Tellar mit bis zu 32 Kilometer hohen Bergmassiven befanden sich ungefähr so viele Erze wie auf 1.000 Erden. Schwarzmetalle wie Eisen, Titan, Kobalt und Vanadium, natürlich auch Buntmetalle wie Kupfer und Zink, Leichtmetallerze wie Magnesium und Lithium und natürlich Edelmetalle wie Gold, Silber und Platin. Tellar war bei vielen Menschen, die dort mehr oder weniger freiwillig lebten, auch als der ertragreichste Eisenklumpen im gesamten Universum verschrien.

»Haben die keine Meere? Ich sehe nur Wüste ...«, sagte Dan'ren mit Blick aus dem Fenster, die Anna beim Anflug auf die Hauptstadt von

Tellar begleitete. Nader hatte ihnen für ihre besondere Mission seinen privaten Gleiter zur Verfügung gestellt.

»Wasser ist hier sehr wertvoll, das lässt niemand freiwillig in der Sonne verdunsten.«

»Davon haben wir auf Iris genug …«

»Du vermisst deine Heimat, oder?«, fragte Anna, die Dan'ren besonders während der letzten Tage als Freundin zu schätzen gelernt hatte.

»Ja … ich mochte den Geruch des Meeres und die Farbe der Wolken, wenn die Sonne sie nach dem Regen aufbrach«, sagte Dan'ren lächelnd und strich Anna mit dem Daumen ein kurzes rotes Haar von der Wange. Beide hatten in der jüngeren Vergangenheit viel Liebgewonnenes zurücklassen müssen.

Nader hatte ihr davon abgeraten, Dan'ren einzuweihen, da für sie auf der Reise nach Andromeda kein Platz zur Verfügung stand. Unter gespielten Tränen hatte Anna zugestimmt, es aber nicht für eine Sekunde erwogen, die Lerotin zurückzulassen. Dabei ging es in erster Linie nicht darum, Nader zu belügen, sondern ihn glaubhaft andere belügen zu lassen. Logisch. Schließlich konnte die primäre KI-Steuerung Nader in seinen hübschen Kopf gucken.

»Unser Termin mit dem Rat ist in einer halben Stunde«, sagte Anna, während sie gedankenverloren den Kopf zum Fenster drehte. Die Wüste erinnerte sie an Proxima, was in ihren Gedanken keine schönen Bilder aufkommen ließ.

»Die werden uns alles geben, was sie haben …« Dan'rens Glauben an die Sache bestärkte Anna. Es fühlte sich gut an nicht alleine in den Krieg zu ziehen.

»Was macht dich da so sicher?« Für Anna war es alles andere als selbstverständlich, als Sonderbeauftragte in Nader Heg'Tarens Namen interplanetarische Wirtschaftsverhandlungen zu führen. Man hätte es auch einen legalisierten Raubzug nennen können, sie kam mit leeren Worten und ging mit vollen Taschen.

»Sie werden dir ihr Leben anvertrauen.«

»Aber … es geht doch nur um die Erzreserven von Tellar. Abermillionen Tonnen, ein Schatz, über dessen Wert sich die Verantwortlichen bei der jüngsten Kursentwicklung sicherlich bewusst sein werden«, erklärte Anna, ohne Dan'rens Intention zu verstehen.

»Du hast mir nicht zugehört … sie werden dir kein Eisen verkaufen … sie werden dir ihr Leben anvertrauen. Und das ihrer Kinder … hier auf Tellar leben Menschen, die noch Blut in den Adern haben.« Dan'ren wusste ganz genau, worüber sie sprach.

»Werde ich diesen Handel einhalten können?« Anna konnte sich gut an Naders Worte erinnern: Die demokratisch gewählte Exekutive der Föderation hatte nicht vor, alle Menschen zu retten. Unter den zwei Milliarden Bewohnern Tellars befanden sich 800 Millionen lebende Menschen. Es war günstiger, organische Arbeiter in den Bergwerken arbeiten zu lassen, die kamen mit dem Staub und der Hitze unter Tage besser klar. Ein Mensch schaffte das gut und gerne 15-20 Jahre, ein durch eine KI gesteuerter Avatar höchstens ein Drittel dieser Zeitspanne. Die synthetischen Bewohner agierten daher alle in der Verwaltung oder in anderen führenden Positionen.

»Die Menschen von Tellar werden kein besseres Angebot bekommen … das ist zynisch und ungerecht. Millionen werden sterben … nur, ohne dich hat nicht eine Seele die Chance weiterzuleben.«

»Wir landen in zehn Minuten auf dem New Singapore Heliport. Bitte bereiten Sie sich für die Sicherheitskontrolle vor«, sagte die bekannt freundliche Stimme der Bord-KI, die sich auf jedem Gleiter nahezu identisch anhörte.

»Willkommen in New Singapore, die berühmte Anna Sanders-Robinson, es ist mir eine besondere Freude, Sie begrüßen zu dürfen«, erklärte eine junge dunkelhaarige Asiatin und verbeugte sich. Wieder eine Schwester von Ishi, die es scheinbar in rauen Mengen gab. Der Heliport befand sich mitten in einer roten und brütend heiß anmutenden Wüste. Ansonsten gab es auf der Oberfläche keine erkennbaren Bauwerke.

»Danke.« Auch Anna deutete eine Verbeugung an. Eine höfliche Geste schadete nicht. Tellar war in der Vergangenheit von vielen Menschen asiatischer Herkunft besiedelt worden, einige ihrer früheren Gewohnheiten hatten die Zeiten scheinbar überdauern können.

»Mir ist aufgetragen worden, Sie und Ihren Sicherheitsoffizier umgehend zu einer Besprechung des Rats zu begleiten.«

»Wir folgen Ihnen ...« Anna lächelte, als Sicherheitsoffizier hatte Dan'ren bisher noch niemand bezeichnet. Trotzdem nachvollziehbar, da weder ein militärischer Lerotin Biosuit, noch ihr K-6 Implantat als Sommerkleider zu bezeichnen waren. Immerhin ersparte diese Kleidung ihnen weitere Leibwächter, mit Dan'rens Primärbewaffnung und Annas K-6 hätten sie New Singapore auch allein erobern können.

»Unten sind die Temperaturen angenehmer«, sagte ihr Ein-Mann-Begrüßungskomitee und zeigte auf eine Aufzugskabine. Die Bauart ähnelte der Anlage in Campus Martius. Der Unterschied zeigte sich erst auf den zweiten Blick. Wo in Campus Martius unter der Landeplattform ein traumhafter Urlaubsort erschien, gab es in New Singapore nicht mehr als einen mehrere Hundert Stockwerke tiefen Schacht, in dem sich eine triste graue Plattform über die andere fügte.

»Wird der Weg zum Rat lange dauern?«, fragte Anna, die mit etwas Smalltalk die Stille übertönen wollte.

»6 bis 8 Minuten ... Sie werden bereits erwartet. Der Offizier an der Sicherheitsschleuse ist bereits informiert. Es wird keine Probleme geben. Brauchen Sie vor der Besprechung eine Pause? Oder möchten Sie sich umziehen?«

»Nein, danke.« Es gab keinen Grund zu warten und Sommerkleider hatten sie auch nicht dabei.

Der Offizier an der Sicherheitskontrolle zum Ratsgebäude schüttelte nur den Kopf, als er auf seinem Scanner sah, was er mit Dan'ren und Anna für Waffensysteme in den Amtssitz seiner Regierung ließ. Ishi gebot ihm, sich zu beeilen.

Anna lächelte ihn an, der Mann hatte eine Narbe unter dem Auge, trug einen Vollbart und war der erste echte Mensch, den sie nach ihrer Rückkehr sehen durfte. Eine Schönheit war er nicht, aber das machte nichts.

»Bitte, wir haben den kleinen Sitzungssaal für Sie vorbereitet.« Ihre Empfangsdame öffnete eine breite dunkle Holztür, in die zahlreiche japanische Schriftzeichen eingearbeitet waren.

»Danke.« Anna bedankte sich abermals, Dan'ren ging vor. Die Lerotin hatte sich bereits bei ähnlich motivierten Besuchen auf anderen Planeten als sehr aufmerksame Beschützerin erwiesen. Seit dem grandiosen Auftritt vor zehn Tagen fanden auf Tellar die vierzehnten Verhandlungen mit den Verantwortlichen einer rohstofffreichen Welt statt. Acht Mal konnte sie Nader bisher erfolgreiche Gespräche melden, die Mission heute war aber der wichtigste Termin auf ihrer Rundreise.

Anna legte los. Die Stimmung blieb kühl. »Meine Dame, meine Herren, danke, dass ich zu Ihnen sprechen darf.«

Eine Frau und vier Männer hörten ihr zu. Dan'ren hatte schweigend neben ihr Platz genommen. Bis auf einen grauhaarigen Mann sahen die vier anderen wie Jugendliche aus. Der Jugendwahn der von KIs gesteuerten Avatare machte es einfach, die wenigen aus Fleisch und Blut von ihnen zu unterscheiden.

»Ich sehe es nicht ein, dieser dreisten Einschüchterung nachzugeben!« Die junge Frau mit langen blonden Haaren, asiatisch anmutenden Gesichtszügen und einer unauffälligen dunkelblauen Tunika, nahm kein Blatt vor den Mund.

»Bitte ... lassen wir sie sprechen«, sagte der Ältere, von dem Anna annahm, dass er ein Mensch war. Eine Abfrage über ihr Irisdisplay brachte über seine Identität keine Klarheit. Die Exekutive von Tellar sperrte sich bisher erfolgreich, der Föderation ihre Datenbanken offenzulegen. »Ich bitte, unsere Unhöflichkeit zu entschuldigen. Aber die Terminanfrage der Föderation ging bei uns erst gestern ein.«

»Wundert Sie das?«, fragte Anna, die für ihre Frage überraschte Gesichter zu sehen bekam. Der Ratsherr hatte natürlich recht, die Terminanfrage war ein Diktat und Anna reiste mit einem Zerstörer der Zero-Klasse. Allein ein Kriegsschiff dieser Bauart genügte, um die üblichen lokalen Polizei- und Sicherheitskräfte in Schach zu halten.

»Ihre Haltung ist ungewöhnlich ... das kennen wir weder von der Föderation noch von der Saoirse-Organisation«, sagte die Frau deutlich ruhiger.

»Ich würde mich gerne vorstellen ...« Jetzt spielte Anna ihre wichtigste Karte, sie war die Heldin der Horizon-Katastrophe.

»Ich denke, Sie kennt jeder ...«, unterbrach die Blondine sie und Anna drehte ihr den Kopf zu.

»Ganz ehrlich ... die Föderation, Saoirse, oder welche Bezeichnung Ihnen noch für dieses degenerierte System einfällt, sind mir alle scheiß egal!«

»Aber ...«

»Bitte ... bedenken Sie nur eine Sache. Der Bau der Horizon ist das größte Technologieprojekt der Menschheit. Und leider auch das wichtigste ... wenn es uns nicht gelingt, Andromeda zu erschließen, wird früher oder später Tellar und auch jede andere von Menschen bewohnte Welt durch den Abfluss der Milchstraße gespült!«

»Das hören wir jedes Mal ... wann soll das passieren?«

»Ich weiß es nicht.« Anna zuckte mit den Schultern. Die Wahrheit konnte sie nicht sagen.

»Sie wurden im Jahr 2237 auf der Erde geboren?«, fragte der Grauhaarige. Er hatte wache Augen, ein interessanter Mann.

»Ja. Auf Malta.«

»Damals hatte die Menschheit Angst, dass die Yellowstone Caldera[8] ausbrechen könnte. Eine Katastrophe, die die Welt wieder ins Mittelalter katapultiert hätte.«

»Stimmt.«

»Es ist aber nie passiert ... bis heute nicht.« Ein gutes Argument, leider eine wenig hilfreiche Ansicht. Die Gefahr durch die Schwerkraft-Anomalie in der Mitte der Milchstraße war ungleich realer.

---

[8] Die Yellowstone Caldera ist ein 80x50 km großer inaktiver Supervulkan in Nordamerika.

»Sehen Sie mich doch einfach als Ihre Versicherungsvertreterin ... die Horizon wird Sie gut schlafen lassen, und die Prämie dafür wird Sie nicht arm machen.« Ob Anna damit einen guten Vergleich getroffen hatte, wusste sie nicht.

»Passend ... und mit der Prämie stoßen sich andere gesund! Wir bezahlen unsere Steuern. Wir fördern das Andromeda-Projekt ... aber nicht zu jedem Preis«, erklärte die junge Frau resolut, die in dieser Runde großen Einfluss zu haben schien.

»Ich habe ähnliche Meinungen bereits öfter gehört. Ich verstehe und respektiere Ihre Situation ... doch ich bin nicht ohne Grund zu Ihnen gekommen.«

»Brechen etwa die Spekulationen mit Rohstoffen ihren Urhebern selbst das Genick?« Blonde Haare lieferten kein verlässliches Indiz für Dummheit, diese Frau wusste genau, was sie sagte.

»Ja.«

»Und?«, fragte sie weiter.

»Das Projekt droht zu scheitern ... wenn nicht große Rohstoffeigner zu annehmbaren Preisen verkaufen, wird der Bau der Horizon nicht fertiggestellt.« Anna ging in die Offensive.

»Jetzt kommen Sie mir nicht mit Verantwortung und dem Wohl unserer Kinder ... das können Sie sich sparen.«

»Wissen Sie ... ich bin ein Mensch, genau wie Sie früher einer waren ... ich fürchte mich vor dem, was uns bevorsteht, wenn wir nicht nach Andromeda umsiedeln.«

»Diese Umsiedlung dauert mindestens 100 Jahre ... es würde fast eine Billion Menschen betreffen. Bei der Hochrechnung schenke ich Ihnen auch die KIs, für die wir einfach neue Avatare herstellen können ... es wären immer noch über 300 Milliarden Menschen aus Fleisch und Blut, die Sie nicht in Ihre ach so fantastische Horizon packen können.«

Den Argumenten konnte Anna wenig entgegensetzen. Was hätte sie auch sagen sollen? Dass die Horizon nur mit KIs an Bord losfliegen wollte? Und, dass die Idioten von Tellar dafür doch bitte ihr letztes Hemd zu geben hatten?

»Je länger wir warten ... desto schwieriger wird es.« Anna agierte mit dem Rücken an der Wand.

»Ich sage Ihnen etwas ... bringen Sie die Horizon wenigstens einmal heil nach Andromeda und wieder zurück. Gerade Sie sollten wissen, dass bei einer solchen Reise viel passieren kann. Wenn Sie wieder gesund vor uns sitzen, reden wir darüber, ob sich Tellar stärker am Bau weiterer Schiffe dieser Baureihe beteiligt.«

»Das ist ...«

Die Ratsfrau ließ Anna nicht ausreden. »Hier leben zwei Milliarden Menschen ... wir brauchen Jahre und eine riesige Flotte, um unsere sieben Sachen auf eine neue Welt zu bringen. Ach was rede ich ... genau ... nennen Sie mir doch erstmal eine habitable Welt, die wir besiedeln dürfen. Tellar liegt aus Sicht der Erde direkt vor der Haustür und es hat 200 Jahre gedauert und ein riesiges Terraforming-Programm gekostet, um diesen Eisenklumpen bewohnbar zu machen.«

»Sind Sie sicher ...«

»Sie werden heute mit leeren Händen heimkehren müssen. Die Menschen von Tellar werden nicht ihr letztes Hemd geben, damit Sie noch eine Bruchlandung machen können!«

Das hatte gesessen. Anna stand auf, verbeugte sich und verließ den Raum. Dan'ren folgte ihr. Diese Reise war ein Fehlschlag.

»Darf ich Ihnen noch eine Erfrischung anbieten? Wir haben ein Buffet und einen Empfang vorbereitet.« Draußen wartete dieser Ishi-Verschnitt, der sicherlich kein Wort von dem mitbekommen hatte, was gerade besprochen wurde.

»Bringen Sie uns zu unserem Gleiter. Wir fliegen sofort weiter.« Anna hatte genug für heute.

»Natürlich.«

»Warten Sie! Bitte!«, der grauhaarige Mann lief ihnen hinterher. Seine asiatischen Wurzeln waren nur schwach zu erkennen. Er war etwas größer als Anna und sicherlich dreimal so alt. Laufen konnte er trotzdem und das gar nicht mal langsam.

»Ich habe es verstanden ... wir fliegen umgehend.« Anna wollte sich nicht weiter vorführen lassen.

»Nein ... bitte.«

»Was wollen Sie von mir?«, fragte Anna entnervt.

»Bitte entschuldigen Sie die direkten Worte ... es hat leider bei uns Tradition, schlechte Erfahrungen mit der Föderation zu machen.« Der Grauhaarige gebot dem Ishi-Avatar, zu verschwinden. »Ich übernehme die Begleitung.«

»Dann können Sie Ihren schlechten Erfahrungen ein weiteres Kapitel hinzufügen.«

»Bitte ... bekomme ich eine Chance?«, fragte er und sah in ihre Augen. Das war ein Mensch, der mit ihr sprach. Anna sah dunkle tiefe Augen, einen grauen Vollbart und ein von der Sonne dunkel gebranntes und zerfurchtes Gesicht.

»Ich heiße Anna.«

»Hallo Anna, mein Name ist Jaden.« Er reichte ihr seine Hand, rau, mit zahlreichen Schwielen. Am kleinen Finger fehlte ihm das letzte Fingerglied, zwei weitere Finger waren nach einem Bruch schief verheilt. Die Verletzungen erinnerten Anna an die Vergangenheit, sogar 2268 musste kein Mensch mehr mit schlecht verheilten Knochenbrüchen leben. Es sei denn, man wollte nicht auf seine Narben verzichten. Wer war dieser Mann?

»Und jetzt?«, fragte Anna, während sie mit dem Aufzug zum Heliport hinauffuhren. Auch Dan'ren sah ihn fragend an, schwieg aber und blieb dicht an Annas Seite.

»Schon mal in einer roten Wüste auf Tellar gewesen?«, fragte er in einem Ton, als ob sie sich zuvor nur über das Wetter unterhalten hätten.

»Habe ich da was verpasst?« Anna fand den alten Mann zumindest aufgeweckt. Ob er auch etwas zu sagen hatte, würde sich noch herausstellen.

»Definitiv.« Jaden lachte und bediente eine Fernsteuerung an seinem Gürtel. Seine beigefarbene Lederkleidung wirkte unpassend für einen Wüstenplanten. Über ihnen schimmerte etwas, Anna hielt es für ein Kraftfeld. »Lassen Sie uns ein Stück gehen.«

Von der Plattform führte eine Treppe herunter. Etwas Lebloseres als diese Wüste hatte Anna noch nicht gesehen. Hier lebte absolut nichts. Mit dem kleinen Kraftfeld durchquerten sie die Barriere eines größeren Kraftfeldes, das die Landeplattform vor Staub und zu viel Sonne bewahrte.

»Der Boden glüht förmlich«, sagte Anna, die den Geruch heißer Steine unter ihren Füßen bemerkte.

»Die rote Wüste ist so trocken, dass es völlig egal war, mit wie viel Wasser wir versucht haben, ein erdähnliches Wetter herzustellen.«

»Aber es leben Menschen auf Tellar.«

»Oh ja ... viele sogar. Und ohne unser kleines Kraftfeld würden wir keine hundert Meter weit kommen. Die Hitze und die Trockenheit würden uns in kürzester Zeit das Leben aus den Gliedern ziehen.«

»Verständlich.«

»Erstaunlicherweise ist noch niemand verdurstet ...«

»Warum?«, fragte Anna.

»Ohne Kraftfeld hätten wir nach sechzig Sekunden einen Sonnenbrand und nach drei Minuten schwere Verbrennungen ... in der Simulation hat bisher niemand die ersten fünf Minuten überlebt.«

»Die Sonne tötet schneller als der Durst?« Was für Anna naheliegend war.

»Ja ... und trotzdem lebe ich bereits seit 58 Jahren auf dieser Welt. Es gibt Menschen, die glauben, ich könnte gut zuhören. Was ich für Blödsinn halte ... ganz ehrlich, ich habe noch nie verstanden, was die meisten so von sich geben.«

Jaden blieb stehen und zeigte auf eine der beiden roten Sonnen, die für das rötliche Licht verantwortlich waren. Anna begriff langsam, was er von ihr wollte.

»Ich habe von Menschen gehört, die konnten Dinge verstehen ... obwohl sie niemand ausgesprochen hat.«

»Ja ... die soll es geben. Eine Fähigkeit, mit der KIs auch heute noch Probleme haben.« Er hielt sich die Hand schützend vor die Augen. »Wer weiß schon, wie lange ich mich noch von dieser verfluchten Wüste malträtieren lassen muss.«

»Dinge können sich manchmal schnell ändern ...« Anna überlegte, wie weit sie gehen wollte.

»Ja ... man kann sich nicht mal mehr auf seine Vorurteile verlassen ... mir hat mal jemand erzählt, dass die Menschen auf der Erde bereits ausgestorben sind.«

»Und?«

»Scheinbar vergaß man die verbliebenen Individuen darüber in Kenntnis zu setzen ... ich hörte, die glauben immer noch zu leben«, antwortete Jaden. Der alte Mann wusste genau, wie es um die Erde stand. Seine Meinung über KIs war ebenfalls deutlich wahrzunehmen.

»Ist der Betrug an sich selbst nicht immer am schwersten zu erkennen?«, fragte Dan'ren. Anna nickte.

»Mein Vater hat mich früher immer mit in die Wüste genommen, um mir wichtige Dinge zu sagen. Er war der Meinung, dass diese lebensfeindliche Umgebung alles Unwichtige neutralisiert. Verrückt, oder? Er glaubte, dass nur wenn Menschen vor lebensentscheidenden Situationen stehen, sie für einen ganz kurzen Augenblick die Chance hätten sich weiterzuentwickeln.«

»Ihr Vater war ein kluger Mann.« Anna würde mehr wagen, er war der Richtige.

»Das sagten auch andere über ihn ... er starb in dieser Wüste. Zufrieden. Das war sein letzter Wille.«

Anna lächelte. »Mein Vater lehrte mich, für meine Ziele zu kämpfen, wobei er sich immer Mühe gab, dass ich nicht den falschen Zielen nacheiferte.« Eine bedeutende Lektion, die sie in ihrer Jugend zu lernen gehabt hatte.

»Die hohe Kunst des Kampfes ... vermutlich gehört Freund und Feind zu unterscheiden, zu den schwierigsten zu erlernenden Fertigkeiten eines Feldherrn.«

»Ein guter Feldherr weiß zudem auch, wann er seine Truppen kämpfen lassen muss.«

»Das sollte er wissen ...« Jaden spielte weiter mit.

»Mein Vater würde jetzt sagen, lass deinen Gegner wissen, dass du fähig und entschlossen bist. Zeige ihm deinen bedingungslosen Willen ... bringe dein Heer in Stellung, warte aber auf den ersten Schuss.«

»Den ersten Schuss?«, fragte Jaden.

»Ja ... denn wenn dein Gegner ebenfalls auf den ersten Schuss wartet, wird es vielleicht gar keinen Kampf geben.«

»Eine weise Entscheidung. Und verwegen ... würde sich ein Feldherr dafür nicht bei seinem König verantworten müssen?«

»Natürlich ... wenn der König von dem Verrat erfährt, bestimmt.«

»Man würde ihn köpfen, oder?«

»Ja.«

Jaden nickte. »Es soll Männer geben, die solchen Feldherren ihr Leben anvertrauen.«

»Und Feldherren, die dieses Geschenk nicht vergeuden.« Anna war zufrieden, sie hatte ihn für Kristofs Plan gewinnen können. Es würde funktionieren.

In ihrem Irisdisplay aktivierte sich eine verschlüsselte Warnmeldung. Anna sollte umgehend mit Nader sprechen, es musste einen Zwischenfall gegeben haben.

»Ist etwas passiert?«, fragte Jaden.

»Ja, allerdings. Wir müssen sofort zurück. Dan'ren, lass den Tracer an Bord der Zero sofort einen Sprung berechnen. Wir starten in zehn Minuten. Los! Wir dürfen keine Zeit verlieren.«

»Ist es bereits soweit?«

»Ich hoffe nicht ... nicht jetzt schon.« Anna schauerte bei dem Gedanken, dass es schon losgehen könnte.

***

VIII. Notfallplan

Anna ärgerte sich über die Verzögerung, während sie einen Korridor auf dem Weg zur Brücke des Kriegsschiffs durchschritt. Archimedes, so hieß das Raumschiff mit der weniger klangvollen militärischen Kennung Zero-34F7. Der griechische Mathematiker, der noch vor dem Beginn der modernen Zeitrechnung gelebt hatte, wäre sicherlich glücklicher gewesen, wenn es die Föderation bei den Benennungen ihrer kanonenbestückten Blechhaufen bei der Kennung belassen hätte.

Achtzehn Minuten waren seit der Meldung vergangen, in denen sie keine weiteren Informationen bekommen hatte. Achtzehn wertvolle Minuten, in denen sich der führende Offizier weigerte, ihr vorab relevante Daten über den Zwischenfall mitzuteilen.

»Warum bekommen wir keine weiteren Informationen?«, fragte Dan'ren, die ähnlich wenig Verständnis für diese Vorgehensweise zeigte. Sie hätten die Zeit besser nutzen können.

»Notfallprozesse ... für alles hat Saoirse Prozesse entwickelt, die von den KI-Systemen regelkonform abgespult werden.« Anna verstand, dass damit Fehler in der Entscheidungskette verhindert werden sollten. Ihr gefiel es trotzdem nicht.

Zwei schwarzgepanzerte Wachen sicherten die nächste Tür. Während Anna bei den Sicherheitskräften, die sie bei Gregors Gerichtsverhandlung gesehen hatte, zumindest noch Menschen unter der Körperpanzerung vermuten konnte, dachte sie bei diesen beiden höchstens daran ihnen aus dem Weg zu gehen. Ein H-1 Protektor, so die offizielle Klassifizierung, glich einer Panzereinheit auf zwei Beinen. Die Brustpanzerung hätte sogar einen Treffer aus Dan'rens Primärbewaffnung ausgehalten.

Wenn auch nur einen, einen zweiten Treffer auf dasselbe Panzerplattensegment eher nicht. Anna würde im Zweifelsfall auf die Beine schießen. Was sich nicht mehr bewegen konnte, war nur noch halb so gefährlich.

»Identifizieren Sie sich«, forderte sie der Rechte der zweieinhalb Meter großen Kolosse auf. Bei der synthetischen Stimme hielten es die Ingenieure scheinbar für überflüssig, einen menschlichen Klang zu imitieren. Der H-1 Protektor klang so, wie er aussah.

»Verpisst euch ...«, antwortete Anna, die dem H-1 über ihr Irisdisplay erneut ihre Sicherheitsfreigabe übermittelte. Dieses Verfahren war lächerlich.

»Ähm ... vielleicht solltest du ...« Dan'ren zeigte sich von zwei mal zwei Tonnen Verbundpanzerung stärker beindruckt.

»Erlaubnis, die Brücke zu betreten, erteilt«, sagte der H-1 teilnahmslos. Die Tür öffnete sich. Schlau waren die nicht.

»Tracer Sanders-Robinson, schön, dass Sie so schnell kommen konnten«, begrüßte sie ein zwölfjähriges Kind ohne Haare, das in der Mitte der Brücke auf einem Lichtpodest stand und virtuos holografische Symbole berührte, die ein Laser in die Luft projizierte. Anna kannte diese Form der Schiffssteuerung bereits von ihrer zweiten Begegnung mit dem Master Carrier. Warum eine KI mit anderen KIs über eine analoge Schnittstelle kommunizierte, hatte Anna noch nicht verstanden. Die KI Vater wäre da weiter gewesen, bei ihm würde der kommandierende Offizier mit einer Tasse heißem Tee in der Hand zusehen, wie die Computer die Arbeit machten.

»Tracer Danilow, es scheint wichtig zu sein.« Anna mochte Danilow nicht, der sie eine weibliche Aura zubilligte. Bei dem Avatar, den sie benutzte, hatte man nicht nur auf die Ausformung eines erkennbaren Geschlechts verzichtet. Danilow besaß auch keine Haare. Sie war schneeweiß und trug keine Kleidung. An ihrem Körper war nichts, was Kleidung hätte bedecken können.

»Ja.«

»Bitte ... ich höre.« Anna verdrehte die Augen.

»Bitte nehmen Sie Platz und erteilen Sie die Freigabe, dass ich Sie in eine sichere Kommunikationszelle einbinden darf. Ich baue dann sofort die Verbindung auf ...«

»Mit wem reden wir?«, fragte Anna, allerdings ohne eine Antwort zu bekommen. Dan'ren nickte, sie würde offline bleiben und auf sie aufpassen. Aus dem ergonomischen Sessel, der sich hinter ihr aus Nanos formte, erschienen dünne tentakelähnliche Arme, die sich mit ihrem Implantat symbiotisch verbanden.

Na dann, dachte Anna, die bisher nicht jede Technologie im dreizehnten Jahrtausend verstanden hatte. Online gehen war früher einfacher. Sie schloss die Augen. Ihre Wahrnehmung verändert sich, sie saß nun an einem großen runden Tisch, an dem nach und nach weitere Personen erschienen, die sie zuvor noch nie gesehen hatte. Die Szenerie wirkte real, was sie aber nicht war. Die Wände schienen aus gedämpftem Licht zu bestehen. Sie befand sich im System, in der Welt der KIs. In der Welt der zentralen KI-Steuerung, dem Mittelpunkt allen menschlichen Daseins im dreizehnten Jahrtausend.

»Reden Sie nur, wenn Sie gefragt werden«, sagte Danilow, die an der Tafel neben ihr saß. In dieser Runde aber nicht als geschlechtsloses Neutrum erschien, sondern als groß gewachsene Brünette mit beachtlichen weiblichen Proportionen. Sie war das, was sie sein wollte, scheinbar legte sie in der Realität keinen Wert mehr darauf, als Frau gesehen zu werden.

»Werter Rat ... diese Sondersitzung ist von höchster Wichtigkeit. Ich übergebe Prime Nader Heg'Taren das Wort«, eröffnete ein jugendlicher Hüne mit kurzen blonden Haaren und muskulösem Oberkörper. Nader saß drei Plätze neben ihm, sein virtuelles Abbild entsprach dem Avatar, den er auch in der Realität benutzte.

Innerhalb der virtuellen Realität verfügte Anna über kein Irisdisplay, an einem animierten Display, vor ihr im Tisch eingelassen, erschienen Informationen, um die Gesprächspartner besser einzuschätzen. Der Typ war der Vorsitzende der Föderation und Saoirse Aufsichtsratsvorsitzender. Er war wohl derjenige, der alle Rechnungen bezahlte.

»Werter Rat ... ich fasse mich kurz. Zeit ist kostbar. Es ist passiert ... unsere Sonden im Zentrum der Milchstraße haben ein sprunghaftes Wachstum der gravitativen Anomalie festgestellt.«

»Abweichung zur Prognose?«, fragte der Vorsitzende.

»Wir können das Delta nicht mehr feststellen. Drei Sekunden nach dem Ereignis sind sämtliche primären Sonden ausgefallen. Die sekundären Sonden können ebenfalls keine Messungen vornehmen ... das Ereignis breitete sich mit mehrfacher Lichtgeschwindigkeit aus. Es ist schneller als die Messsignale. Wir können momentan die Ausbreitung nur anhand der Ausfälle unserer Systeme nachvollziehen.«

»Wir sehen noch nicht einmal, was auf uns zukommt?«

»Nein. Es ist schneller als das Licht oder auch Funkwellen.«

»Das Zentrum der Milchstraße liegt über 20.000 Lichtjahre von uns entfernt ... wie lange haben wir noch, bis uns die Auswirkungen erreichen?«, fragte ein gutaussehendes rot-blondes Mädchen, die der oberste Richter der Föderation war. Die Runde war äußerst prominent besetzt. Ungefähr dreißig Personen saßen in der Runde, Anna war die Einzige, die noch nicht tot war. Auch Kristof, der als Master Carrier dem Generalstab der Flotte angehörte, hörte aufmerksam zu.

»Wir befinden uns bei T-Plus 25 Minuten. Mit der aktuellen Zunahme der Gravitation werden wir bei T-Plus 180 Minuten das Ereignis nicht mehr geheim halten können. Zu diesem Zeitpunkt verlieren wir die ersten Raumstationen, die sich binnen sehr kurzer Zeit nahe der Lichtgeschwindigkeit auf den Mittelpunkt der Milchstraße zubewegen werden. Die entstehenden G-Kräfte werden dabei jegliche Materie desintegrieren«, erklärte Nader, während er eine animierte Darstellung und bekanntes Zahlenmaterial des Jüngsten Gerichts präsentierte. Egal wo Elias gerade war, Anna würde ihm folgen, ein blödsinniger Gedanke, der ihr durch den Kopf schoss.

»Erklären Sie uns den Notfallplan«, sagte der Vorsitzende. Ob dieser Bonze glaubte, für jede Katastrophe eine Lösung von seinen Mitarbeitern verlangen zu können?

»Ein kombinierter Generalstab der Föderation und ausgesuchte Saoirse-Experten bereiten bei T-Plus 28 Stunden einen Sprung der Horizon in die Andromeda Galaxie vor. Wir nutzen den Sprungpunkt am Mars. Dieser Zeitpunkt ist einzuhalten, das nächste Startfenster wäre erst wieder in zwölf Tagen.«

»Das ist ein sehr kurzer Zeitraum. Die Evakuierungsprozesse sehen einen längeren Zeitraum vor ...«

»Herr Vorsitzender, bei allem Respekt. Die Zeit haben wir nicht ... in 8-10 Tagen wird die gesamte Milchstraße kollabieren«, unterbrach Nader ihn eindrücklich.

»Oh ... ich verstehe. Fahren Sie fort ...«

»Danke. Die Archimedes befindet sich aktuell in Erdnähe. Ich habe Tracer Danilow die Order der Föderation übermitteln lassen, sich umgehend zur Sicherung der Evakuierung von Zeta-7 zur Erde zu begeben.«

»Die Archimedes befindet sich bereits auf dem Weg. Wir werden die Erde um T-Plus 8 Stunden erreichen.«

»Danke.« Nader nickte Danilow zu. Sie lächelte. Anna hatte den kindlichen Avatar während der letzten zehn Tage noch nie lächeln sehen. Für Danilow schien das Leben innerhalb der virtuellen Realität stattzufinden.

Nader fuhr fort. »Für die Beladung ist ein Zeitfenster von vier Stunden einzuhalten. Acht Stunden für den Flug zum Mars. Vier Stunden Beladung der Horizon und dann vier Stunden Vorbereitung für den Start.«

»Die vier Stunden für die Evakuierung von Zeta-7 genügen nicht ... das muss anders geplant werden. Wir brauchen mehr Zeit«, warf ein anderes Ratsmitglied ein. Anna hatte keine Lust nachzusehen, wer dieser Trottel war.«

»Treffen Sie eine Entscheidung. Nehmen Sie nur soviel mit, dass Sie in T-Plus 20 Stunden am Sprungpunkt sein können. Dann gehen hier die Lichter aus ... ich hoffe, das war deutlich.«

»Prime, sind die Navigationsdaten für den Sprung bereits geprüft worden?«, fragte Anna, die sich daran erinnerte, dass Gregors wertvolle Kenntnisse für den Warpmarker in der Andromeda Galaxie noch nicht verifiziert wurden.

Alle in der Runde sahen zuerst Anna an und drehten dann den Kopf zu Nader, der sich über ihre Frage zu freuen schien. »Werte Ratsmitglieder, Anna Sanders-Robinson, wie Sie gerade merken, stellt sie nicht die dümmsten Fragen.«

»Sind sie es denn?«, fragte der Vorsitzende und nahm Annas Bedenken auf.

»Nein. Sie sind es nicht.«

Ein Raunen ging durch die Runde.

Nader hob die Hand. »Wir werden mit den neu gewonnenen Informationen bei T-Plus 2 Stunden eine weitere Salve Warpmarker in den Zielraum schießen.«

»Und wenn das scheitert?«, fragte die rotblonde Richterin, die sich bereits zuvor zu Wort gemeldet hatte.

»Dann haben wir genau bis T-Plus 28 Stunden Zeit, weitere Warpmarker ins Nichts zu schießen. Falls wir bis dahin von keinem der Marker eine valide Rückmeldung erhalten haben, wird die Horizon alle Schilde aktivieren und selbst springen.«

»Das ist Selbstmord!«, tönten zwei andere Ratsmitglieder hörbar empört im Chor.

»Ich würde es kalkuliertes Risiko nennen. Einen kleineren Mond kann die Horizon locker auf die Hörner nehmen. Den schießen wir in Stücke. Wir sollten nur nicht gerade in einer Supernova oder in einem schwarzen Loch landen. Das wäre schlecht.«

»Können Sie schlecht genauer definieren?«, fragte die Richterin, die jetzt am Ball blieb.

»Die Kollision mit einer Sonne hat schon die erste Horizon nicht überstanden. Die zweite würde das genauso wenig schaffen.«

»Danke für die Offenheit.«

»Oh ... ich werde gleich noch offener werden.« Nader setzte kurz ab, um die Gesichter in der Runde zu betrachten.

»Sprechen Sie ...« Der Vorsitzende gebot ihm, weiterzumachen.

»Was Sie gerade gehört haben, war der leichtere Teil unseres Notfallplans ... für die anderen Aufgaben benötige ich Ihre Unterstützung.«

Naders meisterliche Rhetorik ließ Anna einen virtuellen Schauer über ihren animierten Rücken laufen. Alles, was er sagte; alles, was er tat; und auch jede Reaktion im Rat hatte Kristof ihr zuvor angekündigt. Sie wusste genau, was Nader jetzt sagen würde und sie wusste genau, was sie zu tun hatte.

»Zur Erläuterung, für die meisten überlichtschnellen Reisen, oder besser, Warpsprünge nutzen wir natürlich vorhandene Raumfalten oder andere gravitative Besonderheiten. Diese Art der Fortbewegung spart sehr viel Energie, weswegen Raumschiffe leichter und günstiger gefertigt werden können. Durch einen Warpmarker sind wir zusätzlich in der Lage, jeden beliebigen Raum zu falten. Eine faszinierende Technologie, die leider mit der Zunahme von Masse und Entfernung exponentiell mehr Energie benötigt.«

»Auf was wollen Sie hinaus?«, fragte der Vorsitzende, der sich nicht übermäßig für Naders Physikunterricht zu interessieren schien. Anna wusste genau, was er sagen wollte.

»Bitte ... einen Moment. Die Horizon hat eine herausragende Eigenschaft. Das Schiff ist in der Lage, die benötigte Energiemenge zu erzeugen, um durch eine künstliche Einstein-Rosen-Brücke bis in die Andromeda-Galaxie zu reisen. Ansonsten kann das kein anderes Raumschiff. Eine Besonderheit, die der Öffentlichkeit bekannt ist und die bei der nun drohenden Katastrophe gewisse Begehrlichkeiten wecken wird.«

»Da wird jeder Schwanz versuchen, aufs Schiff zu kommen ...«, stellte der Vorsitzende resümierend fest.

»Jeder.« Nader sah Anna an. »Wir sind beim Bau der Horizon nicht davon ausgegangen, vom Dach eines brennenden Hauses starten zu müssen. Ich vermute, dass uns die Menschen, die sich bei T-Plus 20 Stunden in der Nähe des Mars befinden werden, beim Abflug nicht freundlich zuwinken werden.«

»Die werden uns angreifen ...« Der Vorsitzende schien mittlerweile zu verstehen, was passieren würde.

»Das werden sie. Und nicht nur die Menschen vom Mars ... ich gehe von mehreren Milliarden Angreifern aus. Was mich zum nächsten Problem bringt. Die Horizon ist noch nicht fertiggestellt. Das Schiff ist flug- und sprungfähig. Aber ... Ihnen sind sicherlich die jüngsten Verzögerungen bekannt, die sich durch Spekulationen mit Rohstoffen ergeben haben, oder?«

»Darüber müssen wir nicht sprechen. Das ist ein Notfall. Wir werden alle benötigten Mittel freigeben«, wiegelte der Vorsitzende ab. Dieses Thema mochte er scheinbar nicht.

»Natürlich. Danke für Ihr Verständnis« Nader lächelte. »Leider können wir uns keine Zeit kaufen.«

Anna war nicht bewusst, dass es Nader genießen würde, den Rat am Nasenring durch die Manege zu ziehen. Er musste lange unter dem rigiden Diktat der Föderation gelitten haben.

»Wir setzen die Flotte ein!«, rief ein anderes Ratsmitglied, scheinbar auch ein Master Carrier, da er die gleiche Uniform wie Kristof trug. Kristof selbst lehnte sich währenddessen schweigend zurück, er kannte jeden dieser seelenlosen Bonzen.

»Danke. Das wird helfen. Die Flotte hat nur eine Aufgabe, sie muss den Start der Horizon sichern. Nur fünf Prozent der Bordbewaffnung sind einsatzfähig, wir sind auf die Feuerkraft der Zeros angewiesen.«

Das war die erste Information, die Kristof nicht vorhergesehen hatte. Eine minimal bewaffnete Horizon könnte ein ernstes Problem werden. Vor dem Sprung und vor allem danach. Wer wusste schon, was dem Raumschiff in der Andromeda-Galaxie für ein Schicksal drohte.

»Wir werden die gesamte Flotte am Mars zusammenziehen ... wir wären dann in der Lage, jegliche Angriffe abzuwehren«, erklärte der Master Carrier, der schon zuvor lautstark den Einsatz der Flotte postuliert hatte.

»Mit Verlaub ... ich schlage eine offensivere Strategie vor«, sagte Kristof und stand auf. Der andere Master Carrier sah ihn dafür wenig freundlich an.

»Wie beim Nemesis-Konflikt?«, fragte die rotblonde Richterin, die scheinbar nicht zu seinen Fans gehörte. Einige andere Ratsmitglieder lachten. Die Schlacht gegen einen unbekannten Feind, die Kristof einige Schiffe seiner Flotte gekostet hatte, wurde ihm in dieser Runde nicht als Ruhmestat ausgelegt.

»Bitte ... lasst ihn sprechen. Ich habe den Nemesis-Konflikt analysiert. Der Master Carrier trägt für die Verluste keine Schuld«, sagte Nader, für

Anna durchaus überraschend. Die frühere Beziehung zwischen den beiden war offensichtlich noch nicht vorbei.

»Die Flotte wäre ohne Probleme in der Lage jegliche Intervention der Randwelten abzuwehren. Nur sehe ich dabei eine erhöhte Gefahr, dass die Horizon durch Streubeschuss unnötig beschädigt werden könnte«, erklärte Kristof und ging zu Nader. Dieser Blick, Anna wusste nicht, ob sie daraus Respekt oder Missachtung erkennen konnte. Liebe oder Hass, das lag zu dicht beisammen.

»Und was wollen Sie dagegen tun?«, fragte der Vorsitzende.

»Ich schlage Präventivangriffe vor. Meine Flotte ist bereit umgehend anzugreifen. Wir wären in der Lage, über sechzig Prozent potenziell gefährlicher Raumschiffe mit einem Erstschlag auszuschalten. Ich gehe davon aus, dass die Systeme mit einem hohen Anteil organischer Bewohner besonders aggressiv gegen die Horizon oder die Zeros vorgehen werden.«

Auch der andere Master Carrier stand auf. »Dann würde sich ihre Flotte auf dem Weg zur Horizon in einem ständigen Rückzugsgefecht befinden, in dem sie die verbleibenden Jäger wie einen Fliegenschwarm hinter sich herziehen.«

»Das sehe ich nicht so ... ich habe nicht vor Menschen zu verschonen. Die sterben ohnehin. Ich würde die Flotte die Randwelten komplett niederbrennen lassen. Von denen würde mir niemand mehr folgen.«

Stille.

»Status der Flotte?«, fragte der Vorsitzende.

»Es sind 172 Zerstörer der Zeroklasse einsatzfähig. Von der Flotte des Nemesis-Konfliktes sind vier Schiffe kampfbereit, dem Master Carrier dieses Quadranten stehen weitere 18 Zeros zur Verfügung.«

»Ich möchte, dass diese Flotte vergrößert wird.« Der Vorsitzende hatte Kristofs Köder geschluckt.

»An dieser Stelle möchte ich anmerken ...«

»Danke.« Der Vorsitzende schien keine Lust zu haben, sich das eifersüchtige Gekeife des anderen Master Carriers anzuhören. »Wir werden alle notwendigen Sicherheitszertifikate übertragen. Bei dieser Mission darf es keine Probleme geben.«

»Es wird keine Probleme geben.« Kristof verbeugte sich. Jetzt kommandierte er 158 Zeros und durfte beinahe das ganze erschlossene Universum abfackeln.

»Die anderen Zeros werden sich sofort am Mars einfinden und der Horizon entgegenfliegen.« Die Befehle des Vorsitzenden waren deutlich.

»Möge die Föderation unsere unsterblichen Seelen beschützen. Die Sitzung ist beendet.«

Für die Menschheit! Es lebe die Demokratie, dachte Anna und rollte die Augen.

***

IX. Das Ende aller Tage

T-Plus 2 Stunden. Das unerklärliche Ereignis in der Mitte der Milchstraße bewegte sich weiterhin mit Überlichtgeschwindigkeit auf sie zu und weder eine KI noch ein Mensch konnte dafür einen plausiblen Grund liefern. Anna raste in eine Zukunft, die sie nicht kontrollieren konnte. Wer in diesen Tagen nicht bereit war, alles zu geben, sollte besser Zuhause bleiben.

»Fürchtest du dich?«, fragte Dan'ren, die neben ihr stand. Beide blickten durch eine zwei Meter starke Scheibe aus transparentem Verbundmaterial ins All. An der Windschutzscheibe fehlen nur die Scheibenwischer, dachte Anna und erinnerte sich an die Spritztour mit dem Ferrari an der italienischen Riviera. Die Archimedes flog mit 0,06c auf die Erde zu, was 67 Millionen Km/h entsprach. Für die restlichen 22 Lichtminuten würde sie noch sechs Stunden brauchen.

»Ja.« Das tat Anna, sie fürchtete sich. Sie hatte Angst zu sterben. Egal was sie bisher bereits verloren hatte, ihr Leben wollte sie nicht leichtfertig vergeuden.

»Das ist gut!«

»Würdest du gerne ewig leben?«, fragte Anna.

»Nein ... du etwa?«

Anna lächelte. »Ich würde nur gerne etwas hinterlassen ... Kinder.«

»Das gefällt mir besser.« Es gab viele Dinge, die Dan'ren ähnlich sah.

»Du solltest jetzt gehen ... Gregor wartet auf dich.«

»Du hast recht.« Anna verließ den Aussichtsbereich, der direkt vor der Brücke der Archimedes lag.

»Bereit?«, fragte Tracer Danilow, ohne Anna anzusehen. Virtuos wirbelte sie über die Bedienelemente ihres Lichtplateaus. Bei der

Geschwindigkeit, mit der sich vor ihr die holografische Anzeige veränderte, konnte Anna den Steuerkommandos nicht mehr folgen.

»Ja.« Anna ließ sich in den Sessel fallen und schloss die Augen, die Technik erledigte den Rest. Sie musste nicht alles verstehen. Das System verband sie mit einem Avatar auf der Horizon, die sich im Hangar auf Iota-9 über dem Saturnmond Titan befand. Mehrere Warp-Relais sorgten dafür, dass die Signale trotz einer Entfernung von 78 Lichtminuten in Echtzeit übertragen wurden.

»Anna?«, fragte eine weit entfernte Stimme. Das war Nader, den Anna noch nicht sehen konnte. Die Dunkelheit hellte sich weiter auf. »Bist du bei uns?«

Langsam öffnete Anna die Augen, alles war gleißend hell, was sie die Lider sofort wieder schließen lies. »Ja ... aber.«

»Kalibrierung starten«, sagte Nader und nahm ihre Hand. »Keine Sorge, du gewöhnst dich schnell an deinen neuen Körper.

Sie blinzelte, das Licht war jetzt erträglich, Nader stand vor ihr und hielt ihre Hand und ihren Arm. Wie eine kalte Dusche fuhr die Kalibrierung durch ihren Körper. »Das ist ...«

»Abgeschlossen ... der Tracer ist jetzt bei uns«, meldete die Stimme eines jugendlichen Technikers, der an ihrer Seite ein Analysegerät vom Hals entfernte.

»Alles in Ordnung?«, fragte Nader und ließ sie vorsichtig los.

»Ja.« Anna sah auf ihre Hände. Das waren sogar ihre Hände, jedes Muttermal befand sich genau an der richtigen Stelle. Nur die Narben fehlten.

»In Ordnung ... dann lass uns gehen ... die Andromeda-Galaxie wartet auf uns. Wir haben noch nicht angefangen, ich wollte, dass du dabei bist.« Nader verließ das Labor, links und rechts hingen inaktive Avatare an der Wand.

»Was für einen Körper hast du mir gegeben?«, fragte Anna, auch die Stimme hörte sich wie die ihre an. Mit den Händen fühlte sie ihre Brust, den Bauch und die Beine.

»Deinen. Ich habe einen Anna-Avatar bauen lassen ... wenn ich den in Serie fertigen lassen würde ... ich würde reich werden.«

Anna lächelte und fuhr sich langsam durch ihre langen roten Locken, die hatte sie vermisst. »Keine Chance.«

»Dachte ich mir.«

»Diese Technologie ist schräg ...«, befand Anna und sah nach vorne.

»Gefallen dir deine Haare?«, fragte Nader. »So würde es sich anfühlen, ständig in einem Computer zu leben.«

Anna nickte, das war wie früher. Alles fühlte sich echt an. Das wollte sie Elias erzählen, ihn in den Arm nehmen und ihm die roten Haare unter die Nase reiben. Elias, fragte sie in Gedanken, nein, er war tot. Für einen Moment hatte sie sich selbst getäuscht. Ihn ruhen zu lassen, fiel ihr schwer, obwohl, sie zögerte, das war ein Denkfehler. Sie würde sich ab jetzt auf ein Wiedersehen mit ihm freuen. Elias lebte noch. Punkt. Ein kleiner Selbstbetrug hatte noch keiner Frau geschadet.

»Tracer Sanders-Robinson ...« Eine dunkelhaarige Frau, die Anna nicht kannte, begrüßte sie freundlich, als sie das Kontrollzentrum für den Start der Warpmarker betrat. Über zwanzig weitere Operatoren befanden sich in einem sehr großen Raum und bedienten jeweils engagiert ihr Lichtpult.

In der Mitte stand Gregor, der sie bereits mit einem feisten Grinsen musterte. Das Schwein war es nicht wert, ihm eine Reaktion zu schenken. Sie hatte nichts vergessen, für seine Taten würde er bezahlen.

»Wir starten!«, ordnete Nader an und stellte sich an Annas Seite. »Weißt du eigentlich, wie viele dich für eine Heilige halten?«, fragte er sie mit gedämpfter Stimme.

»Du auch?« Inzwischen fand sie ihn amüsant, warum er sie ständig hofierte, wusste sie allerdings nicht.

»Oh ja.«

»Heilig ... dafür wurde ich bisher noch nicht gehalten.« Anna war nicht gläubig. Warum auch, diese ganze Scheiße hätte sich kaum ein allmächtiges Wesen einfallen lassen.

An einem Display vor ihr konnte sie einen rückläufigen Countdown beobachten. Drei, zwei, eins, die nächste Salve Warpmarker wurden durch den gefalteten Raum geschossen. Erstaunlich, wie klein diese Systeme inzwischen gebaut werden konnten. 2268 wog ein Warpmarker noch drei Tonnen, jetzt war es weniger als ein Kilogramm. Je leichter die Marker waren, desto weniger Energie benötigte man für die dazu passenden Wurmlöcher.

»Sind seine Daten im System?«, fragte Anna, die es erneut vermied, Gregor anzusehen.

»Vier Minuten ... dann wissen wir, ob sie valide waren. Du kannst beten ... schadet nicht«, antwortete Nader, der zwei Männern aus seinem Team Handzeichen gab.

»Zeit ist etwas Wunderbares, oder?« Anna betrachtete das rege Treiben mit einigem Abstand.

»Von der ich gerne mehr hätte ...« Nader ging auf das holografische Display zu. Die Spannung im Raum nahm zu. Jeder dürfte die Sekunden zählen. Jede Einzelne.

Warum war Zeit etwas, was sich nicht greifen ließ? Sie rann einem durch die Finger, niemand konnte sie kontrollieren oder sogar manipulieren. Zeitreisen waren nicht möglich. Ihr eigener Zeitsprung über 10.000 Jahre entstand nur durch unterschiedliche Perspektiven in Relation zu einem nahe der Lichtgeschwindigkeit fliegenden Objekt. Albert Einstein begründete die spezielle Relativitätstheorie, die der Zeitdilatation zugrunde lag, Ende des zweiten Jahrtausends.

»Noch zwei Minuten«, sagte eine Frau, seitlich von ihr. Niemand sah Anna an, jeder blickte auf das Display.

Was wenn das Verständnis der Zeit völlig falsch war? Ähnlich der Meinung im Mittelalter, dass die Erde eine Scheibe sein musste. Auch damals konnten Menschen die Gravitation beobachten, sie messen und nachweisen, doch sie wurde falsch interpretiert. Die Annahme, dass die Erde eine Scheibe sei, war mehr oder weniger folgerichtig. Sie passte zu allen Messungen, zu denen die Menschen damals in der Lage waren. Erst das Studium der Sterne, die Nutzung einer neuen Perspektive brachte Gelehrte wie Aristoteles, Kopernikus, Galilei und Kepler auf die richtige Spur.

»Noch eine Minute.«

Die Betrachtung der Zeit hatte die Menschheit eine ähnlich unzureichende Folgerung treffen lassen, hielt Anna für sich fest. Ein Denkfehler, nur einer, den sie noch nicht erklären konnte.

»Zeit ist nicht relativ, sie ist beliebig«, flüsterte Elias ihr von hinten in den Nacken. Anna traute nicht, sich umzudrehen. Würde sie in die Vergangenheit zu Elias reisen können? Nein. Nicht in diesem Universum. Zeit und Raum waren zwei Begriffe, die dichter zusammenhingen, als es ihr Wissen hergab. Wenn die Zeit beliebig war, könnte dann nicht auch der Raum relativ sein? Hatte die Menschheit auch ein falsches Verständnis vom Raum?

»Noch dreißig Sekunden.«

Anna konnte diese Fragen nicht beantworten. Auch über Schwarze Löcher gab es keine belastbaren Theorien. Was, wenn die Gravitation in einem Schwarzen Loch nicht nur Licht und Materie anzog, sondern auch die Zeit? Würde dann an diesem Punkt jeder beliebige Zeitpunkt gleichzeitig valide sein? Eine abenteuerliche Überlegung, da es aufgrund der äußerst lebensfeindlichen Umstände inmitten eines Schwarzen Lochs unmöglich war, solche Phänomene näher zu untersuchen. Bisher zumindest, es gab keine Technologie, die sicheres Reisen in die Nähe eines Schwarzen Lochs erlaubte.

»Zehn Sekunden.«

Es wurde ruhiger. Alle blickten auf das Display. Von der Horizon wurde zuvor ein Fächer mehrerer Hundert Warpmarker gestreut durch den gefalteten Raum verschickt.

»Drei, zwei, eins ...«

Stille. Nicht einen Ton konnte Anna hören. Jetzt wäre der richtige Zeitpunkt gewesen, dass die Marker Signale zurückschickten. Natürlich nur, wenn sie durch die dort vorherrschenden Naturgewalten nicht augenblicklich zerstört wurden. In 2,5 Millionen Jahren Abstand konnte viel passieren.

»Bitte ...«, flüsterte jemand in Annas Nähe.

»Status melden«, sagte Nader, dessen Stimme bereits an Spannung verlor.

»Marker 1 bis 21 ... überfällig. 22 bis 37 überfällig. 38 bis ... wartet ... 38 gibt ein Signal! 38 gibt ein Signal!« Die Stimme des jungen Mannes überschlug sich mit den letzten Worten.

Die Gruppe im Raum schrie auf. Freude. Tränen. Jubel. Auch wenn es Avatare waren, die Emotionen wirkten echt. Anna jubelte mit. Es hatte funktioniert.

»39, 41, 42, 45, 46, 49, 54, es werden immer mehr, wir haben eine komplette Teilsequenz positionieren können.«

Anna ging zu Nader, nahm ihn in den Arm und küsste ihn auf die Wange. Das waren gute Neuigkeiten. Wirklich, das waren wunderbare Neuigkeiten.

»Danke«, flüsterte Anna in sein Ohr.

»Die Marker konnten einen Signalkreis bilden. Die Streuung beträgt 30-90 Lichtsekunden. Noch haben wir von den Signalen keins verloren. Das Areal ist stabil«, meldete einer der Operatoren.

»Leute ... das ist fantastisch. Aber wir sind noch nicht fertig. Wir senden die großen Sonden, die uns bessere Messwerte liefern können«, sagte Nader, der sich diesen Triumph verdient hatte.

Anna sah zu Gregor, der sie nicht aus den Augen ließ. Es war richtig gewesen, ihn nicht zu verurteilen, seine Informationen waren zu wertvoll. Es fiel ihr nicht leicht das einzusehen. Sie sollte ihm danken, was sie aber nicht tat.

»Wir starten die Sonde in drei, zwei, eins ... los. Wurmlöcher werden neu aufgebaut.« Der Operator hatte jetzt eine Staffel von drei unbemannten Erkundungssonden aktiviert.

Auch die drei Sonden kamen sicher am Ziel an und begannen sofort die Umgebung zu kartographieren. In direkter Nähe befand sich ein einfaches Sonnensystem mit einer habitablen Welt. Gregor hatte berichtet, dass sich dort eine Siedlung der Aitair befand. Ein Aitair Forschungsteam schaffte vor 350 Jahren das technische Kunststück, in die Andromeda-Galaxie zu reisen. Die Gruppe hatte das Ziel gehabt, mit allen Aitair gemeinsam umzusiedeln, um damit der Föderation für immer aus dem Weg zu gehen. Ein ambitionierter Plan, der leider wegen Energieproblemen gescheitert war. Nur eine Erkundungsgruppe mit 28 Menschen gelangte durch das Wurmloch. Das erste größere Raumschiff wurde bei der Folgemission zerstört, weil die Energie nicht ausreichte, um die Masse sicher durch das Wurmloch zu befördern. Seitdem gab es keinen Kontakt zu den Reisenden. Es kehrte auch nie jemand heim. Gregor offenbarte sein gesamtes Wissen; mit der Anerkennung, die er dafür bekam, blühte er regelrecht auf. Er trug auch keine Fußfesseln mehr, eine Entwicklung, die Anna nicht gefiel.

»Bitte hört mir zu.« Nader erhob seine Stimme. »Wir befinden uns bei T-Plus 150 Minuten. Es geht los, ich habe die Startsequenzen für die Horizon initialisiert. Wir fliegen zum Mars, die laufenden Arbeiten werden während des Fluges fortgesetzt. Bitte lasst nicht nach ... wir befinden uns auf dem richtigen Weg ... wir sind allerdings noch nicht am Ziel.«

Beifall ertönte, die Stimmung wirkte ausgelassen, beinahe etwas verspielt. Viele Techniker beglückwünschten Gregor, der immer noch auf seiner Wolke der Anerkennung schwebte.

Nader kam auf Anna zu. »Zufrieden?«

»Es läuft gut … was die Katastrophe, die uns gerade widerfährt, nicht ungeschehen macht.« Die Vorstellung, dass die Erde nicht mehr lange existieren würde, hinterließ ein beklemmendes Gefühl.

»Wir fangen wieder von vorne an … wir schaffen das.« Auch Naders Begeisterung schien keine Grenzen zu kennen.

»Neben Gregor … ich bin schließlich auch nur ein Avatar … wie viele Menschen aus Fleisch und Blut befinden sich auf der Horizon?«, fragte Anna, für die das Glücksgefühl, Andromeda entdeckt zu haben, schnell verblasste.

»Keiner.«

»Ich finde es gut, dass wir neu anfangen … wir werden das wirklich schaffen.«

»Wie meinst du das?«, fragte Nader, der weder ihre gespielte Fröhlichkeit noch die doppeldeutigen Worte zu verstehen schien.

»Was ist mit den Menschen, die auf Titan leben und arbeiten?«

»Anna, bitte … es gibt keinen anderen Weg. Wir können alle zusammen untergehen oder es können einige wenige überleben, um einen Neuanfang zu wagen.«

»Na, dann wählen wir doch *Überleben*, oder?«

»Die Verantwortung ist zu groß … es gibt keinen anderen Weg.«

»Natürlich ist sie das …« In Annas Augen war die Verantwortung noch viel größer. Sie würde ihren Teil davon tragen, egal was in den nächsten Stunden passieren würde.

»Prime … wir haben die Aitair Siedlung gefunden. Wir konnten sogar Archivdaten sichern«, meldete eine junge Frau in einem blauen Uniformeinteiler.

»Geht es den Menschen gut?«, fragte Anna, die sich das Leben während 350 Jahren Einsamkeit vorzustellen versuchte. Auch wenn viele Aitair Klone waren, es blieben Menschen.

»Sie sind alle tot.«

Stille.

»Was ist ihnen zugestoßen?«, fragte Nader.

»Darüber geben die Aufzeichnungen nur wenig her. Das Raumschiff havarierte bereits bei der Landung, danach hingen sie fest. Der letzte der 28 Forscher starb nach sieben Monaten entkräftet an einer Lungenentzündung. Sein Habitat blieb unbeschädigt, allerdings waren sämtliche Vorräte und Medikamente verbraucht«, erklärte die junge Frau leidenschaftslos.

»Was sagen die Messwerte aus, die in der Zeit gewonnen wurden?«, fragte Anna, die auf aussagekräftige Informationen hoffte.

»Wenig … der Planet ist kalt, hat aber flüssiges Wasser. Die Atmosphäre ist für Menschen toxisch. Die Aitair mussten ständig eine Atemhilfe tragen. Es konnte kein Leben festgestellt werden.«

»Nicht gerade eine Traumwelt.«

»Nein. Diese Welt ist für unsere Anforderungen ungeeignet. Wir kartographieren den Planeten als Wasserspeicher«, antwortete die junge Frau.

Anna blickte zu Gregor, dem die gerade übertragenen Bilder der Leichen und des leeren Habitats nicht gefielen. Auch wenn seine Leute noch leben würden, einen Hinterhalt hätte er mit 28 Anhängern nicht auf die Beine stellen können.

»Prime … auf Titan brechen Unruhen aus. Die Menschen haben eine Flugplattform überrannt und die Sicherheitsoffiziere entwaffnet. Es befinden sich zahlreiche Gleiter und Mittelstreckenraumschiffe im Anflug auf die Horizon«, meldete ein Kommunikationsoffizier.

»Stellen sie Forderungen?«, fragte Nader.

»Sie wollen an Bord genommen werden ...«

»Oder?«

»Wie ... oder?«

»Haben sie von einem *oder* gesprochen?«

»Ähm ... nein. Die wollen einfach an Bord aufgenommen werden. Mehr haben sie nicht gesagt.«

»Und, Anna ... was würdest du mit ihnen machen?«, fragte Nader und sah Anna an.

»Sie atmen Stickstoff ... sie hatten schon verloren, bevor sie geboren wurden. Ich würde die Raumschiffe abschießen. Am besten alle gleichzeitig ... sonst fangen sie noch an zu kämpfen.« Anna mochte das nicht sagen, es ging leider nicht anders.

Nader runzelte die Stirn. »Sie haben die Strategieempfehlung des Tracers gehört ... Feuerleitlösung errechnen. Wir feuern auf alle Ziele gleichzeitig!«, ordnete er an.

Der Kommunikationsoffizier und die junge Frau, die zuvor von den Aitair berichtet hatte, ließen Nader und Anna allein.

»Bist du in der Lage, das Notwendige zu tun?«, fragte er.

»Zu töten?«

Er nickte.

»Ohne zu zögern ... für meine Mission tue ich alles, was erforderlich ist!« Was Anna auch genau so meinte, wie sie es sagte. Sie würde noch sehr viel mehr Leben auslöschen, um einige wenige zu retten.

»Du erinnerst dich an deine Weggenossen auf der ersten Horizon?«, fragte Nader und wechselte das Thema.

»Sicherlich ... obwohl die meisten noch unter zwanzig sind. Die wenigsten der eigentlichen Schiffsbesatzung haben die sieben Jahre überlebt.«

»791 Menschen, dich nicht mitgerechnet ...«

»Sind sie nicht auf den Mars gebracht worden?«, fragte Anna, die genau wusste, was er von ihr wollte.

»Sollten sie ... sie sind allerdings nie dort angekommen.«

»Ich hatte noch mitbekommen, dass sie zusammenbleiben wollten. Wohin sind sie geflogen?«

»Das wissen wir nicht ... sie sind verschwunden.« Nader sah bei der Feststellung nicht glücklich aus.

»Oh ... das geht? Einfach so verschwinden?«

»Scheinbar ... ich vermute, jemand hat ihnen geholfen.«

»Wobei?«

»Zu verschwinden ...«

»Ist das verboten?«

»Natürlich nicht ... ich habe aber Probleme, mir vorzustellen, dass sie dir egal sind.«

»Sind sie nicht ... aber was sollte ich für sie tun können?« Anna spielte weiterhin mit ihm. Natürlich wusste sie, wo die Überlebenden der ersten Horizon waren, sie hatte sie schließlich selbst dort versteckt.

»Das ist eine gute Frage ... Anna, bitte, verstehe mich richtig, sie können nicht mit auf unser Schiff. Das tut mir unendlich leid ... aber die Regeln machen andere.«

»Das habe ich verstanden, die Order der Föderation war deutlich. Keine Menschen auf der Horizon ... ich werde mich noch vor dem Abflug virtualisieren lassen.«

»Das ist deine Fahrkarte für eine sorgenfreie Zukunft.«

»Darauf freue ich mich ... einfach alles, was man nicht mag, aus dem Leben löschen ... das wird wie ein endloser Traum.« Anna würde in die Andromeda-Galaxie reisen und sie hatte nicht vor, irgendjemand mitzunehmen, der ihr gegen den Strich ging.

»Du weißt sicherlich ... wenn wir auf der Horizon Menschen finden, die hier nicht hingehören, dann ...«

Anna ließ ihn nicht aussprechen. »Dann werden dafür ein paar Fahrkarten eingezogen.«

»Du nimmst das sehr locker.«

»Konsequent.«

»Ich hatte dich anders eingeschätzt.«

»Das ist schon anderen passiert.«

»Prime ... die Feuerleitlösung ist berechnet. Sollen wir das Feuer auf die Verfolger eröffnen?«

»Darf ich?«, fragte Anna und sah ihm in die Augen.

Nader nickte.

»Feuer!« Nur ein Wort genügte. Ein Display zeigte die Raumschiffe im Anflug auf die Horizon. Man hatte ihnen sicheres Geleit zugesagt, weswegen keine Schilde oder andere Verteidigungssysteme aktiv waren. Auch wenn der Waffenstatus der Horizon nur sieben Prozent betrug, genügte eine Salve, um die gesamte Verfolgergruppe in einem Feuerball aufgehen zu lassen.

Anna hatte die Horizon wieder verlassen. Auf der Brücke der Archimedes strich sie sich als Erstes über ihre narbige rote Stoppelmähne. Echtes Leben war nicht immer schön.

T-Plus 3 Stunden. Die Zeit des Friedens war vorbei. Während Tracer Danilow das Schiff in Richtung Erde manövrierte, schaltete sich Anna mehrere Livestreams auf ein holografisches Display. Den Angriff von Kristofs Zero-Flotte hatte niemand erwartet. Die Bilder, die Berichte und die völlig verstörten Moderatoren konnten das Leid kaum in Worte fassen, das die Kriegsschiffe in die Randwelten brachten. Ein Moderator spielte wortlos Bilder ein, die bei der Bombardierung von Tellar im Cygni-System von Bord eines Kriegsschiffes aufgenommen wurden. Eine ganze Reihe gigantischer Explosionen stieg von dem Wüstenplaneten in die Atmosphäre empor. Die Wucht dieser Waffen brach die Planetenkruste auf, Erdbeben und Vulkanausbrüche sorgten für den Rest. Wenige Minuten genügten, um das Schicksal einer ganzen Welt zu besiegeln.

»Meine Damen und Herren ... unseren Informationen nach konnte kein einziges Raumschiff dieses Inferno verlassen. Wir versuchen ständig eine Bestätigung zu erhalten, ob der Angriff von einem regulären Kriegsschiff der Föderation ausging.«

An den Augen des Moderators konnte Anna den Schrecken ablesen, als weitere Meldungen live in die Sendung eingespielt wurden.

»Solche Angriffe finden aktuell im gesamten Föderationsgebiet statt. Uns liegen Meldungen von der völligen Zerstörung 98 weiterer Welten vor. Besonders Planeten mit einem hohen Anteil organischen Lebens fallen dem Genozid zum Opfer. Warten Sie ... ich bekomme eine weitere Meldung. Regie ... ist das verifiziert? Das glaubt ihr doch nicht wirklich, oder?« Der Moderator schnappte nach Luft, »das ist ...« und winkte erschüttert ab. Die Regie spielte Werbung ein.

»Ab jetzt herrscht Anarchie«, sagte Dan'ren, die ihr über die Schulter gesehen hatte.

»Ja.«

»War Kristofs Flotte auch auf Iris?«, fragte Dan'ren gefasst.

»Wir haben niemanden vergessen.«

T-Plus 8 Stunden. Das All brannte. Die Archimedes feuerte Sperrfeuer, um die Raumstation Zeta-7 vor einer Flut von anfliegenden Raumschiffen zu beschützen. Die brennenden Wracks stürzten wie Sternschnuppen auf die Erde zu und verglühten in der Atmosphäre. Der Widerstand war moderat, die meisten der privaten Gleiter hatten keine Bewaffnung. Und die Raumschiffe, die über kleinere Bordgeschütze verfügten, hatten nicht die Feuerkraft, um einen Zerstörer der Zero-Klasse in Schwierigkeiten zu bringen.

»Wir docken jetzt an! Los! Wir haben keine Zeit, die Beladung soll sofort beginnen!«, rief Danilow und stellte die Archimedes quer. Ein Ruck ging einen Moment später durch das Schiff. Auf einem Display sah Anna, wie das Kriegsschiff an zwei Hauptschleusen gleichzeitig andockte. Einparken konnte Danilow.

»Tracer Danilow ... vom Mond aus bewegen sich zwei Kriegsschiffe der Delta-Klasse auf uns zu. Sie bitten darum, ebenfalls an die Archimedes andocken zu dürfen ... sie wollen uns bei der Bergung von Zeta-7 unterstützen.«, meldete einer von sieben Analysten, die sich auf der Brücke befanden. Sie entschieden über Freund oder Feind, was gerade in dieser Situation besondere Bedeutung hatte.

»Sind sie in die taktischen Befehle der Föderation eingebunden?«

»Nein. Sie agieren autark.«

»Haben sie Order, zum Mars zu reisen?«, fragte Danilow.

»Nein. Für die ist kein Platz. Sie sollen nur die Erde sichern.«

»Kennung und Zertifikate überprüfen!«, befahl Danilow. »Wir müssen deren Leitsysteme übernehmen!«

»Nicht möglich ... die Deltas befinden sich im Gefechtszustand. Alle Schilde sind oben. Deren digitale Firewall antwortet nicht auf unsere Signaturanfrage. Die wollen autark bleiben!«

»Die haben keine Fahrkarten. Würden Sie denen trauen?« Danilow grinste Anna an.

»Sind Deltas gefährlich?«, fragte Anna, die sich gerade kein Bild der Bedrohung machen konnte.

»Ein Kriegsschiff der Delta-Klasse ist 2300 Meter lang, zwar nur ein Drittel einer Zero, aber deren Geschütze haben trotzdem ein anderes Kaliber als die Gleiter, die uns die ganze Zeit beschießen. Zudem ist die Besatzung zu vierzig Prozent organisch.«

»Können die Zeta-7 beschädigen?«, fragte Anna.

»Beschädigen? Eine Salve ... und Zeta-7 ist Geschichte.«

»Müssen die zum Andocken die Schilde senken?«

»Ja ... das müssten wir aber auch. Alle sind dann verletzbar.«

»Wie schnell können Sie feuern?«

»Schnell.«

»Ich hoffe schnell genug. Zeta-7 hat Priorität. Wir müssen Streufeuer auf die Raumstation verhindern. Ich schlage vor, uns zu drehen und die Archimedes vor der Raumstation in Position zu bringen. Dann können wir die beiden Deltas zum Rendezvous einladen.«

»Der Plan hat was ...« Danilow gefiel der Vorschlag. Anna fand ihn bescheuert. Wenn die beiden Deltas nicht im absolut selben Augenblick die Schilde senken würden, könnte zumindest eines von ihnen den Angriff erwidern.

»Wenn Sie deren Tracer wären ... und die Archimedes würde Sie verarschen, auf wen würden Sie zuerst schießen? Wobei Sie nur einen Schuss haben ... auf uns oder Zeta-7?«

»Zeta-7.«

»Warum?«

»Die Zero steckt eine Breitseite ein ... Zeta-7 nicht.«

»Überzeugt ... wie viel Zeit bleibt für das Manöver?«

»Zwölf Minuten.«

»Können wir den zentralen KI-Speicher in der Zeit von Zeta-7 online laden?«, fragte Anna.

»Zu viele Daten, zu viele Sicherheitsprozesse ... das dauert Stunden.«

»Und wie lange dauert es, den Speicher physisch zu transportieren?« Anna suchte nach einer Lösung.

»2-3 Stunden ... das Kernmodul wiegt zwar nur zwanzig Kilo. Die Transportsicherung allerdings zehn Tonnen. Von den ganzen Sicherheitsprozessen spreche ich gar nicht erst ...«

»Zeta-7 muss uns helfen. Können Sie eine Verbindung aufnehmen, um die Situation zu schildern?«

»Auch das dauert mindestens zwanzig Minuten. Die Sicherheitsprozesse sind deren ein und alles ... die haben vier Stunden eingeplant und die werden auch genau vier Stunden brauchen.«

»Sagen sie denen, fünfzehn Minuten. Ich hole unsere Erste-Klasse-Passagiere persönlich ab. Und die beiden Deltas, können Sie die ein paar Minuten hinhalten?«

»Klar ... der Plan ist noch besser!« Danilow lachte. Immerhin eine menschliche Reaktion.

»Dan'ren?«, fragte Anna und sah auf die Seite.

»Bin dabei!«

»Los!« Anna lief los. Sie musste in weniger als fünfzehn Minuten auf Zeta-7 den Hauptspeicher des zentralen KI-Hosters abholen und sicher auf die Archimedes bringen.

»Ich lege Ihnen eine Navigation in Ihr Irisdisplay. Aktivieren Sie den K-6, ich habe noch etwas für Sie ...«, sagte Danilow über Funk. *»Eigentlich ein Jammer, dass die Nano-Suits aus der Mode sind.«*

Während Anna mit aktiver Panzerung zur Hauptschleuse rannte, folgte ihr aus dem Nichts etwas, das wie ein Fliegenschwarm aussah und sich mit ihrer Rüstung verband. Danilow hatte ihr weitere Nanos zur Verfügung gestellt, die ihre Panzerung und Primärbewaffnung verstärken konnten.

»Das ist krank!«, sagte Dan'ren, die mit ihrer Waffe im Anschlag hinter ihr herlief.

»Elf Minuten los! Renn!« Mehr war nicht wichtig. Die Drohnensysteme, die gerade Frachtkisten verluden, rannte sie kurzerhand über den Haufen. Vor ihr befand sich eine Sicherheitskontrolle, deren Offizier bereits auf die Seite ging, es aber versäumte, die Tür zu öffnen. Neben Anna blitzte es, vor ihr brannte es, Dan'ren hatte die komplette Sicherheitsschleuse aus dem Rahmen geschossen.

»Ich habe gesagt, dass ihr kommt ...«, meldete Danilow.

»Gut.«

»Ich bin nicht sicher, ob die mir glauben ... ein Wachoffizier, der die Verladung der Speichereinheiten beaufsichtigt, konnte sich nicht dafür begeistern, seine Götter ohne Panzerung zu transportieren.«

»Sagen Sie dem Trottel, dass er alternativ auch glühend auf die Erde stürzen kann!«, rief Anna

»Gutes Argument ... der Offizier würde es gerne verifizieren lassen ... was er nur gerade nicht kann, der gesamte Kernel ist inzwischen offline! Er beharrt darauf, dass Ihre Sicherheitsfreigabe für dieses Manöver nicht hoch genug ist.«

»Trägt der Offizier eine rot-schwarze Rüstung?«, fragte Anna, sie konnte ihn bereits sehen. Neben ihm stand ein fetter H-1 Protektor und ein schwebendes Transportarchiv.

»Ja ... Sie haben ihn gefunden.«

»Ich kläre das selbst!«

»Anna ... nur noch sieben Minuten«, rief Dan'ren über Funk.

»Der H-1 ... du die Beine!« Anna schoss. Beide trafen zugleich. Sie den Kopf, Dan'ren die Beine. Die Brustpanzerung war zu stark. Der Arm zappelte noch und wollte sie anvisieren. Anna stieg auf seinen Unterarm und schoss ihm auch die Hand weg.

»Sicherheitsalarm! Sicherheitsalarm! Sicherheitsalarm! Sicherheitsalarm!« rief der Sicherheitsoffizier wie eine Heulboje und blieb wie versteinert stehen. Was für ein Trottel, in seiner Hand hielt er den Kernelspeicher, den er noch nicht in das Transportarchiv verladen hatte.

»Haben Sie den H-1 weggeschossen?«, fragte Danilow. *»Da bewegt sich gerade jede Panzerdrohne, die eine Waffe halten kann, auf Sie zu.«*

»Nein.«

»Bitte?«

»Ich hab auch den Sicherheitsoffizier erschossen.« Anna schoss der Heulboje den Kopf weg. Weiße Hydraulikflüssigkeit spritzte aus dem künstlichen Kadaver. Jetzt war es wieder ruhig.

»Noch 6 Minuten!«, sagte Dan'ren und schoss zwei leicht gepanzerte Wachen über den Haufen.

»Ich habe den Kernel. Wir kommen zur Archimedes. Jetzt! Sagen Sie den Idioten einfach, was sie treffen würden, wenn sie auf mich schießen. Der Kernel ist ungeschützt!« Anna lief los. So schnell sie konnte.

»Die beiden Deltas nähern sich der Andockposition. Noch sind alle Schilde oben. Die trauen uns nicht!«, rief Danilow. *»Die werden sofort schießen ... ich kann die Schilde nicht senken!«*

»Wir kommen!« Anna rannte, sie hielt Millionen Leben in der Hand, die komplette Oberschicht, die in der Föderation die Kommandogewalt hatte. Es wäre einfach gewesen, alle zu töten ... nur, ohne deren Freigabe würde die Horizon nicht starten können. Die Bonzen waren dekadent, aber nicht blöd. Um mit der Horizon zu starten, musste dieser KI-Speicher unbeschädigt mit dem Bordsystem verbunden werden. Ansonsten würden Nader die passenden Zertifikate fehlen, um den Sprung durch das Wurmloch zu initialisieren.

»Noch vier Minuten!«, rief Dan'ren und lief ihr mit gesenkter Waffe hinterher.

»Danilow ... was passiert, wenn die Archimedes in Erdnähe ihren Impulsantrieb mit voller Leistung startet?«, fragte Anna, die eine bessere Idee hatte, um die beiden Deltas loszuwerden.

»Na ja ... man sollte sich nicht dahinter aufhalten.«

»Das hat doch was, oder?«

»Ich fahre die Triebwerke hoch. Sie haben noch drei Minuten ... laufen Sie schneller.«

Anna lief durch die Eingangshalle, in der Dan'ren zuvor die Schleuse zerschossen hatte. Die Arbeitskräfte, die weiterhin Fracht verluden, benahmen sich, als ob nichts vorgefallen wäre. Jeweils zwei H-1 Protektoren der Archimedes sicherten die beiden Zugänge zum Schiff. Die musste sie nicht erschießen.

»Wir sind da!« Anna sprang die Rampe herauf und stieß eine Transporteinheit herunter. Dan'ren lief in den zweiten Zugang. Ende der Beladung. »Tore zu!«

Anna saß auf dem Boden und schnappte nach Luft. Sie war noch ein Mensch, dem auch die Puste ausgehen konnte. Danilow gab ihr ein Livebild der Deltas auf ihr Irisdisplay. Die Tore schlossen sich. Die Beladung war vorbei.

»Delta-Tracer, senken Sie für den Andockvorgang Ihre Schilde!«, sagte Danilow, die Anna mithören ließ.

»Zero-Tracer, initialisiere Andockvorgang, die Schilde deaktivieren sich synchron mit den Schilden der Archimedes.« Der Tracer des Delta-Kriegsschiffes ging auf Nummer sicher, doch das würde nicht reichen.

Anna konnte sehen, dass sich beide Deltas bereits längsseits an den Flanken der Archimedes befanden. Aus kurzer Entfernung würde ein intensives Feuergefecht alle Schiffe und die Raumstation schwer beschädigen.

Danilow machte weiter. *»Kontakt in drei, zwei, eins ...«* Ein Ruck ging durch das Schiff, Anna hielt sitzend mit beiden Händen den Speicher-Kernel fest, während sie die G-Kräfte der startenden Impulstriebwerke über den Boden in einen Stapel ungesicherter Frachtkisten stürzen ließ.

Die Schilde waren unten, die erste Salve der Hochenergiegeschütze der startenden Archimedes traf das kleinere Kriegsschiff auf der Brücke. Danilow wusste genau, wohin sie schießen musste, die Treffer lösten eine Kettenreaktion aus, die zahlreiche Stücke der Brücke durch den Raum beförderte und das getroffene Raumschiff führungslos wegtaumeln ließ. Das andere Delta, dessen Schilde noch aktiv waren, wurde durch den Start der Archimedes abgedrängt, der Tracer eröffnete trotzdem sofort seinen Gegenangriff und schoss auf Zeta-7 und die Position, die die Archimedes gehabt hätte, wenn sie nicht gestartet wäre. Die Hochenergiesalven, die Zeta-7 trafen, ließen die sich drehende Raumstation sofort mit zahlreichen Explosionen aus ihrer Rotationsachse kippen. Die Angriffe, die für die sensiblen Bereiche der Archimedes gedacht waren, schossen ins Leere.

»Delta-Tracer ... ich entbinde Sie von Ihren Aufgaben!«, sagte Danilow, während von mehreren seitlichen Waffensystemen, die das gegnerische Schiff durch die neue Position endlich anvisieren konnten, ein breiter Beschuss ausging. Die ersten Treffer ließen noch die Schilde aufleuchten, sechs Sekunden, dann trafen die Salven den Schiffskörper. Die Feuerkraft der Zero war zu groß. Die sechs Sekunden reichten dem Delta aber für weitere Treffer auf Zeta-7.

Kopfschuss, dachte Anna und sah, wie der Beschuss das kleinere Delta in seine Bestandteile zerlegte. Auch dem manövrierunfähigen Delta auf der anderen Seite gab Danilow den Gnadenschuss. Niemand von denen überlebte das Gefecht. Allerdings auch niemand, der sich jetzt noch auf Zeta-7 befand. Die Raumstation sackte durch die Treffer seitlich weg und bewegte sich mit zunehmender Geschwindigkeit auf die Erde zu.

Das würde ein kurzer Heimflug werden, bereits bevor Zeta-7 in tiefere Luftschichten vordringen konnte, zerbrach die Raumstation mit zahlreichen Explosionen.

T-Plus 9 Stunden, Anna lächelte, die Beladung hatte nicht lange gedauert. Es ging alles, wenn man wollte. Dass die Archimedes dabei nur acht Prozent der geplanten Fracht aufnehmen konnte, störte sie nicht weiter. Der größte Teil der zurückgelassenen Fracht war wertloser Plunder toter reicher Menschen.

»Bitte ... keine Kratzer!« Zufrieden drehte Anna den Speicher-Kernel sämtlicher auf Zeta-7 gespeicherter KIs in eine gepanzerte Archiveinheit. Die Horizon würde starten können, sie hatte ihren Job erledigt.

»Wenn das schiefgegangen wäre, hätten die uns beide kielgeholt«, sagte Danilow, die die ordnungsgemäße Sicherung der wertvollen Fracht persönlich beaufsichtigte.

Anna nickte. »Da bin ich sicher.«

»Wir werden früher am Mars ankommen ... eine gute Sache. Unsere Aufklärung verspricht uns einen heißen Empfang.«

»Weitere Kämpfe?«, fragte Anna.

»Ja ... es kommen laufend weitere Raumschiffe an, die keine Lust haben in ihren Heimatsystemen auf das Ende aller Tage zu warten.«

»Kann man den Sprungpunkt nicht deaktivieren?«, fragte Anna, auch wenn sie schon ahnte, eine dumme Frage gestellt zu haben.

»Nicht, solange wir denselben Sprungpunkt benutzen wollen, um abzuhauen ... die Flotte des Master Carriers ist bereits mit vierzig Zeros vor Ort, um das gesamte Areal zu sichern.«

»Und die Horizon?«

»Die Reise von Titan läuft nach Plan ... sie wird pünktlich ankommen. Auch bei ihr sind bereits zwölf Zeros als Eskorte angekommen.«

»Dann waren die Präventivangriffe der Flotte auf die Randwelten erfolgreich?« Anna schluckte bei der Frage. Kristofs Mission war aberwitzig.

»Oh ja ... sehr erfolgreich sogar. Die angeflogenen Randwelten brennen. Es gibt keine Berichte, dass jemandem die Flucht gelungen wäre. Die Idee war genial. Der Ansturm am Mars ist deswegen nur ein Bruchteil dessen, was uns ansonsten erwartet hätte.«

»Wo ist die Trison jetzt?«, fragte Anna und betete für die Seelen der Opfer, die ihren Plan bereits mit dem Leben bezahlen mussten.

»Das Flaggschiff des Master Carriers liegt bereits am Mars und wartet auf uns. Die reparieren einige kleinere Beschädigungen, ist aber nichts Wildes. Haben Sie sich in den Master Carrier verguckt?«

»Ich mag ihn.« Das tat Anna wirklich, ohne Kristofs Hilfe wären sie nicht so weit gekommen.

»Warum auch nicht.«

»Aber auch nicht mehr.«

»He ... das ist nicht verboten.«

Anna lächelte. »Ich weiß.«

»Anderes Thema, der Prime hat mir aufgetragen, die Fracht von Zeta-7 zu untersuchen. Wissen Sie, warum?«

Anna lächelte. »Der Föderation sind die 800 Überlebenden der ersten Horizon abhandengekommen. Vielleicht vermuten sie, dass sie jemand, in Kisten versteckt, an Bord der Horizon bringen will.«

Danilow schüttelte amüsiert den Kopf. »Wer sollte den so einen Blödsinn machen ... als ob sich ein lebender Mensch durch die automatischen Scanner schleichen könnte.«

»Lächerlich, oder?«

»Ja.«

»Der Prime glaubt, ich würde das tun ...« Anna spielte mit der Wahrheit und mit Tracer Danilow, die sie nur verunsichert ansah.

***

X. Post Mortem

Die Archimedes dockte bei T-Plus 19 Stunden als erster Zerstörer der Zero-Klasse an den gigantischen Rumpf der Horizon an. Kein Videobild vermochte den ersten Eindruck zu übertreffen, den man sich mit den eigenen Augen machen konnte. Anna befand sich erneut in dem Raum vor der Brücke, der ihr einen freien Blick auf die Horizon im Orbit über dem roten Planeten erlaubte. Das 1.200 Kilometer lange Raumschiff übertraf alles, was sie sich bisher vorstellen konnte.

»Ihre unorthodoxe Rettungsmission auf Zeta-7 macht in der Föderation bereits die Runde ... Sie werden Karriere machen«, sagte Danilow, die neben ihr stand. Ein geschlechtloses schneeweißes Kind - es fiel Anna schwer, das Äußere von der Person dahinter zu unterscheiden. Die Horizon hatte bereits die Steuerung der Archimedes übernommen, nichts von dem, was passiert war oder gerade passierte, blieb vor deren Augen verborgen.

»Ich hoffe, das Richtige getan zu haben.« Anna fuhr mit den Fingern über das kühle transparente Verbundmaterial, in dem sie die Reflexion ihrer blauen Augen sah. Bei dem, was vor ihr lag, konnten unendlich viele Dinge schiefgehen, was machte da schon eine andere Augenfarbe.

»Das tun wir alle.«

»Die auch?« Anna zeigte auf eine Staffel Zerstörer der Zero-Klasse, die auf anfliegende Raumschiffe schossen, die im Glauben, gerettet zu werden, versuchten auf die Horizon zu kommen. Alleine auf und über dem Mars gab es während der letzten Stunden Millionen Opfer. Ein Zero hatte eine Raumstation zum Absturz gebracht, die eine große Anzahl auf dem Planeten befindlicher KIs beherbergt hatte. Sie waren entbehrlich, für sie kam der Tod zweimal.

»Sicherlich ... ich würde es auch probieren«, antwortete Danilow. Auf Befehl des Master Carriers, Kristofs, der die Flotte der Zeros kommandierte, hatte sich die Archimedes aus den Gefechten herauszuhalten und ihre wertvolle Fracht umgehend abzuliefern. Ohne die Sicherheitsschlüssel und -zertifikate würde die Reise nicht weitergehen können.

Ein leichter Ruck ging durch das Schiff, die Horizon hatte ihre Klauen fest in den Körper der Archimedes geschlagen. Eine Rückkehr war nicht mehr möglich.

»Wie geht es weiter?«, fragte Anna, die sich in ihrer Haut immer unwohler fühlte.

»Bisher hatte der Prime Heg'Taren das Kommando über die Horizon. Er hat dieses Schiff gebaut. Jetzt wird er den von uns geborgenen Speicher-Kernel in den zentralen Archivbunker bringen lassen und die KIs des Hohen Rates werden ihn ablösen«, erklärte Danilow.

»Und dann geht es los?«

»Fast ... der Zero-Flotte ergeht es wie uns. Sie werden einzeln zur Horizon gerufen, übergeben die Steuerung aller militärischen Systeme und werden an den Rumpf angedockt.«

»Sicherheit geht vor.«

»Natürlich. Die Kriegsschiffe agieren im Einsatz autark. Der Hohe Rat wird erst dann den Start für den Sprung initialisieren, wenn sie die Flotte des Master Carriers wieder vollständig kontrollieren.«

»Natürlich.« Sicherheit über alles, Kristof hatte Anna jeden dieser Schritte erklärt.

»Ich würde mich freuen, Sie wiederzusehen«, sagte Danilow und lehnte sich an eine Wandhalterung.

»Gerne.« Anna versuchte sich den Menschen vorzustellen, der Danilow vor ihrem Tod einmal gewesen war. Ob es sich gelohnt hätte, sie früher gekannt zu haben?

»Haben Sie keine Furcht. Meine Aufgabe war es, Sie zu beurteilen, Sie haben Ihre Prüfung mit Bravour bestanden.«

»Danke.« Dass jemand diese Katastrophe als Prüfung interpretierte, überraschte.

Danilow schaltete sich ab.

Elias ... ich liebe dich, dachte Anna, sie würde ihn finden, in diesem oder im nächsten Leben.

Einige Minuten schweigend ins All zu blicken, zeigte Anna, wie klein sie war. In den Gefechten starben Menschen, Avatare, KIs, Roboter, Drohnen, Klone und Replikanten. Oder was sich ansonsten noch als Mensch verstand.

»Was für eine sinnlose Verschwendung von Leben«, sagte Anna leise und ließ den Kopf hängen.

»Ja.« Dan'ren hatte sich neben sie gestellt, bisher aber nichts gesagt. Ihre kupferfarbenen Haare hatte sie zu zahlreichen eng am Kopf anliegenden Zöpfen geflochten. Die Lerotin trug weder eine Rüstung noch eine Waffe. Von den Sachen, die ihr in Campus Martius gegeben wurden, hatte sie sich für den Gang zum Schafott ein schlichtes weißes knielanges Leinenkleid aufbewahrt.

»Ist es soweit?«

»Ja.« Dan'ren hielt noch ein kleines rundes Gerät in ihrer Hand.

»Was hast du da mitgebracht?«, fragte Anna, auch wenn sie genau wusste, was das war.

»Sicherheit ... wenn auch nicht unsere.«

»Bitte ...«

»Bis du dir sicher?«, fragte Dan'ren.

»Ja.«

Anna war sich noch nie sicherer gewesen. Der Master Carrier hatte ihr mit dem K-6 Implantat eine militärische Rüstung gegeben, die man nicht ausziehen konnte. Sie operativ zu entfernen, hätte Anna nicht überlebt, also musste der Hohe Rat sie deaktivieren.

»Ich setze den Unterdrücker an deinen Hals ... ich habe mir sagen lassen, dass das wehtut.«

Anna sah im Irisdisplay die Warnmeldung des K-6, der, wenn der Unterdrücker erst ihre Haut durchbohrt hätte, sie nicht mehr vor einer Fremdsteuerung beschützen konnte. Ähnliche Meldungen musste sie mehrfach bestätigen. Jetzt würde sich zeigen, wie gut ihr Plan war.

»Ich bin bereit.«

Und es tat weh. Anna schrie spitz auf. Dan'ren half ihr nicht zu stürzen. Es fühlte sich an wie ein Käfer, der sich durch ihren Hals fraß. Ein Vergleich, der vermutlich näher an der Realität war, als es ihr lieb war. Sie sah, wie sich die Funktionen ihres K-6 Nano-Suits nacheinander deaktivierten.

»Alles in Ordnung?«, fragte Dan'ren.

Anna nickte, nichts war in Ordnung. Die hatten ihr nur die Kommunikation und das Kleidungsmodul gelassen. Alle anderen Schutzfunktionen wurden unterdrückt. Zu ihrer Sicherheit.

»Wir werden erwartet ... oder genauer gesagt, du wirst erwartet.«

»Und du?«, fragte Anna.

»Nader, Kristof und der Hohe Rat streiten sich noch darüber, wie sie mich entsorgen sollen.«

»Was hat Nader damit zu tun?«

»Er will, dass auch ich virtualisiert werde ...«

»Hat er ein Gewissen entwickelt?«, fragte Anna.

»Das weiß nur er ... das Problem ist scheinbar eher technischer Natur. Die Scanner sind noch nie für Lerotin benutzt worden. Der medizinische Offizier warnte, dass meine KI mit einer Wahrscheinlichkeit von 75 Prozent schwachsinnig sein wird.«

»Und was macht Kristof?«

»Er diskutiert ... und hat dafür gesorgt, dass meine Virtualisierung erst nach deiner vorgenommen wird.«

»Schlaues Kerlchen.«

»Anna ... ich habe Angst.« Dan'ren litt sichtlich. »Einen Menschen zu virtualisieren ist doch völliger Unsinn. Das bedeutet doch nur, dass sie eine virtuelle Kopie anlegen und den organischen Teil töten.«

»Ja ... genau das bedeutet diese Technologie. Und trotzdem reden sich diese Narren ein, danach noch zu leben. Die erschaffen nur KIs mit denselben Minderwertigkeitskomplexen und Psychosen, die sie zuvor bereits als Mensch hatten.«

T-Plus 22 Stunden. Alles lief nach Plan. Mit den ersten Schritten auf der Horizon spürte Anna, dass sich die Stimmung verändert hatte. Der Kampf gegen die Narren, die immer noch versuchten mitgenommen zu werden, wurde siegreich beendet. Das All im Umfeld des Raumschiffes hatte seine Dunkelheit zurückgewonnen.

Der Mars beherbergte inzwischen wieder genauso viel Leben, wie vor der menschlichen Kolonialisierung. Da unten lebte nichts mehr.

»Tracer Sanders-Robinson, im Namen der Föderation ist es mir eine besondere Ehre, Sie an Bord der Horizon willkommen heißen zu dürfen«, begrüßte sie ein Jugendlicher ohne Haare, der eine festliche dunkle Toga trug.

»Danke.«

»Sie werden erwartet. Der Hohe Rat der Föderation, der Senat der Richter und der Vorstand der Saoirse-Organisation freuen sich während der Startvorbereitungen auf Ihre Gesellschaft.«

Annas Herz schlug schneller, sie musste das letzte Stück Ihres Weges allein gehen. Über Dan'ren an ihrer Seite wäre sie froh gewesen, die wurde aber an eine andere Stelle gebracht. Schweigend folgte sie dem kahlen Jugendlichen und fuhr mit einem Lift nach oben. Hoffentlich würde Kristof bald zurückkommen. Das Gefühl, diesen Bonzen ausgeliefert zu sein, war verstörend.

»Bitte hier entlang ...« Der junge Mann gebot ihr, den Aufzug zu verlassen. Er blieb stehen. Durch die geöffnete Tür konnte Anna einige Dutzend festlich gekleideter Menschen sehen, die mit Champagnergläsern in den Händen eine gute Zeit zu haben schienen.

»Anna ... endlich ... schön dich zu sehen.« Nader kam ihr mit einem Lächeln entgegen. Sie freute sich, ihn zu sehen, wenigstens ein bekanntes Gesicht.

»Nader.« Anna blieb ruhig, als er sie auf beide Wangen küsste. Die Angst steckte ihr in den Knochen. Er ahnte nichts von dem, was sie geplant hatte.

»Möchtest du etwas trinken?«, fragte er zuvorkommend.

»Nein, danke ... im Moment nicht.« Das wollte sie wirklich nicht. Die wollten Dan'ren und sie umbringen – und glaubten wirklich, dass Anna sich darüber freuen würde.

»Wir sind auch dank deines besonnenen Einsatzes hier ...« Nader zeigte auf eine riesige Videowand, die die Ankunft der restlichen Flotte zeigte. Wie ein schwereloser Geist schwebte die Kamera durchs All, um die zurückkehrenden Kriegsschiffe zu zeigen. Einige der Zeros zeigten deutliche Beschädigungen. Nicht alle Welten schienen sich kampflos ihrem Schicksal gefügt zu haben.

»Dank mir erst später.« Sich für ihr Handeln feiern zu lassen, war Anna noch zu früh.

»Meine Damen und Herren, es ist mir eine Freude, Sie zu diesem historischen Augenblick begrüßen zu dürfen.«, erklärte ein blonder Hüne, den eine schwebende Plattform in die Höhe beförderte. In der großzügigen Versammlungshalle war genug Platz dafür. Den Typ kannte Anna bereits, der Vorsitzende der Föderation und der größte Saoirse-Eigner. Real sah er nicht sympathischer aus. Seine jugendlichen Gesichtszüge wirkten feist und sein Lächeln falsch.

»Der Master Carrier wird jetzt ...«

Anna unterbrach Nader. »Er heißt Kristof, du solltest seinen Namen kennen.«

»Er hat dir von mir erzählt?«, fragte Nader.

»Stimmt es denn?«

»Ja.« Nader sah wieder nach vorne. »Ich würde ihn jederzeit wieder verlassen.«

»Das weiß er.« Auch Anna würde sich erneut für ihren Plan entscheiden. Es gab keine Alternative.

Der Hüne machte leidenschaftlich weiter, seinen Namen kannte sie immer noch nicht. »Die Mission war ein voller Erfolg! Die Horizon ist endlich einsatzfähig!«

Beifall ertönte.

»Und auch die Zielkoordinaten unserer Reise sind validiert. Wir werden jetzt und für alle Zeiten Andromeda erobern.«

Erneut ertönte Beifall, viele sahen dabei Nader an.

»Sehen Sie nach draußen ... unsere siegreiche Flotte kehrt heim und wird sich jetzt mit dem Mutterschiff verbinden. Dazu schalte ich direkt zur Steuerungskommunikation.«

»*Horizon Control ruft die Trison Control. Öffnen Sie ihre Firewall. Wir werden alle Manöver zentral koordinieren*«, sagte eine Stimme, die Anna nicht kannte.

»*Hier ist die Trison ... wir haben es geschafft.*« Das war Kristof, dessen Livebild in einen Bereich der Videowand eingespielt wurde. »*Wir können leider nicht verbergen, dass nicht alle Randwelten freiwillig kooperiert haben.*«

Die Menge lachte.

»Wir wissen deren Opfer zu schätzen.« Der Vorsitzende machte mit seiner Show weiter. Zynisches Pack, dachte Anna.

»*Leider sind wir unter massiven EMP-Beschuss gekommen ... wir haben immer noch mit vielen Teilsystemausfällen zu kämpfen. Die schlechter abgeschirmten Frachtmodule hat es besonders stark erwischt, dort sind beinahe alle Sensoren ausgefallen.*«

»Das werden die Techniker beheben können ...« Ganz glücklich schien der Vorsitzende mit Kristofs Aussage nicht zu sein. »Können Sie die Kontrolle der Waffensysteme übergeben?«

Was die wichtigere Frage darstellte, in diesem Moment war der Master Carrier mächtiger als die Horizon. Die Kriegsschiffe unter seinem Befehl waren der Horizon weit überlegen. Nur die Macht, die kollabierende Milchstraße zu verlassen, lag bei der Horizon.

»Natürlich. Darüber haben wir nie die Kontrolle verloren«, antwortete Kristof, ohne auf die Spitze zu reagieren. *»Ich schicke zuerst die Zeros mit technisch ausgebildeten Avataren und Material für die Fertigstellung der Horizon. Horizon Control, wir übergeben die Steuerung der Zeros in Gruppen zu acht Raumschiffen.«*

Beifall ertönte. Nicht nur der Vorsitzende war sich über die aktuellen Machtverhältnisse im Klaren. Jeder im Raum wusste, wozu der Master Carrier in der Lage gewesen wäre.

»Er hat es schon früher immer spannend gemacht«, sagte Nader erleichtert.

»Ich hätte ihn gerne als Mensch kennengelernt.«

»Du kannst auch mit seinem Avatar ins Bett gehen.«

»Möchtest du dabei sein?«, fragte sie keck. Anna wollte Naders Reaktion sehen.

»Nein.« Seine Augen wurden schmaler, für eine Beziehung, die angeblich erloschen war, passte seine Reaktion nicht. Die Frage gefiel ihm nicht, er ließ sie allein.

Anna konnte sich nicht vorstellen, ihr Leben als Frau hinter sich zu lassen und im Körper eines Mannes weiterzuleben. Aber sie hatte auch keine Probleme damit. Die Identität war ein sehr privates Gut, über das jeder selbst bestimmen durfte.

»Trison Control, Übernahme der Steuerung bestätigt, 99 Prozent der sekundären Sensoren sind defekt, es sind aber keine militärischen Systeme betroffen, Zertifikate valide, öffnen Anflugvektoren. Wir werden Techniker und Material sofort für den Einsatz auf der Horizon einplanen.«

Während sich auf der Videowand die komplette Übergabe der Flotte verfolgen ließ, ließ sich Anna ein Glas Champagner bringen. Jetzt gab es einen Grund dafür. Ein interessanter Geschmack, sie glaubte dabei, ein Stück ihrer Vergangenheit schmecken zu können.

Nach und nach wurden alle Zeros ohne Zwischenfälle an die Horizon angedockt und weitere Techniker und Material verladen. Den Ausfall der Frachtsensoren erachtete Horizon Control wegen der knappen Zeit als nachgelagertes Problem. Die Waffensteuerung hingegen machte keine Probleme. Der Master Carrier gab seine Macht ohne zu zögern ab. Es war niemals Kristofs Plan gewesen, diese Situation mit einem offenen Angriff auszunutzen.

Die Trison wurde als letztes Schiff aufgenommen. Wegen technischer Probleme, den KI-Host des Kriegsschiffs zu übernehmen, sollte sich Kristof persönlich auf der Horizon einfinden. Für eine Beförderung. Danach würde er die Ressourcen bekommen, um die wichtigsten Reparaturen an dem Flaggschiff vornehmen zu können. Eine Gruppe von 24 Kriegsschiffen sollte ständig einsatzbereit bleiben, um sich bei Bedarf sofort wieder vom Rumpf der Horizon lösen zu können.

»Hallo Anna«, sagte Kristof, der, wie es seine Art war, in einer prächtigen weißen Galauniform auf der Party erschien. Ein hübsches Kerlchen. Aber nicht Elias. Der Beifall zuvor galt ihm. Er war der Held im Krieg um den Mars.

»Kristof.«

»Es ist soweit.« Er gab ihr einen Speicherchip.

»Ja.« Anna drehte sich um und verließ die Feierlichkeiten. Es war Zeit, sich von ihrem alten Leben zu verabschieden.

»Sind Sie bereit?«, fragte eine dunkelhäutige Medizintechnikerin, die Anna Sensoren an die Handgelenke, Fußgelenke, Hals und Schläfen klebte.

»Dauert das lange?«, fragte Anna, die sich das Gesicht von Elias einzuprägen versuchte.

»Nicht lange, Sie werden nichts davon spüren. Ihre KI wird mit Ihrem neuen Avatar in einem Bett erwachen, natürlich mit Ihren wunderschönen langen roten Haaren.«

»Sind Sie für alle medizinischen Notfälle vorbereitet?«

»Sicherlich ... aber das Verfahren hat sich bereits millionenfach bewährt. Ihre kognitiven Werte sind hervorragend, es wird nichts passieren, vor dem Sie sich fürchten müssen.«

»Wie gerne würde ich Ihnen glauben.« Was Anna aber nicht tat. »Darf ich vorher noch ein Gespräch führen?«

»Gerne ... wen wünschen Sie zu sprechen?«, fragte die junge Frau verunsichert.

»Den Vorsitzenden der Föderation, den netten blonden Mann, ich würde ihn gerne um eine Kleinigkeit bitten«, erklärte Anna höflich. Sie hätte sich seinen Namen merken sollen.

»Ich versuche, ihn für Sie zu erreichen ... aber er ist ein vielbeschäftigter Mann.« Die freundliche Medizintechnikerin bediente ein holografisches Display auf ihrem Handrücken.

»*Anna ... wie kann ich Ihnen helfen?*«, fragte der Vorsitzende, es hatte keine zehn Sekunden gedauert. »*Wir warten bereits darauf, Sie in unserem elitären Kreis aufnehmen zu können.*«

»Können Sie mich sehen?«, fragte Anna.

»*Ja.*«

»Können Sie bitte Ihr Bild auf mein Irisdisplay schalten?«

»Wenn es weiter nichts ist ... worum geht es?«, seine Geduld schien schnell an Grenzen zu stoßen.

Anna entfernte sich die Sensoren, die ihr die Medizintechnikerin gerade angeheftet hatte. Die junge Frau ging erschrocken einige Schritte zurück.

»Ich setze Sie darüber in Kenntnis, dass ich das Kommando über das Schiff übernehme. Bitte seien Sie so freundlich und ...«

»Bitte was?«, fragte er entgeistert.

»Bitte seien Sie so freundlich und helfen mir, die Übernahme ohne Zwischenfälle abzuwickeln. Erstens, die junge Frau soll mir den Unterdrücker aus dem Hals entfernen. Zweitens, händigen Sie mir die Master-Zertifikate für die Horizon aus. Drittens, Sie dürfen sich deaktivieren. Ich garantiere, dass Sie nicht gelöscht werden.«

»Das ist ein Scherz.«

»Ich bin ein humorloser Mensch.«

»... ein Mensch.«

»Oh ja ... ich weiß noch, was leben heißt.« Anna konnte seine Nervosität spüren. Sicherlich überlegte er krampfhaft, welchen Fehler er gemacht hatte.

»Der letzte ...«

»Der letzte Mensch, den Sie hören werden ... wenn Sie meiner Forderung nicht Folge leisten.«

Er lachte. *»Anna Sanders-Robinson, eine Replikantin reckt sich nach der Sonne. Sie amüsieren mich ... und überschätzen scheinbar Ihre Verhandlungsposition maßlos.«*

»Sicher?«, fragte Anna.

»Sicher!«

»Kennen Sie die militärische Besatzungsstärke der Horizon?«

»Was soll die Frage?«

»Ich helfe Ihnen, die Horizon verfügte bisher über vier H-1 Protektoren. Zudem hatte Nader Heg'Taren vom Titan 289 Techniker mitgenommen, denen Sie im Ernstfall eine Waffe in die Hände drücken könnten.« Anna hatte lange auf diesen Moment gewartet. »Eine absolut unzureichende Anzahl für ein Schiff dieser Größe.«

»Und? Ich kontrolliere die gesamte Zero-Flotte!« Mittlerweile klang er nicht mehr amüsiert. *»Ich habe über 300.000 Techniker an Bord der Horizon bringen lassen, die gerade das Schiff für den Sprung vorbereiten.«*

»Das haben Sie. Wofür ich Ihnen auch danke.« Anna spielte Videodaten in die Kommunikation, die sie von Kristofs Speicherchip gestartet hatte. Der Stream zeigte die Vernichtung von Tellar im Cygni System. Der Wüstenplanet fiel den Bildern nach einer unfassbaren Zerstörungsorgie zum Opfer. »Ihren Beitrag, Menschen aus einer schwierigen Lage zu retten, werden wir Ihnen für immer hoch anrechnen.«

»Blödsinn! Die sind alle tot!«

»Videomaterial kann ziemlich trügerisch sein ... haben Sie eigentlich eine Ahnung, wie viele Menschen eine einzige Zero fassen kann? Ich habe es selbst kaum glauben können, die sind riesig.«

Jetzt würde der Vorsitzende der Föderation gerade sämtliche KIs auf den Kriegsschiffen herunterfahren lassen. Kristof hatte diesen Schritt vorausgesehen, das war die Macht der Föderation. Sie konnten jede KI in Reichweite nach Belieben starten, stoppen, löschen oder auch manipulieren lassen. Er hasste dieses System, dessen Teil er gegen seinen Willen geworden war und gegen das er nicht allein kämpfen konnte. Auch Kristofs Avatar würde gerade wie eingefroren stehen bleiben.

»Das ist Meuterei!«

»Ja.«

»Dafür werden Sie sich vor einem Kriegsgericht verantworten müssen!«

»Nein.«

»Sie werden die Horizon niemals ohne meine Zustimmung starten können.«

»Stimmt ... erinnern Sie sich an die Frachtmodule mit den defekten Sensoren? Sie haben 300.000 hochmotivierte Kämpfer an Bord bringen lassen, die Sie nicht auf Knopfdruck abschalten können. Wir sind Menschen, wir bluten, wir beißen und das bereits seit mehr als 100.000 Jahren.«

»Dann werden wir zusammen untergehen!«

»Ist das Ihr letztes Wort?«

Stille.

»Was können Sie mir anbieten?«

»Ein Leben in Frieden. Im Computer. Die Realität gehört allerdings den Lebenden!«

»Welche Sicherheit habe ich?«

»Nur mein Wort.« Anna würde mit Engelszungen für die Bonzen streiten müssen, damit der wütende Mob sie nicht aus Rache über Bord werfen würde.

Stille.

»Entfernen Sie dem Tracer den Unterdrücker vom Hals«, ordnete der Vorsitzende an.

Die Medizintechnikerin tat wie ihr geheißen, was das K-6 Implantat augenblicklich aktivierte und Anna in ihre bekannte Vollkörperpanzerung hüllte.

»Die Master-Zertifikate, bitte.« Für Anna war das nur der erste Schritt.

»Das ist Wahnsinn!«

»Jetzt ... und ich will die Kontrolle über die beiden H1-Protektoren vor der Tür.«

»Es hatte einen guten Grund, den Menschen diese Verantwortung abzunehmen.«

»Und ich habe einen guten Grund, diese Verantwortung wieder an mich zu nehmen! Die Master-Zertifikate. Jetzt. Überlegen Sie gut, ob Sie mich als Fürsprecherin auf Ihrer Seite wissen wollen, wenn 300.000 verzweifelte Menschen Ihren Archivbunker auseinandernehmen.«

Stille.

Anna erhielt die Master-Zertifikate. Alle. Sie hatte gewonnen. Sie kommandierte jetzt die Horizon. Elias bitte, hilf mir, dachte sie und schluckte die Anspannung herunter.

T-Plus 28 Stunden. Die Horizon befand sich kurz vor dem Sprung in eine andere Galaxie. Auch wenn Nader versichert hatte, dass die Technologie funktionierte, glaubte sich Anna dem Jenseits näher als jemals in ihrem Leben zuvor.

»Ist alles in Ordnung?«, fragte Anna und sah zu Dan'ren, die auf der Brücke neben ihr stand. Die Frage hatte ihre Freundin bereits oft gestellt, es war ein gutes Gefühl, sich jetzt nach ihrem Wohl zu erkundigen.

»Natürlich.« Dan'ren lachte und weinte gleichzeitig. Seit sie vor zwei Stunden Amun und andere Lerotin in die Arme schließen durfte, wirkte sie wie erlöst. Die Zeros hatten auch Iris nicht verbrannt, sondern alle willigen Lerotin mitgenommen.

Die Feuersbrunst über den Untergang der Wasserwelt Iris war nicht mehr als eine ambitionierte CGI-Animation[9]. Dan'ren hatte ihren Lerotin-Biosuit wieder und passte weiterhin auf Annas Gesundheit auf.

»Noch drei Minuten«, sagte Nader, eine der wenigen KIs, die ihre Führungsaufgabe behalten hatte. Nader Heg'Taren war jetzt der leitende technische Offizier. Einen Unterschied gab es allerdings, seine Persönlichkeit lief mittlerweile auf der CPU in seinem hübschen Kopf und nicht mehr in einem überwachten Rechenzentrum.

»Status der Flotte?«, fragte Anna, Kristof befand sich auf der Brücke der Trison, deren Beschädigungen nur inszeniert waren. Der Master Carrier hatte ebenfalls seinen Job behalten.

»*Wir sind bereit für den Sprung*«, meldete Kristof. Alle Zeros waren einsatzfähig, um nach der Ankunft sofort auszuschwärmen. Eine Besonderheit hatte sich allerdings auch auf den Zerstörern geändert. Die Besatzung, die ehemals nur aus KIs bestand, hatte jetzt zahlreiche gut ausgebildete Flugoffiziere aus Fleisch und Blut an Bord. Wie auch Jaden, den Anna auf Tellar kennengelernt hatte. Jaden befehligte die Archimedes, Danilow, die diese Aufgabe zuvor innehatte, befand sich als Navigationsoffizier auf der Horizon.

»Gregor, möchtest du noch etwas Nützliches zu unserem Flug beitragen?« Am liebsten hätte Anna ihn abgestochen, so wie er es mit Sequoyah getan hatte. Aber dann wäre sie nicht besser als er. Deshalb hatte auch Gregor seinen Platz auf der Brücke. Als Berater. Mit einer elektronischen Fessel am Hals. Seine Freiheit hatte er verwirkt. Mit Informationen würde er sich sein jämmerliches Leben noch etwas verlängern können.

---

[9] Fachausdruck für mittels 3-D-Computergrafik (Bildsynthese) erzeugte Bilder im Bereich der Filmproduktion

»Noch zwei Minuten«, sagte Nader, bei dem die Initialisierung für den Aufbau des Wurmlochs zusammenlief.

Anna schaltete sich auf alle Lautsprecher und Displays der Flotte. »Mein Name ist Anna Sanders-Robinson. Ich bin der Kapitän unserer Arche und solange wir uns in akuter Lebensgefahr befinden auch der alleinige Befehlshaber.« Sie gab Danilow ein Zeichen, Bilder von der Erde einzuspielen, die inzwischen nicht mehr als eine von der Sonne verbrannte Aschewelt war.

»Das war die Erde. Nie wieder werden dort Menschen leben. An Bord unserer Flotte befinden sind 187 Millionen Männer, Frauen und Kinder. Wenn ich es gekonnt hätte, hätten wir mehr mitgenommen.« Anna setzte kurz ab.

»Unsere Mission ist alles andere als ein Spaziergang. Wir wissen kaum etwas über die Andromeda Galaxie. Die Anzahl habitabler Welten wird dort sicherlich ähnlich rar wie in der Milchstraße sein, aber wir werden eine neue Erde finden.«

»Noch eine Minute«, sagte Nader und startete die finale Sequenz. Die in den Antimaterie-Generatoren der Horizon bereitgestellte Energiemenge war größer als die gesamte Energie, die bisher jemals von Menschen künstlich hergestellt worden war.

»Es geht gleich los ... möge das Schicksal uns gewogen sein. Und falls der Prime uns gleich aus Versehen sprengt, reicht die Druckwelle, um die Horizon auch ohne Wurmloch nach Andromeda zu befördern.«

Nader lächelte. »Könnte hinkommen ...«

»Fünf, vier, drei, zwei, eins, Energie!« Anna schloss ihre blauen Augen, als sich die gigantischen Energiespeicher entluden und die Horizon durch das Wurmloch reiste.

***

Beta Phase

XI. Spiegelbilder

Die Realität griff nach Elias. Als er seine Augen öffnete, hoffte er für einen kurzen Moment, nur schlecht geträumt zu haben. Was leider nicht der Fall war. Er hatte miserabel geschlafen, ihm war kalt und er hatte Hunger. Die Sonne ging auf, doch ein schöner Morgen sah anders aus.

Nach dem unerklärlichen Fall durch ein Schwarzes Loch befand er sich mit seiner neugeborenen Tochter, Marina und einer mürrischen KI auf einer unbekannten Welt. Keiner von ihnen hätte noch leben dürfen, seine Existenz widersprach jeglicher Logik.

»Marina?«, fragte er leise, erntete aber nicht mehr als ein unfreundliches Knurren.

»Halt die Klappe!« Jedes hungrige Raubtier dürfte morgens bessere Laune haben als dieses Flintenweib.

»Wo ist sie?« Wo war seine Tochter, wo war Kezia?

»Sie schläft.«

Elias dachte nach und setzte sich auf, Marina lag neben ihm unter einem Baum und wandte ihm den Rücken zu. Sollte er mit ihr streiten? Vorsichtig wagte er einen Blick über ihre Schulter, mit der sie das Kind schützend abdeckte. Kezia schlief an ihrer Brust.

»Und was ...« Elias fehlten die Worte. Marina hatte die Kleine in ihren eingerissenen Einteiler gesteckt. Der Morgen war kühl und feucht, das war eine gute Idee, um das Baby nicht auskühlen zu lassen.

»Elias ... lass sie einfach«, sagte Vater, der sich erst jetzt zu Wort meldete und den nur er hören konnte. Die KI existierte nur auf dem Chip in seinem Nacken.

»Schon klar ... ich bin ja nur der Vater.« Elias stand auf und ging einige Schritte auf eine Lichtung.

»Der bist du ... weswegen du auch die Verantwortung für sie hast. Es gibt nur Marina und dich, ihr müsst zusammenhalten.«

»Ja, ja.« Warum Marina? Warum ausgerechnet sie? Elias verstand nicht, warum seine Schwester sterben musste. Bei allem, was ihnen zugestoßen war, war das doch nicht gerecht.

»Möchtest du nicht wissen, wo wir sind?«, fragte Vater, der wie immer pragmatisch nach vorne blickte.

»Ich plädiere eigentlich dafür, tot zu sein und mir diesen Alptraum nur einzubilden.« Elias hatte keine Lust, sich früh am Morgen solchen Fragen zu stellen.

»Unwahrscheinlich.«

Er zuckte mit den Schultern und sah nach oben. Der blaue Himmel war mit zahlreichen Wolken verhangen. »Bessere Vorschläge?«

»Du lebst. Ich funktioniere. Das ist ein Anfang. Diese Welt hat eine für dich atembare Atmosphäre, Wasser und Pflanzen. Tiere habe ich auch bereits gesehen.«

»Und Menschen?«, fragte Elias, nur die zählten, um wieder von hier wegzukommen.

»Kein Funk, keine Signale und keinerlei andere wahrnehmbare digitale Signaturen ... was aber nicht viel bedeuten muss, ohne brauchbare Sensoren ist meine Analysereichweite bescheiden.«

»Könntest du Signale eines Satelliten empfangen?« Elias versuchte, die wenigen Informationen zusammenzufügen.

»Wenn er in unsere Richtung sendet ... es gibt aber keine Satelliten, die uns etwas mitteilen wollen.«

»Ist diese Welt noch unentdeckt?«, fragte Elias und sah sich weiter um. Mehr als Laubbäume, Nadelhölzer, einen Bachlauf, Wiese und mit Moos überwucherten Waldboden konnte er nicht erkennen. Unter anderen Umständen eine schöne Gegend, von der Jahreszeit her durfte es bereits Herbst sein.

»Die Frage stelle ich mir auch gerade ... kannst du bitte nach oben schauen.«

»Von mir aus ...« Das Wetter drohte schlechter zu werden, da kamen Regenwolken auf sie zu.

»Siehst du die freie Stelle?«

»So gerade eben ... gleich wird es auch dort Wolken geben.« Und Regen, der war ihnen sicher.

»Du solltest besser hinsehen.«

»Wegen des kleinen Mondes am Horizont?« Dass eine habitable Welt einen Mond hatte, erachtete Elias als nichts Besonderes. Es gab im Universum viele Milliarden Sonnen, unzählige Planeten und folglich noch mehr Monde, die ihre Welten umkreisten.

»Genau den.«

»Was ist mit dem?« Elias konnte Vater nicht folgen, der offensichtlich wieder einmal Lehrer spielte.

»Der hat exakt die gleiche Größe, Position, Farbe und Musterung des Erdmondes ...«

Elias verschluckte sich fast. »Sind wir auf der Erde?«

»Ja ... und nein.«

»Verdammt ... ich bin Arzt. Lass mich nicht dumm sterben. Was heißt ja und nein?« Vater verstand es immer wieder, auf eine einfache Frage eine schwierige Antwort zu geben.

»Der Mond der Erde ist nur einige Tage vor Neumond in den frühen Morgenstunden zu sehen. In dieser Zeit bleiben die Nächte die längste Zeit mondlos.«

»Was bedeutet das?«

»Während dieser abnehmenden Mondphase müssten wir auf der Erde nach Sonnenaufgang eine Mondsichel sehen.«

»Ich sehe aber einen zunehmenden Mond.« Den konnte Elias mehr als deutlich sehen.

»Den sollten wir in dieser besonderen Mondphase folglich erst während der Abenddämmerung sehen können ... also kurz, bevor der Mond untergeht.«

»Hört sich logisch an. Wir sind also nicht auf der Erde?«, fragte Elias, der nicht wusste, ob er Vater verstanden hatte.

»Doch ... das ist die Erde. Die Musterung des Mondes ist einzigartig. Diese Konstellation wird es kaum zweimal geben.«

»Du widersprichst dir gerade ... aber das merkst du bestimmt selbst, oder?« Elias hatte keine Ahnung, worauf Vater hinaus wollte. Hochentwickelte KI-Systeme schienen mit dem Alter etwas schrullig zu werden.

»Es ist die Erde ... aber nicht die Erde, von der wir stammen.«

»Jetzt hast du mich abgehängt ...«

»Die Erd- und Mondrotation verläuft spiegelverkehrt ...«

»Kennst du den Zauberer von Oz ... eine schöne alte Geschichte. Du hast mir mit dem Buch das Lesen beigebracht. Die böse Hexe des Westens hat uns verhext!« Elias machte sich einen Spaß daraus, Vater auf den Arm zu nehmen.

»Sehr lustig.«

»Wir fallen durch ein Schwarzes Loch und landen in dem wunderbaren Land Oz ... also ich finde das sehr lustig.«

»Einen Strohkopf haben wir schon gefunden ...«

Vater und Elias lachten.

»Du meinst das ernst, oder?«

»Ja.« Vater blieb dabei. *»Die Konstellation des Mondes und der Sonne entspricht zu hundert Prozent der der Erde. Die sichtbaren Rotationsachsen tun es allerdings nicht.«*

»Verstanden.«

»Es gibt zudem einen unveränderlichen Code in meinem Kernel. Wenn ich jemals die Erde betreten würde, von der wir stammen, würde ich mich augenblicklich selbst löschen.«

»Hat das Anna programmiert?«

»Die ältere Anna, die vor der Notlandung auf Proxima in eine Sonne stürzte ...«

»Also eine Spiegelerde ... sorry ... ich habe es noch nicht begriffen. Wie soll das möglich sein?«

»Einen Beweis kann ich dir leider nicht liefern ... ich könnte mich auch irren.«

Ein Irrtum, der Vater bei solchen Fragen selten unterlief. »Versuche es ... kannst du mir eine Theorie anbieten?«

»Für die Spiegelerde vielleicht ... leider nicht für die Reise durch das Schwarze Loch. Und was Kezia widerfahren ist, kann ich auch nicht erklären.«

»Ich höre dir zu ...«

»Ich habe dir früher im Habitat auf Proxima von den Grundlagen der Quantenfeldtheorie[10] erzählt.«

---

[10] Die Quantenfeldtheorie (QFT) ist ein Gebiet der theoretischen Physik, in dem Prinzipien klassischer Feldtheorien (zum Beispiel der klassischen Elektrodynamik) und der Quantenmechanik zur Bildung einer erweiterten Theorie kombiniert werden. Sie geht über die Quantenmechanik hinaus, indem sie Teilchen und Felder einheitlich beschreibt.

»Das habe ich wieder verdrängt.« Kein Schwein konnte sich diesen physikalischen Kram merken.

»Leider ... dieses Modell geht von nulldimensionalen Teilchen aus, das Standardmodell der Elementarteilchenphysik. Das Modell enthält alle bekannten Teilchen und kann die meisten bekannten physikalischen Vorgänge erklären.«

»Das verstehe ich ... und?«

»Warte, es wird noch besser ... es gibt auch die Stringtheorie[11], ein eher hypothetisches, physikalisches Modell, das anstatt nulldimensionaler Elementarteilchen eindimensionale Strings verwendet.«

»Aha ...«

»Das zu einer zweiten möglichen Grundlage, auch wenn sie bisher nicht bewiesen werden konnte ... jedenfalls gab es andere Forscher, die auf Basis der Stringtheorie über die Existenz von parallelen Universen nachgedacht hatten ... die sie allerdings auch nicht beweisen konnten.«

»Eine parallele Erde in einem parallelen Universum?« Das hatte Elias zwar verstanden, nur glauben wollte er es nicht.

»Wir kennen drei Dimensionen und die Zeit. Die String-Theoretiker sprechen von elf Dimensionen, Dimensionen, die für den Menschen nicht zu erfassen sind.«

»Es sei denn, diese Menschen fallen durch Schwarze Löcher?« Die Erklärung war mehr als fantastisch.

---

[11] Als Stringtheorie bezeichnet man eine Sammlung eng verwandter hypothetischer physikalischer Modelle, die anstelle der Elementarteilchen – das sind Objekte der Dimension Null – sogenannte Strings (englisch für Fäden oder Saiten) als fundamentale Objekte mit eindimensionaler räumlicher Ausdehnung verwenden. Das steht im Gegensatz zu den gewohnten Modellen der Quantenfeldtheorie, die von nulldimensionalen Teilchen ausgehen.

»Genau, Schwarze Löcher wurden von eben diesen Wissenschaftlern als Tore, als Verdichter zwischen den Universen verstanden ... auch eine Theorie, die bisher noch nie belegt werden konnte ... bisher kam noch niemand lebendig durch ein Schwarzes Loch hindurch.«

»Bisher ...« Wenn das stimmte, waren Elias, Marina, Kezia und Vater die Ersten, die eine solche Reise überstanden hatten. »Können wir dann auch wieder zurück?«

»Nach der Logik dieser physikalischen Modelle nicht. Schwarze Löcher sind Einbahnstraßen, sie öffnen die Tür nur in eine Richtung.«

»Und warum sieht es dann in diesem Universum gleich aus?« Elias dachte an die Erde, auf der sie gelandet waren.

»Fast gleich.«

»Fast gleich aus?« Dieser Haarspalter.

»Weil es einen Gott gibt ... weil sich auf der anderen Seite immer wieder der identische Ablauf aller Dinge abspielt ... weil alles Zufall ist. Ich weiß es nicht ... wirklich nicht.«

»Dünn, oder?«

»Sehr dünn.«

»Wir haben ein Schwarzes Loch überlebt. Das ist Fakt. Wir sind auf einer spiegelverkehrten Erde gelandet. Auch Fakt. Neben der Frage wo und warum wir sind, sollten wir uns vielleicht auch fragen, *wann* wir sind?«, fragte Elias, dem wieder einfiel, dass Vater keinerlei elektronische Signale auffangen konnte. Auf einer technisch entwickelten Erde schienen sie nicht gelandet zu sein.

»Eine Zeitreise? Ich kenne kein Modell, das eine Zeitreise in die Vergangenheit desselben Universums begründet. Aber wenn meine Annahmen valide sind und Schwarze Löcher auch die Zeit verdichten, könnten wir in einem parallelen

Universum zu einem früheren Zeitpunkt auf der Erde gelandet sein.« Vater schien auf jede Frage eine verrückte Antwort zu haben.

Elias lächelte und dachte an seine Anna. »Zeit ist nicht relativ, sie ist beliebig.«

»Öhm ... ja.« Vater stimmte ihm zu. *»Was uns ebenfalls aufzeigt, dass wir eigentlich keine Ahnung haben, was um uns herum passiert.«*

»Lass es uns herausfinden ...« Das mit der Vergangenheit war auch nicht verrückter als die physikalische Abenteuergeschichte, die er ihm zuvor erzählt hatte.

***

XII. Jagdbeute

Um die Mittagzeit meldete sich Elias' Magen. Mit einer Intensität, die alle Überlegungen über Quanten- oder Stringtheorien augenblicklich verfliegen ließ. Auch in einem parallelen Universum würde er essen müssen. In der Wildnis zu überleben war wichtiger, als diese Welt in all ihren Einzelheiten zu verstehen.

»Ob diese blauschwarzen Beeren essbar sind?«, fragte er und pflückte wilde Brombeeren von einer Kletterranke, die an einem Baum vor ihm emporwuchs. Bilder solcher Waldfrüchte kannte er aus Vaters Unterricht über die Flora der Erde.

»Genau genommen sind es keine Beeren, es sind Sammelsteinfrüchte, die sich aus einzelnen Fruchtblättern bilden. Jede ihrer kleinen Einzelbeeren ist im Aufbau einer Steinfrucht ...«

Elias rollte mit den Augen und steckte sich lustvoll eine Sammelsteinfrucht in den Mund.

»... du kannst sie essen.«

Nur mitnehmen konnte er keine davon. »Marina, hier, ich hab essbare Früchte gefunden.«

Auch Marina suchte den Wald ab, mit dem Baby in ihrem Einteiler vor der Brust, befand sie sich noch ein Stück hinter Elias.

»Brombeeren?«, fragte sie mürrisch, als sie den Busch näher inspizierte und sofort einige Früchte pflückte.

»Schmecken gut.«

»Und das Kind?«, knurrte sie, eine Handvoll Brombeeren kauend, und musterte Elias anklagend. Ob es jemals eine Situation geben würde, in der ihr drei Worte nicht genügten?

»Gib ihr die Brust ...«

Wenn Blicke töten könnten.

»Elias ... so kommen wir nicht weiter.«

»Wir suchen etwas ... in Ordnung?« Die Last auf seinen Schultern wog schwer. Muttermilch würde er nicht im Wald finden und die Anzahl melkbarer Tiere war ebenfalls überschaubar.

»Wir brauchen die Hilfe anderer Menschen. Marina und du können in der Wildnis überleben, ein neugeborenes Kind ohne Mutter nicht.«

»Das ist mir bewusst.« Elias wischte sich seine klebrigen Finger an der dreckigen Hose ab. Neben dem Baum sah er einen faustgroßen runden Stein auf dem Waldboden liegen.

Marina setzte sich, aß weitere Früchte und sah ihm schweigend zu. Die aus ihrer Sicht merkwürdigen Gespräche, die Elias mit Vater führte, kommentierte sie nicht. Das Kind schlief interessanterweise, Elias hätte eher erwartet, dass es vor Hunger schreien würde.

»Was hast du vor?«, fragte Vater.

»Ich helfe mir selbst ...« Ein Stück weiter fand Elias einen zweiten Stein ähnlicher Größe. Er kniete sich auf den Boden und fing an, die Steine mit großer Kraft aufeinander zu schlagen. Vermutlich würde er damit gleich das Kind aufwecken, aber es gab keine Alternative.

»Ein Feuer gibt das nicht ...«

»Sicherlich nicht.« Auf dem vom Morgentau feuchten Waldboden würde sich ohnehin nichts anzünden lassen. Immer wieder schlug er die Steine aufeinander, so lange, bis die ersten Stücke abplatzten. Stück für Stück, der Stein formte sich.

»Du zeigst ungeahnte Talente.« Jetzt hatte Vater verstanden, was Elias beabsichtigte. Einer der Steine hatte nach einiger Zeit und inzwischen müden Armen eine scharfe Kante bekommen.

Ob die Menschen vor 100.000 Jahren ähnlich vorgegangen waren?

»Wir werden überleben.« Daran hatte Elias keine Zweifel, er hatte jetzt ein Werkzeug. Mit dem scharfkantigen Stein und einem weiteren Stein als Hammer ritzte er lange senkrechte Spalten in einen Baum. Marina sah ihm aufmerksam zu. Alle zwei Fingerbreit eine Ritze, an denen er danach mühelos die Baumrinde ablösen konnte. Aus den langen Streifen begann er, einen Korb zu flechten.

»Ich mache das«, sagte Marina und übernahm die Flechtarbeit. Elias konnte dadurch weitere Baumrindenstreifen abschälen.

Später am Nachmittag waren zwei Proviantkörbe, die sich Marina über die Schulter hängen konnte, mit Brombeeren gefüllt. Mittlerweile regnete es in Strömen. Elias hatte noch einen zweiten länglichen flachen Stein scharfkantig geschlagen und ihr das eher rundliche Werkzeug gegeben, das er zuerst angefertigt hatte. An seinen Handballen hatten sich deswegen Blasen gebildet, die ihn aber nicht beeinträchtigten. Das Kind schlief immer noch, was mehr als ungewöhnlich war.

»Siehst du das Reh da vorne?«, fragte Elias leise, der aus dem länglichen Stein, der Baumrinde und einem mannshohen Stock einen Speer gefertigt hatte. Aus der übrigen Rinde hatte er sich drei Schlaufen hergestellt.

»Ja.«

»Lass es nicht aus den Augen.«

Marina, die neben ihm hockte, nickte. Mit einer Hand hielt sie schützend das Kind, mit der anderen Hand das Steinwerkzeug. Auch wenn es ihr nicht gelang, die Kleine vor dem Regen zu bewahren, schützte sie den winzigen Körper so gut es ging.

»Willst du das Tier erlegen?«, fragte Vater.

»Fangen«, flüsterte Elias und konzentrierte sich darauf, seine Körpertemperatur abzusenken.

»Die Rehkuh hat ein Junges an ihrer Seite.«

»Genau deswegen.«

Wenn er in der Arktis seinen Stoffwechsel binnen kurzer Zeit erhöhen konnte, sollte das auch umgekehrt funktionieren. Sein Herz schlug langsamer und die Wärme fuhr ihm aus den Gliedern.

»Du bist blass«, stellte Marina zutreffend fest. Blass und kalt, wie ein Stein. Die Bewegungen fielen nun schwerer, aber er würde auch nicht rennen müssen.

»Warte hier ... es wird etwas dauern«, flüsterte er und kroch wie eine Schlange langsam über den matschig nassen Waldboden. Den Speer ließ er zurück. Der Regen unterstützte seinen Plan. Nur mit den Schlaufen in der Hand begab er sich auf die Pirsch.

Ohne Wärme kein Schweiß, ohne Schweiß keine Witterung, die Rehkuh würde ihn nicht riechen können. Rehe hatten normalerweise einen sehr guten Geruchssinn und auch gute Augen, die allerdings nur bewegte Ziele erfassen konnten. Elias bewegte sich deshalb sehr langsam und pausierte immer wieder. Die Tiere waren nicht in der Lage, die Bedrohung eines unbeweglichen Objektes einzuschätzen.

Um 600-800 Meter unbemerkt zu überbrücken, brauchte Elias einige Zeit. Näher hätten sich Marina und er nicht an das scheue Muttertier heranwagen können, zwischen dessen Beinen ein Jungtier vor dem Regen Schutz suchte. Nur noch wenige Meter.

Er blieb unsichtbar. Seine Finger waren steif und er spürte weder seine Ohren noch seine Zehen. Verdammte Kälte.

»Näher wirst du nicht herankommen«, sagte Vater, der ebenfalls flüsterte, obwohl ihn ohnehin niemand hören konnte. Elias nickte. Jetzt. Noch drei Meter. Er warf die Schlaufe aus Baumrinde über den Hals des Tieres und zog daran. Getroffen. Das aufgeschreckte Tier versuchte zu flüchten, stürzte aber sofort. Elias würde die Milchbar für seine Tochter garantiert nicht loslassen. Nur das Jungtier floh, blieb aber nach wenigen Metern stehen und sah seine hilflos am Boden zappelnde Mutter an. Jetzt trabte es zurück. Elias hatte nicht vor, die Tiere zu verletzen, band allerdings mit zwei weiteren Schlaufen die Beine der Kuh zusammen. Ein Schauer lief seinen Rücken hinab, es war Zeit, seinen Körper wieder auf eine erträgliche Temperatur zu bringen.

»Gut gemacht«, sagte Marina, die zu ihm gelaufen kam, eine Zitze der Rehkuh säuberte, und ohne weitere Umschweife Kezia anlegte. Das Kind begann intuitiv zu trinken, was sogar dazu führte, dass sich das Reh wieder beruhigte. Nur das Jungtier hielt Abstand und beäugte wachsam Kezias räuberische Mahlzeit.

»Rehmilch ... wer hätte das gedacht.« Auch Vater gefiel das. *»Ich hoffe, Kezia verträgt sie.«*

»Das hoffe ich auch ... ansonsten hätte ich nur einen Korb Brombeeren zu bieten.«

»Das hatten wir schon.«

Elias schmunzelte.

Vater wechselte den Ton. *»Nimm deinen Speer ...«*

In diesem Moment sah auch Elias, was Vater beunruhigte, sie waren nicht die einzigen Jäger, die es auf das scheue Schalenwild abgesehen hatten. Er löste die Schlaufen aus Baumrinde, das Muttertier und ihr Junges flüchteten sofort.

»Wir haben Menschen gefunden …« Eine Begegnung, die auf den ersten Blick recht deutlich machte, in welche Epoche der Erde es sie verschlagen hatte.

»Dem Reh stellen sie nicht nach … ich glaube, die finden euch beide viel interessanter.«

Drei bärtige Jäger in grob geschneiderter Lederkleidung kamen geduckt auf sie zu. Auch sie hielten jeweils einen Speer in den Händen, einen mit einer Metallspitze. Vermutlich aus Eisen. Die Männer waren kleiner als Elias, hagerer und wirkten zu allem entschlossen.

»Deine Einschätzung?«, fragte Elias leise.

»Nordländer, beherrschen die Verarbeitung von Eisen, möglicher Zeitrahmen 1000 vor Christus, bis 800 danach … sprich sie an. Ich möchte sie reden hören«, forderte Vater.

»Hwa westi et?«, fragte einer der Bärtigen, der ihm zuvor kam, und stocherte dabei mit seinem Speer in der Luft umher. In seinem Bart glaubte Elias mehr Insekten zu sehen als auf dem Waldboden. Der Mann mit langen und ungepflegten rotbraunen Haaren hatte dunkle Augenringe, eingefallene Wangen und schlechte Zähne.

»Freund … ich verstehe kein Wort, von dem, was du sagst. Nimm den Speer herunter, sonst nehme ich ihn dir weg«, antwortete Elias und bewegte seine Handfläche langsam geöffnet zur Seite.

»Westi et gaista?«, fragte der Waldschrat aggressiver, was auch seine beiden Begleiter näher auf Elias zukommen ließ.

»Das hört sich germanisch an ... der mottenzerfressene Zottel will wissen, ob du ein Geist bist.«

»Woher weißt du das alles über die Erde?« Elias konnte sich noch an die Zeiten erinnern, als Vater nicht mehr als ein dämliches Datum aufsagen konnte.

»Ich hatte Zugriff auf die Datenbanken der Horizon ... schon vergessen? Die Daten trug einer von General Hennessys Männern in einem Tornister auf dem Rücken.«

»Germanisch?« Elias fehlte gerade die Fantasie, wie ihnen diese halb verhungerten Waldschrate eine Hilfe sein sollten. »Soll ich die drei Jäger entwaffnen?«

»Nein.«

»Was denn?«

»Sag, brangjan unsa at inkera kuniz.«

»Was heißt das?«, fragte Elias.

»Sag es einfach.«

»Brangjan unsa at inkera kuniz ... und was habe ich jetzt gesagt?«

»Dass sie uns zu ihrem Häuptling bringen sollen«, erklärte Vater.

»Und du meinst, das haben die verstanden?« Elias konnte sich nicht vorstellen, dass sein Gebrabbel einen Sinn ergeben hatte.

»Abwarten ...«

Der Rotbraune sah zu seinen Freunden, einer von ihnen spuckte auf den Boden und sagte etwas Unverständliches. Scheinbar etwas, das dem Rotbraunen nicht gefiel, seine Geste übertraf sogar die Grimmigkeit, die Marina morgens ausstrahlte. Der andere sagte nichts, nickte aber.

Elias hätte es nicht gewundert, wenn sie sich darüber verständigt hätten, wie lange man Marina und ihn grillen musste, um sie zu verzehren.

»Lausa, lausa ... lausa!«, rief der Rotbraune, senkte seine Waffe und gebot Elias, ihm zu folgen.

»Gut« sagte Marina und ging an Elias vorbei, der noch einen Moment zögerte. Die Germanen und Marina, das schienen Seelenverwandte zu sein, Elias fühlte sich hier völlig deplatziert.

»*Ich korrigiere meine Einschätzung ... 400-200 vor Christus. Nordeuropa, wir müssten uns südlich der Nordsee befinden.*«

»Deine Analyse ist beeindruckend ... kannst du mir auch erklären, wie die uns helfen sollen?«

»*Möchtest du wieder zurück nach Nemesis?*«, fragte Vater, mit einem für ihn ungewöhnlich scharfen Unterton.

»Der Planet dürfte Geschichte sein ...« Dorthin wollte Elias sicherlich nicht zurück, wozu auch, auf Nemesis gab es nichts, was ihn interessierte.

»*Anzunehmen ... wohin möchtest du dann?*«

»Zu Anna.« Das war es, was Elias bewegte. Seine Anna, sie wollte er wiedersehen.

»*Dabei helfe ich dir ... nur, bis wir einen Weg zu ihr gefunden haben, müssen wir überleben. Menschen sind Herdentiere ... dieser germanische Stamm wird Hütten haben, Feuer, Ammen, die Kezia versorgen können ... wir helfen ihnen und sie werden uns helfen.*«

»Ich habe es ja verstanden.« Elias folgte dem Rotbraunen, es war nicht einfach, Vater zu widersprechen. Vor allem, wenn er recht hatte. »Wobei willst du denen helfen?«

»*Da wird uns bestimmt etwas einfallen.*« Vater gab sich zuversichtlich. »*Was hältst du davon, deren technischen Fertigkeiten etwas auf die Sprünge zu helfen?*«

»Das werden aber kleine Sprünge werden.« Elias fehlte immer noch der Glaube, mit den Wilden etwas Brauchbares auf die Beine stellen zu können.

»*Vertrau mir.*«

»Ich nehme dich beim Wort.«

»*Nimm du besser ihres ... du wirst die Sprache lernen müssen.*«

»Das habe ich befürchtet.« Elias folgte den drei Jägern und Marina, es kostete ihn Mühe sich einzureden, das Richtige zu tun.

***

XIII. Machtspiele

Als Marina, Elias, Kezia und Vater in dem Dorf ankamen, waren sie die Attraktion. Der Rotbraune schritt mit stolzgeschwellter Brust durch ein armseliges Tor, das vermutlich sogar die Rehkuh mit ihren Hinterläufen aus dem Rahmen getreten hätte. Die grob und löchrig gebundenen Hölzer würden weder einen Feind noch den Regen aufhalten. Die anderen beiden Jäger folgten ihnen mit ihren Waffen im Anschlag.

»Die glauben, sie hätten uns gefangen genommen ...« Elias schüttelte den Kopf, in einem Kampf hätte er mühelos zehn von den Hungerhaken besiegen können.

»*Haben sie auch.*«

»Ich bin freiwillig mitgegangen.« Elias wurde nicht besiegt, das wäre ja noch schöner gewesen.

»*Klapp mal kurz deinen Hahnenkamm ein und pass auf ... wir brauchen Freunde, Verbündete, Brüder oder nenne es, wie du willst. Auf uns allein gestellt, wird deine Tochter in weniger als einer Woche tot sein. Möchtest du das?*«

»Nein ... ich habe es verstanden.«

Die Frauen der Germanen, die meist speckige Lederkleider trugen, sahen aus wie ihre Männer. Der einzige erkennbare Unterschied war der Bart, den sie nicht im Gesicht, sondern an den Waden trugen. Schuhe trugen sie keine.

»*Wie viele von denen kannst du zählen?*«, fragte Vater. Zahlreiche Kinder umkreisten Elias wie ein Bienenschwarm, der sich auf dem Kriegspfad befand.

»90-120 ... eine eher kleine Siedlung.«

»*Das sind zu wenige.*«

Elias schmunzelte. »Wir können sie versklaven und zum nächsten Dorf ziehen ...«

»Wir werden uns arrangieren.«

»Natürlich.« Elias liebte Vater, aber es gab Momente, in denen er sich einen Schalter wünschte.

»Hēr ...«, rief der Rotbraune und zeigte auf den Eingang einer Hütte, die weder ein brauchbares Dach noch eine Tür hatte. Zudem roch es nach Pferdemist, da sie sich ihre Unterkunft mit zwei halb verhungerten Kleppern teilen sollten.

»Das ist nicht deren Ernst, oder?«, fragte Elias, der im Dorf bessere Hütten gesehen hatte, in denen auch Feuer brannte.

»þanka.«

»Wie bitte?«

»þanka, das heißt danke.«, erklärte Vater.

Elias schüttelte den Kopf und sah Marina an. »Bedanken?«

»Los ... sag es.«

»þanka.« Elias biss sich beinahe die Lippe blutig. Eine Frau stellte eine Holzschale mit Brei auf den Boden. Graue Pampe mit Klümpchen, lecker sah das nicht aus. Der Rotbraune und die Frau gingen wortlos. Ihre Gastfreundschaft schien sich in Grenzen zu halten.

Es gab so gut wie keine Stelle im Stall, die nicht eingeschissen war. Marina zeigte darüber keine Verärgerung, setzte sich kurzerhand in die Pferdescheiße und spielte mit Kezias kleiner Hand, die vergnüglich versuchte, nach ihrem Finger zu greifen.

»Wächst schnell«, stellte sie in ihrer gewohnt kargen Art fest und versuchte, das Kind mit dem undefinierbaren Brei zu füttern. Die Sonne ging unter, was den Regen nicht minderte, der nahezu ungehindert durch das löchrige Dach auf sie niederging.

»Wir müssen geduldig sein«, sagte Vater beschwichtigend.

»Kannst du eigentlich riechen?«, fragte Elias, dem der Gestank wie ein Kloß im Hals steckte.

»Klar.«

»Und ... gefällt es dir?«

»Na ja ... ich habe die Geruchsroutine deaktiviert ...«

»Wieso frag ich eigentlich ...« KI müsste man sein, dann könnte man anstatt Pferdeäpfeln Apfelkompott riechen.

»Nur eine Nacht ... wir werden das morgen ändern.«

»Das hoffe ich ...« Das hoffte Elias wirklich, ansonsten würde er die Germanenpopulation in dieser Gegend drastisch ausdünnen. Er schloss die Augen.

»Marina friert ...« Vater ließ ihn nicht in Ruhe.

»Und?«

»Wenn sie friert, friert auch dein Kind.«

»Das ist jetzt nicht dein Ernst, oder?« Elias wollte den Gedanken, den Vater angesprochen hatte, nicht zu Ende denken.

»Dein Körper macht noch ganz andere Temperaturen mit ... das wissen wir beide.«

»Und was soll ich jetzt tun?«, fragte Elias, der Marinas mürrischen Blick sah. Sie würde ihn niemals um Hilfe fragen, da würden ihr eher Eiszapfen an den Ohrläppchen wachsen.

»Setz dich zu ihr ... nimm sie in den Arm! Und schalte deine Heizung ein!«

»Das ist ...« Elias verkniff sich den Rest, stand auf und setzte sich zu Marina, die im ersten Moment zusammenzuckte. Was er verstehen konnte, der letzte Mann, der sie freiwillig in die Arme genommen hatte, war vermutlich ihr Vater gewesen.

»Was soll das?«, fragte sie bissig.

»Keine Sorge ... ich tue dir nichts ... die Kälte.« Elias zog sie an sich heran, ihr Körper war kalt und zitterte. Es regnete immer noch. Das herbstliche Wetter zeigt sich bereits von seiner ungemütlichen Seite. Kezia schlief, was unter diesen Umständen mehr als ungewöhnlich war. Sie wirkte bereits größer als am Tag zuvor.

Marina bemerkte, dass er auf das Kind sah. »Kind geht's gut.« Dann schloss sie die Augen.

»Was tue ich hier bloß?«, fragte er sich flüsternd selbst.

»Überleben.«

»Um jeden Preis?«

»Ja ... und jetzt schlaf.«

Elias versuchte, nicht an nasse Pferdescheiße zu denken, was nahezu unmöglich war. Zumindest fror er nicht, als er einschlief.

»Anbregdan, anbregdan«, rief der Rotblonde, der Elias bereits gestern genervt hatte, und schreckte ihn aus dem Schlaf auf.

»Was will der Idiot?«, fragte Elias und rieb sich die Augen. Marina, die dicht neben ihm wach wurde, knurrte ebenfalls wie ein übelgelauntes Raubtier.

»Sonnenaufgang ... ihr sollt aufstehen.« Vater war bereits wach, na ja, KIs schliefen auch nie.

Marina wich zurück und entledigte sich der unangenehmen Nähe. Kezia war auch schon aufgewacht, brabbelte aber nur und versuchte, ihre Brust in die Finger zu bekommen.

»Gib Ruhe ...« Elias stand auf, er überragte den Germanen um mehr als einen Kopf, der sofort zwei Schritte zurückging und seinen Speer drohend anhob.

»Bikweman«

»Du sollst mitkommen«, übersetzte Vater.

»Zu deren Häuptling?«

»Das hoffe ich ...«

»Was ist los?«, fragte Marina, die noch in der von Elias angewärmten Pferdescheiße saß.

»Komm einfach mit ... wir haben eine Audienz«, antwortete Elias und folgte dem Rotbraunen.

»Du bist bescheuert«, sagte Marina.

Elias nickte, sie traf den Nagel auf den Kopf. Er war wirklich bescheuert, sich darauf einzulassen.

»Versuche bitte dein Diplomatengesicht aufzusetzen«, sagte Vater, dem seine Stimmung anscheinend nicht gefiel.

Elias lächelte. »Ich glaube nicht, dass die Diplomatie kennen.«

»Du aber.«

Als Elias vor die Hütte kam, war das ganze Dorf bereits angetreten. Der Unterschied zu gestern war nur, dass sich die Kinder in den Hütten befanden. Es regnete immer noch, was das dunkle Grau der Wolken über ihnen nicht freundlicher machte.

Wer von den Germanen eine Waffe in den Händen halten konnte, tat das auch. Bedrohlich wirkten sie dabei trotzdem nicht. Alle waren hager und einige stützten sich eher auf ihren Speer, als dass sie ihn als Waffe vor sich aufbauten.

»Die hungern«, sagte Vater, der damit Elias' Gedanken auf den Punkt brachte.

»Warum?«, fragte Elias leise. Marina stand mit Kezia auf dem Arm an seiner Seite. Selbst sie war stärker und größer als die germanischen Männer.

»Wie viele erwachsene Männer zählst du?«

»Fünfzehn, vielleicht zwanzig ... die meisten Bewohner im Dorf sind Frauen.«

»Die werden schwere Kämpfe hinter sich haben ... das Verhältnis stimmt nicht.«

»Wer ist der Häuptling?«, fragte Elias und sah sich suchend um. In den ausgemergelten Gesichtern, die er sah, waren nur Hunger und Furcht zu erkennen.

»Der da ...« Ein etwas größerer Mann mit einem Bärenfell auf dem Rücken und einer langstieligen Axt in der Hand verließ die größte Hütte im Dorf. Die anderen Bewohner senkten ihr Haupt.

»Eindeutig.« Elias nickte ihm zu. Auch wenn der Häuptling etwas stärker als die anderen wirkte, reichte er immer noch nicht als Elias' neunzig Kilogramm heran. »Was machen wir mit dem?«

»Er muss dich respektieren, darf dich aber nicht fürchten ... wenn du kämpfen musst, lass dich nicht töten, verschone aber auch sein Leben. Wir brauchen seine Hilfe.«
Vaters Anweisungen waren nicht besonders hilfreich.

»Gaista, hmmm?«, fragte der Häuptling für alle hörbar und zog sich an seinen geflochtenen rotblonden Bartzöpfen. Aus seinem Schatten tauchte ein weiterer Germane auf, kleiner, hagerer, haarlos, mit nacktem Oberkörper und zahlreichen Totenschädeln, die er als Schmuck vor der Brust trug.

»Gaista ...«, flüsterte der kleine Glatzkopf und kam schnuppernd auf Elias zu. Das Einzige, was dieser Hampelmann ohne Haare riechen würde, dürfte Pferdescheiße sein. »Ariz Ehwazdreitan«

Die Menge lachte.

»Er nannte dich einen Pferdescheißer ... es läuft nicht so gut«, erklärte Vater.

Das Gespräch drohte, einseitig zu werden, Elias konzentrierte sich darauf, Blut durch seine Muskeln zu pumpen. Er ging zu dem kaum fünfzig Kilogramm schweren Medizinmann, hob ihn unter den Armen hoch und warf ihn über zehn Meter weit in den vom Regen aufgeweichten Boden. Ein Raunen ging durch die Menge, als dieser wie ein nasser Sack im Dreck landete. Mit wilder Gestik setzte der Medizinmann sich zur Wehr, verstummte allerdings, als der Häuptling die Hand hob.

»Der fliegt sogar.« Marina schien das zu gefallen.

»Ähm ... vielleicht ...« Vater eher nicht.

Elias ging auf den Häuptling zu, zeigte mit dem Finger auf ihn und spuckte auf den Boden. Die Sprache verstand jeder.

Die Menge wich zurück, der Häuptling hob seine Axt, die er jetzt mit beiden Händen umfasste.

»Nicht sterben, nicht töten ... verstanden?«

»Angst um deine lebendige Batterie?«

»Irgendwie hänge ich an dir ...«

Mit einem lauten Schrei schritt der Germane auf Elias zu. Das breite dunkle Axtblatt schwirrte durch die Luft. Elias wich zurück. Der nächste Hieb kam von der Seite und hätte ihn seinen Kopf gekostet. Wenn er getroffen hätte, was er nicht tat. Der Germane schien es ernst zu meinen. Elias sprang nach vorne und schlug mit dem Ellenbogen flach gegen die Brust seines Gegners, den der Schlag im hohen Bogen in den Matsch beförderte.

Sofort gingen unzählige Speere der Zuschauer in die Luft, bereit, aus Elias ein Nadelkissen zu machen.

»Ena gareisan me!«, schrie der Häuptling wütend und sprang auf. Egal was er sagte, seine Krieger beließen es zum Glück beim Zweikampf. Mit einem lauten Schrei stürmte er wieder auf Elias zu. Ein Treffer seiner Waffe würde Elias bis zum Brustbein spalten.

»Er hat dich in sein Herz geschlossen«, sagte Vater.

»Und wie ... hast du eine Idee, wie man einen Kampf ohne Verlierer beendet?« Elias duckte sich unter dem nächsten Schlag hinweg, der Germanenhäuptling war mit der schweren Axt nicht schnell genug, um ihn zu treffen.

»Ist einfach ... nicht anfangen zu kämpfen.«

»Sehr weise ...«

»Lass dich treffen, nicht schwer, aber lass dich treffen ... mach ihm ein Geschenk ... dann kann er sein Gesicht wahren«

»Aber nicht mit der riesigen Axt!«, rief Elias und drehte sich hinter seinen Gegner, der mit seiner Wendigkeit weder gerechnet hatte, noch damit klar kam.

»Gaista, hmmm?«, rief der Germane abermals und versuchte, seiner Drehung zu folgen.

Die Axt musste weg, beim nächsten Hieb ließ Elias die Waffe senkrecht vorbeirauschen, um dann den Arm zu blockieren und die Axt in den Schlamm zu werfen.

Die Menge raunte erneut, was den Häuptling sofort lautstark seinen Besitzanspruch auf das Duell wiederholen ließ. »Ena gareisan me. Ena gareisan me!«

Ein zäher Hund, Elias zögerte kurz und ließ sich mit einem donnernden Faustschlag in den Schlamm schicken. Zuschlagen konnte er. Die Menge jubelte, der Kampf schien nach ihrem Geschmack zu sein. Elias' Lippe blutete, das sollte hoffentlich genügen.

»Was heißt Friede?«, fragte Elias, schneller atmend.

»*Friþuz.*«

»Friþuz?«, fragte Elias laut und reichte dem Germanenhäuptling seine Hand.

Die Menge verstummte und wartete auf eine Entscheidung. Der Häuptling atmete ebenfalls hastig. Ob er sich Gedanken machte, wie er Elias bezwingen könnte? Oder sich bereits fürchtete, seine Macht zu verlieren, weil ihm gegen einen Fremden ohne Waffe eine peinliche Niederlage drohte?

»Friþuz!«, rief der Häuptling laut, was seine Stammesmitglieder freudig mit einsteigen ließ. Er kam auf Elias zu, nahm seine Hand und klopfte ihm anerkennend auf die Schulter. »Abraz Berthtingaz.«

»Er hält dich für einen starken Krieger. Das hast du gut gemacht. In diesem Dorf gelten andere Regeln«, erklärte Vater.

Elias lächelte. »Frieden.«

Auch alle anderen Männer kamen zu ihm und schlugen ihm ehrfurchtsvoll auf die Schulter. Der Einzige, dem das nicht gefiel, war der Medizinmann, der Elias den Flug in den Dreck sichtlich übel nahm. Er verließ den Dorfplatz und verschwand wortlos in seiner Hütte.

∗∗∗

XIV. Böse Geister

Der nächste Morgen fühlte sich deutlich besser an als der zuvor. Marina, Kezia und Elias hatten in der Hütte des Häuptlings geschlafen, die nicht nur ein Dach hatte, das den Regen abhielt, sondern auch ein wärmendes Feuer beherbergte und vor allem nicht nach Pferdescheiße roch.

Der Name des Häuptlings lautete Birger, was für *der Beschützer* stand. Er war Vater von elf Kindern, wobei er nur die zählte, die noch lebten. Birger hatte vier Frauen, bei denen er dieselbe Zählregel anwandte. Elias schätzte ihn auf Ende dreißig, womit er der Senior im Dorf war. Graue Haare hatte niemand von denen.

Eine von Birgers Frauen hatte erst vor wenigen Tagen ein totes Kind entbunden, die Lebensumstände in diesem Dorf waren alles andere als einfach. Für Kezia war dieses traurige Schicksal hingegen ein Segen, die Mutter ohne Kind stillte nun sie. Marina wich ihr trotzdem nicht von der Seite und nahm die Kleine nach der Mahlzeit sofort wieder an sich. Was auch immer Elias bisher in dem weiblichen Kettenhund gesehen hatte, eine mütterliche Seite war nicht dabei gewesen.

Birgers ältesten Sohn Leif hatte Elias inzwischen auch kennengelernt, er war der Rotbraune, der ihn ins Dorf gebracht hatte. Seine Mutter, Birgers erste Frau, lebte nicht mehr. Leif hatte selbst bereits drei Kinder von zwei Frauen.

»Ist das unsere Zukunft?«, fragte Elias leise, der dem emsigen Treiben in der großen Rundhütte aufmerksam folgte, in deren Mitte ein Feuer brannte. Seit dem Moment, als sie Elias als Krieger respektierten, verhielt sich jeder ihm gegenüber wie ausgewechselt.

»Ein Anfang ... die Zukunft liegt in unseren Händen.« Vater wirkte zufrieden.

»Und für welche Zukunft entscheiden wir uns?« Elias hatte der letzte Tag beeindruckt. Die Menschen führten ein einfaches Leben, in dem der Tod jeden Moment präsent war. Aber sie lebten und Birgers Kinder, die die ganze Hütte auf Trab hielten, wirkten deswegen nicht verängstigt oder unglücklich. Der Traum vom Leben war stärker als die Furcht vor dem Tod.

»Möchtest du Anna nicht wiedersehen?«, fragte Vater, der vermutlich wieder jeden seiner Gedanken kannte.

»Ja.« Das wollte er.

»Ohne Technologie werden wir das nicht schaffen ... wobei ich nicht die Spur einer Ahnung habe, welche Technologie wir für eine Rückkehr benötigen.«

»Ein Raumschiff?«, fragte Elias, der bereits beim Sprechen bemerkte, wie naiv sein Gedanke war.

»Vielleicht ... es müsste in der Lage sein, dieses Paralleluniversum zu verlassen ... was sich, wie schon erwähnt, komplett außerhalb meines Wissenshorizonts befindet.«

»Wenn wir hier nicht wegkommen ... könnten dann Anna und die anderen zu uns kommen?« Dieser vermeintliche Umkehrschluss war ähnlich naiv, ihm fiel aber nichts Besseres ein.

»Ruf sie ...«

»Das tue ich ... sie ist in meinem Kopf, für immer, ich werde sie nie vergessen.«

»Antwortet sie?«

»Nein.« Das tat sie nicht. Vaters Worte machten ihm deutlich, wie kindisch seine Vorstellung war.

»Du bist zu leise.«

»Bitte?« Die Antwort hatte Elias nicht erwartet.

»Wir werden lauter rufen ... so laut ... dass Anna dich hören kann.«

»Und wie ...«

»Nicht zweifeln ... rufen.«

»Aber ...« Elias verstand nicht, was Vater ihm sagen wollte, die Rolle des naiven Träumers lag Vater überhaupt nicht, sondern war immer sein Part gewesen.

»Elias ... wir werden einen Weg finden, sie zu rufen ... und wenn wir dafür das ganze Universum anzünden müssen. Sie wird unser Leuchtfeuer sehen!«

Elias nickte und dachte an Anna. Seine Anna, die er wiedersehen wollte. Wieder in die Arme nehmen wollte. Nein. Wieder in die Arme nehmen würde. Ja. Wieder in die Arme schließen würde!

»Ein Anfang ... die Zukunft liegt in unseren Händen.« Elias war zufrieden, er würde ein Leuchtfeuer entfachen, das Anna sehen würde. Wie wusste er noch nicht, aber er würde es schaffen.

»Ein Anfang ... für einen Weg, den wir genau mit den Menschen gehen, die du gerade siehst.«

»Was die ersten Schritte einfach macht, bereits banale Technologien bringen diese Kultur um Jahrhunderte weiter ... wir werden eine neue Welt aufbauen.«

»Wir haben eine Vision und sind motiviert ... der Rest ist Fleiß und Ausdauer.«

»Ja«, sagte Elias und sah zu Marina, die Kezia anlächelte. Das war das erste Mal, dass er sie lächeln sah. Neben ihr befand sich Birger, der sich sichtlich von Marinas muskulöser Erscheinung beeindrucken ließ.

»Flirtet Birger gerade mit Marina?«

»Sieht so aus.«

»Weshalb haben sich Kezias Augen blau verfärbt?«, fragte Elias, dem diese Veränderung gerade besonders auffiel.

»Bei dem, was ihrer Mutter zugestoßen ist, sind blaue Augen das Geringste, was mich verwundert.«

»Wird sie wie ihre Mutter werden?«, fragte Elias, dem bei diesem Gedanken ein Schauer über den Rücken lief.

»Ein energieabsorbierendes Überwesen?«

»War das wirklich meine Schwester?«

»Ich weiß es nicht ...«

Der Regen hielt den ganzen Tag an, weswegen es niemand in Birgers Heim danach drängte, nach draußen zu gehen. Die Gespräche in der fremden Sprache waren schwierig, aber dank Vater gelang es Elias, den fremd klingenden Worten zu folgen. Die Entwicklung der Sprache erachtete er mittlerweile als ein in der menschlichen Geschichte völlig unterschätztes Wunder.

Die Jüngste von Birgers vier Frauen befand sich kurz vor der Niederkunft, die werdende Mutter schrie die gesamte Hütte zusammen. Wiborg, so hieß der haarlose Medizinmann, der von den anderen in seiner Abwesenheit auch Bainaabōn, Knochenmann, gerufen wurde. Er kümmerte sich um die junge Frau, die kaum älter als vierzehn war.

»Wiborg ist ein Trottel«, sagte Elias und blieb in Marinas und Kezias Nähe, während sich die Aufmerksamkeit auf die Schwangere konzentrierte. Wiborg versuchte mit dramatischen Gesängen, die bösen Geister zu vertreiben, die sich seiner Meinung nach um die Seele des ungeborenen Kindes stritten.

»*Er ist der Heiler im Dorf. Wir sollten uns zurückhalten*«, sagte Vater, der dem Schauspiel bisher schweigend folgte.

»Wäre es nicht besser, der Mutter zu helfen ... ich bin Arzt, schon vergessen?«, fragte Elias und reckte seinen Kopf, es fiel ihm schwer, untätig zu bleiben.

»*Das Leben trifft selbst seine Entscheidung ... unsere fragile Freundschaft zu Birger liegt hingegen in unseren Händen. Wiborg, der Knochenmann, sah bereits während seiner ersten Begegnung mit dir nicht gut aus.*«

»Es war seine Entscheidung, mich einen Pferdescheißer zu nennen.« Elias hatte in diesem Moment handeln müssen, ohne Respekt konnte es keine Freundschaft geben.

»Die Frau stirbt«, sagte Marina, die dem traurigen Schauspiel kopfschüttelnd folgte.

»*Wenn du Wiborg wieder in den Schatten stellst, hätte er endgültig sein Gesicht verloren.*«

»Aber ... ich rette vielleicht Birgers Kind.«

»*Und wenn nicht? Dann wird dir Wiborg dafür die Schuld geben, was Birgers neue Freundschaft zu dir vermutlich nicht standhalten lässt. Du hast zwar das Wissen, aber keinerlei Gerätschaften ... das Risiko ist zu groß.*«

»Hilf ihr!« Marina stieß Elias an.

»Und Wiborg?« Er zweifelte noch.

»Ist ein Idiot.«

»*Elias ... du kannst nicht immer alles auf eine Karte setzen. Du hast keine Ahnung, was die Mutter hat. Wenn sie stirbt, wirst du es nicht ändern können.*«

»Ein Anfang ... du erinnerst dich? Die Zukunft liegt in meinen Händen, das waren deine Worte.«

»*Das ist ...*«

»Vater, ich kann nicht anders.« Elias hatte sich entschieden und stand auf. »Gamet hailēn«, sagte er laut, was sofort alle in der Hütte verwundert zu ihm sehen ließ.

»þū ain!«, schrie Wiborg, der einen hölzernen Dolch zog, mit dem er Elias den Hals durchbohren wollte. Mit einer Drehung ließ Elias den Stich ins Leere gehen und brach dem Knochenmann mit einem Faustschlag die Nase. Wiborg lag danach blutend und besinnungslos am Boden.

»Gamet hailēn«, wiederholte Elias, ich kann heilen, was zu den wenigen Worten gehörte, die er bereits gelernt hatte.

Niemand sonst erhob seine Stimme. Auch Birger nicht, der ihm mit einer Geste erlaubte, seine Frau zu untersuchen. Die anderen Frauen machten Elias Platz. Das Mädchen schrie wie am Spieß, sie zitterte und war bereits durch die Presswehen sichtlich erschöpft. Elias nutzte das warme Wasser in einer Schüssel, um sich die Hände zu waschen, steril war das trotzdem nicht. Mit der Hand drang er in ihre Vagina ein und fühlte den weit geöffneten Muttermund. Was er nicht fühlte, war der Kopf des Kindes, das in Steißlage sich selbst im Weg lag. Mit dem Hintern voraus war nicht der beste Weg auf die Welt zu kommen.

»Steißlage«, sagte Elias und versuchte, das Kind zurückzudrücken.

»Dafür haben die Germanen kein Wort.«

»Was heißt nicht pressen?«

»Ain þrukkjan.«

»Ain þrukkjan«, rief Elias und sah die verängstigte Mutter an, die hilfesuchend zu Birger sah. »Ain þrukkjan«, wiederholte Elias und sah ebenfalls Birger an, dem die Anspannung anzusehen war. Es lag in seiner Macht, seiner Frau den Weg zu weisen.

»Ain þrukkjan«, sagte er im Befehlston.

»Ich muss das Kind drehen ... und dafür muss es ein Stück zurück« Elias' Job war alles andere als einfach, ein AMENS System würde in dieser Situation einfach einen Kaiserschnitt vornehmen. Die Theorie klang einfach, eine Beckenendlage galt als Abweichung der Kindslage, bei der nicht der Kopf, sondern das Beckenende des ungeborenen Kindes voranging. Dabei befand sich der Kopf des Kindes am fundus uteri, also am oberen Rand der Gebärmutter. Auch bei diesem Kind war der führende Teil der Steiß, weswegen die natürliche Geburt nicht voranging. Elias beabsichtigte, das Kind von außen zu wenden. In den Lehrbüchern lagen die Chancen für ein Baby, diese archaische Prozedur zu überleben, bei sechzig Prozent.

»Hier drücken!« Elias nahm die Hände einer Frau und führte sie gegen den Bauch des Mädchens. Mehr Hände, er brauchte mehr Hände. Die Liste möglicher Komplikationen war lang, der Mutterkuchen könnte sich ablösen, es könnte Nabelschnurumschlingungen geben oder der Kreislauf des Kindes könnte den Belastungen nicht standhalten.

Die werdende Mutter schrie, Elias drückte mit einer Hand das Kind zurück und zeigte mit der anderen, an welcher Stelle eine weitere Frau drücken sollte. Bitte, das Kind muss leben, dachte Elias und machte weiter. Es gab keine andere Möglichkeit.

»Drücken!«, rief er. Seine beiden Geburtshelferinnen drückten und das Kind bewegte sich. »Weiterdrücken!« Elias nahm nun beide Hände und vollzog von außen die Drehung im Mutterleib.

Jetzt. »þrukkjan«, rief er und nickte der Mutter zu. »þrukkjan!« Es hätte keinen Moment länger dauern dürfen, ein Kind zwischen zwei Presswehen zu drehen, galt in der ihm bekannten medizinischen Literatur als nahezu ausgeschlossen.

Elias sah zu Marina, die ihm zunickte. Und zu Kezia, die ihn mit strahlend blauen Augen zu beobachten schien. Der Blick des Kindes wirkte, als ob es ganz genau wusste, was gerade passierte.

»þrukkjan!«, rief Elias abermals, was zuvor nicht passieren wollte, vollzog sich nun während einer Presswehe. Das Kind rutschte durch den Geburtskanal in seine Hände und fing sofort an zu schreien. Mit einem Schnitt durchtrennte er die Nabelschnur und verknotete das Stück am Säugling. »Alles dran ... ein Junge.«

Die junge Mutter wirkte ähnlich gelöst wie seine Schwester einige Tage zuvor. Elias legte ihr das Neugeborene an die Brust, er wünschte beiden alles Gute.

»Elias ...« Birger stand neben ihm und half ihm auf. »Weniz.«

»*Das bedeutet Freund*«, erklärte Vater. »*Du hast wieder gewonnen ... meinen Glückwunsch.*«

»Weniz.« Elias nahm seine Hand erneut, für das Leben zu kämpfen, war immer die richtige Entscheidung.

Die Stimmung im weiteren Tagesverlauf blieb ausgelassen. Elias hatte nicht nur das Leben des Kindes, sondern auch das der jungen Mutter gerettet. Wiborg, der Knochenmann, hätte beide getötet. Nicht, weil er es wollte, sondern weil er es nicht besser wusste. Elias hatte nicht mitbekommen, wie er die Hütte verlassen hatte.

Kezia schlief in ein Bärenfell gehüllt, was bei der Lautstärke beachtlich war. Marina lag an ihrer Seite und wachte mit Argusaugen darüber, dass niemand, der sich mit Birger über sein zwölftes Kind freute, aus Versehen über das Mädchen stolperte.

»Vater?«, fragte Elias, der ein Trinkhorn mit Honigwein, der ihm gut schmeckte, in Händen hielt.

»Ja.«

»Wenn wir auf einer parallelen Erde sind ... würde sich hier das ganze Leben identisch entwickeln?«

»Kaum vorstellbar, oder? Jedenfalls hat sich dieser Volksstamm genauso entwickelt wie auf der uns bekannten Erde.«

»Deren Leben wir beeinflusst haben. Dieses Kind wird aufwachsen und vielleicht selbst Kinder zeugen ... was wird mit der Zeit daraus resultieren?«

»Höchstwahrscheinlich nichts ... vielleicht aber auch dramatische Umbrüche, die wir uns in unserer kühnsten Fantasie nicht vorstellen können.«

Elias schmunzelte. »Du machst dich über mich lustig ...«

»Bereits in dem Moment, als uns deine Schwester auf diese Welt gebracht hat, haben wir eine unbekannte Ereigniskette angestoßen ... es ist völlig egal, was aus diesem Kind wird. Die Zukunft, die wir kennen, ist für diese Menschen ohne Belang. Sie werden ihre eigene Zukunft erleben, zu der wir unseren Teil beigetragen haben.«

»Stimmt.« Vaters Worte halfen Elias, sich zu sortieren. »Hast du Wiborg gesehen?«

»Den Knochenmann? Nein, ich hoffe, dass er uns keine weiteren Probleme machen wird. Er sah auch bei dem zweiten Konflikt schlecht aus. Warum hast du ihm die Nase brechen müssen?«

»War im Weg ...«

»Wir sollten uns überlegen, ihm einen besseren ...«

»Da ist er.« Elias unterbrach Vater und zeigte auf den Knochenmann, dessen Schädelschmuck nun mit seinem eigenen Blut besudelt war. Schweigend trat er an die Seite und betrachtete den Jungen, den Elias zuvor auf die Welt geholt hatte.

»Was macht er da?«, fragte Vater, der, wie Elias, sein Handeln nicht deuten konnte. Die junge Mutter zögerte nicht, ihm das Kind zu geben, das er sorgfältig untersuchte. Auch Birgers Sohn schien sich daran nicht zu stören und quickte vergnügt.

»Jetzt gibt er der Mutter das Kind zurück ...« Elias verstand es nicht. Sein Ruf schien nicht gelitten zu haben, die Dorfbewohner vertrauten ihm immer noch.

Der Knochenmann kam zu Kezia, was alle anderen in der Hütte die Köpfe drehen ließ. Marina verzog bereits ihr Gesicht, sie würde Wiborg im Zweifelsfall bei einer falschen Bewegung sofort den Hals brechen.

»Elias ... Marina soll ihn nicht angreifen.«

»Marina ... lass ihn.«

Was Marina auch tat, wie ein Raubtier auf dem Sprung ließ sie den Knochenmann das Bärenfell aufdecken, in dem Kezia lag. Jede Bewegung seiner Hand geschah unendlich langsam, immer wieder sah er zu Elias und vor allem zu Marina, um sich der Legitimation seines Handelns zu vergewissern.

»Was hat er vor?«, fragte Vater.

»Der bewegt sich einen Fingerbreit von seinem plötzlichen Ableben entfernt ... der muss nur einmal schief gucken, dann ...«

»Alles im Griff!«, sagte Marina, die sich mit vorgebeugtem Oberkörper in der Hocke befand.

Kezia öffnete die Augen und lächelte Wiborg an. Blaue Augen, der Knochenmann wich sofort zurück, was die Anspannung in der Hütte erhöhte.

»Blêwa Agõ«, sagte er mit nasaler Stimme und schritt weiter zurück. Seine gebrochene Nase dürfte ihm noch einige Zeit Unannehmlichkeiten bescheren.

»*Blaue Augen*«, übersetzte Vater.

»Was will er damit sagen?«, fragte Elias, der Wiborg nicht über den Weg traute, was das Problem, seine Absichten richtig einzuschätzen, nicht leichter machte.

Wiborg ging zu der jungen Mutter und bat erneut darum, das Kind in den Arm nehmen zu dürfen. Ein Wunsch, dem entsprochen wurde. Vorsichtig nahm er das Baby auf, das ihn vergnügt anquiekte und dabei jedem im Raum die Farbe seiner strahlend blauen Augen offenbarte.

»Wie kann das sein?«, fragte Elias, der diese Veränderung noch weniger verstehen konnte. Kurz nach der Geburt hatte der Junge dunkle Augen gehabt, wie auch seine Mutter, sein Vater und fast jeder andere im Dorf. Niemand von denen hatte blaue Augen.

»Blêwa Agõ.« Seine nasalen Worte klangen wie eine Anklage, die auch Birger aufstehen ließ.

»*Elias ... ich kann das weder erklären ... noch weiß ich, wie das ausgehen wird. Mach dich bereit, zu kämpfen!*« Vater begab sich bereits auf den Kriegspfad.

Marina knurrte und nahm Kezia schützend auf den Arm. Elias stand auf und stellte sich vor sie. Bereit für den Kampf, bereit für den Tod, er würde nicht nachgeben.

190

Birger ging zuerst zu seinem Sohn, nahm ihn auf den Arm und betrachtete die verfärbten Augen. Nach einem Kuss auf die Stirn gab er das Kind seiner Mutter zurück und strich ihr durch die Haare.

»Abuha Gaista!«, statuierte Wiborg sein Urteil und verbeugte sich vor Birger.

»Er hält die Kinder für böse Geister ... eine Folgerung, die ich sogar verstehen kann.« Elias hatte Vater bisher selten verunsichert gehört, aber diese Entwicklung schien auch er nicht erwartet zu haben. Birger kam zu Kezia, behielt aber einen respektvollen Abstand. Um ihre strahlend blauen Augen sehen zu können, musste man nicht nah herankommen.

»Weniz!«, sagte Elias, doch würde es genügen, über Freundschaft zu sprechen? Kezias blaue Augen waren bereits ungewöhnlich, die spontane Veränderung bei dem anderen Kind war hingegen völlig unerklärlich. Birger sah ihm in die Augen.

»Abuha Gaista!« Wiborg forderte ein Urteil. Birger musste eine Entscheidung treffen, als Vater trug er die Verantwortung für seine Kinder, als Häuptling für das ganze Dorf. Würde er sich der Meinung seines Medizinmannes anschließen?

Elias hielt dem Blick stand. Für seine Tochter, für Anna, für Vater und sogar für Marina, er würde kämpfen. Gegen jeden, gegen alle und notfalls bis zum Tod.

»Weniz ...« Birger schlug Elias auf die Schulter. Der Blick, den Wiborg dafür erhielt, war endgültig. Mit der Hand zeigte er auf die Tür. »Fenþan furþa!«

»Was sagt er?«, fragte Elias.

»Er schickt ihn fort ... das Glück bleibt uns hold.«

»War das wirklich nur Glück?« Elias sah in Kezias blaue Augen. Er hielt es für einen Irrglauben, dass sie das Ziel ihrer Reise noch unter Kontrolle hatten.

***

XV. Wissen ist Macht

Seit drei Wochen befand sich Elias im Dorf der Germanen. Mit ihm seine Tochter Kezia, ihre neue Ziehmutter Marina und natürlich die KI Vater. Eine unter vielen Gesichtspunkten ungewöhnliche Erfahrung. Nach dem Weggang Wiborgs, dem Knochenmann, erbte Elias dessen Hütte und Aufgabe. Der Narr hätte das Kind besser nicht als Hort böser Geister verschrien. Birger hatte ihn noch am Tag der Geburt seines jüngsten Sohnes vertrieben. Eine harte Bestrafung, da ein Leben allein in der Wildnis selten lange andauerte.

Wiborgs Hütte war anfangs nicht mehr als ein übelriechendes Loch, in dem sich in unzähligen Beuteln getrocknete Tierkadaver und andere schwer zu identifizierende Leichenteile befunden hatten. Einen Nutzen hatte nichts davon, weswegen Elias das ganze Zeug bereits verfeuert hatte. Die mit Steinen eingefasste Feuerstelle befand sich in der Mitte der Rundhütte, deren spitz zulaufendes Dach mittig eine Rauchöffnung besaß. Über dem Feuer befand sich eine geschmiedete Halterung, in die sich mehrere Kessel einhängen ließen. Drei Schmiedekessel, zwei kleine und einen großen, zählte Elias sein Eigen, die definitiv wertvollsten Dinge aus Wiborgs karger Hinterlassenschaft. Eine medizinische Karriere in der Antike hatte Elias sicherlich nicht geplant, aber wer wusste schon, wo ihn das Schicksal hinbrachte.

»Kräuter schneiden?«, fragte Leif, der Rotbraune und älteste Sohn Birgers. Seine Aussprache klang noch gebrochen. Überraschenderweise zeigte der junge Mann sich äußerst wissbegierig und schnappte alles auf, was er sah und hörte.

»Zuerst schneiden, dann kochen«, antwortete Elias und zeigte mit der Handkante eine Schnittbewegung, um seine Worte zu visualisieren. Leif sollte einen Kräutertee zubereiten. Leider musste Elias die Erfahrung machen, dass sich bei der kühlen Witterung nur wenige Kräuter finden ließen. Zudem bereitete die Sprachbarriere Probleme, wie sollte er die Dorfbewohner auch Kräuter suchen lassen, die sie zum einen nicht kannten, und für die es zum anderen in ihrer Sprache keine passenden Wörter gab.

»Du wirkst nicht gerade zufrieden ... etwa Zweifel an unserem Plan?«, fragte Vater, der wie schon so oft, ein feines Gefühl für seine Stimmung zeigte.

»Der Plan ist es nicht ... ich hadere nur mit unserem bescheidenen Fortschritt. Es sind drei Wochen vergangen und wir haben so gut wie nichts erreicht.« Elias wischte sich die Hände an der Hose aus Hirschleder ab, über der er ein grobes Leinenhemd trug. Die Funktionskleidung, die er seit dem Absturz des Gleiters auf Nemesis trug, befand sich in einem Beutel.

»Dein Kind lebt noch ...«

»Nein ... das reicht nicht.« Das Wohl Kezias lag ihm natürlich am Herzen. Kräutertee kochen und eine aufgeräumte Hütte waren trotzdem keine nennenswerten Erfolge. In den letzten Tagen hatte ihm ihre Situation einige schlaflose Nächte bereitet.

»Wir haben vieles über Birger und sein Dorf erfahren.« Vater hörte nicht auf für seinen Plan zu werben.

»Dass er vor zwei Monaten bei einem Scharmützel über zwanzig Männer verloren hat?« Elias schüttelte den Kopf, auch darüber hatte er lange nachgedacht. »Es hatte ihn niemand gezwungen, gegen eine Übermacht in den Krieg zu ziehen.«

»Er zeigte Mut ... wegen der schlechten Gerstenernte konnte er seine Steuern nicht bezahlen.«

»Vater ... das ist zwar bedauerlich, aber ohne Belang. Er hätte verhandeln sollen, das wäre klüger gewesen.« Elias hielt Birger in politischen Fragen für nicht sonderlich geschickt.

»Er wählte den Kampf ... das sollten wir respektieren. Wir müssen Geduld mit ihm haben. Es sind im Moment nur kleine Schritte möglich. Die Sprache ist der Schlüssel, wir müssen effektiver kommunizieren.« Vater versuchte immer noch, alles schön zu reden.

»Die Sprache ... die Germanen verwenden eine reine Lautsprache, die kennen keine Schriftzeichen. Und die Bilder, die sie auf Tierfelle malen, bringen uns auch nicht weiter.«

»Dann lehre sie unsere Sprache, lehre sie schreiben ... es gibt keine Alternative.«

»Leif?«, fragte Elias. Sein Lehrling zerkleinerte gerade die Kräuter mit einem grob geschmiedeten Eisenmesser und wirkte dabei wie ein Kind, das eine ihm übertragene Aufgabe erledigte.

Leif sah zu Elias und nickte.

»Kannst du mir einen Tipp geben, wie ich deine Ausbildung und die der anderen im Dorf beschleunigen kann? Ich würde dir gerne Lesen und Schreiben beibringen ... soll ich dir dazu einige Buchstaben in den Dreck malen?«

Leif zuckte mit den Schultern. »Nicht verstehen ...«

»Ich habe für deine Ausbildung sieben Jahre Zeit benötigt«, sagte Vater. Sieben Jahre lang hatten sie gemeinsam im Habitat in der Arktis verbracht. Sieben Jahre, in denen Vater seinen Geschwistern und ihm sein Wissen weitergereicht hatte. *»Und wenn ich dich gerade höre, glaube ich, nicht fertig zu sein ...«*

»Brauchen wir wieder sieben Jahre?«, fragte Elias, der Vaters Vergleich für unpassend hielt. Mit einer Geste zeigte er Leif, dass seine Frage zuvor nicht wichtig gewesen war.

»Möchtest du die Zeit anders verwenden?«

»Ja ... aber das ist trotzdem nicht die richtige Frage ...« Elias glaubte, dass Vater die Situation falsch einschätzte. Ein schwieriger Gedanke, aber sie mussten einen besseren Weg finden, als die Germanen in vielen Jahren mühevoller Ausbildung auf ein technisch halbwegs verwertbares Bildungsniveau zu heben.

»Sondern?«

»Ich glaube nicht, dass wir die Zeit haben, die wir uns dazu nehmen müssten.« Elias sah Schwierigkeiten, ohne sie bereits konkret benennen zu können. Eigentlich betrachtete er sich bisher nicht als Schwarzseher, aber sein Bauchgefühl ließ keine andere Einschätzung zu.

»Also doch Zweifel?«

»Ich habe Anna gesehen ... in der letzten Nacht.« Elias versuchte, seine Gefühle auszudrücken, die er bisher nicht verstand. Beinahe jede Nacht befand er sich an ihrer Seite. Ein verstörender Traum, aus dem er stets mit demselben Gedanken aufwachte, sie mussten sich beeilen.

»Du hast von ihr geträumt ... das ist in Ordnung.«

»Ich stand hinter ihr ... in einem Raumschiff. In einem sehr großen Raumschiff ... ich konnte ihre Furcht spüren.«

»Wovor?«

»An dem zu scheitern, was andere in ihr sahen ... in ihrer Welt müssen sich katastrophale Dinge ereignet haben.« Realität oder Traum, die Grenzen verwischten mehr und mehr. Elias' Verstand widersprach dem, was seine Gefühle ihm offenbarten.

Das konnte ihn jedoch nicht davon abhalten, an den Träumen festzuhalten.

»*Ist sie auf dem Weg zu uns?*«, fragte Vater, der sich überraschend auf das eigenartige Gespräch einließ.

»Nein. Sie flieht sogar ...«

»*Warum?*«

»Sie weiß es nicht besser ... und handelt wie Wiborg, sie versteht nicht was passiert und rennt davon. Niemand von denen an ihrer Seite weiß, was geschehen ist, wie Tiere, die vorm Feuer flüchten, rennen sie alle davon.«

»*Wohin glaubt sie, fliehen zu können?*«

»Ich weiß nicht, was Anna sich von ihrem Ziel verspricht. Ihr droht ein Schicksal, ähnlich dem Wiborgs ... allein in der Wildnis kann niemand überleben.«

»*Die Bilder in deinem Kopf sind für Dritte kaum zu verstehen ...*« Was eine sehr höfliche Formulierung für Elias' Spinnereien war.

»Ich kann dir nur davon erzählen ... erklären kann ich es nicht.« Elias zog die Schultern hoch und rührte mit einem Holzlöffel den Kräutersud um, der im Kessel vor ihm zu sieden begann. Er wusste selbst, dass er Blödsinn redete.

»*Da unsere aktuelle Existenz auch meinem sicher geglaubten Wissen widerspricht, wäre ich sogar bereit, dir ein Stück zu folgen ... nur, mir fehlt gerade der Bezug zu uns? Weshalb läuft uns die Zeit davon?*«

»Weil nur wir sie retten können ...«

»*Ähm ... hilf mir bitte ... du hast dich eben noch über unseren bescheidenen Fortschritt beschwert ... jetzt möchtest du sie retten?*«

»Es ist sonst niemand da.« Elias schaltete seinen Verstand ab, der ihn nur vom eigentlichen Thema ablenkte. Mit seinem Herzen befand er sich bei Anna, er sagte, was ihm spontan in den Sinn kam. Keine Grenzen, keine Furcht und kein Zögern, Elias ging voran. Vermutlich war es das erste Mal in seinem Leben, dass er Vater an die Hand nahm und losrannte.

»Ich verstehe nicht ...«

»Nicht verstehen ... fühlen.«

»Ich bin eine KI ...«

»Niemand ist perfekt ... versuche es. Lass die Vergangenheit hinter dir und folge mir.« Elias fühlte sich regelrecht berauscht.

»Das ist ...«

Elias hatte eine Idee. »Du sagtest, wir sollten Anna rufen ... damit sie uns findet.«

»Ja«, sagte Vater vorsichtig.

»Du hattest recht.«

»Und?«

»Deswegen müssen wir uns beeilen ... nicht unseretwegen. Wir brauchen kein Raumschiff. Nicht wir müssen gerettet werden ... wir sind auf dieser alternativen Erde bestens aufgehoben ... es geht um die Zeit, die Anna noch bleibt. Wir müssen sie rufen, um sie zu retten. Um alle zu retten, die auf sie setzen.«

»Ich spüre Tatendrang und Optimismus ... sehr gut ... eben noch ging dir alles zu langsam.«

»Was sich nicht geändert hat ... es ist eine Sackgasse, die Bewohner des Dorfes mit konventionellem Unterricht weiterzubringen. Die Zeit haben wir nicht ... sieben Jahre, es waren deine Worte ... wir haben keine sieben Jahre.«

Elias ließ sich nicht vom kritischen Gezeter seines Verstandes am Boden festhalten. Er stand auf und ging vor die Tür. Es regnete ausnahmsweise mal nicht. Wo war Marina? In ihrer Nähe würde sich auch Kezia befinden.

Elias hatte eine neue Perspektive eingenommen. Die Technik der Menschheit entwickelte sich meist Schritt für Schritt. Viele kluge Geister lernten zu laufen, hielten sich an der Stange ihres Wissens fest und wagten dann den Schritt auf neues Terrain. Diese Vorgehensweise hatte sich oft bewährt. Zu großen Sprüngen war damit allerdings niemand in der Lage. Die wirklich großen Schritte vollbrachten Menschen, oft Querdenker, die konsequent altes Wissen hinter sich ließen und ohne zu zögern, lossprangen.

»Du sitzt hier bereits seit dreißig Minuten und siehst deiner Tochter beim Spielen zu ...«

Auch Vaters Geduld ließ sich auf die Probe stellen. »Interessant, oder?« Elias sah Kezia gerne zu, die inzwischen weder seiner Schwester noch ihm ähnlich sah. War die Existenz des Kindes Zufall? Es waren Dinge mit seiner Schwester geschehen, die weder für Vater noch für ihn plausibel waren. Würde sie der bessere Weg sein?

»Sie wächst schnell ...«

»Sehr schnell.« Sein Kind hatte bereits den Entwicklungsstand eines 12-14 Monate alten Mädchens. Mit langen blonden Haaren, strahlend blauen Augen und einem fröhlichen Lachen. Keines der anderen Kinder störte sich an ihrer Andersartigkeit, die in einer Gruppe von drei Mädchen und vier Jungen mit einem neugeborenen Kalb spielten.

Weder das Jungtier noch die Kinder zeigten dabei Berührungsängste. Es gab keinen Streit, keine Raufereien und auch dem Kalb erging es bestens.

Blaue Augen, dachte Elias, warum hatte Kezia blaue Augen? Warum hatte Birgers jüngster Sohn ebenfalls derart stechend blaue Augen? Eine Frage, die bisher niemand beantworten konnte. Bei den anderen Kindern gab es keine Besonderheiten, deren Augen hatten sich nicht verändert.

»*Wo ist Marina?*«, fragte Vater.

»Immer in der Nähe.« Wo sollte sie auch sonst sein. Elias würde Marina auch in tausend Jahren nicht verstehen. Sie saß schweigend am Zaun und beobachtete Kezia wie ein Luchs. Auch sie hatte die moderne Kleidung abgelegt und trug ein Leinenkleid mit einem breiten Ledergürtel. Nach wie vor gab sie keinen Satz mit mehr als drei Wörtern von sich. Sie ließ sich auch in keinerlei Arbeit im Dorf einspannen. Alles, was sie tat war, den ganzen Tag auf Kezia aufzupassen. Ein Verhalten, das ihr einige mürrische Blicke einbrachte, weswegen aber bisher niemand einen Streit wagte.

»*Wenn du deine Tochter siehst ... was fühlst du bei ihr?*«, fragte Vater nach einer Weile.

»Sie ist meine Tochter ...«

»*Sicherlich ... und weiter?*«

»Ich versuche, ihr nahe zu sein ... aber es gelingt mir nicht.«

»*Bedrückt dich das?*«

»Nein.«

»*Sie ist deine Tochter.*«

»Ja ... natürlich ist sie das ... aber ich ...«

Elias erschrak über seine Worte, aber sie entsprachen der Wahrheit. Er würde seine Verantwortung niemals vernachlässigen, aber er glaubte nicht, diesem Kind jemals nahe sein zu können.

***

XVI. Blaue Augen

Die klamme Luft an diesem Nachmittag ließ Elias bereits die Nähe des Winters spüren. Vier Wochen waren seit der Ankunft in der Vergangenheit einer parallelen Erde vergangen. Vier Wochen, in denen er sich auf seine Arbeit zu konzentrieren versuchte, was er nicht immer schaffte. Heute gelang es ihm, genug Zutaten mit antiseptischer Wirkung zusammentragen zu lassen, um einen Tiegel mit Schmerzmittel auf Fett- und Kräuterbasis anzumischen.

Die Ruhe, um Medikamente herzustellen, endete allerdings jäh. Leif kam in die Hütte gelaufen und zeigte wild gestikulierend auf die Tür. »Helfen ... hīwa sairaz!«

»Wer ist verletzt?«, fragte Elias, der umgehend die Mischschale auf den Tisch stellte, den Korb nahm, den er für Notfälle mit Leinenverbänden und weiteren medizinischen Utensilien vorbereitet hatte, und Leif nach draußen folgte.

»Jäger ... helfen«, rief Leif, vor der Hütte herrschte sichtliche Aufregung. Eine Gruppe Jäger, die vor zwei Tagen aufgebrochen war, kehrte von der Jagd heim.

»Sie haben einen Hirsch erlegt ...«, sagte Vater, das Tier mit durchbohrter Kehle wurde von zwei Männern hastig durch das Tor getragen, das von zwei anderen Wachen umgehend wieder geschlossen wurde. Was war passiert?

»Helfen ...« Leif unterstützte zwei Jäger, beim Tragen eines dritten. Ob sich der Mann bei der Jagd verletzt hatte? Dem Geweih eines in die Enge getriebenen Hirsches sollte man besser aus dem Weg gehen.

»Beidan ... wartet«, rief Elias, der sich die Verletzung ansehen wollte. Das Gesicht des Opfers wirkte blass, sein rechtes Hosenbein blutgetränkt, das sah nicht gut aus.

Mit einem Messer, das er an der Wade bei sich trug, schnitt Elias ein Stück der Hose auf. Für die Verletzung war allerdings kein Hirsch verantwortlich gewesen. Der Schaft eines abgebrochenen Pfeiles ragte aus dem Oberschenkel, dessen geschmiedete Spitze das Bein durchschlagen hatte. Glücklicherweise hatte niemand den Pfeil entfernt, was die Blutung bislang unter Kontrolle hielt.

»At ena sarwan!«, rief Birger, der mit der Axt in der Hand ebenfalls seine Hütte verließ und zu den anderen Männern ans Tor lief. Die Zeichen waren deutlich, freundlichen Besuch erwartete niemand.

»Das war kein Jagdunfall ... die Jäger sind angegriffen worden. Birgers Männer jagen mit Speeren.«

Im Tumult war es nicht auszumachen, wer den Jägern gefolgt war, die trotz des Angriffes ihre Beute nicht zurückgelassen hatten. In diesen kargen Herbsttagen würde der Hirsch den Hunger vieler Dorfbewohner stillen.

»Helfen ...«, sagte Leif und nickte. Er und die anderen Männer ließen Elias und den verletzten Jäger zurück. Birger rief zu den Waffen, am Tor wurde jetzt jeder gebraucht.

Elias schüttelte den Kopf, er konnte sich nicht um zwei Sachen gleichzeitig kümmern. Der junge Mann von vielleicht fünfzehn Jahren sah ihn erschrocken an. Er hatte rötlich braune Haare, wie viele im Dorf, dunkle Augen, kaum Bartwuchs und etwa zwei Kilo Dreck im Gesicht. Die Blutung sollte nicht lebensbedrohend sein. Wenn der Pfeil die Arterie getroffen hätte, wäre er bereits tot gewesen.

»þīna nama?«, fragte Elias, der dem Jungen die Furcht nehmen wollte. Auch wenn Birger ihm vertraute und sogar seinen ältesten Sohn zu ihm in die Lehre schickte, betrachteten die anderen im Dorf Elias immer noch mit Misstrauen.

»Farold«, antwortete der Junge mit dünner Stimme und sah auf die Wunde an seinem Oberschenkel.

»Farold glaubt vermutlich, dass du ihm gleich das gesamte Bein abschneiden wirst ...«

»Das hoffe ich nicht ... Farold, ich bin Elias, du kennst mich.« Elias legte sich die Hand auf die Brust. Aus dem Korb nahm er ein Beißholz, ein Hilfsmittel, das die Dorfbewohner bereits von Wiborg kannten, und gab es seinem Patienten.

Farold nickte, Elias zog den Pfeil heraus, langsam, aber ohne zu zögern. Der Junge griff, vom Schmerz geschüttelt, mit den Händen in den Dreck. Die Wunde begann stärker zu bluten. Birger rief etwas vom Tor herunter, was Elias nicht verstand. Verdammt, was war da los?

»Ich habe Kezia«, sagte Marina aufgestachelt, die seine Tochter auf dem Arm hielt. Wo kam die denn jetzt her? Elias hatte die beiden seit den frühen Morgenstunden nicht mehr gesehen.

»Sehr gut ...« Elias blickte zu Marina, zu Kezia und wieder zu Farold. Er war Arzt und hatte eine Blutung zu stillen. Marina bedurfte gerade keiner Hilfe. Birger schrie lauter, auch wenn Elias die Worte nicht verstand, freundlich klangen sie nicht.

»... dann pass auf sie auf«, sagte Elias in Richtung Marina, die ihm zunickte und das kleine Mädchen näher an sich heranzog. »Vater, was passiert am Tor?«

»Birger droht jemanden mit seiner Axt den Kopf abzuhacken und ihm in den Hals zu pissen ...«, erklärte Vater.

»Germanische Diplomatie?«, fragte Elias und erinnerte sich an das erste Gespräch Vaters mit dem Master Carrier. Wenn man es genau nahm, hatte sich bei dieser Art von Kommunikation in zehntausend Jahren nur wenig verändert.

»Der Mann vor dem Tor antwortet mit ähnlich freundschaftlichen Formulierungen ... der verspricht Birger, ihn mit seiner Axt rektal arretiert ans Tor zu hängen.«

»Droht ein Kampf?«, fragte Elias, der ohne den Pfeil im Oberschenkel die Wunde des Jungen besser untersuchen konnte. Die Arterie war intakt und auch der Knochen schien nicht gesplittert zu sein. An der Fleischwunde musste niemand sterben.

»Das kann ich nicht einschätzen ... ich habe nicht mitbekommen, wie viele Männer vor dem Tor sind.«

»Marina, wie viele Männer haben die Jäger verfolgt? Kannst du die Angreifer zählen?«, fragte Elias, ohne aufzusehen. Mit Wasser aus einem Wasserschlauch reinigte er die Wunde, schmierte seine jüngst geschaffene Kräuterpaste darauf und verband die Verletzung mit einem Leinenverband aus seinem Korb.

Marina ging ein Stück zum Tor. »Vier ...«

»Die werden uns nicht angreifen.« Vier Männer waren in Elias' Augen keine Bedrohung. Er half Farold auf; zwei Frauen, die in respektvollem Abstand zugesehen hatten, kamen auf ihn zu. Die hätten auch früher helfen können, dann hätte Elias die Wunde nicht auf dem Dorfplatz verarzten müssen.

Birger schrie den Männern weitere Dinge zu, Elias sah zum Tor, alle Männer im Dorf, die eine Waffe halten konnten, standen an der Seite ihres Häuptlings.

»Die Situation eskaliert ... du solltest Birger helfen.« Vaters gutgemeinte Vorschläge brachten Elias nicht weiter. Der Junge und die Wunde waren geschafft, Elias wendete seinen Blick Marina zu, die wieder auf ihn zukam. Kezias blaue Augen strahlten wie Sterne in einer wolkenfreien Nacht, dieser Blick, als ob die Kleine genau verstand, was gerade passierte. Obwohl das Mädchen sich sehr schnell entwickelte, hatte sie bisher nicht gesprochen.

»Vorsicht!«, rief Elias, ein Speer flog im hohen Bogen über das Tor auf Marina zu. Sie drehte sich, sah die Waffe und blieb stehen. Die Waffe verfehlte sie um drei Meter. Dafür würde Elias dem Pack vor dem Tor persönlich den Hals brechen.

»Germanen werfen schlecht!« Mehr sagte Marina nicht dazu und nahm sich den Speer, während Birger die Provokation mit weiteren ungastlichen Schimpftiraden beantwortete.

»Du musst ihm helfen ... die Männer am Tor stammen von dem Dorf, gegen das Birger im Kampf zwanzig seiner Männer verloren hat. Die reden davon, dass noch mehr Männer kommen werden, um das gesamte Dorf niederzubrennen.«

»Mehr Männer?«

»Genug um mit Birger, dem dann von seinem Körper abgetrennten Gehänge und dieser dämlichen Axt das Tor zu dekorieren ... es hört sich gerade nicht so an, als ob die wieder von ihrem verbalen Blutrausch herunter kommen.«

»Geh bitte in die Hütte«, sagte Elias zu Marina, die ihn dafür verwundert ansah. In der rechten Hand den Speer, auf dem linken Arm das Kind, für die spärliche Reaktion hätte er auch mit dem klapprigen Tor sprechen können.

»Marina ist gerade nicht wichtig ... Kezia ist bei ihr sicher. Birger braucht jetzt deine Hilfe.«

»Ich beschütze Kinder«, sagte Marina und ließ Elias stehen. Die Frau würde ihn noch den Verstand kosten. Aber Vater hatte recht, er sollte zu Birger gehen.

»Du bist ...« Elias verschluckte den Rest. Birger schrie, Pferde vor dem Tor scheuten, andere Männer brüllten zurück und Marina ließ ihn wie einen dummen Jungen stehen. Elias sah ihr nach, Kezia lugte über ihre Schulter, die Augen, diese blauen Augen, er wusste nicht, was er sah. Aber seine Tochter sah er nicht.

»Was ist mit Kezia?«, fragte Vater, der bemerkte, was er sah, aber natürlich nicht wusste, was ihn beschäftigte.

»Nichts ... Marina passt auf sie auf.« Elias sah ihr weiter nach, weiter hinten konnte er sehen, was die Kinder und Kezia dort den ganzen Tag gemacht hatten.

»Elias, bitte, geh zu Birger ans Tor!« Vater wurde unruhiger. Birger schrie weiter. Elias fehlte gerade die Fantasie, was er zu der mit Testosteron getränkten Verhandlung beitragen sollte. Wenn es einen Kampf geben würde, weil die Jäger den falschen Hirsch erlegt hatten, würde er das kaum verhindern können.

Was die Kinder im hinteren Teil des Dorfes erschaffen hatten, interessierte ihn mehr. Das sah aus der Entfernung unglaublich aus.

»Ja ... gleich.« Elias folgte Marina.

»Die Kinder haben sich eine kleine Hütte aus Reisig gebaut ... hübsch anzusehen ... aber nicht mehr. Birger braucht dich jetzt.«

Vater gab sich unnachgiebig. Marina schritt weiter von ihm weg. Kezia ließ Elias nicht aus den Augen, als ob sie ihm wortlos zurief, Papa sieh her, sieh, wozu ich in der Lage bin.

»Nur eine Hütte?«, fragte Elias, der ein kunstvolles Bauwerk im Kinderformat sah, mit Erkern, Fenstern, Türen, einer kleinen Reisigmauer und einem eigenen Tor. In und um den Reisigbau herum hatten sich einige Kinder verschanzt, die dem Anschein nach mit Stöcken bewaffnet, ihre *Burg* zu verteidigen bereit waren. »Keines der Kinder, die mit Kezia spielen, ist älter als sechs oder sieben Jahre ... wie haben die das gemacht?«

»Geh jetzt zu Birger!«, befahl Vater in einem für ihn ungewöhnlichen Ton. Elias hätte ihn nicht warten lassen dürfen. Die Streitereien am Tor wurden immer lauter.

»Ja ... ich geh ja schon.« Elias drehte sich herum, der Gedanke, dass ihm seine Tochter immer fremder wurde, verängstigte ihn. Befand sich die wahre Bedrohung auf ihrer Seite des Tores?

Elias rannte los und sprang am Tor auf einen schmalen Wehrgang. Jetzt konnte er die vier Reiter selbst sehen, die nahe genug waren, um sich Beleidigungen zuzurufen, aber weit genug entfernt, um nicht gezielt mit Speeren beworfen werden zu können. Irgendwie sahen alle wie die Brüder von Birger aus.

Bullig, rotbraune Haare, lange Bärte und dunkle Augen, zudem trugen sie Lederkleidung, Bärenfelle und Langschwerter. Einer hielt einen Speer, zwei andere einen Bogen in der Hand.

»Blēwa Agō dulga brennōn«, rief der Wortführer der fremden Krieger, der auf einem schwarzen Pferd saß. Seine Stimme hatte Elias bereits zuvor gehört, die Drohung klang wie ein Todesurteil.

»Kunda aina bekjōn«, hielt Birger dem wehrhaft entgegen und hob seine Axt.

»Was sagen die?«, fragte Elias leise, die Frage galt Vater.

»Der Mann von dem Tor ist Birgers Halbbruder, die beiden verstehen sich nicht sonderlich ... sein Name ist Thoralf. Er möchte gerne Kezia und Birgers Sohn auf dem Scheiterhaufen sehen ... Blēwa Agō, die mögen keine blauen Augen.«

»Und was hat Birger geantwortet?«

»Der bezichtigte seinen Bruder, der Sohn einer Hündin zu sein... frag nicht, so geht das schon die ganze Zeit«, antwortete Vater.

»Thoralf spielte auf Zeit ... mit Erfolg.« Elias hob den Kopf und konnte in einiger Entfernung eine Gruppe Reiter sehen, die schnell näher kam. Die Reiter fielen nicht nur ihm auf, die Männer neben ihm reagierten ähnlich bestürzt auf die herannahende Verstärkung.

»Abuha Gaista!«, rief Wiborg, der Knochenmann, Elias hatte gehofft, ihn nie wiederzusehen. Der schmalbrüstige Glatzkopf genoss seine Rückkehr im Kreis dreißig gut gerüsteter Krieger. Birger, der stumm neben Elias stand, hätte den Verräter töten sollen. Der geschmähte Medizinmann hatte sie an seinen Halbbruder verraten. Ob Thoralf wirklich an böse Geister glaubte, war irrelevant, er wirkte, als ob er nur einen Grund suchte, das Dorf dem Erdboden gleichzumachen.

»Elias ... das sind zu viele Männer, zu viele Waffen und viel zu viel Blutdurst.«

Elias nickte stumm, als Replikant war er den Germanen körperlich überlegen. Er würde jeden von denen im Kampf besiegen können. Vermutlich sogar ein paar gleichzeitig, aber nicht dreißig auf einmal. Die würden ihn mit ihren Speeren und Pfeilen in einen blutenden Igel verwandeln.

»Blēwa Agō dulga brennōn«, rief Thoralf, der seine Forderung wiederholte. Birger müsse nur die beiden Kinder mit den blauen Augen ausliefern, dann würde sein Dorf einen friedlichen Winter erleben dürfen.

»Wenn das so weitergeht, werden Marina und ich gleich alleine kämpfen müssen«, sagte Elias und sah sich um. Die Stimmung veränderte sich. Es war nicht zu übersehen, dass Birgers Leuten für einen Kampf gegen die dreißig Männer Thoralfs der Mut fehlte. Am Tor wurde es ruhiger, die Chance für das Opfer zweier Kinder weiterleben zu dürfen, schien für viele eine lukrative Option zu sein. Blaue Augen, vielleicht würden einige von denen sogar froh sein, die ungewöhnlichen Kinder loszuwerden.

»Kannst du fliehen?«

»Zu Fuß ... mit Marina und Kind?«, fragte Elias retour, dazu hätte er sich früher entscheiden müssen. Er ballte die Faust, der Kampf schien unausweichlich.

»Weniz?«, fragte Birger, der ihn überraschend ansah, als ob er ihn um Verzeihung bitten wollte. Dieser Blick, der Germane war mutig, aber nicht lebensmüde. Den Kampf gegen die gut gerüstete Übermacht glaubte er sichtlich, nicht gewinnen zu können. Ob er die blauen Augen selbst fürchtete?

Wenn er durch das Schwert fallen würde, musste er annehmen, dass die Kinder ohnehin sein Schicksal teilen würden. Blutige Logik. Durch das Opfer der Kinder würden deren Geschwister überleben.

»Blēwa Agō«, antwortete Elias, der ein schlechter Kaufmann war, diesen Handel konnte er nicht annehmen. Leben oder sterben, jetzt würde sich seine Zukunft entscheiden.

Ein Speer surrte von hinten an seinem Kopf vorbei, wie ein Geschoss traf die Waffe Thoralfs schwarzes Pferd in die Brust. Alle schrien auf. Marina hatte ihn geworfen, sie redete wenig, handelte aber. Jetzt herrschte Krieg. Alle sahen zu Thoralf, der sich unter dem zusammengebrochenen Tier zu befreien versuchte.

Würde Elias jetzt gegen alle antreten müssen? Gebannt blickte er zu Wiborg, Thoralf und den anderen Männern zu Pferde, deren Gesichter überraschend jeglichen Kampfesmut verloren. Als ob die Krieger in den Abgrund der Hölle sahen, Elias konnte nur noch panische Angst erkennen. Auch die Pferde scheuten. Thoralf stand auf und schien nach passenden Worten zu suchen. Vergebens. Einer seiner Männer stellte sich schützend vor ihn.

Wir kommen wieder und wir werden mehr Männer mitbringen, rief Wiborg auf Germanisch und half Thoralf auf ein Pferd. Elias konnte kaum glauben war er sah, ein einzelner Speer würde doch niemals dreißig entschlossene Krieger aufhalten können. Die mussten doch bemerkt haben, dass Birger diesen Kampf nicht ausfechten wollte.

Es wurde stiller. Ein kühler Hauch zog Elias am Nacken vorbei. »Vater, was passiert hier?« Er sah Thoralfs Männern hinterher, die, für ihn nicht nachvollziehbar, das Weite suchten.

Keine weiteren Drohungen, keine Forderungen, nichts, sie ritten einfach davon. Elias traute sich kaum, zur Seite zu sehen.

»Ich weiß es nicht ...«

»Blaue Augen«, erklärte Birger, der sich unter der Dorfbevölkerung umsah, die auf dem Wehrgang am Tor oder dahinter standen. »Es gibt keinen Grund, sich davor zu fürchten.«

»Wie bitte?«, fragte Elias, war das gerade Birger, der mit ihm ohne jeglichen Akzent gesprochen hatte? Blaue Augen, Birger hatte blaue Augen, strahlend blaue Augen, mit denen er Elias anlächelte. Wie konnte das sein?

»Ohne Worte ... jeder von denen bekommt gerade blaue Augen ... ich vermag mir in meinen wildesten Vermutungen nicht auszumalen, wie das passieren kann.«

Elias sah nicht nur Birger an. Neben ihm stand sein ältester Sohn Leif, bei dem sich genau beobachten ließ, wie sich die Augen verfärbten. Als ob jemand eine blaue Flüssigkeit in die Augäpfel kippen würde.

»Ich kenne nicht den Grund, weshalb Odin dich zu uns geschickt hat ... aber ich werde nicht mehr an dir zweifeln. Meine Axt, mein Leben, meine Kinder, alles gehört dir. Von heute, bis zu unser aller Tod, wir werden dem Vater des blauen Mädchens dienen.« Birger beugte das Knie und bezeugte vor den Augen des gesamten Dorfes seinen Respekt.

»Elias wird uns beschützen!«, rief die junge Mutter, der Elias bei der Geburt Birgers jüngsten Sohnes geholfen hatte. Auch sie hielt ihr Kind auf dem Arm. Blaue Augen, auch ihre Augen hatten sich verfärbt, ein Ereignis, das nicht nur bei Birger eine unerklärliche Sprachgewandtheit zutage brachte.

»Marina?«, rief Elias und sah sich um, er wollte wissen, wo Kezia sich befand.

»Alles ist gut«, antwortete Marina, blauäugig, wie auch alle anderen. Kezia schien die Einzige zu sein, die die plötzlichen Veränderungen der Dorfbewohner teilnahmslos hinnahm. Sie saß im Dreck und beschäftigte sich mit einem kleinen Spielzeugholzpferd. Nur ein Kind, ein Kind mit blauen Augen, in dessen Wiege jemand etwas Unbegreifliches gelegt hatte.

***

XVII. Blutiger Schnee

Elias rannte, so schnell er konnte. Nackt. Schneller, nur weg von diesem Ort. Unter seinen Füßen spürte er den Neuschnee, der den Waldboden knöcheltief bedeckte und den er mit jedem seiner langen Schritte nach hinten aufwarf. Er jagte einen flachen Hang herunter, rutschte aus, überschlug sich, rappelte sich wieder hoch und rannte weiter. Da war ein scharfkantiger Stein unter dem Schnee, von seiner Schulter lief Blut den Arm herab. Nur weg von hier. Die Kälte konnte ihn nicht berühren, seine Verfolger schon. Die Dunkelheit der Nacht verbarg nicht alles, er wusste genau, wo sie waren. Ein Blick zurück, im fahlen Mondlicht erkannte er einige Schneeflocken. Da vorne, sie bewegten sich schnell, zu schnell, er konnte sie nicht abschütteln. Sein Atem raste. Blaue Augen, Elias verfolgten blaue Augen.

»*Elias … hörst du mich?*«, fragte eine weit entfernte Stimme, die wie Vater klang. Das war ein Trick, darauf würde er nicht hereinfallen. Elias rannte weiter.

»Nein! Ihr bekommt mich nicht! Niemals!«, rief Elias und stürzte weiter durch die Winternacht. Er sprang über einen Baumstumpf, auf einen verschneiten tonnenschweren Findling und wieder auf den gefrorenen Waldboden. Sein Blut markierte den Weg. Die würden ihn niemals bekommen.

»*Elias … du musst aufwachen!*«

Als ob ich schlafen würde, dachte Elias und lachte innerlich. Die anderen sollten besser aufwachen. Er wusste genau, was er tat und rannte schneller. Ein Blick zur Seite, blaue Augen, da waren körperlose blaue Augen, die ihn wie ein eng zusammenstehendes Lichterpaar dicht über dem Waldboden verfolgten.

Inzwischen waren es zwei, die ihn jagten. Die würden ihn trotzdem nicht bekommen.

»Haut ab! Alle! Lasst mich in Ruhe!« Seine Stimme überschlug sich. Er würde noch schneller rennen müssen.

»Elias ... erkennst du mich nicht?«

Vor Elias erschienen weitere Verfolger, strahlend blau, genauso wie die zuvor. Nach links, er schlug einen Haken und rannte nach links. Los weiter, renne, rief er sich in Gedanken zu, er befand sich noch lange nicht am Ende.

»Nein, nein!« Elias rutschte über ein gefrorenes Bachbett, das der Neuschnee vor ihm verborgen gehalten hatte. Verdammt, auf dem Eis verlor er erneut die Balance und schlug hart mit dem Kopf auf. Alles verschwamm, nein, er würde nicht liegen bleiben, er würde immer wieder aufstehen. Blaue Augen, egal wohin Elias blickte, überall sah er blaue Augen.

»Wach auf!«, brüllte eine Frauenstimme brachial. Jemand schlug ihn. Aber da war niemand. Erneut. Der Kopf dröhnte. Noch ein Schlag. Er schmeckte Blut im Mund.

»Nein!« Elias schreckte schweißnass in seinem Bett auf, es ging um Leben oder Tod. Die wollten ihn töten. Das Messer, er griff an die Wade, jetzt hatte er eine Waffe. Dem nächsten Schlag dieses blauäugigen Dämons wich er aus. Ein Hieb mit dem Ellenbogen, eine Drehung, er wehrte sich. Nur ein kurzer Kehlenschnitt und Dämonenblut würde ihm entgegen schießen.

»ELIAS! STOP! HÖR AUF! ES IST MARINA! DU BRINGST SIE UM!«, schrie Vater.

Marina, welche Marina, fragte sich Elias und kniff die Augen zusammen. Der Dämon, dem er das Messer an die Kehle hielt, war eine Frau. Ein Kind begann zu weinen. Kezia, er hörte seine Tochter. Marina passte auf sie auf. Elias sah wieder auf den weiblichen Dämon, es war Marina, die ihn mit weit aufgerissenen Augen ansah. Der Tod saß lachend auf seiner Schulter.

»Marina?«, fragte Elias und ließ von ihr ab. Was hatte er getan, es fehlte nur eine Sekunde und er hätte sie getötet. Kezia saß in ihrem Bett neben ihm und weinte.

»Verstand verloren?«, fragte Marina wütend, die prüfend ihren Hals nach einer Wunde abtastete. Auch wenn es knapp gewesen war, er hatte sie nicht verletzt.

»Entschuldige …« Elias konnte sich weder den Traum noch sein Handeln erklären. Als ob jemand etwas in ihm verschreckt hatte, das in blinder Panik um sich schlug.

»Replikanten sind Tiere …« Marina machte keinen Hehl aus ihrer Meinung über ihn, sie ging zu Kezia und nahm das weinende Kind auf den Arm. Elias' Tochter beruhigte sich wieder.

»Ich habe dich gerufen … hast du mich nicht gehört?«, fragte Vater aufgebracht, den Elias bisher so nicht erlebt hatte.

»Nein … ich war nicht hier … ich war woanders.« Elias wusste nicht, wie er den Traum in Worten ausdrücken sollte. Für den Amoklauf schämte er sich.

»Was hast du erlebt?«

»Vater bitte … lass mir einen Moment.« Die Tatsache, eine KI auf einem Chip im Nacken zu haben, die außer ihm niemand hören konnte, zerrte gerade an seinen Nerven.

»Ich bin für dich da ...«

Elias nickte, das wusste er. Aber der Traum war zu viel gewesen. Während sich Marina mit Kezia wieder in das zweite Bett in der Hütte legte, bei dem einige Felle über Stroh gelegt wurden, fingen seine Gedanken an zu fliegen. Er musste hier weg. An die frische Luft, das würde ihm gut tun.

Elias ging zum Tor, an dem neben einer Fackel die Nachtwache stand. Der Germane mit Speer und Schild sah ihn fragend an, Elias nickte ihm zu und ging weiter. In der Nacht liefen ansonsten vermutlich eher wenige Männer mit nacktem Oberkörper durch das Dorf. Das Messer hielt er immer noch in der Hand, er steckte es wieder in die Lederscheide an der Wade. Sein Verstand drohte zu zerplatzen.

»Anna, wo bist du?«, fragte Elias leise und sah in den wolkenverhangenen Nachthimmel.

»In deinem Herzen.«

»Hab ich eins?« Eine Frage, die Elias ernst meinte.

»Sogar ein gutes.«

»Höchstens im Nacken ...«

»Du solltest nicht so hart mit dir ins Gericht gehen.«

»Doch ... ich fürchte mich.«

»Sicherlich bist du damit nicht der Einzige im Dorf.«

»Aber die anderen sehen zu mir auf ... ich muss Besonnenheit zeigen«, sagte Elias.

»Mutig zu sein, ohne Furcht zu kennen ... ist Dummheit.«

»Vater, bitte ...« Nicht wieder eine Lehrstunde.

»*Soll ich deine Pläne wiederholen?*«, fragte Vater. »*Das mache ich gerne ... es geht um die Zeit, die Anna noch bleibt. Wir müssen sie rufen, um sie zu retten ... erinnerst du dich?*«

»Wir werden Anna retten.« Elias hatte nicht vor, den Plan zu ändern. Doch in diesem Moment wollte er an etwas anderes denken. »Kannst du dich noch an Sem erinnern?«

»*Natürlich.*«

Elias lächelte. »Sem, mein Bruder Sem, ich würde gerne etwas von seinem Fisch essen.«

»*Du hast den Fisch gehasst.*«

Das hatte Elias wirklich, jeder im Habitat hasste diese schuppigen Viecher. Er würde trotzdem alles dafür geben, diesen üblen Fisch noch einmal essen zu dürfen. »Der hat wirklich widerlich geschmeckt.«

»*Was ihr mir beinahe jeden Tag erzählt habt.*«

»Sarai ... sie war für Kezia wie eine große Schwester.« Auch an sie dachte Elias gerne zurück.

»*Weswegen Ruben sie auch geliebt hat.*«

»Ja ... das hat er.« Elias freute sich, seine Geschwister in Gedanken wiederzusehen. Sems Fisch, Sarais Lächeln, Ruben auf die Schulter zu knuffen und Kezia in die Arme zu schließen. Den Tod hatte niemand von ihnen verdient.

»*Denkst du oft an Anna?*«, fragte Vater.

»Ja ... ich vermisse sie. Jeden von ihnen, aber Anna besonders.« Ihre roten Haare, was würde er dafür geben, ihre langen roten Haare berühren zu dürfen.

»*Wie machen wir weiter?*«

»Ich weiß es nicht ...« Blaue Augen, welche Bedeutung hatten die blauen Augen? Diese Frage ließ ihm keine Ruhe.

»Glaubst du an deine Tochter?« Vaters Frage klang merkwürdig.

»Kezia ... ob ich glaube, dass sie uns rettet?« Was nicht mehr als ein naiver Wunsch war. »Ich wünsche es mir.«

»Das war nicht meine Frage.«

»Bitte?« Elias verstand Vater nicht.

»Glaubst du an sie?«

»Sie hat besondere Fähigkeiten, die ...«

»Glaubst du an sie?« Vater ließ nicht locker.

»Ich ... ich weiß nicht, an was ich glauben soll. Ich kenne ein Ziel, für das ich mein Leben geben würde ... aber ich ...«

»Fürchtest du dich vor ihr?«

»Ich ...«

»Elias ... die Frage ist einfach ... fürchtest du dich vor ihr?« Es gab einfachere Gesprächspartner als Vater.

»Ja.« Elias sah auf den Boden, inzwischen war er bei der Reisighütte der Kinder angekommen. Er stieg über die Befestigung und setzte sich auf einen Hocker, der wie ein kleiner Thron aussah.

»Ich auch.«

»Wie?« Elias glaubte, sich verhört zu haben. Vater fürchtete sich vor einem Kind?

»Ich verstehe weder wer sie ist noch was sie ist, und am wenigsten verstehe ich, warum sie bei uns ist ... ihre Existenz widerspricht der gesamten mir bekannten menschlichen Entwicklungsgeschichte«, erklärte Vater in einer von Elias nicht erwarteten Offenheit.

»Will sie uns schaden?«

»*Sie rettete unser Leben ...*«

»Ja ... aber will sie uns jetzt schaden?«

»*Ich vermute, dass wir nicht wichtig genug sind, um uns schaden zu wollen ... ich fühle mich eher wie ein Werkzeug.*«

»Ihre privaten Hände, Muskeln und Beine ...«

»*In der Reihenfolge ... unseren Verstand scheint sie jedenfalls nicht zu brauchen.*«

Elias stimmte Vater nickend zu. Stellten sie die richtigen Fragen? »Will sie uns helfen?«

»*Wobei? Anna zu dieser Welt zu leiten?*«

»Ist das vorstellbar?«

»*Rational? Nein ... deshalb habe ich dir die Frage gestellt, ob du an sie glaubst. Mit Wissen und Verstand wirst du diese Entscheidung nicht treffen können.*«

Elias schmunzelte. »Ist das nicht für eine KI eine merkwürdige Situation? Kannst du überhaupt deine Ratio ignorieren?«

Vater lachte. »*Sogar darin liegt Logik ... wenn alle logischen Erklärungen scheitern, bleibt das Unerklärliche.*«

»Ob sich auch Birger darüber Gedanken macht?« Elias dachte wieder über Perspektiven nach. Welcher Blickwinkel würde ihm weiterhelfen? Was machten die Germanen anders?

»*Aus deren Sicht ... bist du eine Gottheit*«, antwortete Vater, Elias verzog den Mundwinkel.

»Gottheit ...« Der Gedanke gefiel ihm nicht, sich über andere zu stellen, passte nicht zu ihm.

»*Oder möchtest du Birger erklären, was ein Replikant ist? Du kannst es auch mit der Erläuterung eines Schwarzen Lochs probieren ... mittlerweile versteht er unsere Sprache.*«

»Für ihn kommen wir aus einer völlig unbegreiflichen Zukunft ... der Zeitsprung ist zu groß.«

»Womit wir wieder bei der Zeit wären.«

Vater brachte Elias auf eine Idee. »Wir sind Zeitreisende.«

»Stimmt ... dank einer 192-jährigen Reise nahe der Lichtgeschwindigkeit und der Zeitdilatation brachte uns die Horizon vor sieben Jahren über 10.000 Jahre in die Zukunft.«

»Und dank eines Schwarzen Lochs in die Vergangenheit eines Paralleluniversums.«

»Worauf möchtest du hinaus?«, fragte Vater aufmerksam.

»Wenn wir aus der Zukunft kommen ... wäre diese Reise nicht auch für andere möglich?« fragte Elias und sah überrascht auf die Seite. Kezia war ihm gefolgt. »Kezia?«

Seine Tochter sagte keinen Ton, die blauen Augen waren winzig klein, sie kuschelte sich an ihn und schlief sofort wieder ein.

»Wir sollten sie fragen ...«

»Das sollten wir ... sobald sie antwortet.« Elias strich mit der Hand gefühlvoll durch ihre Haare, sein Kind in den Armen zu halten, war ein schönes Gefühl. Alles wurde auf einmal klarer, deutlicher und besser einschätzbar

»Ich denke mal in den freien Raum ... wir spekulieren über unerklärliche Dinge, die deiner Schwester und eurem Kind widerfahren sind ... und weil wir nicht an Magie glauben, vermuten wir nun unbekannte Technologien uns fremder Kulturen?«, fragte Vater.

»Wir sind das Barbarenvolk aus dem vierundzwanzigsten Jahrhundert ... was wissen wir schon über die Zukunft?«, fragte Elias, Intellekt und Wissen ragten selten aus der Zeit eines Betrachters heraus.

»Wie wir gerade feststellen ... zu wenig ... wenn Schwarze Löcher die Einbahnstraßen in parallele Universen darstellen, bräuchte man für einen sicheren Transfer eine Technologie, um die ungeheuerlichen Gravitationskräfte unbeschadet zu überstehen.«

»Die meine Schwester hatte ...« Nur wegen Kezia hatten Marina, Vater und er die Reise zu dieser Welt überlebt. Diese Erkenntnis war ihm nie klarer.

»Stimmt ... wenn ein Schwarzes Loch das Tor ist, das eine einmalige Zeitreise zu einem beliebigen Punkt in Zeit und Raum eines Paralleluniversums ermöglicht ... bleibt die Frage, warum wir genau an dieser Stelle gelandet sind?« Vater blieb am Ball.

»Zufall?«, fragte Elias und küsste Kezias Stirn. Die Magie seiner Tochter brachte ihn auf neue Ideen.

»Nein ... ein Zufall ist mir zu banal. Die Wahrscheinlichkeit als Eisblock im Nichts oder in einer Supernova zu landen, ist ungleich höher.«

»Für Reisen durch Wurmlöcher werden doch Marker verwendet ... die eine Punktlandung in weit entfernten dynamischen Räumen ermöglichen. Vielleicht gibt es ähnliche Marker, um sich durch die Grenzen unterschiedlicher Raum- und Zeitdimensionen zu bewegen.« Die Idee war verrückt, impulsiv, aber zumindest eine Spur plausibel. Es musste einen Marker geben.

Vater schmunzelte mit seiner Stimme. *»Wir können auch gerade völligen Blödsinn reden ... das weißt du, oder?«*

»Könnten wir ... du hast mich vorhin nach meinem Glauben gefragt. Daran mag ich lieber glauben.«

Die Balance zwischen Ratio und Emotion war zu tief in ihm verankert. Die Vorstellung half Elias, sich auf ein Wiedersehen mit Anna zu freuen, ohne sich ständig vorzuhalten, ein naiver Spinner zu sein. Wenn es einen Marker gab, würde er ihn finden.

**

XVIII. Unbekannte Pfade

Als Elias am nächsten Morgen aufwachte, saß Kezia an seiner Seite. Ihre langen blonden Haare zum Zopf gebunden, trug sie ein Kleid aus naturbelassener Wolle. Schweigend sah sie ihn an und berührte zärtlich seine Hand.

»Hallo Kleines …« Was sie wohl gerade dachte, fragte er sich und lächelte verschlafen.

Auch Kezia lächelte und sprang auf. Wie ein Wirbelwind flitzte sie durch die Hütte und sprang über die beiden gegenüberliegenden Betten. Bis auf die blauen Augen und die hellen Haare gab es nichts, was sie von den anderen Kindern im Dorf unterschied. Sie lachte und tollte ausgelassen umher, Elias beneidete sie wegen ihrer kindlichen Unbefangenheit.

»*Guten Morgen.*«

»Morgen ... was machst du eigentlich, wenn ich schlafe?«, fragte Elias, dem dieser Gedanke spontan in den Sinn kam.

»*Nicht viel ...*«

»Ist das nicht langweilig?«

»*Ich komme damit klar.*«

Natürlich tat er das. Elias stand auf und kratzte sich am Bauch, er könnte ein Bad vertragen. Inzwischen roch er wie der Rest der Dorfbewohner: ziemlich abenteuerlich, auch sein Bart nahm langsam beängstigende Formen an.

»*Und bei dir ... hast du weitere Träume erlebt?*«

Elias schüttelte den Kopf. »Nein ... ich habe sehr gut geschlafen.« Was ihn, als er es sagte, selbst überraschte.

»Gut.«

Marina betrat die Hütte, sie knurrte nicht, was Elias als eine freundliche Begrüßung wertete. Kezia lief ihr entgegen, quietschte und freute sich sichtlich. Was seine Tochter in ihr sah, verstand er nicht.

»Frühstück ... was gibt es heute Leckeres?«, fragte Elias, auch wenn er die Antwort bereits kannte.

»Gerstenbrei«, antwortete Marina kurz angebunden und gab Kezia eine Holzschale, die sofort anfing zu essen. An jedem Morgen freute sich das Kind erneut über die immer gleiche Mahlzeit.

»Das hatten wir doch schon lange nicht mehr.« Natürlich hatte Marina ihm nichts mitgebracht, dafür reichte die Zuneigung doch nicht. Elias konnte diese Gerstenpampe ohnehin nicht mehr sehen.

»Was hast du vor?«, fragte Vater, während sich Elias sein Wollhemd und das Lederwams überzog. Die Temperaturen am Morgen waren in den letzten Tagen nicht sonderlich hoch.

»Wir werden spazieren gehen ...«

»Wir?«

»Marina, Kezia, du und ich ... da ich nicht annehme, dass Marina meine Tochter und mich alleine gehen lässt.« Marina hätte das Kind niemals länger aus den Augen gelassen.

»Idiot ... natürlich nicht.«, grummelte Marina, die ebenfalls Gerstenbrei zum Frühstück hatte. Das Missverständnis mit dem Messer schien sie nicht vergessen zu haben, die Stimmung ihrer Zweckgemeinschaft bewegte sich ohnehin nur wenige Grad über dem Gefrierpunkt.

»Eine halbe Stunde ... dann geht es los. Wir nehmen Proviant für drei Tage mit.«

Marina nickte. Sie fragte nicht, wohin er wollte, ihr Augenmerk galt nur der Sicherheit des Kindes.

»*Wo willst du hin?*« Auf Vaters Neugierde war hingegen Verlass.

»Zuerst zu Birger ... dann begeben wir uns auf eine Erkundungsreise. Wir müssen etwas Wichtiges finden.« Elias hoffte, seiner Intuition vertrauen zu können.

»*Etwas Wichtiges?*«

»Vertrau mir ...« Um sein Bauchgefühl in Worte zu fassen, war jetzt nicht der richtige Zeitpunkt.

»Drei Tage allein in der Wildnis? Es gibt Wölfe, scheißkalte Nächte und Thoralf. Wobei ich die Wölfe für gefährlicher halte als meinen schwanzlosen Bruder«, erklärte Birger, hob eine Arschbacke und furzte in das Bärenfell, auf dem er saß. Die Mutter seines jüngsten Sohnes saß barbusig an seiner Seite und stillte ihr Kind. Beide lachten, während das Feuer in der Mitte der Hütte behaglich knackte.

»Es ist wichtig ...«

»Das ist es immer.« Birger biss das letzte Stück Hirschfleisch vom Knochen und warf den Rest einem seiner Hunde zu. »Ich gebe dir Leif und zwei Männer an die Seite. Passt auf euch auf und kommt gesund wieder.« Birger nickte ihm zu.

»Ich geh mit Marina. Allein.« Elias nickte ebenfalls, niemand im Dorf schien zu bemerken, dass er seit einem Tag eine andere Sprache sprach. Ihm fiel keine Technologie ein, die dazu in der Lage war.

»Du könntest angegriffen werden ...«

»Wir können uns wehren ... danke.«, erklärte Elias und sah Birger in die Augen.

»In Ordnung.« Birger beließ es dabei.

»Willst du Birger keine Arbeitsanweisungen geben?«, fragte Vater.

Elias antwortete nicht auf Vaters Frage, um Birger die Existenz einer KI zu erklären, würde er mehr Zeit brauchen.

»Vielleicht sind wir bereits morgen zurück.« Jetzt, wo Elias mit Birger reden konnte, fehlten ihm die richtigen Worte. »Wir brauchen noch zwei Schaufeln.«

»Natürlich.« Birger lächelte vielsagend.

»Ich fand Birger vorher vertrauenserweckender ...«

Elias nickte, drehte sich um und verließ die Hütte. Birgers wenigen Worte hinterließen einen faden Beigeschmack. Hatte Elias die Situation noch im Griff?

Elias ging bereits eine Stunde in Richtung Norden, die herbstlichen Bäume trugen kaum noch Blätter an den Ästen. Marina, die Kezia auf der Schulter trug, blieb ihm dicht auf den Fersen. Die beiden Schaufeln trug er an einer Schlaufe am Rücken. Bis auf das Messer an seiner Wade hatte er keine Waffen mitgenommen.

»Rede mit mir ...«

»Ich überlege noch.«

»Was suchst du?« Vater ließ nicht locker.

»Einen Weg ... eine Idee ... ich bin offen für vieles.« Elias beobachtete die Gegend aufmerksam. Er wollte sich keinen verirrten Pfeil von Thoralfs Spähern einfangen, die sich garantiert in der Nähe befanden.

»Lass mich helfen.«

»Später ... jetzt bin ich an der Reihe.« Es gab Dinge, die eine KI nicht leisten konnte. Elias blieb auf einem Hügel stehen und blickte in eine flache Senke. Der Baumwuchs war spärlich, was ein weites Sichtfeld ermöglichte.

»Marina, was siehst du?«, fragte Elias.

»Dreck ... und Kälte.«

Kezia lachte vergnügt, als ob ihre Ziehmutter eine lustige Geschichte erzählt hätte.

»Vater, was siehst du?«

»Dreck und Kälte ... dem möchte ich nichts hinzufügen. Wir sollten unsere Zeit besser verwenden.«

»Um ein Windrad zu bauen?« Elias wusste, dass es Vater drängte, das Dorf technologisch nach vorne zu bringen. Aber auch mit einer Schmiede, Windkraft und neuen Waffen würden sie mit den wenigen Männern Thoralf nicht aufhalten können.

»Das wäre ein Anfang.«

»Dafür reicht die Zeit nicht.« Da war sich Elias sicher. »Wenn es zu einem Konflikt mit Thoralfs gesamter Streitmacht kommt, werden uns ein paar neue Schwerter nicht retten. Leif erzählte mir, dass Birgers Bruder über 800 Männer unter Waffen hat.«

»Weswegen wir jetzt durch den Dreck marschieren?«, fragte Vater zynisch.

»Da vorne kann ich die Küste sehen ... hier wird später sicherlich eine Stadt entstehen.«

»Hamburg, eine Stadt, die im Jahr 2268 über 14 Millionen Einwohner hatte.«

Elias schmunzelte. »Du benutzt die falsche Zeit ... haben wird ... du sprichst von der Zukunft.« Vater bot ihm nicht oft die Gelegenheit zum Klugscheißen.

»Kezia.« Elias wandte sich dem Mädchen zu. Jetzt würde sich zeigen, was seine Eingebung wert war. Marina ließ das Mädchen auf den Boden hinab, das sofort loslief.

»Wohin will sie?«

»Was sie haben will, ist die bessere Frage. Oder noch besser, was wir brauchen können.«

»In dieser Senke?«

»Warum sind wir nach dem Sturz durch das Schwarze Loch genau hier gelandet? Warum dieser Ort? Warum diese Zeit?«

»Du glaubst nicht an einen Zufall.«

»Inzwischen nicht mehr ... vielleicht waren die Umstände unserer Reise ein Zufall. Aber weder der Ort noch die Zeit waren es. Jemand hat uns gezielt hierher gebracht.«

»Wer? Etwa das Kind?« Vater blieb kritisch, was Elias ihm nicht übel nahm.

»Das wird sich herausstellen.«

»Woher wusstest du, wohin du gehen musstest?«

»Ich wusste es nicht ...«

»Das ist zu hoch für mich.«

»Du bist eine digitale Lebensform. Anna konnte meine Gedanken lesen, auch wenn Kezia noch nicht spricht ... sie kommuniziert. Vermutlich lauter, als wir denken.«

»Sie beeinflusst die Menschen im Dorf?«

»Nicht nur die ... auch Marina und mich.« Elias hatte eine Weile gebraucht, um das zu verstehen. Auch Vater beeinflusste ihn, es blieb nur zu hoffen, dass Kezia eine ähnlich gute Gesinnung hatte.

»*Wo will sie hin?*«

»Wir werden es erleben.« Elias lief seiner Tochter hinterher, die in die Senke hinablief und lachend in eine Pfütze sprang.

»*Müsste man von einem höheren Wesen nicht etwas mehr Ernsthaftigkeit erwarten können?*«

Elias lachte. »Sie liebt es, ein Kind zu sein.« Auch er lief zu ihr und sprang in die Pfütze.

»*Das verwirrt mich ...*« Vater gab sich pikiert.

Elias fing an zu graben, was sich bei dem feuchten Boden als kein einfaches Unterfangen erwies. Ständig rutschte Erdreich von den Rändern in das Loch. Nach zwei Stunden war seine Grabung nicht mehr als eine ein Meter tiefe und flach auslaufende Grube.

»*Öhm ... was glaubst du, hier zu finden?*«, fragte Vater, der Elias' Ehrgeiz, sich wie ein Maulwurf einzugraben, nicht folgen konnte.

»Den Marker.« Elias dachte eigentlich, dass Vater ihn inzwischen verstanden hätte.

»*Und wie soll der an diese Stelle unter die Erde gekommen sein?*«

»Was weiß ich ... ich will das Ding nur finden.«

»*Falls es ein aktives elektronisches Gerät sein soll, würde ich es bemerken.*«

»Denkbar ... scheinbar ist es nicht aktiv.«

»*Aber du bist sicher, es hier zu finden?*«

»Ich? Nein ... sie ist es.« Elias sah zu Kezia, die Marina und ihm gutgelaunt beim Graben zusah.

»*Und das sagt dir Kezia mittels ihrer Gedanken?*«

»Sie redet nicht mit mir ... sie lässt es mich wissen.« Elias wusste, dass sich das verrückt anhörte.

»Quatsch nicht ... grabe!«, knötterte Marina, die nur Elias' Worte hören konnte, was sich sicherlich seltsam anhörte.

»Ja ... das tue ich.« Elias amüsierte die Situation, mit den Händen im Dreck wühlte er sich tiefer in das schlammige Erdreich.

»Du bist von dem Kind und dieser fixen Idee besessen!«

»Und das sagt mir eine körperlose Stimme aus meinem Nacken ... Vater, wir haben nichts zu verlieren.«

Am späten Nachmittag maß die Grabung drei Meter in der Tiefe und gut zehn Meter kreisrunder Breite. Sie kamen immer langsamer voran. Elias schuftete bis zum Umfallen, wenn es etwas zu finden gäbe, würde er es bergen.

»Es wird bald dunkel ... den Weg zurück werden wir vor Anbruch der Nacht nicht schaffen«, sagte Vater, der längere Zeit geschwiegen hatte.

»Dann werden wir in dem Loch übernachten.« Elias dachte nicht daran, aufzugeben.

»Du verrückter Idiot!« Marina schaffte es problemlos, weiterzugraben und ihn gleichzeitig zu beleidigen.

»Ohne mich ihrer Wortwahl bedienen zu wollen ... eine gewisse Tendenz ihrer Kritik kann ich unterstützen.«

»Du hältst mich für verrückt?«

»Emotional kompromittiert trifft es besser.«

»Du mich auch ...« Elias wischte sich den Dreck von der Stirn. »Wir graben weiter.«

»Kind wird müde.« Marina legte die Schaufel weg und ging zu ihr. Kezia zitterte vor Kälte, weinte aber nicht. »Wir brauchen Feuer.«

»Kein Feuer.« Das war zu gefährlich. Elias rammte die Schaufel in den Boden und sah nach oben. Vom Tageslicht blieb ihnen nicht mehr viel, sie würden am nächsten Tag weitergraben. Jetzt galt es, Marina und Kezia warmzuhalten. Aus einer Tasche holte Elias eine Woll- und eine Lederdecke hervor, mit der er, dicht neben Marina sitzend, die kleine Kezia in die Mitte nahm. Frieren war nur eine Frage der fehlenden Konzentration, er erhöhte seine Körpertemperatur, um damit alle zu wärmen. Marina knurrte, Kezia schlief sofort ein, die Nähe war unvermeidlich, um bei dieser Witterung die Nacht zu überstehen.

Der nächste Morgen kam schnell, die letzte Nacht hatte Elias mindestens drei Kilogramm Körpermasse gekostet. Dafür würde er noch mehr von dieser Gerstenpampe essen müssen.

»Aufwachen«, sagte Elias leise, Kezia war bereits wach, Marina öffnete ihre Augen im nächsten Augenblick. Er wartete auf ein Knurren, das allerdings nicht kam.

»*Wie lange willst du weitergraben?*«, fragte Vater, Elias konnte gut nachvollziehen, was ihn die Nacht beschäftigt hatte.

»Ist es noch sehr tief?«, fragte Elias und sah Kezia an. Das Mädchen lächelte und küsste ihn auf die Wange. Was immer das heißen sollte, er wertete den Kuss positiv.

»*Das ist ...*«

»Unser Weg ... einen anderen haben wir nicht.« Daran glaubte Elias. Er griff nach der Schaufel und grub weiter.

»Was für ein Drecksstein!« Um die Mittagszeit stieß Elias auf einen respektablen Findling, der das Graben erschwerte. Der Stein war zu groß, um ihn wegzuräumen, wobei sich die gesamte Größe noch nicht erkennen ließ.

»Fündig geworden?«, fragte Vater mit einem schadenfrohen Unterton. Eine eingeschnappte KI konnte Elias nicht gebrauchen.

»Der Stein wird mich nicht aufhalten.« Es war alles nur eine Frage des Willens.

»Stein zu schwer«, stellte Marina fest, als sie und Elias den Findling mehr und mehr freilegten.

»Wir graben um ihn herum.« Eine andere Möglichkeit sah Elias nicht, sie hatten ihr Ziel noch nicht erreicht.

»Was ist das?«, fragte Marina, die mit dem Graben aufhörte, als der Findling an der Unterseite anfing, schwach zu leuchten.

»Ich entschuldige mich ... du hast wirklich etwas gefunden.« Vater lenkte ein, auch Elias blickte gespannt auf die Lichtquelle, die ein normaler tonnenschwerer Findling sicherlich nicht haben würde.

»Nur, was habe ich gefunden?« Das würde Elias gerne verstehen, den nahezu glatten Granitblock würde er nicht transportieren können. An einigen Stellen wirkte die Oberfläche verbrannt, als ob der Stein großer Hitze ausgesetzt gewesen war.

Kezia kam zu ihnen in die Grube und berührte den Stein mit einer seltsamen Fingerkombination. Die Kleine wusste eindeutig besser, was das war.

»Technologie ... eindeutig Technologie.« Vater staunte hörbar, während alle aufmerksam Kezias Handgriffen folgten. *»Der Meteorit muss in der Vergangenheit hier niedergegangen sein.«*

»Sicher, dass der Stein ein Meteorit ist?« Das war für Elias als andere als klar.

»Nein ... vermutlich nicht.« Vater zögerte. »Wie transportieren wir den Stein?«

Eine gute Frage, die Kezia schnell beantwortete, ohne Zeichen einer Gewalteinwirkung zerfiel der Findling in kleinere Stücke und gab eine glatte Steinkugel frei. An deren Oberfläche befanden sich runenartige Schriftzeichen, die Elias nicht lesen konnte. Kezia sah ihn an und zeigte auf die Steinkugel.

»Mit den Händen.« Wie sonst, Elias würde sie tragen.

***

XIX. In Stein gemeißelt

»Was ist das?«, fragte Birger und berührte vorsichtig die Steinkugel, die vor ihm auf dem Boden lag. Die anderen Dorfbewohner standen alle im Kreis. Niemand ließ sich diesen Moment entgegen. Marina, Kezia und Elias hatten es kurz vor Sonnenuntergang des zweiten Tages zurück ins Dorf geschafft. Die Strapazen hatten Elias gefordert, doch zufrieden blickte er auf sein Werk.

»Der Stein wird uns helfen«, antwortete Elias, daran wollte er glauben. Es war nicht der richtige Zeitpunkt zuzugeben, dass er nicht wirklich wusste, welche Funktion die Steinkugel hatte. Die vage Vorstellung, dass sie ein Marker wäre, der Reisen durch Zeit und Raum ermöglicht, behielt er für sich.

»Ist die Kugel eine Waffe?« Birger ging ganz nah an Kezias Fundstück heran und fuhr mit den Fingern die Runen entlang. »Was bedeuten die Symbole?«

Elias sollte das Gespräch in andere Bahnen lenken, er hatte das Gefühl, dass es seine Aufgabe war, Kezia mehr Zeit zu verschaffen. »Wir haben eine weite Reise hinter uns … und sind froh, in Freundschaft aufgenommen worden zu sein.«

Viele blaue Augenpaare hingen an seinen Lippen. Elias konnte Neugierde, Vorsicht, Respekt und pure Angst erkennen. Die Verfärbung der Augen alleine schien die Menschen nicht zu verändern, nur die Sprache, die mittlerweile alle benutzten, war inzwischen eine andere.

»Auf die Frage hätte ich auch gerne eine Antwort.«

Elias sprach weiter, auch Vater würde sich gedulden müssen. »Unsere Ankunft hat Wiborg, den Knochenmann, verängstigt, er sah Dinge, die er nicht verstand, nicht verstehen konnte, Dinge, die er fürchtete … und er forderte einen Blutzoll, den niemand bezahlen konnte.«

»Hört, hört«, riefen einige. Birger, der neben ihm stand, nickte zustimmend.

»Wiborg brachte Furcht in unsere Mitte. Furcht ist wie Gift … eine einzige Berührung genügt, um einen guten Mann in Angst dahinsiechen zu lassen«, rief Elias in die Runde. Er musste Vertrauen schaffen, nur durch Vertrauen konnte er mehr Zeit gewinnen.

»Thoralf, dieser Idiot, glaubt dem Gewäsch Wiborgs … er wollte uns schon immer vernichten. Jetzt hat er einen Grund, andere Stämme hinter seinem Banner zu einen und gegen uns in den Krieg zu führen«, erklärte Birger und bestärkte Elias' Worte.

»Wie kann uns ein einfacher Stein beschützen?«, fragte ein Halbwüchsiger, andere in der Runde nickten ihm zu. Alle warteten auf eine Antwort.

Elias hob die Hand. »Dieser Stein enthält Magie … mächtige Magie. In meinem Land leben große Zauberer, die uns helfen werden. Die Magie wird uns beschützen, sie wird unsere Feinde vertreiben und das Dorf vor Unheil bewahren.«

»Ich weiß deine Worte einzuschätzen, aber wir sollten die Germanen nicht für dumm verkaufen.«

Vater schien die Begründung zu blumig zu sein. Elias sah keinen anderen Weg, Kezia kam zu ihm und nahm seine Hand, die Wahrheit war zu kompliziert.

»Aber für die Magie brauche ich eure Hilfe. Der Zauber ist zerbrechlich, er muss wachsen, wir müssen ihn alle beschützen.«

Elias hoffte, mit seiner Ansprache die Dorfbewohner für seine Sache gewonnen zu haben.

»Thoralf wird im Frühjahr wiederkommen ... viele Männer werden ihm folgen. Bis dahin werde ich mit meiner Axt wachen«, sagte Birger und stellte sich demonstrativ vor die Steinkugel. Zumindest ihn hatte Elias überzeugt.

»Ich werde an deiner Seite stehen«, erklärte Leif, sein Sohn, der ebenfalls eine zweihändige Streitaxt vor sich stellte. Die anderen nickten, Elias hatte es geschafft.

»Du warst überzeugend.«

»Ja.« Elias wusste, dass Kezia ihm geholfen hatte.

»Vater des blauen Mädchens, trink mit mir ...«, rief Birger und kippte das nächste Horn mit Met in sich hinein. Die Menge an Honigwein, die dieser Mensch trinken konnte, war unglaublich.

»Ich sollte ...« Elias zögerte, seine Trinkfestigkeit hatte hingegen noch Platz nach oben.

»Trinken!«

»Auf Odin!« Elias stieß auf die Gottheit der Germanen an. Das wievielte Horn er inzwischen geleert hatte, wusste er nicht. Auch viele andere Dinge verloren an Bedeutung.

»Wusstest du, dass sich die Energiemenge, die ich aus deiner Körperwärme gewinne, dank des Alkohols verdoppelt.« Auch Vater sollte seinen Spaß haben.

»Und sie ist nicht dein Weib?« Birger zeigte sich überrascht, als er erfuhr, dass Marina nicht Kezias Mutter war. »Marina ist stark ... sie würde dir gute Söhne gebären.«

»Das finde ich lustig ...«

»Bestimmt ... aber nein, wir sind kein Paar.« Elias lachte nicht, soweit würde es nicht kommen. Marina befand sich mit Kezia in seiner Hütte. Am liebsten würde er Vater für die Bemerkung ein gefülltes Trinkhorn in die Schaltkreise kippen.

»Möchtest du eine von meinen Frauen? Du kannst auch eine von den Jüngeren haben ...« Birger gab sich großzügig, Elias' Bedürfnis nach Zweisamkeit hielt sich in Grenzen.

»Trink mit mir!« Da half nur die Flucht nach vorne. Elias verlangte das nächste Horn. Eine von Birgers Frauen schenkte nach und drückte ihm dabei ihre Brüste ins Gesicht, viel Kleidung trug sie nicht am Körper. In Birgers Hütte feierten die Männer den magischen Schutz, den Elias ihnen gebracht hatte. Bis auf die Frauen mit kleinen Kindern waren alle im Dorf bei dem Gelage dabei.

»Ja ... trink mit mir! Auf dass wir uns an Odins Tafel wiedertreffen!« Birger kippte das nächste Trinkhorn hinunter.

»Auf Odin ...« Elias setzte an und trank das Horn mit warmem Met in einem Zug leer. Das Zeug würde ihn umbringen, er glaubte schon, zwei Feuerstellen zu sehen.

»Ich bin nicht sicher, ob es jemals Versuche gab, die Reaktion von Replikanten auf große Alkoholmengen zu erforschen.« Vater schien sich gut zu amüsieren.

Sein Trinkhorn schien ebenfalls magisch zu sein, es füllte sich von selbst. Elias rülpste und fiel nach hinten.

»Du solltest nicht trinken, wenn du nichts verträgst«, sagte eine gutgelaunte Frauenstimme.

»Ich ... glaube ...« Elias kämpfte damit, seine Zunge unter Kontrolle zu bekommen. Wer war das?

»Vermisst du mich?«, fragte Anna, seine Anna, er träumte von ihr. Elias liebte Met.

»Du .. bist nur ...«

»Ein Traum ... dein Traum. Du bist betrunken. Hast du deine Aufgabe erfüllt?«, fragte Anna, die mit den Fingern ihre langen roten Haare umspielte.

»Welche Aufgabe?« Elias' Restverstand im Notbetrieb funktionierte nicht gerade schnell.

»Du wolltest mir den richtigen Weg zeigen, schon vergessen?«, fragte Anna und drehte sich keck von ihm weg. Elias konnte noch nicht einmal erkennen, ob sie ebenfalls nackt war. Verdammter Met.

»Wie?« Elias wusste nicht, wie er sie rufen sollte.

»Das wirst du herausfinden ... ich brauche dich.« Anna verschwand wieder im Nebel seines Rausches.

»Elias! Trink!«, rief jemand lautstark. Elias versuchte, auf die Beine zu kommen und die Hütte zu verlassen, was nicht funktionierte. Entweder hatte er Brüste in den Händen, roch Met und Schweiß oder jemand zog ihn wieder zurück.

»Elias ... du bist sturzbetrunken!«

Vater hatte völlig recht, Elias ließ sich fallen, er sollte nicht versuchen, jeden Kampf zu gewinnen.

Als Elias erwachte, vermutete er für einen Moment, Birger hätte ihm mit der Axt den Schädel gespalten. Was er den Kopfschmerzen nach für plausibel hielt.

Wo befand er sich? Ob es eine gute Idee war, die Augen zu öffnen? Links und rechts von ihm hörte er nur lautes Geschnarche. Elias lag zwischen den Beinen einer jungen Frau, die zwei Dinge mit ihm gemeinsam hatte. Das Mädchen war mindestens so betrunken wie er und beide waren nackt. Hatte er etwa doch?

»Vater?« Elias sah sich um, neben ihm, vor ihm und hinter ihm, ein Knäuel von Menschen, die alle wenig bekleidet ihren Rausch ausschliefen. Die Germanen feierten in vielerlei Hinsicht anders, sie lebten die Tage, ohne sich über den Morgen zu sorgen.

»*Oh, schon wach? Ich habe erst später mit dir gerechnet*«, fragte Vater spitzzüngig.

Elias war sogar hellwach, mit den Kopfschmerzen konnte niemand weiterschlafen.

»Ja … ja … ich hab zu viel getrunken, ich weiß.« Elias suchte seine Hose, die unter dem nackten Hintern des Mädchens lag, auf dem er eben erwacht war.

»*Das hast du.*«

»Schlafen alle?« Was eine blöde Frage war, da ihm sonst niemand antwortete.

»*Öhm … ja.*« Vater genoss es sichtlich, ihn aufzuziehen.

»Habe ich etwa mit ihr …« Elias sah wieder auf das nackte Mädchen mit langen dunklen Haaren, das sich auf die Seite drehte.

»*Nein.*«

»Nein? Aber warum war ich nackt?« Elias zog sich gerade seine Hose an, die Schuhe würde er erst später suchen.

»Na ja ... versucht hast du es.«

»Hör auf ... du machst dich über mich lustig.«

»Du warst so betrunken, dass du auf ihr liegend eingeschlafen bist.« Vater gab sich gnadenlos.

»Verdammt ...« Elias wollte gerade am liebsten vor Scham im Boden versinken.

»Hast du es eilig?«

»Ja.« Elias musste zu Kezia.

»Also, um deinen Ruf brauchst du dir keine Sorgen zu machen ... die sehen das hier alle etwas lockerer.«

»Kezia hat mich gerufen.« Der Nebel in seinen Sinnen verzog sich. Der Ruf seiner Tochter hatte ihn geweckt.

»Ich habe nichts gehört.«

»Natürlich nicht ...« Elias verließ Birgers Hütte, Kezia benutzte auch keine normalen Worte.

Die Sonne würde bald aufgehen, Elias' Atem kondensierte in der kalten Luft. Es roch nach Met und feuchtem Holz. Die mit zahlreichen Symbolen beschriftete Steinkugel lag genau an der Stelle, an der er sie liegen gelassen hatte. Mitten auf dem Dorfplatz in der Nähe des Tores, ein merkwürdiger Ort, aber Kezia hatte ihn weggezogen, als er die Kugel in seine Hütte tragen wollte.

»Beschäftigt dich die Steinkugel?«, fragte Vater.

»Ja.« Das tat sie. Gut dreißig Zentimeter im Durchmesser und über fünfzig Kilogramm schwer, der Transport hatte ihm einige Mühen bereitet. Seine Arme waren mit der Zeit immer länger geworden.

»Die Schriftzeichen wirken seltsam ... irgendwie vertraut, aber ich konnte noch keine Botschaft daraus interpretieren. Das Zeichen links erinnert an die querliegende Zahl Acht.«

»Das Symbol für Unendlichkeit ... sicher, dass es Schriftzeichen sind?« Ob eher Mathematik die Verbindung bildete?

»Nein ... absolut nicht. Ich habe auch nicht verstanden, wie der größere Findling zerfallen konnte.«

Elias teilte Vaters Meinung. »Aber wir wissen warum, der Meteorit war nur der Transportbehälter, der die kleinere Steinkugel sicher zur Erde brachte. Ob der Einschlag bereits vor langer Zeit erfolgt ist?«

»Denkbar.«

»Was wird Kezia damit tun?« Was eine der wichtigsten Fragen war, die Elias beschäftigten. Dass es mit der Steinkugel möglich war, Anna ein Zeichen zu geben, konnte er sich nicht vorstellen.

»Das werden wir nur von ihr erfahren ... wo ist sie?«

»Sollen wir sie wecken?« Eine überflüssige Frage, seine Tochter kam auf ihn zu. Barfuß und nur mit einem Wollkleid am Körper schritt sie mit vom Schlaf kleinen Augen über den kalten Boden.

Elias saß in der Hocke vor der Kugel. Der Sonnenaufgang zeichnete sich bereits am Horizont ab. Ohne ein Wort zu verlieren, kuschelte sich Kezia an und wärmte sich an ihm. Der kleine Körper zitterte vor Kälte. Von ihrer Entwicklung her entsprach sie einem zweijährigen Kind, allerdings ohne zu sprechen, was in dem Alter bereits zu erwarten gewesen wäre.

»*Sie sollte mit uns reden.*«

»Das tut sie doch bereits ...« Elias spürte ihr Herz, das schneller schlug als seins. Wohlig genoss er ihre Nähe, entspannt legte Elias seine Hand auf die Steinkugel und dachte an die Unendlichkeit.

»*Was tust du?*«

»Zuhören.« Ob dieser Moment seine Bestimmung war? Elias drehte seinen Handballen auf der glatten Oberfläche und griff mit den Fingern in den Stein, wie feiner Sand umschloss der nun seine Hand.

»*Was erzählt sie dir?*«

»Alles, was ich wissen muss ... alles, was ich verstehen kann. Sie ist eine von uns, wir sollten ihr vertrauen.«

Elias fürchtete sich nicht mehr, Kezia würde sie weiter bringen, als er es jemals erwartet hätte.

»*Ich fühle mich gerade ähnlich nützlich wie ein alter Taschenrechner.*« Vater haderte mit der Situation.

»Du bist weit mehr als das, wir kennen unsere Stärken und Schwächen ... wir ergänzen uns perfekt.« Elias zog seine Hand wieder aus der Steinkugel hervor, die sich sofort wieder verschloss.

»*Hat sie das gesagt?*«

»Ich fühle es.« Die Kugel begann schwach zu leuchten und hob sich langsam in die Luft, das war der Anfang, seine Aufgabe, sie war vollbracht.

»*Ein Licht?*«

»Ein ganz besonderes Licht. Es wird unsere Aufgabe sein, es zu beschützen. Egal, was passiert, egal, wer uns angreift, wir werden dieses Licht beschützen.«

Elias würde Thoralf nicht erlauben, das Licht der Kugel zu unterbrechen. Kezia schlief in seinen Armen, er stand auf und ging zu seiner Hütte. Es blieb noch etwas Zeit, bis das Dorf erwachen würde.

**

XX. Den Tod vor Augen

Es wurde kälter, später am Tag stand Elias auf dem Wehrgang am Tor und blickte in das tiefe Grau des Horizonts. Ein merkwürdiges Gefühl, die kühle Luft wirkte wie ein dichter Schleier, der Boden und Bäume zu ersticken versuchte.

»Du wirkst nachdenklich.«

»Seltsam, oder? Dabei haben wir die erste Hürde genommen ...« Elias dachte über die Ereignisse der letzten Tage nach, der bevorstehende Krieg wirkte nicht greifbar.

»Wir werden auch die nächsten Herausforderungen meistern.«

»Ja.« Das wünschte er sich.

»Was lässt dich Kezia fühlen?«

»Im Moment? Nichts ... die Kleine schläft. Ich glaube, die letzten beiden Tage waren sehr anstrengend für sie.«

»Birger sagte, dass er Thoralf erst im Frühjahr erwartet. Das sind drei oder vier Monate, wir sollten diese Zeit nutzen.«

Elias nickte, Vater ließ seine Ziele nicht aus den Augen. »Wir werden ein Windrad bauen, eine neue Schmiede, Waffen, und wir werden dieses klapprige Tor verstärken ... wolltest du das von mir hören?«

»Lass uns anfangen.«

Elias glaubte nicht, dass Technologie und neue Waffen den Krieg für sie entscheiden konnten, allerdings würde sie ihre Chancen auch nicht verschlechtern.

Die Wache in seiner Nähe zeigte auf einen Läufer, der von Westen kommend, auf das Tor zu rannte. Der Junge rannte, als ob ihm ein Rudel Wölfe auf den Fersen wäre. Birger hatte mehrere Späher ins Umland geschickt, um nicht unliebsam überrascht zu werden.

»Ob er gute Kunde bringt?«, fragte Elias, dessen Bauchgefühl sich weiter verschlechterte. Das entkräftete Gesicht des Läufers sprach Bände. Er drehte sich zu der Steinkugel, die ihre schwebende Position nicht verändert hatte. Das schwache Licht, das von ihr ausging, ließ die Menschen, die an ihr vorbeischritten, älter wirken.

»Weißt du wieder mehr als ich?«

»Leider nicht.« Elias dachte an Birger und Thoralf, der Konflikt war unausweichlich. Aber da kam noch mehr auf sie zu, etwas weitaus Gefährlicheres. Etwas, das die Kugel ihnen ankündigte. Und das Schlimmste daran war, es blieb zu wenig Zeit, dieser Katastrophe aus dem Weg zu gehen.

»Männer! Thoralf wartet nicht bis zum Frühjahr! Sein Winterlager befindet sich nur drei Wegstunden von uns entfernt!«, rief Birger, der sich für seine Ansprache auf einen breiten Baumstumpf stellte, der neben seiner Hütte stand.

»Eindeutig keine gute Kunde.«

»Nein ... wahrlich nicht. Thoralf kommt zu früh«, sagte Elias leise. Marina, die Kezia auf dem Arm hielt, stand neben ihm. Die erste Einschätzung der schlechten Neuigkeiten erwies sich als richtig.

»Du hattest leider recht ... die Zeit reicht nicht, um bessere Waffen zu bauen.«

»Ich hätte mich gerne geirrt.«

Birger stemmte seine Axt lautstark in die Höhe. »Wir werden kämpfen! Thoralf soll blutend erkennen, mit wem er sich anlegt! Ich werde seinen hässlichen Schädel in Stücke schlagen!«

Die Männer im Dorf stimmten ein, fünfzehn an der Zahl, denen Elias zutraute, auch einen zweiten Schlag zu führen. Achtzehn Heranwachsende, die anhand ihres kaum vorhandenen Bartwuchses einfach zu erkennen waren, standen ebenfalls mit Speer und Schild in der Runde. Ansonsten gab es noch Marina und ihn, was insgesamt keine bedrohliche Streitmacht darstellte.

»Thoralf hat 900 Männer in seinen Reihen … es braucht nicht weniger, um uns auf dem Feld gegenüberzutreten! Hört ihr mich? 900!« Birger stimmte sein kleines Volk auf den Kampf ein und die Männer bestätigten ihm lautstark ihre Loyalität.

»Thoralf könnte das Dorf einfach überrennen. Seine Männer sind besser bewaffnet, zu Pferd und uns zwanzig zu eins überlegen. Wir können noch nicht einmal fliehen.« Elias nickte, Vaters taktischer Einschätzung war nichts hinzuzufügen.

Mit dem Blick nach oben sah Elias in den grauen Nachthimmel, vor dem, was von dort auf sie zukommen wird, hatte er noch mehr Angst. Würde Thoralf sie bereits am nächsten Morgen angreifen?

»SIE KOMMEN!«, brüllte die Wache, was Birger sofort auf den Wehrgang laufen ließ.

»Wie viele?«, rief Birger.

»Ich kann sie nicht zählen«, antwortete die Wache am Tor, dessen Schild beim Anblick seiner Gegner tiefer sank.

Auch Elias lief zum Tor. Fackeln, der ganze westliche Horizont war voller Fackeln. Zu Hunderten ritten Fackelträger langsam auf sie zu. Thoralf schien sie die Angst spüren lassen zu wollen.

»Ich werde kämpfen!«, sagte Marina, die Elias nachgegangen war. Kezia blickte ihn still an, die unglaublichen Fähigkeiten ihrer Mutter schien das Kind nicht zu haben.

»Wir haben keine Wahl.« Elias hasste es, keine Option zu haben, der Kampf schien sinnlos. Jeder im Dorf würde sterben. Kezia, Marina, Vater und auch er. Wegen der blauen Augen würde Thoralf jedem den Kopf abschlagen.

»Kann Kezia uns nicht helfen?«, fragte Vater. *»Die Steinkugel ... die muss doch zu etwas gut sein.«*

»Sie ist ein Kind.« Was sich selbst für Elias merkwürdig anhörte, aber es stimmte, Kezia hatte keine geheimnisvollen Superkräfte.

»Wir können nicht blind in unseren Untergang laufen ... wir müssen verhandeln.«

»Birger und Thoralf sprechen nicht mehr dieselbe Sprache ... die werden sich nicht viel zu sagen haben.«

»Verdammt ... die blauen Augen, die Sprache, Thoralf muss glauben, gegen die Ausgeburt der Hölle zu kämpfen.«

Elias sah Marina an. »Du solltest nicht mit Kezia auf dem Wehrgang bleiben.«

»Für das Leben!« Marina legte Elias ihre Hand auf die Brust. Eine freundschaftlichere Geste würde er in diesem Leben nicht mehr von ihr bekommen. Dann machte sie sich daran, zu den anderen Kindern zu gehen.

»Warte ...« Eine Frage wollte Elias noch stellen.

»Ja ...« Marina sah sich um.

»Wie ist dein Name?« Das musste er wissen.

»Mein Name?«, fragte Marina überrascht.

»Nein ... ihrer. Wir haben sie Kezia genannt, ich bin mir sicher, dass sie bereits einen Namen hatte.«

»Sie redet nicht«, hielt Marina dem entgegen. Kezia sah ihn nur an und schwieg.

»Natürlich nicht.« Elias lächelte, Marina und seine Tochter gingen fort. Ob der Tod ihn durch Thoralfs Hand, oder durch das, was er als Antwort auf die Steinkugel erwartete, ereilen würde, spielte keine Rolle mehr.

»Sie kommen näher! Bleibt an meiner Seite! Wir werden uns alle an Odins Tafel wiedersehen!«, rief Birger euphorisch, der bereits hinter dem Tor wartete.

»*Hat sie dich ihren Namen wissen lassen?*«, fragte Vater, der als mächtigstes Waffensystem des dreiundzwanzigsten Jahrhunderts im drohenden Kampf nichts ausrichten können würde.

Elias atmete schneller. »Merith, sie heißt Merith.«.

***

Gamma Phase

XXI. Andromeda

War es das schon? Anna öffnete die Augen. Eine Sekunde zuvor hatte sie die Horizon auf ihre fantastische Reise durch den Raum geschickt. Das Geräusch der sich entladenden Energiespeicher klang ihr noch satt in den Ohren. Die Durchquerung eines Wurmlochs dieser Größenordnung war ein surrealer Moment. Vor allem, wenn man nicht an dem Ort landete, den man erwartet hatte. Sie sollte sich in der Kommandozentrale des Raumschiffs befinden und nicht mitten in einem Waldstück. Alles, was sie sah waren Laubbäume, denen der Herbst bereits die Blätter entrissen hatte.

»Wo bin ich hier?«, fragte Anna verunsichert. Der wolkenverhangene Himmel ließ nur wenig Licht zu ihr. Es roch süßlich. Unter ihren nackten Füßen befanden sich Moos und feuchtes Laub, die kühle Luft jagte ihr einen Schauer über den Rücken.

Träumte sie? Sie pustete sich eine rote Locke vom Mund weg, die langen Haare waren ein Indiz. Also wenn es ein Traum war, machte er sie neugierig. In ihrer Nähe hörte sie einen Bach rauschen, den sie nach einigen Schritten auch sehen konnte. Alles war herbstlich gelb, grün, braun und feucht, es musste erst vor Kurzem geregnet haben. Eine schöne Gegend, befand sie und suchte weiter nach einer Erklärung für diese merkwürdige Episode.

»Ob man euch essen kann?« Sie pflückte einige dunkle Beeren von einem Strauch. Süß und fruchtig, die bläulich violetten Beeren schmeckten hervorragend. Für einen Traum wirkte das alles zu real.

Sie sah einen Baum, an dem jemand erst vor kurzer Zeit mit einem scharfen Gegenstand Baumrinde abgelöst hatte. Sicherlich kein Tier, dafür sahen die Schnitte zu gerade aus. Ob sich andere Menschen in der Nähe befanden?

Es knackte leise, Anna duckte sich, sah aber nur eine harmlose Rehkuh mit ihrem Jungen. Die Paarhufer beachteten sie nicht und stellten keine Gefahr dar. Sie sollte vorsichtiger sein. Es begann zu regnen, was für ein bescheidenes Wetter.

Was soll ich hier, fragte sie sich und suchte das Umfeld nach einem interessanten Ziel ab. Da vorne schien es eine undefinierbare Lichtquelle zu geben, die sich trotz des stärker werdenden Regens gut ausmachen ließ.

»Immer dem Licht nach«, flüsterte Anna und bewegte sich vom Schutz eines Baumes zum nächsten. Sie würde wachsam bleiben. Der Wald lichtete sich. Hastig drehte sie sich herum, ihr war, als ob sie jemanden gehört hatte. Stille. Da war niemand. Weiter, sie wollte den Wald nur schnellstens verlassen.

»Was um Himmels willen ist das?« Anna hatte mit vielem gerechnet, aber nicht mit einer dürftig zusammengezimmerten Siedlung aus krummen Baumstämmen, die sie eine halbe Stunde später am Waldrand vorfand. Vor dem Dorf lag ein Stück kahlgeschlagener Wald, in dem Moos und Pilze die kniehohen Stümpfe überwuchert hatten. Was zum Teufel sollte das alles hier?

»Du bist zu früh.«

»Elias?« Anna schreckte auf, sah ihn aber nicht. Dafür blickten sie nun von den Palisaden zahlreiche blaue Augenpaare an, die der intensive Regen nicht zu stören schien. Das machte überhaupt keinen Sinn. Blaue Augen, warum immer wieder blaue Augen?

»Wir haben keine Zeit.«

»Wie bitte ... Zeit?«, fragte Anna zerfahren, wovon redete Elias bloß und zu was hatten sie keine Zeit?

»Du musst zurück ...«

»Warum?«

»Du wirst angegriffen«, erklärte Elias' körperlose Stimme. Keine Begrüßung, keine herzliche Geste, sie hatte sich ein Wiedersehen anders vorgestellt. Seine Stimme klang kalt, wie ein Offizier, der einen Befehl aussprach.

»Von wem?«, rief Anna und versuchte, ihn neben sich auszumachen. Seine Stimme klang nah, sehen konnte sie ihn trotzdem nicht.

»Du musst gehen.«

»Elias bitte, hilf mir!«

»Du hast noch sechzig Sekunden.«

»Was passiert dann?« Anna konnte ihm nicht folgen.

»Dann wirst du sterben.«

»Nein!« Anna schrie, sie wollte nicht sterben. Nicht jetzt. Das war nur ein Traum. Die blauen Augen raubten ihr den Verstand, nichts davon entsprach der Realität. Sie hörte Elias' Stimme, wusste aber, dass er nur in ihrer Erinnerung existierte.

Anna öffnete erneut die Augen. Sie befand sich auf der Horizon. Dan'ren, die Lerotin, stand vor ihr. Niemand redete. Nur ein Traum, es war nur ein Traum, sagte sie zu sich selbst. Das Raumschiff befand sich mitten im Transfer durch eine aktive Einstein-Rosen-Brücke.

Die Zeit lief ab. Noch sechsundfünfzig Sekunden, dann würden sie in der Andromeda-Galaxie ankommen. Jeder auf der Brücke ging konzentriert seiner Arbeit nach. Niemand schien ihre Abwesenheit bemerkt zu haben. In ihrer Erinnerung lief sie über eine halbe Stunde durch den Wald, auf der Horizon hatte sie in der Zeit scheinbar nur einmal kurz die Augen geschlossen.

Anna musste eine Entscheidung treffen. Schnell. War der Traum mehr als Einbildung? Zeit war nicht relativ, sie war beliebig, die Worte klangen erneut in ihren Ohren. Noch zweiundfünfzig Sekunden. Der Countdown befand sich auf einem großen Display direkt vor ihr. Die sechzig Sekunden waren genau die Zeit, in der sich die Horizon auf der Passage durch das Wurmloch befinden würde. Blut tropfte vor ihr auf den Boden, ihr Blut, das ihr aus der Nase lief.

»Wir haben einen Notfall! Gefechtsformation einnehmen. Schilde aufbauen. Wir werden gleich angegriffen!«, rief sie laut durch die Kommandozentrale. Möge das Schicksal ihr den richtigen Weg gewiesen haben.

»Wie bitte?«, fragte Nader Heg'Taren und sah sie überrascht an. Seine hellen Haare leuchteten regelrecht in der schwachen Beleuchtung.

»Anna, wir befinden uns mitten in einem Wurmloch. Die gesamte verfügbare Energie wird für die Reise verwendet … wir können jetzt keine Schutzschilde aufbauen.«

Noch sechsundvierzig Sekunden. Anna stand auf und wischte sich mit dem Handrücken das Blut vom Mund. »Das ist ein Befehl! Jetzt! Schilde hoch! Reserveenergiespeicher aktivieren. Ich will die maximale Feldstärke auf den Frontaldeflektoren haben!«

»Das kann zu einer Überspannung führen ... für dieses Manöver ist die Horizon nicht konzipiert worden«, hielt Nader wehrhaft entgegen. Auch wenn er der leitende technische Offizier war, er musste ihren Befehl umgehend ausführen.

»Noch eine halbe Minute, wenn dann nicht die Schilde oben sind ... sind wir Asche!« Eine mögliche Überspannung auf ein paar Schild- und Antriebsgeneratoren war vernachlässigbar. Sie mussten sich umgehend schützen.

»Danilow, Verteidigungsmanöver einleiten! Bei T-0 beginnen wir sofort zu schießen!«

»Def-3 Manöver eingeleitet. Feuerleitlösung initialisiert. Ich synchronisiere die Zielerfassung mit den Zeros«, Tracer Danilow, die von ihrem bläulich leuchtenden Leitstand die Navigation der Horizon koordinierte, bestätigte den Befehl. Das ging trotzdem alles zu langsam.

»Kristof, Meldung von der Trison!«, rief Anna, ihnen lief die Zeit davon. Noch zweiunddreißig Sekunden. Sie brauchte sofort die Bestätigung des Master Carriers.

»Ich habe es gehört. Wir haben eine Rotte von vierundzwanzig Zeros gefechtsbereit. Wir lösen uns augenblicklich nach der Ankunft vom Rumpf der Horizon und bilden eine Angriffsformation.«

»Sehr gut.«

»Worauf sollen wir schießen?«, fragte Kristof, der mitgedacht hatte und sich nach ihrem Gegner erkundigte. Anna schluckte, das war eine gute Frage, sie wusste es nicht. Elias hatte nicht erzählt, wer sie angreifen würde.

»Flächenbeschuss! Dreihundertsechzig Grad ... ich will das komplette All brennen sehen! Nach der ersten Salve Ziele neu erfassen und Gegner fokussiert ausschalten.« Wenn man seinen Gegner nicht kannte, sollte man im Zweifelsfall einfach alles zusammenschießen. Was die erste Salve überstehen sollte, würden sie mit der zweiten gezielt aus dem Weg räumen.

»Aye!«

Es war richtig, auf Kristof zu setzen. Noch zweiundzwanzig Sekunden. Anna ging zu Nader, es gab keine Alternative, er musste ihr vertrauen und den Befehl befolgen. »Die Schilde. Jetzt!«

»Anna ist der Kommandant! Führ den Befehl aus!«, sagte Dan'ren, die Nader eine Waffe an den Kopf hielt. Auf die Lerotin an ihrer Seite würde sich Anna zu jedem Zeitpunkt verlassen können.

»Du bist wahnsinnig!« Nader fuhr die Schilde hoch, was augenblicklich unzählige Warnmeldungen auf diversen Displays erscheinen ließ. Die Spannungsfelder in den Antriebsgeneratoren drohten, sich binnen kürzester Zeit zu überladen.

»Ja.« Anna hatte sich entschieden. Besser wahnsinnig leben, als normal sterben.

»Das wird das halbe Schiff abfackeln!« Womit Nader vermutlich recht haben würde.

»Atemschutz anlegen. Wir schließen alle Decks. Die Rettungs- und Feuerlöschteams auf den Stationen sollen sich bereithalten, Brände zu löschen. Ich will alle Drohnen im Einsatz sehen. Die Notabschaltung der Schilde erfolgt erst auf meine Freigabe.«

Für Anna gab es nur noch den Weg nach vorne. Ein in Teilen brennendes Schiff würde sie länger am Leben halten, als ein Schweif aus verglühenden Bruchstücken.

»Noch zehn Sekunden«, rief Anna und dachte an Elias. Was sie aufgrund eines wirren Tagtraumes riskierte, war wahnsinnig. Aber war das wirklich nur ein Traum?

»*Notfallrotte einsatzbereit*«, meldete Kristof, »Def-3 Manöver eingeleitet«, rief Danilow, »Uns wird gleich der Arsch brennen!«, sagte Nader in sich gekehrt, den Anna nur hören konnte, weil er neben ihr stand.

»Wir werden überleben!«, erklärte Dan'ren, die ihn immer noch mit der Waffe in Schach hielt und Anna ein Tuch für ihr Nasenbluten gab. Die Lerotin zweifelte nicht an ihr.

»Drei, zwei, eins … jetzt!« Anna wischte sich die Nase ab. Die Horizon verließ das Wurmloch. Elias, ich liebe dich, aber wenn du mich belogen hast, bringe ich dich um, sagte sie zu sich und starrte erwartungsvoll auf ein großes Wanddisplay. Die Wahrheit würde nicht mehr lange auf sich warten lassen.

***

XXII. Keine Gnade

Ob Anna sich in diesem Moment gerne geirrt hätte? Wenn ja, hätte sie ihre Glaubwürdigkeit als Kommandant der Horizon verloren. Zweifelsfrei ein hoher Preis, der es allerdings wert gewesen wäre, diesem unbeschreiblichen Inferno zu entgehen, das eine Sekunde nach der Ankunft auf sie niederging.

»Kristof … wir müssen …« Anna wurde jäh unterbrochen und durch die Erschütterung fünf Meter krachend gegen ein Display geworfen, das sie, durch das K-6 Implantat geschützt, in seine Bestandteile zerlegte. Die Energie, die notwendig war, um ein Raumschiff mit der Masse der Horizon derart durchzuschütteln, musste gigantisch sein.

»Wir können keine Angreifer erkennen!«, rief Danilow, die mit den Hochenergiewaffen der Horizon Sperrfeuer schießen ließ, ohne erkennbare Ziele zu treffen.

»Die 360°-Salve ging ins Leere … keine Zielerfassung möglich … die Sensoren registrieren keine Quelle der Angriffe. Unser Beschuss reicht nur 12.000 Kilometer weit und wird dann vom All verschluckt«, rief Kristof an Bord der Trison, die selbst unter schwerem Beschuss stand.

»Status der Schilde?«, rief Anna und sah zu Nader, der sofort die Konsole der Schildgeneratoren kontrollierte.

»64 Prozent … schnell abnehmend … ich leite alle Energiereserven auf die Deflektoren um. Das sollte uns mehr Zeit verschaffen.«, antwortete Nader.

Danilow hatte der Aufprall an der Wand, nach der ersten Erschütterung, die Schulter ausgerenkt und die rechte Gesichtshälfte aufgerissen, sie bediente die Konsole nur noch mit einer Hand. Eine milchige Flüssigkeit lief in Strömen ihren geschlechtslosen Körper herunter.

Von den lebenden Menschen in der Kommandozentrale war die Hälfte ausgefallen, vor Anna lag eine junge Frau mit verdrehtem Hals leblos auf dem Boden.

»Wir fliegen weiter! Voller Impulsantrieb!«, befahl Anna, die sich erst jetzt auf dem Sitz des Kommandanten arretierte. Sie mussten diese Zone sofort verlassen.

Die nächste Erschütterungswelle, die an Wucht dem ersten Angriff um nichts nachstand, erfasste die Horizon. Der unsichtbare Gegner gab alles, um sie aufzuhalten.

»Negativ! Wir können nicht weiterfliegen. Die Überspannung hat 82 Prozent der Generatoren beschädigt. Die meisten Einheiten brennen!«, rief Nader. »Ich setze die restlichen Generatoren ein, um die Deflektoren zu verstärken ... diese Beschussstärke sollten wir dann eine Weile aushalten können.«

Annas Entscheidung, die Schilde bereits innerhalb des Wurmloches hochzufahren, hatte ihnen Zeit geschenkt, gerettet hatte sie dieses Manöver allerdings nicht.

»Kristof!« Anna suchte verzweifelt nach einem Weg. Auf einem der wenigen nicht beschädigten Displays konnte sie den schweren Beschuss verfolgen, den die Zeros, die sich von der Bordwand gelöst hatten, im Gefecht zu überstehen hatten. Die Blitze kamen völlig wahllos aus dem Raum und schlugen gezielt in die magnetisch aufgeladenen Deflektoren der Kriegsschiffe ein. Wobei von keinem Ort mehr als ein Angriff ausging, entweder wechselte ihr Gegner laufend seine Position oder sie hatten es mit sehr vielen Angreifern zu tun.

»Wir haben kein Ziel! Unsere Gegenwehr geht ins Leere. Wir verlieren das erste Schiff! Unsere Gegner konzentrieren sich auf einen Zerstörer, dessen Schilde in neun Sekunden kollabieren. Der Kapitän bittet um einen Befehl!«

»Er soll ausbrechen! Volle Energie! Die Horizon ist flügellahm, die Zero soll sich in Sicherheit bringen!«

Ihr Gegner hatte seine Strategie geändert, mit dem Streubeschuss konnte er die Schilde der Horizon nicht durchbrechen. Jetzt konzentrierten sich die Angriffe auf einzelne Zerstörer.

»Er hat dich gehört!«

Die Zero beschleunigte, um einen Moment später von einem erst bei Kontakt aufleuchtenden Gitternetz in Stücke geschnitten zu werden. Wie ein Fischer, der unnützen Beifang tötet, zerstörte ihr unbekannter Gegner das über 7.000 Meter lange Kriegsschiff. Anna schluckte, alles ging so schnell. Als das Energienetz die Antriebseinheit der Zero zerschnitt, detonierte das verbliebene Wrack mit einer Kette von Explosionen. Eine Druckwelle aus Wrackteilen und entwichenen Gasen erfasste die Horizon und ließ das Schiff vibrieren.

Der Angriff ihres Gegners konzentrierte sich auf die nächste Zero, die blind um sich schießend, ihrem Schicksal zu entrinnen versuchte. Anna litt, da befanden sich Menschen an Bord, deren Leben nur noch wenige Sekunden andauern würde.

»Die Trison wird fokussiert! Erwarte Befehle! Uns bleibt keine Zeit mehr! Anna, was sollen wir tun?« Kristof war an der Reihe. Nein, das wollte sie nicht.

Weitere Zeros hatten sich inzwischen von der Bordwand der Horizon gelöst, um dem heroisch und leider auch wirkungslos kämpfenden Flaggschiff zu helfen. Im Umfeld der Landezone in der Andromeda-Galaxie tobte ein unbegreiflicher Vernichtungskampf.

War das eine außerirdische Kultur, die sie angriff? Warum? Sahen die Gegner eine Bedrohung ihres Lebensraumes? Warum kommunizierten die nicht mit ihnen?

»Weißt du, wie Fische aus einem Netz entkommen?«, fragte Elias, der sich mit nacktem Oberkörper lässig vor ihr an eine zerborstene Konsole anlehnte.

»Was willst du hier?«, fragte Anna verstört.

»Meinst du mich?«, fragte Dan'ren, die neben ihr stand und Elias natürlich nicht hören konnte. Anna verlor gerade zum denkbar schlechtesten Augenblick ihren Verstand.

»Nein ... nein.« Anna schüttelte den Kopf und legte Dan'ren die Hand auf den Arm.

Elias lächelte und strich sich gemächlich über seinen durchtrainierten Bauch. »Fische beißen winzig kleine Löcher in das Netz ... und hauen einfach ab. Ab durch die Mitte, oder besser, ab in die Freiheit ... so nebenbei, ich würde nicht länger warten.«

Anna stutzte, sie hatte keine Wahl. Alles oder nichts, sie waren wirklich nur kleine Fische. »Ausbrechen! Dieselben Koordinaten! Nicht nur die Trison! Alle manövrierfähigen Zeros sollen genau auf dieselbe Stelle draufhalten! Jetzt!«, rief Anna, sie würden keine zweite Chance bekommen. »Unsere Gegner haben ein unsichtbares Energienetz um uns herum gespannt ... wenn wir nicht ausbrechen, werden wir alle zappelnd in deren Kochtopf landen.«

»Hast du gesehen, was mit der ersten Zero passiert ist?«, fragte Nader aufgeschreckt, der ihre neue Strategie nicht verstand. Dabei empfand Anna ihr Beispiel als sehr bildhaft.

»Was auch mit uns passieren wird ... wenn wir nicht ausbrechen! Das war ein Befehl! Alle Zeros werden mit maximaler Beschleunigung durchbrechen!«, ordnete Anna unmissverständlich an. Wo war Elias? Die Erscheinung war verschwunden, ohne dass sie es bemerkt hatte.

»Aye ... ich wollte schon immer wissen, wie es auf der anderen Seite aussieht«, antwortete Kristof. *»An die Flotte! Ihr habt den Befehl gehört! Auch wenn ich falle ... werden mir die anderen Schiffe folgen!«*

Die Trison beschleunigte. Anna schloss kurz die Augen. Nicht Kristof, sie brauchte ihn noch. Nicht er, sie wollte nicht ohne ihn weiterkämpfen müssen.

Als das Flaggschiff die Position erreichte, an der zuvor die erste Zero zerschellte, leuchteten beim Kontakt mit dem Energienetz nur lose Enden auf. Das Opfer hatte sich gelohnt. Das Netz ihrer Gegner hatte nun ein Loch, durch das im Sekundentakt weitere Zeros entkamen.

»Wir sehen ein Ziel ... ein kreisrundes Raumschiff hat in 42.000 Kilometer Entfernung ein gigantisches Netz um uns herum aufgebaut. Das Schiff hätten wir nie treffen können. Feuerleitlösung errechnen. Hier sind die Koordinaten, wir schießen sofort, sobald die Waffensysteme einsatzbereit sind.« Kristof hörte sich euphorisch an. *»Feuer!«*

Anna konnte auf dem Display verfolgen, wie die erste Salve das kreisrunde Raumschiff traf, das nur einen Durchmesser von zweihundert Metern hatte. Der Beschuss auf die Zeros innerhalb der Sphäre hörte schlagartig auf. Auch das Netz löste sich auf und erlaubte die freie Sicht auf ihren Gegner. Ein Flügelmann war nicht auszumachen, die Flotte würde jetzt angreifen.

»Das Schiff absorbiert unsere Angriffe ... verdammt, das ist dieselbe Vereidigungstechnologie, die wir im Nemesis-System erlebt haben. Feuer sofort einstellen!«

Ein dunkler Energiemantel lag schützend über dem kleinen Kriegsschiff, das offensichtlich eine ihnen überlegene Technologie verwendete. Im Nemesis-System hatten es mehrere Zeros und die gesamte Flotte der Lerotin nicht geschafft, einen gerade einmal dreißig Meter langen Gleiter zu zerstören, der über einen ähnlichen Schutzschild verfügte.

»Ich wiederhole den Befehl für alle! Keine Hochenergiewaffen! Wir würden damit nur den Schild unserer Gegner aufladen ... der uns dann beim nächsten unpassenden Moment um die Ohren fliegt.«

»Gibt es eine andere Möglichkeit?«, fragte Anna, die nicht im nächsten Energienetz landen wollte.

»Eine wirklich gute Frage ... warte einen Moment«, antwortete Kristof, während die Trison weiter auf das kreisrunde Raumschiff zuhielt. *»Hat jemand mal eine Seeschlacht der alten Griechen vor 12.000 Jahren auf der Erde gesehen?«*

»Ja.« Anna lächelte, das hatte sie. Die Kriegsführung von damals folgte anderen Regeln.

»Dann sieh genau zu.« Kristof schien den Moment zu genießen. Die Trison rammte die Kugel, die gerade versuchte, ein neues Energienetz zu formieren. Der gegnerische Kommandant machte den Fehler, sich im Schutz seines Energieschildes in Sicherheit zu wähnen. Er wäre besser geflohen. Der Rest war einfache Physik, die kinetische Energie eines 7.000 Meter langen Raumschiffes, das mit hoher Geschwindigkeit einen 200 Meter großen Kontrahenten rammte, sorgte für eine schnell verglühende Staubwolke.

Die Beschädigungen am Bug der Trison waren hingegen nur minimal.

»Altmodisch«, quittierte Nader die taktische Meisterleistung Kristofs, lächelte aber erleichtert.

»Wirksam«, sagte Anna und lehnte sich zurück. Hoffentlich war es das jetzt erstmal. »An alle Stationen: Danke für den Einsatz! Alle einsatzfähigen Zerstörer der Zero-Klasse bilden einen Sicherheitsgürtel um das Mutterschiff.«

»Umfeld sichern, Schäden melden, Verletzte versorgen ... wir bilden Dringlichkeitslisten für alle notwendigen Reparaturen.«, erklärte Danilow und nickte Anna anerkennend zu. Jeder in der Kommandozentrale der Horizon wusste, dass es ohne ihre drastischen Befehle die letzte Flotte der Menschheit nicht mehr geben würde.

»Nader?«, fragte Anna, deren K-6 Körperpanzerung sich wieder deaktiviert hatte. Alle Toten und Verletzten in der Kommandozentrale wurden herausgebracht oder versorgt.

»Ja.«

»Entschuldige bitte ...«

Nader lächelte. »Schon in Ordnung ... es war notwendig.«

»Ich brauche dich an meiner Seite.« Auf sein Wissen und Engagement konnte und wollte Anna nicht verzichten.

»Woher wusstest du es?«, fragte er und deaktivierte eine beschädigte Konsole.

»Glaubst du, dass uns Menschen mehr als unsere physische Existenz verbindet?« Anna konnte ihm nicht von dem Tagtraum erzählen, das würde er nicht verstehen.

»Eine Frage, die auch in den letzten 10.000 Jahren niemand abschließend beantworten konnte ... bist du religiös?«

»Nein ... ich glaube nicht an höhere oder gottgleiche Wesen.« Was sie in der Andromeda-Galaxie vorfanden, war nicht das Werk eines Gottes. Das war Technologie und die Entscheidung eines intelligenten Individuums, sie anzugreifen.

»Wer hat dir dann ins Gewissen gesprochen?«, fragte Nader und sah sie an. Auch Dan'ren hörte ihr aufmerksam zu.

»Anna, 16 Zeros haben schwerste Beschädigungen ... die Kommandanten empfehlen, die Schiffe aufzugeben. Die Reparaturen würden eine Werft benötigten und mehrere Monate andauern«, meldete Tracer Danilow, bei der die Kommunikation aller aktiven Operatoren der Flotte zusammenlief.

»Später«, sagte Anna in Naders Richtung. »Sind die Antriebseinheiten der beschädigten Schiffe eine Gefahr?«, fragte sie Danilow.

»Nur bei zwei Schiffen drohen die Antimaterie-Generatoren zu explodieren. Die anderen Schiffe sind nur flug- oder navigationsunfähig. Es gibt auch schwere Mängel in den lebenserhaltenden Systemen oder bei der Integrität der Außenhülle. Die Reparaturen werden von den Besatzungen als zu umfangreich eingeschätzt.«

»Wir evakuieren nur die zwei Zeros. Die anderen werden an die Bordwand der Horizon geschleppt und als Ersatzteillager benutzt«, erklärte Anna, die nicht glaubte, dass dieser Angriff ihrer unbekannten Gegner bereits alles war.

»Bestätigt. Evakuierung eingeleitet.« Danilow ließ sich nicht von ihrer ausgerenkten Schulter von der Arbeit abhalten, ein Anblick der Anna verwirrte.

Während des Gefechts hatten Avatare, die durch KIs gesteuert wurden, hervorragende Leistungen gezeigt. Danilow, Nader, Kristof und auch viele andere, die auf den Zeros und der Horizon ihren Dienst leisteten, waren in der Lage, unter widrigsten Umständen ihre Aufgabe mit Bravour zu erfüllen. Die Zahl der Ausfälle unter den Menschen war bedeutend höher. Anna kontrollierte gerade die Auswertungen der Krankenstationen über das Irisdisplay in ihrem Auge. Insgesamt gab es knapp 13.000 Tote und 254.000 Verletzte. Es war vermessen anzunehmen, jemals auf Maschinen verzichten zu können.

Anna stand in ihrer Kabine unter der Dusche. Ihre Hände zitterten und sie sehnte sich nach Hilfe. Die Last auf ihren Schultern schien sie in die Knie zu drücken.

»Elias?«, rief sie lautstark.

Das warme Wasser rauschte auf sie nieder. Elias antwortete nicht, die Eingebung, mit ihm zu sprechen, ließ sich nicht kontrollieren. Sie schlug gegen die Wand.

»Elias, bitte …« Anna bettelte, sie wollte nicht allein sein und sackte kraftlos auf den Boden. Die Kommunikation hatte sie komplett deaktiviert, sie wollte nicht gestört werden.

Niemand von den Menschen, die sie früher auf der Erde gekannt hatte, lebte noch. Sie war die letzte Replikantin. Sie wusste auch nicht, was aus denen geworden war, die sie auf Proxima kennengelernt hatte.

Ich bin allein, dachte sie, was ihr blieb, war eine liebenswerte Lerotin und mit Nader und Kristof zwei Maschinenmenschen, die sie mochte. Eine magere Bilanz, befand sie und stellte sich Elias vor, der unter der Dusche ihre Haut berührte. Die Erinnerung, ihn zu spüren, erregte sie, wie gerne würde sie ihn erneut in die Arme schließen.

»Elias … ich komme zu dir.« In diesem oder im nächsten Leben, die Hoffnung ließ sie gestärkt nach oben schauen. Egal wie viel Wasser ihr über das Gesicht strömte, sie würde immer wieder an der Oberfläche auftauchen.

Anna drückte auf ein blaues Leuchtfeld an der Wand. Die Glasscheiben der Dusche waren vom heißen Wasserdampf beschlagen. »Wasser stoppen. Trocknen.«

Ein bläulicher Lichtkegel fuhr ihren Körper ab, der sämtliche Wassertropfen auf der Haut umgehend verschwinden ließ. Sie hätte auch ohne Wasser duschen können, eine interessante Technologie, die sie nicht brauchte. Für ihre kurzgeschorenen roten Haare erübrigte sich ohnehin jegliche Mühe.

»Eine Tasse Tee mit Zitrone, bitte«, sagte Anna, die nackt in den großzügigen Wohn- und Schlafraum ging. Ihre Kabine ähnelte der auf der ersten Horizon. Ein breites Bett, eine Sitzgruppe und ein Schreibtisch verteilten sich auf über sechzig Quadratmeter. Ein Panoramadisplay ließ sie in einen mediterranen Sommergarten blicken.

Im Ausgabefach eines Multifunktionsautomaten dampfte der frisch aufgebrühte Tee, sie nahm die Tasse und genoss das feine Aroma, das sich schnell in der Kabine verteilte. Freizeit war ein Schatz, den sie bisher selten genießen durfte.

Anna ließ sich in einen Sessel fallen und probierte den Tee, der noch zu heiß war. Ob gleich wieder jemand mit einer Hiobsbotschaft an der Tür stehen würde?

Im Moment würde Danilow die Arbeiten besser koordinieren können als sie. Kristof hatte gemeldet, beim Anflug auf das kreisrunde Raumschiff, deren Signatur aufgezeichnet zu haben. Mit den Daten würde er zukünftig ähnliche Raumschiffe und deren Energienetze früher aufspüren können. Anna hoffte, dass er mit seiner Annahme richtig lag. Die identifizierte Signatur konnte zwar noch nicht entschlüsselt werden, sie zeigte aber auf ein siebzehn Lichtjahre entferntes Sonnensystem, das die Flotte ansteuern würde, sobald der Antrieb der Horizon wieder einsatzfähig war. Die ausgebrochenen Brände an Bord hatten weniger Schäden angerichtet, als zuerst befürchtet. In zwei Tagen wäre das Schiff wieder in der Lage, ein Wurmloch aufzubauen, eine Reise mittels Impulskraft würde zu lange dauern.

Anna schlürfte an der Tasse, deren Inhalt ihr immer noch die Lippen zu verbrennen drohte. Mit dem Kopf im Nacken und geschlossenen Augen dachte sie an Elias. Warum hatte er blaue Augen? Vermutlich projizierte sie nur die eigenen Veränderungen auf ihn, Anna hatte nicht verstanden, warum sich ihre Augen verfärbt hatten.

***

XXIII. Weißes Licht

Anna zögerte, die Augen zu öffnen. Die letzten Male gab es danach wenig Erbauliches zu erleben. Ob sie weiterschlafen sollte? Eine kindlich schöne Vorstellung, einfach alles Unangenehme zu verschlafen. Leider entsprach das weder ihrer Aufgabe noch ihrer Verantwortung. Der Weckruf aktivierte sich, sie sollte jetzt aufstehen.

»Guten Morgen.« In Gedanken lächelte sie Elias an, den sie sich an ihrer Seite vorstellte. Anna gähnte, sie schien noch lebendig zu sein und ihre Kabine war kein Trümmerfeld. Ein gutes Zeichen. Elias lag natürlich nicht in ihrem Bett. Der Morgen begann trotzdem besser, als der Abend zuvor geendet hatte. Sie würde weitermachen.

Nach dem Badezimmer, einem Proteinshake und einer Tasse Tee mit Zitrone, strich sich Anna über den weißen Einteiler, bei dem das K-6 Implantat sogar für Rangabzeichen an der Schulter gesorgt hatte. Als erster Prime der Flotte lag die komplette Befehlsgewalt bei ihr. Ob ihr Vater stolz auf sie gewesen wäre?

»Kommunikation aufbauen.« Anna schaltete sich wieder online, in der Zwischenzeit hatte Dan'ren als ihr Adjutant wichtige Nachrichten für sie entgegengenommen.

»Hallo Anna, hast du gut geschlafen?«, fragte die Lerotin mit einem zaghaften Lächeln auf den Lippen. Anna konnte sie über das Irisdisplay sehen. Dan'ren befand sich auf der Brücke.

»Sehr gut sogar ... du brauchst mich nicht zu schonen.« Anna war bereit, eine Flut von schlechten Nachrichten entgegenzunehmen.

»Es ist nicht viel passiert ... es gab keine weiteren Angriffe. Alle verfügbaren Kräfte sind damit beschäftigt, die Schäden an den Raumschiffen zu reparieren.«

»Wie kommen die Teams voran?«

»Zügig ... der Antrieb der Horizon wird in 14-16 Stunden wieder online sein. Nader und seine Techniker arbeiten ohne Pause.«

»Gefechtsstatus?« Darauf kam es an.

»132 Zerstörer der Zero-Klasse sind einsatzfähig. Die Bewaffnung der Horizon war bereits von dem Angriff nur partiell einsetzbar. Die technischen Teams wracken die schwer beschädigten Zeros ab und bewaffnen mit den Systemen das Mutterschiff. Die Verteidigungsfähigkeit beträgt aktuell 72 Prozent, die Offensivpotenziale 4 Prozent, wir werden weiterhin auf die Flotte angewiesen sein.«

»Und der Status unserer Krankenstationen?«, fragte Anna, bei den Kämpfen waren zu viele Menschen verletzt worden.

»Es gibt viele Opfer ... von den leichter Verletzten haben allerdings bereits über 50 Prozent wieder den Dienst aufgenommen.«

»Das ist beachtlich ...«

»Niemanden, der laufen kann, hält es im Bett«, erklärte Dan'ren, nicht ohne Stolz.

»Ich habe eine Liste für dich. Bitte organisiere in dreißig Minuten eine Besprechung.« Anna lächelte, damit konnte sie umgehen. Bereits am Abend zuvor hatte sie eine Liste vorbreitet, die sie Dan'ren jetzt übermittelte.

»Wow ... den möchtest du dabei haben?«, fragte Dan'ren, sichtlich beeindruckt.

»Wir werden es nur gemeinsam schaffen.« Anna war sich über die Konsequenz ihrer Einladungen bewusst. Es wäre in ihren Augen eine Dummheit gewesen, kluge Köpfe auszuschließen.

»Dreißig Minuten ... nach dem Gefecht zweifelt sowieso niemand mehr, dass du über Wasser laufen kannst.«

»Wenn es denn so wäre ...« Anna sah verlegen zu Boden, sie wollte nicht anfangen, Dan'ren etwas vorzuspielen.

»Für mich ist es so.«

»Danke.«

»Jederzeit.«

Anna betrat den Besprechungsraum im Offizierskasino der Horizon, der sie an die Vergangenheit auf der Erde erinnerte. Dan'ren flankierte sie, außer ihr trug niemand eine Waffe.

Ein großer runder Holztisch mit glattpolierter Oberfläche, umgeben mit klassischen Holzstühlen im Stil des Zwanzigsten Jahrhunderts erwartete sie. Keine Displays, keine Elektronik, nichts davon hatte Dan'ren im Raum aufbauen lassen.

»Meine Herren«, sagte Anna und nickte den Anwesenden zu. Egal welche Unsicherheit sie in der letzten Nacht beschäftigt hatte, sie würde jetzt ihre Entschlossenheit vorführen.

»Ich möchte mich über die Behandlung beschweren ... ich denke, ich habe mehr Respekt verdient«, zeterte der Vorsitzende der Saoirse-Organisation, den Anna kurzerhand in seinen blondgelockten Jünglingsavatar hatte stecken lassen.

»Herr Vorsitzender, bitte, haben Sie eigentlich einen Namen?«, fragte Anna, die förmliche Anrede nervte.

»Ich bin der legitimierte Führer der menschlichen Zivilisation und Vorsitzender der Saoirse-Organisation ... ich bestehe ...«

Anna ließ ihn nicht ausreden. »Nur ein Name ...«

»Herr Vorsitzender!«

»Ich hasse Förmlichkeiten. Du kannst mich Anna nennen.« Sie würde ihm gerne helfen, ins wahre Leben zurückzufinden.

Kristof, der neben dem Querulanten saß, verkniff sich das Lachen.

»Ich befinde mich nicht im zentralen KI-Speicher ... diesen Platz habe ich mir verdient! Die Kapazität dieses Körpers ist lächerlich.« Der Vorsitzende begriff es nicht.

»Wir haben einige Kleinigkeiten geändert, der zentrale KI-Speicher ist offline. Alle KIs, die noch aktiv sind, laufen auf den Speichereinheiten ihrer Avatare. Ein Verlassen der Körper habe ich gesperrt, genauso wie jede andere Form binärer Kommunikation.«

»Ich bin in diesem mickrigen Avatar gefangen?«, fragte er panisch.

»Chancengleichheit klingt besser ... wir bewegen uns damit alle auf einer Ebene.«

Es gehörte zu Annas Plan, die Fähigkeiten und Erfahrungen der KIs zu nutzen, ohne sich der Gefahr auszusetzen, von ihnen überrannt zu werden. Da sie allein die Master-Zertifikate kontrollierte, war der Anspruch, eine Horde künstlicher Intelligenzen im Zaum zu halten, nur eine Frage konsequenten Berechtigungsmanagements. Die einzige KI, der sie jemals vertrauen würde, wäre Vater gewesen.

»Das ist eine Unverfrorenheit!«, rief der Vorsitzende, den Anna für einsichtiger gehalten hatte.

»Herr Vorsitzender!«, pfiff sie ihn barsch an. »Du befindest dich in keinem deiner schlecht geskripteten Ego-Programme. Das ist die Realität! Akzeptiere sie und sieh nach rechts, der Master Carrier kommandiert unsere militärische Flotte.«

»Der Meuterer ...«, schimpfe er weiter.

Kristof nickte ihm amüsiert zu und tippte sich mit dem Finger an die Schläfe.

»Daneben siehst du Tracer Danilow, die alle Operationen auf der Brücke koordiniert.« Die Verletzung an der Wange ihres Avatars hatte scheinbar jemand mit einer Heißklebepistole geflickt.

»Zu deiner Linken sitzt Jaden Isman, ein Mensch von Tellar, den ich sehr schätze. Er kommandiert ebenfalls eine Zero und vertritt 187 Millionen lebende Seelen in unserer Flotte.«

»Ein Mensch ...« Der Vorsitzende machte keinen Hehl daraus, was er von genetisch nicht manipulierten Menschen hielt.

»Weiterhin habe ich Gregor Moyes in die Runde geladen, von dem wir uns interessante Informationen versprechen. Er hat eine Beraterfunktion ... ähnlich wie du.«

»Gute Show!« Auch Gregor nickte ihr zu, der als Einziger eine elektronische Fessel am Hals trug. »Ein wenig mehr Vertrauen wäre allerdings ein gutes Zeichen.«

»Gregor ... konzentrier dich einfach darauf, gehaltvolle Inhalte von dir zu geben.« Anna ließ die Fessel sich kurz zuziehen, die Kontrolle über diesen Schlächter würde sie niemals abgeben. Neben seinem feisten Lächeln gab es hundert weitere Gründe, ihn zu töten.

Gregor hustete mit rotem Kopf. »Ja, ja ... klar.«

»Und Sie haben sich ebenfalls dieser Rebellion angeschlossen?«, fragte der Vorsitzende und sah Nader an.

»Der Prime Nader Heg'Taren ist unser technischer Offizier ... aber du kennst ihn ja bereits.«

»Ich bin ihrem Charme verfallen ...« Nader genoss es, seinen ehemaligen Chef vorzuführen.

»Lächerlich!«

Anna musste das unterbinden. »Es ist meine Absicht, die Interessen aller Individuen unserer Kultur zu berücksichtigen. Ich bin dabei sehr großzügig, was die Definition eines Menschen betrifft. Am Tisch sitzen mit Nader, Kristof, Danilow und dir, KI-gestützte Roboter, Gregor ist ein Klon, Dan'ren eine militärische Züchtung, Jaden, der einzige Mensch in unserer Runde und ich bin eine Replikantin.«

»Aufrührer triff es besser!«

»Du qualifizierst dich nicht gerade, einen Mehrwert zu liefern. Dan'ren, lass den Vorsitzenden wieder in den zentralen KI-Speicher laden, ich erwarte den Vorschlag einer gesprächsbereiten Vertreterin aller im zentralen KI-Speicher existenten Persönlichkeiten«, erklärte Anna und sah zu Dan'ren, die den Vorsitzenden aus dem Raum führte. Dieser Idiot war unerträglich.

»Lasst uns anfangen und eins vorweg ... seid ehrlich zu mir. Ich würde niemals den Überbringer schlechter Nachrichten köpfen ... höchstens den, der sie wider besseren Wissens verschweigt.«

»Woher wussten die so genau, wo wir ankommen?«, fragte Kristof und sah Nader an. Anna konnte dabei den anklagenden Unterton deutlich heraushören.

»Die werden unseren Warpmarker bemerkt haben ... dazu braucht es nicht viel.« Nader zog sich diesen Schuh nicht an und lehnte sich entspannt zurück.

»Um uns dann, ohne zu zögern, anzugreifen?« Kristof gab sich mit Naders Antwort nicht zufrieden.

»Den Grund für den Angriff werden wir heute nicht klären können ... mich interessiert eher, ob wir weiteren Angriffen standhalten ... oder noch besser, wie wir ihnen aus dem Weg gehen können?« Anna wollte pragmatisch bleiben und das Gespräch nicht mit Schuldzuweisungen vertrödeln.

Nader nickte.

»Wir haben deren Antriebs-, Kommunikations- und Waffensignaturen aufgezeichnet. Auch wenn wir die Information noch nicht entschlüsseln können, können wir sie orten und Gegenmaßnahmen einleiten.« Was die militärische Facette anging, gab sich der Master Carrier zuversichtlich. Hoffentlich schätzte er die Lage richtig ein.

»Woher wussten wir von dem bevorstehenden Angriff?«, fragte Jaden, der während des Gefechts die Archimedes kommandiert hatte. Graue Haare und kluge Augen, auf ihn zählte Anna besonders.

»Ich wusste es ... das sollte genügen.«

Jaden nickte, Anna war froh, dass wegen des Erfolges ihre Autorität schwerer wog, als seine Neugierde.

»Jaden ... wie ist die Stimmung bei der Besatzung?« Anna wechselte das Thema.

»Die ganze Bandbreite, Angst, Freude, Mut und Furcht, es gibt keine durchgängige Meinung. Die Menschen sind froh, überhaupt an Bord zu sein, sie wissen aber auch, dass die Zukunft ungewiss ist«, erklärte Jaden bereitwillig.

»Verständlich … Danilow, Status der Horizon?« Anna fragte sich, ob sie Jaden mehr erzählen lassen sollte. Er sprach für die Lebenden, für die Anna, falls erforderlich, ohne zu zögern alle Maschinen opfern würde.

»Die Reparaturen laufen nach Plan. Wir werden in zwölf Stunden weiterfliegen können.«

Die Routine, mit der Danilow im Gefecht reagiert hatte, war beeindruckend. Anna hatte nur noch nicht herausgefunden, was für ein Mensch sie zuvor gewesen war. Scheinbar verloren die Individuen nach dem Tod jegliche Angst, die lebende Menschen einen Großteil ihres Lebens beschäftigte.

»Dem kann ich voll zustimmen.« Nader schloss sich der Aussage ohne weitere Ergänzungen an.

Anna überlegte und sah auf ein Panoramadisplay, das an der Raumseite eine freie Sicht in die Andromeda-Galaxie gewährte. Die Milchstraße konnte sie nicht ausmachen, Astronomie war noch nie ihre Stärke gewesen.

»Wo ist die Milchstraße?«, fragte Anna.

»Halb oben rechts … warte, ich kann den Ausschnitt vergrößern«, antwortete Danilow. Das Bild veränderte sich und zeigte nun vollflächig den Spiralnebel der Milchstraße.

Anna lächelte. »Als ob nichts passiert wäre …«

Dan'ren betrat wieder den Raum und setzte sich neben sie.

»Das Licht, das wir sehen, ist 2,5 Millionen Jahre alt. Es wird also noch etwas dauern, bis ein Betrachter aus dieser Galaxie eine Veränderung innerhalb der Milchstraße feststellen wird«, erklärte Nader.

Die Folgelogik, die aus den ungeheuer großen Entfernungen resultierte, blieb für Anna kaum greifbar.

»Haben wir Echtzeit-Informationen aus unserer Heimat?« Anna wollte die Wirklichkeit sehen.

»Noch haben wir Warpmarker, die als Kommunikationsrelais dienen und Daten übermitteln. Was wir sehen, ist trotzdem trügerisch, da die gravitative Anomalie in der Mitte der Galaxie überlichtschnell größer wird. Ein Betrachter könnte das Phänomen auch dann nicht erkennen, wenn es direkt vor ihm wäre« Danilow bediente eine holographische Steuerung auf ihrem Handrücken. »Diese Ansicht basiert auf allen verfügbaren Daten und zeigt animiert einen realitätsnahen Zustand der Milchstraße. Wir interpolieren die Werte, die wir anhand des laufend fortschreitenden Ausfalls unserer Sensoren folgern können.«

Die Ansicht änderte sich erneut und zeigte inmitten der Milchstraße einen schwarzen großen Fleck, in dessen rechtem Bereich ein weißer Punkt heraustach. Vermutlich ein Datenfehler.

»Was ist das für ein weißer Punkt?«, fragte Nader, der sich völlig überrascht zeigte.

Danilow zog die Schultern hoch. »Das sind die Daten aus dem Computer ... wartet, ich schalte die Analyse-KI dazu.«

»Wie kann ich helfen?«, fragte die technische Analyse-KI.

»Sind die Daten der Animation verifiziert?«, fragte Nader, der jetzt sogar aufstand und näher an die Darstellung heranging. »Bitte den Ausschnitt vergrößern!«

»Ja. Die Verifikation ist nach geltenden Prozessvorgaben erfolgt. Der Darstellung liegen alle verfügbaren Daten zugrunde. Ein Anzeigefehler kann zu 99,999 Prozent ausgeschlossen werden«, antwortete die Analyse-KI leidenschaftslos.

Die Stimme klang wie der Bruder einer medizinischen AMENS Einheit. Im Gegensatz zu den KIs, denen Verstorbene ihren Intellekt hinterlassen hatten, wurde die Analyse-KI als technisches Werkzeug ohne menschliche Züge geschaffen.

»Sofort eine Analyse des weißen Punktes starten«, ordnete Anna an, ein Paradoxon war es immer wert, genauer betrachtet zu werden. Da sich die gravitative Anomalie überlichtschnell ausbreitete und keinen Stein auf dem anderen ließ, war es nicht erklärbar, etwas aus ihrer Mitte sehen zu können.

»Der helle Punkt ist keine Sonne. Die Messwerte schließen sogar aus, dass es sich um Licht handelt. Die Ausbreitungsgeschwindigkeit der visuellen Präsenz ist nicht messbar.«

Nader schüttelte den Kopf. »Das ist unlogisch.«

»Was hältst du von, *nicht mit bekanntem Wissen erklärbar?*«, fragte Anna, die Natur agierte immer logisch. Logik orientierte sich nicht am Wissen seines Betrachters.

»Einverstanden.« Nader lachte und deutete eine Verbeugung an.

Auch Gregor zeigte sich von der Unterhaltung angetan. »Ich habe da so eine Ahnung … synchronisiert doch mal die animierte Ansicht der Milchstraße auf Datenbasis der Sensoren mit der Ansicht von unserer aktuellen Position. Vergesst aber nicht, bei den Positionen die 2,5 Millionen Jahre Differenz zu berücksichtigen.«

»Du willst wissen, von wo der Leuchtpunkt kommt?«, fragte Nader aufmerksam.

»Auch … ich will aber lieber wissen, ob wir den Leuchtpunkt ebenfalls sehen können.«

Eine gute Frage, dafür würde ihm Anna ausnahmsweise nicht die Luft abdrehen. »Computer, Anforderung umsetzen.«

»Die Leuchtquelle entspricht der Position der Erde. Wenn wir alle Sterne aus der 2,5 Millionen Jahre alten Ansicht der Milchstraße subtrahieren, bleibt die Lichtquelle erhalten.«

Anna schnappte nach Luft, das war ein unglaubliches Phänomen. Gregor lachte laut und Nader musste sich setzen. Jaden fiel die Kinnlade herunter und Danilow ließ Gregor nicht mehr aus den Augen.

Kristof stand auf. »Bitte um Analyse.«

»Das Phänomen ist auf Basis bekannter Axiome[12] nicht erklärbar. Das Licht dieses Objektes scheint alle bekannten Regeln von Zeit und Raum zu ignorieren. Die gravitative Anomalie erlaubt es leider nicht, Sensoren näher an die alte Position der Erde heranzubringen und diesen ungewöhnlichen Vorgang näher zu untersuchen.«

»Ich würde weiter davon wegfliegen ...«, sagte Jaden, der eingeschüchtert wirkte.

Anna dachte nach, dieses Licht war ihr ebenfalls nicht geheuer. Der Traum während der Transferphase, jetzt diese Entdeckung, wollte sie jemand manipulieren? Trotzdem musste sie eine Entscheidung treffen.

»Nader!«

»Ja Ma'am.«

»Du wirst dieses Lichtphänomen weiter untersuchen.«

»Womit?«

»Lass dir was einfallen ...« Anna hatte keine Ahnung, wie er vorgehen sollte. »Solange wir keine schlüssige Theorie haben, werden wir dieses Licht nur beobachten.«

---

[12] Grundlage einer wissenschaftlichen Theorie

»Ich helfe gerne«, sagte Gregor.

»Wenn es hilft ...« Anna sah Nader an, wenn er Verwendung für Gregor hätte, sollte das ihr recht sein.

»Kristof!« Dessen Aufgabe war weitaus wichtiger.

»Ja.«

»Du wirst eine Strategie gegen möglichen Feindkontakt entwickeln. Wir werden in das Sonnensystem reisen, das diese dämliche Kugel angefunkt hat ... ich will dort nicht wieder in einen Hinterhalt geraten.«

»Aye.« Kristof nickte.

»Sollten wir denen nicht auch aus dem Weg gehen?«, fragte Jaden.

Darauf würde sich Anna nicht einlassen. »Damit sie uns erneut in den Rücken fallen? Nein ... vorher klären wir die Frage, wer oben schlafen darf.«

»Wir könnten weitere Raumschiffe verlieren ...« Jaden versuchte weiter, für eine friedlichere Strategie zu werben.

»Das Risiko nehme ich in Kauf.« Anna hatte sich entschieden. »Wenn wir eine Verhandlungsposition auf Augenhöhe erreicht haben, wirst du mich bei den Verhandlungen begleiten.«

»In Ordnung.« Auch Jaden nickte zustimmend.

»Danilow, du wirst die Horizon flott machen. Beim nächsten Sprung werden wir keine Menschen verlieren.«

»Verstanden.« Danilow war dabei.

Anna sah zu Dan'ren, ihr musste sie keine Anweisungen geben. Es genügte, wenn sich die Lerotin an ihrer Seite befand.

***

XXIV. Gegenschlag

Anna roch an einer Tasse heißen Tees mit Zitrone, auf den sie sich bereits den ganzen Morgen gefreut hatte. Die Mischung war ein Gedicht, hoffentlich würde ihr Vorrat noch eine Weile halten, sie zweifelte nämlich daran, in nächster Zeit neuen zu bekommen.

»Kann ich bitte einen Deckel für meine Tasse haben?«, fragte Anna, der Gedanke, Tee zu verschütten trieb ihr Schweißperlen auf die Stirn. Ein dunkelhaariger Operator in ihrem Alter brachte ihr einen Schraubdeckel mit Saugventil. Perfekt, jetzt konnte es losgehen, mit einem Blick überprüfte sie die Arretierung ihres K-6 Implantats, die sie bei den nächsten Manövern fest am Kommandosessel halten würde. Sie wollte die Achterbahnfahrt vom letzten Mal nicht wiederholen.

Dan'ren lächelte, der Lerotin Biosuit hatte magnetische Stabilisatoren, mit dem sie auch gemütlich durch die Kommandozentrale spazieren könnte, wenn Anna samt ihrem Sessel an ihr vorbeisegeln würde. In der Hinsicht hatte der K-6 eindeutig Designmängel.

»Kristof, ich übergebe dir das Kommando.« Da die Trison repariert wurde, koordinierte der Master Carrier den Kampfeinsatz von der Horizon. In der taktischen Planung hatte die Analyse-KI den Zielplaneten LV-426[13] getauft, ein nichtssagender Name, passend für einen unbewohnten Drecksklumpen mit zweifelhaft gesinnten Bewohnern.

Anna lehnte sich zurück und saugte vergebens an ihrem heißen Tee. Die Zitronenscheibe hatte sich von innen vor die Öffnung gesetzt, was für ein blödes Ding. Sie schüttelte die Tasse und probierte es erneut.

---

[13] Tribut an den Film »Alien«

Kristof legte los. »Danke. Nun die Daten: LV-426 befindet sich in der Umlaufbahn um eine einzelne Sonne in 17 Lichtjahren Entfernung, die vier weiteren Planeten dieses Systems sind uninteressant. Wir konnten die Kommunikation des zerstörten Raumschiffs zu LV-426 zurückverfolgen. Die Sensoren zeigen, dass der Planet eigentlich nicht bewohnbar ist. Er verfügt zwar an den Polkappen über gefrorenes Wasser, der Rest ist allerdings eine trostlose Wüste. Es gibt keine Monde, keine Wolken und keine Meere. Die Atmosphäre besteht überwiegend aus Stickstoff und Methan. Eine feurige Mischung, bei der es an Niederungen mit zu hohem Methananteil zu Explosionen kommen kann.«

Kristof startete an einer holografischen Konsole einige Routinen, während er sprach. Eine Animation zeigte, wie der Planet aus der Nähe aussah. Gut zwanzig weitere Operatoren und Offiziere hörten ihm innerhalb der Kommandozentrale zu. Über einen Videostream dürften ihm einige Millionen Zuhörer folgen, die auf den Stationen der Horizon oder an Bord der Zeros ihren Dienst leisteten.

»Unsere Strategie ist allen beteiligten Einheiten bekannt, die ersten beiden Zeros werden in sechzig Sekunden Wurmlöcher öffnen und versetzt in der Nähe von LV-426 einen Brückenkopf bilden.«

Anna nickte, wegen der Distanz von nur siebzehn Lichtjahren verzichteten sie auf die Kennzeichnung der Landepunkte mit Warpmarkern. Bei dieser Vorgehensweise verblieb ein Restrisiko, aber eine Markierung hielt Kristof aufgrund weiterer möglicher Energienetzwerfer ihrer Gegner für noch gefährlicher.

»Im Abstand von zehn Sekunden werden weitere fünf Staffeln mit jeweils zwei Zerstörern eigene Wurmlöcher öffnen und den Brückenkopf verstärken. Die Schiffe werden eine asynchrone Formation bilden. Sie verfügen zudem über modulierte Schilde, die wir vor der Landung aktivieren können.«

Stille. Jeder hörte ihm zu.

»Noch Fragen?« Kristof sah sich um. Anna kämpfte immer noch mit der verschraubten Teetasse, die sich beharrlich weigerte, ihren Inhalt herauszurücken.

»Team Eins ist bereit für den Sprung«, meldete der Kommandant der ersten Staffel, die anfangs das größte Risiko zu tragen hatten. Die ersten zehn Sekunden waren sie auf sich gestellt.

»Na dann ... Staffel eins, Startfreigabe erteilt.« Kristof nickte und gab den Startschuss.

Anna verfolgte mit einem Auge auf einem Display, wie die beiden Zerstörer in einer Raumverzerrung verschwanden. Ein fantastischer Anblick, als sich das Wurmloch öffnete. Der Transfer auf der Strecke dauerte weniger als eine Sekunde.

»Staffeln zwei bis sechs. Ihr kennt die Protokolle. Auto-Startfreigabe erteilt ... Viel Glück!« Kristof drehte sich zu einem anderen Display und wartete auf die Bestätigung der ersten Staffel, die zum Glück nicht sofort angegriffen wurde. Sofort nach Ankunft am Ziel, löste sich eine ganze Armada von Drohnen und Jägern, um die Zeros in einem weiten Radius abzusichern. Die Aufklärungsbilder wurden in Echtzeit auf der Horizon angezeigt, die Oberfläche von LV-426 ähnelte mit etwas Fantasie dem Mars.

»Staffel eins ... kein Kontakt, keine Ortung, unser Korridor scheint sauber zu sein«, tönte es über einen Lautsprecher. *»Wir gehen nach Plan vor und starten die Aufklärung des Orbits rund um LV-426.«*

»War es das jetzt?«, fragte Anna, der die ganze Mission gerade eine Spur zu glatt anlief.

»Warte ...« Kristof gab sich misstrauisch. »Noch ist nicht der ganze Planet gesichert.«

»Staffel zwei ... kein Kontakt, keine Ortung ... wir schließen die Formation zur ersten Staffel ... wartet, wir empfangen jetzt eine Ortung, die dritte Staffel wird Feindkontakt bekommen. Starten Abfangmanöver der Jäger, um der dritten Staffel zu helfen.«

Anna biss sich auf die Lippe, sie hatte sich zu früh gefreut, gespannt wartete sie auf weitere Meldungen.

»Staffel drei ... Feindkontakt ... sind eingeschlossen und stehen unter schwerem Beschuss. Abstand war zu klein, der Netzdurchmesser beträgt Minimum 95.000 Kilometer. Beide Zeros sind eingeschlossen. Starten keine Jäger und schießen nicht zurück. Leiten die gesamte Energie auf die Schilde und warten auf Hilfe.«

»Hilfe ist unterwegs.« Das war der Plan, die Kugelnetze sollten von außen attackiert werden. Kristof kontrollierte die konsolidierten Daten, die Positionen der Netzwerfer wurden an die Jäger übermittelt, die in einigen Sekunden auf Schussreichweite sein würden.

»Jägerstaffel sieben ... wir sind in Reichweite. Eröffnen das Feuer auf das feindliche Raumschiff.«

Railguns waren als projektilbasierte Waffen veraltet, hatten kaum Feuerkraft und eine lächerliche Reichweite. Der Horizon hätte man damit noch nicht einmal den Lack abschießen können.

Für diese Gegner erwiesen sich diese magnetisch betriebenen Systeme hingegen als äußerst effektiv, da der dunkle Energieschild nicht mit der kinetischen Wucht der Geschosse klarkam. 12.000 Eisenprojektile in einem Feuerstoß, auf 30.000 Meter in der Sekunde beschleunigt, die in ein nur 100 Kilometer entferntes Ziel einschlugen, ließen nicht viel übrig, was man danach noch hätte untersuchen können.

»Staffel drei ... das Netz ist zusammengebrochen. Wir nehmen unseren Platz in der Formation ein und sichern die Landezone der vierten Staffel«, meldete der Kommandant erleichtert.

Anna hatte mehr Gegenwehr erwartet. Auch wenn ihre Gegner über leistungsstarke Verteidigungssysteme verfügten, sobald ihnen der Überraschungsmoment genommen war, konnten sie der Übermacht an Raumschiffen der menschlichen Armada nichts entgegensetzen.

»Staffel vier ... kein Kontakt, keine Ortung. Kontakt zur Formation hergestellt.«

Kristof atmete tief durch, eine interessante Geste, befand Anna, die Avatare benahmen sich auch in den Details wie Menschen und zeigten das Wesen derer, die sie früher gewesen waren. Aber machte das einen Androiden bereits dem Menschen ebenbürtig? Zählten die Gene und eine funktionale Körperchemie mehr als das Wesen?

»Staffel fünf ... kein Kontakt, keine Ortung ... folgen dem Protokoll und erweitern die Formation. Der Orbit von LV-426 ist bereits zu 82 Prozent gesichert.«

Anna vermochte sich zu ihren Überlegungen keine eindeutige Antwort zu geben. Die reine Zugehörigkeit zu einer Spezies erachtete sie als nicht ausreichend. Das Teilen von Werten und das Streben nach ähnlichen Zielen erwiesen sich besonders bei dieser Mission als präzisere Klammer einer Gemeinschaft.

»Staffel sechs ... kein Kontakt, keine Ortung ... wir schließen die Formation. Der Orbit von LV-426 ist jetzt umschlossen«, meldete der Kommandant der letzten Staffel.

»Hervorragend. Ihr wisst, um was es geht, aktiviert alle Aufklärungs- und Frühwarnsysteme«, erklärte Kristof und sah Anna an. »Die nächste Staffel springt in sechzig Sekunden.«

Kristof hatte die restliche Flotte in Gruppen eingeteilt, es gab keinen Grund, unvorsichtig zu werden. Als Nächstes würde eine Teilflotte von weiteren vierundzwanzig Zeros die Landezone der Horizon sichern.

»Können oder wollen unsere Gegner nicht mehr?«, fragte Anna, die in der Strategie der Aliens keine Linie erkannte, deren Angriffe zaghaft und unentschlossen wirkten. Eine unbefriedigende Situation, nicht zu wissen, was den Gegner zu seinem Handeln motivierte.

»Ich halte LV-426 nur für einen Außenposten ... wir sind zu viele für deren Verteidigungssysteme in dieser Zone.«

»Würdest du einen überlegenen Gegner dennoch angreifen? Oder würdest du kommunizieren? Ich verstehe nicht, warum uns auch das zweite Raumschiff angegriffen hat ... lernen die nicht aus ihren Fehlern?« Anna versuchte, aus den Aliens schlau zu werden.

»Sind wir denen denn überlegen?«, fragte Kristof.

»Du meinst, die könnten ihre Hauptstreitkräfte bei Planeten in anderen Sonnensystemen liegen haben?«

»Wäre das bei unserer Milchstraße anders gewesen? Eine Armada mit unserer Größe hätte die halbe Galaxie überrannt, bevor sie auf nennenswerten Widerstand gestoßen wären.«

»Wir werden vorsichtig bleiben.« Anna hielt Kristofs Szenario für bedrohlich. Sie hatten folglich nur einen kleinen Vorposten überrannt, der sie sogar aufgehalten hätte, wenn Elias nicht regelmäßig in ihrer Fantasie herumspuken würde.

»*Staffel sieben ... kein Kontakt, keine Ortung. Zusammenschluss zur Formation hergestellt. Die Sprungzone der Horizon ist weiträumig gesichert.*« Die Meldung war das Signal, jetzt war die Horizon an der Reihe.

»Dein Schiff ...« Kristof verbeugte sich.

»Danke.« Anna lächelte, jetzt waren andere dran. »Danilow ... bring uns jetzt bitte nach LV-426«, ordnete sie an und schraubte den Saugdeckel ihrer Teetasse ab. Das Ding war fürchterlich, Tee sollte man ohne Kunstgriffe trinken können.

»Wir springen in sechzig Sekunden«, sagte Danilow, was umgehend einen Countdown auf den Monitoren herunterzählen ließ. Irgendwann würden ihr die ablaufenden Uhren noch im Traum nacheilen.

Anna nutze den Moment, um in aller Ruhe einen Schluck des nun mundwarmen Tees zu trinken. Köstlich, das Leben konnte so wunderbar sein. Warum war das Erste, was unbekannte Kulturen bei einer Begegnung taten, sich gegenseitig an den Hals zu gehen?

***

XXV. Spurensuche

LV-426 war ein trostloser Sandklumpen. Anna ging durch den Sand eine Düne hinauf und schützte mit der Hand ihre Augen vor der grellen Sonne. Das Implantat dachte mit, einen Moment später legte sich ein UV-Filter über ihre Augen.

»Nader, mir ist warm ...« Anna hatte keine Lust mehr, die langweilige Oberfläche von LV-426 zu erkunden.

»So sehen Wüsten halt aus ... möchtest du eine andere sehen?«, fragte Nader, mit dem sie über das Kommunikationsnetz verbunden war.

»Dann zeig mal ...«

Ein Schritt weiter und das ganze Szenario veränderte sich. Oder auch nicht. Anna sah zwar eine andere Wüste, was den Erfahrungsgewinn aber nicht erhöhte.

»Die aktuelle Zone liegt südlich des Äquators ... dort dürfte die Temperaturschwankung von 80 Grad Celsius am Tag bis minus 130 Grad Celsius in der Nacht am stärksten sein.«

»210 Grad Celsius Schwankung binnen eines Tages?« Eine grausige Vorstellung. Anna bückte sich und ließ den animierten Sand durch die Finger gleiten, der bei Hautkontakt bläulich aufglimmte.

»LV-426 tötet ohne Gnade ... wobei dich der fehlende Sauerstoff schon vorher ins Jenseits befördern würde.«

Anna atmete kräftig durch, sie trug nur ihren weißen Einteiler. Sie glaubte Nader, ohne Schutzanzug sollte man nicht planlos durch den heißen Sand stiefeln.

»Was gibt es sonst noch?« Anna blieb auf einer Düne stehen und sah sich suchend um. Es roch nach Methan und heißem Staub. Auch am Horizont gab es nur weitere endlose Sandberge.

»Wenig ... wir haben keine digitalen Signaturen feststellen können. Es gibt auch sonst keine Lebenszeichen.«

»Siedlungen?«

»Nichts. Auch keine Ruinen, Skelette, Artefakte oder Wracks abgestürzter Raumschiffe. Die Drohnen suchen weiter, um die gesamte Oberfläche von LV-426 mit einem adäquaten Suchraster zu erfassen, brauchen die Systeme neun Tage.«

»Das dauert zu lange ...« Der Wert war nicht akzeptabel, das musste schneller gehen. »Würdest du für diesen hässlichen Drecksklumpen dein Leben geben?«, fragte Anna.

»Sicherlich nicht.«

»Ich auch nicht ... die beiden Kugelraumschiffe haben es aber getan. Ich möchte wissen, warum.«

»Wir suchen weiter ...«

»Was ist unter dem Sand?« Es war konsequent, die Suche unter die Wüste zu verlagern. »Von mir aus auch unter dem Eis?«

»Felsen, Erzschichten, alles Dinge, die uns Grabungen erschweren würden. Die Scanner können bei der Oberflächenbeschaffenheit in Bodentiefen von fünf bis dreißig Metern vordringen.«

»Ich frag lieber nicht, wie lange es dauert, den ganzen Planeten umzugraben ...« Das würde auch nicht der richtige Weg sein, sinnvolle Hinweise zu finden.

»Jahre ... so lange möchtest du nicht warten.«

»Hier ist Danilow, Anna, die Vertreterin des zentralen KI-Speichers bittet um ein Gespräch.«

»Mag sie die Wüste?«

»Wie bitte?«, fragte Danilow überrascht.

»Schick sie auf das Holodeck ... sie kann mir in dieser Einöde Gesellschaft leisten.«

»*Sofort ...*«

Vor Annas Augen gewann die Silhouette einer großen schlanken Frau an Kontur. Sie hatte lange schwarze Haare und ein schmales, eher kantiges Gesicht. Mit einer anderen Frisur wäre sie auch als Mann durchgegangen, denn auch ihre Oberweite war nicht sehr üppig. Da sich KIs ihre Körper selbst aussuchen konnten, sagte der androgyne Auftritt einiges über ihre Persönlichkeit aus.

Holografische Projektionen kannte Anna bereits, neu war die Erfahrung, alle Daten, die mechanisierte Drohnen auf der Oberfläche erhoben hatten, interaktiv nachzuerleben. Die Technologie ermöglichte eine Exkursion durch lebensfeindliche Welten, ohne den Beobachter in Gefahr zu bringen, wobei man auch die Erfahrungen vieler Drohnen gleichzeitig erleben konnte. Mit einem Schritt konnte sich Anna virtuell auf die gegenüberliegende Planetenseite projizieren lassen.

»Prime, ich grüße Sie. Meine Name ist Thica von Brest, meine Aufgabe ist es, die Mission im Namen der Föderation und der Saoirse-Organisation zu beraten.«

»Hallo Thica.«

»Ich möchte mich dafür aussprechen, die Auflagen aller Interaktionen von und zu Personen im zentralen KI-Speicher zu lockern. Ich halte die mir bekannten Sicherheitsbedenken für überzogen, schließlich haben alle Menschen eine gemeinsame Geschichte.«

»*Ich kenne sie ...*«, sagte Nader, den nur Anna hören konnte. »*Sehr gut sogar!*«

»Anna, nenn mich Anna.« Immer diese Förmlichkeiten, Anna wollte mehr über Thica erfahren, die sich so vehement für die geschasste Obrigkeit ins Zeug legte.

»Dient die holografische Exkursion der Gewinnung relevanter taktischer Informationen oder nur einer naturwissenschaftlichen Analyse der oberen Erdschichten von LV-426?«

»Lass uns ein Stück gehen ...« Wer wurde ihr denn da geschickt? Anna fragte sich, welche Köpfe des zentralen KI-Speichers eigentlich früher den Ton angegeben hatten. Der Vorsitzende, dieser Idiot, gehörte sicherlich nicht dazu.«

»*Sei vorsichtig ...*« Nader warnte Anna, die Herausforderung würde sie annehmen.

»Thica von Brest, erzähle mir die Geschichte deines Namens.« Ob Anna die Neue herauslocken konnte? Beide Frauen gingen durch die glühend heiß animierte Wüste, mit der Anna nach Anpassung ihrer Körpertemperatur keine Mühe hatte. Die Idee ihres Doktorvaters, den Replikanten dazu eine variable DNS-Struktur mit auf den Weg zu geben, war genial gewesen.

»Ich kenne keine Geschichte dazu.« Thica gab sich kurz angebunden und begann, stark zu schwitzen.

»*Anna, Thica ist eine Designer-KI, sie wurde von anderen Maschinen geschaffen. Ihre Entwicklung entspricht einer Programmierung, wobei ich ihre Persönlichkeit für unberechenbar halte*«, erklärte Nader. Thica war also eine KI, deren Eltern ebenfalls KIs waren. Diese Variation einer Lebensform fehlte ihr noch in der Sammlung.

»Würdest du gerne eine haben?«, fragte Anna.

»Nein. Ein Name ist nur eine soziale Kennung, die den Umgang mit Lebensformen in der nicht binären Welt vereinfacht.«

»Warte kurz ... Nader, die Wüste nervt! Zeig mir etwas anderes, da muss es doch mehr geben, das die Drohnen aufgezeichnet haben.«

»Ich kann dir eine Wüste in der kalten Zone anbieten ...«

Binnen einer Sekunde fiel die Temperatur, wie eine kalte Dusche schlug Anna die Kälte ins Gesicht.

»Was ist das da vorne für eine helle Fläche?«

»Eine Methansenke, falls du ein Problem mit Haaren an den Beinen hast, kann ich dir dort eine effektive Enthaarung anbieten.« Nader zickte weiter herum. War das Eifersucht?

Anna ging auf die Senke zu und sah Thica an, die anfing zu frieren. Annas Metabolismus[14] kompensierte die äußeren Unterschiede schneller. »Was war früher deine Aufgabe?«

»Vor deiner Rebellion?«

»Ja ... in den Zeiten, als im zentralen KI-Speicher noch Milch und Honig flossen.«

»Milch und Honig?«

Anna hatte nicht erwartet, Thica so schnell an ihre sprachlichen Grenzen bringen zu können. Die Geschichte der menschlichen Entwicklung schien nicht jede KI parat zu haben. Die Redensart stammte aus der Bibel, mit der im dreiundzwanzigsten Jahrhundert jeder halbwegs gebildete Mensch etwas anfangen konnte.

»Erzähle, was du gemacht hast?«

»Ich habe als Analystin Routinen entwickelt, um den KI-Speicher zu optimieren.«

---

[14] Stoffwechsel des menschlichen Körpers

»Thica ist die führende System-Architektin. Du würdest sie als lebenden Taschenrechner bezeichnen, sie entwickelte die Verschlüsselung der Master Zertifikate, mit denen du aktuell die Kontrolle über das Schiff in den Händen hältst.«

Naders Ausführungen passten zu ihrem Auftreten, eine Diplomatin war Thica nicht.

»Kannst du fremde Codefragmente entschlüsseln?«, fragte Anna, unter dem menschlichen Personal gab es keine Verschlüsselungsexperten. Diese Aufgabe wurde schon seit vielen Jahren durch die KIs selbst wahrgenommen.

»Ich würde ihr diese Aufgabe nicht geben ...«

»Wenn ich die Zugriffsrechte auf meine Entwicklungsumgebung bekomme, kann ich bei der Informationsgewinnung extraterrestrischer Codefragmente assistieren ... für asynchrone Verfahren oder für die Extrapolierung fehlender Kennfelder benötige ich freie Ressourcen auf den zentralen Clustern der Horizon.«

»Dann könntest du der falschen Schlange direkt die Master-Zertifikate in die Hand drücken. Mit ihrem Wissen und der Rechenkapazität der Hauptcomputer wärst du die längste Zeit der erste Prime der Horizon gewesen.«

Naders Hinweise würde sie nicht übergehen. Anna würde einen Weg finden, Thicas Fähigkeiten zu nutzen, ohne die Horizon der Gefahr einer Übernahme durch das alte Regime auszusetzen.

»Danke. Ich werde auf dein Angebot zurückkommen.« Anna lächelte, sie würde Thica im Auge behalten. »Nader. Danke für deine Erläuterungen, ich halte deine taktische Analyse für richtungsweisend. Wir werden LV-426 näher untersuchen.«

»Habe verstanden.«

»Es reicht hier jetzt aber auch. Holodeck deaktivieren.« Anna hatte noch einiges zu tun, wenn es auf LV-426 verwertbare Hinweise gab, würde sie die finden.

Anna hatte keine Zeit zu verlieren. Nach der Deaktivierung des Holodecks hatte sie einen Gleiter vorbereiten lassen, um selbst die Oberfläche zu untersuchen. Ihr Engagement hatte zwar weder Kristofs noch Naders Zustimmung gefunden, aber sie gab den Ton an. Zwei Stunden später befand sie sich auf dem Weg zur Oberfläche.

»Abwurf in zehn Sekunden,« sagte der Pilot des Shuttles über den Kommunikator. Die Triebwerke wurden lauter. Neben Anna saß Dan'ren, die sie nie allein hätte losziehen lassen. Auch Nader und Thica waren mit von der Partie, wobei Nader ziemlich blass um die Nase herum wirkte. Ein Körper, eine KI, es gab kein Backup. Wenn ihnen etwas zustoßen würde, wäre es das auch für ihn gewesen. Kristof blieb zurück und führte das Kommando. Im Notfall würde er auch über die Master-Zertifikate verfügen können. Er gehörte zu den wenigen, denen Anna ihr Leben anvertrauen würde.

»Ab geht's!« Der Pilot schien seinen Spaß zu haben. Anna drückte es in den Sitz, als der Gleiter im freien Fall auf die Oberfläche zuraste. Der Abwurf würde sieben Minuten dauern. Sieben Minuten, in denen sich Nader vermutlich zweimal übergeben würde, wenn er dazu in der Lage gewesen wäre.

»Nader, alles in Ordnung?«, fragte Anna.

»Was für eine Scheißidee!«

»Was macht die Untersuchung der weißen Lichtquelle?« Anna wollte ihn ablenken.

»Bitte ... was?«

»Das Licht ... schon vergessen?«

»Nein ... natürlich nicht.« Er fing sich wieder. »Es gibt keine Erkenntnisse ... das Phänomen bleibt unerklärbar.«

»Kann uns die gravitative Anomalie auch in der Andromeda-Galaxie gefährlich werden?« Eine Überlegung, die naheliegend war. Wieso sollte die Ausbreitung an der Grenze der Milchstraße auch plötzlich auf die Bremse treten?

»Ich hoffe nicht.«

»Weißt du es auch?« Hoffnung hielt Anna bei dieser Frage für einen schlechten Ratgeber.

»Nein.«

»Auf Basis einer linearen Funktion ließ sich ein Eintrittsszenario für die Andromeda-Galaxie berechnen. Wir können auch ein Spektrum von exponentiell progressiven oder degressiven Modellen berechnen. Kombiniert mit einer Wahrscheinlichkeitsanalyse sind valide Resultate zu erwarten«, erklärte Thica frei heraus.

Anna rollte mit den Augen, falls sich jemals ein Mann bemühen sollte, ihr an die Wäsche zu wollen, wäre er spätestens nach der Aussage wieder weg.

»Danke für die mathematischen Erläuterungen.« Nader mochte Thica nicht, die seine Ablehnung mit keiner erkennbaren Reaktion spiegelte.

Als der Gleiter aufsetzte, dachte Anna kurz daran, welche Koordinaten sie dem Piloten vor dem Start genannt hatte. Das war verrückt, der Pilot hatte sie gefragt und sie hatte spontan Rasterdaten genannt. Einfach so, sie wusste nicht, woher sie die Zahlenkombination kannte. Jemand wollte scheinbar, dass sie genau diese Stelle untersuchen würde. Wie auch bei den Eingebungen, die Elias ihr vermittelt hatte, fühlte sich Anna instrumentalisiert. Wollte sie das weiterhin zulassen? Ja, sie war zu neugierig, um sich diesen Hinweisen zu entziehen.

»Warum sind wir an dieser Stelle gelandet? Die Scanner hatten diesen Bereich bereits untersucht ... hier ist nichts«, erklärte Nader und sah sich im Schutzanzug um. Er musste zwar keinen Sauerstoff atmen, der Anzug schützte ihn aber auch gegen feinen Staub, Strahlung und andere Dinge, die man nicht auf der Haut haben wollte.

»Vertrau mir ...« Sie befanden sich genau an der richtigen Stelle. Auch Annas K-6 Panzerung war aktiv, sie benötigte im Gegensatz zu Nader die Atemluft.

»Hier ist absolut nichts ... außer Sand.« Nader meckerte weiter. Geduld gehörte nicht zu seinen Stärken.

Anna trug einen armdicken Teleskopstab in der Hand, den sie in den Sand rammte. Nach der Aktivierung an einem kleinen Bedienfeld fuhr sich der Stab aus und trieb seine Verlängerung in die Tiefe. Über Nader, Thica, Dan'ren und Anna schwebten ein Dutzend Drohnen, von denen die eine Hälfte den Untergrund scannte und die andere dem Team den Rücken freihielt.

»Jetzt sehen wir mehr.« Anna verfolgte die Tiefenanalyse auf dem Irisdisplay, ihre drei Begleiter benutzten dafür ein mobiles Handdisplay. Meter für Meter bohrte sich das Analysegerät in Sand, Geröll und eine massive Granitplatte. Dem Hochenergie-Bohrkopf würden keine natürlichen Bodenschichten widerstehen können.

»Zwanzig Meter ... es sind noch keine Auffälligkeiten erkennbar«, sagte Dan'ren, die neben Anna stand und in ihrem Lerotin-Biosuit alle anderen überragte.

»Wir bohren tiefer.« Anna gab sich noch nicht zufrieden, sie waren an der richtigen Stelle.

»Ich erkenne keine substanziellen Indizien, die eine tiefere Bohrung rechtfertigen. Auf welchen Informationen beruht die Feststellung der Örtlichkeiten dieser Bohrung?«, fragte Thica, die bisher jeden Schritt von Anna aufmerksam beobachtet hatte.

»Wir bohren auf fünfzig Meter!« Anna hatte keine Lust, sich zu rechtfertigen.

»Fünfunddreißig Meter ... keine Auffälligkeiten.« Dan'ren machte, ohne dumme Fragen zu stellen, weiter.

»Achtunddreißig Meter ... der Bohrer hat Kontakt zu einer schwachen Spannungsquelle ... seltsam, die hätten wir eigentlich vorher orten müssen«, sagte Nader, den diese Anomalie aus seiner Lethargie aufweckte.

»Das kann eine Form natürlicher Elektrizität sein. Der Sand hat einen hohen Anteil leitender Mineralien«, erklärte Thica.

»Störungen bei zweiundvierzig Metern ... wir verlieren den Kontakt zu der Bohreinheit«, meldete Dan'ren. Anna sah es bereits, sie hatten etwas unter der Wüste gefunden. Fünfzig Meter Bohrtiefe, ihre Eingebung stimmte erneut.

»Den Gleiter auf Position bringen!«, befahl Anna. »Wir sollten nicht direkt danebenstehen. Ich weiß, dass da unten etwas ist, leider habe ich keine Ahnung, was wir finden werden.«

»Anna, wir werten eure Daten in Echtzeit aus.« Kristof an Bord der Horizon sah und hörte alles. *»Wir müssen annehmen, in der Tiefe auf Verteidigungsanlagen zu stoßen. Wir entsenden Abfangjäger und gepanzerte Bodeneinheiten.«*

Der Luftraum über der Bohrstelle hatte sich rasch gefüllt, Gleiter setzten mehrere gepanzerte Bodenfahrzeuge auf einer benachbarten Düne ab, die einige Dutzend schwer bewaffnete Einsatzkräfte auf die Oberfläche brachten. Wie ein Hornissenschwarm bevölkerten zudem tieffliegende Drohnen die nähere Umgebung, die von einer Rotte Jägern in größerer Höhe unterstützt wurde. Auch vier Zeros schwebten in Sichtweite über ihnen.

»An alle beteiligten Einheiten. Es ist möglich, dass wir erneut angegriffen werden. Der Selbstschutz geht natürlich vor, wir werden allerdings nur moderat antworten. Ich möchte möglichst viele Information gewinnen und nicht alles zu Staub zerschießen!« Anna sorgte sich darum, nur Spuren in Form von kalter Asche sicherstellen zu können.

»Ihr habt den ersten Prime gehört! Start der Grabung freigegeben!«, sagte Kristof, der ein Bergbauschiff entsandt hatte, das, zehn Meter über der Bohrstelle schwebend, begann, mit einem rotierenden blauen Lichtkegel Sand und Geröll aufzusaugen. Der Abraum wurde auf dem Schiff verdichtet und in einem weiten Bogen einige Hundert Meter weit neben der Bohrung abgeworfen.

»Erreichen zehn Meter Bodentiefe ... keine Ortung, kein Kontakt«, meldete der Pilot des Bergbauschiffes, der ein Loch mit einem Durchmesser von achtzig Metern in die Wüste grub. Damit der Sand am Rand der

Bohrung nicht nachrutschte, stabilisierte der blaue Lichtkegel die Seitenwände.

»Erreichen zwanzig Meter Bodentiefe ... keine Ortung, kein Kontakt. Wir erreichen die Zieltiefe von zweiundvierzig Metern in siebzig Sekunden.« Der Pilot des Bergbauschiffes verstand seinen Job, mit Schaufeln hätte es etwas länger gedauert.

Anna verfolgte die Bohrung über ein Display in einem Panzer, Dan'ren, Nader und Thica saßen neben ihr. Jeder blickte erwartungsvoll auf das, was sich ihnen gleich offenbaren würde. Die Neugierde schien eine der wenigen Eigenschaften zu sein, die jegliche Form menschlichen Lebens verband.

»Wir fahren die Schilde hoch ... jetzt!« Kristof ging auf Nummer sicher, niemand wusste, was ihnen gleich entgegenspringen würde. Über dem gesamten Bohrloch wurde ein Kraftfeld aufgebaut.

»Erreichen zweiundvierzig Meter Bodentiefe ... Kontakt. Können kein weiteres Erdreich abtragen. Erbitten Befehle!«, meldete der Kommandant des Bergbauschiffs. Die Bohrkrone kam zur Ruhe. Der Grund dafür war für jeden an einem Display leicht zu sehen. Ein schwarzes Energieschild verhinderte in der Tiefe eine weitere Erkundung.

Anna stand auf. »Bohrkrone absetzen! Bergbauschiff abziehen! Wir werden nicht schießen!« Es musste einen anderen Weg geben. »Bringt die Jäger in Stellung und zeigt die aktivierten Railgun-Geschütze.«

»Bestätigt.« Der Kommandant der Jäger brachte sein zwanzig Meter langes Kriegsschiff dicht über dem Bohrloch in Position. Ein weiterer Jäger flankierte ihn.

Der nach oben offene blaue Lichtkegel der Bohrkrone sorgte dafür, dass nach Abzug des Bergbauschiffs die Seitenwände der Grabung nicht einstürzten. Der Metallring der Bohrkrone schwebte auf dem blauen Lichtkegel. Anna setzte ihrem Gegner die Pistole auf die Brust, das mussten diese Wesen in der unterirdischen Stellung doch endlich verstehen.

»Glaubst du, die geben auf?«, fragte Nader und folgte Anna, die den Panzer verließ.

Anna wollte das Manöver mit eigenen Augen sehen, die Informationen der anderen Drohnen konnte sie auf dem Irisdisplay verfolgen.

»Railguns entsichern und aufladen! Nicht schießen!« Anna war davon überzeugt, das Richtige zu tun. »Wir warten sechzig Sekunden! Startet einen linearen akustischen Countdown, der nach einer Minute einen durchgängigen Ton ergibt.«

»Die Sprache der Symbole ...«, sagte Nader. Einer der Abfangjäger über der Öffnung startete einen laut hörbaren Pfeifton, der mit jedem Impuls dunkler und länger wurde. Die Zahlenreihe, die sich daraus ergab, vermittelte den Sechzig-Sekunden-Countdown. Mathematik sollte von jeder raumfahrenden Kultur verstanden werden.

Noch dreißig Sekunden. Nichts passierte. Anna dachte an Elias und spürte seine Nähe, als ob er sie in den Armen halten würde. Es musste einen Weg geben, friedlich mit den Aliens zu kommunizieren.

»Beim Ende des Countdowns werden zwei Feuerstöße mit jeweils eintausend Projektilen verschossen.«

»Zielpunkt?«, fragte der Pilot des Jägers.

»In die Mitte.«

»*Bestätigt!*«

»*Sensoren melden Interferenzen des dunklen Energieschilds ... die Feldstärke nimmt ab*«, meldete Kristof. »*Der Schild öffnet sich! Die ergeben sich!*«

Was Anna über das Irisdisplay jetzt auch selbst sehen konnte, die Dinge liefen beinahe eine Spur zu gut. Unter normalen Umständen hätte die Flotte diese unter der Wüste versteckte Basis nie gefunden. Das dunkle Energieschild hatte dafür gesorgt, nicht von den Bodenscannern entdeckt zu werden. Wie die Aliens diese Basis betraten oder verließen, würden sie noch ermitteln müssen.

»Wir gehen rein!«, rief Anna über das Kommunikationsnetz, nichts würde sie jetzt davon abhalten, der Geschichte auf den Grund zu gehen.

»*Das Risiko ...*«, setzte Kristof an.

»... ist überschaubar!«, beendete Anna den Satz. »Dan'ren, Thica und Nader dürfen selbst entscheiden, ob sie in das Loch wollen.«

Zwei Drohnen klinkten sich an Annas K-6 Panzerung ein und verschafften ihr Flügel.

»*Wir kommen mit*«, sagte Nader. An Dan'rens Entschlossenheit hatte Anna nicht gezweifelt, bei Thica und Nader war sie nicht sicher.

»*Herrje ... ihr seid verrückt. Da unten kann ich nicht für eure Sicherheit garantieren. Annas K-6 ist zäh, aber Naders Arsch ist fällig, wenn die euch ans Fell wollen*«, erklärte Kristof aufgebracht.

Auch Dan'ren, Thica und Nader wurden auf einer leicht gewölbten Steinplatte abgesetzt, die keine sichtbare Öffnung hatte. Ein neues Rätsel, das sie zu lösen hatten?

»Dan'ren, schieß ein Loch in die Decke.« Anna mochte sich keine Tür suchen. Die Lerotin aktivierte ihr Primärwaffensystem, dessen Laser mühelos ein Loch in den Stein schnitt. Die an den Rändern rot glühende und einen halben Meter starke Steinplatte fiel in die Tiefe und schlug dumpf auf einer anderen Steinplatte auf. Aus der Öffnung drang kein Licht nach draußen. Nader löste von seinem Schutzanzug drei faustgroße Drohnen und warf sie in die Tiefe, die sich sofort fingen und den Raum unter ihnen ausleuchteten.

»Also, grüne Monster mit Stielaugen und fingerlangen Zähnen warten nicht auf euch. Ich schicke weitere Miniaturdrohnen in den Rumpf«, sagte Kristof, während eine Gruppe von bewaffneten Drohnen, die hinter Anna wartete, in kleinere, unbewaffnete Aufklärungsdrohnen zerfielen. *»Die Animation der Anlage sende ich euch in Echtzeit.«*

Anna wollte nicht darauf warten und sprang in die Öffnung. Dan'ren folgte ihr, mit der Waffe im Anschlag. Nader schüttelte zwar noch den Kopf, sprang aber ebenfalls, genauso wie Thica, die sich bisher recht unkompliziert gab. Ein ganzer Schwarm Nano-Drohnen flog an Anna vorbei, von denen einige bei ihr blieben und sich neu zu ihrer bewaffneten nanomechanischen Leibgarde formierten.

»Kristof sorgt sich um dich«, sagte Dan'ren amüsiert.

»Das tue ich wirklich!« Kristof machte da keinen Hehl daraus. Ob er sich ernste Hoffnungen bei ihr machte? Anna hatte ihn bisher immer nur als Freund gesehen. Die Wunde, die Elias hinterlassen hatte, war noch nicht verheilt.

»Kein Kontakt zu fremden Lebensformen. Der Bunker war hermetisch abgeriegelt und bis zu unserem gewaltsamen Eintritt luftleer und steril. Die Drohnen haben drei Ebenen identifiziert, in der mittleren Ebene gibt es eine schwebende mit Symbolen verzierte Steinkugel, von der eine schwache Lichtquelle ausgeht. Ansonsten finden wir nur massiven Stein, die Aktivierung des dunklen Energieschilds ist mit unserem technischen Verständnis nicht erklärbar«, meldete Kristof und spielte dem Team die Animation zu.

»Die können ein paar verrückte Sachen«, sagte Anna lapidar und ging zu einer Treppe, die in die untere Ebene führte. »Habt ihr diese Treppe gesehen?«

»Drei leere Ebenen, zwei Treppen, eine schwebende Steinkugel, das war es ... mehr können wir in dem Loch nicht identifizieren«, antwortete Kristof.

Anna freute sich. »Treppen ... hast du nicht zugehört ... die haben Treppen. Nur Wesen mit Beinen würden Treppen benutzen. Die Ebenen sind knapp vier Meter hoch, die Treppenstufen entsprechen dem Maß, das auch Menschen benutzen würden. Unsere neuen Freunde haben eindeutig Beine und in etwa unsere Größe.«

»Dem möchte ich nicht widersprechen«, sagte Nader, der ihr in die zweite Ebene folgte. *»Wer hat eigentlich behauptet, dass dieses Gewölbe ein Vorposten wäre?«*

»Wieso?«, fragte Anna.

»Das sieht eher wie ein Gefängnis aus.«

»Eine schräge Vorstellung, wen hätten wir dann befreit? Kristof, hat die Steinkugel eine digitale Signatur?«, fragte Anna, die näher an die Kugel heranging. Hatte sie dieses diffuse Licht schon einmal gesehen? Es kam ihr bekannt vor, das könnte das Licht aus ihrem Traum gewesen sein, der Traum im Wald, als Elias zu ihr gesprochen hatte.

»Wir können keinerlei Signale und Strahlung feststellen. Für unsere Scanner ist das nur ein kristalliner Stein, von dem ein Licht ausgeht, das wir nicht erklären können«, antwortete Kristof.

»Wir werden die Kugel mitnehmen!«, sagte Anna, sie würden die Kugel benötigen. Wozu, wusste sie noch nicht, aber sie würden sie garantiert benötigen.

***

XXVI. Die Zeichen deuten

Wieder auf der Horizon angekommen, vermied es Anna, mit Kristof oder Nader persönliche Gespräche zu führen. Beide baten unabhängig voneinander, sie unter vier Augen sprechen zu dürfen. Angeblich würden sie sich Sorgen machen, aber das war alles dummes Zeug, sie wusste genau, was sie tat.

»Sind inzwischen die Vorbereitungen im Analyse-Bunker abgeschlossen worden?«, fragte Anna, die mit schnellen Schritten den hellen Korridor zum Forschungsbereich durchquerte. Dan'ren folgte ihr, ebenso ein Dutzend weitere bewaffnete Einsatzkräfte, von denen sie sich begleiten ließen. Es gab Momente, in denen das nötig war.

»Die Steinkugel ist bereits im Labor in einem Hochsicherheitskokon eingelagert worden. Alle Systeme stehen für die Analyse bereit. Zur Not kann die ganze Anlage abgesprengt werden«, antwortete Dan'ren, der Anna die Koordinierung aufgetragen hatte. Sie hatten auf LV-426 etwas ganz Besonderes gefunden, daran bestand kein Zweifel.

Nader schaltete sich in die Kommunikation. *»Anna, ich bitte dich inständig, die Untersuchung zu überdenken … wir haben etwas mitgenommen, was unsere ganze Flotte in Gefahr bringen kann!«*

»Die Entscheidung steht nicht zur Disposition!« Anna schüttelte den Kopf, Nader sollte gerade in diesem Moment nicht versuchen querzuschießen. Bereits in der unterirdischen Anlage auf LV-426 hatte er versucht, den Abtransport der Steinkugel zu verhindern. Er wollte die Anlage und insbesondere die Steinkugel vor Ort untersuchen. Was sie als einen törichten Plan erachtete, für den sie keine Zeit hatten. Die Zeit, der entscheidende Faktor, es ging immer nur um die Zeit.

»Ich bin nicht der Einzige, der die Gefahr für unsere Flotte als zu hoch einschätzt. Anna, bitte, wir haben keine Ahnung, wozu diese Steinkugel in der Lage ist.«

»Genau deswegen werden wir sie untersuchen. Auf der Horizon! Nur hier stehen uns alle dafür benötigten Systeme zur Verfügung. Akzeptiere das! Ich brauche dich bei der Auswertung der Daten, dir werden alle Informationen in Echtzeit überspielt. Und der dicke rote Knopf, um das ganze Labor abzusprengen, befindet sich auf deiner Konsole! Du hast es in der Hand, eine Ausnahmesituation zu beenden.« Anna hatte ihm nicht ohne Grund die Aktivierung einer Notabsprengung zugeordnet.

»Aber du befindest dich im Labor«, stellte er ernüchtert fest. Eine nette Geste, solange Nader sie mehr schätzte als er die Steinkugel fürchtete, würde er nicht vorschnell eine Dummheit begehen.

Anna schmunzelte. »Du wirst wissen, wann die Notabsprengung notwendig ist.«

»Ja ... das werde ich.« Nader wurde ruhiger, jetzt blieb nur noch, Kristof einzufangen.

»Du gibst Nader sehr viel Verantwortung an die Hand, er würde die Steinkugel lieber gestern als heute loswerden«, sagte Dan'ren auf einem Kanal, den nur Anna hören konnte. Beide Frauen betraten mit aktiven Körperpanzerungen die erste Schleuse des Hochsicherheitslabors, das in einem besonders geschützten Randbereich der Horizon untergebracht war. Die Anlage war dafür konzipiert worden, hochgefährliche Stoffe zu untersuchen und bei einer Kontaminierung auch wieder schnell loszuwerden.

»Seine Notabspreng-Routine aktiviert nicht mehr als eine rote Lampe in meinem Irisdisplay«, antwortete Anna, nur für Dan'ren hörbar. Sie mochte Nader, sie würde ihm aber nicht die Chance geben, einen unverzeihlichen Fehler zu begehen.

»Prime, wir haben auf Sie gewartet«, erklärte ein Labortechniker, der ebenfalls einen massiven Schutzanzug trug.

Anna nickte. Dabei waren sie erst in einer Vorschleuse. Ein Laserscanner tastete sie ab, die anderen Sicherheitskräfte blieben zurück, während Dan'ren und sie weitergingen. Die nächste Schleuse öffnete sich, schwer gepanzert, das massive Türsystem aus Titankarbon bestand aus vielen Einzelelementen, die sich wie ein dreidimensionales Mosaik öffneten und nach ihnen wieder schlossen. Nach einer weiteren Schleuse, die magnetisch angereicherte Moleküle mit biologischen, chemischen oder radioaktiven Stoffen filtern konnte, standen sie endlich im ersten Untersuchungsraum. Eine ringförmige Anlage aus armdicken Glasplatten, die einen besonders geschützten Bereich umgaben. Zwischen der Steinkugel und ihnen befand sich noch ein weiterer massiver Bunker mit zwei Partikelbarrieren.

»Hallo Anna«, begrüßte Thica sie, eine unerwartete Geste für eine Designer-KI, die bisher die Zähne nicht auseinanderbekommen hatte. Thica trug einen weißen enganliegenden Schutzanzug und einen Helm, der von innen schwach ihr Gesicht beleuchtete.

»Sind alle bereit?«, fragte Anna, die nicht länger warten wollte als nötig. An den Monitoren und dem Datenstream folgte ihnen eine ganze Heerschar von Wissenschaftlern. Wichtig davon waren, neben Nader, nur Kristof, Danilow, Jaden und vielleicht noch Gregor.

Auch wenn seine Bedeutung ständig abnahm, hoffte Anna, seine umfassenden historischen Kenntnisse bei besonderen Situationen nutzen zu können.

»*Bereit*«, quittierte Nader. Anna wusste, dass Kristof und die anderen neben ihm standen.

Anna nickte Thica zu, die sich als Einzige bereit erklärt hatte, neben Anna und Dan'ren die Untersuchungen am Objekt durchzuführen.

Thica fing an. »In Ordnung, ich fasse unsere Erkenntnisse zusammen. Wir haben eine schwach leuchtende Steinkugel kristalliner Struktur, die von einer unbekannten Energiequelle gespeist wird.«

»*Sind in dem Licht Besonderheiten zu erkennen?*«, fragte Nader, dessen wissenschaftlicher Ehrgeiz ihn natürlich nicht teilnahmslos zusehen ließ.

»Ich lege die Untersuchung des gesamten sichtbaren und unsichtbaren Lichtspektrums in den Datenstream. Die Analyse-KI meldete keine Auffälligkeiten, das System erkennt auch keine binären, logischen oder mathematischen Botschaften.«

»Kann das Licht außerhalb des Bunkers wahrgenommen werden?«, fragte Anna.

»Nur durch die Glasscheiben. Im zweiten Analysering sind keine Daten messbar«, erklärte Thica und machte weiter.

»*Was ist mit den Symbolen, die auf der Steinkugel zu erkennen sind?*«, fragte Gregor. »*Sind die bereits entschlüsselt worden?*«

»Etwa keine Aitair-Zeichen?«, fragte Jaden, nicht ohne alle seine Spitze hören zu lassen.

Anna sah Dan'ren an, die mit den Schultern zuckte. Nader schickte ihr eine Textmitteilung, dass es in der Vergangenheit zu einem Zwischenfall zwischen den Menschen von Tellar und den Aitair gekommen war, den einige mit dem Leben bezahlt hatten.

»Ich denke nicht, dass die Aitair diese Zeichen verwendet haben.« Thica nahm die Aussage von Jaden wörtlich und brachte die Symbole auf ein Display. Anna rollte mit den Augen. »Auf den ersten Blick wirken die Zeichen wie eine Variation alter Keilschriften, ähnlich denen, die früher von vorindustriellen Kulturen auf der Erde verwendet wurden.«

»Und auf den zweiten Blick?«, fragte Jaden.

»Pure Geometrie. Die Zeichen sind mit mikrometergenauen Passungen auf den Stein aufgebracht worden ... das hat niemand mit der Hand gefertigt.«

»Wer Steinkugeln mit dunklen Energieschilden schützen kann, die jeglichem Hochenergiebeschuss standhalten ... wird vermutlich auch präzise Gravuren auf Steinen vornehmen können«, erklärte Nader, den Thicas Feststellung nicht zu begeistern schien.

»Können wir die Zeichen entschlüsseln?«, fragte Anna, das war alles, was wichtig war.

»Die Computer arbeiten daran ... ich kann leider nicht direkt auf die Bordcluster zugreifen. Mit ihnen wäre ich in der Lage, die Routinen zu optimieren.«

»Nader wird dir helfen.« Anna lächelte. Thica versuchte es erneut, sie würde auch in hundert Jahren nicht unkontrolliert auf die zentralen Computerressourcen der Horizon zugreifen.

Thica nickte demütig, sie wirkte nicht verärgert, eher angespornt, sie würde es wieder probieren.

»Ich kann dabei helfen«, sagte Gregor, dessen plötzliches Engagement Anna sich nicht erklären konnte.

»Wir werden sehen.« Anna gab sich ausweichend. Thica und Gregor gemeinsam an einer Aufgabe? Nein, das musste nicht sein. Dabei konnte nichts Brauchbares herauskommen.

»Wir haben weiterhin die aufgezeichneten Fragmente aus der Kommunikation.« Thica machte weiter. Anna blickte auf die Sicherheitsanzeige in ihrem Irisdisplay, im Analyselabor blieb alles im grünen Bereich. Die Steinkugel gab keine Hitze, keine Strahlung oder irgendeine andere schädliche Substanz von sich.

»*Ich trau dem Frieden nicht!*« Jetzt meldete sich Kristof, der bisher ruhig geblieben war.

»Was ist passiert?«, fragte Anna.

»*Noch nichts ... aber wir sollten diese Steinkugel auf LV-426 zurücklassen und verschwinden.*«

»Was fürchtest du?« Anna hakte nach, Kristofs Vertrauen wollte sie nicht verlieren.

»*Das Ding wird uns ins Verderben stürzen. Wir können es auch mit einer Bombe ins All schicken.*«

»Was ist los mit dir?« Anna glaubte, sie müsste die Kugel mit ihrem Leben verteidigen.

»*Merkst du das nicht?*«

»Was?«

»*Das Ding beeinflusst uns!*«

»Kristof ... du bist eine hochentwickelte KI. Wie sollte dich eine Steinkugel verändern?«, fragte Anna, die Kristofs Bedenken hörte, aber nicht akzeptieren wollte.

»Anna, die Steinkugel beeinflusst dich!«

»Das ist doch Blödsinn!«

»Du solltest dich einmal hören.«

»Ich weiß sehr gut, was ich sage ... ich bitte dich, auch deine Worte mit Bedacht zu wählen.« Bei aller Freundschaft, Kristof würde sich nicht alles herausnehmen können.

»Ja ... natürlich! Bitte entschuldige!« Kristof verließ den Raum, in dem er mit Nader, Jaden und Gregor der Untersuchung gefolgt war. Die anderen schwiegen.

»Sollen wir weitermachen?«, fragte Thica, als ob es keinen Streit zwischen Kristof und Anna gegeben hätte.

»Ja.« Um Kristof würde sich Anna später kümmern, noch hatte sie alles im Griff.

»Wie bereits erwähnt ... wir haben noch die aufgezeichneten Fragmente aus der Kommunikation.« Thica spielte einige Pfeif- und Knarztöne auf einem Lautsprecher an. »Nader Heg'Tarens bisherigen Auswertungen führten zu keinem Ergebnis.«

»Die Daten der Kommunikationsfragmente sind keinem von uns auswertbarem binären Muster zuzuordnen«, erklärte Nader und bestätigte Thicas Zusammenfassung seiner bisherigen Arbeit.

»Und wenn sie nicht binär sind?«, fragte Anna, die nach weiteren Möglichkeiten suchte.

»Also ein Lied ist das auch nicht.« Nader gab sich amüsiert.

»Schon klar ...« Auch Anna schmunzelte. »Jagt die Fragmente weiter durch die Analysesysteme. Nader, bitte lass dich von Thica beraten. Sie sollte als Verschlüsselungsexpertin einen Betrag leisten können.«

»In Ordnung.« Nader war dabei, er gehörte zu den wenigen, denen Anna zutraute, Thica kontrollieren zu können. Er kannte sie und wusste wie kein anderer um ihre Fähigkeiten.

»Jaden, du nimmst bitte Gregor und überprüfst die Inschriften erneut. Ich möchte Thicas Analyse nicht infrage stellen, aber für mich sehen die Schriftzeichen menschlich aus.«

»Einverstanden.« Auch Jaden war dabei, Hauptsache, es passte jemand auf Gregor auf. Dan'ren, die die ganze Zeit nichts gesagt hatte, kam mit einem vielsagenden Lächeln auf sie zu. Die Untersuchung der Steinkugel blieb zwar ohne Zwischenfälle, hätte aber besser laufen können.

Anna ging zu ihrer Kabine, das hitzige Gespräch im Labor war ermüdend. Die Panzerung des K-6 Implantats hatte sich wieder zurückgezogen, sie trug nur noch den weißen Einteiler. Eine Dusche und eine heiße Tasse Tee mit Zitrone sollten neue Kräfte mobilisieren.

Anna öffnete die Tür, sie musste unbedingt mit Kristof sprechen, er hatte sie im Zorn zurückgelassen. Das war inakzeptabel, er war zu wichtig. Und was er zu ihr gesagt hatte? Dass die Kugel sie beeinflussen würde, wie kam er nur auf diese verrückte Idee? Diesen Streit musste sie schnellstens aus der Welt schaffen.

Wo blieb Dan'ren, fragte Anna sich, die Lerotin wollte gleich wieder bei ihr sein. Es fühlte sich ungewohnt an, ihren liebgewonnenen kupferblonden Schatten nicht an der Seite zu haben. Na ja, bestimmt wäre sie gleich wieder da.

Müde ließ Anna sich in den Sessel fallen, sollte sie eine Stunde schlafen? Ein schöner Gedanke. Elias saß ihr gegenüber, er sagte nichts und sah sie nur an. Ob lächeln helfen würde, um nicht verrückt zu werden? Vermutlich nicht, Anna schwieg und sah in seine tiefblauen Augen. Warum sich bei ihm dieselben Veränderungen wie bei ihren Augen vollzogen hatten, blieb ein Mysterium.

»Anna, kann ich dich kurz sprechen?«, fragte Kristof über den Kommunikator.

»Ja, ja ... natürlich.«

»Es gab einen Zwischenfall ...«

»Was ist passiert?« Bei der Formulierung fielen Anna hundert schlimme Dinge ein, die passiert sein konnten. Hoffentlich war niemandem etwas zugestoßen.

»Es ist unsere Heimatgalaxie, die Milchstraße ... wir haben die letzten Warpmarker verloren.«

»So schnell?« Mögliche Hochrechnungen dazu, dass die gravitative Anomalie die ganze Galaxie verschlingen könnte, hatten eine längere Zeitspanne angenommen. Die Vorhersagen bewegten sich zwischen einigen Wochen und mehreren Jahren.

»Wir können es nicht genau sagen, da wir das Phänomen nicht belegen können. Es ist schneller als das Licht. Wir wissen nur, dass wir kein einziges funktionales Relais mehr im Einsatz haben.«

»Können wir neue Marker in die Milchstraße schießen?«, fragte Anna, auch wenn das vermutlich keine gute Idee war.

»Nader hat einen Fächer von 512 Einheiten verteilen lassen ... wir haben keine Antwort bekommen. Was leider zu erwarten war«, antwortete Kristof über das Netzwerk.

»Was zu erwarten war ...« Anna schluckte. Die Konsequenzen aus diesem Ereignis waren katastrophal. »Kommt die gravitative Anomalie auf uns zu?«

»Es gibt keinen Grund, warum die Andromeda-Galaxie verschont bleiben sollte. Die Milchstraße mit einem Durchmesser von 100.000 Lichtjahren hat es binnen weniger Tage erwischt ... wir sind 2,5 Millionen Lichtjahre entfernt. Mit einer linearen Ausbreitung hätte die gravitative Anomalie uns in zwei bis drei Monaten eingeholt. Bei einer progressiven Entwicklung könnten uns nur noch Tage bleiben ... wir wissen es nicht.« Kristofs Ausführungen klangen beängstigend.

»Wohin sollen wir fliehen?« Anna standen die Tränen in den Augen. Elias sah sie an und sagte weiterhin kein Wort. Was sollte diese Illusion? Das machte keinen Sinn.

»Wir werden nicht fliehen können ...«

»Ist das Licht noch erkennbar?«

»Ja, warum?«, fragte Kristof.

»Sollen wir zurückfliegen?« Anna sah Elias an, während sie mit Kristof sprach. Elias - sie würde ihn niemals wieder sehen.

***

XXVII. Stimmen der Vernunft

Es klopfte an der Tür, beinahe ein Anachronismus auf der Horizon, sich derart trivial bemerkbar zu machen. Aber es funktionierte bestens, Anna hatte es gehört und sich auf den Weg gemacht. Sie hätte die Tür auch mit einem Sprachkommando öffnen können, was sie allerdings für unhöflich hielt.

»Schön, dass du da bist« Anna lächelte und bat Dan'ren herein. Die Lerotin trug keine Kampfrüstung, was auch nicht notwendig war. Das weiße, schlank geschnittene Kleid sah aus wie ein Mantel, unter dem sich ein kürzerer heller Rock zeigte. Die Beine dazu hatte sie, daran bestand kein Zweifel.

»Entschuldige, ich bin aufgehalten worden ...«

Anna lächelte. »Nader oder Kristof?«

»Beide.«

»Eine Tasse Tee?«, fragte Anna, die gut nachvollziehen konnte, was die beiden von ihr wollten.

»Mit Milch bitte.«

»Gerne.« Die heroische Aufgabe, Dan'ren von ihren obskuren Tee-Gewohnheiten abzubringen, würde sie nach dieser Geschichte angehen. Anna machte sich daran, zwei Tassen zuzubereiten, die Arbeit machte ohnehin der Automat. »Setz dich ...«

»Was für ein verrückter Tag, oder?«, fragte Dan'ren, der Anna sofort anmerkte, dass ihr etwas auf der Seele brannte. Würde die Lerotin ihre Freundschaft benutzen wollen, um sie umzustimmen? Würde sich Dan'ren dafür zur Stimme anderer machen lassen?

»Ja.« Anna sah ihr in die Augen, während sie ihr den Tee mit Milch reichte.

»Wer hätte diese Entwicklung schon ahnen können.« Dan'ren pirschte sich heran. Anna würde sie gewähren lassen, es wäre nicht fair gewesen, zu schnell dazwischenzugehen.

»Niemand. Die Horizon, Andromeda, die Steinkugel und selbst wir beide ... das hätte vor einigen Wochen niemand wissen können.« Anna sah auf Dan'rens filigrane Finger, die die Teetasse wie ein feingestimmtes Musikinstrument zum Mund führten.

»Ich werde Iris niemals wiedersehen. Die Meere, ich habe sie geliebt. Ich hätte nicht unserer Flotte beitreten sollen.«

»Vermisst du deine Heimat?«, fragte Anna, die Dan'rens Sehnsucht verstehen konnte.

»Ja.«

»Ich meine auch.« Anna dachte wehmütig an die Erde im dreiundzwanzigsten Jahrhundert. An Malta im Frühling, an Düsseldorf und alles andere, was sie zurücklassen musste.

»Aber jetzt leben wir auf der Horizon.« Dan'ren nutzte den Moment, um das Thema zu wechseln. »Einige Menschen sehen zu dir auf, du kannst dir nicht vorstellen, wie sie dich gefeiert haben.«

»Sie wären ansonsten alle tot.« Sich vorzustellen, als Heldin gefeiert zu werden, fiel Anna schwer.

»Das ist jedem bewusst ...«

»Und trotzdem gib es Zweifler.« Anna wollte endlich auf den Punkt kommen.

»Die gibt es.«

»Wollen Kristof und Nader, dass du mich davon überzeugst, die Steinkugel zurückzulassen?« Anna schlürfte an der Teetasse, ohne dabei ihre Freundin aus den Augen zu lassen.

»Ja ... aber das ist deren Problem, nicht meins.« Dan'ren gab sich undurchsichtig.

»Und was ist dein Problem?«

»Ich würde dich niemals vor den anderen kritisieren«, erklärte Dan'ren sichtlich bemüht.

»Das weiß ich.« Und das schätzte Anna auch an ihr. »Aber jetzt würdest du gerne etwas sagen ...«

»Gregor.«

»Oh ...« Damit hatte Anna nicht gerechnet. »Weswegen Gregor?«, fragte sie irritiert.

»Weil er noch lebt ...«

Jetzt war Anna wieder bei der Sache. Auch Dan'ren hatte Sequoyah nicht vergessen. »Hätte ich ihn hinrichten sollen? Am besten noch, als alle zugesehen haben?«

»Ja. Auf der Stelle. Niemand hätte dich dafür angeklagt.« Dan'ren zeigte, wie sie den Mord an Sequoya bewertete.

»Wäre ich dann besser gewesen als er?« Anna wollte sich nicht auf Gregors Augenhöhe begeben. Auge um Auge, Zahn um Zahn, diese Denkweise hatte sie schon früher für hirnrissig gehalten.

»Was macht das schon ... er hat jedenfalls keine zweite Chance verdient. Wenn du möchtest ... ich mache das für dich und reiß ihm die Eingeweide aus dem Schlund heraus.«

Anna schluckte und lernte gerade, dass Lerotin Konflikte auch weniger friedlich lösen konnten.

»Wir brauchen ihn noch ...« Anna wollte sich nicht blindwütig an Gregor rächen. Wir brauchen ihn noch, natürlich war das nur eine leere Worthülse.

»Um alte Schriftzeichen zu deuten?« Dan'ren setzte Anna weiter unter Druck.

»Ja.« Dan'ren sollte bitte damit aufhören.

»Als ob er das schaffen würde ... das kann ich mir nicht vorstellen.«

»Wir können nur gewinnen!«

»Nein ... wir können nur verlieren.« Aber Dan'ren hörte nicht auf, so entschlossen hatte Anna sie noch nicht erlebt.

»Verlieren? Was glaubst du, zu verlieren?« Anna hatte gerade Probleme, die richtigen Worte zu finden.

»Alles. Gregor ist eine Gefahr. Er wird die erste Gelegenheit nutzen, dir, mir, uns allen in den Rücken zu fallen.«

»Wir haben ihn unter Kontrolle!«

»Das hätten wir, wenn er mit abgeschlagenem Kopf unter der Erde liegen würde ... so bleibt er eine Gefahr. Es ist nur eine Frage der Zeit. Jaden ist ein guter Mann, aber sicherlich nicht verschlagen genug, um sich nicht austricksen zu lassen.«

»Ich werde Gregor nicht hinrichten lassen!« Diese Entscheidung würde Anna nicht revidieren.

»Dann lass ihn wenigstens nicht frei herumlaufen! Er bringt uns keine neuen Erkenntnisse! Er wird nur jeden freien Moment damit verbringen, seine Flucht vorzubereiten!«

Dan'ren, ihre Freundin, ihre Vertraute, Anna hatte bereits mit Kristof und Nader konfliktbehaftete Fragen offen. Sie konnte sich keine weitere Front leisten. Dan'ren weiter an ihrer Seite zu wissen, war es wert, Gregor fallenzulassen.

Anna nickte. »In Ordnung. Er kommt in Einzelhaft.«

»Das ist die richtige Entscheidung.«

»Ging es dir nur um Gregor?« Anna sah keine Entspannung in Dan'rens Augen.

»Für Thica gilt dasselbe. Mit einem Unterschied, sie ist noch weitaus gefährlicher.«

»Nader passt auf sie auf.«

»Kannst du dich noch an Elias erinnern?«, fragte Dan'ren mit starrer Miene.

»Sicherlich!« Anna empfand die Frage als verletzend. Dan'ren wusste genau, was sie für ihn empfunden hatte.

»Hättest du ihm eine gesicherte aber scharfe Handgranate zum Aufbewahren unter das Kopfkissen gelegt?«

Anna ließ die Schultern hängen. »Ich möchte Frieden stiften ... wie sollen wir zu den Persönlichkeiten im zentralen KI-Speicher Vertrauen aufbauen, wenn wir ...«

»Gar nicht!« Dan'ren ließ Anna nicht aussprechen. »Du wirst niemals mit einer KI dieses degenerierten Regimes einen aufrichtigen Frieden schließen. Du kannst sie nur beherrschen, solange du ihnen mit dem Stiefel im Nacken stehst.«

»Das ist nicht meine Politik ...«, sagte Anna. Rechtfertigungen sollten in ihrer Position die Ausnahme bleiben. Oder agierte sie zu nachsichtig, zu weich?

»Du kannst auch den Speicher löschen, was eine noch bessere Lösung wäre. Das Wissen dieser Bonzen benötigt niemand.«

Anna war Ärztin, sie hatte einen Eid geschworen, sich für das Leben einzusetzen. Solche Entscheidungen fielen ihr nicht leicht. »Ich werde Thica wieder in den Speicher laden lassen.«

»Du tust das Richtige!«

»Das hoffe ich.« Anna setzte die Tasse ab und lehnte sich müde nach hinten.

»Ich werde hinter dir stehen!«

»Danke.« Ein hoher Preis, den Anna für Dan'rens Loyalität zahlte.

Anna stand wieder auf der Brücke der Horizon. Für die offenen Worte Dan'rens sollte sie dankbar sein, Gregor und Thica gehörten isoliert und weggesperrt, das hatte sie wirklich zu blauäugig gesehen. Sie schmunzelte, was für ein dämliches Wortspiel. Es gehörte zu ihren Aufgaben, zu lernen, diese Gemeinschaft anzuführen. Sie war eine Replikantin, wer wusste das besser als sie.

»Nader, ich brauche deinen Status?«, fragte Anna, die einen Kanal in sein Labor geöffnet hatte.

»Es gibt leider keine Fortschritte ... ich vermute, dass die aufgezeichneten Meldungen zu fragmentiert sind. Wir finden keine für eine Entschlüsselung nutzbaren Muster, die wir weiterverwenden können.« Nader stand vor einer Konsole, Thica saß an einer Gruppe von Displays neben ihm und bediente mehrere Systeme gleichzeitig.

»Dan'ren kommt gleich bei dir vorbei ...«

»Sie ist schon da ... willst du mich verhaften lassen?«, fragte Nader überrascht, der die schwer bewaffneten Sicherheitskräfte in Dan'rens Gefolge sah.

»Nicht dich ... es geht um Thica.« Anna sah, wie Dan'ren den weiblichen Avatar stellte. Sie leistete keinen Widerstand. Ein Techniker setzte Thica ein Analysegerät an die Schläfe, kontrollierte die Werte und gab Dan'ren ein Zeichen, sie abzuführen.

»Was hat sie getan?«

»Noch nichts ... was auch so bleiben soll.« Anna sah die Bestätigung des Technikers, Thicas persönlichen Zertifikate waren valide, und was noch wichtiger war, vollständig. Eine KI hätte niemand an der Nasenspitze eines Avatars identifizieren können.

»*Ich verstehe ...*«

»Wenn du später Zeit hast ... lass uns zusammen eine Tasse Tee trinken«.

Nader nickte. »*Das machen wir.*«

»*Wir haben Thicas KI arretiert. Bisher hat sie nicht versucht, sicherheitsrelevante Protokolle zu verletzen*«, meldete Dan'ren kurze Zeit später. Anna sah die Bestätigung über den Transfer ihrer KI in den Speicher.

»Trotzdem wird ein forensisches Team ihre Arbeit überprüfen.« Anna ging auf Nummer sicher.

»*Ist bereits veranlasst.*«

»Wie lange brauchst du, bis du bei Gregor bist?«

»*Zehn Minuten ... wir nehmen einen Expresslift*«, sagte Dan'ren, die sich beeilte.

Obwohl sich Annas gesamtes Umfeld nur in einem begrenzten Teil des Raumschiffes befand, waren die Entfernungen riesig. Ein ausgeklügeltes System, von horizontal und vertikal verlaufenden Schienenverbindungen sorgte dafür, in kurzer Zeit an jeden gewünschten Ort zu kommen.

»Wie ist die Stimmung unterwegs?«, fragte Anna. Jaden hatte ihr zuvor gemeldet, dass die jüngsten Ereignisse verständlicherweise niemanden kaltgelassen hatten. In den Wohnbereichen der Menschen gab es bereits Unruhen. Anna hatte die Neuigkeiten über den verlorenen Kontakt zur Heimatgalaxie nicht zurückhalten lassen.

»*Nicht gut ...*«, antwortete Dan'ren mit gedämpfter Stimme. »*Jeder hat Angst ... was ich verstehen kann.*«

»Wir werden nicht aufgeben!« Mehr als diese Plattitüde kam Anna gerade nicht in den Sinn.

»*Natürlich.*«

Dan'ren betrat die stark gesicherte Forschungseinrichtung, in der die Steinkugel aufbewahrt wurde. Anna öffnete einen Kanal, sie hatte auch Jaden nicht vorwarnen lassen. Gregor sollte keine Chance haben, Schaden anzurichten.

»Hallo Jaden, bitte gib mir deinen Status?«, fragte Anna über das Netzwerk, auch wenn die Frage nur Makulatur war.

»*Na, das war Gedankenübertragung ... wir wollten dir gerade eine Nachricht zukommen lassen.*« Jaden freute sich regelrecht, Anna auf dem Bildschirm zu sehen. Die asiatische Mentalität würde für sie immer ein Geheimnis bleiben.

»Dan'ren sollte gerade bei dir ankommen ...«

»*Ähm ... ja.*« Jadens Augen verengten sich, er sah vermutlich in diesem Moment Dan'ren und das Sicherheitsteam hinter der Partikelbarriere. Er blickte zu Gregor, der selbst erschrocken den Kopf hob und wieder zu Anna. Von seinen Gedankengängen innerhalb der letzten drei Sekunden blieb nicht mehr als ein zaghaftes Lächeln in seinem Gesicht zu erkennen. »*Wir haben zu 99,43 Prozent die Inschrift auf der Steinkugel entschlüsseln können. Der Analyse-Computer verifiziert gerade nochmals unser Szenario.*«

»Das ist eine gute Nachricht ... warte, wir werden Gregor zu einer Befragung mitnehmen.« Anna wusste nicht, ob das ein Manöver war, sie würde Gregor deswegen keinen Aufschub gewähren.

»Er hat sich nichts zuschulden kommen lassen.« Sogar Jaden trat sogar für ihn ein.

Dan'ren stellte sich demonstrativ vor ihn, in dem Lerotin Biosuit war sie nicht nur einen halben Meter größer, sondern auch viermal so schwer wie er.

»DNS Check«, ordnete Dan'ren an. Der Techniker setzte ihm ein Analysegerät an den Hals, dessen mit einer kleinen Nadel gewonnene Blutprobe umgehend verglichen wurde. *»Er ist es.«*

»Interessiert niemanden von euch dämlichen Robotern, was ich gefunden habe?«, fragte Gregor, der deutlich emotionaler als Thica auf seine Abführung reagierte.

»Mich nicht ...« Dan'ren zeigte sich unbeeindruckt. Zwei Sicherheitsleute führten ihn ab. »Ich lass dir gleich einen Zettel geben, da kannst du es in deiner Zelle aufschreiben!«

»Das verstehe ich nicht ...« Jaden schüttelte verwundert den Kopf und sah zu Anna auf das Display.

»Jetzt kannst du mir erzählen, was ihr gefunden habt«, sagte Anna.

»Ähm ... ja. Gregor und ich haben alle dokumentierten Schriftarten der menschlichen Kulturgeschichte bemüht ... leider ohne daraus eine Erkenntnis zu gewinnen. Es bestehen zwar Ähnlichkeiten, die aber zu keiner sinnvollen Aussage führen.«

»Aber ihr habt eine sinnvolle Aussage formulieren können ... wie ist euch das gelungen?«, fragte Anna, die auf die nächste Antwort mehr als gespannt war.

»*Geometrie ... die Schriftzeichen stehen für Sternzeichen innerhalb der Andromeda-Galaxie, die mikrometergenau die Position von LV-426 darstellen*«, erklärte Jaden nicht ohne Stolz, die Codierung lesen zu können.

»Meinen Glückwunsch.« Eine bemerkenswerte wissenschaftliche Entdeckung, leider nur ohne praktischen Nutzen. Anna interessierte sich eher für die Koordinaten anderer Welten dieser unbekannten und höchst aggressiven Kultur.

»*Warte ... das ist noch nicht alles ... wir haben einen Namen. Und was ich für erstaunlich halte, einen Namen mit einer erdähnlichen Phonetik.*«

»Wie lautet er?«

»*Merith.*«

»Ist Merith der Name von LV-426, der Steinkugel, oder dem Wesen, das mutmaßlich darin haust?«, fragte Anna, die Jadens Begeisterung nicht teilen konnte. Merith, der Name sagte alles und nichts.

»*Das untersuchen wir noch ...*«, antwortete Jaden, der, während er mit Anna sprach, weitere Routinen auf einem Display startete.

»Hast du den Namen mal laut gerufen?« Anna dachte an alte Sagen, nach denen sich in der Regel nach der Nennung ein geheimer Zauber offenbarte.

Jaden grinste, er hatte den Wink verstanden. »*Habe es schon probiert ... auch rückwärts, es passiert nichts.*«

***

323

XXVIII. Blindflug

Als Anna am nächsten Morgen aufwachte, glaubte sie etwas Merkwürdiges geträumt zu haben. Leider ohne sich daran erinnern zu können. Elias war es nicht, der ansonsten regelmäßig in ihrer Fantasie gastierte. Mit der linken Hand fuhr sie langsam über das Metall, das von dem K-6 Implantat aus ihrer rechten Seite herausragte. Weich und warm, als ob die Nanos schon immer zu ihr gehören würden.

Nun, der Tag würde nicht auf sie warten. Anna stand auf und ging ins Badezimmer. Der Spiegel zeigte wieder Eigenleben und scheute sich nicht, ihr seine Sicht unvermittelt vor die Nase zu halten. Ob sie jemals so alt werden würde, wie sie sich gerade fühlte? Zähneputzend blickte sie in ihre Augen, ihre blauen Augen, die sogar das Irisimplantat überdeckten. Es würde Jahre dauern, bis ihre Haare wieder eine nennenswerte Länge hätten. Sie hasste das Jungenhafte ihrer Igelfrisur und dachte an die langen roten Locken, die sie früher hatte.

Unter der Dusche fiel ihr ein blauer Streifen auf, ein schmaler Riss auf ihrer Haut, der von der linken Brust bis zum Bauchnabel reichte. Was war das? Das musste neu sein, die Verletzung schmerzte nicht, handelte es sich um eine Fehlfunktion des K-6?

»Anna ... soll ich dich abholen?«, fragte Dan'ren über einen privaten Kanal.

»Drei Minuten.« Anna sollte sich beeilen. Um den Riss in ihrer Fassade würde sie sich später kümmern.

Anna befand sich wieder auf der Brücke der Horizon, während sie geschlafen hatte, gab es keine Zwischenfälle. Die Horizon und die Flotte verteilten sich wartend im Orbit von LV-426.

»Nader, gibt es neue Informationen zur Ausbreitung der gravitativen Anomalie?«

»Negativ ... wir haben keine neuen Daten erheben können.« Nader stand an seiner Konsole, zwei Operatoren halfen ihm, alle Systeme zu überwachen.

»Zustand unserer Generatoren?«, fragte Anna und sah auf ein dreidimensionales Display, das die einzelnen Bereiche des Raumschiffs farblich differenzierte.

»Zu 92 Prozent einsatzfähig. Wir können springen ...« Nader lächelte, sein Technikteam hatte die Vorgaben rechtzeitig umsetzen können.

»Wir brauchen nur noch ein Ziel«, sagte Danilow, die neben Nader stand. Ihr holografisches Steuerungsmodul blieb noch unbesetzt.

»Kristof, wie ist der Status der Flotte?«, fragte Anna. Der Master Carrier befand sich wieder an Bord der Trison. Leider hatten sie nicht die Zeit gefunden, unter vier Augen zu sprechen.

»Im weiteren Orbit von LV-426 befinden sich vierundzwanzig Zeros auf Patrouille. Zwölf weitere Kriegsschiffe bilden eine schnelle Eingreiftruppe. Der Rest von uns hängt noch an der Horizon im Dock.«

»Ist die Trison kampfbereit?«

»In sechzig Minuten.«

»Einsatzzeit aller Reserven?«, fragte Anna, der blaue Riss an ihrem Bauch begann zu schmerzen.

»Zwei Stunden ... dann kann ich 131 Zeros aufbieten.«

»In Ordnung ...« Anna zögerte und holte tief Luft. »Wir werden heute etwas ...«

»Du siehst blass aus ... ist dir schwindelig?«, fragte Dan'ren, die sie stützte, bevor es Anna die Beine unter dem Hintern wegzog. Etwas Warmes stieg von ihrem Bauch die Brust hoch.

»Ja ... ja ... ich ...« Anna versuchte, sich zu konzentrieren. Nur langsam weiteratmen, das war alles, woran sie denken konnte. Was passierte gerade mit ihr? Elias stand vor ihr. Schweigend. Verdammt, sie brauchte diesen Scheiß nicht. »Ich habe noch nicht gegessen.«

»Soll Tracer Danilow die Brücke übernehmen?«, fragte Dan'ren, die immer noch ihren Arm hielt.

»Nein.« Anna hatte sich wieder unter Kontrolle. Das war alles Einbildung. Sie wusste genau, was sie zu tun hatte. »Wir werden heute ein Manöver abhalten.«

Nicht nur Dan'ren, Nader und Danilow sahen sie dafür ziemlich überrascht an.

»*Wofür ein Manöver?*«, fragte Kristof, der sich von ihrem Vorschlag nicht begeistert zeigte.

»Ein kombiniertes Navigations- und Kampfszenario. Ich möchte unseren Verband taktisch besser auf drohende Gefahren vorbereiten.« Anna empfand ihre Worte als selbsterklärend. Sie redete, ohne nachzudenken, alles, was sie gerade fühlte, sprudelte ungebremst aus ihr heraus.

»*Und auf welche Gefahr bereiten wir uns vor?*«, fragte Kristof, wie es als erfahrener Kommandeur auch seine Pflicht war.

»Danke für das Stichwort.« Anna stellte sich in Danilows holografisches Steuerungspult und bediente die Module, wie es ihr gerade in den Sinn kam. Denken behinderte den Fluss, sie drückte einfach jedes Symbol, das ihr richtig erschien. »Wir werden dieses Ziel anfliegen.«

Für alle zeigte sich ein bisher unbekanntes Sonnensystem in 1180 Lichtjahren Entfernung. Neben einer einzelnen Sonne befanden sich 38 Planeten und 242 Monde im Inka-System.

Der Computer vergab den Namen in Abgleich mit bekannten Sternenkarten. Drei von den Planeten befanden sich in der habitablen Zone, einen Mond dieser Gruppe nannte der Computer Inka-H1.

»In sieben Stunden werden wir den Mond Inka-H1 erreichen und eine simulierte Eroberung vornehmen.« Anna berauschte sich an ihren Worten, an denen sie nicht eine Sekunde zweifelte.

»Und wie kommen wir dorthin?«, fragte Danilow.

»Die Entfernung ist zu weit, um sie ohne Warpmarker in einem Sprung zu erreichen. Unser Verband wird daher unter Gefechtsbedingungen 46 asynchrone Teilsprünge vornehmen.«

»Sollen einzelne Zeros die Rolle möglicher Gegner einnehmen?«, fragte Danilow. Auch eine gute Frage.

»Nein. Ich werde die Sprung- und Zielpunkte für alle eingeben, dann wird es deutlicher.« Anna begann in einer für sie selbst nicht mehr zu kontrollierenden Geschwindigkeit, die Navigationspunkte für 132 Raumschiffe einzugeben, die an 46 im Raum verteilten Sprungpunkten unterschiedliche Manöver zu unterschiedlichen Zeitplänen vornehmen sollten. Die Kraft in ihrer Brust wurde immer stärker, sie würde ihren Gegnern keine Chance lassen.

»Das ist ...« Nader vermochte nicht den Satz zu beenden. Jeder auf der Brücke sah Anna staunend an.

»Das sind unsere Navigationsdaten, die unter allen Umständen einzuhalten sind!« Anna machte weiter und gab jetzt die Koordinaten und Bewegungsmuster virtueller gegnerischer Verbände ein, die sich mit den Ereignissen mitbewegen würden. »Das sind unsere Gegner. Um die Gefechtsübung möglichst real zu gestalten, werde ich die Werte während des Manövers laufend anpassen.

Ich werde für die Bekämpfung unserer virtuellen Ziele auch die Wahl der Waffensysteme, die Feuerraten und die Verteidigungsmanöver vorgeben. Zudem wird es spontane Korrekturen geben, die von der Brücke der Horizon kommuniziert werden. Diesen Vorgaben ist im Detail Folge zu leisten.«

»*Wir üben mit scharfen Waffen?*«, fragte Kristof barsch.

»Ja ... wir werden alle virtuellen Ziele attackieren. Von der Horizon werden wir dazu ein Feedback über Treffer und Fehlschüsse an die Kommandanten weitergeben.«

»*Das ist total verrückt!*«, meldete Kristof. »*Das Manöver ist höchstens eine bessere Navigations- und Zielübung. Kein Gegner verhält sich, wie du es vorgibst. Zudem begeben wir uns bei den Flugmanövern in Gefahr, wirklich auf feindliche Verbände zu treffen. Es macht auch keinen Sinn, blind in offene Wurmlöcher zu feuern! Man trifft nichts!*«

»Master Carrier, habe ich alle Ziele verdeutlichen können?« Anna schätzte es nicht, Kristof überrollen zu müssen, aber es ging nicht anders.

»*Ja.*«

»Sind noch taktische Fragen offen?« Anna hatte den Finger auf der Taste, die komplette Trison, die sich noch an der Horizon im Dock befand, offline zu nehmen.

Stille.

»*Keine weiteren Fragen.*« Kristof knickte ein und folgte hörbar widerwillig ihrem Befehl.

»Tracer Danilow, ich übergebe die Konsole ... das Manöver beginnt in 131 Minuten! Nach dem Start der Zeros werden wir eine taktische Funkstille einhalten.

Keines der eingesetzten Raumschiffe wird nach dem ersten Sprung bis zum Erreichen der Manöverziele Funksignaturen von sich geben. Danilows Stimme wird die einzige sein, die ich im Netzwerk hören will!« Anna hatte alle Vorgaben in die Bordsysteme eingegeben, jetzt lehnte sie sich zurück.

Die Stimmung blieb gespannt, jedem in Annas Nähe stand die Frage ins Gesicht geschrieben, den Hintergrund der sehr präzisen Manövervorgaben zu verstehen. Gleich ging es los, sie würden es bald begreifen.

»Die Archimedes ist startbereit!«, meldete Jaden. Anna wünschte ihm alles Gute, sein Verband war die Speerspitze im Kampf gegen ihre virtuellen Gegner. Denken behinderte den Fluss, sie ließ es einfach geschehen.

Anna arretierte sich auf dem Sitz, es würde gleich ruppig werden. Auf mehreren Displays sah sie vier Gruppen mit jeweils acht Zeros, die sich eigene Wurmlöcher aufbauten. Der Raum vor ihnen verzerrte sich, und die Kriegsschiffe schossen Sperrfeuer in die offenen Raumfalten hinein. Dann verschwanden die Zeros selbst im Nichts.

»Status der Verbände! Status der virtuellen Ziele!«, rief Anna, das dauerte zu lange. Weitere Staffeln machten sich bereit für den Sprung. Das würde jetzt Schlag auf Schlag gehen.

Danilow war in ihrem Element. »Computer bestätigt Treffer der markierten Sektoren. 100 Prozent, alle Waffensysteme haben getroffen! Die Zeros springen sofort weiter! Der Computer meldet Bewegung der zweiten virtuellen Zielgruppe. Die passen sich unserer Strategie an und begeben sich zum Sprungzielpunkt der Staffeln fünf bis zwölf!«

Genau das sollten sie tun, dachte Anna, vierundsechzig Zeros in der Nähe der Horizon feuerten volle Breitseiten durch ein sich neu bildendes Wurmloch. Der Beschuss erfolgte auf Ziele, die zuvor noch woanders waren, aber genau zu dem Zeitpunkt, als die Salven der Zeros das Wurmloch verließen, die Schussbahn kreuzten. Volltreffer, Anna sah die virtuellen Ziele auf dem Display nach dem Hochenergiebeschuss verglühen.

Die Strategie der Horizon glich der Vorgehensweise einer Gruppe Jäger, die beliebig mit ihren Schrottflinten in die Luft schossen, während Jagdhelfer an anderer Stelle gleichzeitig einen Schwarm Wildenten aufscheuchten und gnadenlos in den Schusskorridor trieben.

»Kristof, jetzt ist deine Staffel dran!«, rief Anna, die in Gedanken jedem einzelnen Sprungpunkt, jedem Zielpunkt, jedem Beschuss und jedem Treffer nachging. Ihre Gedanken beschleunigten sich. Denken behinderte den Fluss, es geschah einfach vor ihren Augen.

»*Bestätigt.*« Kristofs Staffel wiederholte das Manöver. Herauslocken, vor ein sich öffnendes Wurmloch zerren und durch eine andere Staffel der Flotte zerstören lassen. Die virtuellen Ziele konnten sich dem Lauf der Dinge nicht entgegenstellen, deren Einheiten sich meist wie erwartet verhielten.

»Die Horizon springt jetzt!« Danilow setzte das riesige Raumschiff in Bewegung, das an den Zielpunkten keine Gegenwehr mehr zu erwarten hatte.

»Der nächste Sprung erfolgt in sieben Sekunden.« Danilow folgte detailliert Annas Plänen. Die Sensoren meldeten Feindbeschuss, Einschlag in neun Sekunden. Das war zu langsam, um sie zu treffen.

»Wer schießt da auf uns?«, fragte Nader, den die Warnmeldungen überrascht hatten. »Unsere Sensoren waren nicht im Manöverbetrieb, der Beschuss muss echt sein.«

»Wir bleiben weiter bei unseren taktischen Vorgaben! Wir können uns keine Abweichungen erlauben!«, rief Anna, der die Brust zu explodieren drohte. »Danilow, ich schalte mich online und manipuliere die Reaktionen unserer virtuellen Ziele ... du musst alle Taktikänderungen umgehend an die Flotte weiterleiten.«

»Bestätigt. Archimedes meldet das Erreichen der ersten Zwischenmarke. Die Staffeln 1, 3, 5, 6 und 7 sammeln sich für den nächsten Sprung in zwölf Sekunden«, antwortete Danilow, die sichtlich unter Stress stand. Die Flotte bewegte sich so schnell, dass sie zwar sahen, wann sie feuerten, aber nicht mitbekamen, was sie trafen. Nur der von Anna bediente Navigations- und Zielerfassungscomputer bewertete die Ziele und versorgte alle am Manöver beteiligten Kampfeinheiten mit Informationen.

Das Szenario entwickelte sich weiter. Die Zerstörer der menschlichen Armada nutzten weitere Wurmlöcher, um sich in vorteilhafte Positionen zu bringen, die virtuellen Gegner auszuschalten und wieder zu verschwinden. Die Einsätze dauerten jeweils nur Sekunden und waren dennoch Lichtjahre voneinander entfernt. Die virtuelle Zielerfassung zeigte animierte Raumschiffe, Raumstationen und auch Transporter und Handelsknoten, die gegen die Präzisionsschläge keine Chance hatten. Anna dachte an alles, jede Bewegung ihrer virtuellen Gegner gab sie umgehend als taktische Vorgabe weiter. Die Zeros hatten nicht mehr zu tun, als den Plan präzise umzusetzen und jegliche Gegenwehr auszuschalten.

»Nähern uns dem Mond Inka-H1«, erklärte Danilow, die wie eine Maschine der Feuerwand gefolgt war. »Der Computer meldet das Erreichen der Manöverziele.«

»Manöverziele?«, fragte Nader perplex, der beide Hände vor den Mund hielt. »Das war doch kein Manöver!«

»Archimedes, bitte Daten verifizieren!«, rief Danilow. »Ja ... in Ordnung. Wir schalten euch live.«

»Ist etwa die Archimedes in Gefahr?«, fragte Nader, der erst zu Danilow, dann zu Anna sah.

»Nein ... Jaden und seiner Besatzung geht es gut. Die Flotte hat die Manöverziele vollständig umgesetzt. Es gibt nur eine Abweichung, Inka-H1 ist kein Mond.«, erklärte Danilow und aktivierte aktuelle Videodaten der Archimedes.

Anna schüttelte den Kopf, etwas Schweres fiel von ihr ab. Wo war sie? Was hatte sie getan? Die Erinnerung an die letzten Stunden ähnelte einem schlechten Traum. Inka-H1 war eine Raumstation, deren Größe sogar die Horizon übertraf. Warum befand sich an dieser Stelle eine Raumstation? Wer hatte sie hierher geführt?

»*Anna?*«, fragte Jaden über das Netzwerk. »*Siehst du unsere Videoeinspielung?*«

»Ja.« Anna sah alles. Die Raumstation in der Größe eines Mondes. Die Horizon, die jetzt ebenfalls am Zielpunkt ankam und Dutzende Zeros, die das Umfeld sicherten. Und sie sah ein kleines weißes Raumschiff, das von Inka-H1 langsam auf sie zugeflogen kam.

»Wir haben eine nicht codierte Meldung. Die Besatzung der Raumstation versucht, uns anzusprechen«, sagte Danilow. »Die wollen sich ergeben.«

***

XXIX. Das Herz des Universums

Inka-H1 war das Herz des Universums, dieser Gedanke manifestierte sich in Annas Gedanken wie ein Götzenbild. Eine unglaubliche Entdeckung, in der Andromeda-Galaxie eine derart fantastische Raumstation gefunden zu haben. Sie lächelte, während ihr Herz vor Glück Freudensprünge machte. Es gab Dinge, die konnte der Verstand nicht erfassen.

»Tracer Danilow, die Flotte hat sich sofort wieder mit der Horizon zu vereinigen!«, befahl Anna, während sie in Gedanken bereits schwerelos durch das All schwebte.

»Bestätigt.« Danilow gab den Befehl umgehend an die Kriegsschiffe weiter, die im Umfeld der Horizon die Flanken absicherten.

»*Anna! Was soll das?*«, fauchte Kristof nur eine Sekunde später, er hatte eine schnelle Auffassungsgabe. »*Das war kein Manöver! Du hast uns einen Vernichtungsschlag durchführen lassen!*«

»Du hast völlig recht ... ihre Zeit war abgelaufen.« Anna leugnete es nicht.

Kristof tobte, sein jugendlicher Avatar wirkte wie ein Teenager in der Pubertät. »*Und jetzt willst du uns alle an die Kette legen? Wozu? Warum sind wir in den Krieg gezogen?*«

»Das Manöver wurde erfolgreich beendet.« Anna konnte seine schlechte Laune nicht verstehen. Das war kein Krieg, Anna hatte nur einen *Freund* sicher nach Hause begleitet.

»*Wen haben wir bekämpft?*«

»Sieh, sie ergeben sich ... du und die anderen Kommandanten, ihr habt hervorragende Arbeit geleistet. Wir können froh sein, den richtigen Weg gefunden zu haben.« Anna hatte nicht vor, jemanden zu bestrafen, die

Besatzungen sollten die Zeit nutzen und sich ausruhen. Es würde sehr bald weitergehen.

»Warum hast du uns nicht eingeweiht?«, fragte Nader, bei dem sie bis zu diesem Augenblick nicht realisiert hatte, dass er bereits die ganze Zeit direkt vor ihr stand.

»Ich ...« Anna dachte nach, sie hatte keine Informationen zurückgehalten. Sie hatte alles erzählt, alles, was wichtig war, alles, was nötig war, um das Herz des Universums zu befreien. Und jetzt hatten sie es endlich geschafft.

»Wir sind deine Freunde! Ich bin dein Freund! Warum hast du uns getäuscht?«, fragte Nader, der ihr noch näher kam. »Vertraust du mir nicht mehr?«

Anna schüttelte den Kopf, sie saß immer noch arretiert auf dem Kommandantensessel und sah zu Nader auf. Wirre Gedankenfetzen gingen ihr durch den Kopf. Was hatte er gesagt? Sie würde ihre Freunde niemals enttäuschen. Es schauderte sie, ein kühler Luftzug strich wie aus dem Nichts an ihrem Rücken vorbei. Der Winter stand vor der Tür, sie musste gehen.

»Hörst du mich?«, rief jemand in der Nähe. Was sollten diese Worte, sie zu hören bedeutete nicht, sie zu verstehen. Elias stand vor ihr, er lächelte und reichte ihr die Hand. Die Freiheit, ihn zu küssen, würde ihr einen bittersüßen Traum schenken.

»Kann mir jemand sagen, wo meine Haare sind? Sie sind rot, lockig und sehr lang ... ich trug sie als Kind.« Anna glaubte, Elias' Atem spüren zu können. Ihr blaues Herz brannte lichterloh. »Ich würde unheimlich gerne meine Haare wiederhaben.«

»Anna, bitte ... komm zu uns zurück!«, rief eine entfernte Stimme, die keine Rolle spielte. Jemand berührte sie, das durfte er nicht, die K-6 Panzerung aktivierte sich und bewahrte ihr brennendes Herz davor, zu verlöschen.

»Vorsicht! Reizt sie nicht ... der K-6 wird sie beschützen, auch wenn sie völlig weggetreten ist. Richtet bloß keine Waffe auf sie und haltet sie nicht auf!«, sagte jemand in unendlich weiter Ferne. *»Ich hätte ihr das verdammte Implantat nicht geben sollen.«* Was war ein K-6 und warum benötigte sie Schutz?

»Wir bekommen eine Nachricht. Im Raumschiff befindet sich ein Parlamentär ... die Bewohner von Inka-H1 bieten uns ihre bedingungslose Kapitulation an.«

Anna glaubte, die weibliche Stimme zu kennen. Oder doch nicht? Elias nahm ihre Hand, sie folgte ihm.

»Danilow, lass die Aliens warten ... wir müssen zuerst Anna zurückholen. Sie hält die Master-Zertifikate, geschützt in einer Panzerung, die wir höchstens mit schweren Bordwaffen knacken könnten.«

»Ihr wollt sie doch nicht erschießen?«, fragte eine andere Frau. »Nur über meine Leiche!«

»Dan'ren bitte ... niemand will sie töten. Ich würde für sie sogar noch einmal sterben! Aber sie hat einen psychotischen Schub ... du hast sie doch reden hören ... wir müssen sie aufhalten, bevor sie weiteren Schaden anrichtet.«

»Aber sie hat das Gefecht doch gewonnen ...«

»Das hat sie ... auf eine Art und Weise, die mir den Angstschweiß auf die Stirn getrieben hat. Sie hat uns wie einen Sturm auf diese armen Schweine niedergehen lassen und ich Idiot beschwere mich über ein Manöver! Sie hatte sämtliche Daten der Zielcomputer manipuliert, die ganze Zeit dachte ich, nur auf virtuelle Ziele feuern zu lassen.«

»Es ging sehr schnell ...«

»Oh ja ... verdammt schnell! Das ist nicht die Anna, die ich auf Nemesis kennengelernt habe.«

»Wer soll sie sonst sein?«

»Sag du es mir ... du bist ihre beste Freundin. Ich habe keine Ahnung, wer oder was sie inzwischen ist ... hast du nicht die Veränderung in ihren Augen gesehen?«

»Ihr werdet ihr nichts antun!«

»Dan'ren bitte, nimm die Waffe herunter! Wir werden Anna nicht angreifen, das verspreche ich dir!«

»In Ordnung.«

»Danke ... ich mache mich auf den Weg zur Horizon, passt auf Anna auf und verliert auch unsere Alien-Parlamentäre nicht aus den Augen. Ich traue denen nicht über den Weg ... ich teile die Flotte neu ein, wir werden weiterhin das Umfeld von Inka-H1 gefechtsbereit überwachen.«

Anna folgte dem Gespräch nur unfreiwillig, der Sinn blieb ihr verborgen. Der Mann und die Frau stritten miteinander, die sollten besser still sein und dem Wind zuhören.
Ich kenne den Weg, sagte Elias und rannte vor. Anna liebte sein langes braunes Haar, sie würde ihn nicht aus den Augen lassen.
»Anna verlässt die Kommandozentrale. Sie bewegt sich auf den zentralen Schienenverteiler zu ... ich mache eine Borddurchsage, niemand soll versuchen, sie aufzuhalten.«
Anna rannte Elias hinterher, der sich geschickt zwischen scharfkantigen Gesteinsformationen hindurchbewegte. Links und rechts ragten ihr einige bedrohliche Felsvorsprünge entgegen, die sie auf keinen Fall berühren wollte.

»*Ist erkennbar, wo sie hin will?*«

»*Die verdammte Steinkugel! Sie will in das Hochsicherheitslabor ... sollen wir die Anlage absprengen?*«, fragte die andere männliche Stimme, der auch nicht wusste, was er sagte.

»*Tja, Nader ... was ist das geringere Übel? Sie wütend machen, wenn sie die dämliche Steinkugel nicht bekommt, oder herauszufinden, was es mit dem Ding wirklich auf sich hat?*«

»*Kristof, du bist ein Arsch! Wir können uns beides nicht leisten!*«

»*Hey ... ich habe die Regeln nicht gemacht. Du hast nur einen Wunsch frei!*«

Anna lief weiter, weg von den Stimmen, die sie nicht abschütteln konnte. Kommst du, fragte Elias und betrat eine Höhle, deren Eingang in den massiven Felsen führte.

»*Anna öffnet alle Schleusen im Sicherheitsbereich der Steinkugel. Mit ihren Berechtigungen deaktiviert sie mühelos jedes Schutzsystem*«, rief eine Frauenstimme, die sie zu kennen glaubte.

Was wollte Elias in der Höhle, deren leuchtend helle Wände Anna einen Schreck einjagten? Elias lief auf ein grelles Licht zu und löste sich auf. Der Schmerz in ihrer Brust nahm ab. Ein schönes Gefühl, wieder frei atmen zu können.

Hallo Anna, ich freue mich über deinen Besuch ... du hast einen langen Weg hinter dir, erklärte eine Erscheinung aus purem Licht, die sie blendete.

»*Was passiert im Analyse-Bunker?*«, fragte der Kerl, dessen Stimme Anna bereits die ganze Zeit verfolgte.

»Nichts ... Anna steht nur stumm vor der Kugel, sie hat ihre Hand auf das Ding gelegt. Es passiert aber nichts«, antwortete die Frau.

Wie ist dein Name, fragte Anna, die sich ausschließlich auf das Licht konzentrierte.

Merith, nenne mich Merith. Aus dem Licht formte sich der Körper einer jungen Frau, deren strahlende Erscheinung keine Kleidung trug. Anna brauchte den Panzer nicht, sie befand sich in Sicherheit.

»Der K-6 deaktiviert sich ... Anna nimmt die Kugel in die Hand und verlässt den Bunker. Das ist eine Chance, sollen wir versuchen, sie zu überwältigen?«, fragte die Frau, die sich die ganze Zeit mit dem Mann in der Ferne unterhielt.

»Nein ... zu gefährlich. Bei einem Zugriff aktiviert sich der K-6 sofort wieder. Ich will wissen, wo sie mit der Kugel hin will.«

Warum bin ich bei dir, fragte Anna, die plötzlich nicht mehr wusste, warum sie die Höhle betreten hatte. Ein ungemütlicher Ort, den sie gerne wieder verlassen wollte.

Weil du das Leben liebst, weil du mich hören kannst, weil du mutig warst, weil du die Stärkste von allen bist, erklärte Merith, deren Licht langsam an Leuchtkraft verlor.

Und was passiert jetzt, fragte Anna, die sich Meriths Antwort ein weiteres Mal im Gedanken anhörte. Die Zeit war der Schlüssel, die Zeit, die sie nicht mehr hatten.

Wir müssen eine Reise unternehmen, nicht lang, aber ich brauche dich an meiner Seite. Möchtest du mir helfen, fragte Merith, deren Stimme Anna Wärme und Vertrauen vermittelte.

Anna nickte, natürlich würde sie ihr helfen. Mit schnellen Schritten überquerten beide eine Brücke, die ein weites blaues Tal überspannte. In einiger Entfernung befanden sich Segelschiffe, die in den Wolken vor Anker lagen. Auf der anderen Seite befand sich eine Stadt, die eine dünne Nebelschicht vor neugierigen Blicken beschützte.

»*Anna bewegt sich auf das Flugdeck zu, vermutlich wird sie sich einen Gleiter nehmen*«, sagte die Frau.

»*Weit wird sie damit nicht kommen ... vermutlich fliegt sie nach Inka-H1.*« Der Mann gab sich entspannter.

»*Könnte das ein Manöver unserer besiegten Gegner sein? Vielleicht wollen sie eine Geisel oder sie wissen von den Master-Zertifikaten.*« Die Frau machte sich seltsame Gedanken.

»*Unwahrscheinlich ... wenn sie dazu in der Lage wären, hätten wir nicht ihre gesamte Flotte ausschalten können.*«

»*Lassen wir sie fliegen?*«, fragte die Frau.

»*Ja ... ich möchte sofort Thica sprechen. Ladet sie in ihren Avatar, wir müssen umgehend die Master-Zertifikate sicherstellen. Wir können Anna nicht länger die Schlüssel der Horizon verwahren lassen.*«

Anna segelte über die Wolken, der Wind strich ihr durchs Gesicht. Die Freiheit fühlte sich wunderbar an. Das Schiff stieg höher, immer höher, die Wolken verschwanden in der Tiefe unter ihren Füßen. Wohin würde sie diese Reise bringen?

Siehst du den Mond, fragte Merith, deren Licht langsam weiter verblasste und zeigte in den sternenklaren Nachthimmel.

Er ist wunderschön, antwortete Anna und legte den Kopf in den Nacken. Das Schiff würde sie auf den Mond bringen, eine fantastische Reise, sie genoss jeden Augenblick.

»Annas Gleiter ist bereits im Anflug auf Inka-H1. Unsere neuen Freunde verhalten sich ruhig ... was sollen wir tun?«, fragte die Frau, die ständig den Mann um Rat fragte.

»Bin ich eigentlich der Einzige, der sich nicht um Anna, sondern um das Wohlergehen der Aliens Sorgen macht?«, fragte die männliche Stimme. *»Wo bleibt eigentlich Thica?«*

»Sie ist unterwegs ... und stellt viele Fragen. Was soll ich ihr sagen?«, fragte der andere Mann.

»Nichts ... wir werden sie isolieren. Ich werde ihren Zugriff auf die zentralen Cluster überwachen. Thica wird die Master-Zertifikate hacken und danach wieder in der Kiste verschwinden.«

»Kristof, du solltest deinen Charme nicht überschätzen.«

»Bei dir hat er funktioniert.«

»Erinnere mich nicht an meine Fehler.«

Auf dem Mond angekommen schritt Merith stolz wie eine heimkehrende Königin durch die Hallen ihrer Vasallen, die sich alle tief verbeugten und unverständliche Dinge sagten.

Wo sind wir hier, fragte Anna, die sich überraschend in einem engen Geflecht aus dunkel gehaltenen Gängen, Brücken und Treppen befand. Das einzige Licht ging von Merith aus, die ihr den Weg durch diese unbekannte Welt wies.

Du bist am Ende der Zeit angekommen, antwortete Merith und schritt weiter, du musst verstehen, dass nichts ewig währt. Wir werden geboren, leben und gehen wieder, das ist der Lauf der Dinge.

Ein schöner Gedanke, auch wenn Anna weitere Fragen auf der Zunge liegen hatte. Die ganze Zeit hielt sie eine schwach leuchtende Steinkugel in den Händen fest, was sollte sie damit tun?

Wir sind da, freust du dich, heimzukehren, fragte Merith. Anna stand unter einer Kuppel, die eine freie Sicht auf den Nachthimmel erlaubte. Die Horizon und einige Dutzend Zeros warteten ebenfalls darauf, die Ewigkeit verstehen zu dürfen. Es ist Zeit, dich loszulassen, sagte Merith und berührte Anna ein letztes Mal.

***

XXX. Für das Leben

»Wo bin ich hier?«, fragte Anna verstört, die sich fühlte, als ob sie gerade aufgewacht wäre. Ihr Kopf brummte wie am Morgen nach einer wilden Party. Sie hielt eine Steinkugel in den Händen. Weshalb, wusste sie nicht. Das war genau das Artefakt, das sie auf LV-426 geborgen hatten. Verrückt, warum hätte sie die Steinkugel aus der Hochsicherheitsanlage entfernen sollen?

»Du bist auf der Raumstation, die deine Freunde Inka-H1 getauft haben.« antwortete eine ruhig klingende weibliche Stimme.

Anna sah sich um, in der dunkel gehaltenen Kuppelhalle befand sich in der Mitte eine kreisrunde Bank, auf der sie eine schlanke weibliche Silhouette ausmachen konnte. Weitere Personen oder Gegenstände waren nicht zu erkennen.

»Wer bist du?«, fragte Anna leise.

»Ich bin Merith ... wir kennen uns bereits.«

Anna nickte, sie wollte nicht widersprechen. »Ich weiß nicht, wie ich hier hingekommen bin.« Ihr fehlte ein Stück, eben stand sie noch unter der Dusche und hatte sich über eine bläuliche Narbe an ihrem Bauch gewundert.

»Ich habe dir den Weg gezeigt.«

»Wo sind die anderen?«, fragte Anna und dachte an Dan'ren, Nader und die restliche Besatzung der Horizon.

»Ihnen geht es gut. Auch sie haben mir geholfen, meinen Platz wieder einzunehmen.«

Anna sah Merith an, deren Erscheinung immer dunkler wurde. Von ihr blieb nicht mehr als eine Kontur, die mit den Schatten zu verschmelzen drohte. Was war passiert?

Die Lücken in ihrem Kopf füllten sich. Anna erinnerte sich, sie hatte sich auf der Horizon befunden und ein Manöver angeordnet. Dann veränderte sich alles und sie nahm die Steinkugel in die Hände. Eine merkwürdige Erfahrung, sie erinnerte sich zu träumen, aber das war kein Traum. Gemeinsam mit Merith hatte sie einen Gleiter benutzt, um zu dieser Kuppelhalle zu gelangen, durch deren offenes Dach sie nun die Horizon und den Rest der Flotte sehen konnte.

»Das ist alles sehr verwirrend …« Anna suchte nach klaren Gedanken, die diese fragmentierten Eindrücke zu einem sinnvollen Bild zusammenfügen konnten.

»Entschuldige bitte … es ging nicht anders. Ich versuche, es wieder gut zu machen.«

Merith stand auf, während sich vor ihr eine Steinsäule aus dem Boden erhob. Der dunkle Stein leuchtete schwach und ähnelte dem Material der Kugel, die Anna immer noch in den Händen hielt. Es war einfach noch nicht der richtige Moment gekommen, um sie abzulegen.

»Was machst du da?«, fragte Anna. Merith gelang es mühelos, Fragen zu beantworten und gleichzeitig für neue zu sorgen.

»Ich beende es jetzt.«

»Was?« Anna schluckte.

»Die Zeit.«

Anna verneinte mit dem Kopf. »Das verstehe ich nicht.«

»Möchtest du weiterleben?«, fragte Merith mit einem zarten Lächeln im Gesicht.

»Ja.« Natürlich wollte Anna das. Sie liebte das Leben und würde es nicht sorglos vergeuden wollen.

»Dann entscheide dich, mir zu vertrauen … und du wirst überleben.«

»Hilf mir dabei ... bitte.« Anna wollte ihr vertrauen, aber ihre Worte enthielten zu viele offene Fragen.

Merith löste an der Steinsäule ein dumpfes Brummen aus, das in großer Tiefe unter ihnen schnell pulsierend leiser wurde. Ein beängstigendes Geräusch. Anna dachte an einen Generator, der auf einen Schlag seine Spannung verlor.

»Anna, kannst du mich hören?« Nader sprach sie auf dem Netzwerk an, Anna sah an sich hinunter, der Einteiler, das inaktive K-6 Implantat, alles schien noch zu funktionieren. Eine Atemhilfe brauchte sie nicht. Die Steinkuppel bot neben einer erdähnlichen Schwerkraft auch Luft zum Atmen.

»Ja ... mir geht es gut«, antwortete Anna, nachdem sie über das Irisdisplay den Kanal bestätigt hatte. Sie freute sich, seine Stimme zu hören.

Stille.

»Weißt du, was passiert ist?«, fragte Nader nach einer Gedankenpause. Verständlich, nach dem, was sie getan hatte, er musste sie für verrückt halten.

»Ich habe mir die Steinkugel aus dem Labor genommen und bin auf die Raumstation geflogen.« Anna sagte es, wie es war, daran ließ sich nichts schönreden.

»Ähm ... ja.«

»Ich kann es erklären ...«

»Wirklich?«

»Ja ... was soll die Frage?«

»Es gab ein kleineres Raumschiff, auf dem angeblich ein Parlamentär deiner Gastgeber auf eine Unterredung wartete. Wir haben ihn deinetwegen zappeln lassen.

Na ja, jetzt hat er grundlos seine Position verlassen und ist an der Außenhülle von Inka-H1 zerschellt.«

»Oh.«

»Das ist noch nicht alles. Auch die Raumstation hat sich in weiten Teilen deaktiviert und droht aus ihrer stabilen Umlaufbahn auszubrechen. In zwei Stunden wird Inka-H1 dem Planeten, den sie umkreist, gefährlich nahe kommen; einer äußerst lebensfeindlichen Welt mit unzähligen aktiven Vulkanen. Ich dachte, das solltest du wissen.«

»Danke ... ich melde mich wieder.« Anna schluckte, deaktivierte den Kanal und sah Merith an. »Warst du das?«

»Ja.«

»Warum?«

»Die Zeit meines Volkes ist vorbei. Du solltest bald zu deinen Freunden zurückkehren.«

»Wer bist du? Wer seid ihr?« Anna konnte nicht zurück, ohne Meriths Motive wenigstens im Ansatz zu verstehen.

»Wir waren euch Menschen sehr ähnlich«, antwortete Merith vielsagend. Anna konnte ihre Worte nicht greifen. Jede Antwort wäre es wert gewesen, darüber eine eigene Diskussion zu beginnen.

»Ich finde nicht, dass du einem Menschen ähnlich siehst.« Menschen waren und sind sicherlich keine in der Luft schwebenden Energiewesen, die in einer Steinkugel überleben können.

Merith wurde heller, Anna konnte ihre strengen Gesichtszüge erkennen. »Wir haben uns verändert ... wir kamen vor 450.000 Jahren in dieses Universum.«

»In dieses Universum?«, fragte Anna verdutzt. Eine andere Galaxie hätte sie akzeptiert, aber ein anderes Universum?

»Als wir die erste Fackel in den Händen hielten, besiegten wir die Materie. Mit dem ersten Wurmloch folgte der Triumph über den Raum, und als die Zeit ihr Haupt vor uns beugte, konnten wir in parallele Universen reisen«, erklärte sie vollmundig.

»Ich bin nur Ärztin ...« Merith sprach in Rätseln, Anna kam sich klein und nichtig vor.

»Es gibt keinen Grund dafür, dein Haupt zu senken. Du hast Großes geleistet.«

»Ich höre, was du sagst, aber ich verstehe es nicht. Bist du eine Zeitreisende?«, fragte Anna, die weiter versuchte, Meriths Worten einen Sinn zu geben.

»Nein. Ich erkläre es dir ... es gibt mehrere Universen, die parallel im selben Raum existieren. Eine genaue Anzahl blieb auch uns bisher verborgen.«

»Können wir sie sehen?«, fragte Anna.

»Du kannst sie nicht sehen, nicht riechen und vor allem kannst dich nicht beliebig zwischen ihnen hin und her bewegen. Dein Körper, jedes Molekül darin, jedes Atom und jedes Quantenteilchen existiert nur in einem Universum«, erklärte Merith, deren Licht wieder abnahm. »Aber selbst Quantenteilchen bestehen aus noch kleineren Bausteinen. Sie sind der Schlüssel, aus dem Materie, Raum, Licht und die Zeit entsteht.«

Das konnte Anna nicht erfassen. Sie suchte nach Halt. »Aber ihr habt es geschafft?«, fragte sie ausweichend.

»Die einzige Konstante in allen Universen ist die Gravitation, die auch die einzige Kraft ist, die Brücken schlagen kann.«

»Sind etwa Schwarze Löcher Tore zwischen Universen?«, fragte Anna, der diese Idee spontan in den Sinn kam.

»Ja ... allerdings nur in eine Richtung. Schwarze Löcher verdichten den Raum, das Licht und die Zeit. Einfach alles saugen sie auf, zermalmen es und spucken es wieder aus. Schwarze Löcher töten und schaffen gleichzeitig neues Leben.«

»Ihr könnt nicht wieder in euer Universum zurück, oder?« Annas Frage war die Konsequenz aus Meriths Erklärungen.

»Nein. Niemals. Auch Universen sterben und werden neu geboren. Unser Universum ist bereits vergangen und eures wird bald dieses Schicksal teilen.«

Machte das einen Sinn? War die gravitative Anomalie der Totengräber ihres gesamten bekannten Universums? Anna dachte nach, Meriths Erläuterungen klangen fantastisch, aber auch plausibel. Die Existenz paralleler Universen wollte sie fürs Erste hinnehmen, ihr fehlte das Wissen, um darüber zu diskutieren.

»Wie habt ihr die Reise in ein paralleles Universum überlebt?«, fragte Anna, nur diese Frage zählte. Sie fühlte sich nicht bereit, das Ende der Menschheit zu akzeptieren.

»Zeit ist nicht relativ, sie ist beliebig.« Merith stand auf und kam auf sie zu. Anna wich zurück. »Trotzdem kann man sich nicht beliebig in der Zeit vor- und zurückbewegen.«

»Die erste Horizon reiste in die Zukunft ...«

»Nein.«

»Bitte?«, fragte Anna verunsichert.

»Reisen nahe der Lichtgeschwindigkeit sorgen nur für eine Zeitdilatation. Das sind keine Veränderungen der eigenen Position in der Zeit. Nur die relative Wahrnehmung an Bord eines Raumschiffes wird massiv gestaucht. Die erste Horizon war aus einer Perspektive auf der Erde 10.000 Jahre unterwegs. In deiner Perspektive waren hingegen nur 192 Jahre vergangen.«

»Einverstanden ... wir haben ein paar Jahre ausgelassen.« Damit konnte Anna leben.

»Eine Reise in die Vergangenheit eines Universums ist bisher keiner bekannten Mission gelungen.«

Meriths Aussage entsprach auch dem bekannten Wissensstand der Menschen im dreizehnten Jahrtausend, man konnte nicht in der Zeit zurückreisen.

Anna stockte. »Warum betonst du dieses Universum, kann man etwa in die Vergangenheit eines parallelen Universums reisen?«

»Wenn du es schaffst, an einem Stück ein Schwarzes Loch zu durchqueren, bist du für den Bruchteil einer Sekunde in jeder Zeit gleichzeitig ... erst dann musst du dich entscheiden. Man kann die Wahl einer Zeit allerdings nur einmal treffen.«

Diese Worte Meriths verstand Anna, die jetzt ein größeres Bild sah. Ein Multiversum, bestehend aus vielen parallelen Universen, die sich ständig zerstörten und wieder neu bildeten. Doch wenn Meriths Volk bereits aus einem anderen Universum zu ihnen kam, wieso hatte sie dann gesagt, dass ihre Zeit enden würde?

»Warum möchtest du uns helfen?«, fragte Anna. Wieso rettete Merith nicht ihr eigenes Volk?

»Was siehst du, wenn du mich siehst?« Merith gab sich weiterhin rätselhaft.

»Ich sehe eine Erscheinung aus Licht ... aber ich höre ein lebendiges Wesen. Was ist mit euch passiert?«

»Ich sagte es bereits ... wir waren euch ähnlich. Der Letzte von uns starb vor 287.000 Jahren. Alles was blieb, waren leere Träume. Wir träumten davon, nicht gestorben zu sein ... deswegen habe ich heute unsere Kultur ausgelöscht.«

»Bist du ein Computerprogramm?« War Merith ebenfalls nicht mehr als eine KI? Ein ehemals lebendiges Wesen, das seinen Tod mit Hilfe von Technologie zu überlisten geglaubt hatte?

»Wir haben dafür inzwischen andere Namen ... aber du hast recht. Ich bin eine energetische Signatur, die ihr noch Künstliche Intelligenz genannt habt ... ein Witz, oder?« Merith wirkte nachdenklich, während sie weitersprach.

»War das Versteck unter der Wüste dein Gefängnis?« Annas Gedanken bewegten sich weiter, auch das Bild über Merith komplettierte sich langsam.

»Nein ... es war mein Grab.«

»Aber du lebst und du hast mich bereits vor unserem Zusammentreffen geführt ... das ist doch unlogisch. Ohne deine Hilfe hätte ich dich nicht gefunden.«

»Ich werde jetzt erst beginnen, dir zu helfen ... ist dir das Licht aufgefallen, das, scheinbar allen Naturgesetzen zum Trotz, auf der Erde leuchtet?«

»Es gibt eine weitere Erde?«, fragte Anna erstaunt und hielt sich die Hand vor den Mund.

»Natürlich ... jedes Universum hat eine Erde, in jedem Universum leben Menschen, wenn auch nur eine relativ kurze Zeit ... und jedes Universum wird früher oder später von derselben gravitativen Anomalie zerstört ... das ist der Lauf der Dinge.«

»Passiert es immer zur selben Zeit?«, fragte Anna.

»Nein ... bei uns ist es später passiert. Ein glücklicher Umstand, wir waren technologisch weiter entwickelt als ihr, sonst würde ich dir heute nicht helfen können. Aber zurück zu dem Licht ... das ist genau die Steinkugel, die du in deinen Händen hältst. Sie ist euer Marker, sie wird euch den Weg weisen.«

»Wie kann die Kugel gleichzeitig auf der Erde und in meinen Händen sein?« Anna stockte, natürlich, die Steinkugel hatte ein Schwarzes Loch durchquert und bestand für den Bruchteil einer Sekunde zu allen Zeiten gleichzeitig. »Warte ... ich habe es verstanden.«

Merith lächelte. »Das weiß ich.«

»Was muss ich jetzt tun?«

»Nicht viel ... lege die Kugel auf die Steinsäule und kehre auf die Horizon zurück.« Meriths Worte klangen endgültig. »Die Kugel wird ihren Weg allein finden.«

»Aber ... die Horizon kann nicht durch ein Schwarzes Loch reisen. Wie sollen wir das schaffen?« Anna glaubte, zu wenig Zeit zu haben, es gab noch so viele Fragen.

»Doch ... ist das nicht wunderbar? Ich glaube, du hast nicht die Spur einer Ahnung, wozu du fähig bist.«

»Aber ...« Anna verstummte und blickte starr vor Schreck auf einen Teil von Meriths schattenhafter Erscheinung, der sich von ihrem Körper löste und wie ein Schleier auf sie zu schwebte.

»Die Reise zur Erde ist einfach. Reisen haben wir zur Perfektion gebracht ... das Leben zu leben, leider nicht. Daran sind wir gescheitert. Ich wünsche dir und allen anderen, dass ihr es besser macht«

Die Zeit genügte nicht, um Merith alle Fragen zu stellen, eine Frage musste Anna allerdings noch loswerden.

»Warum ich?« Merith hätte auch jeden anderen nehmen können. Warum hatte sie Anna ausgewählt?

»Anna, wir warten auf dich ... was ist bei dir los?« Nader meldete sich erneut. Anna konnte ihm gerade nicht antworten.

»Ihr seid Replikanten ... wahrlich eine verlorene Schöpfung, aber zu unglaublichen Dingen fähig«, antwortete Merith.

»Ich bin die letzte Replikantin ... alle anderen sind tot.«

»Das glaube ich nicht ...«

»Bitte, was?«, fragte Anna aufgeschreckt.

»Wenn du alleine wärst, hätte ich dich nicht erreichen können ... das Band, das dich und deinen Bruder verbindet, ist einzigartig. Es gleicht einer Antenne, die euch quer durch Raum und Zeit zusammenhält. Nur wegen dieser Verbindung ist eine Kommunikation möglich. «

Anna ballte die Fäuste. »Elias ist gestorben. Wir haben seine Welt mit einer Gravitationsbombe zerstört. Ich habe es gesehen.« Anna wünschte sich so sehr, sich zu irren.«

»Er lebt.«

»Das kann nicht sein!«, schrie Anna, während sie der schwebende Schleier berührte und sich in Luft auflöste.

»Du wirst es sehen ...« Merith ließ sich durch ihre plötzliche Hektik nicht anstecken.

Anna tobte. »Ich werde gar nichts tun ...« Sie wollte sich nicht wieder für etwas benutzen lassen, das sie nicht verstand. War das alles nur eine Posse, um sie zu manipulieren?

»Du hast es doch schon getan … lebe wohl.« Meriths Licht erlosch mit einem gütigen Lächeln.

»Anna … die Raumstation stürzt ab! Melde dich! Sofort!« Nader gab sie nicht auf.

»Was habe ich getan?« Anna war allein. Der Boden unter ihr knarrte, die gesamte Raumstation drohte auseinanderzubrechen. Das war alles ein einziger Albtraum. Sie legte die Kugel auf den dunklen Steinsockel, die sich sofort inmitten eines grellen Lichtstrahls auflöste.

»Elias!«, rief sie panisch und sackte auf die Knie. Das K6-Implantat aktivierte sich und umschloss schützend ihren Körper. Druckabfall, die künstliche Atmosphäre auf Inka-H1 brach zusammen. »Bitte lass mich jetzt nicht allein!«

***

Delta Phase

XXXI. Obediens - Gehorsam

Merith lag flach auf dem Bauch und beobachtete das Eichhörnchen vor ihr, wie ein hungriger Räuber auf Futtersuche. Es konnte jeden Moment vorbei sein. Das knöchelhohe Gras bot keine Deckung und auch der nächste Baum befand sich zwanzig Meter entfernt. Es roch nach Frühling und Sonne, was für ein wunderschöner Tag. Der kleine Nager schien ihre Anwesenheit zu ignorieren und beschäftigte sich weiterhin mit einer Haselnuss.

»Ich glaube dir trotzdem nicht«, flüsterte Casseia, ihre kleine Schwester, die sie auf der Pirsch begleitete und neben Merith auf der Wiese lag. Sie kannte niemanden, der weniger Fantasie hatte.

»Warte ...« Merith lächelte, sie wusste es besser. Es war ganz einfach, sie musste nur die Seele des Tieres berühren. Danach galt es nur noch, zuzuhören.

»Es wird sicherlich gleich weglaufen!« Casseia blieb stur, wie immer. Ihre Schwester akzeptierte nur Dinge, über die Auguren bereits umfängliche mediale Abhandlungen erstellt hatten.

»... höchstens, wenn du noch lauter sprichst.« Merith streckte ihre Hand aus. Nur noch wenige Zentimeter. Das Eichhörnchen ließ sich nicht stören. Gleich würde es passieren.

»Wenn du es anfasst ... zählt es nicht.«

»Ich werde es nicht anfassen ...« Das brauchte Merith nicht, die jetzt den Herzschlag des Tieres spüren konnte. Ganz nah, sie spürte die Neugierde, die Vorsicht und natürlich den Hunger, den die Haselnuss stillen sollte, sobald die harte Schale überwunden wäre.

Das Tier sah sie fragend an. Merith schloss die Augen, es war ganz einfach, sie musste nur der Seele ihres kleinen Freundes nahe kommen. Warum sie das konnte, wusste sie nicht, sie konnte es einfach.

Als Merith ihre Augen wieder öffnete, hielt sie eine Haselnuss in ihren pelzigen Krallen und sah auf die geschlossenen Augen eines jungen Mädchens mit schmalen Gesichtszügen, dessen dunkle Haare zu einem kunstvollen Zopf geflochten waren. Das war sie selbst, die neben Casseia vor dem Eichhörnchen auf der Wiese lag. Wenn ihre Schwester auch ansonsten wenige Talente hatte, sie konnte die wunderbarsten Frisuren flechten.

»Und was jetzt?«, fragte Casseia, die die Situation immer noch nicht erfasste.

»Sieh, was ich tue ... sieh einfach hin.« Mit den Sinnen des Tieres sah Merith, wie sich ihre Lippen bewegten und hörte ihre eigenen Worte. Ohne das Tier zu verletzen oder dem Geist Schaden zuzufügen, drängte sie das Bewusstsein ihres Wirts in einen beruhigten Traum. Dem Eichhörnchen würde nichts passieren.

»Es bewegt sich nicht.« Casseia hielt sich an der begrenzten Welt fest, die ihr ihre Augen offenbarten.

»Noch nicht ...« Merith ging im Körper des Nagers auf Casseia zu, ganz nah, bis sie eine Handbreit vor ihr stand. »Siehst du mich?«

»Du liegst neben mir ...«

»Aber siehst du mich denn nicht in den Augen des Eichhörnchens?« Merith verstand nicht, dass sich Casseia weiterhin so ungläubig gab. Wie hätte sie denn ihr Geheimnis, das sie bisher noch niemandem gezeigt hatte, deutlicher veranschaulichen sollen?

»Die Augen eines Eichhörnchens sind ziemlich klein ... wirklich ... ich sehe überhaupt nichts!«

Merith legte die Haselnuss ab und berührte Casseia vorsichtig mit den Pfoten an der Nase. In dieser Art und Weise hätte sich ein Eichhörnchen niemals bewegt. »Immer noch nicht überzeugt?«

»Und du siehst mich jetzt wirklich durch die Augen des Tieres?«, fragte ihre Schwester staunend.

»Ja.«

»Das ist unmöglich.«

»Eher unwahrscheinlich ...« Merith lächelte, solange sie die Augen ihres eigenen Körpers geschlossen hielt, würde sie alle Erfahrungen mit dem Eichhörnchen teilen können.

»Aber die Auguren ...«

»... wissen nicht alles.« Merith schloss den Satz ihrer Schwester mit ruhigen Worten ab. Die Auguren standen für das Wissen, die Sicherheit und den ewigen Frieden. Eine ehrenvolle Aufgabe, die sie dem Orden hoch anrechnete.

»Wie machst du das?« Casseia drehte sich ihr zu, Merith sollte das Tier wieder freilassen.

»Ich berühre seine Seele ...« Besser konnte sie den Vorgang nicht beschreiben, es war eine Frage der Empathie. Eines Tages hatte sie es einfach gekonnt.

»Kannst du es auch bei mir?«

»Nein.« Merith konnte es nur bei einigen besonderen Tieren, sie mochte das Eichhörnchen, das ihr mittlerweile zum dritten Mal erlaubt hatte, die eigene Wahrnehmung mit ihr zu teilen.

»Das ist unlogisch.« Casseia würde später selbst ein guter Augur werden, es fiel ihr leicht, Urteile bar jeglichen Wissens, dafür aber frei von Zweifeln, auszusprechen.

»Nein ... höchstens temporär technologisch nicht erklärbar.« Merith nahm die Haselnuss wieder auf, hoppelte ein Stück über die Wiese und entließ das Tier wieder in die selbstbestimmte Freiheit.

Casseias Augen wurden schmaler. »Für diese Worte würdest du dir in Gegenwart fremder Ohren eine Belehrung einhandeln! Vielleicht sogar eine Korrektur!«

Merith war wieder zurück. »Du hast mir etwas versprochen, vergiss das bitte nicht!«

»Ja, ja ... ich werde es niemandem sagen.« Casseia setzte sich auf, auch sie trug ihre dunklen Haare, die ihr bis zu den Hüften reichten, zum Zopf geflochten. Das Aussehen der beiden Schwestern ähnelte sich in vielen Details. Hoffentlich hatte Merith keinen Fehler gemacht, aber seiner kleinen Schwester musste man doch vertrauen können.

»Das muss unter uns bleiben! Oder möchtest du ernsthaft von einem Korrektor besucht werden?«, fragte Merith, der allein der Gedanke an ein solches Gespräch einen Schauer über den Rücken jagte.

»Nein ...« Casseia, die in der Vergangenheit solche Dinge meist für ein Spiel gehalten hatte, lächelte. Die Farbe der Schuppenpigmente ihres Kleides veränderte sich, die Schuppenplättchen wurden heller und legten sich eng an den schlanken Kinderkörper an. »Aber für mein Stillschweigen musst du mich schon fangen!«

Casseia rannte lachend los.

»Als ob ich dich nicht kriegen würde!« Merith nahm die Herausforderung an. Auch ihr zuvor wiesengrünes Kleid legte sich schuppenartig eng an ihren Körper an und wurde schneeweiß. Sie gab ihrer Schwester einen kurzen Vorsprung.

Merith saß am frühen Abend in ihrem Zimmer und spielte mit einer kleinen Steinkugel, die sie langsam durch die Hand rollen ließ. Die Bewegung der Kugel half ihr, sich zu konzentrieren. Über den mit filigranen Ornamenten verzierten Holzboden zog vom offenen Fenster ein kühler Luftzug zu ihr. Die Schuppenplättchen hatten ihre Kleidung in eine dunkle Robe verwandelt. Ihr Vater würde sie gleich sprechen wollen, sie hätte Casseia nicht ihr Geheimnis anvertrauen sollen.

»Darf ich hereinkommen?«, fragte ihr Vater höflich, der vor ihrer Tür stand.

»Die Tür ist offen.« Merith würde es nicht verhindern können. Sie steckte die Steinkugel in die Tasche.

»Hallo Merith.«

»Hallo Vater«, begrüßte sie ihn, wie gerne hätte sie die Welt einmal mit seinen Augen gesehen. Jonas, Meriths Vater, war ebenfalls ein Augur, ein Mann ohne Haare, ein Verkünder, ein geachteter Hüter des Wissens, der nur wegen seiner langjährigen Verdienste für den Orden zwei Töchter aufziehen durfte. Ihre Mutter hatte sie nie kennenlernen dürfen, man sprach nicht über seine Herkunft. Die Balance der Elemente und der ewige Frieden standen über dem Blut.

»Darf ich mich zu dir setzen?«, fragte ihr Vater, der nicht auf eine Antwort wartete. Er trug eine weiße Robe, die ein leuchtender Gürtel umschloss. Das Licht war die Quelle allen Wissens und Mittelpunkt des

Bewusstseins, bei ihrem Vater bekundete der Gürtel zudem seine besondere Stellung in der Hierarchie des Ordens.

»Bitte ...« Merith wurde immer leiser. Die dunkle Robe, die ihr Gesicht mit einer Kapuze verbarg, löste sich auf. Das hatte nicht sie getan, aber im Haus ihres Vaters stellte man seine Entscheidungen nicht in Frage. Die Schuppenplättchen formten binnen eines Lidschlages einen enganliegenden weißen Einteiler, in dem sich Merith gerade nackt und ungeschützt fühlte.

»Weiß steht dir besser.«

Sie nickte und blickte aus dem bodentiefen Fenster ins Freie, durch dessen stilvoll gearbeiteten Rahmen aus hellem Marmor die Bäume vor dem Haus wie Objekte in einem Kunstwerk wirkten. Die tiefstehende Sonne gab den Abendstunden eine behagliche Wärme, die gerade überhaupt nicht zum Gesprächsverlauf passen wollte.

»Ist der Sonnenuntergang nicht wunderbar?«, fragte Meriths Vater unverfänglich.

»Ja.« Merith kannte seine rhetorischen Floskeln bereits, leider war das nicht das erste Gespräch dieser Art.

»Es ist deine Pflicht, diese Schönheit zu erhalten.«

»Ja.« Das wollte Merith wirklich, der Natur zu dienen war eine edle Aufgabe und das höchste Ziel jedes Wissenden.

»Der Lauf der Zeit hat uns vieles gelehrt. Gehorsam ist eine der wichtigsten Lehren, die uns die Summe der Erfahrungen vergangener Tage vermittelt.«

»Ja, Vater.«

»Wir dienen der Natur, was bedeutet, dass wir nicht über Gebühr in sie eingreifen. Wir nehmen uns nur, was wir zuvor gesät haben, und wir respektieren Leben in jeglicher Form.«

»Ja, Vater.«

»Ich habe gesehen, was du getan hast ...«

»Oh ...« Merith schluckte, damit hatte sie nicht gerechnet. Hatte Casseia sie etwa doch nicht verraten?

»Du hast deine Schwester getäuscht ... sie glauben gemacht, dass du über den Gesetzen der Natur stehst. Sie fürchtet sich, das darfst du nie wieder tun.«

»Aber ...« Merith überlegte, sich zu rechtfertigen, zu erzählen, was sie getan hatte, zu erzählen, wozu sie in der Lage war. Nein, sie sollte es besser lassen.

»Merith, hast du verstanden, was ich dich lehren möchte?«, fragte ihr Vater nachdrücklich.

»Ja, Vater.« Merith nickte. Egal, was Casseia erzählt hatte, oder was er glaubte, gesehen zu haben, weder er noch ihre Schwester konnten verstehen, was sie bewegte.

»Du darfst deine kleine Schwester nicht belügen!«

»Entschuldige, bitte.«

»Wie alt bis du jetzt?«

»81 Jahre ...«

»Du bist noch ein Kind ... erst in sieben Jahren erhältst du deine Weihe. Dann wirst du deinen Platz im Orden verstehen und dein eigenes Leben leben.«

»Ja, Vater.« Die Frage nach dem Alter stellte er jedes Mal. In einer Welt, in der nach der Jugend niemand alterte und später niemand starb, spielte das Alter ohnehin keine Rolle.

»Du wirst die nächsten drei Tage im Haus bleiben.«

»Ja, Vater.« Eine lächerliche Strafe, deswegen würde sie sicherlich nicht aufhören, die Natur zu beobachten. Und Casseia hatte sie verraten, das wusste sie nun genau.

»Merith, sieh mich bitte an.« Ihr Vater zeigte sich nachdenklich und entschlossen.

»Ja, Vater.« Sie hatte keine Ahnung, welche Motive ihn bewegten, obwohl sie schon viele Jahre gemeinsam verbrachten hatten, blieben ihr seine Träume fremd. Es hatte Momente gegeben, in denen er versuchte, ihr nahe zu sein, aber auch viele Gespräche, in denen Merith nur einen Fremden sah, der das Haus mit ihr teilte.

»Merith, du musst Verantwortung übernehmen! Das alles hier ist kein Spiel!«, sagte er kraft seiner gesamten Autorität und wirkte unsicherer als je zuvor.

Merith nickte, es ging um Verantwortung, das verstand sie jetzt deutlicher als jemals zuvor.

Später am Abend lag Merith im Bett und dachte nach. Ihr Leben war ein Geschenk. Dafür schuldete sie ihrem Vater Dank. Ein surrealer Gedanke, den sie bisher noch nie in Frage gestellt hatte. Was war der Sinn ihres Daseins?

Seit 81 Jahren lebte sie mit ihrem Vater und später auch ihrer Schwester auf einem komfortablen Anwesen vor der Stadt. Besuch bekamen sie selten, und wenn, blieben die anderen Auguren nicht lange.

Bei gutem Wetter ließ sich in der Ferne die Silhouette der Stadt erkennen, eine Stadt, die sie bisher noch nie besucht hatte. Warum eigentlich nicht? Diese Frage hätte sie ihrem Vater stellen sollen, wie viele andere mehr.

»Wer bin ich?«, fragte Merith leise und zog die Bettdecke näher an sich heran.

»Was bin ich?« Es gab viele Dinge, die sie nicht verstand. In einer Welt ohne Not gab es bisher nicht die Notwendigkeit, zu viele Fragen zu stellen. Im Einklang mit der Natur, mit einem omnipräsenten Vater, dem wunderschönen Garten und ihrer Schwester als Spielkameradin fühlte sie sich bis zu diesem Moment wohl behütet. Dabei hatte sie im Unterricht auch von anderen Zeiten gehört: Zeiten des Krieges, der Gier und endloser Not, die niemand mit klarem Verstand jemals vermissen würde.

Warum hatte Casseia ihr Geheimnis nicht für sich behalten? Casseia, ihre kleine Schwester und beste Freundin. Dabei war es noch nicht einmal eine große Sache gewesen, mit dem Eichhörnchen zu spielen. Merith fühlte sich allein, das Gespräch mit ihrem Vater hatte sie nicht gestört. Wenn sie ihm nicht widersprach, beruhigte er sich immer wieder schnell.

Warum hatte Casseia sie verraten? War das Vertrauen zu viel verlangt? Nein, das war es nicht. Merith haderte mit ihrer Familie, Casseia hätte das nicht tun dürfen.

Oder hatte sie einen Fehler begangen, hätte sie Casseia die Spielerei nicht zeigen dürfen? Diese Fragen führten sie nicht weiter. Bisher hatte sie gelernt, sich mit ihrem privilegierten Leben zufriedenzugeben und keine unangebrachten Fragen zu stellen.

Aber das war nur die halbe Wahrheit, eine Frage ohne Antwort blieb nur eine Frage. Leer und ohne Sinn. Es kam auf die Antwort an. Antworten, genau, es war an der Zeit, Antworten zu suchen.

***

XXXII. Disciplinam – Belehrung

Merith schritt am nächsten Morgen die langgezogene Marmortreppe in das Erdgeschoss hinab. Das Licht der tiefstehenden Sonne durchflutete das gesamte Haus. Weich und warm, das Holz, der Marmor, alles passte perfekt zusammen. Aus den Schuppenplättchen ließ sie ein knöchellanges gelbes Kleid entstehen, mit langen Ärmeln und einem hochgeschlossenen Kragen, über dem sie ihre Haare offen trug.

»Du siehst bezaubernd aus.« Ihr Vater lächelte, als er sie durch den weiten Torbogen des Wohnzimmers begrüßte, während er im Sessel dem Cellospiel Casseias folgte.

»Danke.« Merith deutete eine Verbeugung an und setzte sich neben ihre Schwester, die bereits den ganzen Morgen das Haus mit ihren Klängen inspirierte, auf den Boden. Zu den vielen Dingen, die sie nicht beherrschte, musste man neben dem Flechten von Zöpfen, auch das Spiel auf einem Cello ausklammern. Sie spielte dieses Instrument in Perfektion, die sie sich während fünfzig Jahren täglichen Übens angeeignet hatte.

»Ich habe es mir anders überlegt, wir fahren heute in die Stadt«, erklärte ihr Vater mit einer beispiellosen Gleichmütigkeit. Casseia spielte weiter, mit geschlossenen Augen in ihre musikalische Welt vertieft, reagierte sie nicht auf die Ankündigung, ihr Heim erstmals verlassen zu dürfen. Was war aus den drei Tagen Hausarrest geworden?

»In die Stadt?«, fragte Merith völlig überrascht, die in Gedanken bereits von einer überwältigenden Bilderflut überrollt wurde. Die Hochhäuser, die die Wolken berührten, sahen wie Finger aus, mit denen die Wissenden auf die Sonne zeigten.

»Ja.«

Merith lachte gutgelaunt. »Wir drei?«

»Wir zwei.«

Ohne ihr Spiel zu unterbrechen, öffnete Casseia die Augen und kommentierte die Worte ihres Vaters mit keiner Silbe und auch keiner anderen erkennbaren Reaktion.

»Aber ...« Merith suchte nach den richtigen Worten, doch fand keine, um ihrer Verwirrung Ausdruck zu verleihen. Bisher hatten ihre Schwester und sie alles im Leben geteilt.

»Casseia wird auf unser Heim achten, nicht wahr, Kleines?« Meriths Vater lächelte, er war der Herr im Haus.

»Ja. Vater.« Ihre Schwester beendete ihr Spiel, stand auf und verließ mit dem Cello den Wohnraum. Das Musikinstrument aus weißem Ahorn war älter als beide Schwestern zusammengenommen. Merith sah ihr ungläubig hinterher, wie sie, ohne sich umzusehen, die Treppe zu den Schlafräumen hinaufging.

»Aber ... wir waren noch nie in der Stadt«, stellte Merith fest, um wieder Halt zu finden.

»Was ein Fehler war ... den wir heute korrigieren werden. Du bist beinahe erwachsen, du musst lernen, dich dementsprechend zu verhalten.« Seine Antwort klang harsch. Er sprach von einer Korrektur, was wollte ihr Vater korrigieren?

»Ja. Vater.« Merith verbeugte sich und sah bereits dunkle Wolken aufziehen.

»Wir gehen in zehn Minuten. Zieh dir bitte Kleidung an, die zu deinem Stand passt!«

Merith nickte wortlos und ließ aus den Schuppenplättchen einen weißen enganliegenden Einteiler entstehen. Die Auguren im Orden schätzten funktionale Kleidung, mit der jeder Wissende den Sieg über die Eitelkeit demonstrierte.

Merith folgte ihrem Vater, der zügig den Weg zum Tor des Grundstücks beschritt. In der Nähe hörte sie einen Vogel. Eingeschüchtert ließ sie den Kopf hängen und sah nach unten, die naturbelassenen Steinplatten unter ihren Füßen fügten sich farblich harmonisch in das Bild des Gartens und des nahen Waldes.

Es machte keinen Sinn, sich vor der Realität zu verstecken, Merith hob den Kopf und konzentrierte sich auf das bläulich schimmernde Portal, das vor ihren Augen wie eine Blase einen Steinbogen überspannte. Es gab keinen anderen Weg. Mit der Hand voran fühlte sich das Kraftfeld wie das Wasser eines Bergbaches an.

Stille.

Geräusche entstanden in der Ferne, schnell näherkommend, Merith öffnete die Augen und befand sich in einem Meer von Menschen, die mit ihr das Portal in der Stadt verließen. Auch wenn sie dazu bereits mediale Ausarbeitungen studiert hatte, der erste Eindruck überwältigte sie trotzdem.

»Hab keine Angst ...« Ihr Vater nahm sie an die Hand, eine Geste, die sie gerne annahm.

Merith sah an der Fassade eines Hochhauses empor, durch dessen Eingangsbereich unzählige Passanten geschäftig das Gebäude betraten oder verließen. Es gab niemanden, der keine weiße Kleidung trug. Alle Frauen und Männer waren jung, schlank und wohlgewachsen.

Sie sah auch keine Kinder oder Jugendliche wie sie. Allerdings war ihr Vater der Einzige, der einen leuchtenden Gürtel trug, was ihm viele ehrfürchtige Begrüßungen einbrachte.

»Wo wollen wir hin?«, fragte Merith, die keine hohlen Begrüßungsfloskeln schätzte. Alles, was die Passanten von sich gaben, war ein nicht enden wollender Gleichklang aus Respekt, Höflichkeit und Ideenlosigkeit.

»Wir besuchen einen guten Freund ... er wird dir helfen.«

»Wobei helfen?« Merith gefiel seine Wortwahl nicht, es gab nichts, wobei sie die Hilfe einer unbekannten Person in Anspruch nehmen wollte.

»Ich tue einfach so, als ob du die letzte Frage nicht geäußert hättest ... wir sind gleich da.«

»Ja. Vater.« Merith nickte, ihr Tonfall eben ging zu weit.

Kurze Zeit später betraten Merith und ihr Vater eines der Hochhäuser, an dessen Eingang allerdings keine Menschenmassen herein- oder herausdrängten. Die Tür öffnete sich automatisch und gab die Sicht auf eine große weiße Halle frei. Die Farbwahl überraschte sie nicht. In der Mitte stand eine junge Frau, natürlich ebenfalls weiß gekleidet, die sie mit einem Lächeln begrüßte.

»Glück und Wissen. Augur Jonas, ich grüße dich«, sagte die junge Frau und verbeugte sich.

»Glück und Wissen.« Meriths Vater ließ sie einfach stehen und ging auf eine weiße Steinsäule zu, die mehrere Meter dick war und über hundert Meter in die Höhe ragte.

»Wer war das?«, fragte Merith, die ihren Vater noch nie grundlos unhöflich erlebt hatte.

»Ich würde mir an deiner Stelle über andere Dinge Gedanken machen.« Meriths Vater lächelte, während sein Körper zu Licht zerfiel, was auch ihr einen Lidschlag später widerfuhr. Das vertikale Portal brachte sie auf die 756. Etage, eine merkwürdige Erfahrung. Nach der Ankunft kribbelten Meriths Fingerspitzen noch einen Moment.

»Jonas, ich freue mich, dich zu sehen.« Ein Mann, den Merith nicht kannte, begrüßte ihn herzlich und nahm ihn sogar in den Arm. Eine verstörende Geste, sie hatte noch nie gesehen, wie ihr Vater jemanden Fremden berührt hatte.

»Glück und Wissen.« Auch ihr Vater lächelte.

»Ja, ja ... ist gut. Wir sind unter uns. Und, ist das deine Große?«, fragte der Mann, dessen Haarwuchs ähnlich spärlich wie der ihres Vaters war. Er trug einen leuchtenden Gürtel über der weißen Robe, weswegen Merith sich respektvoll verbeugte und zum Boden sah.

»Ein prächtiges Mädchen«, antwortete Meriths Vater ausgelassen, was sie abermals überraschte.

»Merith, du darfst mich gerne ansehen ... ich beiße nicht.«

»Ja.« Merith hob den Kopf, er hatte graue Augen und tiefe Falten auf der Stirn und am Hals. War er etwa alt? Merith hatte noch nie einem alten Menschen gegenübergestanden.

»Mein Name ist Casper. Ich kenne deinen Vater bereits eine lange Zeit, es gibt keinen Grund, sich zu fürchten.«

Merith hatte diesen Namen noch nie gehört und die lange Zeit, die er vorgab, ihren Vater zu kennen, beruhigte sie auch nicht.

»Du kannst ihm vertrauen, er wird dir helfen«, erklärte ihr Vater und setzte sich in einen Sessel. Das riesige Büro mit einer umlaufenden Panoramaverglasung bot eine kaum mit Worten zu beschreibende Fernsicht, die von den Bergen bis zum Meer reichte.

»Natürlich.« Merith nickte, sie vertraute noch nicht einmal ihrem Vater, weshalb sollte sie sich dann einem Fremden öffnen?

»Ich bin beeindruckt. Merith, möchtest du dich setzen?«, fragte Casper und setzte sich in einen Sessel neben ihrem Vater. Ein dritter Sessel blieb für sie. Ein Schreibtisch, drei Sessel und gefühlte tausend Quadratmeter freier Marmorboden, war das der typische Arbeitsplatz der Freunde ihres Vaters?

»Es ist passiert«, erklärte Meriths Vater stolz. Wovon redete er? »Ich habe es verifiziert. Es gab drei Ereignisse, sie kann es tatsächlich kontrollieren.«

»Darauf haben wir lange gewartet.« Casper sprach in Rätseln. »Aber ist sie auch bereit für alles, was dazugehört?«

Bereit für was, rief Merith in Gedanken, was ging hier vor?

»Haben wir Zeit, länger zu warten?«, fragte ihr Vater.

»Nein ... was ist mit ihrer Schwester?«, fragte Casper.

»Nichts.«

»Es sollten zwei sein.«

»Ich weiß.«

»Ich bitte darum, eine Frage stellen zu dürfen«, sagte Merith mit zittriger Stimme. Sie hatte einiges erwartet, aber sie verstand kein Wort von dem, was gesprochen wurde.

»Bitte ...« Casper gebot ihr, zu sprechen.

»Was ist mit mir?« Tränen liefen ihre Wangen herab. »Bin ich krank?« Eine dämliche Frage, da die Menschheit bereits alle bekannten Krankheiten besiegt hatte.

»Nein ... das bist du sicherlich nicht.« Casper beugte sich vor und nahm ihre Hand. »Du bist eine junge Frau mit besonderen Fähigkeiten und es gibt keinen Grund, Angst zu haben.«

»Aber ich habe Angst.« Diese Unterredung war zu viel für sie.

»Das kann ich verstehen ... dein Vater und ich werden dich weiterhin beschützen. Du kannst uns vertrauen!«

»Aber ...« Merith verstand nicht, vor wem oder was sie beschützt werden musste?

»Ist das Haus am Waldrand noch sicher?«, fragte Casper und sah ihren Vater an.

»Ja.«

»Es war gefährlich, in die Stadt zu kommen.«

»Es wäre noch gefährlicher gewesen, damit zu warten ... wir müssen handeln.« Meriths Vater hörte sich an wie ein Zweifler. Seine weiße Robe, der leuchtende Gürtel, er war ein Mann unbedingten Vertrauens, ein Hüter des Wissens. Wie konnte er da Zweifel in ihre Sinne streuen?

»Sie ist noch nicht bereit ... du musst ihre Ausbildung abschließen. Sonst haben wir keine Chance.« Casper sprach über Merith, als ob sie ebenfalls eine Zweiflerin wäre. Das alles war ein Albtraum.

»Der Plan sah vor, dass es zwei wären ... aber ihre Schwester ist nicht erwacht. Wenn ich die Ausbildung vor Casseias Augen abschließe, gefährde ich unsere gesamte Mission«, erklärte Jonas. Merith schluckte, sie wollte ihn nicht mehr ihren Vater nennen. Der Orden sorgte für Frieden und Gesundheit, sie war keine Zweiflerin.

»Jonas, sieh in ihre Augen, dein Kind hat Angst, Todesangst, sie ist noch nicht bereit.« Casper hörte nicht auf, er war eindeutig ein Zweifler, ein Verräter, mit ihm wollte sie nichts zu tun haben.

»Deshalb bin ich zu dir gekommen ... du musst uns helfen.«

»Wie? Du kennst die Regeln, du weißt genau, dass sie uns beobachten. Allein wegen deines Besuches werde ich einem Korrektor Rede und Antwort stehen müssen.«

»Als ob du diese Idioten nicht hinters Licht führen könntest!« Jonas forderte viel von Casper.

»Was sich bei dir immer einfacher anhört, als es ist ... das wird jedes Mal schwieriger. Ich möchte unser Glück nicht unnötig herausfordern.« Zudem schien Casper ein Feigling zu sein.

»Was ist mit den anderen? Ich war doch nicht der Einzige ... der Kinder erziehen durfte.«

Merith schreckte auf, andere? Von wem sprach Jonas da? Sie hatte niemals andere Kinder kennengelernt.

»Unser Programm war gewagt. Die Technologie verwegen und alles andere als erprobt. Merith ist bis zum heutigen Tag die einzige erwachte Kriegerin! Du weißt genau, gegen wen wir kämpfen ... niemand von uns hatte eine Chance, in einem offenen Krieg auch nur eine Sekunde zu überleben.«

»Was für ein Krieg?«, fragte Merith aufgelöst. Überleben? Gegen was und wen sollte sie kämpfen? Das war doch Wahnsinn, die beiden Männer hatten den Verstand verloren.

»Hast du deine Kugel dabei?«, fragte Casper, während er sich ihr zuwandte.

»Kugel?«, fragte Merith verängstigt. Die kleine Steinkugel gehörte nur ihr und sonst niemandem.

»Ich werde sie dir nicht wegnehmen.«

Jonas nickte. »Du kannst sie Casper zeigen.«

Merith holte die Kugel hervor und zeigte sie in ihrer geöffneten Hand. Es war nur eine glatte Steinkugel aus dunklem Marmor, die sie allerdings um keinen Preis missen wollte.

»Weißt du, was das ist?«, fragte Casper.

»Eine Steinkugel«, antwortete Merith unsicher. Bei der Frage drängte sich der Gedanke auf, dass die Kugel mehr war, als sie zu sein schien.

»Offensichtlich. Ja. Eine Kugel aus Marmor. Kennst du das Gefühl, einsam zu sein?«, fragte er weiter.

Merith nickte.

»Hat dir diese Kugel dann geholfen, dieses Gefühl der Leere zu vertreiben?«

Merith nickte erneut.

»Technologie ist in unserem Alltag meist unsichtbar ... was nicht bedeutet, dass es sie nicht gibt.«

Merith zog die Augenbrauen hoch.

»Magie ist es jedenfalls nicht.« Casper tippte die Kugel an, die sich daraufhin öffnete und eine holografische Ansicht ihres Hauses am Waldrand zeigte. Hatte Jonas sie etwa mittels der Kugel beobachten können?

»Was ist das?«

»Ein Störfeld ... es beschützt dich, beschützt deinen Geist, es schenkt dir den Reichtum, als Einzige über deine Gedanken verfügen zu können. Die Auguren des Ordens sehen alles ... was meiner bescheidenen Meinung nach erheblich zu viel ist. Wegen dieser Kugel sehen sie nur das, was wir sie sehen lassen.«

»Warum tut ihr das?«, fragte Merith, die holografische Projektion verschwand, da sie die Kugel wieder einsteckte.

»Das würden dein Vater und ich dich gerne lehren.« Casper gab sich von einer neuen Seite, die Merith neugierig machte.

»Lehren? Wie wollt ihr das tun?«

»Nun ... ohne ein wenig Vertrauen kommen wir nicht weit. Der Orden würde unser privates Ausbildungsprogramm, wenn es publik werden würde, nicht sonderlich schätzen.«

»Ich soll über alles schweigen?« Die fragten sie ernsthaft, an deren Konspiration teilzunehmen.

»Dein Vater und ich reden gerne mit dir ... allerdings sollten wir dazu einige Spielregeln einhalten.«

»Ihr sagtet, ich wäre eine Kriegerin?« Sie, eine Kriegerin, der Gedanke allein war grotesk.

»Das kann man so sagen«, sagte Jonas.

»Ich habe noch nie eine Waffe in der Hand gehabt ... ihr setzt Erwartungen in mich, die ich nicht erfüllen kann.«

»Wir haben dir auch noch nicht erzählt, wer und was unser Gegner ist. Der Krieg, der uns bevorsteht, hat wenig mit dem zu tun, was du im Unterricht gelernt hast.«

»Wer ist unser Gegner?«, fragte Merith, die sich entscheiden musste. Casper vermittelte ihr etwas, das sie nicht erwartet hatte. Er motivierte sie, nachzudenken. Er forderte keinen starren Gehorsam, es ging um die Freiheit, Entscheidungen zu treffen. Auch ihr Vater brachte ihr einen bisher nicht gezeigten Respekt entgegen. Das war das erste Mal, dass Merith sich erwachsen fühlte.

»Wir brauchen deinen wachen Verstand ... nur dann wirst du deinen Gegner erkennen können«, sagte Casper und lehnte sich zurück. Seine Worte verfehlten nicht ihre Wirkung.

Merith nickte, sie würde schweigen und diesen Besuch in der Stadt sicherlich nicht vergessen.

*∗∗

XXXIII. Circulus vitae - Kreis des Lebens

Nach dem Aufenthalt in der Stadt und dem überraschenden Gespräch mit dem Auguren Casper lag Merith am Nachmittag wieder auf ihrer Wiese und schaute einem Marienkäfer zu, der gerade mit einem Grashalm kämpfte. Nur der Käfer und der Grashalm, weder ihre Schwester noch das Eichhörnchen sahen bei dem Duell zu, das das Insekt entschlossen für sich entschied. Als es die Spitze erreicht hatte, öffnete es seine Flügel und flog davon. Einfach davonfliegen, eine naive Vorstellung, die sie mit dem Finger verträumt die geschwungene Flugbahn des Käfers nachzeichnen ließ.

Merith war froh, allein zu sein. Im weitläufigen Garten, der das Haus ihrer Familie umgab, gab es genug Platz, um sich aus dem Weg zu gehen. Der Wind wehte kaum hörbar durch den Baum hinter ihr. Sie liebte diese besondere Stelle im Garten, die auf einem kleinen Hügel lag, von dem man auf das gesamte Anwesen herabsehen konnte. Ein wunderschöner Ausblick. Auf dem Rückweg aus der Stadt hatte ihr Vater nur wenig mit ihr gesprochen. Obwohl es viele Dinge gab, die Merith ihn gerne gefragt hätte, hielt sie es für besser, den Mund zu halten. Erst als sie das Portal am Steintor passiert hatten, sah er sie an und sprach über eine bedeutende Aufgabe.

Welche Aufgabe, hatte sie gefragt, er lächelte und betonte, wie wichtig es sei, dass sie sich ab jetzt jedes Wort zweimal durch den Kopf gehen lassen würde. Vor allem Casseia sollte Merith behandeln, als ob nichts vorgefallen wäre, was ebenfalls bedeutete, dass sie ihrer Schwester kein Wort über die Unterhaltung mit Casper erzählen würde.

Lächeln und nicken, das hatte Merith bereits oft als leere Geste benutzt. Dieses Mal hatte sie aber verstanden, wie wichtig es war, sie würde Casseia kein weiteres Mal vertrauen.

Merith beobachtete ein Blatt, das der Wind zu ihr trug und das sich gemächlich vor ihr auf die Wiese legte. Welk und an vielen Stellen bereits braun, zeugte es vom Ende der wärmeren Jahreszeit. Wie jedes Jahr wieder. Warum verloren Bäume eigentlich Blätter, fragte sie sich und warum behielten Bäume nicht stattdessen durchgängig ihr grünes Laubkleid?

Wer mochte schon kahle Bäume, die Antwort kannte sie natürlich. Mit dem Wechsel der Jahreszeiten verlor der Baum seine Blätter, damit im nächsten Frühjahr wieder neue aus seinen Ästen erwachsen konnten. Die Natur gab etwas, opferte einen Teil von sich, um sich später wieder mit neuem Leben zu erheben. Ein fortwährender Kreislauf. Dabei halfen Tiere, Insekten und Mikroben, jeder von ihnen leistete seinen Anteil, um im nächsten Sommer wieder Pflanzen zur Blüte zu verhelfen oder tierischen Nachwuchs zu gebären. Ein perfektes Zusammenspiel der Elemente des Lebens.

Aber war das schon immer so? Nein, natürlich nicht. Zum Anbeginn der Zeit gab es keine Bäume oder Blätter, natürlich auch keine Tiere oder Kleinstlebewesen. Damals gab es die Elemente nur in ihrer Reinform, pur, unbändig und wild. Merith lächelte, ihr gefiel das Gedankenspiel und sie drehte sich verspielt auf den Rücken. Den blauen Himmel über ihr trübte an diesem Nachmittag keine einzige Wolke.

Das Blau war einfach zu blau, entschied sie und zeichnete in Gedanken Wölkchen in die Ferne. Auch den Himmel gab es nicht von Beginn an. Anfangs entstanden nur einfache chemische Elemente. Die Gravitation erzeugte durch großen Druck unvorstellbar hohe Temperaturen, die in jungen Sternen immer weitere Bausteine neuer Welten entstehen ließen. Durch mächtige Eruptionen ins All geschleudert, formte die Gravitation dann aus Staub, Stein und was sonst noch durch die Gegend flog, Planeten, auf denen nahezu willkürlich, aber nicht aufzuhalten, die ersten Aminosäuren entstanden. Kleine organische Moleküle, hauptsächlich aus Kohlenstoff und Wasserstoff, von denen nur zwanzig Varianten genügten, damit sich DNS-basiertes Leben bilden konnte.

»Unvorstellbar ...«, flüsterte Merith und dachte weiter nach. Warum blieb die Schöpfung nicht bei den Einzellern? Und als es später Pflanzen gab, warum blieb es nicht bei den Bäumen? Dann kamen Tiere dazu. Auch dabei hätte es die Evolution belassen können, was aber nicht geschah. Die Evolution ließ sich nicht aufhalten. Sobald es ein Tier versäumte, besser zu werden, wurde es gefressen und von der Erde getilgt. Die Schwachen blieben auf der Strecke. Nur die Stärksten jeder Generation vererbten die mühevoll erreichte Evolutionsstufe an ihre Nachkommenschaft. Bis zur Menschheit, der finalen Krone der Schöpfung.

»Blödsinn!« Warum sollte die Evolution beim Menschen aufhören? Das wäre unlogisch gewesen. Meriths Väter und Vorväter waren geschickter als andere Lebensformen gewesen. Wenn es anders gewesen wäre, würden jetzt Wesen mit grünen Rüsseln im Garten sitzen. Natürlich hatten sich auch Menschen weiterentwickelt. Die Menschheit hatte den Hunger besiegt.

Es gab keine Kriege mehr. Auch Krankheiten existierten nur noch in Lehrbüchern. Eine absolut perfekte Welt. Sogar der Tod bedeutete nicht mehr das Ende des Lebens. Es starb niemand. Merith lebte ein Leben im ewigen Glück, ohne Alter, ohne Schmerzen, ohne Not und ohne jegliche Notwendigkeit, sich weiterzuentwickeln. Warum auch, es gab keinen Grund, etwas zu verbessern. Alles, was blieb, war, einem Marienkäfer zuzusehen, wie er unter vollem Einsatz einen Grashalm erklomm und davonflog.

Merith sah sich um, die Wiese, der Baum hinter ihr, das Haus, ihre Schwester, ihr Vater und natürlich die Stadt. Alles war perfekt. Sie lebte in einer Welt des perfekten Stillstands. Einer Welt, in der sich in den letzten 10.000 Jahren und vermutlich noch länger absolut nichts verändert hatte.

»Warum?«, flüsterte Merith und setzte sich auf. Warum blieb alles, wie es war? Logisch war das nicht. Da musste sich noch ein Denkfehler in ihrer Gleichung befinden. Und warum wollte ihr Vater daran etwas verändern? Warum wollte er diese perfekte Balance zerstören? Merith konnte beide Fragen nicht beantworten.

Wenn man zu lange auf der Stelle verharrte, schliefen einem die Glieder ein. Und wenn man sich immer wieder dieselben Gedanken machte, wurde man auch nicht klüger. Die Position zu verändern, half bei beiden Problemen. Merith stand auf und streckte sich. Es war Zeit, mit ihrem Vater zu sprechen.

»Vater?«, fragte Merith am Abend, die am Boden sitzend durch die geöffnete Tür des Wohnzimmers der untergehenden Sonne zusah. Aus den Schuppenplättchen ihrer Kleidung hatte sie eine himmelblaue Robe entstehen lassen.

»Ja.« Ihr Vater saß in seinem Ledersessel und spielte Schach, wobei das Schachbrett vor ihm schwebte und er die eigenen und die Figuren des Gegners bewegte. Eine persönliche Herausforderung, die er schätzte, die Merith hingegen für völlig sinnlos hielt. Casseia befand sich in ihren Schlafräumen und spielte Geige, die sie ebenfalls in Perfektion beherrschte.

»Unsere Welt steht still.« Merith wollte seine Reaktion auf ihre Feststellung sehen.

»Ah ja ... warum sollte sie das?«

»Weil du immer wieder Schach spielst, obwohl du jedes Mal verlierst.«

»Aber ich gewinne doch auch jedes Mal.« Ihr Vater ging schmunzelnd auf das Wortspiel ein.

Merith wollte es dabei nicht belassen. »Der Stillstand auf der Erde ist ein Rückschritt.«

Ihr Vater hob den Kopf und sah sie an. »Bist du dir deiner Erkenntnisse sicher?«

»Ja. Das ist Logik.«

»Oh ... Logik. Natürlich.« Er zog die Augenbrauen hoch.

»Fallen dir keine Argumente mehr ein?« Merith gefiel es nicht, dass er sie nicht ernst zu nehmen schien.

»Glaubst du denn, deinen Augen trauen zu können?«

»Natürlich!«

»Natürlich ...« Ihr Vater ließ sie zappeln.

Stille.

»Du hast mir die Aufgabe gegeben, wach durch die Welt zu gehen!« Merith glaubte, sich rechtfertigen zu müssen.

»Das habe ich ...«

»Und?«, fragte sie ungeduldig. Seine herablassende Art brachte sie auf die Palme.

Ihr Vater blieb im Gegensatz zu ihr die Ruhe selbst. »Du solltest dich nicht blenden lassen.«

»Von wem?« Merith verstand ihn nicht.

»Von allen.«

»Du verwirrst mich ... du antwortest nicht auf meine Fragen. Du weichst aus ... warum?«, fragte Merith und verschränkte die Arme. Ihr Vater sollte ihr lieber helfen, anstatt sie für dumm zu verkaufen.

»Ja.«

Merith schüttelte den Kopf, was sollten diese Spielchen. Am liebsten würde sie ihm einige unfreundliche Dinge an den Kopf werfen, sie biss sich aber nur auf die Lippe. Das war doch, Merith zögerte, Wut und Stolz waren in wichtigen Gesprächen ein schlechter Berater. Der Moment der Erkenntnis beschämte sie.

»Ich sollte mich nicht von dir blenden lassen«, sagte sie mit ruhiger Stimme.

»Stimmt.«

»Und nicht immer alles sagen, was mir durch den Kopf geht.« Merith sah ein, noch nicht am Ende ihrer Ausbildung angekommen zu sein.

Ihr Vater nickte.

»Zuhören und beobachten ... das ist meine Aufgabe.« Merith war sich bisher noch nie so deutlich über die Macht der Sprache im Klaren gewesen. Ihrem Vater war es gelungen, sie mit nur wenigen Bemerkungen aus der Bahn zu werfen. Wobei seine Argumente völlig nebensächlich waren, das wollte sie kein zweites Mal zulassen.

»Ja ... stimmt.«

»Was ist meine Aufgabe?« Merith wollte mehr wissen. Die unpräzisen und ausweichenden Worte ihres Vaters genügten ihr nicht mehr.

»Du sollst lernen.«

»Was?«

»Da du diese Frage stellst, glaube ich nicht, dass du bereits so weit bist. Wir werden uns beeilen, weswegen wir aber nichts überstürzen werden«, sagte er, um mit der Antwort noch weniger auszudrücken.

»Was ist meine Aufgabe?« Merith wollte sich nicht zweimal in einem Gespräch verladen lassen.

Ihr Vater lehnte sich gemächlich zurück und faltete die Hände vor der Brust. »Versuche in meine Gedanken einzudringen!«

»Jetzt?«, fragte Merith.

»Du möchtest dich beweisen ...«

Merith sah ihren Vater an, Jonas, ein Augur, und dachte paradoxerweise an das Eichhörnchen. Ein unpassender Vergleich, sie versuchte es trotzdem. Das Tier zu berühren war einfach gewesen, sein Wesen bewegte sich nicht. Es erduldete ihr Eindringen, ohne sich zu wehren. Ihr Vater hingegen wirkte wie ein Raubtier im Käfig. Sie musste näher an ihn herangehen, was sie nicht darin bestärkte, seine Klauen noch dichter an sich heranlassen zu wollen.

»Du wehrst dich ...«

»Sicherlich tue ich das ... wir wollen keine Eichhörnchen erlegen.« Ihr Vater stand dazu, es ihr nicht zu einfach zu machen.

»Wen jagen wir denn?«, fragte Merith und bewegte sich seitlich um ihn herum. Es lag an der Perspektive, sie musste in Bewegung bleiben und einen anderen Weg finden.

»Unsere Gegner.«

Um von ihrem Vater klare Antworten zu erhalten, würde sie vermutlich wirklich in seine Gedanken eindringen müssen. Was ihr nicht gelang, er kam ihr fremd vor, fern, nicht greifbar, sie verspürte beinahe eine innere Ablehnung, weiter auf ihn einzuwirken.

»Ich kann dich nicht ...« Merith strengte sich an, kämpfte, konzentrierte sich, vergebens, er war zu stark. Sie ließ von ihm ab.

»... nicht überwinden?«, fragte er.

Merith schüttelte den Kopf. »Überwinden ist nicht das richtige Wort ... Überwinden klingt wie besiegen. Die Sinne einer anderen Person zu benutzen, ist eher wie eine Berührung unter Freunden, die sich treffen, um gemeinsam eine gute Zeit zu verbringen.«

»Dein Gegner ist nicht dein Freund.«

»Wer ist er?«

»Er wird auch keine gute Zeit mit dir verbringen wollen.«

»Wer ist er?«

»Es geht um Dominanz. Du wirst nur einen Versuch haben, wenn du scheiterst, haben wir verloren.«

»Wer ist er?«

»Du musst stärker werden!« Ihr Vater ließ sich nicht dazu bewegen, den Namen zu nennen.

»Ja. Vater.« Merith musste wirklich stärker werden. Viel stärker. Aber sie würde trotzdem kein zweites Mal probieren, mit den Augen ihres Vaters sehen zu wollen.

***

XXXIV. Finibus ignotis - Neuland

In der letzten Nacht hatte Merith nicht gut geschlafen. Das Gespräch mit ihrem Vater und der gescheiterte Versuch, in seinen Kopf vorzudringen, beschäftigte sie immer noch. Würde es etwa ihre Aufgabe sein, in den Kopf eines Fremden einzubrechen, um dort seinen Willen zu brechen? War es das, was ihr Vater von ihr verlangte? Damit hatte sie nicht gerechnet, das konnte nicht der richtige Weg sein. In den Momenten, in denen sie mit dem Eichhörnchen die Wahrnehmung geteilt hatte, glaubte sie, nur durch eine einzige ungeschickte Bewegung bleibende Schäden in der Psyche des Tieres hinterlassen zu können. Falls es ihr wirklich eines Tages gelingen würde, ihre Fähigkeiten als Waffe zu verwenden, würde das betreffende Opfer nach einer aggressiven Stippvisite garantiert den Verstand verloren haben.

»Guten Morgen.« Casseia begrüßte sie, während sie in der weiß marmorierten Küche einen Apfel schälte. Es kam nicht oft vor, dass ihre Schwester vor ihr aufstand.

»Morgen.« Merith nickte und nahm sich eine Tasse aus dem Schrank, es wäre angenehmer gewesen, den Kakao allein trinken zu dürfen. An diesem Morgen glich Casseia ihr bis in die Details, die gleiche Hochsteckfrisur, den gleichen weißen Einteiler und die gleichen müden Augen. Das sah unheimlich aus.

»Vater belügt dich.« Casseias Augen blitzten auf, während sie ihr die drei Worte wie eine schallende Ohrfeige zuwarf. Vater hatte bereits das Haus verlassen, was auch in der Vergangenheit oft zu Streitereien zwischen den beiden geführt hatte. Merith war die ältere, sie würde sich diese Frechheiten nicht gefallen lassen.

»Wie bitte?« Merith setzte die leere Tasse ab, das würde ihre Schwester doch nicht ernsthaft gesagt haben.

»Alles Lügen. Nichts von dem, was er dir gesagt hat, entspricht der Wahrheit.« Sie wiederholte unverfroren ihre Anschuldigungen, zu denen sie Meriths Kenntnis nach keinen Grund haben konnte.

Hast du den Verstand verloren, wollte Merith gerade völlig entrüstet fragen und sich streitbar für ihren Vater in die Bresche werfen. Aber sie schwieg, sie hatte gestern Abend etwas gelernt, sie wollte sich nicht erneut provozieren lassen.

»Welche Aussage von Vater hältst du für eine Lüge?«, fragte Merith, deren Gesichtszüge jegliche Fröhlichkeit verloren. Die Tasse Kakao musste warten.

»Er spielt dir etwas vor ... du solltest dich nicht von ihm täuschen lassen!«, behauptete Casseia, der Merith ihre zur Schau gestellte Entrüstung nicht abkaufte.

»Du scheinst dir sehr sicher zu sein ...« Merith lehnte sich zurück. Sich zu beherrschen, kostete viel Kraft. Scheinbar musste Casseia wirklich etwas aufgeschnappt haben, grundlos würde sie sich eine solch krude Tirade nicht aus den Fingern saugen.

»Du bist eine naive Träumerin!« Casseia legte nach. »Deine Coolness kauft dir niemand ab!«

Merith schluckte. »Lass uns auf Vater warten ...«

»Das wird dir auch nicht helfen. Du bist schwach und du wirst verlieren! Jedes Mal wieder!«, keifte Casseia, die sich mehr und mehr in Rage redete.

»Und du möchtest mir helfen?« Bereits früher fiel es Merith schwer, mit ihrer Schwester zu streiten, zu oft und zu früh hatte sie der bestimmenden Casseia nachgegeben.

»Ich ... dir?« Casseia rollte mit den Augen und lachte sie aus. »Das wäre pure Zeitverschwendung!«

Merith riss sich zusammen. »Und für diese Erkenntnis bist du heute so früh aufgestanden?«

»Vater wird mich auswählen!« Casseia lachte erneut. »Das hättest du nicht gedacht, oder?«

Auch wenn die beiden Schwestern schon oft gestritten hatten, derart widerwärtig hatte sich Casseia noch nie verhalten. Was war passiert, um sie so gegen Merith aufzubringen?

»Nein ... das hätte ich wirklich nicht gedacht. Du solltest jetzt in dein Zimmer gehen!« Merith keifte zurück. Es wäre vermutlich besser gewesen keinen Ton mehr zu sagen.

»Ich werde sein Erbe antreten. Nicht du. Ich werde im Rat der Auguren aufgenommen. Nicht du. Eine Ehre, die dir sicherlich niemals zuteilwerden wird.« Casseia zelebrierte ihre Ansprache wie eine Königin bei ihrer Thronrede. Bis zu diesem Tag hatte Merith nicht im Entferntesten angenommen, dass ihre Schwester einen so unglaublich großen Hass ihr gegenüber aufgestaut hatte. Es trennten sie fünf Jahre, die man ihnen nicht ansah, beide waren junge Frauen, die nur noch wenige Jahre bis zur Weihe vor sich hatten.

»Und wer hat dir zu dieser beeindruckenden Erkenntnis verholfen?« Merith würde dieses brüchige Gerüst aus Träumen, Halbwahrheiten und Wunschdenken jetzt einreißen. »Etwa eine Vision gehabt, als du auf der Toilette warst?«

»Du bist so erbärmlich!«

»Na komm ... sage es mir.« Merith würde nicht locker lassen. Die Frechheiten mussten aufhören.

»Vater hat mir auch erklärt, warum du ihm nicht folgen kannst! Du wärst eine maßlose Enttäuschung, hat er gesagt.« Casseia spuckte weiter Gift und Galle.

»Und das hat dir alles Vater gesagt?«, fragte Merith, die ihrer Schwester kein Wort glaubte.

»Du wärst noch nicht einmal in der Lage, ein Eichhörnchen zur Strecke zu bringen!« Casseia wischte sich Speichel vom Kinn. »Du bist feige! Du bist unentschlossen! Und du bist nicht in der Lage, auch nur den geringsten Teil deiner genetischen Möglichkeiten auszunutzen!«

»Ich glaube dir kein Wort.« Merith wollte ihrer Schwester nicht länger zuhören. Nach diesem Tag würde sich einiges ändern, das würde sie Casseia nicht durchgehen lassen.

»Lass uns auf Vater warten ... waren das nicht eben deine Worte?« Casseia lachte widerlich. »Eine super Idee. Ja. Lass uns auf Vater warten!«

»Du ...« Merith zögerte, Casseia schien sich ihrer Sache sicher zu sein. Ein solches Wagnis hatte sie in den ganzen gemeinsamen Jahren nicht auf sich genommen.

»Hat es dir etwa schon jetzt die Sprache verschlagen?«

»Du bist verrückt!«

»Die Wahrheit schmerzt, Schwesterchen ... wenn Vater zurückkommt werden deine schönen Jahre vorbei sein. Das kannst du mir glauben, er wird dir keine weitere Chance geben!«

»NEIN!« Merith holte aus und schlug Casseia mit voller Wucht nieder. Was zu viel war, war zu viel. Mit dem Handrücken traf sie Nase und Jochbein. Es knackte, Casseia ging zu Boden und knallte mit dem Hinterkopf gegen die Marmorplatte des Schrankes. Es knirschte abermals. Blut schoss ihr aus Nase und Ohren und verteilte sich gleichmäßig auf dem weißen Interieur.

Stille.

Meriths Hände zitterten. Blut, alles war voller Blut. Sie hatte ihre Schwester noch nie geschlagen und jetzt lag Casseia leblos auf dem Boden?

»Casseia?«, flüsterte Merith. Niemand antwortete. Was hatte sie getan? Hatte sie ihre Schwester getötet? Sie war die ältere, die besonnenere, das hatte sie sich zumindest immer eingeredet.

Casseia, wiederholte sie in Gedanken und fing an zu weinen. Hilflos sackte sie auf die Knie und weinte hemmungslos.

Merith rannte so schnell sie konnte aus dem Haus heraus. Nur weg. In ihrem Kopf war nur eine große Leere. Sie hatte ihre Schwester getötet. Das würde sie niemandem erklären können. Nein, das nicht. Niemand würde ihr glauben. Niemand würde Merith die Geschichte abkaufen. Am allerwenigsten ihr Vater. Was hätte sie auch sagen sollen? Casseia hätte sie zur Weißglut gebracht, worauf sie ihre Schwester erschlagen musste. Sorry, aber sie war selbst schuld. Diese Entschuldigung wäre unerträglich gewesen, Merith hätte sich selbst nicht geglaubt.

Sie lief den Weg zum Portal am Steintor entlang. Nur weg, sie konnte nicht bleiben. Diese Geschichte konnte sie niemandem erzählen. Nur wie sollte sie das Portal öffnen? Die Codesequenzen dafür verwahrte ihr Vater, der damit den Eingang zu seinem Heim auch vor Eindringlingen von außen schützte.

»Ich muss hier sofort weg!«, rief Merith und schlug gegen das Portal, wie gegen eine statisch aufgeladene Metallscheibe. Das machte keinen Sinn, auf diesem Weg würde sie das Grundstück nicht verlassen können. Ohne die passenden Codesequenzen blieb das Portal verschlossen.

Merith beruhigte sich wieder etwas und sah sich um, sie musste einen anderen Weg finden. Neben dem Steintor begrenzte eine kniehohe Mauer aus alten Bruchsteinen das weitläufige Areal. Man konnte mühelos die Bäume auf der anderen Seite sehen, aber leider nicht so einfach darübersteigen. Ihr kleines Reich wurde von einem unsichtbaren Kraftfeld umgeben, das sie in den letzten Jahren gut beschützt hatte. Nur wenn man sich weniger als einen Meter der Barriere näherte, ließ sich eine bläulich transparente Begrenzung erkennen.

»Es muss einen Weg geben!« Merith rannte die flache Mauer entlang, in der Hoffnung, eine Beschädigung zu finden oder eine Lücke zu erkennen. Zu ihrem Plan, abzuhauen, gab es keine Alternative. Stück für Stück überprüfte sie die Barriere, die bei Kontakt leicht vibrierte und an der Stelle der Berührung kurz nachleuchtete. Auch wenn der Plan wenig Erfolg versprach, sie machte weiter, es musste einfach irgendwo ein Durchkommen geben.

Merith blieb stehen, da vorne war das Eichhörnchen. Die Musterung des Fells erkannte sie genau. Das Tier saß auf einem Baumstumpf und sah sie an. Merith atmete schnell und strich sich eine schweißnasse Strähne aus dem Gesicht.

»Kannst du mir helfen?«, fragte sie, ohne sich zu viel Hoffnung zu machen.

Das Eichhörnchen sprang vom Baumstumpf herunter und verschwand spurlos im Unterholz. Das wäre auch zu viel verlangt gewesen, sie würde selbst einen Ausweg finden müssen. Merith suchte weiter erfolglos die Barriere ab und kämpfte sich dabei durch den dichten Bewuchs an der Grundstücksgrenze.

»Du schon wieder?«, fragte Merith, die das Eichhörnchen ein Stück weiter auf einem vermoderten querliegenden Baumstamm sitzen sah. Wollte das Tier ihr etwas mitteilen? Es fühlte sich beinahe so an, als ob sie diejenige wäre, in deren Kopf jemand einzudringen versuchte. Aber warum nicht. Merith entspannte sich und sah den kleinen Nager an, der ein Geräusch von sich gab und erneut durch das Buschwerk jagte.

»Ich kann dabei nur gewinnen ...« Merith verdrängte ihre Zweifel und versuchte, dem Tier zu folgen. Ein einfacher Plan, dem alles andere als leicht nachzukommen war. Nur weil das Eichhörnchen ständig wieder auf sie wartete, konnte sie Schritt halten. An dieser Stelle des Gartens war sie definitiv noch nie gewesen. Sie sprang in ein Bachbett, das sich im Laufe der Jahre tief in den Waldboden eingeschnitten hatte. Den Bach hätte sie eigentlich kennen müssen, sie hatte ihn aber noch nie gesehen.

»Wo bringst du mich hin?«, fragte Merith und sprang in weiten Schritten von einem flachen Stein zum nächsten. Im Bachlauf selbst wäre sie knietief im Morast versunken. Eine Antwort sollte sie nicht bekommen, das Eichhörnchen zeigte ihr stattdessen, was es ihr zu vermitteln versuchte. Auf einem weit geschwungenen Wurzelstück, das der Bach unterspült hatte, verharrte das Tier erneut.

»Was ist hier?« Merith versuchte, über die Wurzel zu steigen und dem Bach weiter zu folgen, was das bläuliche Kraftfeld der Außenbarriere abrupt verhinderte. Endstation, hier kam sie nicht weiter, eine Tatsache, die auch der kleine Nager genau zu wissen schien. Anstatt über die Wurzel zu steigen, krabbelte das Tier unter dem Wurzelbogen hindurch und befand sich überraschend auf der anderen Seite der Barriere. Jede Mauer hatte Löcher, man musste sie nur finden.

»Ein Eichhörnchen müsste man sein.« Merith bückte sich, um den Fluchtweg zu überprüfen. Wenn sie nicht größer gewesen wäre als ein kleiner Hund, hätte sie ihrem Scout locker folgen können. Mit ihrer Körpergröße und knapp fünfzig Kilogramm Gewicht würde es allerdings eng werden. Mit den Händen fing sie an, sich durch den feuchten Boden zu graben. Leider musste sie das Heim einiger Hundert Käfer, Würmer und einer Spitzmausfamilie ausgraben, um die Öffnung auf dreißig Zentimeter zu erweitern. Ein kleines Tor in die Freiheit, das reichte ihr. Merith zwängte sich durch das Loch und schaffte es tatsächlich, die Barriere zu überwinden. Ein seltsames Gefühl überkam sie, die Luft wurde kälter und auch der Wind schien kräftiger zu wehen. Vom Grundstück des Hauses aus betrachtet, unterschied sich der sichtbare Wald hinter der Barriere nicht von dem davor.

»Was ist das?« Merith glaubte im ersten Moment, auf einem anderen Planeten zu sein. Der Himmel wirkte nicht mehr blau, sondern grau mit einzelnen roten Streifen. Ein solches Naturphänomen hatte sie noch nie gesehen, auch in der Stadt hatte sie den Himmel nicht mit dieser seltsamen Farbgebung in Erinnerung.

Merith drehte sich um und wunderte sich noch mehr. Da waren keine Bäume, es befand sich kein einziger Baum auf ihrer Seite der Barriere. Das Grundstück ihres Elternhauses wurde durch eine gigantische Kuppel geschützt, die sich jetzt in ihrer kompletten Größe zeigte. Durch das transparente Kraftfeld konnte sie nach wie vor hindurchblicken, die neue Seite interessierte sie allerdings mehr.

»Wo bin ich hier nur gelandet?« Merith blickte sich um, während sie sich von der Barriere entfernte. Der Landstrich wirkte karg, trocken und kalt. Es gab keine Bäume, keine Büsche und auch keine Wiese. Der sandige Boden knirschte bei jedem ihrer Schritte. Auch die Sonne brachte bei dieser grauroten Wolkenpampe nur wenig Wärme zu ihr.

Wo war die Stadt, fragte sie sich und drehte sich um ihre eigene Achse. Egal, in welche Richtung sie blickte, die Skyline der Hochhäuser, die sie immer bequem von ihrem Schlafzimmerfenster erkennen konnte, war nirgendwo mehr zu sehen.

Merith ging weiter. Eine Sache veranschaulichte ihr diese Wüste sehr deutlich. Von der perfekten Welt, von der sie bisher immer ausgegangen war, blieb hier wenig übrig. Sogar die Anpassungsfähigkeit ihrer Kleidung funktionierte nicht mehr. Ihre Hände waren dreckig, die Fingernägel eingerissen und ihr weißer Einteiler strotzte vor Dreck. Sie fror, hatte Hunger und dachte sehnsüchtig an die Wolldecke, die auf ihrem Bett lag.

War das alles Teil des echten Lebens, vor dem sie ihr Vater seit über achtzig Jahren beschützt hatte? Die Antwort auf diese Frage kannte sie nicht, noch nicht.

***

XXXV. Nova perspective – Neue Blickwinkel

Merith wusste nicht, wie lange sie unterwegs war. Sicherlich bereits einige Stunden, aber was machte das schon. In dieser Gegend gab es nur wenig Abwechslung. Vor ihr erstreckte sich eine nicht enden wollende, topfebene Sand- und Schotterwüste. Es gab keine Berge, keine Bachläufe und natürlich auch keine Pflanzen oder Tiere. Jedenfalls keine, die sie sehen konnte.

»Was für eine trostlose Öde.« Mehr fiel Merith, die trotzdem weiterging, nicht dazu ein. Der Gedanke umzukehren, kam ihr nicht in den Sinn. Ob sie überhaupt den Weg zurück gefunden hätte? Sie sah sich um, die Kuppel der Energiebarriere konnte sie nicht mehr sehen. Nein, auch wenn sie es gewollt hätte, es wäre ihr nicht gelungen. Merkwürdigerweise blieb auch die Skyline der Stadt unauffindbar, ein Mysterium, das sie sich nicht erklären konnte. Sie sollte lernen, nicht alles zu glauben, was sie sah. Ihr Vater hatte ihr diesen Ratschlag gegeben, ob er bereits die Leiche ihrer Schwester gefunden hatte? Würde er deswegen nach ihr suchen lassen? Natürlich würde er das, er war ein Verkünder, ihm würde keine andere Wahl bleiben, als die Korrektoren auf sie hetzen zu lassen. Wie lange würde sie noch weitergehen können, fragte sie sich, den Irrsinn ihrer Flucht konnte sie nicht länger ignorieren. Diese Wüste war eine Sackgasse.

Aus dem Grau mit roten Streifen über ihr wurde gegen Abend ein Grau mit schwarzen Flecken. Der Himmel sah deswegen auch nicht besser aus. Die Sonne ging unter, was die Temperaturen ins Bodenlose fallen ließ.

Merith fror, der Versuch, sich mit verschränkten Armen zu wärmen, brachte wenig. Der Wind frischte auf, es wurde kälter, sie würde die nächste Nacht nicht überleben.

War es das wert, fragte sie sich, war ihr Leben es wert gewesen, gelebt zu werden? Bei dem, was sie getan hatte, würde das Urteil anderer darüber wenig schmeichelhaft ausfallen. Sie war eine Mörderin, die im Streit ihre eigene Schwester erschlagen hatte. Sie hatte auch ihren Vater verraten und alles, was sie in der Vergangenheit für richtig und erstrebenswert gehalten hatte.

Merith blieb stehen, die Füße schmerzten, sie konnte ihre Finger und Ohren kaum noch spüren. Die Kälte betäubte sie zusehends, bei jedem Atemzug zehrte die eiskalte Luft weiter an ihrer Kraft. Sie konnte nicht mehr und sackte zu Boden. Der Kampf war vorbei.

Ein greller Lichtkegel störte sie, als sie sich in ihr Inneres zurückziehen wollte. Benommen öffnete Merith die Augen. Lebte sie noch? Ein Orkan blies ihr Dreck und kleine Steine ins Gesicht. Da war jemand, den sie mit der Hand vor den Augen nicht erkennen konnte. Nein, das waren sogar zwei, die neben ihr standen. Licht, Wind, Dreck und ohrenbetäubender Lärm passten nicht zu einem beschaulichen Leben nach dem Tod. Jemand hatte sie in der Wüste gefunden.

»Kontakt bestätigt. Individuum reagiert. Erfrierungen festgestellt. Es besteht die Gefahr eines vollständigen Systemversagens. Sollen wir eine Notrettung einleiten oder den Speicher sichern?«, fragte eine männliche Stimme, die sich in ihrer Nähe befand. Wer war das und von welchem Speicher redete er?

»Order bestätigt. Stellen Identität fest ...« Jemand griff ihr ins Gesicht, die Berührung schmerzte. Ein roter Punkt drang in ihr Auge und bohrte sich wie eine glühende Eisenstange durch den Kopf.

»Individuum der Klasse 16, Merith, Tochter des Auguren Jonas, Sicherheitsfreigabe der Stufe 42 ... leck mich am Arsch ... die dürfen wir normalerweise überhaupt nicht anfassen. Was macht diese Prinzessin halb erfroren in der nicht definierten Zone?«, fragte der Mann verwundert und schreckte zurück. Eine Verwunderung, der sich Merith anschloss, die sich bemühte, nicht wieder das Bewusstsein zu verlieren.

»Sec Level 42 ... das ist ein Scherz, oder?«, fragte ein anderer Mann, der ihr gerade Kompressen um die Hände legte. »Unsere Einsatzzentrale ist nur bis Sec Level 32 freigegeben.«

»Siehst du mich lachen?« Der Mann, der mit der Einsatzzentrale sprach, gab sich völlig humorlos. »Einsatzzentrale, benötige umgehend Handlungsanweisung!«

Jemand stach Merith eine Nadel in den Arm, die ihr Herz zum Rasen brachte.

»Priorisierte Notrettung bestätigt. Ja, ja ... ich habe es verstanden. Wir werden das Mädchen arretieren und in die Zentrale bringen. Beende Kommunikation«, sagte die Stimme. »Verdammt, aktiviere endlich die Rettungszelle, das Hovercraft bläst mir noch die gesamte Wüste in den Arsch.«

Es wurde leise, der Wind ebbte ab. Merith fielen wieder die Augen zu. Die Männer packten sie in einen Kokon, der sie bis zum Hals umschloss. Eine wohlige Wärme vertrieb die Taubheit, für einen Moment waren alle Probleme fern und unwichtig. Die beiden Männer, die sie retteten, waren Korrektoren.

»Kannst du mich hören?«, fragte der Mann, dessen Stimme Merith vorher mit der Einsatzzentrale hatte sprechen hören.

Sie öffnete die Augen. »Ja.«

»Wie ist dein Name?«

»Merith.«

»Wer ist dein Vater?« Die Befragung wirkte seltsam. Merith befand sich im Inneren eines Hovercraft, das üblicherweise von den Korrektoren in der Stadt benutzt wurde.

»Der Augur Jonas ist mein Vater.« Merith schluckte, sie war geliefert, gleich würde der Korrektor sie zum Tod Casseias befragen. Ein Gespräch, das sie um alles in der Welt verhindern wollte.

»Lege bitte deine Hand in den Scanner.« Der Korrektor, ein junger Mann mit kurzrasierten Haaren und wachen Augen, hielt ihr ein Analysegerät vor die Nase. Seinen Körper umgab eine graue Körperpanzerung, die seine Schultern unnatürlich breit wirken ließ.

»Warum?« Merith sah sich um, das war das erste Mal, dass sie ein Hovercraft von innen sah, die in der Stadt in großer Anzahl den Luftraum zwischen den Hochhäusern füllten. Die technischen Aggregate und das Interieur waren komplett in weiß und grau gehalten. Weiter vorne saß der zweite Korrektor, das Hovercraft flog allerdings eigenständig und hätte noch drei weiteren Passagieren Platz geboten.

»Du hattest Erfrierungen und ich möchte wissen, ob du deine Finger wieder uneingeschränkt bewegen kannst.«

»Oh ...« Merith sah auf ihre Hand, an der sie keine Veränderung erkennen konnte. »Natürlich.« Sie steckte die Hand in den Scanner. Von welchen Erfrierungen redete er?

»Starte neuronale Rekonfiguration«, erklärte eine synthetische Stimme. Merith spürte, wie ihr der Scanner elektrische Impulse vermittelte, die neben der Hand auch den ganzen Körper erfassten. *»Wiederherstellung bei 99,98 Prozent abgeschlossen.«*

»Du bist wieder wie neu.« Der Korrektor mit dem rasierten Kopf lächelte sie an und stellte den Scanner auf die Seite.

»Danke ... wie habt ihr mich gefunden?« Diesen Zufall hatte Merith noch nicht verstanden.

»Du hast uns gerufen ...«

»Nein ... sicherlich nicht.« Merith hatte kein Gerät dabei, um mit anderen zu kommunizieren. Erstaunt sah sie an sich herab, sie hatte keinen einzigen Kratzer. Sie war noch nicht einmal schmutzig, auch ihrem weißen Einteiler war der Ausflug in die Wüste nicht anzusehen.

»Schon in Ordnung, du musst dich uns gegenüber nicht rechtfertigen. Wir bringen dich umgehend in die Stadt, der Augur Casper wird dich nach einer weiteren medizinischen Überprüfung in unserer Zentrale persönlich in Empfang nehmen.«

»Das ist ja wunderbar ...« Merith wollte diesen Ausblick nicht weiter kommentieren. Entweder wussten die beiden Korrektoren im Hovercraft nichts von Casseia oder sie hatten den Auftrag, sie unverzüglich in die Gerichtsbarkeit der Auguren zu übergeben. Casper würde sich ihr gegenüber sicherlich anders verhalten.

»Einsatzzentrale, bitte bestätigt die Order. Unser Hovercraft befindet sich auf einer priorisierten Mission ...«, erklärte der zweite Korrektor, der zwar denselben schlechten Haarschnitt, dafür aber ein deutlich runderes Gesicht hatte.

»Was wollen die von uns?«, fragte der mit dem aufmerksamen Blick und ging zu seinem Kameraden.

»Wir sollen eine dringende Verhaftung durchführen ...« Pausbacke schien der neue Einsatzbefehl nicht zu gefallen. »Einsatz bestätigt. Sec Level 28 bestätigt. Wir fliegen zu den Zielkoordinaten und nehmen die Verhaftung vor.«

»Was bedeutet dieser Sicherheitslevel?«, fragte Merith, die diese Klassifizierung noch nie in ihrem Leben gehört hatte.

»Dass wir dafür fast alles andere liegen lassen ... schnall dich an ... wir holen uns den Typen.« Pausbacke lachte, während sich seine Rüstung vollständig schloss. Der Sitz, in dem Merith saß, arretierte sie ebenfalls eigenständig. Die Beschleunigung des Hovercraft drückte sie in die Sitzschale. An diesem Tag passierten viele Dinge, die sie nicht verstand.

Der Einsatz dauerte nur wenige Sekunden. Die beiden Korrektoren sprangen aus ihren Abwurfvorrichtungen und erschienen einen Moment später wieder mit einem gesicherten Kokon an Bord. Korrektoren durften als Einzige legal Gewalt anwenden, sich gegen sie zu wehren, machte wenig Sinn.

»Wer ist das?«, fragte Merith und legte ihren Kopf auf die Seite, aus dem Inneren des Kokons hörte sie eine männliche Stimme, die über diese ungewöhnliche Transportform nicht begeistert wirkte.

»Unwichtig.« Pausbackes Helm legte sich wieder in Teilen an seine Rückenpanzerung an.

»Soll der jetzt die ganze Zeit in dieser *Verpackung* bleiben?« Merith hielt dieses Vorgehen für barbarisch.

»Klar, da kann er keinen Unsinn anstellen. Das Korrektorat hat den Delinquenten bereits lange auf der Liste gehabt. Das ist eine bedeutende Verhaftung.«

»Aber er ist ein menschliches Wesen!«

»Sagen einige ... was ich persönlich für diskussionsfähig halte.«

Der nächste Streit bahnte sich an. »Lasst ihn wenigstens frei atmen.«

»Das dürfen wir nicht.«

»Sagt wer?«, fragte Merith.

»Vorgabe Sec Level 28 ... wir dürfen dem Verhafteten nicht erlauben, sich zu artikulieren.« Pausbacke schien alle Regeln auswendig zu kennen.

»Aber atmen darf er?«

»Geht ja nicht anders ... die in der Zentrale möchten keine Leichen verhören.«

»Dann befreit wenigstens seinen Kopf.« Merith wollte sehen, wer den Mut hatte, sich gegen das Regime zu erheben. Der Verhaftete war vermutlich ein prominenter Zweifler, von denen viele Auguren wussten, aber niemand offiziell sprach.

»Das dürfen wir nicht.« Pausbacke blieb stur. Merith wollte aufstehen, was ihr Sitz allerdings nicht zuließ.

»Bin ich etwa auch verhaftet?«, fragte sie aufgebracht. Es war sowieso seltsam, dass noch niemand auf Casseia zu sprechen kam. Aus irgendeinem ihr nicht bekannten Grund wurde anscheinend noch nicht nach ihr gesucht. Die beiden Korrektoren behandelten sie wie eine Person, die sich versehentlich in der Wüste verirrt hatte. Was eine *nicht definierte Zone* war, wusste sie nicht.

»Ähm ... natürlich nicht.«, rechtfertigte sich Pausbacke, an dessen Gestik sich seine Unsicherheit im Umgang mit ihr erkennen ließ. Merith hatte eine Idee, eigentlich sollte 42 mehr als 28 sein.

»Welches Sec Level hat dieses Hovercraft?«, fragte Merith lächelnd.

»32 ... wie unsere ganze Einheit.«

»Und deswegen dürft ihr in einem Delikt Level 28 tätig werden?«

»Dazu haben wir alle notwendige Rechte.«

»Und wie sieht es mit dem Sec Level 42 aus?« Merith hakte nach. »Dürft ihr auch mich verhaften?«

»Ähm ... nein. Wenn keine besondere Notlage vorliegt, nicht.« Pausbacke zögerte, ob er bereits ahnte, worauf Merith hinauswollte?

»Darf ich euch aufgrund meiner Klassifizierung Aufgaben geben?« Merith versuchte, freundlich zu klingen und nicht das Wort Befehl zu benutzen.

»Ähm ... ja.«

»Und ihr müsst mich dann unterstützen?«

»Wenn dadurch keine besondere Notlage entsteht ... ja.«

»Löst die Arretierung an meinem Sitz.« Merith änderte schlagartig die Tonart. Solange sie noch Einfluss hatte, würde sie ihre Optionen nicht verstreichen lassen.

»In Ordnung ... bitte, du bringst uns in Schwierigkeiten. Wir müssen dich umgehend in der Zentrale abliefern! Der Typ ist es nicht wert, er ist ein Zweifler, der seit Jahren im Untergrund gegen den Orden agiert. Es wird ihm nichts Schlimmes widerfahren. Nachdem er korrigiert wurde, wird man ihn wieder freilassen.«

»Ah ja? Stoppt das Hovercraft! Jetzt!« Niemand würde Merith wie ein dummes Stück Vieh ins Gatter zurücktreiben und eine Korrektur würde sie sicherlich auch nicht freiwillig über sich ergehen lassen.

Nachdem das Hovercraft schwebend in der Luft verharrte und Merith sich aus ihrem Sitz lösen konnte, ging sie zum Sicherungskokon, den die beiden Korrektoren neben ihr in einer Haltevorrichtung verstaut hatten.

»Ich möchte sein Gesicht sehen!«

»Dafür werden wir uns alle eine Belehrung einhandeln!«

»Damit kann ich leben« Merith waren die Konsequenzen bewusst, sie hatte Schlimmeres zu befürchten.

Der Kokon öffnete sich teilweise. Der junge Mann blinzelte wegen der grellen Innenbeleuchtung an Bord. »Arbeiten jetzt schon Kinder für diese Schweine?«

»Wie ist dein Name?«, fragte Merith, die Männer mit langen Haaren und Vollbart nur aus Schulbüchern kannte.

»Schau doch in deine dämliche Datenbank!« Freundlich gab sich der Verhaftete nicht gerade.

»Dein Name!«

»Leck mich!«

»Hallo *leck mich*, mein Name ist Merith, schön dich kennenzulernen. Wie kommt es, dass ich dich in dieser Frischhalteverpackung vorfinde?«

Einer der Korrektoren fing an zu lachen.

»Frag doch Schweinebacke!«

Merith empfand *Pausbacke* als vorteilhafter, aber sie wusste sofort, wen *leck mich* meinte.

»Ich werde dir noch vor der Korrektur in die Nüsse treten ... du weißt zwar danach nicht mehr, wer das war, aber deine zermatschten Klöten wirst du noch eine Weile spüren.« Pausbacke und *leck mich* würden in diesem Leben keine Freunde mehr werden.

»Sein Name ist Trembian, er ist die Nummer zwei auf unserer Hitliste. Wir suchen ihn schon seit Jahren«, erklärte der andere Korrektor, der sich an der Provokation nicht beteiligte.

»Wie konnte er sich verstecken?« Das empfand Merith als sehr interessant, bisher dachte sie immer, dass es unmöglich wäre, sich vor dem langen Arm der Auguren zu verstecken. In der Öffentlichkeit fand keinerlei Diskussion über die Untergrundbewegung statt. Wenn ihr Vater nichts darüber erzählt hätte, hätte sie nichts von ihnen gewusst.

»Die sind nicht blöd ... falsche Identitäten, Täuschung der Behörden, Manipulation von Datenströmen ... das ganze Programm. Es ist mühsam, jede dieser Ratten zu finden.«

»Ist Trembian einer ihrer Köpfe?«

»Oh ja ... wir mussten dem Hinweis sofort nachgehen. Wir hatten nur ein Zwei-Minuten-Zeitfenster, um ihn zu fassen.«

Einleuchtend, warum kein anderes Hovercraft gerufen werden konnte. Merith sah ihn genauer an, grüne Augen, er hatte grüne Augen, eine querlaufende Narbe auf der Wange und hellblonde Haare.

»Und wer bist du?«, fragte Trembian und sah Merith abfällig an.

»Gehörst du zum Bordpersonal ... ich hätte gerne ein Glas gekühltes Wasser mit einer Zitronenscheibe.«

»Sie ist ein Augur ... und vermutlich die Einzige, die sich für deine Scheißgeschichte interessiert. Du solltest ihr dankbar sein, ich hätte dich nicht aus dem Kokon herausgucken lassen!«, erklärte Pausbacke ablehnend.

»Du kannst mich trotzdem Merith nennen.« Sie lächelte, warum hatte sie Trembian nicht unter anderen Umständen begegnen können. Es waren seine Augen, die sie interessierten.

»Ich hasse alle Auguren!«

»Dachte ich mir ...« Merith verzog den Mundwinkel. »Wie konnten die Behörden ihn fassen?«

»Er wurde verraten ... lustig, oder?... ein Verräter, der verraten wird.« Pausbacke amüsierte sich prächtig.

»Träum weiter, Fettsack ... das würde keiner meiner Leute tun. Das war reiner Zufall!« Trembian fauchte zurück.

»Aber die Korrektoren wussten, wo du warst«, sagte Merith mit ruhiger Stimme und strich ihm eine Strähne aus dem Gesicht, die seine Sicht behinderte. Mit offenem Mund blickte er der Hand nach, die ihn berührt hatte.

»Ich sagte es bereits, es war Zufall ... bloß ein dummer Zufall!«

»Was wird mit ihm passieren?«, fragte Merith, die schon oft von Korrekturen gehört hatte, sich aber trotzdem nicht vorstellen konnte, was dabei mit den Menschen geschah.

»Die werden seinen Verstand rösten ... ganz langsam ... danach würde er sich auch als pflegeleichtes Haustier halten lassen. Der wird nie wieder am Orden zweifeln!« Die Aussage des Korrektors war deutlich.

»Fick dich! Fettsack!« An Trembians Hals konnte Merith seine Zornesader sehen, sein Herzschlag raste, er hatte Todesangst.

»Vertraust du mir?«, fragte sie und legte überraschend ihre Hand an seine Wange.

»Was?«

»Vertraust du mir?«

»Du bist verrückt.«

»Ja.« Merith bestritt es nicht.

»Ich bin ...«

»Vertraust du mir?« Sie ließ ihn nicht zu Wort kommen und schloss ihre Augen. In seinen Kopf einzudringen, fühlte sich an, als ob sie nackt in einen Teich voller Seerosen eintauchen würde.

Wer bist du, fragte er sie in Gedanken. Wer bist du, fragte Merith retour, wir werden beide unsere Zeche zahlen müssen.

Du bist ein Augur, das kann kein Augur, das kann nicht sein, rief er panisch und zog sich weiter in seine Gedankenwelt zurück. Merith sah nur einen kleinen Jungen, der sich hinter einem großen Stein zu verstecken versuchte.

Ich bin Merith, nur Merith, ich werde dich nicht verletzen, dachte sie und bewegte sich vorsichtig durch das stachelige Gestrüpp, das er zum Schutz wie eine Wagenburg um die Grundfesten seiner Seele aufgebaut hatte.

Kannst du mich retten, fragte er sie in Gedanken, ich möchte nicht sterben. Seine grünen Kinderaugen sahen sie bittend an. Wie gerne hätte sie ihm geholfen, aber sie würde noch nicht einmal sich selbst retten können. Früher oder später musste jeder für seine Taten bezahlen.

Leider nicht, dachte Merith, sie wollte ihn nicht belügen, dein Schicksal ist besiegelt. Aber du kannst mir helfen, ich muss mit deinen Leuten sprechen, erklärte sie in Gedanken und strich mit der Hand über sein volles Haar.

Das kann ich nicht tun, du musst verstehen, dass - ein Lichtblitz unterbrach ihre Verbindung. Meriths Augen flackerten. Jemand hatte sie aus seinem Kopf herausgerissen.

Pausbacke grinste sie an, er hatte sie mit einem Elektroschocker ausgeschaltet. »Ich betrachte das als besondere Notlage ... in Rahmen der nationalen Sicherheit übergehe ich deinen Sec Level und stelle dich ruhig. Der Rat wird in deinem Fall über eine Belehrung entscheiden ... und der kleine Wichser wird morgen geröstet.«

»Jetzt mach kein Drama daraus und gib ihr noch einen ... sie soll die Klappe halten«, sagte der andere, der auch nicht besser war.

»Du hast recht.«

Es blitzte, Merith verlor das Bewusstsein.

***

XXXVI. Aeterbam ut – Ewige Ordnung

Als Merith die Augen öffnete, lag sie in ihrem Bett. Die Frühsonne schien wie jeden Morgen und warf einen behaglichen Lichtkegel auf den Holzboden ihres Zimmers. Leises Vogelgezwitscher rundete die Szenerie passend dazu ab. Eine verstörende Wahrnehmung, hatte sie die ganze Odyssee nur geträumt?

Merith setzte sich auf und betrachtete ihre Hände, an denen sie keine Veränderungen erkennen konnte. Sie war nackt, nur eine dünne Bettdecke lag auf ihren Beinen. Hastig tastete sie Bauch, Beine und Gesicht ab. Nichts, als ob absolut nichts passiert wäre. Das konnte nicht sein, nein, das war ganz sicher kein Traum gewesen.

»Ich weiß, was ich erlebt habe«, sagte sie und stand auf. Am Fenster stehend zog sie die dünnen Vorhänge auf, die Sonne im Gesicht und die warme Luft fühlten sich gut an. Ihr fehlte ein Stück der letzten Nacht, sie wusste nicht, wie sie in ihr Zimmer gekommen war. Die beiden Korrektoren würden sie kaum zu Bett gebracht haben.

Sie sollte sich zuerst frisch machen, dann würde sie der Sache auf den Grund gehen. Merith aktivierte einen schmucklosen Armreif, der mittels eines schwach leuchtenden Energiefeldes umgehend Haare und Körper reinigte. Sie wollte keine Zeit verlieren, einen Lidschlag später breitete sich von dem Armreif schuppenartig ihr üblicher weißer Einteiler aus. Auf modische Extravaganzen würde sie heute verzichten.

Es klopfte an der Tür, Merith fuhr erschrocken herum und sah auf die Messingklinke. Sie fühlte sich ertappt, egal wer zu ihr wollte, er würde die Wahrheit mitbringen. Alles, was sie getan hatte, würde sie gleich erneut ertragen müssen.

»Darf ich hereinkommen?«, fragte ihr Vater freundlich. Meriths Gedanken fingen an zu rasen, sie hatte ihre Schwester erschlagen und er fragte sie höflich, ihr Zimmer betreten zu dürfen?

»Ja …bitte.« Ihre Hände zitterten, das Schlimmste würden Vaters Augen sein, die sie fassungslos nach dem Grund fragen würden. Ein Streit, ein Wortgefecht oder eine Meinungsverschiedenheit konnten niemals einen Mord rechtfertigen. Niemals. Merith würde ihn dann nur hilflos ansehen und nicken.

»Oh … ich sehe, du bist bereits aufgestanden.« Ihr Vater kam mit einem unbegreiflichen Lächeln auf sie zu. Merith glaubte, sich in einem Feuertrog ihrer Schuld zu befinden. »Nach der unruhigen Nacht hättest du auch noch liegen bleiben können.«

»Ich …« Merith wollte vor Scham im Boden versinken. Anschreien sollte er sie, des Mordes an ihrer Schwester anklagen oder sie alternativ zumindest mit Todesverachtung strafen. Aber bitte, er sollte nicht so tun, als ob nichts vorgefallen wäre. Sie wollte lieber in der Hölle brennen als befürchten zu müssen, den Verstand verloren zu haben.

»Du kannst deinem alten Vater ganz schön Angst machen … da komme ich spät in der Nacht nach Hause, um dich von Fieberkrämpfen geschüttelt in deinem Bett vorzufinden. Fieber … das muss man sich einmal vorstellen, das bekommt man schließlich nicht jeden Tag.«

»Fieber?«, fragte Merith verunsichert, sie hatte kein Fieber. Bisher war sie noch nie in ihrem Leben erkrankt gewesen.

»Fast 42 Grad … was zwar sehr ungewöhnlich, aber einfach zu behandeln ist«, erklärte ihr Vater mit einer absoluten Selbstverständlichkeit und legte seine Hände an ihre Arme.

»Ich hatte Fieber?« Merith wollte es immer noch nicht glauben. Auch niemand, den sie kannte, hatte je Fieber gehabt. Krankheiten gab es nur in alten Geschichten.

»Oh … ich sehe, du hast es selbst überhaupt nicht wahrgenommen. Bei einem schnell verlaufenden Infekt können Fieberschübe kurzzeitig das Gedächtnis in Mitleidenschaft ziehen.«

Merith schüttelte den Kopf - Traum, Realität und Wahnsinn – wie sollte sie dazwischen unterscheiden?

»Ich habe geträumt, dass ich …« Merith sprach den Satz nicht zu Ende, sie traute sich nicht, Casseias Namen in den Mund zu nehmen. Vor ihrem geistigen Auge lag sie immer noch leblos in einer Blutlache auf dem Küchenboden.

»Du solltest deinen Fieberträumen nicht zu viel Aufmerksamkeit widmen, es sind nur Hirngespinste, mit denen dich dein Geist in die Irre führt.« Meriths Vater lächelte gütig. »Du solltest dich stärken … möchtest du etwas essen?«

»Aber ich …« Ihr Verstand wehrte sich noch, sie glaubte in der letzten Nacht beinahe gestorben zu sein, erfroren in einer trostlosen Wüste, einen Tagesmarsch vom Haus entfernt. Nicht zu vergessen der unselige Streit mit Casseia und das Erlebnis mit den beiden Korrektoren, sollte das alles ein Fiebertraum gewesen sein?

»Du wirkst immer noch müde … soll dir deine Schwester Frühstück in dein Zimmer bringen?«, fragte ihr Vater fürsorglich.

Merith zog es die Füße unter dem Hintern weg. Einen Moment später fand sie sich Luft schnappend am Boden wieder. Was hatte Vater gesagt? Ihre Schwester lebte noch? Casseia war überhaupt nicht tot? Damit würde Vater keine Spielchen treiben, wenn der Unfall in der

Küche nur in ihrem Kopf stattgefunden hatte, war dann der Rest ihrer Erinnerung auch nur Einbildung?

»Herrje … du hättest im Bett bleiben sollen.« Meriths Vater nahm sie auf den Arm und brachte sie zu ihrem Bett. Hilfesuchend umschlang sie seinen Nacken und legte den Kopf auf seine Brust. Sein Herzschlag beruhigte sie, diese Realität fühlte sich eindeutig besser an. Die Schmerzen, die Pein und die Schuld des letzten Tages wollte sie hinter sich lassen. War Trembian auch nur ein Traum? Die grünen Augen und die Entschlossenheit in seinen Worten hatte sie nicht vergessen.

»Vater?«, fragte Merith, nachdem er sie zugedeckt und sie sich langsam beruhigt hatte.

»Ja.«

»Weshalb sind wir auf der Welt?«

Ihr Vater lächelte. »Eine Frage, die bisher noch niemand beantworten konnte. Die meisten Menschen wissen noch nicht einmal, wo sie hingehören.«

»Weshalb bin ich auf der Welt?«, fragte Merith, die nach Halt suchte. War die Antwort ihres Vaters eine Anspielung?

»Weil ich dich brauche …«

»Wofür?«

»Ich brauche dich, damit du schnell wieder auf die Beine kommst«, antwortete er ausweichend. So kannte sie ihn, ihn zu verstehen, würde ihr weiter schwerfallen. »Casseia, kannst du dich bitte um deine Schwester kümmern?«

»Ja. Vater.« Casseia stand neben ihm, sie lächelte, Merith hatte nicht bemerkt, wann sie das Zimmer betreten hatte. Ihr Vater sprach die Wahrheit, sie hatte ihre Schwester nicht getötet und scheinbar noch nicht einmal angegriffen. Sie beide hatten die Wirren ihrer Erinnerungen ohne einen Kratzer überstanden.

»Was ist gestern passiert?«, fragte Merith, während Casseia ihr eine Tasse Kakao einschenkte. Vater hatte den Raum bereits verlassen, er musste an diesem Tag an einer wichtigen Ratssitzung teilnehmen.

»Du weißt nichts mehr von gestern, oder?«

»Nein.« Merith beschloss, lieber ihrer Schwester zuzuhören, als Unsinn zu erzählen.

Casseia setzte sich auf die Bettkante und nahm ihre Hand. »Eigentlich nicht viel. Wie so oft hast du den Tag im Garten verbracht ... am Abend standen wir zusammen in der Küche und stritten sogar kurz über mein Abendessen.«

»Worum ging der Streit?«, fragte Merith aufmerksam.

»Na, es war kein echter Streit, ich habe mir einen Apfel geschält, du hast mich damit aufgezogen und ich habe dich geschubst ... dann erwähntest du, Kopfschmerzen zu haben und bist nach oben gegangen.«

»Wegen eines Apfels?« Merith lächelte gezwungen, diese Geschichte hatte sie sicherlich nie erlebt.

»Ich hatte schon ein schlechtes Gewissen ... aber du wolltest lieber allein sein.«

»War das alles?«

»Ich wollte ebenfalls zu Bett und bin erst wieder aufgewacht, als Vater in der Nacht nach Hause kam.«

»Warum?«

»Er hat vermutlich noch einmal nach uns gesehen und dich mit Fieberkrämpfen vorgefunden ... dann rief er mich. Fieber, ich dachte, das gäbe es nicht mehr und du quälst dich damit durch die Nacht. Unglaublich, oder?«, fragte Casseia, die mittlerweile mit beiden Händen ihre Hand umschlossen hielt. Das Zeugnis geschwisterlicher Zuneigung hielt Merith nicht für glaubwürdiger als die Hasstiraden aus ihrer Erinnerung. Nur welche Version davon war real?

»Wirklich unglaublich«, antwortete Merith. Es war alles eine Frage der Motivation, welchen Grund hätte ihre Schwester gehabt, Märchen zu erzählen? Da waren zu viele Fragmente, die nicht zusammenpassten. Allem voran, wie Casseia von den Toten auferstehen konnte? Und wenn sie nur schwer verletzt gewesen war, wie konnte sie sich so schnell kurieren?

»Möchtest du etwas schlafen?«, fragte Casseia, deren, ihrer Meinung nach gespielte Liebenswürdigkeit nicht zu dem Miststück passte, das sie seit vielen Jahren zu kennen glaubte.

»Kennst du Trembian?«, fragte Merith und beobachtete ihre Schwester, die keine auffällige Reaktion zeigte.

»Wer soll das sein?«

»Grüne Augen, lange blonde Haare, Bart und ein verwegener Gesichtsausdruck.«

»Hast du dich etwa verliebt?« Casseia fing an zu kichern. »Wer trägt denn heute noch einen Bart? Du musst wirklich wilde Träume gehabt haben ... hast du ihn geküsst?«

»Nein ...« Leider nicht.

»In Träumen darf man alle Männer küssen.« Jetzt machte sich ihre Schwester über sie lustig.

»Beim nächsten Traum ... ich werde es dir erzählen.« Trembian war kein Traum, niemals, sie hatte diesen jungen Mann kennengelernt, da war sie sich ganz sicher.

»Sah er gut aus?« Casseias Fantasie schien auf Touren zu kommen, in der Vergangenheit hatte ihr Vater ihnen nicht viele Möglichkeiten gegeben, junge Männer kennenzulernen.

»Los raus! Träum dir deinen eigenen Mann!« Merith hatte genug, sie würde jetzt gerne allein sein.

»Ja, ja ... mach ich ja und ich werde dir sicher nicht erzählen, was ich mit meinen Traummännern mache!« Casseia amüsierte sich prächtig, mit ihren sexuellen Fantasien zu kokettieren. Lachend verließ sie Meriths Zimmer und schloss die Tür.

Stille.

Ein schönes Geräusch, das sofort verstummte, sobald man es hören konnte. Beruhigend, inspirierend, ermutigend, man konnte beinahe über alles nachdenken, wenn es ruhig war.

»Habe ich das alles wirklich geträumt? Habe ich mir ernsthaft eingebildet, meine Schwester erschlagen zu haben?«, fragte sie sich selbst. Es gab in der Vergangenheit häufiger Momente, in denen sie Casseia die Pest an den Hals gewünscht hatte, aber sie hätte niemals daran gedacht, die Hand gegen sie zu erheben. Hätte, was für ein schönes Wort, in ihrer Erinnerung *hatte* sie zugeschlagen. Mit aller Kraft, ohne zu zögern und ohne die Konsequenzen zu bedenken, das Knacken der Gesichtsknochen glaubte sie, jetzt noch hören zu können.

Es war nur ein Fiebertraum, hatte Vater gesagt. Alles, was sie erlebt hatte, nicht mehr als eine krude Fantasie eines fiebrigen Geistes? Diesen Gedanken konnte Merith immer noch nicht greifen. Ihr fiel nur keine Variante ein, in der Casseia überlebt und sie nicht geträumt hatte. Für ihren Verstand war das ein Paradoxon, das sie allein nicht auflösen konnte.

»Ich brauche Hilfe«, flüsterte sie, niemand sollte sie hören. Nur, wer konnte ihr helfen? Vater und Casseia kamen dafür nicht infrage, mit ihnen konnte sie nicht darüber sprechen. Nein, das ging nicht, sie brauchte jemand anderen.

»Trembian.« Der junge Mann, der ebenfalls von den beiden Korrektoren aufgegriffen wurde. Er war keine Einbildung gewesen, das spürte sie tief im Inneren. Sie musste ihn unbedingt finden.

Merith brauchte keine Bettruhe und den dämlichen Kakao konnte Casseia selbst trinken. Nachdem sie die Tasse abgestellt hatte, stand sie auf. Die Farbe ihrer Kleidung verdunkelte sich, sie würde sich erneut auf die Suche begeben. Es gab keine andere Möglichkeit, sie wollte sich nicht mit der Geschichte zufriedengeben, die Vater und Casseia ihr aufgetischt hatten. Bestimmt wäre es bequemer gewesen, die Fieberstory zu akzeptieren, aber das wollte sie nicht.

***

XXXVII. Rebellionis – Rebellion

»Trembian«, der Name ging Merith nicht mehr aus dem Kopf. Sie musste es tun, sie musste ihn suchen, um sich selbst zu beweisen, nicht verrückt geworden zu sein. Ihre Schwester lebte noch, daran bestand kein Zweifel. Sie musste ihre Perspektive verändern, um das Rätsel aufzulösen. Es gab eine Schwachstelle im Konstrukt - einen Fehler, es musste einfach einen geben, den sie noch nicht erkannt hatte.

Merith horchte durch die geschlossene Zimmertür. Nichts, sie konnte keinen Ton hören und drückte leise die Klinke herunter. Die Dunkelheit war ihr Freund. Sie ließ das Licht aus, als sie an Casseias Zimmer auf der gegenüberliegenden Seite vorbeischlich. Scheinbar schlief sie bereits, sehr gut, Merith musste sich beeilen. Über der ersten Etage befand sich nur noch ein nicht genutzter Dachboden, Vater hatte einmal erzählt, dass früher alle Häuser so aussahen. Er liebte die klassische Architektur und den Einrichtungsstil von damals.

Die massiven Eichenholzbohlen der Treppe hatten daher leider ihre Tücken, zum Glück kannte Merith alle Stellen, die verräterische Töne von sich geben konnten. Wie eine Tänzerin schritt sie an den knarrenden Stellen vorbei und gelangte, ohne ein Geräusch zu hinterlassen, ins Erdgeschoss. Das Haus zu verlassen, ohne ihre Schwester aufzuwecken, war allerdings die leichtere Aufgabe, der sie sich in dieser Nacht stellen musste.

Das Portal, ich muss das Portal öffnen, dachte Merith und schlich in das Arbeitszimmer ihres Vaters. Den Weg durch die Frostwüste würde sie kein zweites Mal ausprobieren wollen. Dort wartete nur der Tod auf sie, oder Korrektoren, beides wollte sie nicht.

Im Arbeitszimmer ihres Vaters fiel der Blick als Erstes auf eine breite Regalwand aus Teakholz mit klassischen Büchern aus bedrucktem Papier. Solche Staubfänger benutzte inzwischen niemand mehr. Ihr Vater hätte ihr trotzdem die Hände abhacken lassen, wenn sie einem der alten Schinken ein Eselsohr verpasst hätte. Auf der linken Seite befand sich ein Kamin, vor dem einige Buchenscheite lagerten. Rechts davon stand sein Schreibtisch, an dessen dunkler Tischplatte auch ein Dutzend Gäste hätten gemeinsam essen können.

Der Schlüssel für das Portal, sie musste ihn finden, nur darauf kam es an. Wo würde ihr Vater die passenden Codesequenzen aufbewahren? Merith setzte sich auf seinen alten Ledersessel. Was sie jetzt tun würde, war riskant, je nachdem was ihr Vater gerade tat, könnte er ihr Eindringen in seine virtuelle Arbeitsumgebung bemerken.

»Ich tue es«, sagte Merith und legte ihre rechte Hand auf eine im Schreibtisch eingelassene handgroße Metallplatte. Das Arbeitszimmer ihres Vaters veränderte sich, vor dem Regal mit den antiken Büchern entstand eine teiltransparente Projektion einer umfangreichen medialen Datensammlung. Sie musste nur mit dem Finger in der Luft auf ein animiertes Thema zeigen, das sich daraufhin sofort vor ihr vergrößerte und mit vielen bunten Untermenüpunkten förmlich darum bettelte, konsumiert zu werden. Merith wusste mit medialen Datenbanken umzugehen, gemeinsam mit Casseia hatte sie eine speziell auf sie zugeschnittene Version im Schulunterricht genutzt. Aber würden ihre Benutzerrechte ausreichen, um die Portalschlüssel zu finden? Hoffentlich hatte ihr Vater die Codesequenzen in einem für sie zugänglichen Quadranten seiner Datenablage untergebracht.

Mit schnellen Fingern und wachen Augen raste sie durch die virtuellen Regale, die ähnlich einem Hovercraft auf sie zu- und wieder wegflogen.

»Zu viele Daten, zu wenig Zeit.« Merith wurde unruhig, die noch nicht untersuchten Ablagen nahmen ständig weiter ab. Wenn sie wenigstens einen der Suchassistenten hätte benutzen können, aber das wäre noch gefährlicher gewesen. Die Assistentensysteme basierten auf hybriden KI-Algorithmen, die nicht nur bei der Dateisuche halfen, sondern sich auch gerne nach den Motiven für die Datensuche erkundigten. Ein Gespräch dieser Art wollte sie verhindern, die Gefahr, dass der Assistent bei ihrem Vater nachfragen würde, war zu groß.

»Ja!« Merith ballte die Faust, sie hatte die Codesequenz gefunden. Einige Fingertipper weiter und das Portal war auf eine Reise in die Stadt eingestellt. Ihr Vater würde später sehen können, was sie getan hatte, aber das war ihr egal. Sie würde Trembian finden, egal was sie dafür zu tun hatte.

Als Merith in der Stadt das Portal verließ, waren die Straßen vor den Hochhäusern so gut wie leer. Nur einzelne zivile Hovercrafts schwebten stumm über sie hinweg. Bei ihren Bemühungen, in die Stadt zu kommen, hatte sie sich weniger darüber dem Kopf zerbrochen, an welcher Stelle sie nun nach Trembian suchen sollte. Einen beliebigen Passanten um Hilfe zu fragen, wäre ähnlich geistreich gewesen, wie sich von einem hybriden Assistenten beim Durchforsten der virtuellen Arbeitsumgebung ihres Vaters helfen zu lassen.

Merith griff in die Tasche ihrer Robe und spielte mit der Steinkugel, die sie immer dabei hatte. Die Zeit lief weiter, sie brauchte eine Idee. Ein Stück weiter sah sie ein Informationssystem, bei dem sich Gäste aus anderen Städten orientieren konnten. Merith kannte diese einfachen Assistenten aus dem Schulunterricht, die nicht mehr als einen animierten Stadtplan erläutern konnten. Es blieb die Frage, wo man um diese Uhrzeit die richtigen Menschen vorfand.

»Ich möchte mich vergnügen ... bitte um Hinweise für aktive Unterhaltungslokale«, erklärte Merith vor dem holografischen Display, das ihr sofort verschiedene Restaurants, Nachtclubs und mediale Projektionsstätten auf dem Stadtplan darstellte. Sollte sie wirklich dem Klischee folgen, in einem Nachtclub nach zwielichtigen Gestalten zu suchen?

»*Soll ich ein Taxi rufen?*«, fragte die weibliche Stimme des Assistenten freundlich.

»Ja«, antwortete Merith, die nicht wusste, wo sie suchen oder wen sie um Rat fragen sollte. Ihr Vorgehen war naiv, das Einzige, was sie finden würde, wäre wahrscheinlich die Aufmerksamkeit einiger pflichtbewusster Korrektoren.

Auf das Taxi musste sie nicht lange warten, das sich vor ihr absenkte und automatisch die Tür öffnete. Von der Bauart ähnelte das Gefährt den Hovercrafts, die auch von den Korrektoren genutzt wurden. Zumindest sah das beige Interieur bequemer aus, auch die Ledersitze waren breiter und deutlich komfortabler.

»*Bitte um die Zieleingabe?*«, fragte die synthetische Stimme freundlich, während sich die Tür schloss. Hatte Merith einen Fehler gemacht? Was sollte sie jetzt sagen?

»Ich möchte ...« Der Versuch, eine mutmaßlich korrekturfällige Person zu finden, von der sie nicht mehr als einen Namen wusste, war völlig behämmert.

»*Bitte um Wiederholung der Zieleingabe.*« Der virtuelle Taxifahrer zeigte sich geduldig.

»Ich möchte etwas erleben ... bitte ein Club, in dem noch richtig was los ist!« Meriths spontaner Gedanke, sich in einer unbekannten Menge wild feiernder Menschen zu verstecken, entstammte eher ihrer aufgewühlten Gefühlswelt als einem durchdachten Plan.«

Das Taxi hob ab und schwebte geräuschlos durch die menschenleeren Straßen der Innenstadt. War das der richtige Weg? Merith sah sich bereits stammelnd vor ihrem Vater, um diese infantile Eskapade zu rechtfertigen.

»Trembian«, flüsterte sie. Gab es ihn wirklich? Oder war die Begegnung mit ihm nur ein Produkt ihrer Fantasie?

In der Hoffnung, in einem anderen Leben wieder aufzuwachen, schloss sie die Augen. Einfach alles hinter sich zu lassen und neu anzufangen, das wünschte sie sich. Leider konnte man sich die Welt, in die man hineingeboren wurde, nicht aussuchen. Diese Grenze zu überschreiten, wäre eine wahrlich fantastische Gabe, ob dazu jemals Menschen in der Lage sein würden?

»Wir sind am Ziel angekommen«, erklärte die Taxistimme emotionslos. *»Bitte um die Bestätigung der Fahrt«*

»Die Bestätigung ... natürlich.« Merith legte die Hand auf das Identifikationsfeld. Daran hatte sie nicht gedacht.

»Vielen Dank, Merith. Ich wünsche einen unterhaltsamen Aufenthalt und eine angenehme Nacht.«

Merith stieg aus, das Taxi fuhr sofort los. Wo war sie? Die unbeleuchteten Gebäude waren nur zwei- oder dreigeschossig. Es gab weder Fahrzeuge noch Passanten, sollte das jetzt eine Party-Location sein?

Der Boden unter ihren Füßen knirschte, der Gehweg war alles andere als sauber und der löchrige Straßenbelag sah auch nicht besser aus. Es roch nach Schmutz und stehendem Abwasser, neben ihr befand sich ein Kanaldeckel. Merith drehte sich um die eigene Achse, die beleuchtete Skyline der Innenstadt lag ein gutes Stück von ihr entfernt. Das musste ein Randbezirk sein, den sie weder in natura noch aus dem Unterricht kannte. Zu ihrer früheren Meinung einer perfekten Welt passte dieses heruntergekommene Viertel sicherlich nicht.

»Verdammter Taxifahrer!« Was sollte das? Warum wurde sie in dieser trostlosen Gegend abgesetzt? Der Straßenzug schrie förmlich danach, dass sie gleich von Korrektoren aufgegriffen würde.

Mit reichlich Wut im Bauch ging sie in Richtung Innenstadt, am meisten ärgerte sie ihre eigene Dummheit.

»Etwa verlaufen?«, fragte eine unbekannte männliche Stimme, deren Urheber sie nicht ausmachen konnte. Merith fuhr erschrocken herum und suchte den Kerl in einem breiten Hauseingang.

Sollte sie herausfinden, wer das war oder weglaufen? Ihr Instinkt schrie wie ein wildes Tier. Laufen, entschied sie und rannte los.

»He ... ich beiße nicht«, rief ihr der Typ noch hinterher, auf dessen Bekanntschaft Merith keine Lust hatte. Im Laufen sah sie sich um, es folgte ihr niemand. Sie wurde langsamer, sie musste sofort weg von hier. Das war nicht der Ort, an den sie hingehörte.

»Wer bist du?«, fragte die Stimme von eben, die sich jetzt schräg vor ihr befand. Sehen konnte sie ihn trotzdem nicht. Verdammt, das konnte nicht derselbe Mann sein. Wenn er sie überholt hätte, hätte sie es sehen müssen.

»Lass mich in Ruhe!« Merith rannte, nur ein kurzes Stück, dann ging sie wieder. Denk nach, rief sie sich in Gedanken zu, ihre Beine würden sie in dieser Situation nicht weiterbringen. Nur ihr Verstand konnte sie an einem Stück zurückbringen.

»Warum bist du hergekommen?« Die geheimnisvolle Stimme befand sich erneut vor ihr, als ob der Urheber die ganze Zeit unsichtbar neben ihr herlaufen würde.

»Das ist ein Missverständnis ... ich will nur nach Hause.«

»Soll ich die Korrektoren rufen?«

»Nein!«, rief Merith aufgeschreckt, nicht die Korrektoren, die würden sie sofort nach Hause bringen. Was redete sie da? Sie fühlte sich völlig von der Rolle.

»Oh ... auf der Flucht?« Jetzt schien die Stimme sich über sie zu amüsieren.

»NEIN!«

»Warum läufst du dann weg?«

»Weil ich nichts mit dir zu tun haben möchte!«

»Kennen wir uns etwa?«, fragte er altklug.

»Nein ... was ich auch nicht ändern möchte!« Merith blieb stehen, sie musste sich diesem Typen stellen.

»Hast du Angst vor mir?«, fragte ein kleiner Mann, der sich vor ihr zu erkennen gab und überhaupt nicht zu dem passen wollte, was sie erwartet hatte.

»Wer bist du?«, fragte Merith. Der Mann war über einen Kopf kleiner als sie, hager, hatte langes schütteres Haar und ein Gesicht, als ob er mit seiner Nase selbst für die Löcher in der Straße gesorgt hätte.

»Die bessere Frage ist, wer du bist?« Er lächelte und kam näher auf sie zu. Seine Kleidung war schlicht, ein blauer Overall, wie ihn einfache Arbeiter in alten Industriereportagen trugen.

»Ich bin ...« Mitten im Satz sackte Merith auf den Boden und verlor das Bewusstsein.

Notprogramm gestartet. Defensive Funktionen aktiviert. Systemneustart in 180 Sekunden. Merith glaubte zu schlafen. Zu träumen. Oder nur die Augen nicht öffnen zu können? Neben der Ansage hörte sie ihr eigenes Herz schlagen, konnte aber weder die Arme bewegen noch ihre Lider öffnen.

»Warum hast du sie hergebracht?«, fragte eine weibliche Stimme, die bereits älter klang.

»Ein bemerkenswertes Mädchen, du solltest sie dir ansehen«, antworte der hässliche Gnom, der sie auf der Straße verfolgt hatte. Was hatte er mit ihr gemacht?

»Hört sie uns?«, fragte die Frau, die misstrauisch wirkte.

»Sie ist inaktiv. Ich habe den kompletten Kernel eingefroren, sie kann uns nicht hören«, antwortete er. Glaubte dieser Idiot, sie wie einen alten Toaster ausschalten zu können? *Systemneustart in 160 Sekunden.* Was war das für eine Ansage, was für ein System startete in 160 Sekunden neu?

»Sie ist noch ein Kind.«

»Darum ja ... sie weiß es noch nicht«, erklärte der Gnom. Was sollte Merith noch nicht wissen?

»Normalerweise hüten die ihre wenigen Kinder besser als ihre schwarzen Seelen ... und, was soll an ihr besonders sein? Sobald sie ihre Weihe erhalten hat, wird sie sich nicht mehr von den anderen Wissenden unterscheiden.«

»Nana, würde ich ansonsten deine Zeit verschwenden, wenn sie nicht etwas Besonderes wäre?«

»Ja.«

»Jetzt vertrau mir ...« Der Gnom gab sich hartnäckig.

»Was ich bereits getan ... und bereut habe. Du machst Fehler, die ich mir nicht leisten kann.« Die ältere Frau schien ihn zu kennen. *Systemneustart in 140 Sekunden.*

»Das war nur ein Missverständnis.«

»Eins?«

»Jetzt schau sie dir endlich an!«

»Also gut ... was ist mit ihr?«

»Ein Augurenkind, hör genau hin, Level 16 ... jetzt darfst du dich bei mir entschuldigen!«

»Hast du wieder getrunken?«

»Jetzt komm ...«

»Kinder sind selten, Augurenkinder kannst du allerdings an einer Hand abzählen. Die werden 88 Jahre in Hochsicherheitskokons konditioniert ... die bekommt niemand vor der Weihe zu sehen.«

»Ihr Retinascan ist eindeutig ... aber die Kleine vor dir ist noch viel wilder!«

»Kann sie Feuer speien?« Die Alte schien den Gnom nicht ernst zu nehmen. *Systemneustart in 120 Sekunden.* Die ablaufende Zeitansage schien nur Merith hören zu können.

»Halt dich fest ... Sec Level 42!«

»Das kann nicht sein. Du bist sturzbetrunken. Sogar Casper, dieser verlogene Hurensohn hat nur Sec Level 39. Mit 42 könnte man die Sonne von Westen nach Osten ziehen lassen.«

»Wenn ich es dir sage ...«

»Du weißt nicht, wovon du sprichst. Ich habe dieses ganze verfluchte Scheiß Sicherheitssystem entwickelt! Mit Sec Level 43 bist du Gott, mit 42 sein Stellvertreter auf Erden.« Die alte Frau schien darüber sehr beunruhigt zu sein. Merith verstand nicht, was an ihr besonders sein sollte. *Systemneustart in 100 Sekunden.*

»Cool!«

»Du bleibst ein Idiot. Wenn deine Freundin einen Sec Level von 42 hätte, könntest du sie nicht deaktivieren. Sie würde jedes Wort von uns hören und dich Idioten auslachen ... sie könnte sich nach Belieben neu starten, in unsere Köpfe eindringen und dich dazu bringen, dass du dir deinen haarigen Arsch leckst.«

»Aber ... du kannst doch ...«

»Nichts aber ... sogar ich hätte keine Chance, einen 42er aufzuhalten. Bete dafür, dass dich niemals ein Wissender mit der Fähigkeit andere zu Infiltrieren erwischt. Das wäre das Ende unserer kleinen Rebellion.«

Meriths Gedanken wurden immer schneller, die sprachen über sie wie über eine Maschine, eine Waffe, das verstand sie nicht. *Systemneustart in 80 Sekunden.* Panik stieg in ihr auf. Was passiert in 80 Sekunden, schrie sie in Gedanken.

»Der Retinascanner ... sieh.«, erklärte der Mann völlig aufgelöst. »Wie sollte ich das wissen ... ich wollte doch nur helfen.«

»Jetzt gib schon her!«

Eines von Meriths Augenlidern wurde angehoben. Wieder der rote Punkt, der ihr wie ein glühender Dolch durch den Kopf schoss. Sie war ein Mensch, ein Mensch, keine Maschine!

»Das ist ...« Die Stimme der Frau stockte. »Du bist der größte Dummkopf aller Zeiten ... ihr System startet sich bereits neu. Wir sind verloren. Das war eine Falle. Die haben uns gefunden und werden uns alle korrigieren! Wir haben noch 60 Sekunden.«

»Soll ich ihr den Kopf abschlagen?«, fragte der Gnom. Merith erschrak, der wollte sie töten. *Systemneustart in 60 Sekunden.*

»Du begreifst es nicht, oder?«

»Oder verbrennen?«

»Das bringt nichts ... absolut nichts. Du weißt doch genau, in welcher Welt wir leben. Einem 42er könntest du auch das Genick brechen, der räuspert sich einmal und steht wieder auf.«

»Und jetzt?«

»Sei einfach ruhig ... gestern haben wir Trembian verloren. Ich hätte ahnen müssen, dass diese Schweine einen neuen Weg gefunden haben, uns zu entdecken. Jetzt wissen wir, was Casper und sein Handlanger Jonas auf uns angesetzt haben. Die Auguren haben gewonnen und der Widerstand hat endgültig verloren«, erläuterte die Frau.

Wenn das stimmte, was sie sagte, wurde Merith einiges klar. Sie war nicht verrückt und Vater hatte sie belogen. *Systemneustart in 40 Sekunden.*

»Aber du warst doch eine von ihnen ... du hast bisher immer eine Lösung gefunden, unentdeckt zu bleiben.« Der Mann fing an zu weinen, inzwischen tat er Merith leid.

»Das war alles, was ich geschafft habe ... unentdeckt zu bleiben. Leider habe ich nie einem Weg gefunden, sie wirksam zu bekämpfen.«

»Jetzt gib nicht auf! Mach was, irgendwas! Es gibt Tausende freie Köpfe, die sich dir angeschlossen haben. Kämpfe für sie. Probiere es wenigstens!«

»In der kurzen Zeitspanne?«, fragte die Frau.

Systemneustart in 20 Sekunden. Was zur Hölle passierte in zwanzig Sekunden?

»Sie heißt Merith, sie ist 81 Jahre alt, warum schickt Casper ein Kind? Warum wurde ihre Ausbildung nicht abgeschlossen? Nana ... ich sage es dir, auch wenn sie uns alle töten kann ... bei denen ist auch etwas schiefgelaufen.«

»Du gibst nicht auf, oder?«

»Niemals.«

Systemneustart erfolgt. Defensive Systeme aktiviert. Neue Routinen verfügbar. Waffenauswahl bereit. Neuronaler Link etabliert. Merith öffnete ihre Augen, nichts würde mehr sein wie zuvor.

***

XXXVIII. Proditionem – Verrat

Das Erste, was Merith sah, war das Gesicht einer älteren Frau mit grauen, zu einem Zopf geflochtenen Haaren. Sie hatte Grübchen und lächelte zurückhaltend. Neben ihr stand der hässliche Gnom, dessen verknorpelte Nase ein gefühltes Drittel seines Kopfes ausmachte und der sich bemühte, sie nicht laufend anzustarren. Beide trugen blaue Arbeitskleidung. Hatte Merith etwa die beiden die ganze Zeit sprechen hören? *Bedrohung festgestellt. Ziele erfasst. Waffensysteme einsatzbereit. Erwarte Bestätigung zur Neutralisierung …*

»Sie ist wach«, sagte die ältere Frau, die der Gnom vorhin Nana genannt hatte.

»Ich hatte sie ausgeschaltet … ehrlich.«

Merith setzte sich auf und versuchte, etwas zu sagen, was ihr völlig ausgetrockneter Mund erfolgreich verhinderte. Mehr als ein jämmerliches Krächzen brachte sie nicht hervor. *Bestätigung zur Neutralisierung offen. Alternative Rettungsmaßnahmen eingeleitet. Autonome Gefechtsführung startet in achtzehn Sekunden …*

»Was hat sie?«, fragte der Gnom, dem Merith vermutlich gleich den Kopf von den Schultern schießen würde. Sie hatte keine Ahnung, wozu sie bei einer autonomen Gefechtsführung in der Lage war. Für den Gnom würde es so oder so schlecht ausgehen.

»Schnell … ein Glas Wasser. Sie möchte etwas sagen.« Die ältere Frau hatte scheinbar mehr im Kopf als er. Merith musste sofort die autonome Gefechtsführung unterbrechen. *Zwölf, elf …*

»Ja, ja … hier.« Der Gnom gab ihr ein Glas. *Neun, acht …*

»STOP! ALLES STOPPEN!« Merith wollte das nicht.

»Was willst du stoppen?« *Sechs, fünf …*

»Eine Stimme in meinem Kopf will euch töten.« Und hörte nicht auf, weiter abwärts zu zählen.

»Sprich mir nach: Code Insertion H73IO-TA-33.«, rief die alte Frau. *Drei, zwei …*

»Code Insertion H73IO-TA-33.« *Waffensysteme deaktiviert und in Bereitschaft. Eingabe erforderlich …*

Die ältere Frau und ihr kleinwüchsiger Begleiter schreckten zurück. Merith atmete schnell, sie war nicht mehr als ein gottverdammter Roboter. Eine Maschine, die man in dem Glauben hatte aufwachsen lassen, ein Mensch zu sein. Nein, eine schlimmere Bestrafung hätte sie sich nicht vorstellen können. *System analysiert Nahbereichsumfeld. Diverse Bedrohungen wahrgenommen. Uplink zur Zentrale etabliert. Fordere sofort Unterstützung an …*

»Das System komplett deaktivieren. Ich will weder kämpfen noch jemand anderen kontaktieren. Verstanden?« Merith musste wieder Herr ihrer Sinne werden. Diese synthetische Stimme in ihrem Kopf klang wie ein Dämon, der ihrer Seele ein Messer an den Hals hielt. *Bestätigt. Erwarte neue Eingaben …*

»Ich verstehe nicht, warum …«, stammelte der Gnom, den Meriths Worte unruhig von einem Bein auf das andere wechseln ließen.

»Warte … kennst du deinen Namen?«, fragte die ältere Frau, die ein Tuch nahm und Merith den Schweiß von der Stirn wischte.

»Merith.«

»Du kannst mich Nana nennen … neben mir steht mein Freund, Zasel. Du hast uns einen mächtigen Schrecken eingejagt.«

»Bitte was ...« Merith schüttelte den Kopf, was glaubte diese Nana denn, wie sie sich fühlte?

»Was ist dein Auftrag?«, fragte Nana, die Zasel mit der Hand gebot, ruhig zu sein.

»Auftrag ... ich habe keinen Auftrag.« Merith versuchte, ihre Sinne wieder einzufangen. Glaubte Nana etwa, dass sie absichtlich in dieses Viertel gekommen wäre? Oder, dass sie scharf darauf gewesen war, von dem Gnom ausgeknockt zu werden?

»Du hast gerade ein internes System deaktiviert und darüber gesprochen, nicht kämpfen zu wollen. Warum?«

»Die Stimmen in meinem Kopf, sie sollten aufhören.«

»Hörst du sie noch?«

»Im Moment nicht ...« Was hoffentlich auch so bleiben würde. In Meriths Verstand war kein Platz dafür.

»Gut ... Merith, ich möchte, dass du mir jetzt ganz genau zuhörst. Ist das in Ordnung für dich?«, fragte Nana, deren übertrieben wirkende Fürsorge Merith kurz zulassen würde.

Sie nickte.

»Ich glaube dir, dass du Zasel nicht mit Absicht begegnet bist. Du wolltest ihn auch nicht täuschen. Ich glaube dir auch, dass du mir nicht bewusst schaden möchtest ...«

Merith nickte erneut.

»Bitte verstehe, dass die Stimmen in deinem Kopf andere töten können. Ich habe dir eine Code Insertion genannt, das System kann sich jederzeit wieder aktivieren. Nur ein paar Worte von dir würden genügen ... bitte gehe damit mit großer Sorgfalt um, wenn du uns nicht schaden möchtest.«

Merith schluckte, sie wollte niemanden töten, sie wollte nur Trembian finden und mit ihm zu sprechen. Der Raum, in dem sie sich befanden, hatte keine Fenster und bis auf den Metalltisch, auf dem sie saß, auch keine weiteren Möbel. An der Decke brannte ein kaltes Licht, das Nanas Gesichtszüge noch älter wirken ließ.

»Wer ist Trembian?«, fragte Merith, Nana hatte vorhin erklärt, ihn zu kennen.

»Er war mein Sohn.«

»Wo ist er ... kann ich ihn sprechen?« Merith horchte auf, das würde sicherlich kein Zufall sein.

»Sie haben ihn geholt ... gestern Nacht. Ich glaube nicht, dass er noch lebt.«

»Warum sollten die Auguren ihn töten lassen?«, fragte Merith, die an die Worte der Korrektoren denken musste. Trembian sollte nur korrigiert und anschließend freigelassen werden.

»Du hast deine Weihe noch vor dir?«

»Ja ... in sieben Jahren«, antwortete Merith, die sich früher immer auf die Weihe gefreut hatte. Ab diesem Zeitpunkt war man ein Wissender. Eine Vorfreude, die ihr mehr und mehr abhandenkam.

»Was glaubst du denn, was eine Korrektur ist?«, fragte Nana und deutete damit etwas an, was Merith bereits geahnt hatte. Die Welt, die sie kannte, war eine Lüge, ihr Vater ein Puppenspieler und ihre Schwester ein herzloser Roboter. Nur deshalb konnte sie die tödlichen Verletzungen nach dem Sturz überstehen.

»Erklärst du es mir bitte?« Merith wollte nicht weiter dummes Zeug reden.

»Für den Betroffenen ist es das Ende. All seine Erinnerungen, sein Wesen, Ängste, Talente, einfach alles, was ihn ausmacht, werden gelöscht.«

»Aber sie leben danach doch noch, oder?« Natürlich hatte Merith mitbekommen, dass korrigierte Menschen nicht mehr dieselben wie zuvor waren.

»Seelenlose Hüllen …«

»Aber wie soll das bei einem lebenden Menschen funktionieren … die können doch nicht einfach einen Schalter umlegen … das geht doch nicht, oder?« Merith wurde schlecht bei dieser Vorstellung.

»Die Erklärung ist nicht leicht zu verdauen. Ich versuche, es zu veranschaulichen: Was war dein erster Gedanke, als du die synthetische Stimme in deinem Kopf gehört hast?«

Merith standen Tränen in den Augen. »Dass ich ein Android bin … den man im Glauben aufwachsen ließ, lebendig zu sein.«

»Zasel … gib mir ein Messer«, ordnete Nana an und nahm eine kurze und breite Klinge in die Hand, mit der sie sich einen unbedeutenden Schnitt am Unterarm zufügte. »Wenn ich mich schneide, blute ich … was dich vermutlich nicht überrascht.«

»Und?« Merith konnte ihr nicht folgen.

»Probiere es mal …« Nana wischte das Blut an ihrer Arbeitskleidung ab und gab ihr die Klinge. Was sollte das bringen? Natürlich hatte Merith bereits bei kleineren Verletzungen ihr eigenes Blut gesehen.

»Etwa so?« Der fingerlange Schnitt am Unterarm blutete ähnlich wie bei Nana, nicht sonderlich stark, aber er blutete.

»Warte einen Moment.«

Das Blut floss weiter, zumindest einige Sekunden lang, dann verschloss sich die Wunde wieder. Einfach so, als ob sie sich nie geschnitten hätte.

»War das früher auch so?«, fragte Nana und verarztete ihre eigene Verletzung, die sich nicht eigenständig heilte.

»Natürlich nicht …« Merith verstand das nicht und schnitt sich erneut. Diesmal tiefer, allerdings ohne ein anderes Ergebnis zu erhalten. Ein Schnitt, Blut und dann war alles wieder weg.

»Dein Körper befindet sich jetzt in einem anderen Modus … nun, du könntest dir und mir den Bauch aufschneiden. Organisch unterscheiden wir uns nicht.«

»Ich würde überleben … du nicht.«

»Mehr oder weniger … wirklich sterben können wir beide nicht. Jedenfalls nicht dadurch, dass wir unsere Körper kleinschneiden.« Nana kam näher auf sie zu. »Merith … wir könnten nur wie ein Mensch sterben, wenn wir zuvor wie einer gelebt hätten.«

»Was soll das alles bedeuten?«, fragte Merith, für die ihre Vergangenheit gerade wie ein Kartenhaus zusammenfiel. Durch Nanas Worte ergab vieles einen Sinn, das sie bisher nicht verstanden hatte.

»Das mag sich vielleicht fanatisch anhören … aber wir sind nicht mehr als Teil einer perfekt animierten virtuellen Realität. Die Technik dahinter ist komplex und für uns nicht zu erkennen … aber es ist leider die traurige Wahrheit.«

»Und wo befinden sich unsere echten Körper?«, fragte Merith, die jetzt alles wissen wollte.

»Wir haben keine … alles, was von uns noch existiert, ist eine energetische Signatur, die von dem Menschen stammt, der wir vor unserem Tod einmal gewesen waren.

In deinem und in vielen anderen Fällen aber ohne deren Erinnerungen.«

Merith sackte auf den kalten Steinboden und hielt sich die Hände vor das Gesicht. War das die Wahrheit? Oder auch wieder nur eine Lüge, um sie zu täuschen?

»Sie wusste es nicht ...«, sagte Zasel und setzte sich neben sie. Er nahm ihre Hand und hielt sie einfach. »Als ich die Wahrheit erfuhr, habe ich gekotzt ...«

»Zasel, bitte!«

»Und was ist mit denen, die noch lebendige Körper haben?«, fragte Merith, die um ihre Fassung rang.

»Es ist niemand mehr da ... es gibt keine lebendigen Menschen in unserem Universum. Alles, was uns blieb, ist Technik. Technik, die keine Menschen benötigt, um zu funktionieren. Wir haben eine gigantische Maschine hinterlassen und ihr den Auftrag gegeben, eine perfekte virtuelle Welt zu kreieren.«

»Eine perfekte Welt, in der Menschen niemals sterben ... sondern höchstens korrigiert werden?« Jetzt hatte Merith es verstanden. Diese Lügen mussten ein Ende finden.

Nana nickte.

»Und ich bin geschaffen worden, um Menschen wie dich zur Strecke zu bringen?« Das war die Konsequenz ihrer bisherigen Erfahrungen.

»Höchstwahrscheinlich.«

»Wer bist du ... oder besser, wer warst du?« Merith wollte die Hintergründe dieser perfiden Jagd verstehen.

»Ich war einer von ihnen. Ein Augurin, eine Wissende, ich habe geholfen, die Sicherheitssysteme zu erschaffen. 370 Jahre lang. Dann fühlte ich mich müde, ich war alt und glaubte, anderen Platz machen zu wollen.

Ich wollte korrigiert werden, um alle Erinnerungen zu vergessen ... aber ich durfte nicht. Ich war zu wichtig ... eine Architektin durfte nicht gehen. Dann habe ich mich von ihnen abgewandt und andere befreit. Mit diesem Ziel lebe ich bereits eine lange Zeit«, erklärte Nana, die sich mittlerweile ebenfalls auf den Boden gesetzt hatte.

»Wie konntest du im Untergrund unerkannt bleiben?«, fragte Merith, es sollte doch in einer virtuellen Umgebung einfach sein, unliebsame Bestandteile zu löschen.

»Erstens ... das System ist ziemlich groß und besteht aus Tausenden von Teilsystemen. Zweitens ... es ist so komplex, dass es niemand komplett versteht, und drittens habe ich andere getäuscht, betrogen, gehackt und auf jede erdenkliche Art hinter das Licht geführt, die du dir vorstellen kannst ... du siehst ja, bisher haben sie mich nicht bekommen.«

»Aber du konntest sie auch nicht besiegen?«

»Nein ... das übersteigt meine Möglichkeiten.«

»Und warum erzählst du mir das alles?«, fragte Merith, das Vertrauen, das Nana ihr entgegenbrachte, überraschte.

»Du bist zwar dafür geschaffen worden, mich zu jagen ... aber sie haben es versäumt, dich passend zu motivieren. Wenn du wolltest, wäre der Raum bereits voller Korrektoren, oder ich arretiert oder endgültig gelöscht.«

Nana lächelte, Merith mochte die alte Dame, die mehr verdient hatte, als in einem Kellerloch zu hausen.

»Was hat das mit dem Sec Level zu tun?« Auch das musste Merith noch verstehen.

»Ich kann Angreifer hacken, Zasel kann das auch ... wir können alle Menschen einschließlich Sec Level 41 deaktivieren. Deswegen konnten wir immer wieder fliehen. Der oberste Augur Casper, unser Widersacher, ist mit dir ein unglaubliches Risiko eingegangen. Er hat dich über viele Jahre ausbilden lassen, du musst verstehen, es dauert eine lange Zeit, alle benötigten Fähigkeiten für Sec Level 42 zu erlernen. Man kann niemandem diese Berechtigungen und Fähigkeiten einfach zuordnen ... sie müssen erlebt werden.«

»Warum erfuhr ich nichts davon?« Obwohl Merith nicht wusste, wie sie reagiert hätte, wenn sie eingeweiht worden wäre.

»Frage deinen Vater, vielleicht glaubte er, dass du noch nicht soweit warst.«

Die Antwort konnte sogar wahr sein, ihr Vater hatte sie nie an seinen Plänen teilhaben lassen.

»Bin ich denn jetzt soweit?«

»Um mich zu verhaften? Entscheide selbst ...«

»Warum sollte ich das tun?« Merith würde nie wieder auf ihren Vater hören.

»Möchtest du mir helfen?«, fragte Nana. Eine Lüge weiterzuleben, war inakzeptabel.

»Ja.«

»Ist dir klar, was das bedeutet?«

»Ich werde in den Krieg ziehen und alles zerstören.« Ja, Merith hatte verstanden, was Nanas Ziele waren. Sie würde es tun. »Wie kann ich dein Werk beenden?«

»Ich gebe dir eine Waffe, die du gegen sie benutzen kannst ... Casper hat viel gewagt. Es gab früher gute Gründe, niemanden mit so großen Rechten auszustatten.«

»Aber es gibt jemanden, der Sec Level 43 hat ... wie soll ich den besiegen?«, fragte Merith.

»Das ist nicht notwendig ... du sollst das System nicht übernehmen, es reicht, es zu zerstören.«

»Und dann?«

»Du wirst den Kampf nicht überleben ... das ist der Preis.«

Merith nickte, sie war so oder so erledigt. »Was muss ich tun?«

»Ganz sicher?« Nana fragte ein weiteres Mal und ergriff ihre Arme.

»Ja ... ganz sicher.« Merith wollte ihrem Vater niemals wieder hilflos gegenüberstehen.

»In Ordnung ... es ist eigentlich ganz einfach.« Nana fing an, mit dem Finger eine blaue Kugel in die Luft zu zeichnen, die immer heller wurde. »Vertraust du mir?«

»Ja.« Merith würde jetzt nicht einknicken.

»Es wird wehtun ...« Die blaue Kugel schoss wie eine Kanonenkugel in ihren Kopf. Alles wurde dunkel.

Merith schwebte in einem schwarzen Raum, nein, sie stürzte auf einen hellen Punkt zu.

»Kannst du mich hören?«, fragte Nana, die ihren Kopf hielt und ihr durch die Haare strich.

»Was war das?« Merith brummte der Schädel.

»Ich habe deine Fähigkeiten, zu kommunizieren, verstärkt. Binnen der nächsten vierundzwanzig Stunden wirst du blaue Augen bekommen. Das ist eine harmlose Begleiterscheinung ... du solltest dein Paket aber vorher abgegeben haben.«

»Mein Paket?«

»Eine Logikbombe ... gehe bitte sorgsam damit um. Du hast bloß einen Versuch. Sie wird nur wegen deiner Sicherheitsfreigabe funktionieren. Einmal aktiviert wirst du in der Realität in deiner energetischen Gestalt erwachen. Du hast vermutlich nur wenige Minuten, dann wird dich der Sicherheitsdienst ergreifen und dir den Stecker ziehen«, erklärte Nana mit ruhiger Stimme.

»Was soll ich dann tun?«

»Alles kurz und klein schlagen. Lass dir etwas einfallen ... ich weiß nicht genau, wo du erwachen wirst.«

»Soll ich die Logikbombe sofort zünden?«

»Nein ... der beste Zeitpunkt ist kurz vor deiner Korrektur. Die Logikbombe zündet automatisch, wenn sie deine Erinnerungen sezieren. Zu diesem Zeitpunkt befindest du dich ganz dicht am Systemkern.«

»Du willst denen eine Falle stellen?«

»Oh ja.«

»Warum sollten sie den Köder schlucken? Ich habe Kontakt zu dir gehabt ... das werde ich nicht leugnen können. Das Taxi hat meine Fahrt protokolliert.«

»Perfekt.« Nana schien sich darüber zu freuen. »Du wirst dir ihr Vertrauen leicht verdienen können.«

»Wie?« Merith hatte keine Idee, wie sie aus dieser verfahrenen Situation herauskommen sollte. Ihr Vater sollte bereits von ihrer erneuten Flucht erfahren haben. Sicherlich, ohne sich darüber zu freuen.

»Indem du Zasel und mich tötest. Wie es deine Bestimmung war, zerstöre unsere virtuellen Avatare und lösche unsere Speichereinheiten restlos von den Datenträgern. Du kannst das ... du hast die Waffen, den Mut und den Willen, alles zu beenden.«

»Wir sehen uns wieder?« Merith weinte.

»Nein.« Nana lächelte und küsste sie auf die Stirn. Das war die einzige Chance, das Leben aller in Würde zu beenden.

***

XXXIX. Verum – Wahrheit

Merith befand sich auf dem Weg zu ihrem Vater. Begleitet von vier Korrektoren, die sie sofort nach der Benachrichtigung aus dem Kellerraum abgeholt hatten. Die Stiefel der Körperpanzer hallten bei jedem Schritt auf dem polierten Marmor in den weitläufigen Korridoren der zentralen Verwaltung. Weiß, egal wo man hinsah, alles war weiß, prächtig, glänzte und vermittelte die grenzenlose Macht des Hohen Rates.

Vater, ich komme zu dir, schrie Merith in Gedanken. Da war nur Hass und Verachtung, ihre Sinne brannten, abfackeln wollte sie alles und dennoch wartete sie. Es galt nicht, ein Haus oder die Stadt niederzubrennen, nein, die ganze Welt wollte sie in einem letzten großen Feuerball verglühen lassen.

Merith hatte die Schuppenplättchen ihrer Kleidung wieder passend weiß werden lassen. Schneeweiß, in einer weiten Robe mit Kapuze, genauso sollte sie jeder sehen. Es hatte ein Gedanke genügt, ein Befehl und eine Bestätigung, um Nana und Zasel unwiderruflich zu löschen. Die alte Dame hatte sich mit einem Lächeln in Luft aufgelöst, einfach so, als ob sie zuvor nie existiert hätte. Hoffentlich war das alles dieses Opfer wert.

»Halt!«, rief eine junge Frau, die vor einer breiten Tür stand. Ein unscheinbarer Typ, sie trug kurze Haare und einen grauen Einteiler. An ihrer Seite standen vier weitere Korrektoren, bewaffnet und in voller Körperpanzerung. In einer virtuellen Welt erachtete Merith diese archaische Zuschaustellung des staatlichen Gewaltmonopols als bloße Augenwischerei.

»Sie wird erwartet …«, erklärte einer der Korrektoren.

»Natürlich wird sie das.« Die Stimme der Frau versprach nichts Gutes.

»Ich möchte zu Casper. Er erwartet mich.« Merith legte die Kapuze in den Nacken und sah der Frau in ihre Augen, die es nicht vermochten, ihre Seele zu verbergen. Blutleer, pflichtbewusst und loyal, sie war sicherlich die ideale Handlangerin.

»Merith, Tochter von Jonas ... ich weiß, was du getan hast. Ich habe alles gesehen. Alles«, erklärte die junge Frau und näherte sich dabei ihrem Gesicht bis auf wenige Zentimeter. Sogar der Körpergeruch dieser Person sagte nichts aus.

»Hervorragend ... dann kannst du die Aussage, die ich gleich machen werde, bestätigen.« Merith hatte nicht vor, sich aufscheuchen zu lassen. Die Assistentin spielte sich nur künstlich auf, wenn sie wirklich etwas gesehen hätte, wäre Merith nicht so weit gekommen.

»Das werden wir sehen«, sagte sie, nahm eine Münze aus der Tasche und klebte sie ihr an die Schläfe. »Entschuldige bitte die Vorsichtsmaßnahme, sicher ist sicher, folge mir.«

Die doppelte Flügeltür öffnete sich, Merith ging in eine kreisrunde Halle, die komplett mit weißem und hellgrauem Marmor ausgekleidet war und an deren Seite zwei Sitz- und Tischreihen über zweihundert Auguren Platz boten. Scheinbar wollte jeder den Bericht über die Exekution der abtrünnigen Augurin Nana hören, freie Plätze waren nicht mehr auszumachen.

In der Mitte erkannte sie Casper wieder. Jonas, ihr Vater, saß zu seiner Rechten. Auch einige der anderen hatte sie bereits gesehen, als sie in der Vergangenheit öfter bei ihnen im Haus zu Besuch waren. Niemand der Anwesenden würdigte Merith mit einer besonderen Geste.

Nana, bitte hilf mir, diese Hölle zu überstehen, dachte Merith und blieb in der Mitte der Halle stehen. Die vier bewaffneten Korrektoren und die junge Frau standen neben ihr. Die Tür wurde geschlossen, die Stimmen verstummten, Merith war allein. Ganz allein.

»Hallo Merith«, eröffnete Casper das Gespräch und klang dabei kälter als ein Eisblock.

»Hallo.«

»Du kannst dir vorstellen, dass uns die jüngsten Berichte über dich besorgt haben …«

»Ja«, bestätigte Merith.

»Dir ist klar, wo du jetzt bist?«, fragte Casper und lehnte sich dabei nach vorne.

»Vor dem Hohen Rat … und ich danke dafür, gehört zu werden.« Sie würde kämpfen.

»Oh ja … zugehört haben wir. Vertraut haben wir. Gesehen haben wir. Verziehen haben wir. Enttäuscht wurden wir … was werden wir mit dir als Nächstes tun?«

Merith stand mit dem Rücken an der Wand. »Danken könntet ihr mir.«

Ein Raunen ging durch die Reihen.

»Bitte! Werte Ratsmitglieder! Bewahrt Ruhe!« Casper fing die hochgekochte Stimmung wieder ein, jetzt würde jeder im Raum aufpassen. »Wer einen Tiger aussendet, sollte bei der Rückkehr kein Kätzchen erwarten …«

»Ich habe meine Aufgabe erfüllt … könnt ihr das auch alle von euch behaupten?« Merith war nicht hier, um Freunde zu gewinnen. Gerede, Geschrei und viele zornige Blicke erntete sie für ihre unverfrorene Attacke.

»SEID ALLE STILL!« Jetzt sah auch Casper wütend aus, der mit der flachen Hand auf den Tisch schlug. »Das gilt besonders für dich, junge Dame!«

Merith nickte.

»Bei allem Verständnis, vergiss bitte nicht, wo du dich befindest!«, erklärte Casper mit gewichtiger Stimme.

»Werter Rat, ich versichere euch, dass ich mir dessen vollständig bewusst bin … bitte nehmt meine Entschuldigung an. Die letzten Tage waren für mich emotional besonders aufwühlend.« Merith verbeugte sich höflich, sie wollte die Runde noch zappeln lassen.

»Nun denn … auch deine jugendliche Unbefangenheit kann nicht alles rechtfertigen.«

»Natürlich nicht … ich stehe zu meinen Taten. Ich habe heute den abtrünnigen Auguren Nana aufgespürt, ich habe sie getötet und restlos gelöscht!«

»Ja, ja, das hast du zweifelsfrei. Ich kannte sie gut, was die Sache nicht leichter macht …«, druckste Casper herum.

»Sie war eine Zweiflerin, sie wollte dem Orden schaden, sie musste gelöscht werden!«, rief Merith laut in den Saal, was einige Stimmen empört wenig schmeichelhafte Dinge über Nana riefen ließ. Diese verdammten Heuchler!

»Wie wahr … auch wenn mir eine unspektakuläre Verhaftung besser gefallen hätte. Nur, bei einer Kleinigkeit brauche ich deine Hilfe: Die Aufgabe, sie zu finden, hatten wir dir noch nicht gegeben und es hat dir sicherlich auch niemand aufgetragen, sie zu löschen. Was hat dich zu so einer ungewöhnlichen Mission bewogen?«

Jetzt sollte Merith ihre Worte mit Sorgfalt wählen, Casper ahnte vermutlich, dass ihre schöne Geschichte einen Haken hatte. Hunderte von Augenpaaren schienen sie anzustarren. Sollte sie aggressiv antworten, oder besser erklärend? Impulsiv oder rational kühl? Auf jeden Fall sollte sie sich Zeit lassen. Die Zeit war ihr Freund, Freunde waren wichtig, sie hatte ansonsten nicht viele davon: Sie würde weiter Geduld zeigen und bei ihrem Plan bleiben.

»In der Stadt habe ich ein Taxi benutzt, das mich in einem vermeintlich falschen Viertel abgesetzt hatte … kennt jemand dafür zufällig einen Grund?«, fragte Merith laut. Nana und sie waren sich sicher, dass das kein Zufall war. Es musste eine dritte Person beteiligt gewesen sein.

»Supervisor, ist das beeinflusst worden?«, fragte Casper und sah die bislang geruchslose Frau neben ihr an, deren Schweißdrüsen jetzt wach zu werden schienen.

»Ja …«

»Warum?«, fragte Casper in seiner unnachahmlich penetranten Art. Perfekt, Merith war aus der Schusslinie.

»Der Proband hatte sich bereits eine Nacht zuvor aus dem sicheren Kokon entfernt … wie es der Zufall wollte, meldeten die passiven Ortungssysteme den Kontakt mit einer Zielperson der Stufe zwei. Wir konnten Trembian fassen … daher haben wir den Probanden weiterlaufen lassen.«

»Wo ist er?«, fragte Casper, dem die Erklärungen nicht zu gefallen schienen.

Merith gefielen sie auch nicht, die Frau hatte nicht gelogen, als sie sagte, alles gesehen zu haben. Als Supervisor schien sie die Aufgabe zu haben, ihre *Probanden* ständig zu überwachen. Das Miststück sprach über sie, als ob sie nicht mehr als ein x-beliebiges Werkzeug wäre.

»Wir haben seine Daten extrahiert und den Kernel korrigiert. Er ist uns keine Hilfe mehr.« Jetzt schwitzte die Kurzhaarige richtig, mit der Merith gerne einmal unter vier Augen sprechen würde.

»Und dann?«

»Der Proband versuchte in der Folgenacht, das Portal für die Stadt zu hacken. Wir entschieden uns, es zuzulassen und haben ihn testweise in ein verdächtiges Viertel bringen lassen.«

»Wer hat das autorisiert?« Casper bohrte weiter.

Jonas, ihr Vater, stand auf. »Das habe ich getan ... der Proband drohte emotional instabil zu werden, er hätte das Ende seiner Ausbildung nicht geschafft. Ich hielt ihn für emotional hypersensibel, das war der letzte Versuch, mit ihm ein zufriedenstellendes Ergebnis zu erreichen. Ich hatte bereits die Korrektur geplant.«

Ihr Vater hatte sie verraten und verkauft, es hätte ihn nicht geschert, sie komplett auslöschen zu lassen. Für ihn war sie nur eine Sache, ein beliebiges Mittel zu seinem Vorteil.

»Was ist dann im Gebäude der Zielpersonen Nana und Zasel passiert?«, fragte Casper.

»Ich wachte auf, sah die Gesuchte und achtzehn Sekunden später hatte meine passive Routine sie und ihren Begleiter gelöscht und die Korrektoren um Hilfe gerufen ... ich wusste nicht, wen ich vor mir hatte.« Merith lächelte, eine interessantere Wahrheit würde sie heute nicht mehr von sich geben.

»Das ist doch lächerlich …«, rief jemand von der Seite.

»Bist du dir sicher?«, fragte Casper eindringlich.

Merith nickte. Nana hatte ihr mit der Code Insertion geholfen, die Ablaufzeiten und Zeitstempel in Meriths passiven Routinen zu verändern. Das längere Gespräch zwischen ihnen hatte in den kontrollierbaren Protokollen niemals stattgefunden. Zwischen ihrem Aufwachen auf dem Metalltisch und dem Tod Nanas waren offiziell nur achtzehn Sekunden vergangen. Es gab keine besseren Beweise als die, die man selbst manipuliert hatte. Ob lebendig oder virtuell, die alte Dame war in ihrem Metier ein Genie gewesen und ihr Tod ein schwerwiegender Verlust.

»Supervisor, kannst du diese Aussage bestätigen?«, fragte Casper, der sich sichtlich wehrte, ihr zu glauben. Vermutlich, weil er sich der Verschlagenheit Nanas bewusst war.

»Ich kann die Ausführungen bestätigen … ihre passive Kampfroutine hat die Zielperson sofort nach der Aktivierung ausgeschaltet.«

Merith begann, den Supervisor ins Herz zu schließen. Perfekt, Nana hatte gewusst, wie sie ihre Gegner erneut täuschen konnte.

»Ich wollte eine Verhaftung. Die Zielperson war zu wertvoll, um sie wie einen tollwütigen Hund abknallen zu lassen. Merith sollte in ihren Kopf eindringen und ihr Wissen sicherstellen. Wenn ich sie nur hätte töten wollen, hätte ich auch die ganze Stadt löschen können … warum wurde Merith mit einem sich eigenständig aktivierenden Waffensystem losgeschickt?« Casper wurde immer wütender.

»Ich befürchtete, dass sie zögern würde, notwendige Verhaftungen vorzunehmen«, stammelte Meriths Vater. »Ich habe zudem nicht damit gerechnet, dass Zasel, ein nachrangiges Ziel der Stufe vier, sie direkt zur Nummer eins bringen würde.«

»Nun, Merith, Tochter des Jonas, ich bin nicht blind … es gibt Dinge, die sich nur schwer in Worte fassen lassen. Deine Geschichte ist sehr ungewöhnlich und Nana ist, entschuldige war, eine äußerst bemerkenswerte Persönlichkeit.«

»Mag sein … aber ändert das etwas an dem, was man mich hatte tun lassen?«, fragte Merith.

Stille.

»Nein.« Casper lehnte sich zurück und schien nachzudenken. »Dein Handeln folgte deiner ungewöhnlichen Mission. Dieser Logik möchte ich mich nicht verschließen.«

Stille.

Alle schienen auf eine Fortführung von Caspers Erklärung zu warten. Merith sah ihn an. Er sie. Glaubte er ihr? Nein, das Misstrauen in seinen Augen war nicht zu übersehen. Neben all der Technik blieb es Intuition, jemandem zu vertrauen. Suchte er bereits nach einem Urteil? Höchstwahrscheinlich. Sie musste warten, jetzt war er an der Reihe.

Casper stand auf und strich sich mit der Hand über seine weiße Robe. Er sah sich um, räusperte sich und schenkte Merith einen wenig freundlichen Blick.

»Im Namen des Hohen Rates und der gesamten Menschheit danken wir dir Merith, Tochter des Jonas, für deine Verdienste.« Casper fing an zu klatschen, alle anderen Auguren standen ebenfalls auf und bekundeten ihren Respekt.

Merith verbeugte sich, jetzt fehlte nur noch ein kleines Stück, damit Nanas Plan aufging.

Casper sah ihren Vater an, der darauf das Wort ergriff. »Merith, du hast deine Aufgabe beendet. Mir ist bewusst, dass dir die jüngsten Ereignisse großen Kummer bereitet haben. Du hast dir deswegen den Lohn verdient, ein neues Leben zu erhalten.«

»Danke, Vater.« Perfekt. Sie würden sie korrigieren, gleich hatte sie es geschafft.

Merith fühlte sich den vielen Menschen nahe, die in der Vergangenheit gelebt hatten. All denen, die gestorben waren. Und all denen, die an die Zukunft geglaubt hatten und bereit waren, dafür alles zu wagen. Die junge Frau mit den kurzen Haaren, ihr Supervisor, ging vor ihr her. Die vier Korrektoren blieben hinter ihr. Alles musste seine Ordnung haben, selbst bei einer Exekution. Merith würde gleich korrigiert werden. Ob ihr Supervisor auch einen Namen hatte?

»Bitte … hier herein.« Meriths Henker verließ den Korridor, der inzwischen nicht mehr so prächtig wirkte. Alles sah hier kleiner, technischer und funktionaler aus. Natürlich immer noch in Weiß, ob jemand die Farbe aus Gründen eines kollektiv schlechten Gewissens gewählt hatte?

»Soll ich mich setzen?«, fragte Merith, die in dem fensterlosen Raum nicht mehr als eine Liege mit Arretierungen für Arme und Beine und eine Konsole sah.

»Ja ... natürlich.« Die junge Frau lächelte zaghaft. Die automatische Halterung umschloss Meriths Glieder. Sie wusste, was sie tun wollte und warum es keine Alternative gab. Die Gewissheit zu sterben, machte ihr trotzdem Angst. Jedes Leben war wertvoll, dachte sie und schloss ihre Augen.

»Möchtest du noch etwas sagen?«

Merith schüttelte den Kopf, es war alles gesagt. Sie war bereit zu gehen, gleich hatte sie es geschafft.

***

XL. Mors et vita – Der Tod ist das Leben

Merith glaubte, ein Feuer in sich brennen zu spüren. Da waren Stimmen, die langsam lauter wurden, ein tiefer pulsierender Summton und der Geruch von frischen Erdbeeren. Warum Erdbeeren? Alles wurde lauter, heller, greller und nur schwerlich mit Worten beschreibbar. Schmerzen, sie spürte, wie die Hitze sie zu verzehren drohte. Glühende Feuerstäbe barsten aus ihrem Körper empor, sie hatte den Geschmack verbrannter Schokolade im Mund. Stopp. Nichts davon war real. Der Verstand beherrschte das Chaos und sie herrschte über ihre Sinne. Das wollte sie nicht.

Systemmonitor meldet irreguläre zerebrale Aktivität. Objekt verweigert virtuelle Biopsie.

»Was soll das? Der Proband ist komplett offline ... da ist nichts, was eine virtuelle Biopsie verweigern kann. Zugriff wiederholen.« Das klang wie die Stimme von Meriths Supervisor, die sich über die Fehlermeldung nicht erfreut zeigte.

Merith befand sich in einem dunklen Raum, in dem sie als körperloses Licht im Nichts schwebte. Das Feuer hatte sie aus dem Körper herausgelöst. Sie brannte. Darauf hatte sie Nana nicht vorbereitet. Aber das Feuer war ihr Freund, sie musste brennen. Heißer. Viel heißer.

Systemmonitor meldet fortlaufende irreguläre zerebrale Aktivität. Temperaturwerte übersteigen Toleranzen. Objekt verweigert Justierung ... Störung ... Eingriff erforderlich. Temperatur steigt weiter ... Störung ... primäre Sonde ausgefallen. Hitzeschutz notwendig. Übergeordneter Eingriff unverzüglich erforderlich.

»Was für eine Temperatur? Der virtuelle Kadaver dieser eingebildeten Schnepfe ist inaktiv ... der Proband hat keine eigene Wärmequelle. Eigendiagnose erstellen. Hilfssysteme aktivieren. Der Proband ist sofort zu isolieren.«

Der Supervisor wurde hektisch, perfekt, Merith war noch nicht fertig. Sie wurde noch heißer und überstrahlte die Finsternis der dunklen Sphäre, die sie wie ein Gefängnis umgab.

Systemmonitor meldet Temperaturwerte bei siebenfacher Toleranz. Sekundäre Sonde ausgefallen. Aktivierrrrrrrrreeeeee ... Störung ... Hilfssystem inaktiv. Eigendiagnose eingeleitet. Eigendiagnose abgebrochen. Melde exponentielles Wachstum der Energiesignatur ... empfehle ... befehle ... bitte ... Störung. Störung. Störung.

Merith fühlte sich wie eine kleine Sonne, die bereits die inzwischen viel zu kleine Sphäre komplett ausfüllte. Da ging noch mehr, sie wurde noch heißer. Noch heller. Alle sollten ihr Licht sehen.

»Hier Supervisor GF-69, ich benötige dringend Unterstützung. Ich habe einen schwerwiegenden Systemfehler bei der Extrahierung und Korrektur des Probanden Merith. Der Systemmonitor meldet eine unbekannte Energiesignatur. Bitte um Handlungsanweisung und Übernahme der Konsole.«

Ihr Supervisor hatte keine Ahnung, was gerade passierte. Merith würde die Sphäre, die sie umgab, gleich aufbrechen. Sie musste nur noch ein wenig heißer werden.

»Hier der zentrale Leitstand ... übernehme die Kontrolle und isoliere das Problemkind. Keine Sorge, von denen ist uns noch keiner vom Tisch gesprungen.«

»Bestätigt.«

»Soll das ein Scherz sein?«, fragte die Leitstandstimme einen Moment später. Von der anfänglichen Souveränität konnte Merith nichts mehr hören.

»Sicher nicht.«

»Die Energiewerte liegen bei vierzehnfacher Toleranz ... verdammt, wer liegt da auf dem Tisch?«

»Proband Merith. Freigabecode zur Korrektur 99-LK-6S1«, antwortete der Supervisor.

Nur noch einen kurzen Moment, dann hatte Merith genug Energie gesammelt, um die Fesseln aufzusprengen. Jetzt. Hitze. Grelles Licht. Die Sphäre zerbarst mit einer gigantischen Explosion. Freiheit. Niemand würde sie jetzt noch aufhalten können.

»ABBRUCH! ABBRUCH! Das ist eine militärische Signatur! Wir werden angegriffen! Sofort Notabschaltung einleiten!«, rief die Leitstandstimme panisch.

»Eine militärische Signatur, wo soll die denn herkommen?« Meriths Supervisor war wirklich nicht die Schnellste, sie hatte immer noch nicht verstanden, dass sie in eine Falle geraten war.

»Das ist eine Logikbombe, die gerade mit der Berechtigung einer Sec Level 42 den kompletten Cluster abstürzen lässt ... wir wurden gehackt, der Proband will flüchten, sämtliche virtuellen Sicherheitssysteme sind in diesem Cluster ausgefallen. Aktiviere den physischen Sicherheitsdienst, die müssen sie in der realen Welt abfangen.«

Dunkelheit. Merith konnte keinen Ton hören und sah sich um. Das Feuer, das vor einer Sekunde noch ihre Sinne erfüllt hatte, war erloschen. Wo war sie? Sie sah auf ihre Hände, immerhin hatte sie welche, auch wenn sie nur aus einem schwachen Licht bestanden. Befand sie sich jetzt in der realen Welt und sah die physische Erscheinung ihrer Existenz? War sie etwa nicht mehr als ein Lichtwesen, von dem nur noch dessen äußere Kontur einem Menschen ähnlich sah? »Merith?«, fragte eine männliche Stimme, die wie ihr Vater klang. Mit ihm hatte sie nicht gerechnet.

»Ja.«

»*Bitte komm zurück.*«

»Nein.« Das konnte sie nicht tun. In der virtuellen Welt würde sie sich nie wieder zu Hause fühlen.

»*Was hast du vor?*«

»Ich will die Wahrheit sehen.«

»*Die sieht nicht gut aus ...*«

»Das haben Wahrheiten manchmal so an sich.«

»*Die Menschen, die dich lieben, befinden sich auf dieser Seite ... komm bitte zurück.*«

»Vermisst du etwa deinen emotional instabilen Probanden?«, fragte Merith. Ihr Vater schien sie für beschränkt zu halten, jetzt noch auf die Gefühlstour kommen zu wollen.

»*Das siehst du nicht richtig ...*«

»Ich bin sicher, dass du genau das Kind bekommst, das du dir immer gewünscht hast.«

Meriths Augen hatten sich an die Dunkelheit gewöhnt, die sie mit ihrem Licht schwach erhellte. Unter ihr befand sich eine Steinkugel, die, mit zahlreichen Schriftzeichen versehen, ihr Licht reflektierte. Das war ihre Kugel, Nana sprach darüber, dass sie eine hatte. Die Steinkugel war der physische Speicher ihrer Existenz. Jeder hatte eine, jeder, es gab Tausende dieser Art. Bis auf ihre fingen alle anderen Kugeln in der Nähe an, schwach zu leuchten, ihre wurde hingegen binnen Sekunden heller als alle anderen zusammen.

»*Was hast du vor?*«, fragte ihr Vater, der nicht auf die Beleidigung einging.

»Ich sorge für mehr Durchblick.« Merith befand sich erneut in einer Sphäre, die sie nun im Schein vieler schwacher Lichtquellen erkennen konnte.

Eine riesige Kugel mit mehr als zweihundert Metern Durchmesser, an deren Innenseite Abertausende kleine, schwach leuchtende Steinkugeln lagerten. Hier und nur hier würde sie wirklich alle Lügen ausmerzen können.

»Vor deinen Augen liegen vier Millionen Seelenspeicher, vier Millionen energetische Signaturen von Menschen, die ihr Leben gaben, um mit dieser Technologie weiterzuleben.«

»Sie sind alle tot.« Was Merith auch gleich sein würde. Aber halt, warum sprach er nur von vier Millionen? Das müssten mehr sein, viel viel mehr. Was war mit den anderen?

»Fühlst du dich wie eine Leiche?«

»Wo sind die anderen?«

»Welche anderen?«

»Die anderen Seelenspeicher.«

»Wir haben über zwanzig Lagersphären.« Er lachte. *»Glaubte Nana wirklich, dass du mit einer Logikbombe alle erreichen könntest?«*

»Du wirst mich nicht aufhalten.«

»Wenn du wertvolle Dinge beschützen möchtest, ist es klüger, sie an vielen Orten zu verwahren ... hatte Nana etwa nicht davon gesprochen? Oh nein ... warte. Stimmt, sie wusste es nicht besser.« Jetzt hatte ihr Vater sie in der Hand, wenn er nicht bluffte, würde Meriths ständig heller werdende Steinkugel nur einen kleinen Teil dieser Welt auslöschen.

»Du pokerst hoch ...«

»Was einfach ist. Ich habe das bessere Blatt.«

»Das werden wir gleich sehen.« Merith würde sich nicht von ihrem Plan abbringen hatte. Die Steinkugel, die ihren Geist beherbergte, wurde immer heller und würde gleich explodieren.

»Wenn du deine Bombe detonieren lässt, wirst gerade du es nicht mehr sehen können ...«

»Ich glaube dir nicht.«

»Möchtest du etwas über die Menschen wissen?«, fragte ihr Vater, der sich seiner Sache sehr sicher gab.

»Noch mehr Lügen?«

»Deine Bombe geht in wenigen Minuten hoch ... du darfst selbst über die Wahrheit meiner Aussagen befinden.«

»Wird es wieder rührselig?«, fragte Merith abweisend.

»Chronologisch betrachtet befinden wir uns im Jahr 307.012 nach Christi Geburt.«

Merith verstand nicht, worauf ihr Vater hinaus wollte, die Explosion würde er nicht aufhalten können. Ihre Steinkugel wurde laufend heller und explosiver.

»Bis zum Jahr 19.324 lebten Menschen auf der Erde und verteilt in der gesamten Galaxie der Milchstraße. Dann gab es ein folgenschweres Ereignis, eine gravitative Anomalie zerstörte das gesamte Universum und leider auch die letzten lebenden Menschen.«

»Deine Geschichte hört sich ziemlich fantastisch an ...« Aber Merith hörte weiter zu.

»Da kann ich dir zustimmen ... aber das wirklich Fantastische daran ist, dass es mehr als ein Universum gibt. Ein Multiversum, eine Vielzahl von Universen, die sogar zeitgleich denselben Raum einnehmen und nur durch unterschiedliche Dimensionen voneinander getrennt sind«, erklärte Meriths Vater, während die Zeit weiter ablief.

»Wie viele Universen gibt es?«, fragte Merith, auch wenn er sie noch nicht überzeugt hatte.

»Die genaue Anzahl kennen wir nicht. Gravitative Anomalien sind Totengräber und Geburtshelfer gleichzeitig, die Materie, Licht und Zeit verdichten und in einem jungen Universum wieder freigeben ... der Kreislauf jedes Universums.«

»Und warum gibt es uns noch?«, fragte Merith.

»Weil es den Menschen vor deren Untergang gelang, ein experimentelles Raumschiff durch ein Schwarzes Loch reisen zu lassen. Leider befand sich kein lebender Mensch an Bord... ich persönlich habe das Schiff vor 287.688 Jahren gesteuert, Casper war der Kommandant, Nana der leitende Technologieoffizier.«

Merith stutzte, konnte das die Wahrheit sein?

»Auch in diesem Universum befindet sich eine Erde, in jedem Universum gibt es eine, der Lauf der Dinge ist scheinbar nahezu identisch.«

»Und was ist mit den Menschen auf dieser Erde?«

»Wir haben nicht die richtige Zeit getroffen. Beim Austritt aus einem schwarzen Loch existiert für den mathematischen Bruchteil einer Sekunde jede Zeit gleichzeitig ... wir sind von unserer Zeitrechnung im Jahr 19.324 zurück in die Zeit des parallelen Universums gereist und im Jahr 297.188 vor Christi Geburt gelandet. Eine Zeit, in der die Menschen noch ein wenig brauchten, um unsere Hilfe nutzen zu können.«

»Und heute?«

»9.500 vor Christi Geburt, die rennen immer noch mit Knüppeln durch den Wald.«

»Befinden wir uns auf der Erde?«

»Nein ... wir befinden uns weit außerhalb ihrer Wahrnehmung in der benachbarten Galaxie Andromeda. Der Hohe Rat hatte entschieden, neutral zu bleiben. Wir wollten die Entwicklung der Menschen nicht stören.«

»Droht den dort lebenden Menschen das gleiche Schicksal wie uns?«
Diese Frage öffnete Merith eine völlig neue Perspektive.

»Früher oder später ... ja. Wobei wir festgestellt haben, dass der Zeitpunkt abweichen kann. Die gravitative Anomalie könnte sie auch früher heimsuchen oder viel, viel später.«

»Werdet ihr ihnen dann helfen?«, fragte Merith, die sich die Antwort bereits denken konnte.

»Nein ... wir bleiben neutral.«

Genau das hatte sie erwartet. Entweder hatte ihr Vater völligen Blödsinn erzählt, alles nur, um sie abzulenken. Oder er hatte ihr den Grund geliefert, noch nicht gehen zu können. Es war sinnlos, nur einige Tausend energetische Signaturen zu zerstören und die junge Menschheit dieses Universums in ihr Verderben rennen zu lassen. Sie musste den Ablauf der Zeit verändern. Ein hehres Ziel, vor allem, weil sie keine Ahnung hatte, wie sie das erreichen konnte.

»Woran denkst du?«

»An das Leben.«

»Wirst du mich jetzt auslöschen?«, fragte ihr Vater. Bisher war Merith nicht bewusst gewesen, dass sich seine Kugel auch in der Sphäre befinden könnte.

»Würdest du es tun?«

»Nein.«

»Wir werden sehen ... wie du mit mir umgehen wirst.« Merith war sich sicher, dass er log. Aber sie würde es darauf ankommen lassen. Der Tag heute war nicht zum Sterben da, nein heute nicht. Es ging um das Leben vieler Menschen, vieler lebender Menschen, die sie retten musste. Ja, sie konnte sie retten, das wusste sie genau.

»Bitte?«

»Du hast mich schon verstanden.« Merith deaktivierte die Zündung ihrer Kugel. Es war nicht auszuschließen, dass sie gerade den schwersten Fehler ihres Lebens beging. »Du kannst die Sicherheitsroboter zu mir in die Sphäre schicken.«

»Und dann?«

»Ich werde keinen Widerstand leisten.« Merith würde sich ergeben und warten. Ihre Zeit war noch nicht gekommen.

***

Epsilon Phase

XLI. Walhalla

»Thoralfs Männer kommen näher! Seht genau hin! Seht, wie viele Krieger es braucht, um uns zu besiegen! Mein Bruder, dieser Feigling, würde sich niemals alleine zu uns wagen! Aber wir werden ihn gebührend empfangen! Bleibt an meiner Seite! Kämpft mit mir! Dann sehen wir uns in Walhalla wieder!«, rief Birger, der Häuptling der Germanen, der am Tor seine Axt euphorisch nach oben streckte. Die wenigen kampffähigen Männer im Dorf standen alle an seiner Seite und stachelten sich gegenseitig an. Eine Klangwolke aus archaischem Geschrei und dem dumpfen Geräusch von Äxten, die auf Schilde schlugen, übertönte jedes mit Vernunft gesprochene Wort. Niemand würde sich dem Blutrausch entziehen, der gleich losbrechen würde.

Elias stand auf dem Wehrgang, die breiten Reihen von Thoralfs berittenen Fackelträgern ritten in der Dunkelheit auf sie zu. Der gesamte Horizont schien von ihnen erobert worden zu sein. Das baufällige Tor und die Befestigung, die das Dorf mehr schlecht als recht beschützten, würden bei dieser Übermacht bereits beim ersten Angriff fallen. Mit zwanzig gegen achthundert, auf jeden Mann im Dorf kamen bis zu vierzig Gegner. Man musste kein Hellseher sein, um sich den Ausgang der Schlacht bildlich vorzustellen: Die Köpfe aller im Dorf, jeden Mannes, jeder Frau und auch aller Kinder, würden sich bald auf in den Boden gerammten Lanzen wiederfinden und so lange mit leerem Blick ins Nichts starren, bis die Maden nur noch blanke Schädel übrig ließen.

»Merith, wer soll das sein und woher kommt sie?«, fragte Vater und riss Elias aus seiner morbiden Fantasie, der wie gelähmt den Aufmarsch der Fackelreiter verfolgte.

»Ähm ...« Elias sammelte sich. »Sie ist genauso wenig von hier wie wir ... was uns aber nicht weiterhilft ... sie ist nur ein Kind.«

»*Ein Kind ... etwa nicht dein Kind?*«

»Vater bitte, lass uns morgen über Merith sprechen.« Elias wollte sich nicht länger mit ihr beschäftigen, da sie mit dem Ausgang des Kampfes nichts zu tun hatte.

»*Wenn wir dann noch leben.*«

»Das sollten wir allerdings!« Um zu überleben, brauchte Elias Waffen. Auf dem Platz vor Birgers Hütte halfen Frauen ihren Männern, Lederrüstungen anzulegen. Er sprang vom Wehrgang herunter. Eine junge Frau, die etwas abseits stand, sah ihn und kam auf ihn zu.

»Ich kann dir die Dolche meines Mannes geben«, erklärte die junge Frau hustend, die nicht älter als sechzehn war und bereits kahle Stellen am Kopf hatte.

»Und was ist mit deinem Mann?«, fragte Elias, der die freundliche Geste nicht bewerten konnte.

»Er wartet bereits auf mich ... bitte, nimm sie und ehre sie mit dem Blut unserer Feinde.« Ihre Hände zitterten, als sie die Waffen in seine Hände legte.

»Danke.« Die beiden aus Eisen geschmiedeten Klingen waren beidseitig geschliffen, an den Griffen mit Leder umwunden, und lagen gut in der Hand. Mit Dolchen gegen berittene Krieger, in dieser Nacht würde er kämpfen, bluten und vermutlich sterben.

Anna, rief Elias in Gedanken, ich liebe dich. Er fürchtete sich, die Angst durchfloss jede Faser seines Körpers. Jeder Muskel spannte sich, bereit, sofort loszurennen, zu kämpfen und Dinge zu tun, die niemand mit gesundem Geist freiwillig tun würde.

Die Evolution ließ Menschen Furcht nicht ohne Grund empfinden, einmal überwunden, machte sie einen Kämpfer aufmerksamer, schneller und stärker.

»Die Angst ist mein Verbündeter!« Elias hatte eine Idee, warum sollte er die Angst nicht in die Köpfe seiner Gegner tragen? Sollten die doch alles fallen lassen und weglaufen. Eine gute Idee, dummerweise würden dazu weder das klapprige Tor noch Birgers schlecht ausgerüsteter Haufen beitragen. Elias dachte nach, womit würde er Thoralfs Männer das Fürchten lehren können? Menschen fürchteten alles, was sie weder kannten noch zu sehen vermochten, von dem sie aber wussten, dass es da ist. Geister, er brauchte Geister, die für sie in die Schlacht ziehen würden.

»Ruhe! Hört mir alle zu! Ich habe einen Plan!« Elias ging zu Birger, der seine Männer weiter anpeitschte und zuerst überhaupt nicht merkte, dass er angesprochen wurde. Erst nach einem Griff an seinen Unterarm reagierte er. Es galt, aus seinen Männern Geister zu machen. »Birger, du musst mir zuhören!«

»Was ist los?«, fragte der Germane, dessen rotblonde Haare bereits vor dem Kampf schweißnass am Nacken klebten. Sein Sohn Leif hielt eine Fackel in Elias' Richtung.

»Wir werden Geister für uns kämpfen lassen!« Elias lächelte, die Idee war genial.

»Welche Geister?«

»Die, derentwegen dein Bruder uns töten will. Er ist sich sicher, dass wir mit dunklen Kräften im Bunde sind. Wir sollten ihm daher zeigen, was er sehen möchte.«

»Geister.« Auch Birger lächelte. Nicht jeder in der Runde schien Elias'
Plan auf Anhieb verstanden zu haben. »Warum nicht.«

»In Ordnung, das ist der Plan: Ihr müsst leise sein. Ich will kein weiteres
lautes Wort hören. Macht alle Fackeln aus! Wir brauchen die Dunkelheit
auf unserer Seite«, erklärte Elias mit bestimmter Stimme. Hoffentlich
würden ihm die Männer folgen, die ihn mit tiefblauen Augen ansahen.
»Ich will deinem Bruder zeigen, was Furcht bedeutet!«

Birger nickte. »Ihr habt Elias gehört. Löscht alle Feuer. Die Dunkelheit
ist unser Verbündeter!«

Die Männer nickten, in weniger als einer Minute war das gesamte Dorf
stockdunkel und still wie ein Friedhof im Winter. Das war der einfache
Teil des Planes, den interessanteren Teil hatte Elias für sich aufgehoben.
Jetzt kam seine Aufgabe: »Helft mir dabei, unsichtbar zu werden!« Elias
zog sich aus und begann damit, seinen Körper mit dunklem Schlamm
einzuschmieren. Die Männer halfen ihm, binnen kurzer Zeit unter einer
dicken Dreckschicht zu verschwinden.

»Die können deine Augen sehen«, sagte Birger, dessen eigene Augen im
Dunkeln zu leuchten begannen.

»Das sollen sie sogar! Und eure auch! Aber nicht mehr ... schwärzt eure
Gesichter, stellt euch auf den Wehrgang und haltet eure Augen anfangs
vom Feind abgewandt. Erst auf mein Zeichen seht ihr die Angreifer an
... und völlig egal, was dann passiert, ihr dürft euch nicht bewegen!«
Elias griff an Birgers Schulter. »Wir werden zu Geistern, und wir werden
überleben!«

»Gaista ... ich habe es verstanden.« Birger nickte. »Männer, ihr habt den
Befehl gehört.«

Elias verließ das Dorf und verdeckte mit der Hand seine Augen. Die Kälte kroch vom Boden seine Füße herauf. Noch sollte ihn niemand sehen. Nackt, unsichtbar und schwarz vor Dreck stellte er sich seinen Gegnern. Die beiden Dolche befanden sich an seinen Oberarmen festgebunden. Es würde ihn freuen, sie nach dem Gemetzel wieder an die junge Frau mit dem schütteren Haar zurückgeben zu können. Der Krieg fand in den Köpfen statt, es galt, die Gegner zu schwächen, bevor die ersten Schwerter gezogen wurden.

»Ich halte deine Strategie für äußerst gewagt … zudem hätte ich mir Schuhe angezogen.«

Elias schmunzelte. »Natürlich ist sie das … immerhin kann ich mir nicht vor Angst in die Hosen scheißen.«

»Treffend festgestellt …«

»Vater, ich brauche dich!«, flüsterte Elias, der zwanzig Meter vor dem Tor stehen blieb und nun seine Augen für alle sichtbar zeigte. Jetzt würde sich zeigen, was sein Plan wert war.

»Ich bin bei dir!«

Die Reihen der Reiter blieben zweihundert Meter vor ihm stehen, die Pferde scheuten, einzelne Fackeln fielen auf den frostkalten Boden. Eine dichte Wolkenschicht verdeckte das Mondlicht, in jedem Bärenarsch hätte man mehr erkennen können. Das Einzige, was die von ihm sahen waren seine blauen Augen.

»Abuha Gaista!«, rief einer der vorderen Reiter, dessen Pferd sich weigerte, weiterzureiten. »Daudjan jiz!«

»Ich will dich töten«, übersetzte Vater.

»Er ist nicht der Erste, der daran gescheitert wäre ...« Das war der Plan. Etwas zischte an Elias vorbei, Pfeile schlugen in seiner Nähe in den Boden. Man konnte keine Geister töten.

»Daudjan jiz!«, brüllte der Mann lauter. Elias konnte weitere Pfeile hören, die ihn knapp verfehlten.

»Na ja ... die könnten auch irgendwann Glück haben und dich aus Versehen treffen.«

»Was unvermeidbar ist ...« Elias wartete auf den Schmerz, er war ein Geist, sie würden ihn nicht töten können. Anna, er dachte an ihre roten Locken, siehst du mich? Er schloss die Augen, ging einige Meter auf die Seite und sah seine Gegner erneut an. Die sollten sich anstrengen, jeder verfehlte Pfeil war einer weniger, der das Dorf treffen konnte.

»Ena Gaista seir sek!« Das war Thoralfs Stimme, der in der ersten Reihe ritt.

»Die stellen gerade fest, dass du dich bewegst.«

»Sehr gut.«

Ein Pfeil traf Elias' Oberschenkel, dessen Wucht die geschmiedete Spitze auf der Rückseite wieder austreten ließ. Das war nicht gut. Die Wunde schmerzte, er würde aber weder die Augen schließen, noch seinen Blick abwenden. Er war ein Geist und Geister bluten nicht. Weitere Pfeile verfehlten ihn, niemand von den Feiglingen traute sich näher an ihn heran. Blaue Augen, mehr sollten die nicht von ihm zu sehen bekommen. Der Rest würde sich in ihren Köpfen abspielen.

Elias brach den Schaft und zog sich den Rest des Pfeils auf der Rückseite aus dem Bein. Seine ganze Konzentration galt der Wunde, die er Kraft seines Willens wieder verschloss. Er war ein Replikant, der Pfeil reichte nicht, um ihn zu töten.

Das Blut vermischte er mit dem schwarzen Dreck, er war bereit für den nächsten Treffer.

»Framaz! Framaz!«, rief Thoralf, das verstand auch Elias. Birgers Bruder wollte, dass seine Männer ihn sofort niederritten. Der Beschusshagel nahm ab. Die Angreifer hatten bereits eine große Menge Pfeile an ihn verschwendet.

Lautes Gewieher, die Pferde setzten sich nur widerwillig in Bewegung, Thoralfs Reiter hatten Mühe, die Tiere unter Kontrolle zu halten. Jetzt war der richtige Moment gekommen, das Horrorszenario in deren Köpfen zu vollenden.

»Birger«, flüsterte Elias und sah zurück, das war das Zeichen. Über hundert blau leuchtende Augenpaare öffneten sich gleichzeitig. Dafür mussten sogar Frauen in der ersten Reihe stehen, die ihren Männern, Brüdern und Söhnen zur Seite standen.

Unter den Angreifern wurde es laut, Geschrei, Gewieher, Pferde warfen ihre Reiter ab und Krieger fielen mit metallbeschlagenen Lederrüstungen scheppernd in den Dreck. Fackeln erloschen, auch das Feuer hatte Elias ihnen genommen.

»Framaz! Framaz!« Thoralf wurde nicht müde, seine Männer anzuspornen, weiterhin auf Birgers Dorf zu zu marschieren. Sein Hass schien stärker als seine Furcht. Die Geistergeschichte reichte nicht, um die Schlacht zu entscheiden. Aber der Plan ging trotzdem auf, aus achthundert Kriegern zu Pferd, mit Fackeln und Bögen, wurden achthundert Männer, die in der Dunkelheit zu Fuß und verängstigt auf eine Gruppe vermeintlicher Geister zuschritten.

Elias sah zu Birger, was einen Moment später alle blauen Augen wieder in der Schwärze der Nacht verschwinden ließ. Aus dem Dorf war kein Ton zu hören, was Thoralfs Männer laut rufend in der Dunkelheit umherlaufen ließ. Es blieben nur eine Handvoll Fackelträger, um deren Licht sich nun alle drängten.

Elias nahm eine Klinge in die Hand und schlich auf einen Mann zu, der abseits der Gruppe am Boden lag und sich gerade darüber ärgerte, dass er über einen Baumstumpf gestolpert war. Das ganze Areal vor dem Dorf war voller Baumstümpfe, die den Vormarsch abgebremst hatten. Von hinten hielt Elias ihm den Mund zu und schlitzte seine Kehle auf. Mehr als einen kehligen Krächzlaut brachte sein Opfer nicht mehr hervor, dessen Blut sich dampfend über den Boden ergoss.

Elias wartete, niemand reagierte, die Kameraden des Getöteten hatten Besseres zu tun. Keine zehn Meter vor ihm befand sich ein Fackelträger, um dessen Lichtkegel sich eine Traube Krieger scharrte. Elias blieb ein Geist. Augen, die auf eine Lichtquelle starrten, würden ihn in der Dunkelheit nur schwerlich entdecken können. Vor ihm befand sich sein nächstes Opfer, das einen Moment später mit weit aufgerissenen Augen sein blutiges Ende fand.

»Gaista!«, schrie ein Mann panisch, der vermutlich gerade die erste Leiche gefunden hatte. Zuschlagen und weitergehen, Elias durfte nicht stehenbleiben, zuschlagen und weitergehen.

Ein anderer Mann drehte sich um und sah seine Augen. Der Axthieb, der Elias eine Sekunde später verfehlte, hätte ihn sicherlich bis zum Brustbein gespalten. Ein Sprung, eine Drehung, ein Kehlenschnitt und die dritte Seele verblutete auf dem gefrorenen Boden.

Leben zu nehmen war ungleich einfacher, als es zu bewahren. Verdammt, er hasste sich dafür, keinen Ausweg zu haben. Ein Pfeil streifte seinen Arm, jemand hatte ihn gesehen. Geschrei, die wussten jetzt, dass er sich zwischen ihren Reihen befand.

»Gaista!«, riefen mehrere Männer und schossen Brandpfeile in seine Richtung. Kein schlechter Einfall, zum Glück kamen Thoralfs Männer erst jetzt auf die Idee. Elias rannte, er musste seine Position verändern, die nächste Salve Brandpfeile ging weit an ihm vorbei. Mit dem Tod vor Augen lernten Menschen immer am schnellsten.

»Wir sollten zum Dorf zurück. Es ist hier zu gefährlich. Sobald sie dich entdecken, wirst du gegen alle kämpfen müssen.«

Elias nickte und rannte in einem weiten Bogen um die Angreifer herum. Inzwischen hatten sich seine Augen an die Dunkelheit gewöhnt, mühelos sah er alle Baumstümpfe, um über sie hinweg zu springen. Die Wunde am Bein spürte er nicht mehr. Über ihm entstand eine neue Lichtquelle, zuerst klein, die aber schnell größer wurde. Der Schutz der Dunkelheit löste sich auf.

»Was ist das?«, rief Elias, der keine Zeit hatte, nach oben zu sehen, eine Sternschnuppe konnte er gerade nicht gebrauchen.

»Ich kann es nicht erkennen, aber es wird immer heller. Renn, sonst erwischen die dich!«

Elias wollte Vater nicht widersprechen und rannte, als ob es kein Morgen geben würde.

Die Scharade war vorbei. Birger hatte seine Männer kampfbereit um sich geschart. Elias rannte und Thoralfs Krieger stürmten schreiend auf das Tor zu.

Ein Komet schoss durch die Wolken, die, ähnlich wie bei einem sehr schnell verlaufenden Sonnenuntergang, zuerst gelblich, dann rötlich aufleuchteten.

Ein Pfeil schoss eine Handbreit an seinem Kopf vorbei. Die konnten ihn jetzt sehen. Schneller. Elias sprang. Der nächste Pfeil traf seine Schulter, die Wucht ließ ihn zu Boden stürzen. Er brannte, die mit Pechfetzen umwickelte Eisenspitze steckte brennend in seinem Schulterblatt. Er schrie, rappelte sich auf und rannte weiter. Sein Pulsschlag raste. Mit der linken Hand brach er den Pfeil, der Schmerz ließ ihn erneut zu Boden gehen. Weitere Pfeile verfehlten ihn. Verdammt. Das konnte doch nicht wahr sein, wieso kam ausgerechnet in dieser Nacht ein Komet auf die Erde herunter?

Der Feuerball schoss über das Dorf hinweg, alles war taghell. Nein, noch heller, das grelle Licht überblendete alles. Wie eine tieffliegende Sonne verglühte der Komet in der Atmosphäre. Elias sah nichts mehr. Thoralfs Kriegern würde es nicht besser ergehen. Augen waren zu träge, um Helligkeitsveränderungen in diesem Tempo zu adaptieren. Jemand packte ihn an der Schulter, Elias schreckte auf, es war Birger, der ihn davor bewahrte, gegen das Tor zu rennen.

»Der Himmel fällt uns auf den Kopf!«, schrie er panisch. Viele seiner Männer hatten sich in einer Senke am Rande des Dorfes versteckt. Elias sah sich um, Thoralfs Männer lagen inzwischen ebenfalls auf dem Boden. Der Komet bedrohte das Leben aller. Es wurde kurzzeitig wieder dunkler. Trügerisch, da einen Moment später der gesamte Himmel explodierte. Ein Lichtblitz schoss durch die Wolken. Der Horizont stand in Flammen. Das war zu nah. Die Druckwelle rollte auf sie zu.

»Alle in Deckung bleiben!«, brüllte Elias und riss Birger um. Die Erde vibrierte. Mit den Händen über dem Kopf lag er flach auf dem Boden, als die Explosionswelle drei bis vier Sekunden nach dem Lichtblitz über das Dorf fegte und alle Hütten und das mickrige Tor dem Erdboden gleichmachte. Das Tosen übertönte alles. Er sah zur Seite, einer Frau lief Blut aus den Ohren.

Elias hob den Kopf, die Explosion war weit genug weg gewesen, um nicht jeden Menschen augenblicklich zu töten, aber nah genug, um das gesamte Dorf zu zerstören. Das Licht danach wirkte diesig und surreal, in den glutroten Wolken sah er den Explosionspilz ausglühen.

»Was war das?«, fragte Birger, der wieder aufstand. Auch andere Krieger hatten überlebt.

»Ich habe keine Ahnung.« Elias sah zu Thoralfs Männern, die sich bereits sammelten. Walhalla musste warten, der Komet hatte den Kampf nicht beendet, sondern nur verzögert.

***

XLII. Der lange Weg zurück

»Elias, bitte. Ich schaff das nicht allein!« Anna schwebte hilflos durch den Raum. Auf Inka-H1 waren die Schwerkraft und die künstliche Atmosphäre ausgefallen. Das K6-Implantat hatte sofort reagiert und schützend ihren Körper umschlossen. Überall blitzten Explosionen auf und zahlreiche kleinere Trümmerstücke flogen an ihr vorbei.

»Anna ... melde dich, du musst die Raumstation sofort verlassen!«, rief Nader über das Netzwerk, dass er sie immer noch nicht aufgegeben hatte, überraschte sie.

Annas Gedanken waren bei Elias, der Meriths überraschender Aussage nach, noch leben sollte. Die Gravitationsbombe konnte niemand überlebt haben. Wenn du alleine wärst, hätte ich dich nicht erreichen können, hatte Merith gesagt, das Band, das dich und deinen Bruder verbindet, gleicht einer Antenne. Nur wegen dieser Verbindung hatte Anna seine Gedanken hören können, bisher war das der erste und einzige Erklärungsversuch für dieses Phänomen.

»Anna ... antworte mir, bitte, sonst kann ich dir nicht helfen! Wenn du dort bleibst, wirst du sterben!«

Nader zeigte sich hartnäckig, sollte sie ihm antworten? Es machte keinen Sinn mehr, sogar wenn sie wollte, konnte sie sich nicht von der Stelle bewegen. Das K6-Implantat beschützte sie zwar, bot aber keine Option, sich eigenständig durch die Schwerelosigkeit zu bewegen. Egal wie intensiv sie sich abmühen würde, verbliebe sie doch immer an derselben Stelle in der Kuppelhalle, an der sie Merith zurückgelassen hatte. Sobald die Raumstation Inka-H1 auf dem Planeten zerschellte, würde ihr Leben enden.

Ob ihr Elias noch einmal erscheinen würde? Anna wartete darauf, ihn wiederzusehen. Etwas Metallisches klackte an ihrem Rücken, da war ein Lichtkegel, jemand zog sie aus der Raummitte an den Rand. Durch die Bewegung drehte Anna sich. Es gab nur eine Person, die eine solche Rüstung trug.

»Dan'ren, was machst du hier?«, fragte Anna überrascht, der Tränen aus den Augen schossen.

»*Ich bin mir nicht so sicher ... bereits meine Ausbilder haben mir auf Iris ein irrationales Entscheidungsmuster bescheinigt*«, antwortete die Lerotin, deren Biosuit sich mit einem Booster durch die Schwerelosigkeit bewegte.

»Das ist zu gefährlich ... du hättest nicht herkommen dürfen.«

»*Das haben die anderen auch gesagt ... mehrfach sogar ... ich habe es vermutlich auch an den Ohren.*« Dan'rens Stimme lächelte. »*Ich docke dich an meine Rüstung an. Aktiviere deine primären Waffensysteme. Wir werden eine Abkürzung nehmen, ich werde fliegen ... du wirst schießen.*«

»Worauf soll ich zielen?«, fragte Anna, die keine Gegner oder anderen Ziele ausmachen konnte.

»*Nicht zielen, schießen! Immer nach vorne, halte voll drauf! Ich will hier schnellstens wieder raus und du wirst uns einen Fluchtkorridor freischießen. Fertig?*«

»Fertig!« Dank der K-6 Nanotechnologie bildeten sich an den Unterarmen zwei Waffensysteme, die sie in die Flugrichtung hielt. Es konnte losgehen.

Dan'rens Booster aktivierte sich, Anna feuerte, alles um sie herum schien zu explodieren. Da waren überall Feuer und Trümmer, die mit hoher Geschwindigkeit an ihnen vorbeiflogen. Sie wurden immer schneller. Einige größere Bruchstücke schlugen gegen die Rüstungen, die Lerotin konnte aber die Flugbahn stabilisieren.

Dauerfeuer, Anna sah nicht, was sie alles zerstörte. In ihrem Irisdisplay lief die Energieanzeige herunter, die hohe Feuerrate würde sie nur noch kurze Zeit halten können.

»Noch vier Sekunden!«

»*Draufhalten!*« Dan'ren beschleunigte weiter.

»Drei ... zwei ...« Anna sah das All, die letzte Salve verschwand im Nichts. Sie hatten es geschafft.

»*Jiha ...*« Dan'rens Booster verstarb einen Moment später, das Timing war perfekt. Die beiden Frauen schwebten im All umher. Keine wirkliche Verbesserung, befand Anna, die sich mit rasanter Geschwindigkeit um alle drei Raumachsen gleichzeitig drehte und nicht in der Lage war, einen Bezugspunkt auszumachen. Wo war die Horizon?

»*Dan'ren, ich halte dich für völlig verrückt*«, erklärte Nader, Anna freute sich, seine Stimme zu hören.

»*Ich hab dir doch gesagt, dass ich sie finde!*«

»*Das hast du zweifelsfrei. Wie geht es, Anna?*«

»Ich lebe noch.« Anna lachte. Seitlich näherte sich ein Gleiter, der als Erstes ihre Drehbewegung verlangsamte. Jetzt konnte Anna auch Inka-H1 sehen, die Raumstation sackte immer weiter ab, während zahlreiche Explosionen an der Oberfläche das Ende begleiteten. Ob der Absturz viele Wesen wie Merith in den Tod reißen würde?

»Gibt es Überlebende von Inka-H1?«, fragte Anna, während ein Greifarm sie zu einer Luke des Gleiters zog.

»*Nein ... niemand*«, antwortete Kristof, der Master Carrier, dessen Stimme Anna ebenfalls vermisst hatte.

»Hallo Kristof ... bitte entschuldige mein Verhalten.« Anna wusste nicht, wo sie anfangen sollte.

»*Später … komm erst einmal an Bord.*« Kristof schien keine Eile zu haben, sich ihre Rechtfertigungen anzuhören.

»Wie konnten sie alle sterben?«, fragte Anna, für die Naders Aussage keinen Sinn ergab.

»*Es befand sich kein lebendiges Wesen an Bord der Raumstation. Wir konnten nur Signaturen von Robotern ausmachen und die waren alles andere als gesprächig. Wie auf Knopfdruck hat sich die gesamte Raumstation abgeschaltet und im Sturzflug Kurs auf die Planetenoberfläche genommen.*«

»Warum sollte Merith das tun?«, fragte Anna, die an das Gespräch mit ihr denken musste.

»*Wer ist Merith?*«, fragte Dan'ren, die zuerst durch die offene Luke an Bord des Gleiters schwebte.

»Ich werde euch alles erzählen.« Anna hatte viel zu berichten.

»Die Geschichte klingt unglaublich«, sagte Dan'ren, als Anna von ihren Erlebnissen berichtet hatte, und strich sich eine kupferfarbene Locke aus dem Gesicht. Neben der Lerotin waren auch Nader und Kristof in dem kleinen Besprechungsraum an Bord der Horizon. »Und der Lichtpunkt, den wir in der Milchstraße gesehen haben, soll ein Marker sein, um in ein paralleles Universum zu reisen?«

»Ich habe es selbst nicht glauben können, aber das ist unsere einzige Chance. Wir müssen auf den Lichtpunkt zufliegen, ansonsten wird uns die gravitative Anomalie auch hier erreichen.« Anna nickte, sie hatte kein Detail ausgelassen. Nur über die Verbindung zu Elias hatte sie geschwiegen, das ging schließlich niemanden etwas an.

»Eine Technologie, die dazu in der Lage wäre, müsste uns in allen Belangen weit voraus sein ... da steige ich aus«, erklärte Nader, der vermutlich einer der brillantesten Köpfe seiner Zeit war.

»Ist es zumindest vorstellbar?«, fragte Kristof und sah ihn an. Die beiden wirkten wie zwei jugendliche Freunde, die weder miteinander noch ohne einander leben konnten.

Nader strich sich kopfschüttelnd durch seinen hellblonden Bart. »Da könntest du auch einen Neandertaler fragen, ob er an die erste Mondfahrt glaubt ... ich habe keine Ahnung.«

»Nenn mir Gründe, die dafür sprechen!« Kristof hörte nicht auf, Nader zu fordern.

»Die String-Theoretiker der Teilchenphysik haben immer über eine mögliche Existenz paralleler Universen gesprochen und sind dafür seit Urzeiten als Spinner abgetan worden.«

»Noch einen Grund dafür!«, rief Kristof im Befehlston.

»Über Schwarze Löcher wissen wir so gut wie nichts. Dahinter könnte sich sonst etwas verbergen. Die theoretische Existenz Weißer Löcher konnte auch nie bewiesen werden ... beide Formen konzentrieren Raum, Materie und Energie.«

»Und Gründe dagegen?«, fragte Kristof, den die technischen Details nicht zu interessieren schienen.

»Da gibt es Hunderte ... allen voran die zentrale Frage, warum wir in eine sich überlichtschnell ausbreitende gravitative Anomalie fliegen sollen, die binnen kürzester Zeit die gesamte Milchstraße zerstört hat«, erklärte Nader, der keinen Zweifel daran ließ, dass er Annas Geschichte nicht für plausibel hielt.

»Ich habe das nicht geträumt!« Anna gefiel sein Ton nicht, er hätte ihr besser zuhören sollen.

»Ich zweifele nicht deine Aufrichtigkeit an ... nur die Objektivität deiner Wahrnehmung stelle ich infrage.« Nader blieb bei seiner Meinung, das war ein Fehler.

»Anna, du wurdest getäuscht«, erklärte Kristof, »und das in einer Art, die für sich allein genommen schon unfassbar ist. Wer sagt uns, dass du nicht weiterhin manipuliert wirst?«

»Ich ...« Anna spürte, wie das Eis unter ihren Füßen dünner wurde. Der Ausflug mit Merith forderte von allen Beteiligten mehr, als Nader und Kristof ihr zubilligen wollten.

»Das ist das Problem ...« Kristof sah nachdenklich aus. »Versteh mich bitte nicht falsch. Für dich habe ich alles gewagt, aber jetzt ist mit dir etwas geschehen, was dich stark verändert hat.«

Anna schüttelte den Kopf, Dan'ren sah sie nur schweigend an, noch hatte sie das Kommando über die Horizon. Diese Diskussion wollte sie nicht weiterführen, sie mochte Nader und Kristof, würde sich aber nicht als naive Spinnerin abtun lassen.

»Kannst oder willst du mich nicht verstehen?«, fragte Kristof. »Ich bin dein Freund.«

»Und ich bin dein Kommandant!« Anna zog einen Schlussstrich, ihnen lief die Zeit davon. Sie musste die Flotte sofort umkehren lassen, nicht jede Strategiefrage ließ sich demokratisch lösen.

»Ich habe befürchtet, dass du das sagen würdest.« Kristof ließ den Kopf hängen.

»Du hast mich dazu gemacht!«

»Oh ja … das habe ich. Ich wollte nicht, dass Menschen weiter von einer Maschine angeführt werden.«

»Und was soll jetzt dein Getue?«, fragte Anna, der seine Art immer weniger gefiel.

»Anna, bitte …« Dan'ren versuchte, sie zu beruhigen.

»Nein … jetzt nicht! Ich habe die Kommandocodes! Ich gebe die Befehle und …«

»Nein.« Kristof ließ sie nicht aussprechen.

»Wie bitte?« Anna würde gleich explodieren.

»Du bist nicht mehr Kommandant der Horizon. Deine Zertifikate sind ungültig und ich werde nicht mehr deinen Befehlen folgen … Anna, bitte, ich bin dein Freund, ich würde immer auf deinen Rat hören … aber diesmal hat dich jemand in die Irre geführt.« Kristof legte beide Hände auf den Besprechungstisch.

»Du hast mich verraten?«, fragte Anna, die noch darauf hoffte, sich nur verhört zu haben.

»Ich habe dich in Sicherheit gebracht … bitte, beruhige dich wieder, dir wird nichts passieren.«

»Dan'ren, hast du das gewusst?« Anna drehte sich verstört zu ihrer Freundin.

»Ich bitte dich, Kristof zu vertrauen … er meint es nur gut mit dir. Ich bin deine Freundin und würde dich niemals verraten«, erklärte Dan'ren, die neben ihr saß und versuchte, ihre Hand zu berühren. Anna zog den Arm zurück.

Anna stand auf, Kristof bluffte, die Kommando-Zertifikate ließen sich nicht so einfach hacken. In ihrem Irisdisplay rief sie die zentrale Konsole auf, die bereits beim ersten Zugriff auf das Netzwerk eine Fehlermeldung zurückgab. Danach deaktivierte sich die Anzeige in ihrem Auge vollständig.

»Ihr habt mich abserviert ...« Anna überlegte, ob sie Kristof angreifen sollte. Nein, sie durfte sich nicht provozieren lassen. Mit Gewalt würde sie das Schiff nicht führen wollen.

»Ich habe auch dein K-6 Implantat sperren lassen ... bitte verzeih mir, aber das Leben vieler hängt davon ab.«

»Bin ich jetzt deine Gefangene?«

»Ich hoffe, dass du es nicht so siehst ...« Kristof sah ihr in die Augen.

»Hast du das Kommando übernommen?«

»Ja.«

»Ich habe Kristof dazu überreden müssen«, sagte Nader, der betroffen wirkte.

Anna ließ sich wieder in den Sessel fallen, damit hatte sie nicht gerechnet. Ihre Freunde hatten sie ihres Kommandos enthoben, die sich jetzt auch noch damit brüsteten, nur an ihr Wohl gedacht zu haben. Das Gefühl, in die Ecke gedrängt zu werden, drohte, ihr die Luft abzuschneiden.

Merith, rief Anna in Gedanken, darauf hast du mich nicht vorbereitet. Wie sollte sie die Menschheit retten, wenn sich sogar ihre Freunde von ihr abwendeten?

»Wir werden weiterfliegen und eine Welt suchen, auf der wir leben können«, erklärte Nader und aktivierte über dem Tisch eine holografische Darstellung der näheren Sternenumgebung.

»In Ordnung ... wir gehen online.« Kristof schaltete weitere Offiziere in die Konferenz, die virtuell an der Besprechung teilnahmen. Anna sah Jaden, Danilow und weitere Zero-Kommandanten der Flotte. Jaden schien ein aufrichtiger Mensch zu sein, aber auch er hatte sich Kristofs Befehlsgewalt untergeordnet.

Anna wusste nicht, was sie tun sollte. Wenn sie scheiterte, würde die gesamte Armada früher oder später von der gravitativen Anomalie überrascht werden. Diese Urkraft würde alles zerstören, daran bestand kein Zweifel. Die einzige Rettung wäre der direkte Flug auf die Koordinaten des Lichtpunktes gewesen, so wie es Merith ihr eindringlich erklärt hatte, und genau von diesem Fluchtpunkt bewegten sie sich immer weiter weg.

»Sind wir komplett?«, fragte Nader, der parallel eine kleinere Konsole überprüfte, die im Tisch eingelassen war.

»Ja«, antwortete Gregor, den Anna erst jetzt sah, über das Netzwerk. Warum war er wieder freigelassen worden? Dem Mörderschwein konnte man nicht vertrauen. Es war ein Fehler gewesen, ihn leben zu lassen. Sie hätte ihn töten sollen, als sie noch die Gelegenheit dazu hatte.

»*Im Namen der Saoirse-Organisation danke ich dafür, an der Besprechung teilnehmen zu dürfen. Wir wissen diese Geste zu schätzen*«, erklärte Thica, die Anna erst kurz vor ihrem Ausflug hatte wegsperren lassen. Diese KI hielt Anna für noch gefährlicher als Gregor, wie konnte Dan'ren das zulassen?

Die Lerotin hatte sich schließlich dafür starkgemacht, den Saoirse-KIs keine weitere Chance zu geben. Was war passiert, fragte sich Anna, sie musste schnellstens herausfinden, was während ihrer Abwesenheit alles geschehen war.

***

XLIII. Ewige Verdammnis

Merith dachte an einen Nachmittag im Herbst. Während der Wind den Bäumen das letzte Laub nahm, würde derselbe Luftzug ihr einen kühlen Schauer über den Rücken jagen. Das Eichhörnchen sammelte noch letzte Vorräte, während die Wolken einen grauen Schleier vor die Sonne legten. Am Ende des Sommers wollte sie sich ausruhen, daher bereitete sie sich auf einen sehr harten und langen Winter vor.

»Merith?« Eine weibliche Stimme fragte nach ihr. »Hast du verstanden, welche Verfehlungen dir vorgeworfen werden?«

»Bitte?« Merith hob den Kopf. Sie fror. Warum wurde sie gezwungen, in ihren Avatar zurückzukehren? Inzwischen kannte sie die Wahrheit, alles andere in dieser künstlichen Welt war nur ein schlechtes Schauspiel. In der energetischen Form ihrer Existenz gab es keine Kälte, Wärme oder andere körperliche Empfindungen. Da war nur die pure Energie und Kraft der Gedanken. Wenn das die finale Wahrheit war, konnte sie damit gut leben.

»Merith, bist du bei uns?«, fragte Casper, der ebenfalls dem Tribunal beiwohnte, aber nicht die Verhandlung führte. Neben ihm saßen elf weitere Auguren über sie zu Gericht. Natürlich auch Jonas, der genauso wenig ihr Vater war, wie jeder andere in dem arschkalten Gerichtssaal aus weißem und grauem Marmor.

»Ja ... ja, natürlich.« Das Geschwätz dieser Puppenspieler war ohne Relevanz. Merith interessierte nur die Frage, wie sie Kontakt aufnehmen konnte. Wie konnte sie mit den Menschen kommunizieren, die in diesem Universum lebten?

»Und?«, fragte die Richterin, deren Namen Merith sogar früher einmal kannte.

»Bitte?« Merith schüttelte den Kopf, was wollte sie von ihr?

»Möchtest du dich zu den Anschuldigungen äußern?«, fragte die Richterin. »Dir werden nicht gerade Bagatellvergehen vorgeworfen.«

»Würde das etwas ändern?«, fragte Merith und lehnte sich zurück. Die Verhandlung war eine Farce, Casper hätte ihr Strafmaß beliebig diktieren können. Die Sec Level 42 Rechte hatten sie gesperrt, weshalb Merith auch nicht mehr in andere Köpfe eindringen konnte. Interessanterweise konnte der Hohe Rat ihre besonderen Privilegien nicht zurückstufen. Angeblich lag das an der verteilten technischen Infrastruktur, auf der das ganze System basierte. Ihre Steinkugel war nicht nur ein Speicher, sondern auch Teil der Rechnerstruktur.

»Es geht um deine Zukunft.«

»Ich sollte komplett gelöscht werden ... mit welcher Strafe wollt ihr mich jetzt noch beeindrucken?«

»Korrigiert ...«, erklärte die Richterin.

»Das ist lächerlich!«

»So kommen wir nicht weiter«, sagte die Richterin, bei der Merith einmal zugesehen hatte, wie Jonas sie geküsst hatte. Scheinbar mochten sie sich.

»Du bist eine Gefahr für alle.«

Das schien Caspers Stichwort gewesen zu sein. »Es bleibt uns keine andere Wahl, als sie zu löschen. Ich werde keine Sec Level 42 Querulantin frei rumlaufen lassen.«

»Korrigieren ...« Die Richterin pochte auf diese Formulierung.

»Dann halt korrigieren.« Casper winkte mit der Hand ab, immerhin war er ehrlich.

Merith sah Jonas an, der sich sichtlich bemühte, nicht angesprochen zu werden. Ob er sich noch an seine Worte erinnern konnte? Nein, hatte er geantwortet, als sie ihn zuvor gefragt hatte, ob er sie in einer ähnlichen Situation auslöschen würde. Er würde sie verschonen, hatte er gesagt. Merith ahnte, dass er sein Wort brechen würde. Dieses Wagnis musste sie trotzdem in Kauf nehmen. Es ging um das Leben vieler Menschen, die sie retten wollte.

»Möchtest du deinen Vater etwas fragen?«, erkundigte sich die Richterin aufmerksam.

»Jonas? Nein ... warum auch.« Merith musterte ihn weiterhin, er wusste ganz genau, was sie von ihm wollte. Es war unnötig, ihr Anliegen für alle zu wiederholen.

»Habe ich etwas verpasst?«, fragte Casper ungehalten, der jetzt ebenfalls Meriths stumme Frage bemerkte. Er sah Jonas an. »Was will deine Tochter von dir?«

Stille.

Merith ließ ihn nicht aus den Augen, jetzt konnte er zeigen, wer er war. Er konnte aufstehen und sprechen oder er würde für den Rest der Ewigkeit vor Casper buckeln.

»Ich plädiere dafür, sie zu extrahieren!«, platzte es aus Jonas heraus. »Meine Tochter hat die Achtung vor dem Hohen Rat, diesem Gericht und mir, ihrem Vater, verloren, sie soll erst korrigiert werden, wenn sie uns darum bittet.«

»Herrje Jonas ... was hat sie dir getan? Ist das deine gekränkte Eitelkeit? Jemanden zu löschen, geht kurz und schmerzlos und du willst sie über Jahre quälen, um sie dann zu brechen? Wo willst du sie überhaupt in ihrer energetischen Form unterbringen?«, fragte Casper, was Merith aufhorchen ließ. Jonas hatte ein Schlupfloch gefunden, vermutlich die erste gute Idee, die er jemals hatte.

»Wir werden für sie einen passenden Planeten finden und sie solange vergraben, bis sie zur Einsicht kommt«, antwortete Jonas, der seine Selbstsicherheit wiedergefunden hatte.

Wenn Merith auf diese Weise die Zeit überbrücken konnte, bis die Menschen soweit waren, sie zu verstehen, konnten die sie gerne vergraben.

»Das ist eine äußerst ungewöhnliche Vorgehensweise ...« Die Richterin sah fragend zu Casper, der unentschlossen wirkte. Merith wollte ihm helfen, die richtige Entscheidung zu treffen.

»Ich werde euch niemals um etwas bitten! Niemals! Ich werde warten, egal wie lange es dauert, ich werde warten! Und wenn ich wiederkehre, dann nur, um eine Sache zu erledigen! Ich werde euch alle auslöschen, jeden von euch und danach werde ich eure ganze verlogene Welt in Stücke zerreißen!«

»Ähm ...« Die Richterin schien erschrocken nach den richtigen Worten zu suchen.

»Jonas, ich möchte mich bei dir entschuldigen. Egal wie lange es dauert, wir werden uns alle Zeit der Welt nehmen, um sie zu brechen!«, erklärte Casper, dessen Worte wie Peitschenhiebe klangen.

Perfekt, Meriths Augen wurden schmaler, mit ihrer Mimik zeigte sie die Wut einer Verrückten, die jedes Maß verloren zu haben schien. Innerlich lächelte sie, Casper sollte nicht auf die Idee kommen, dass sie auf diese Strafe spekuliert hatte. Sie hatte jetzt die Zeit, um auf die Menschen zu warten. Ihr Plan würde funktionieren. Jonas hatte sein Wort gehalten, dafür zollte sie ihm Respekt.

Meriths erneute Extraktion glich einer Befreiung, freiwillig würde sie die virtuelle Welt nicht mehr betreten. Mit Handschellen wurde ihr physischer Avatar von zwei schwebenden Robotern durch die kargen Gänge eines mechanisierten Gebäudes abgeführt. Trotz der Körperlichkeit fühlte sich alles künstlich und fremd an. Casper hatte entschieden, sie bereits auf dem Weg zu ihrem Exil unter der Unwirklichkeit ihrer Existenz leiden zu lassen. Ihr Avatar war nur ein schlecht gefertigter Android, über dessen metallisches Skelett man eine billige Gummihaut gezogen hatte. Dieses Ding hatte noch nicht einmal ein Geschlecht, genauso wenig wie Haare oder Kleidung. Zudem knirschten die Gelenke und Servomotoren bei jedem Schritt.
Aber das störte Merith nicht, sie hielt ihre Steinkugel, deren Schriftzeichen schwach pulsierend leuchteten, fest in den Händen. Alles andere war unwichtig.
»War es das alles wert?«, fragte Casseia, der man die Aufgabe gegeben hatte, sie zu verscharren.
»Das verstehst du nicht.« Merith lächelte, Casseia, die genauso perfekt aussah wie in der virtuellen Welt, konnte sie nicht verletzen. Es war anscheinend auch in der Realität möglich, menschenwürdige Avatare zu erschaffen.

»Du hast dein Leben für nicht mehr als einen schlechten Witz vergeudet!« Casseia schien ihre Rolle als Henker zu gefallen. Die beiden schwebenden Roboter gingen in eine breite Kuppelhalle, in deren Mitte ein offener Bereich eine Fernsicht ins Weltall bot. Allein diese Aussicht war es wert, hier zu sein.

»Jetzt, wo du eine Wissende geworden bist, wünsche ich dir eine gute Zeit. Genieße sie, solange du noch schlafen kannst.« Merith hegte keinen Groll gegen sie, Casseia war genauso wenig ihre Schwester, wie Jonas ihr Vater.

»Die werde ich haben!« Casseia bediente eine Steinsäule, die sich zuvor aus dem dunklen Boden erhoben hatte und gab eine Befehlssequenz ein. Die ganze Kuppel wurde dunkler.

»Und was passiert jetzt?«

»Ich schieß dich auf den Mond.« Casseia schmunzelte und zeigte auf eine Wölbung an der Oberseite der Säule, in die Meriths Steinkugel perfekt hineinpassen würde. »Du darfst Platz nehmen. Dein letzter Ruheplatz ist einige Lichtjahre von uns entfernt ... aber erwarte nicht zu viel, weder das Ambiente noch die Gesellschaft sind berauschend.

»Du musst keine Furcht haben ...« Merith hatte nach der Verhandlung erfahren, dass Casseia und sie neuartige energetische Signaturen waren. Speziell programmiert und über viele Jahre konditioniert, um hochrangige Querdenker wie Nana zu infiltrieren. Es war interessant, dass auch in einer virtuellen Welt Regeln existierten. Casper konnte nicht einfach Gott spielen. Nachdem Nana ihm viele Jahre die Stirn geboten hatte, waren Casseia und sie die Waffen, um alle Gegner auszuschalten. Merith verfügte über die einzigartige Fähigkeit, in Kernel und zentrale Prozesse anderer energetischer Signaturen einzudringen.

»Furcht?« Casseia lachte gespielt. »Du träumst.«

Auch wenn sie keine lebenden Menschen waren, ihre systematisch geschaffenen Persönlichkeiten enthielten alles, was Menschen früher ausgemacht hatte.

»Das tue ich ... den ganzen Tag.« Merith legte die Steinkugel auf die Wölbung, woraufhin der Gummi-Avatar sofort starr stehen blieb. Ihre Wahrnehmung befand sich jetzt in der Kugel, die langsam an Höhe gewann. Casseia sagte noch etwas, das sie bereits nicht mehr hören konnte.

Merith sah nach vorne und durchquerte die Öffnung im Dach der Kuppelhalle. Was für ein Erlebnis, sie sah nach hinten und erblickte eine Raumstation in der Größe eines kleinen Mondes, die einen rötlichen Planeten umkreiste. Im Sonnensystem der Erde befanden sie sich definitiv nicht.

»Ich komme wieder[15]«, sagte sie, während ihre Kugel immer schneller wurde. So schnell, dass sich jeder Lichtpunkt in einen dünnen hellen Streifen verwandelte. Wo wurde sie hingebracht?

Die Reise durch den Raum endete abrupt. Meriths Steinkugel senkte sich auf einen ihr unbekannten Planeten ab. Von oben konnte sie größere Wüsten und karge Gebirgszüge erkennen. Alles wirkte leblos und kalt. Das würde für lange Zeit ihr Zuhause werden.

Noch hundert Meter. Unter ihr zeigte sich eine künstliche Öffnung im Boden. Merith war am Ende ihrer Reise angekommen. Einen Moment später verschwand ihre Kugel in der Öffnung und legte sich auf einer Steinsäule ab, ähnlich der, mit der Casseia sie auf die Reise geschickt hatte.

---

[15] I'll be back ... Tribute to Arnie

Die Öffnung über ihr schloss sich. Dunkelheit. Sie war nun auf einem unbewohnten Planeten begraben. Allein. Sie schloss die Augen. Egal wo man sich befand, die schiere Vorstellungskraft eines Menschen konnte jede Mauer sprengen. Merith öffnete ihre Augen wieder und lief über eine Sommerwiese. Zum ersten Mal in ihrem Leben war sie frei.

***

XLIV. Lichtbögen

Anna stand in ihrer Kabine auf der Horizon unter der Dusche, ihre Hände zitterten, das warme Wasser tat ihr gut, konnte sie aber nicht auf andere Gedanken bringen. Die letzten Stunden hatten ihr stark zugesetzt. Kristof und Nader hatten das Vertrauen zu ihr verloren. Dass Gregor versuchen würde sie zu verraten, hätte sie nicht ernsthaft überrascht. Auch Thica und den Saoirse-KIs konnte man nicht trauen, aber bitte doch nicht Kristof. Er, Nader und Dan'ren waren ihre Ankerpunkte in dieser Welt. Es lebte ansonsten kaum jemand mehr, für den es sich zu kämpfen lohnte. An die Vorstellung, dass Elias noch lebte, wollte sie sich nicht mehr klammern. Sie würde ihn immer in guter Erinnerung behalten, aber sie musste diese Schwärmerei beenden. Meriths Aussage, dass Elias noch lebte, konnte sie nicht glauben.

Das Wasser lief an Annas Körper hinab, genauso unaufhaltsam wie die Zeit. Niemand konnte Geschehenes wieder rückgängig machen, auch Merith nicht. Annas Arme hingen zentnerschwer an ihren viel zu schmalen Schultern, sie fühlte sich elend und rutschte mit dem Rücken die Wand hinab. Das Licht im Badezimmer schmerzte in dem Auge, aus dem das Irisdisplay entfernt wurde. Mit den Armen umschloss sie, am Boden sitzend, ihre angezogenen Knie und legte den Kopf auf die Seite. Auch wenn sie wegrennen wollte, sie konnte es nicht.

»Warum?«, fragte Anna. Bei allem, was passiert war, hätten Kristof und Nader ihr vertrauen müssen. Merith hatte ihr einen Auftrag gegeben, an dem sie kläglich scheitern würde. Wenn es nur ihr Leben beträfe, wäre das hinnehmbar, aber es ging um viel mehr. Es ging um das Leben aller.

»Was soll ich nur machen?«, rief Anna wütend und schlug mit der flachen Hand auf den Boden.

Wasser spritzte auf, zu mehr war sie im Moment nicht in der Lage. Sogar wenn sie ihren Mut wiederfinden würde, sie hatte keinen blassen Schimmer, was sie überhaupt noch tun konnte. Die Gewissheit, nur noch kurze Zeit zu leben und trotz besseren Wissens hilflos zuzusehen, war unerträglich.

Anna trug einen Bademantel und hatte die Nasszelle verlassen, das inzwischen vollständig inaktive K-6 Implantat konnte nicht einmal mehr eine dünne Stoffschicht über ihren Körper legen. Eine merkwürdige Erfahrung, diese übermächtige Kleidungs-, Rüstungs-, Kommunikations- und Waffentechnologie hatte binnen kürzester Zeit ihre Einstellung verändert. Zuvor war sie die nahezu unverwundbare Kommandantin der größten menschlichen Flotte aller Zeiten gewesen, jetzt blieb nur noch eine junge Frau, die wie ein Häufchen Elend auf dem Sessel saß. Eine kleine Lampe in der Ecke leuchtete den Raum aus, in dem ansonsten alle Systeme inaktiv geschaltet waren. Sie wollte ihre Ruhe haben.

»Lerne …«, hörte Anna sich wie mit einer fremden Stimme sagen. Sie sollte lernen sich anzupassen, ein schöner Gedanke, wenn auch gerade völlig unpassend. Es gab nichts, was sie lernen konnte. In ihrem rechten Zeigefinger begann es zu kribbeln, ähnlich dem Gefühl, wenn das Blut wieder in einem zuvor eingeschlafenen Bein zirkuliert.

»Was ist das?«, fragte sie fasziniert und betrachtete einen stecknadelgroßen schwarzen Punkt auf der Fingerkuppe, der ihr, wenn er nicht ständig stärker gekribbelt hätte, sicherlich nicht aufgefallen wäre. Anna drückte den Daumen darauf, der beim Lösen einen kleinen kurzzeitigen Lichtbogen erzeugte.

»Na ja …«, sagte sie gelangweilt, vermutlich nur eine elektrische Reaktion des inaktiven K-6 Implantats. Ihr Körper war voll mit dieser verdammten Nano-Scheiße!

Es klopfte an der Tür.

»Tür öffnen«, befahl sie der Sprachsteuerung und blieb sitzen.

»Dürfen wir hereinkommen?«, fragte Nader. Dan'ren befand sich an seiner Seite. Ein merkwürdiges Paar, da die Lerotin ihn locker um mehr als einen Kopf überragte.

»Bitte …« Ob Anna wirklich mit jemandem sprechen wollte, wusste sie selbst nicht.

»Du siehst bescheiden aus … sollen wir jemanden vom medizinischen Dienst rufen lassen?« Nader gab sich betont höflich und setzte sich ihr gegenüber auf einen der Sessel. Dan'ren schwieg und setzte sich auf den Boden neben Annas Sessel.

»Wundert dich das?«, fragte Anna. Der medizinische Dienst konnte ihr gestohlen bleiben.

»Nein … natürlich nicht.« Nader sah zu Dan'ren, die weiterhin schwieg. Ein reines Gewissen schien keiner der beiden zu haben.

Stille.

Nader sah so aus, als ob er etwas sagen wollte, was er sich aber scheinbar einen Moment später wieder anders überlegte. Wenn man bedachte, dass er eine Maschine war, ein durchaus bemerkenswertes Verhalten. Ein Dritter würde die Unterschiede im Benehmen zwischen Mensch und KI nicht mehr ausmachen können.

»Was kann ich für euch tun?«, fragte Anna und beendete die künstliche Gesprächspause.

»Das wollten wir eigentlich dich fragen …«, antwortete Nader betroffen.

Anna musterte sein Gesicht, die gebräunte Haut und die unnatürlich weiße Haarfarbe, die langen Haare und den perfekt getrimmten Bart. Einfach zu schön für diese Welt. Wer wollte, konnte äußerliche Hinweise erkennen, dass er kein Mensch aus Fleisch und Blut war.

»Ihr hättet mir glauben können.« Dann würde Anna sich deutlich besser fühlen und alle anderen würden länger leben.

»Das versuche ich immer noch …«

»Scheinbar wenig erfolgreich.«

»Ja … das gebe ich zu. Deine Aussagen waren nicht leicht zu verdauen.« Nader lächelte.

»Waren?«, fragte Anna. Ohne zu lächeln.

»Sind es immer noch. Ich möchte mir aber die Zeit nehmen, mit einer guten Freundin zu sprechen, um sie besser zu verstehen«, antwortete Nader, der ihre unfreundliche Reaktion überspielte.

»Freunde vertrauen einander.«

»Freunde helfen sich, wenn einer strauchelt.« Nader blieb seiner Linie treu.

»Wenn du gesehen hättest, was ich sah und gehört hättest, was ich hörte … würdest du sicherlich …« Anna stockte, dieses abgedroschene Argument brachte nichts ein.

»… jedes deiner Worte glauben. Anna, ich zweifele nicht an dir oder an dem, was du erlebt hast. Ich bin mir nur nicht sicher, ob deine Erlebnisse halbwegs objektiv waren.«

»Das waren sie, alle, ich habe nicht geträumt.« Was sollte Anna noch sagen, was sie nicht bereits gesagt hatte. Vor Anspannung drückte sie erneut mit dem Daumen auf den kribbelnden schwarzen Punkt an ihrem Zeigefinger. Das Bedürfnis, diese merkwürdige Empfindung loszuwerden, wurde immer stärker.

»Was ist mit dir?«, fragte Nader, der sich nach vorne lehnte und auf ihre Hand sah.

»Nichts ... da ist überhaupt nichts.« Anna löste den Daumen, was erneut einen Lichtbogen die beiden Finger entlang laufen ließ. Nicht sonderlich auffällig, aber auch nicht zu übersehen. »Der K-6 spinnt vermutlich ein wenig ...«

»Der ist inaktiv.«

»Ich habe das System nicht entwickelt.« Anna wusste nicht, was sie sonst sagen sollte.

»Darf ich mal sehen?«

Anna nickte und streckte ihre Hand aus, was einen drei Meter langen Lichtbogen zwischen ihr und der kleinen Lampe in der Ecke aufblitzen ließ, den die Lampe nicht überlebte.

»Was war denn das?«, fragte Anna erschrocken und zog sofort die Hand zurück. Ohne die Lampe hätte es stockdunkel sein müssen, war es aber nicht. Etwas leuchtete hier noch? Anna sah auf ihre Hände, sie war diejenige, die den Raum schwach ausleuchtete.

»Anna, geht es dir gut?« Dan'ren, die aufsprang und sich über sie beugte, klang besorgt.

»Dan'ren, warte …«, rief Nader aufgeschreckt, aber nicht schnell genug. Als die Lerotin versuchte, Anna zu berühren, sprang ein meterlanger Lichtbogen über und schleuderte Dan'ren quer durch den Raum. Die Wand neben dem Badezimmer sorgte für eine unsanfte Landung, nach der sie besinnungslos liegen blieb.

Anna sprang auf. »Das wollte ich nicht!«

»Anna, bitte, beweg dich nicht!«, rief Nader, stand hektisch auf und fiel rückwärts über den Sessel. »Bitte! Bleib ganz ruhig stehen!«, rief er, am Boden liegend.

»Warum leuchte ich?«

»Das werde ich herausfinden, das verspreche ich dir … aber bitte, du darfst dich nicht bewegen!«

»Ja, ja … mache ich.« Anna stand im Bademantel bei ihrer Sitzgruppe und bewegte sich keinen Zentimeter. Sie leuchtete schwach, der Bademantel war ihr von der linken Schulter gerutscht, was gerade mehr von ihr entblößte, als sie in dieser Situation für angebracht hielt.

Dan'ren wurde wach, Nader half ihr auf, eine unwirkliche Situation, da die beiden Anna wie ein Wesen von einer anderen Welt anblickten.

»Was hast du getan?«, fragte die Lerotin verstört, deren komplette Muskulatur zitterte und die sich daher kaum auf den Beinen halten konnte.

»Nichts … ich hab nichts gemacht!« Was hätte Anna auch anderes sagen sollen, sie war sich keiner Schuld bewusst. Mit einer Hand wollte sie sich den Bademantel wieder über die Schulter ziehen, was einen weiteren Lichtbogen zwischen Hand und Schulter entstehen ließ.

»Warte, warte … bitte! Beweg dich nicht!«, rief Nader, weswegen Anna sofort die Bewegung abbrach. Eine nackte Brust war jetzt das geringere Problem. »Kannst du das kontrollieren?«

»Diese Blitze? Nein … sonst hätte ich Dan'ren sicherlich nicht gegen die Wand geschossen!«

»Beruhige dich. Es ist alles in Ordnung …«

»Es ist nichts in Ordnung! Rede nicht mit mir wie mit einem Kind! Was sind das für Blitze?« Dafür war die Sache viel zu ernst.

»Entschuldige.« Nader drückte Dan'ren in Richtung der Tür. »Ich habe keine Ahnung. Der K-6 ist es allerdings nicht.«

»Werde ich wieder dunkler?«, fragte Anna, die fast nichts mehr sehen konnte, alles schien im Schatten abzutauchen.

»Nein … alles ist gleich, auch wenn das Licht, das von dir ausgeht, nicht sonderlich stark ist.«

»Ich sehe nichts mehr.« Anna konnte nur noch Konturen erkennen.

»Licht aktivieren«, ordnete sie der Sprachsteuerung im Raum an.

»Warte …«

Mit der Aktivierung der Deckenbeleuchtung sprang ein ganzes Bündel von Lichtblitzen von oben auf sie über. Anna sah verstört auf ihre Hände, auf denen die Blitze einschlugen, die sie aber nicht spüren konnte. Der Spuk endete binnen weniger Sekunden, als die Lampen an der Decke mit einem lauten Knall aus der Fassung sprangen und auf den Boden fielen.

»Nader, was geschieht mit mir?« Nach dem zweiten Stromstoß leuchtete Anna in derselben Intensität wie die Deckenbeleuchtung zuvor. Auch wenn sie keine Beschwerden hatte, auf das Gefühl, eine Lampe auf zwei Beinen zu sein, hätte sie gerne verzichtet.

»Wie gesagt, wir werden es herausfinden … gibt mir ein wenig Zeit und bewege dich nicht.«

»Ich werde hier nicht immer stehen können.«

»Im Moment genügt mir ein Augenblick.« Nader versuchte, die Tür zu öffnen, die sich aber nicht öffnen ließ. Der letzte Lichtbogen musste den elektronischen Riegel blockiert oder die gesamte Elektronik lahmgelegt haben. »Anna, Dan'ren braucht medizinische Hilfe, kannst du bitte die Tür öffnen?«

»Tür öffnen.« Nichts passierte. »Sprachsteuerung: Tür öffnen!« Immer noch keine Reaktion. »Nader, es geht nicht.«

»Dann suchen wir einen anderen Weg … meine gesamte Kommunikation ist gestört. Ich kann keine Hilfe rufen … es wird aber nicht lange dauern, dann werden sie die Tür von außen öffnen. Die Schiffssensoren werden den Ausfall bemerken«, erklärte Nader und setzte sich mit Dan'ren auf den Boden, da sie nicht mehr stehen konnte. Die Lerotin zeigte aufgrund des Stromschlags erhebliche Schocksymptome, Schweißausbrüche sowie eine kurze und flache Atmung.

»Warum fange ich jetzt an zu pulsieren?«, fragte Anna, die auf ihre plötzlich rhythmisch aufleuchtenden Hände blickte, bei denen sich der Impuls alle drei bis vier Sekunden ruckartig aufhellte, um dann wieder langsam dunkler zu werden.

»Ich weiß es nicht …« Nader hielt Dan'rens Kopf in den Armen, der es immer schlechter zu gehen schien.

»Ich spüre davon nichts!« Anna verstand das nicht, die Lichtimpulse nahmen weder an Helligkeit noch an Geschwindigkeit zu, dafür fing jetzt mit jedem Peak der Raum an, zu vibrieren.

»Anna, bitte, du ... musst damit ... aufhören!« Nader sprach langsamer, seine Augenlider fingen an zu flattern, er hatte Probleme, die Funktionalität seines Avatars aufrechtzuerhalten. Dan'ren bewegte sich nicht mehr. Nein! Das wollte sie nicht!

»NEIN!« Anna schrie, die Türflügel flogen aus den Angeln, ein gepanzerter Soldat rannte in den Raum, den der nächste Lichtimpuls krachend durch die Badezimmertür schleuderte. Etwas traf sie an der Seite. Ihr Atem stockte. Dunkelheit.

***

XLV. Schmerzliche Einsichten

Langsam öffnete Anna ihre Augen. Egal was ihr bereits zugestoßen war, es wurde noch schlimmer. Bei der ersten Bewegung glaubte sie, dass eine ganze Horde Büffel durch ihren Kopf laufen würde. Diese Kopfschmerzen waren abartig. Die hätten sie auch einfach umbringen können, dann wäre sie zumindest den Brummschädel losgewesen.

»Hallo Anna.«

Wer war das denn? Sie versuchte in Richtung der Stimme zu blicken, sah aber nur eine Vielzahl von farbigen Punkten, die wild in ihren Sinnen umhersprangen.

»Kannst du mich verstehen?«

Der Typ nervte Anna kolossal, bei dem Versuch, ihn dafür zu beleidigen, brachte sie nur einen heiseren Krächzlaut hervor. Ihre Zunge schmeckte wie ein altes Stück Leder, das jemand in der Sonne vergessen hatte. Sie musste etwas trinken.

»Du solltest etwas trinken.« Die Stimme stammte von einem Mann, dieser dämliche Klugscheißer. *»Du warst eine halbe Stunde lang ohnmächtig. Was für sich genommen schon ein Wunder ist, normale Menschen überleben solche Stromspannungen nicht.«*

Ich bin eine Replikantin, schrie sie in Gedanken und konzentrierte sich darauf, wieder sehen zu wollen. Ihre Augen hatten ihrem Willen zu folgen, jetzt, sie schloss ihre Augen, atmete ruhig weiter und öffnete sie erneut. Und wie sie sehen konnte, sie schwebte frei im All. Das konnte nicht sein. Denk nach, forderte sie sich auf, alles, was sie sah, war das All und einige entfernte Sterne, von denen sie allerdings eine dicke Scheibe aus transparentem Verbundmaterial trennte.

»Wo bin ich hier?« Anna hob den Kopf, auch links und rechts konnte sie hinter den Scheiben das All und den roten Planeten sehen, in dessen Umlaufbahn sich die Horizon immer noch befand.

»In Sicherheit …«

»Für wen?«, fragte Anna. Die hatten sie in einen drei Meter im Quadrat großen Würfel gepackt, der nur an einer Seite mit der Horizon verbunden war. Die Dinger kannte sie, das waren Isolierzellen mit der Option zur Notabsprengung. Sie trug einen einfachen weißen Einteiler. Zumindest leuchtete ihr Körper nicht mehr. Ansonsten war der Würfel leer und nur schwach beleuchtet.

»Für uns alle«, antwortete Nader, dessen Stimme sie jetzt erkennen konnte, über einen Lautsprecher. Warum tat er das? Über ein Display neben der verriegelten Schleuse konnte sie ihn mit einer kleineren, dunkelhäutigen Frau an einem Kontrollpult stehen sehen.

»Wie geht es Dan'ren?«, fragte Anna, die mit dem ersten klaren Gedanken an ihre Freundin dachte.

»Sie lebt.«

»Ich wollte das nicht … bitte sag ihr das!« Anna atmete erleichtert auf, Dan'ren zu töten wäre unverzeihlich gewesen.

»Das weiß sie.«

In Ordnung, sie sollte die Situation neu bewerten. Ihr Körper hatte eine unkontrollierbare elektrische Reaktion gezeigt. Sie war überwältigt und in einen Plastikwürfel gepackt worden. Eine Maßnahme, die nur Sinn ergab, wenn die elektrische Reaktion immer noch nicht unter Kontrolle war und sie als Gefahr eingeschätzt wurde.

»Geht von meinem Körper eine Gefahr aus?« Die Frage ergab sich aus ihrer Überlegung.

»Die bei dir messbare Spannung können wir nicht erklären. Leider ist sie auch nicht gerade niedrig, weswegen du dich in dieser gesicherten Isoliereinheit befindest «, antwortete Nader.

»Wer ist die Frau an deiner Seite?«, fragte Anna und sah Naders Begleitung an, die eine beige Toga trug und sie zurückhaltend anlächelte. Ihr Alter konnte sie nicht einschätzen, die Fremde hatte sicherlich einmal etwas zu sagen gehabt, sie sah wichtig aus.

»Mein Name ist Amun. Ich lebte gemeinsam mit den Lerotin auf Iris. Hallo Anna, ich habe deine Schwester kennenlernen dürfen.«

»Kezia?«

»Sem und Ruben waren auch bei ihr.«

»Sie sind alle tot.« Anna mochte sie nicht, sie musste dafür verantwortlich sein, dass Kezia wie ein Tier zu Tode gehetzt wurde. Den Bericht über Kezias Flucht und den Absturz des Gleiters auf Nemesis hatte sie nicht vergessen.

»Ja ... ich habe sie töten lassen.«

Stille.

Anna fehlten die Worte.

»Du hättest es früher oder später sowieso erfahren. Ich möchte von Anfang an ehrlich zu dir sein.« Ob Amun verstand, was sie gerade gesagt hatte?

Anna schwieg.

»Ich möchte mit dir reden ...«

Das interessierte Anna nicht.

»Bitte ... es ist wichtig. Ich weiß, dass du die elektrischen Impulse nicht absichtlich aussendest. Und ich weiß auch, dass dir das Leben der Menschen an Bord sehr wichtig ist.«

»Und?«, fragte Anna schnippisch.

»Wir brauchen deine Hilfe.«

»Höchstens du! Aber du darfst gerne zu mir in den Würfel kommen, dann helfe ich dir natürlich.« Es würde auch nicht lange dauern, dieser kleinen Kröte den Hals zu brechen.

»Es geht auch um dein Leben«, sagte Nader, der natürlich Annas nicht zu übersehende Abneigung Amun gegenüber bemerkte.

»Wen interessiert das schon?« Annas Motivation, das Gespräch fortzusetzen, war gering.

»Mich«, antwortete Nader, ohne zu zögern.

»Er ist mit dieser Meinung nicht allein«, fügte Amun hinzu. *»Es gibt aber auch Stimmen, die dich schnellstens loswerden wollen … du kannst uns helfen, sie zum Schweigen zu bringen.«*

Anna schüttelte den Kopf. »Selbst wenn ich wollte, was erwartet ihr von mir? Ich habe Kristof erklärt, dass uns die gravitative Anomalie einholen wird. Alles andere ist unbedeutend … wir können uns nur retten, wenn wir sofort Kurs auf den Marker nehmen.«

»Und das hat dir dieses Energiewesen Merith gesagt?«, fragte Amun und zog die Augenbrauen hoch.

Was für ein arrogantes Stück. »Ja.« Anna wollte sich nicht mehr darüber aufregen, sie konnte spüren, dass Amun ihr nicht glaubte.

»Dann würden wir genau auf die gravitative Anomalie zufliegen?«

»Ja!« Das war der einzige Weg.

»Ist das eine andere, als die, vor der du uns bewahren möchtest?«, fragte Amun.

»Was soll die Frage?« Anna war es leid.

»Hat Merith dir auch verraten, wie wir die Horizon davor schützen sollen, auf der Reise von der Gravitation zerrissen zu werden? Als Orientierung für den Sprung durch ein Wurmloch können wir den Marker leider nicht benutzen.«

»Das ist …« Anna stockte und bemerkte ihren Denkfehler. Merith hatte ihr nichts mitgegeben, damit das Raumschiff diesen Kräften trotzen konnte und auch keinen Hinweis, um den Marker zur Navigation benutzen zu können. Amun sagte die Wahrheit, sie konnten nicht einfach Kurs auf den Marker nehmen.

»Ich höre dir zu …«

Anna senkte den Kopf. »Ich weiß es nicht.«

»Vielleicht können wir das ändern … möchtest du mir zuhören?«

»Ja.« Anna nickte kleinlaut.

»Ich möchte dir etwas über mich erzählen, ich bin 950 Jahre alt, ich bin Forscherin und inzwischen auf einige Dinge in meinem Leben nicht mehr ganz so stolz wie früher.«

»Wie bist du so alt geworden?«, fragte Anna.

»Ich habe meine eigenen Stammzellen manipuliert … damals war ich überzeugt davon, das Richtige zu tun.«

»Heute nicht mehr?«

»Nein, heute nicht mehr. Der Preis war zu hoch, ich habe dafür hunderte Embryonen missbrauchen müssen. Ich habe auch die Lerotin gezüchtet, ein weiterer Fehler, weswegen ich von der Saoirse-Forschungsabteilung desertiert bin, die Lerotin, meine Schöpfung, mitnahm und mich seitdem bemühe, meine Schuld zu sühnen.«

»Warum erzählst du mir das?«

»Die Evolution der Lerotin zeigte mit weiteren Generationen instabile Muster auf. Es treten Krankheiten zutage, mit denen niemand rechnen konnte und die zudem auch sehr schwer zu behandeln sind.«

»Das kenne ich.« Amun sprach über Annas Fachgebiet, aus diesem Grunde wurde bei den Replikanten die Fortpflanzung genetisch unterbunden.

Die Dynamik der generationsübergreifenden Mutationen hatte Anna auch im vierundzwanzigsten Jahrhundert nicht in den Griff bekommen.

»Natürlich tust du das, du bist die Anna Sanders-Robinson. Meine ganze Arbeit basiert auf deinen Erkenntnissen … es war immer mein Traum, mit dir sprechen zu dürfen. Ich hätte so viele Fragen gehabt …«

»Hätte?« Diese Einschränkung verstand Anna nicht, es war merkwürdig, von Amun ähnlich einer ausgestopften Trophäe auf einen Sockel gestellt zu werden.

»Die Replikanten sind ein gentechnisches Meisterstück … das zu deiner Zeit definitiv nicht ausreichend gewürdigt wurde. Als Lohn dafür hat man dich aus politischen Gründen entsorgen lassen. Erst Generationen später ist der Saoirse-Organisation bewusst geworden, dass es ein Fehler war, deine Fähigkeiten auf einer Himmelfahrtsmission zu vergeuden«, erklärte Amun, die sich jetzt Annas Aufmerksamkeit sicher sein konnte.

»Meine kompletten Forschungsarbeiten sind mit der ersten Horizon verloren gegangen.«

»Fast.«

»Bitte?«

»Versetze dich in meine Lage: Was hättest du getan, wenn dir nach so vielen Jahren aus heiterem Himmel mehrere gesunde Replikanten der ersten Generation in die Hände gefallen wären?«

»Ich hätte sie untersucht.« Anna verstand, was Amun meinte. Diese einmalige Chance hätte sie sich in ihrem früheren Leben auch nicht entgehen lassen.

»Das war der Plan … ich verhalf Kezia zu einem Kind, glaub mir, ich wollte niemanden verletzen. Ich wollte nur eine Biopsie der embryonalen Stammzellen vornehmen … wie hätte ich wissen sollen, was ich damit in Gang setzen würde?«

»Was ist passiert?«

»*Dieses Kind durfte nie geboren werden!*« Amuns Stimme zitterte, während sie sprach.

»Weswegen?« Jetzt wollte Anna die ganze Geschichte hören.

»*Das Kind entwickelte sich schnell, zu schnell, die Schwangerschaft dauerte nur wenige Tage. Damit hätten wir noch umgehen können, nicht umgehen konnten wir mit Kezias Fähigkeit, Energiefelder zu manipulieren. Sie verwandelte sich in eine Bombe auf zwei Beinen.*«

»Bin ich schwanger?« Wobei Anna nicht wusste, wie sie das ohne Mann hätte hinbekommen sollen.

»*Nein. Definitiv nicht*«, antwortete Amun. »*Aber zurück zu Kezia. Unsere Versuche scheiterten. Zum Schutz meines Volkes befahl ich, sie töten zu lassen. Wir wollten sie mit einem Gammastrahlenblitz umbringen, jeder andere hätte sich dabei in ein Aschehäufchen verwandelt. Eine fatale Fehlentscheidung, zuvor war Kezia nur gefährlich gewesen, danach mutierte sie zu einer unkontrollierbaren Massenvernichtungswaffe. Sie konnte nach unserem Beschuss beliebige Energiemengen absorbieren, ähnlich wie wir es jetzt bei dir feststellen können.*«

»Droht mir dasselbe Schicksal?« Anna verstand, was Amun ihr erklären wollte. Sie konnte nun auch Kristofs Entscheidung besser verstehen, der Aufenthalt in dieser Plastikkiste war nur konsequent. Sie hätte an seiner Stelle dieselben Befehle erteilt.

»*Das wissen wir nicht … wir haben nicht vor, dir Energie zuzuführen. Bitte hilf mir zu verstehen, was du bist? Und vor allem, was wir von dir zu erwarten haben.*«

»*Hat Merith dir diese Fähigkeit gegeben?*«, fragte Nader.

Anna verneinte. »Sie hat darüber nicht explizit gesprochen, sie hat mir aber auch nichts gegeben, um die Horizon vor den Auswirkungen der gravitativen Anomalie zu bewahren.

Sie gab mir nur den Auftrag, Kurs auf den Marker nehmen zu lassen.«

»Du hast einen Krieg gegen dieses Volk geführt. Wir wissen noch nicht einmal genau, wer das war. Es könnten auch die ersten Aliens gewesen sein, die wir jemals getroffen haben«, erklärte Nader. *»Und das Erste, was wir Menschen tun, ist das, was wir am besten können: Wir legen alle ihre Welten in Schutt und Asche.«*

»Es waren Menschen aus einem anderen Universum.« Das hatte Merith Anna nach den Gefechten gesagt.

»Anna, wir haben sie komplett vernichtet. Könnte Merith auch den Versuch unternommen haben, unsere Armada ins Verderben zu schicken? Oder könnte es bei ihren Leuten rivalisierende Gruppen gegeben haben, die die Feuerkraft unserer Flotte ohne unser Wissen für ihre Belange missbraucht haben?«

»Ich kann es nicht ausschließen.« Anna kannte keine zweifelsfreien Argumente, die eine List Meriths ausschlossen. Am schwerwiegendsten wog dabei die Erkenntnis, dass die Horizon ungeschützt in ihr Verderben fliegen sollte. »Amun, was ist eigentlich deine Aufgabe? Warum redest du mit mir?«

»Ich soll mir eine Meinung bilden.«

Anna verdrehte die Augen. »Über meine Gesinnung?«

»Über die Frage, wie gefährlich du bist ...«

»Und dann?« Dieses Gespräch wurde immer seltsamer.

Nader mischte sich wieder ein. *»Du solltest uns helfen. Es gibt Stimmen, die dich für eine entartete Missgeburt halten, die man besser gestern als heute ins All schießen sollte.«*

»Nicht gerade schmeichelhaft für mich ... mit langen Haaren sehe ich wirklich nett aus.«

»Anna, ich meine es bitterernst.«

»Ich auch.«

Nader schüttelte den Kopf. *»Stur bis zum Ende ... es gibt noch andere Meinungen zu dir, du wurdest auch als fremdgesteuerte elektrobiologische Massenvernichtungswaffe bezeichnet.«*

»Auch nicht gerade freundlich ... aber faktisch nicht ganz von der Hand zu weisen. Gibt es auch jemanden, der etwas Nettes über mich gesagt hat?«

»Eine Minderheit hält dich schlichtweg für verrückt ...«

»Zu welcher Gruppe gehörst du?«, fragte Anna. Sie stand mit dem Rücken an der Wand und würde sicherlich nicht um ihr Leben betteln. Die gravitative Anomalie würde sie so oder so erwischen.

»Das solltest du wissen ...«

»Ich würde es gerne von dir hören!«

»Die Zeit drängt ... und ich bin mit meiner Analyse noch nicht fertig. Darf ich dir Blut abnehmen?«, fragte Amun. Glaubte diese Frau wirklich, Anna würde sich mit dem Leben einer Laborratte begnügen?

»Persönlich?«, fragte Anna mit einem süffisanten Lächeln. Ob Amun dazu den Mut hatte?

»Ich würde es tun ... was ich aber wegen der Quarantänevorschriften nicht machen werde. Es ist deine Entscheidung, deinen guten Willen zu zeigen.«

»Hätte mir nicht ein Analyseroboter, während ich ohnmächtig war, Blut abnehmen können?«

»Wenn die Feldspannung, die nach wie vor in deinem Körper fortbesteht, nicht bereits drei Systeme gegrillt hätte ... natürlich«, erklärte Nader.

»Davon spüre ich nichts.«

Amun lächelte. *»Eine weitere Frage, die wir noch nicht beantworten können.«*

»Wie sieht es bei euch aus? Ist sie wach?«, fragte Kristof, der sich in die Kommunikation schaltete, den Anna aber nicht auf dem Display sehen konnte.

»Wach, ansprechbar, und stur wie ein Granitblock«, antwortete Nader.

»Unsere Anna ... Spannungswerte?«

»22 Kiloampere. Status stabil. Keine weitere Zunahme feststellbar«, fügte Nader dem noch hinzu.

»Redet Kristof nur über mich oder auch mit mir?«, fragte Anna aufgebracht. Sie hasste es, ignoriert zu werden.

»Anna möchte mit dir reden«, sagte Nader.

»Warum nicht. Schaltet sie in die Konferenz ... es geht ohnehin um ihre Zukunft.«

Die Darstellung auf dem Display teilte sich in mehrere Bereiche auf. Anna sah jetzt neben Amun und Nader, die sich in einem anderen Raum befanden, auch viele andere, die in einer großen Runde in einem Besprechungsraum zusammensaßen.

»Hallo Kristof.« Anna wollte sich nicht verstecken.

»Hallo Anna, wie geht es dir?«

»Lassen wir die Floskeln einfach weg ... in Ordnung?« Anna wollte das nicht mehr.

»Gut. Ich erkläre dir kurz die Situation, die Bergung aus deiner Kabine hat einen ganzen Bordabschnitt lahmgelegt. Es gab auf dem Weg keine Stromquelle, die du nicht wie ein Vampir leergesaugt hast.«

»Angst vor der Stromrechnung?«

»Du scheinst das lustig zu finden, oder? Da deine Stromspannung anfangs noch gering war, haben Nader und Dan'ren nur wenig abbekommen. Andere hatten da weniger Glück. Deine Spannung stieg immer weiter. Bei deiner Bergung sind insgesamt vierzehn Einsatzkräfte gestorben, zwölf weitere liegen mit schweren Schocksymptomen auf den Krankenstationen.«

»Menschen?«, fragte Anna erschrocken.

»Menschen aus Fleisch und Blut ... die Avatare wurden durch die extremen EMP-Felder direkt umgehauen. Es kamen nur noch Menschen mit schweren Strahlenschutzanzügen an dich heran.«

»Das tut mir leid.« Anna schluckte. Kristofs Erklärung schnürte ihr die Luft ab.

»Deine neue Behausung hält 0,8 Gigaampere aus. Überschreitest du diesen Wert, werden wir dich absprengen.«

»Ich kann die Spannung nicht kontrollieren.«

»Was beim Überschreiten dieser Schwelle an der Absprengung nichts ändern würde.« Kristof machte klare Ansagen.

»Ich denke, dass die despektierlichen Aussagen von Anna Sanders-Robinson für sich sprechen. 22 Kiloampere, damit kann man einen Lichtbogenofen betreiben und Metalle verhütten«, wetterte Thica los, die zur Überraschung Annas ebenfalls in der Runde saß. Lange schwarze Haare und ein schmales, eher kantiges Gesicht, sie war es zweifelsfrei. Wer hatte diese verlogene Saoirse-KI wieder freigelassen?

»Thica von Brest, ich kann mich erinnern, dass ich dich in den zentralen KI-Kernel hatte laden lassen.«

»Nur ein Missverständnis aus der Vergangenheit. Der Master Carrier führt jetzt das Kommando, er hat mich wieder als Sprecherin aller Saoirse-KIs eingesetzt.«

»Offensichtlich.« Anna konnte es trotzdem kaum glauben, warum hatte Kristof das getan? Hatte sie ihm geholfen, die Kommando-Codes der Horizon zu hacken? Dann wäre er einen wahrlich teuflischen Bund eingegangen.

»Wir sollten bei der Sache bleiben. Um über Thica zu befinden, haben wir uns nicht versammelt.« Kristof gab sich knallhart. *»Amun, kannst du uns bereits eine erste Einschätzung geben?«*

»Die Patientin zeigt sich ambivalent. Ich möchte eine Blutuntersuchung durchführen und potenzielle Mutationen untersuchen«, antwortete Amun, bei der Anna immer noch nicht wusste, was sie von ihr halten sollte.

»War das die Untersuchung, bei der bisher alle medizinischen Systeme ausgefallen sind?« Thica trat nach.

»Anna wird mir ihre Blutprobe freiwillig geben.«

»Stimmt das?«, fragte Kristof und beugte sich auf die Kamera zu, die ihn hinter dem Tisch einfing.

»Ja.« Anna nickte. Warum sie jetzt den Schwanz einzog, konnte sie sich im ersten Moment auch nicht erklären.

»Darauf können wir nicht warten. Das Risiko steht in keiner sinnvollen Relation zum Nutzen für unsere Mission. Anna Sanders-Robinson wurde wegen eines emotionalen Zusammenbruchs ihres Kommandos enthoben. Zudem können wir eine unwissentliche Konspiration mit dem Gegner, den wir aufgrund ihrer äußerst aggressiven Initiative nicht analysieren konnten, nicht ausschließen.«

Thica würde in diesem Leben nicht mehr ihre Freundin werden, aber ihrer Argumentation musste Anna zustimmen. Das Risiko, sie an Bord zu belassen, war zu hoch.

»Ist das die offizielle Meinung der Föderation und des Aufsichtsrats der Saoirse-Organisation?«, fragte ein anderer Offizier, den Anna nicht kannte.

»Ich spreche für alle synthetischen Persönlichkeiten und plädiere daher für eine Abstimmung.« Thica bediente sich einer geschickten Rhetorik, um die anderen Teilnehmer für sich einzunehmen.

»*Wir sind eine militärische Mission und diese Zusammenkunft hat nur einen informativen Charakter*«, sagte Kristof deutlich. »*Das Kommando führe immer noch ich. Allein. Es wird keine Mehrheitsentscheidung über das Schicksal von Anna Sanders-Robinson geben. Es wird überhaupt keine Entscheidung geben, solange ich nicht alle angeforderten Informationen vorliegen habe.*«

»*Das entspricht nicht unserer Übereinkunft.*« Thica gab sich kämpferisch. Warum sie sich so vehement für das zeitnahe Ableben einer isolierten Replikantin engagierte, wusste Anna nicht. Etwa Rache? Durchaus vorstellbar, aber unwahrscheinlich.

»*Das sollten wir genauso wenig diskutieren wie die revidierte Order, die Saoirse-KIs wieder an diesen Tisch zu bringen!*«

Anna verdrehte die Augen, da hatte sich Kristof mit den Richtigen ins Bett gelegt. Dan'ren, die nicht in der Runde saß, hatte völlig recht gehabt, man konnte den Saoirse-KIs nicht vertrauen.

»*Hier spricht Tracer Danilow, wir haben einen Notfall ... Kristof, ich brauche dich sofort auf der Brücke!*«

»*Die Sitzung ist beendet.*« Kristof zog einen Schlussstrich. Anna wurde von der Konferenz getrennt und sah wieder Nader und Amun allein auf ihrem Display.

»Probleme mit Thica?«, fragte Anna.

Nader schüttelte den Kopf. »*Du kennst meine Meinung über sie ...*«

»Kristof auch?«

»*Eigentlich schon ...*«

»Hat er keinen anderen Weg gefunden, mich meines Kommandos zu entheben?«, fragte Anna, für die dieser Stachel tief saß. Er hätte anders vorgehen müssen.

»Du tust ihm unrecht ... ich habe ihn dazu überredet. Wenn schon, solltest du mir diese Vorhaltungen machen.«

»Dann würde ich dir unrecht tun, oder?« Nader sollte nicht versuchen, Kristofs Verhalten zu entschuldigen. Anna glaubte, sehr genau zu wissen, welchen Deal Thica mit Kristof ausgehandelt hatte.

***

XLVI. Dimensionale Verzerrung

Anna saß auf dem Boden, mit den Armen hielt sie ihre angewinkelten Beine fest umschlungen. Die Aussicht war fantastisch. Das All bot eine mit Worten kaum zu beschreibende Tiefe, die jeder Mensch einmal in seinem Leben gesehen haben sollte. In dieser unvorstellbaren Weite fühlte sie sich regelrecht verloren, sie lächelte, die letzten Stunden würden durch schwermütige Gedanken nicht leichter werden.

»Ich brauche deine Hilfe.« Kristof meldete sich, seine Erscheinung wirkte am Display alles andere als entspannt. Bemerkenswert, dass jeder ihre Hilfe in Anspruch nehmen wollte, sie aber trotzdem wie eine Aussätzige behandelt wurde.

»Der Master Carrier persönlich ... hallo Kristof, ich könnte auch deine Hilfe gut gebrauchen.« Das Leben als Laborratte wurde schnell langweilig. Sie hatte, wie zugesagt, Amun eine Blutprobe gegeben, von den Ergebnissen der Untersuchung versprach sie sich allerdings nicht viel.

»Ich betrachte deine Unterbringung als Schutzmaßnahme. Du bist Ärztin, sieh dein Energiephänomen als eine Krankheit, bei der man Patienten isoliert, um andere nicht zu gefährden.«

»Das ist es nicht, ich hätte nach dem Zwischenfall in meiner Kabine genauso gehandelt.« Mit der Isolation hatte Anna kein Problem.

»Aber?«

»Ich hätte nicht gemeutert, während mein Kommandant bei einem Außeneinsatz ist.«

»Ich würde es wieder tun. Es gab zu meiner Entscheidung keine Alternative.«

»Die gibt es immer ...«

»Wirklich? Gibt es auch für dich Alternativen?«

Versuchte er etwa, die Vorzeichen für sein Anliegen zu verdrehen? »Was möchtest du von mir?«

»Ich bitte dich, die Realität zu akzeptieren. Wir sind beide Offiziere, dein Körper birgt für jeden in deiner Nähe Gefahren. Du kannst aber noch kämpfen und mir über das abgeschirmte Kommunikationssystem als Beraterin zur Seite stehen ... es gab einen Notfall, wir haben den Kontakt zu den Warpmarkern in unserer Landezone verloren.«

Anna dachte nach, übertriebener Stolz war keine rühmliche Eigenschaft und ihre Neugierde, die aktuellen Ereignisse zu verfolgen, konnte sie nicht abstreiten. Sie nickte. »Ich bin dabei.«

»Es wird ruppig zugehen ...«

»Natürlich.« Was nicht anders zu erwarten war.

»Nader, bist du fertig, meine Augen und Ohren auf Annas Display zu schalten? Anna, deine Stimme werden nur Nader und ich hören können. Ich möchte Thica und anderen hysterischen Gemütern keinen weiteren Zündstoff liefern.«

»Anna, du darfst als Erste mit Kristofs Augen sehen. Zwar eine begrenzte Perspektive, aber damit bist du mitten im Geschehen«, erklärte Nader mit einem amüsierten Unterton.

»Hör nicht auf ihn ... bleib an meiner Seite und hilf mir.« Kristof schmunzelte, die beiden konnten es nicht lassen, sich gegenseitig hochzunehmen.

Das Bild auf dem Display an der Schleuse veränderte sich, Kristof war in Bewegung, er durchschritt einen Korridor, eine Wache salutierte, Anna sah den Eingang zur Brücke aus seiner Egoperspektive und hörte alles, was er hörte. Sie fühlte sich wie ein Dämon, der mit seiner Erlaubnis in seinen Sinnen Platz nehmen durfte.

»Ich brauche eine Meldung! Was ist mit den Warpmarkern aus unserer Landezone?«, fragte Kristof, sah zu Tracer Danilow herüber und setzte sich in seinen Kommandosessel.

»Offline ... seit vier Minuten. Wir können keine Verbindung herstellen«, meldete Danilow, die zeitgleich zahlreiche holografische Bedienelemente in ihrer Steuerungseinheit aktivierte.

»Es ist soweit ... die gravitative Anomalie hat die Andromeda Galaxie erreicht. Ich hätte mich gerne geirrt ...« Anna freute sich nicht, dieses Ereignis vorhergesagt zu haben.

»Ich will wissen, was auf uns zukommt! Haben wir bereits ein mögliches Szenario?«, fragte Kristof und aktivierte ein kleineres Eingabefeld an seinem Sessel.

»Das könnte eine militärische Aktion unserer Gegner sein«, erklärte Thica, die einige Meter neben Kristof eine eigene Konsole bediente. Etwa zwanzig weitere Analysten, Operatoren und Navigatoren sorgten in der eng wirkenden Kommandozentrale für ein hektisches Treiben.

Anna hielt Thicas Einwand für naiv. »Wir haben alle getötet ... es gibt niemanden mehr, der uns angreifen kann.«

»Thica, du wirst dein Szenario mit einem Analysten verifizieren und bei Erkenntnissen sofort Meldung machen«, befahl Kristof, den Anna für einen guten Offizier hielt. Es war richtig, auch unwahrscheinliche Szenarien zu untersuchen.

»Bestätigt.« Thica hatte er damit beschäftigt.

»Befehl an die Flotte. Verteidigungsformation SX-23 vorbereiten«, fügte Kristof seinem Befehl hinzu.

»Die Zeros werden keine sich überlichtschnell ausbreitende, supermassive Schwerkraftblase bekämpfen können ... die man noch nicht einmal sehen kann, wenn sie direkt vor einem ist.« Anna befand, dass es Zeit war, der Realität ins Auge zu sehen: Sie kämpften gegen die Gravitation, die Urkraft schlechthin.

»Nader, ich will ein Szenario sehen, bei dem wir annehmen, dass uns die gravitative Anomalie eingeholt hat.« Endlich, Kristof nahm Annas Hinweis ernst.

»Bestätigt ... ich habe bereits erste Zahlen«, antwortete Nader, den sie beim Betreten der Brücke nicht gesehen hatte. *»Wenn wir die Bewegung der gravitativen Anomalie mit allen erfassten Messwerten und der verstrichenen Zeit interpolieren, lässt sich damit eine exponentiell zunehmende Geschwindigkeit errechnen.«*

»Nader, die Zeit! Sag mir einfach die Zeit!«

»Sieben Minuten ... die Anomalie würde uns im Bruchteil einer Sekunde in Stücke reißen.« Nader wirkte alles andere als glücklich, diese Zahlen auszusprechen.

»Ich halte diese Berechnung für nicht ausreichend verifiziert.« Thica mischte sich in das Gespräch ein. *»Es wird aller Wahrscheinlichkeit nach überhaupt nichts passieren. Wir können uns vielleicht auf ein paar Raumschiffe unserer Gegner gefasst machen, deren Angriffe wir aber präventiv bekämpfen können. Ich empfehle, die Gefechtssteuerung einem dedizierten KI-Cluster zu übertragen und alle analogen Prozesse einzustellen. Wir könnten damit manuelle Fehler aller Beteiligten bei den Prozessabläufen ausschließen.«*

»Kristof ... das wirst du hoffentlich nicht zulassen.« Es wäre purer Irrsinn gewesen, den Saoirse-KIs wieder die Kontrolle über die Waffensysteme zu übergeben. Da hätte er auch die alten Befehlsstrukturen wiederherstellen können.

»*Wir werden weiterhin analog arbeiten. Alle KI-Systeme werden nur beratend assistieren!*« Kristof wehrte Thicas Vorstoß ab. »*Ich will sofort ein brauchbares Fluchtszenario für unsere Flotte sehen!*«

»Du kannst nicht fliehen ... wir müssen eine andere Lösung finden«, sagte Anna.

Kristof schlug wütend auf die Armlehne. Die Situation drohte, zu kippen. Er tippte aufgeregt eine Botschaft in seine holografische Konsole, die sie, auf ihr Display übermittelt, einen Moment später lesen konnte: Verdammt ... dann nenne mir eine Lösung!

Danilow antwortete umgehend. »*Wir können springen. Kurze und schnelle Sprünge. Die Wurmlöcher sollten nicht mehr als ein bis drei Lichtjahre überbrücken, dann haben wir eine Chance, überlichtschnell zu fliehen und rasen nicht in die erste Sonne, die auf dem Weg liegt.*«

Anna hielt die Idee für bescheuert, jeder Sprung ohne Marker barg Risiken. Auch kurze Sprünge. Früher oder später würden sich schwere Kollisionen nicht verhindern lassen.

»*Ich berechne dazu ein Szenario. Viele kurze und schnelle Sprünge, es gilt schneller zu sein als das, was hinter uns her ist.*« Nader hatte Danilows Vorschlag aufgenommen.

»*Tracer Danilow, sehr gute Idee, sofort den Aufbau eines Wurmloches einleiten, die Zielkoordinaten liefert Nader Heg'Taren, sobald seine Berechnungen abgeschlossen sind.*«

Anna schüttelte den Kopf, dieses Szenario würde sie nicht weiterbringen. Im Prinzip war die Uhr schon abgelaufen. Eine Tatsache, gegen die sich Nader und Kristof noch auflehnten.

»*Und die Flotte?* «, fragte Danilow. »*Die Zeros müssen angedockt sein ... sonst werden wir sie verlieren.*«

Anna konnte sehen, dass 36 Schlachtschiffe der Zero-Klasse die Horizon weiträumig abschirmten. Die mussten für den Fluchtplan sofort wieder am Mutterschiff andocken.

»Thica: Ich will einen Status!«, rief Kristof.

»Keinen Kontakt ... wir brauchen mehr Zeit. Wir haben das Zielgebiet noch nicht untersuchen können«, rapportierte sie umgehend.

»Wir brechen das SX-23 Manöver ab!«, ordnete Kristof an. *»Nader, die Zeit?«*

»5.30.«

»Alle Schiffe, die in vier Minuten bei uns sein können, haben sofort wieder an die Horizon anzudocken. Wir springen genau eine Minute vor dem errechneten Kontakt. Tracer Danilow, ich will ein adäquates Wurmloch sehen! Nader, wir warten auf deine Zielkoordinaten, du hast drei Minuten!«

»Wir werden bei diesen Parametern nur 28 Zeros aufnehmen können«, meldete Danilow.

»Die Zeros, die bereits zu weit weg sind, fliegen mit voller Impulskraft auf unsere alte Landezone zu. Egal, was die Schiffe dort entdecken, zuerst schießen, dann fragen!« Kristofs Befehle ließen keine Zweifel zu. *»Die acht Zeros werden uns nach dem Einsatz folgen.«*

»Bestätigt«, meldete Danilow.

»Ich registriere einen ungewöhnlichen Energieanstieg in der Zelle von Anna Sanders-Robinson«, meldete Amun, die an ihrer Station Annas Vitalwerte im Blick zu haben schien.

»Bei mir tut sich gar nichts ...«, erklärte Anna, Amun musste sich geirrt haben.

Kristof blickte zu Nader, der nickte und zu Amun ging. Gleich würde sich das Missverständnis klären.

»36 Kiloampere ... wir haben einen Anstieg von 50 Prozent.« Nader bestätigte Amuns zuvor getätigte Aussage.

Was ist bei dir los, fragte Kristof über das Textsystem.

»Was soll bei mir los sein? Nichts ... eure Sensoren melden falsche Ergebnisse!« Anna verstand nicht, was gerade schief lief.

»Annas elektrische Körperspannung ist jetzt bei 42 Kiloampere, Tendenz steigend, 46, 52, 60 Kiloampere. Die Messwerte steigen immer weiter«, meldete Amun.

Anna spürte nichts davon. 60 Kiloampere, lächerlich, da würde von ihr nicht mehr als ein Aschehäufchen übrigbleiben.

»Tracer Danilow, die Zeros an der Bordwand aufnehmen, das Wurmloch aufbauen und springen. Genau in der Reihenfolge und genau zu den geplanten Zeiten. Thica, du wirst den Einsatz der Expeditionsflotte koordinieren. Aufklären, zerstören und zurückkehren. Nader, ich will ein Strahlenschutzteam vor Annas Isolierzelle sehen. Die sollen sie ruhigstellen, aber nicht töten!« Anna höre sofort auf damit, schrieb er ihr, während er sprach.

Sie schüttelte den Kopf. »Ich bin nicht dein Problem!« Sie stand in der Mitte des Würfels und blickte auf das Display. »Sieh her, sieh mich an, ich verändere mich nicht, nicht ein Stück! Die Messwerte sind fehlerhaft und du ziehst auch noch die falschen Schlüsse!«

Du hörst, was die anderen über dich sagen, schrieb Kristof. *»Nader: Werte?«*

»120 Kiloampere ... Tendenz steigend«, berichtete Nader. Da war ein Fehler im System, den er doch erkennen musste. Niemand kannte die Bordtechnik so gut wie er.

»Anna war schon früher instabil ... sie weiß nicht, was sie tut. Ich kenne sie noch von der Erde, sie ist eine Gefahr für uns alle!«, erklärte Gregor, der neben Thica auftauchte. Dieser Idiot hatte ihr noch gefehlt. Aber was hatten Thica und Gregor miteinander zu tun? Die beiden wirkten viel zu vertraut.

»160 Kiloampere ... Tendenz steigend.«

»Danilow: Status zum Start?« Kristof ließ sich nicht ablenken.

»Sprung durch das Wurmloch in drei Minuten.«

»Nader: Kursdaten?«

»Ja, ja ...« Nader rannte wieder zu seiner Konsole. *»Ich habe eine passende Sequenz berechnen lassen. 17 Sprünge in zwei Minuten, wir werden 67 Lichtjahre weit reisen können.«*

»Das wird uns nicht mehr als einige Minuten Vorsprung bringen!«, meckerte Kristof und kniff die Augen zusammen. *»Nader, wir müssen weiter weg!«*

»Mehr geht nicht ... die Horizon kann die Energie für derart viele Sprünge nicht in Echtzeit bereitstellen. Und wenn wir weitere Sprünge machen, werden wir an irgendeinem dämlichen Felsbrocken zerschellen!«

»Willst du mir jetzt erzählen, dass uns während der Flucht der Sprit ausgeht?«, fragte Kristof verstört.

»Sprit ist zwar begrifflich etwas unglücklich, trifft es aber ganz gut«, antwortete Nader. *»Die Kapazität der Kondensatoren, die wir immer wieder aufladen müssen, ist leider begrenzt.«*

»Ich könnte meine Finger in den Antrieb stecken.« Die Bemerkung wollte sich Anna nicht verkneifen. Wenn sie schon sterben musste, dann mit einem Lächeln.

Nader lachte kurz auf, Kristof schmunzelte, du kannst es nicht lassen, schrieb er ihr.

»Das ist das Endspiel ... nimm es sportlich.«

»Amun: Annas Werte?«

»210 Kiloampere ... diese Stromstärke im Körper eines Menschen ist völlig unmöglich.« Amun hatte recht, medizinisch war das nicht erklärbar.

»Wir haben den Kontakt zu einer Zero verloren!«, rief Thica. *»Wir werden angegriffen!«*

»Haben wir bestätigte Kampfhandlungen?«, fragte Nader und rollte mit den Augen.

»Nein ... das Schiff ist einfach verschwunden.«

»Die sieben anderen Schiffe sind auch verloren.«, erklärte Anna, die weiterhin nur für Nader und Kristof hörbar war.

»Eine weitere Zero ist weg ... wir können deren Verschwinden den Berechnungen über die Annäherung der gravitativen Anomalie zuordnen. Naders Werte stimmen, noch zwei Minuten«, meldete Danilow, an deren Station die Positionsdaten aller Raumschiffe zusammenliefen.

»Annas Spannung wächst weiter ... 350 Kiloampere«, meldete Amun.

»Wir müssen die Replikantin absprengen!«, rief Thica. *»Wir können nicht länger warten!«*

»Das ist völlig verrückt! Ich mach überhaupt nichts!« Anna sah sich bereits als tiefgefrorene Leiche durchs All schweben. »Thica will mich nur loswerden!«

»470 Kiloampere.«

»Nein!« Kristof stand auf, sein Befehl war deutlich, aber glaubte er noch an sie? Er sah Nader an, der hilflos mit den Schultern zuckte. *»Wann wird Anna endlich ruhiggestellt? Ich will sofort eine Meldung des Einsatzteams hören!«*

Die Soldaten waren noch nicht bei ihr angekommen, die Geschichte würde übel ausgehen.

»Das Risiko ist unverantwortlich!«, Thica tobte weiter. *»Es stehen Millionen Leben auf dem Spiel!«*

»Wir müssen ein Leben opfern, um viele andere zu retten«, sagte Gregor, den Anna augenblicklich umbringen wollte.

»620 Kiloampere … bei 800 wird automatisch die Notabsprengung aktiviert« Amun machte ihren Job. Vermutlich las sie nur ab, was sie sah. Der Fehler lag woanders.

»Wir haben alle 28 Zeros wieder fest an der Bordwand zurück, wir starten in einer Minute!«, rief Danilow über die Brücke.

»Thica: Status der Aufklärungsflotte?«, fragte Kristof, der Anna parallel eine weitere Textnachricht schickte, ich werde die Notabsprengung nicht aufhalten.

»Wir haben alle Schiffe verloren …«, antwortete Thica betreten. *»Mein Szenario war eine Sackgasse.«*

Anna schritt zurück und rutschte an der Glasscheibe entlang auf den Boden. Das war das Ende. Thicas Idiotie hatte viele Tote gefordert. Die Opferzahlen von acht Zerstörern der Zero-Klasse dürften immens gewesen sein. Trotzdem war dieses Manöver ohne Belang, sie wären ohnehin gestorben.

»Wir haben einen Energieabfall bei den primären Kondensatoren für die Sprungsequenz … die Spannung fällt. Jemand zapft unsere Energie an. Wir können nicht springen!«, rief Danilow aufgelöst. *»Ich wiederhole, wir können nicht springen!«*

»Ich bekomme gerade Sichtmeldungen von Zero Kommandanten über einen Lichtbogen, der den Isolationstrakt mit der Antriebssektion verbindet«, rief ein anderer Operator, der die Kommunikation mit der Flotte koordinierte.

»1.28 Megaampere … die Notabsprengung wurde nicht ausgelöst. Der Auslöser und andere Steuerungssysteme sind nicht mehr ansprechbar. Anna konzentriert in der Isolationseinheit gigantische Energiemengen und sperrt dadurch unseren Antrieb.« Amuns Worte bedeuteten Annas Todesurteil.

»Befehl an das Einsatzteam: Manuelle Absprengung vornehmen! Sofort!«, befahl Kristof. Anna sah nur noch halbherzig auf das Display. Gleich wäre es vorbei. Elias, kannst du mich hören, ich bin gleich bei dir, dachte sie und freute sich, ihn wiederzusehen.

»Absprengung gescheitert. Steuerung auch manuell nicht zu reaktivieren. Verletzung der Sicherheitsprotokolle in den Infrastrukturknoten 12, 14, 18, 23 … es fallen reihenweise weitere Infrastrukturknoten aus!«, meldete Danilow. *»Nein, wartet, die Knoten fallen nicht aus, sie rekonfigurieren sich … wir werden digital angegriffen!«*

»4.76 Megaampere …«

»Ich will eine Schaltung zu ihr haben!«, brüllte Kristof. *»Anna, hörst du mich?«*

»Sie kann dich nicht hören. Wir haben alle Verbindungen zu ihr verloren. In der Sektion haben EMP-Effekte sämtliche Informationssysteme ausfallen lassen«, erklärte Nader.

Der Videoschirm fiel aus. Das war unlogisch, wenn durch den hohen Stromfluss alle Systeme in ihrer Nähe ausfielen, warum konnte Anna weiterhin hören, was auf der Brücke gesprochen wurde?

»Wir haben unseren Startpunkt verpasst. Die Energie reichte nicht, um das Wurmloch zu öffnen. Die gravitative Anomalie erreicht uns in dreißig Sekunden. Ab jetzt.«

Danilows Meldungen blieben präzise. Anna atmete tief ein und aus. Sie hatte Angst.

»12.91 Megaampere ... bis auf die Lebenserhaltungssysteme haben sich sämtliche Infrastrukturknoten der Horizon rekonfiguriert und leiten die Energie direkt in Annas Isolierzelle. Antrieb, Waffen und alle Reserven wurden umgeleitet. Ich möchte nicht wissen, wie es jetzt bei ihr aussieht«, rief Nader, der verzweifelt klang.

»Zwanzig Sekunden.«

»Es war mir eine Ehre, mit euch gelebt zu haben!«, erklärte Kristof, der aufgab.

»45.02 Megaampere ... warum macht sie das? Das ergibt keinen Sinn. Sie entzieht dem Schiff die gesamte Energie ... wofür?« Nader zauderte. Anna hätte ihn gerne in die Arme geschlossen.

»Fünfzehn Sekunden«, meldete Danilow.

»Ich, ich ... will ...« Thica suchte nach Worten. So klang eine KI, die Angst hatte.

Anna schloss die Augen.

»Zehn Sekunden.«

»308 Megaampere ... Anna hört nicht auf.« Auch Danilows Stimme senkte sich. Das ganze Schiff fing an zu vibrieren. Es würde so schnell gehen, dass niemand leiden würde.

»Fünf Sekunden.«

»0.2 Milliampere, die ganze Energie in der Isolierzelle ist verschwunden, einfach weg«, rief Nader hektisch. *»Gab es eine Entladung?«*

Anna hatte es gewusst, bei ihr war nichts. In ihrer Isolierzelle hatte sich absolut nichts getan.

»Bitte was?«, fragte Kristof aufgeschreckt, der Nader nicht zu glauben schien. *»Sofort verifizieren!«*

»Einschlag«, rief Danilow.

Die Zeit stand für einen Moment still.

Kristofs Frage nach dem Verbleib der Energie blieb unbeantwortet. Anna betrachtete den roten Planeten, auf den bereits die Raumstation Inka-H1 niedergegangen war. Die Absturzstelle konnte sie gut erkennen. Eine dichte, sich ausbreitende Staubwolke lag über dem Krater. Einen Moment später riss an anderer Stelle die Oberfläche auf. Der Planet brach auseinander, riesige Abschnitte der Erdkruste explodierten, wodurch der flüssige Kern aus dem Inneren ins All schoss. Ein unbeschreibliches Schauspiel, von dem binnen weniger Sekunden nur noch verglühender Staub an der Horizon vorbei schoss.

»Was stimmt an diesem Bild nicht?« Anna sah auf ihre Hände. Sie hatte noch welche. Warum lebte sie noch? Warum hatte es die Horizon nicht augenblicklich in Stücke gerissen? Hätte es dem Raumschiff nicht genau wie dem roten Planeten ergehen müssen?

Es knarrte, im nächsten Moment fand sich Anna unter der Decke wieder, die Schwerkraft in ihrer Isolierzelle verkehrte sich. Größere Teile der Außenverkleidung schlugen hart gegen das transparente Verbundmaterial. Es bildeten sich Haarrisse, die wie ein Spinnennetz die gesamte Scheibe durchzogen.

Die Horizon wurde gnadenlos mitgerissen, das Schiff taumelte, Anna konnte im All keine Sterne mehr erkennen. Das war der Mahlstrom ins Nichts. Irgendetwas hielt das riesige Raumschiff noch zusammen. Der Boden vibrierte, Anna hörte, wie in ihrer Nähe Verbundmaterial unter hoher Spannung zerbarst. Von den Gesprächen auf der Brücke konnte sie nichts mehr hören.

Das Schiff drehte sich unkontrolliert, mehrfach, Anna schlug es auf den Boden. Sie musste unbedingt den Würfel verlassen, bevor er ihr Grab werden würde. Der Aufprall presste ihr die Luft aus der Brust. Sie verlor das Bewusstsein.

***

XLVII. Blaues Licht

Anna öffnete die Augen. Im Jenseits hatte sie eigentlich Elias erwartet, der sie mit einem liebevollen Lächeln begrüßen würde. Kerle waren selten an den Orten, an denen man sie gebrauchen konnte. Sie befand sich immer noch in ihrer Isolierzelle mit Panoramaaussicht.

»Ich lebe noch.« Eine Tatsache, die sie wirklich überraschte. Wo war sie? Anna versuchte, sich umzudrehen und schrie spitz auf, sie hatte sich die Schulter ausgerenkt und ihr rechter Oberschenkel fühlte sich seltsam an. Draußen war ein blaues Licht, das sie unbedingt sehen wollte. Mit einem schmerzlichen Ruck vollendete sie die Drehung.

Anna schnappte nach Luft, weinte und biss sich auf die Lippe. Wie konnte das sein? Wie konnte sie hier sein? Unmöglich. Unglaublich. Nicht erklärbar. Und trotzdem das Schönste, was sie jemals gesehen hatte. Sie sah die Erde, deren blaue Hemisphäre unvermittelt in ihren gläsernen Würfel strahlte. Nichts deutete auf die katastrophalen Ereignisse hin, die hinter ihr lagen.

Alles, was Merith gesagt hatte, erwies sich als richtig. Aufstehen konnte Anna trotzdem nicht, der ersten Bewegung nach glaubte sie, sich jeden Knochen im Leib gebrochen zu haben. Anscheinend hatte sie auch innere Verletzungen. Sie vermutete, dass sie während ihrer Bewusstlosigkeit mehrfach umhergeschleudert worden war. Anna stöhnte vor Schmerzen, aufstehen konnte sie nicht, sie konnte sich noch nicht einmal hinsetzen. Ob noch jemand da war, der ihr helfen konnte?

»Kann mich jemand hören? Bitte, ich brauche Hilfe!«, rief Anna. Niemand antwortete.

Merith hatte Anna alles gegeben, was sie für die Reise in ein paralleles Universum benötigte. Zum Glück war diese energetische Technologie so weit fortgeschritten, dass die Horizon den Weg zum Marker automatisch gefunden hatte.

Kristof hatte davon gesprochen, dass sich ein Einsatzteam auf dem Weg zu ihr befunden hatte. Wo blieben die? Anna musste sofort herausfinden, wie lange sie bewusstlos gewesen war und natürlich, wo sich der Rest der Besatzung aufhielt.

Ein guter Plan, sie musste nur einen Weg finden, die Isolierzelle zu öffnen. Ein Vorhaben, das wegen ihrer Verletzungen nicht einfach werden würde. Halt, was war das? Ein Gedanke streifte ihre Sinne, ein vertrauter Gedanke, der aber nicht ihr gehörte. Anna kannte diese Art von Emotionen, die sich wie behutsam geflüsterte Worte in ihrem Kopf manifestierten. Durch die Glasscheibe konnte sie Nordeuropa erkennen, sie fühlte Todesangst, grenzenlose Wut und Verzweiflung. Es gab nur einen, der ihr diese Gefühle vermitteln konnte. Elias. Er lebte. Auch mit der Aussage hatte Merith nicht gelogen. Er kämpfte um sein Leben. Sie musste sofort zu ihm.

Schmerzen waren nur dazu da, um ihren Willen zu prüfen. Schreiend setzte sich Anna auf, nichts würde sie jetzt noch aufhalten können. Alles was sie brauchte, steckte in ihr. Sie lebte im Körper einer Replikantin, sie kannte ihre Fähigkeit, Verletzungen binnen kurzer Zeit zu regenerieren. Dass der Prozess allerdings derartige Qualen mit sich brachte, hatte sie beim Design nicht absehen können.

»Ich werde nicht sterben!«, rief sie wütend. Die Wut half, den Schmerz zu überwinden. Mit dem linken Arm gelang es ihr, sich aufzustützen, Anna saß wieder, mit dem Rücken an der Scheibe. Tränen liefen ihre Wangen herab. Unter unvorstellbarer Pein hob sie den rechten Arm zitternd vor ihren Körper, beugte den Unterarm und drehte den Arm seitlich nach hinten. Sie schrie und glaubte, dass ihr jemand ein glühendes Schüreisen durch die Schulter trieb.

»Ich werde ...« Es knackte. Der Oberarm sprang wieder in das Schultergelenk.

Anna war noch nicht fertig, sie konzentrierte sich, die Regeneration der Replikanten beruhte auf einem stark beschleunigten Stoffwechsel. Binnen weniger Momente vollzog ihr Körper den Heilungsprozess mehrerer Wochen. Sie griff sich an den rechten Oberschenkel, schrie und drückte den Knochen wieder in die richtige Position.

»... wieder gehen!« Anna ließ ihre innere Uhr schneller laufen, atmete ruhig und verdrängte die Schmerzen. Der Geist herrscht über den Körper. Mit der linken Hand strich sie sich über den Kopf und entdeckte reichlich eingetrocknetes Blut, das stückchenweise aus ihren kurzen Haaren herabfiel. Als Schönheitskönigin würde sie keinen Blumentopf mehr gewinnen können.

»Hört mich jemand?«, fragte Anna kurze Zeit später. Es antwortete immer noch niemand. Da auch das von Kristof auf den Weg geschickte Einsatzteam nicht bei ihr auftauchte, würde sie selbst ein Weg finden müssen, die Isolationszelle zu verlassen.

Anna stand vorsichtig auf, die ersten Schritte glichen denen einer Greisin, aber sie funktionierte wieder. Bei allem, was auf der Horizon vorgefallen sein konnte, schienen die Lebenserhaltungssysteme noch bestens zu funktionieren. Sauerstoff, Luftdruck, Heizung, Schwerkraft, ohne diese Dinge wäre es in ihrem kleinen Reich schnell ungemütlich geworden. Sie blickte durch die Schleuse, konnte aber in der Dunkelheit auf der anderen Seite nichts erkennen.

»Wo ist Elias?«, fragte Anna, er war wieder weg. Sie blickte zurück, die Horizon überquerte gerade Australien. Er schien sich in Nordeuropa zu befinden. Wenn ihre Vermutung stimmte, würde sie ihn beim nächsten Überflug wieder wahrnehmen können. Sie musste sich beeilen, er brauchte ihre Hilfe.

»Wo sind die Raumstationen?« Erst jetzt registrierte Anna, dass sie in dem für sie einsehbaren Orbit keinerlei Hinweise auf Raumschiffe oder Raumstationen der Erde erkennen konnte. Die Horizon war mit einer Länge von 1.200 Kilometern garantiert nicht zu übersehen. Zu ihrer Zeit wären bei einem Ereignis dieser Art Himmel und Hölle in Bewegung gesetzt worden, um ein fremdes Raumschiff zu untersuchen. Die Menschen dieser Erde mussten annehmen, von Aliens besucht oder sogar angegriffen zu werden. Aber da war nichts. Sie konnte keinerlei Reaktion erkennen. Auch von den zahlreichen an der Bordwand der Horizon befindlichen Zeros flog kein Schiff durch ihr Sichtfeld. Nach dieser unglaublichen Reise würde Kristof sicherlich sofort den Befehl zum Ausschwärmen erteilt haben. Da lief etwas schief.

»Wann sind wir?«, fragte Anna. Zeit war nicht relativ, sie war beliebig. Die Reise in ein paralleles Universum konnte sie auch in die Vergangenheit der Erde geführt haben. Das wäre eine Erklärung, warum sie niemand begrüßt hatte.

»Kristof, Nader, warum meldet sich niemand bei mir?« Die unheimliche Stille auf dem Raumschiff machte ihr Angst.

»Und wie komme ich jetzt hier raus?« Eher zufällig als gewollt drückte Anna auf den Türsensor, der natürlich bisher gesperrt war. Umso mehr überraschte es sie, dass sich die armdicken Platten aus transparentem Verbundmaterial öffneten.

»Wie, jetzt?«, fragte Anna, die, als ob nichts wäre, die Vierfachschleuse durchschritt. Die Beleuchtung im Laborsektor dahinter aktivierte sich. Ein rotgedämpftes Licht, das an Bord während Gefechtssituationen verwendet wurde, um betreffende Bereiche von außen zu verbergen.

Die Luft schmeckte rauchig, bitter, als ob es in der Nähe gebrannt hatte. Beschädigungen an den verwaisten Arbeitsplätzen konnte sie nicht feststellen. In diesem Sektor konnten bis zu vierundzwanzig Individuen isoliert und unter höchsten Quarantänestandards behandelt werden. Neben Anna hatte Kristof allerdings keinen weiteren Gast hier einquartiert.

»Hallo?«, rief Anna, die nicht nachvollziehen konnte, weshalb sie derart mühelos durch das Labor spazieren konnte. Eine Antwort bekam sie auch diesmal nicht. Es musste doch möglich sein, mit jemandem zu sprechen, sie würde doch nicht die letzte Seele sein, die auf dem Raumschiff herumlief. Hier ging es nicht weiter, die nächste Schleuse, um das Labor zu verlassen, konnte sie nicht öffnen.

»Dann eben nicht ...« Anna setzte sich an einen Arbeitsplatz, dessen holografisches Displaysystem sich eigenständig aktivierte, sie aber nicht zu identifizieren vermochte. Normalerweise wussten die Arbeitsplätze sofort, wer sie aktivierte und wiesen dem Bediener seine persönliche Umgebung zu.

»Bitte identifizieren Sie sich.« Die rudimentäre Basis-KI der Hardware gehörte zu den einfachen Systemen. Viel konnten die nicht. Sollte sie sich wirklich mit ihrer persönlichen Kennung anmelden? Ihre Flucht aus der Isolation würde dann jeder mitbekommen. Eine blöde Überlegung, allein die Öffnung der Isolationsschleusen würde bereits jeder, den es interessierte, mitbekommen haben.

»Sanders-Robinson, Anna, erbitte eine dringende Verbindung mit dem Master Carrier.«

»Identifikation bestätigt. System leitet Anfrage um. Verschlüsselung aktiviert. Verbinde mit virtuellem Assistenten. Es liegt eine Nachricht vor. Verifikation erforderlich. Bitte Retinascan aktivieren«, erklärte die Basis-KI des Arbeitsplatzes.

Anna schüttelte den Kopf. Warum betrieb das System einen so hohen Sicherheitsstandard für eine einfache Nachricht? Was war in der Zwischenzeit an Bord der Horizon passiert? Sie ließ das System ihr Auge optisch abtasten. War es Kristof oder Nader, der ihr eine Nachricht hinterlassen hatte?

Am Display aktivierte sich eine Videobotschaft. Es war Nader, dessen Avatar an der Wange eine tiefe Schnittwunde hatte, durch die man seine Backenzähne sehen konnte. Eine weiße Gewebeflüssigkeit lief seinen Hals herunter.

»Hallo Anna, ich weiß nicht, ob dich diese Nachricht erreicht. Ich weiß ehrlich gesagt nicht einmal, ob du noch lebst. Allerdings bist du zäher als die meisten von uns ... und ich zähle auf deinen Instinkt.« Nader sah sich um, er schien diese Aufzeichnung unter großem Stress gemacht zu haben. Hinter ihm konnte Anna Einschussgarben von Hochenergiewaffen an einer zerstörten Instrumentenwand erkennen.

»Ich fasse die Situation zusammen: Ich bin der zweitgrößte Idiot aller Zeiten. Der erste Platz gebührt natürlich Kristof. Alles, was du uns über parallele Universen erzählt hast, scheint wahr zu sein. Die hohe Spannung in deinem Körper war keine Bedrohung, sie war unsere Rettung. Zeitgleich mit dem Einschlag schützte ein dynamisch wachsendes Energieschild unser Raumschiff und geleitete uns in eine andere Dimension.

Merith wusste genau, wie zurückgeblieben wir sind, sie hat dir eine Technologie mitgegeben, die alle notwendigen Schritte automatisch vornehmen konnte.«

»Nader, wir haben keine Zeit, los ... sie wird klarkommen. Öffne ihren K-6 und dann lass uns los!«, sagte Kristof, der mit einem Gewehr hinter ihm durchs Bild ging.

»Die Zeit drängt. Die Horizon befindet sich in einem hohen Orbit über der Erde. Aber das solltest du bereits gesehen haben. Um es kurz zu machen, es ist nicht die Erde, die wir verlassen haben. Neben der Besonderheit, dass sich hier alles spiegelbildlich bewegt, schreiben die Menschen da unten das Jahr 386 vor Christi Geburt.«

»Nader, komm jetzt!« Kristof drängelte.

»Ich habe deinen Sektor verriegelt und die Schleuse deiner Isoliereinheit entriegeln lassen. Das sollte dir Zeit geben, wieder auf die Beine zu kommen. Ich weiß, wozu Replikanten in der Lage sind. Dieser Videobotschaft sind zwei Zertifikate beigefügt. Das Erste erlaubt dir wieder den Zugriff auf die K-6 Nanotechnologie in deinem Körper, das zweite Zertifikat sorgt dafür, dass dich niemand erneut hacken kann.«

Nader räusperte sich. *»Wie du vermutlich bemerkt hast, haben wir einen Konflikt an Bord. Thica hat eine Rebellion angezettelt, Gregor hilft ihr dabei und leider auch einige andere Kommandanten. Kristofs Führungsstil ist nicht unumstritten. Im Moment tobt der Kampf sowohl auf digitaler als auch auf physischer Ebene. Aber das sollte nicht deine Sorge sein. Schlage dich zu einem Gleiter durch und bringe dich in Sicherheit. Alle Menschen an Bord sind angewiesen, sofort die Rettungseinheiten zu benutzen. Es ist Kristofs und mein Plan, die Horizon in die Sonne stürzen zu lassen!«*

»Die sind da!«, schrie Kristof und feuerte eine Salve ab. *»Runter!«*

Ein gegnerisches Geschoß traf Nader am Hals und riss ihm den Kopf ab. Die Videobotschaft endete an dieser Stelle.

»Nein!« Anna schrie auf, nicht Nader! Verdammt, wieso traf es immer die Guten zuerst.

»Möchten Sie die beigefügten Zertifikate installieren?«, fragte die Basis-KI des Arbeitsplatzes, an dem sie saß.

»Ja ... natürlich.« Sicherlich wollte sie, ohne die Körperpanzerung würde sie nicht weit kommen. Naders KI und Speicher befanden sich in seinem Kopf, wenn der zerstört war, hätte es keine Möglichkeit mehr gegeben, ihn zu reparieren.

Anna bemerkte, wie sich ihr rechtes Auge veränderte, während die Nanos die Steuerung über das Irisdisplay neu formatierten. Das zweite Zertifikat versiegelte den Zugriff auf das Implantat.

»Installation abgeschlossen.«

Anna stand auf und zog sich den blutverschmierten Einteiler aus, den brauchte sie nicht mehr. An ihrem blassen Körper gab es mehr blaue Flecken als Muttermale.

»Gefechtsmodus aktivieren.« Der K-6 bildete eine neue Kleidungsschicht, weiß, ihre Farbe, um einen Moment später die bekannte Rüstung darüber zu legen. Sie war jetzt eine Waffe.

»Ich komme«, sagte sie und ging auf die Tür zu.

***

XLVIII. Blutzoll

Elias duckte sich, Germanen mit großen Äxten waren zum Glück nicht die Schnellsten. Archaisch schreiend versuchte der bärtige Hüne, ihn zu köpfen. Ein Fehler. Es gab immer eine Schwachstelle. Eine Drehung und Elias rammte ihm die Dolche an der Lederrüstung vorbei durch die Achselhöhlen in Herz und Lunge. Sterbende Augen sahen alle gleich aus, Elias glaubte, mit dem letzten Atemzug seiner Opfer, immer ein *Warum* in ihnen sehen zu können. Warum ich, schienen sie alle beim Schwinden ihrer Sinne zu fragen. Weil du dumm genug warst, mich anzugreifen, hätte er ihnen noch zurufen wollen. Er bedauerte jedes vergeudete Leben, das er in diesem Inferno beendete.

»Hinter dir!«, rief Vater. Ein anderer Krieger rannte Elias über den Haufen. Der Kampf um Birgers Dorf tobte gnadenlos. Überall lagen Tote, Verletzte und abgetrennte Glieder. Was die Druckwelle von den zerfetzten Hütten stehengelassen hatte, verzehrte nun das Feuer. Alles war voller Rauch, Blut, Geschrei und unendlicher Wut.

Elias schnitt dem Angreifer die Kehle durch und stieß ihn von sich. Es waren einfach zu viele. Wieder auf den Beinen wich er einem brennenden Speer aus, der, anstatt ihn aufzuspießen, einem Angreifer hinter ihm, der gerade mit einer Axt zum Schlag ausholte, die Brust durchschlug. Ein Pfeil schloss an Elias' Kopf vorbei und traf ebenfalls das arme Schwein, das bereits den brennenden Speer gefressen hatte. Krieg war selten fair. Der Kampf ging weiter.

Thoralfs Krieger machten jetzt einen Bogen um ihn herum, Elias' Nähe hatte zu viele Männer das Leben gekostet. Ein Pfeil durchbohrte seine Wade. Elias schrie. Er konnte nicht allem ausweichen und sackte auf die Knie. Von Birgers Männern war niemand mehr zu sehen.

»Du musst fliehen!«, rief Vater. Ein guter Ratschlag, für den es zu spät war. Hier und jetzt. Elias zog sich den Pfeil aus der Wunde und stand wieder auf. Zwei weitere Pfeile trafen ihn mit voller Wucht aus kurzer Distanz. Die Schützen hatte er zuvor nicht gesehen. Der eine Pfeil durchbohrte seine Schulter, der andere seine Seite. Die würden ihn nicht fallen sehen. Ihm wurde kurz schwarz vor Augen.

»Elias! Du ...« Elias verstand nicht mehr, was Vater sagte. Er taumelte. Jemand schlug ihm von hinten die stumpfe Seite einer Axt in den Rücken. Die wollten ihn nicht töten, die wollten ihn hinrichten. Am Boden liegend dachte er an Anna und glaubte den Duft ihrer roten Lockenmähne wahrgenommen zu haben. Gleich würde er sie wiedersehen, daran wollte er glauben.

Eine Minute, eine Stunde oder ein Tag, Elias hatte den Bezug zur Zeit verloren. Gleich würde auch sein Kopf die Verbindung zu seinem Körper verlieren, eine Verletzung, die sich nicht regenerieren würde. Zwei Männer zogen ihn vom Boden hoch. Kein Leben dauerte ewig. Auf den Knien wartete er auf sein Ende.

Vor ihm stand ein hünenhafter Germane, der etwas sagte, was Elias nicht verstand. Mit der Hand schien er ein blutiges Bündel festzuhalten. Es war Thoralf, er hatte die Schlacht für sich entschieden. Vater sparte sich, seine voller Wut gebrüllten Worte zu übersetzen. Seine Männer lachten abfällig. Schmeichelhafte Äußerungen über die Dorfbewohner oder Elias durften ohnehin nicht dabei gewesen sein.

»Birger!«, rief Thoralf und streckte das Bündel für alle sichtbar, unter dem Jubel der Menge, in die Höhe. Blut tropfte auf den Boden. Es war Birgers Kopf, den Thoralf triumphierend präsentierte.

Elias blickte zur Seite, neben ihm befanden sich Birgers ältester Sohn Leif und drei weitere Männer aus dem Dorf, die auf den Knien kauernd, auf den Tod warteten. Wo waren die Kinder? Wo war Marina? Und wo befand sich die kleine Merith? Wenn er fallen würde, wer würde sich dann noch schützend vor sie stellen? Elias konnte nicht aufgeben, er brach beide Pfeile ab, die immer noch in seinem Körper steckten.

»Thoralf!«, brüllte Elias mit aller Kraft. Es wurde ruhig. Jeder schien ihn anzusehen, vor allem Thoralf, der ihn, drei Meter vor ihm stehend, eingehend musterte. Ein Krieger wollte Elias schlagen, Thoralf hob schützend die Hand. Der Germane überragte Elias um einen halben Kopf und wog gut das Doppelte. Wegen seiner ausgefeilten Rhetorik war er sicherlich nicht der Anführer dieser verlausten Bande geworden. Hinter dem Bart und den zu Zöpfen geflochtenen rotblonden Haaren ließen sich wache Augen erkennen. Dumm war er nicht. Wegen der Angst vor Geistern würde dieser Mann keinen Krieg führen. Um den Ungehorsam seines Bruders zu bestrafen, allerdings schon.

»Ariz Ehwazdreitan«, sagte jemand von der Seite. Pferdescheißer, Elias kannte die Bedeutung der Worte und auch die widerliche Stimme, die sie ausgesprochen hatte. Wiborg, der Knochenmann, kam überheblich grinsend auf ihn zu. Er war zurückgekehrt und zeigte allen, was jedem blühte, der es gewagt hatte, ihn aus dem Dorf zu vertreiben.

»Blēwa Agō« Triumphierend stand Wiborg neben Elias, zeigte mit dem Finger auf ihn und zog einen Dolch.

»Der will dir deine Augen herausschneiden!«, sagte Vater.

»Bainaabōn«, antwortete Elias drohend, was Wiborg nicht davon abhielt, in Elias' Haare zu greifen und den Kopf nach hinten zu reißen. Das war zu nah. Elias stand auf, packte Wiborg an der Kehle und drückte zu.

Es knackte. Der Kehlkopf brach wie ein trockenes Stück Holz. Den leblosen Körper des Knochenmannes warf er Thoralf vor die Füße, was viele Männer einen Schritt zurückweichen ließ. Vielleicht war das noch nicht deutlich genug. Elias zeigte mit dem Finger auf den Anführer und spuckte auf den Boden. Die Sprache verstand jeder.

»Ena gareisan me!«, schrie Thoralf, seine Männer johlten, die Germanen schienen Zweikämpfe zu lieben. Elias würde ihn besiegen können, er war schneller, zumindest wenn er nicht zwei abgebrochene Pfeile im Körper stecken gehabt hätte.

Elias nickte. Die Bewegungen fielen ihm schwer, er konnte den rechten Arm kaum bewegen. Thoralf lachte und ließ sich sein Langschwert geben, eine mächtige Waffe, mit der der Germane scheinbar auch umgehen konnte. Jemand warf Elias Birgers Axt vor die Füße. Die wollten sehen, wie ihr Häuptling einen Geist tötete. Die Axt war zu schwer, Elias bückte sich und hob einen seiner Dolche auf. Die Waffenwahl löste ein Raunen in der Menge aus.

»Du bist angeschlagen ... und willst mit einem Dolch gegen ihn kämpfen?«, fragte Vater.

»Ja.« Genau das hatte Elias vor. Anna, sie war bei ihm, er spürte ihre Nähe, auch wenn sie nur ein Hirngespinst war, sie gab ihm Kraft, sich seinem Gegner zu stellen.

Thoralf sagte etwas, was Elias nicht verstand, seine Männer aber amüsierte. Dann schritt er nach vorne und hob sein Schwert. Der Kampf begann.

»Er verbietet seinen Männern, dich zu töten. Dein Kopf gehöre nur ihm, sagte er, er will aus deinem Schädel Met trinken.«

Elias lächelte, warum nicht, einmal tot, würde ihn das nicht mehr kümmern. Der erste Hieb ging senkrecht in den Boden. Elias wich aus, eine Bewegung, die Thoralf geahnt hatte, der sich für seine fette Wampe viel zu schnell drehte und Elias mit dem Ellenbogen von den Beinen holte. Der Germane spielte mit ihm, er wollte den Kampf anscheinend nicht schnell beenden. Die Gelegenheit hätte er jetzt gehabt. Thoralf wollte das Duell scheinbar nutzen, um seine Macht zu demonstrieren. Der gebrochene Hals Wiborgs, des toten Knochenmannes, interessierte niemanden mehr.

Elias schüttelte sich und stand wieder auf. Aufzugeben war keine Option. Jeder machte Fehler. Auch Thoralf, der einen seitlichen Waffenschwung ausführte, die breite Klinge sang über Elias' Kopf hinweg, der nur mit einer Beugebewegung nach vorne ausweichen konnte.

Auch darauf schien Thoralf gewartet zu haben, der ihm jetzt einen Tritt mit dem Stiefel verpassen wollte. Zu offensichtlich. Elias drehte sich an dem Tritt vorbei und trat Thoralf seinerseits in die Kniekehle, was den bulligen Krieger in seiner metallbeschlagenen Lederrüstung in den kalten Dreck stürzen ließ.

Erneut erntete Elias ein Raunen der Menge. Zahlreiche Pfeile wurden wieder auf ihn angelegt. Eins zu eins. Auch ein verletzter Replikant war keine einfache Beute.

»Ena gareisan me!« Thoralf wiederholte seinen Besitzanspruch, niemand sollte ihn mit einem schnöden Pfeil töten. War der spaßige Teil jetzt vorbei?

Zwei seiner Männer warfen in Sichtweite Marina blutig und leblos auf den Boden, die kleine Merith umklammerte weinend ihre Ziehmutter. Elias musste ihnen helfen!

Ähnlich wie beim ersten Angriff hob Thoralf das Schwert über den Kopf. Elias sah in seine Augen. Dieser Mann war zu allem fähig. Elias musste sich für eine Ausweichbewegung entscheiden. Thoralf verzögerte den Hieb, Elias bewegte sich, der Germane ließ das Schwert im Schwung seitlich fallen und traf Elias in der Ausweichbewegung am Rücken. Als ob ein Stromschlag durch den Körper schießen würde. Elias hörte sein Blut auf den Boden klatschen. Die Menge tobte.

»Ena gareisan me!«, schrie Thoralf. Er hatte gewonnen. Elias kämpfte darum, nicht das Bewusstsein zu verlieren. Nicht zu verbluten, war für ihn eine Frage des Willens. Er wollte nicht verbluten. Nein. Nicht heute. Nicht jetzt. Elias stand wieder auf.

»*Elias, du musst das nicht mehr tun ...*« Vater war bei ihm. Elias würde stehen bleiben. Seine Hand zitterte, den Dolch konnte er nicht mehr festhalten. Aber er würde stehen bleiben.

»Ena gareisan me!«, rief Elias, Thoralf gehörte ihm. Seine Äußerung ließ die Runde verstummen. Aufgeben war keine Option. Thoralf senkte das Schwert. Einzelne Krieger sahen ihn ungläubig an. Da war ein Licht. Gleich würde Anna bei ihm sein und ihn abholen. Er liebte diesen Traum, er wusste genau, dass er Anna nie wieder sehen würde.

***

XLIX. Freier Fall

Es roch nach verbranntem Kunststoff, nicht übermäßig stark, aber noch deutlich wahrzunehmen. Anna verließ den Isolationssektor, den Nader vorsorglich hatte versiegeln lassen. Ein geschicktes Täuschungsmanöver, da die manipulierten Sensoren einen partiellen Hüllenbruch angezeigt hatten, der niemanden freiwillig dazu bewegen würde, eine versiegelte Tür zu öffnen.

Anna musste sich sofort einen Überblick verschaffen, über das Irisdisplay kontrollierte sie ihr Kommunikationssystem. Der Versuch, sich mit dem nächsten Infrastrukturknoten zu verbinden, scheiterte. In diesem Sektor schienen nur noch eine flackernde rote Notbeleuchtung und ein nerviger Signalgeber zu funktionieren, der alle drei Sekunden einen sinnlosen Piepton von sich gab. Es juckte sie in den Fingern, das Ding von der Decke zu holen.

Mit der Waffe im Anschlag schritt Anna langsam den Korridor hinab. Aus den K-6 Nanos hatte sie ein Gewehr mit kurzer Reichweite und breiter Streuung entstehen lassen. Sie wollte sich nicht überrumpeln lassen. Für den Weg zu den Rettungsgleitern würde sie über die zentralen Korridore über zwei Stunden brauchen. Sie bog um die nächste Ecke und biss die Zähne zusammen. Schwerer Beschuss hatte die Schleuse, durch die sie in den mittleren Transferbereich der Horizon kommen wollte, unpassierbar gemacht.

»Verdammter Mist!« Ohne ein Update der Infrastrukturknoten konnte ihre Helmnavigation keinen der beschädigten Wegabschnitte berücksichtigen. Andererseits würden sie die zerstörten Abschnitte auch vor einer zu schnellen Ortung durch ihre Gegner bewahren.

Den Weg freischießen oder laufen? Sie entschied, unentdeckt zu bleiben und senkte ihre Waffe ab. Also ging es zurück. Ein Stück weiter versuchte sie, die nächste Schleuse zu passieren, die gerade von zwei faustgroßen Flugdrohnen repariert wurde. Die Roboter versuchten, ein armdickes Glasfaserkabel zu überbrücken, vermutlich der Grund dafür, weshalb der ganze Sektor offline war.

Freund oder Feind, Anna wusste nicht, für wen die Drohnen arbeiteten. Während sie noch überlegte, sah sie bereits Warnungen in ihrem elektronischen Auge blinken. Ein Angriff. Eine der Drohnen versuchte, die Steuerung ihres K-6 Implantats zu übernehmen.

»Kleiner Scheißer!« Anna schoss, was beide Drohnen samt dem frisch geflickten Glasfaserkabel stückweise in dem größtenteils verrußten und zuvor weißen Korridor verteilte. Was für ein Mistding, der Roboter hatte sicherlich noch eine Nachricht absetzen können. Trotz des schweren Treffers bewegten sich die Bruchstücke einen Moment später wieder und sammelten sich schwebend vor Annas Helm. Das waren ebenfalls Nanos, die sich überraschend zu einem handbreiten Display formten, das sogleich ein Videobild anzeigte.

»*Hallo Anna.*« Gregor, der Arsch, schien gute Laune zu haben. Sie war aufgeflogen.

»Gregor.«

»*Die kleinen Helfer sind doch nicht wirklich eine Bedrohung für dich.*« Er lachte.

»Sie hätten nicht versuchen sollen, mich zu hacken!«

»*Ist gerade mächtig in Mode. Digitale Kriegsführung ... wir kämpfen nicht mehr mit Gewehren, wir hacken uns gegenseitig die Augen aus. Wer mehr Bits und Bytes im Magazin hat, gewinnt.*«

»Leck mich!«

»Was ich bei dir sogar tun würde! Ehrlich!«

Anna schoss erneut und ging weiter. Hinter der nächsten Ecke öffnete sich ein massiv gepanzertes Feuerschott, Gregor wusste genau, wo sie sich befand. Er ließ sie weitergehen.

»Gewalt ist keine Lösung!« Gregor meldete sich über Funk, sie wurde ihn nicht los. Anna befand sich anscheinend wieder in Reichweite des Bordnetzwerks.

»Wenn ich dich töten wollte, könnte ich den ganzen Sektor in die Luft jagen lassen.« Die Drohung schien er förmlich zu zelebrieren. Der Typ hatte einen Gott-Komplex, beim Klonen dieses Spinners waren zu viele Hirnzellen auf der Strecke geblieben.

Der Sprengsatz, der Anna in ihrer Rüstung töten würde, musste schon verdammt groß sein. Sie war sich sicher, dass er die Horizon nicht derart beschädigen würde.

»He ... sag was ... ich will doch nur mit dir reden.«

»Was willst du?« Anna ging weiter, an ihrer rechten Seite tauchten zwei kleinere Aufklärungsdrohnen auf. Nicht noch einmal. Sie schoss, ohne zu zögern.

»Die kleinen Drohnen beißen nicht!«

»Ich schon ... komm zur Sache!« Anna würde ansonsten den Kanal sperren.

»Die Saoirse-Organisation wird gewinnen. Du könntest immer noch einen Platz auf der Sonnenseite bekommen.« Gregor, dieser verlogene Bastard, gab sich wieder mal als ihr bester Freund aus.

»Du hast früher gegen sie gekämpft ...«. Anna fuhr mit dem Expresslift, der zwar bedrohlich knarrte, aber noch funktionierte, einige Hundert Stockwerke nach oben.

Ihr Weg würde sie an der Stelle vorbeiführen, an der Nader der Kopf abgeschossen wurde.

»Ich habe dazugelernt. Ich will mich nicht mehr in irgendeinem unwirklichen Loch verstecken!«

»Ideale sind scheinbar billig geworden ...« Anna würde ihre Seele niemals für ein paar Silberlinge verkaufen.

»Glaubst du wirklich, dass es ein edler weißer Ritter auf den Thron schaffen würde?«

»Ja!« Wenn auch sicherlich nicht er.

»Du träumst ...«

»Vielleicht ... aber das ändert nichts.« Anna musste das Schiff so schnell wie möglich verlassen. Hier konnte sie nichts mehr erreichen, sie wollte nur noch zu Elias.

»Wenn ich dich nicht für Saoirse gewinnen kann, lassen die dich zu Tode hetzen. Du kommst hier nicht raus ... auch wenn du mir nicht glaubst, ich bin deine beste Option.«

»Du gibst nicht auf, oder?«

»Niemals.«

»Ich auch nicht.« Anna sperrte den Kanal, sie hatte keine Zeit für diesen Idioten.

Auf dem Boden lag Naders Kopf, er sah sie und lächelte verhalten. Neben ihm lag sein zerschossener Körper. Mehrere Geschosse hatten seinen Brustkorb zerrissen, der bis auf die weiße Flüssigkeit der inneren Anatomie eines Menschen sehr nahe kam.

Anna bückte sich. »Was machst du für einen Scheiß?«

»Hab den Kopf zu spät eingezogen ...«

»Und warum hat dich Kristof zurückgelassen?«, fragte Anna, er hätte Naders Gedächtnischip mitnehmen können.

»Da waren zwei H-1 Protektoren. Er musste fliehen, die Gegenwehr war zu stark.«

»Was ist passiert?«

»Dein Energieschild hat unser Schiff arg in Mitleidenschaft gezogen. Nach der Ankunft waren 90 Prozent aller Infrastrukturknoten defekt, inaktiv oder falsch konfiguriert.«

»Hätte man die nicht reparieren können?«

»Als die Stromversorgung für den zentralen KI-Host eng wurde ... zogen die Saoirse-KIs in den Krieg. Die Horizon war zu dieser Zeit nicht mehr zentral zu kontrollieren.«

»Und das reichte für einen Aufstand?«

»Gregor und Kommandanten einiger Zeros haben sich an der Konspiration beteiligt. Deine Führungsrolle und Kristofs Nachsicht mit dir haben zahlreiche Offiziere nicht verstanden.«

»Wo ist Dan'ren? Lebt sie?«

»Sie kämpft mit Danilow auf der Archimedes. Kristof ist mit Amun auf der Trison. Jaden kommandiert die Simball ... die letzten drei Zeros, die wir kontrollieren. Die Hoheit über die Horizon haben wir verloren, wobei das Schiff aufgrund von Energiedefiziten im Moment flug- und kampfunfähig ist.«

»Nur drei?«

»Drei gegen acht, nur elf Zeros waren nach der Reise noch einsatzfähig.«

»Und die Menschen?«

»Sind alle auf der Trison, der Simball und der Archimedes ... es gab viele Tote.«

»Ich habe aus der Isolierzelle heraus keine aktive Zero gesehen ... wo findet der Kampf statt?«

»Auf der erdabgewandten Seite der Horizon. Wegen zahlreicher Schäden gehen die der Gravitation aus dem Weg«, antwortete Nader, dem immer wieder weiße Flüssigkeit aus dem Mund lief.

Anna stutzte. »Wie steht der Kampf?«

»Schlecht ... Thica will alle lebenden Menschen ausrotten. Die würde auch auf der Erde niemanden leben lassen.«

Anna spürte eine tieffrequente Vibration, die in mehreren Schüben durch die Horizon ging. »Was war das?«

»Das kommt aus der Generatorensektion ... ich fürchte, die haben das Energieproblem wieder in den Griff bekommen.«

»Und das bedeutet?«

»Dass die Horizon wieder Hochenergiewaffen abfeuern kann ... du solltest gehen ... lauf weg, versteck dich und lass dich nicht wieder blicken.« Nader blubberte aus dem Mund, man konnte ihn nur noch schlecht verstehen.

»Ich werde laufen ... aber dich...«

»Du bist ... verrückt ... ich ...« Naders Augen flackerten. Der Avatar war völlig hinüber.

»... nehme ich mit.« Anna riss seinen Schädel auseinander und entfernte den daumendicken Flüssigkristallchip aus seinem Speicherarray. Nader würde nicht sterben, er würde wieder einen neuen Körper bekommen.

Anna überprüfte die Zeit, sie hatte noch knapp acht Minuten, bis die Horizon wieder Mittelamerika überfliegen würde. Das war ihr Zeitfenster. Sie hatte einen Plan. Einen verwegenen Plan. Sie würde zum Isolationsbereich zurückkehren. Noch war die Schlacht nicht verloren.

Anna rannte los und aktivierte wieder alle Kanäle. Sie wollte Gregor nicht verlieren. Sie brauchte ihn, ohne seine Eitelkeit würde ihr Plan nicht funktionieren. Es musste schnell gehen. Er durfte nicht begreifen, was sie vorhatte.

»Gregor!«, rief sie über das Netzwerk.

»*Oh ... etwa zu Sinnen gekommen?*«

»Oh ... ja.« Das war Anna wirklich.

»*Hast du das Brummen bemerkt?*«, fragte er, Anna konnte die Freude in seiner Stimme hören.

»Blähungen?«

»*Dir wird das Lachen noch vergehen!*«

»Wenn du es sagst.«

»*Wir haben gerade eine abtrünnige Zero abgeschossen ... die Horizon spielt wieder mit. Kristof hat daraufhin kapituliert.*«

»Vernünftig ... Krieg ist scheiße!« Verdammt, welches Schiff hatten sie getroffen? Jetzt war sie die Letzte, die kämpfen konnte.

»*Du hältst das alles für ein Spiel, oder?*« Gregor schien sich darüber zu ärgern, dass Anna ihn nicht ernst nahm.

»Spielen? Möchtest du mit mir spielen?« Anna verkniff sich, den Schmerz zu zeigen, den sie verspürte. Das waren tausende Menschenleben, die sinnlos vergeudet wurden.

»*Du bist verrückt.*«

»Fang mich ...«

»*Wieso sollte ich? Du kommst nicht von Bord... ich kriege dich so oder so.*«

»Sicher?« Anna musste ihn weiter provozieren. Und nicht mehr an die vielen Toten denken.

»*Ganz sicher.*«

»Bekommst du Ärger, wenn ich es bis zur Erde schaffe?«

»Das wird nicht passieren. Dein K-6 kann nicht fliegen und du hast keine Chance, zu einem Gleiter zu kommen.«

»Traust du dich nicht?«

»Du kannst mich nicht provozieren. Gib auf! Zwei H-1 Protektoren sind auf dem Weg zu dir. Die haben genügend Feuerkraft, um dich bei Gegenwehr aus deiner Nano-Rüstung zu schießen!«

Die passenden Kaliber, um ihr gefährlich werden zu können, hatten die Kampfroboter wirklich. Sie musste Gregor stärker aus der Reserve locken. »Ich dachte, du wolltest mich für dich haben?«

»Ich habe kein Interesse an einer kahlköpfigen genmanipulierten Missgeburt!«

»Starke Worte für einen Klon in der x-ten Generation ... sieh es sportlich. Nur du und ich. Zeig mir, dass du besser bist.« Das mit den Haaren nahm sie ihm übel.

»Du hast keine Chance!«, erklärte Gregor abfällig.

»Wir sehen uns auf der Erde.« Anna lief weiter, nahm den Expresslift und rannte direkt zum Isolierbereich, in dem sie zuvor eingesperrt gewesen war.

Auf dem ganzen Weg war Anna auf keinerlei Gegenwehr gestoßen. Gregor schien sich seiner Sache sicher zu sein. Perfekt, genau so sollte er sich verhalten. Im Isolationsbereich angekommen verriegelte sie die Tür hinter sich. Sicher war sicher. Dann ging sie zu einem Getränkespender und trank elektrolythaltiges Wasser. Mehrere Liter. Soviel sie konnte. Sie würde für ihren Weg jeden Tropfen davon brauchen.

Danach legte sie ihre Waffe auf das transparente Verbundmaterial einer zwanzig Meter breiten Scheibe an und schoss. Mehrfach. Immer wieder auf dieselbe Stelle. Beim zwölften Schuss passierte es. Der große Druckunterschied erledigte den Rest, die riesige Scheibe zerbarst. Das ganze Labor wurde explosionsartig ins All gerissen. Mit dem blauen Planeten vor Augen schoss sie, durch den K-6 geschützt, wie eine Kanonenkugel aus der Horizon heraus. Gregor hatte nicht gelogen, als er sagte, dass sie nicht fliegen konnte. Der K-6 verfügte über keinerlei Antriebstechnologie. Aber die brauchte sie auch nicht. Sie fiel. Schnell. Die Gravitation der Erde war ihr Antriebssystem.

Auf dem Irisdisplay überprüfte sie Höhe und Geschwindigkeit. Sie befand sich in 6.300 Kilometer Höhe und schoss mit 5.900 Metern in der Sekunde über Mittelamerika hinweg. Der Rest war einfache Physik, je stärker sie die Geschwindigkeit ihrer Umlaufbahn abbremste, desto schneller würde sie auf die Erde fallen.

Etwas Glühendes schoss in einiger Entfernung an ihr vorbei. Das waren die riesigen Wrackteile einer Zero, die sie überholten. Anna konnte nicht erkennen, welches der drei Raumschiffe zerstört worden war. Ein größeres Bruchstück flog vor ihr her und schien dieselbe Richtung einzuschlagen wie sie. Laufend schlugen kleinere Wrackteile an ihre Rüstung, die sich während des Absturzes von dem größeren Stück lösten.

»Fallkurve berechnen. Zielpunkt: 55 Grad, 33 Minuten Nord, 9 Grad, 59 Minuten Ost.« Genauer konnte Anna Elias' Position nicht eingrenzen. Eine Winkelminute machte in etwa 1,6 Kilometer aus. Sie würde am Ende des Freifalls sicherlich noch Hinweise erkennen, um Elias' Aufenthaltsort genauer zu bestimmen.

Die Minuten vergingen. Anna stürzte weiter auf die Erde zu. Erst mit den tieferen Schichten der Atmosphäre wurde sie langsamer. Und heißer. Auch wenn der K-6 nur fallen konnte, gelang es ihm mittels eines magnetischen Kraftfeldes, die Hitze von ihr fernzuhalten und weiter abzubremsen. Die dafür benötigte Energie gewann die Technologie aus einer fusionsähnlichen Reaktion aus Körperflüssigkeiten, von denen ihr Vorrat leider schnell zur Neige ging. »Elias.« Sie wollte ihn nicht länger warten lassen. Ihm ging es schlecht, er hatte Angst zu sterben und kämpfte allein, sie musste schneller zu ihm kommen.

38 Kilometer Höhe, die Geschwindigkeit betrug noch 1.300 Kilometer in der Stunde. Es würde nicht mehr lange dauern. Das größere Wrackstück war bereits nördlich ihrer Zielposition mit einer gewaltigen Explosion eingeschlagen. Anna ging es schlechter. Hoffentlich würde ihre Landung besser laufen, sie wollte nicht als Feuerball enden. Sie musste wieder Wasser trinken, ansonsten würde der Flüssigkeitsverlust ihr Blut verdicken und letztendlich ihr Herz zum Stillstand bringen. »Elias«, rief Anna erneut, sie konnte ihn spüren. Eindeutig, das war er, daran bestand kein Zweifel. Gleich würde sie bei ihm sein. Ihm ging es noch schlechter als ihr. Er kämpfte um sein Leben, sie musste sich beeilen.

Sieben Kilometer Höhe, Anna musste den Fall stabilisieren und breitete die Arme aus, die sie zuvor eng am Körper anliegen hatte. Der K-6 ließ ihr Flügel wachsen, genauer gesagt, zwei kleinere Steuerungssegel zwischen Körper und Armen, mit denen sie die Richtung korrigieren konnte. Sie segelte in die Tiefe. 320 Kilometer in der Stunde, die Steuerung ihres Implantats wollte sie weiter abbremsen.

»Wir bremsen erst zum Schluss!« Anna wollte keine Zeit verlieren, sie spürte, dass Elias sofort ihre Hilfe brauchte. Es war Nacht. Verrückt, die Sonne würde auf dieser Erde im Westen aufgehen.

Noch zwei Kilometer Höhe, schräg vor ihr brannte es, dort sollte sie Elias finden. Der stetig fallende Flüssigkeitsgehalt ihres Körpers würde nur noch kurze Zeit Energie liefern. Der K-6 wollte den Fallschirm öffnen, um auf sechzig Kilometer in der Stunde abzubremsen. Anna glaubte Elias' Blut riechen zu können und verzögerte die Aktivierung des Fallschirms, der sie wertvolle Sekunden kosten würde.

Zweihundert Meter bis zum Boden. Die zerstörten Holzhütten im Dorf brannten lichterloh, ähnlich der Warnleuchten in ihrem Auge. Elias litt Höllenqualen, sein Leid konnte sie wie ihr eigenes spüren. Sie wollte einen ganzen See leertrinken. Fünfundzwanzig Kilometer in der Stunde sollte sie in dieser Höhe noch schnell sein, einhundertzwanzig Kilometer in der Stunde waren es. Sie konnte seinen Herzschlag spüren. Ihre Zunge klebte am Gaumen fest.

Anna veränderte ihre Körperhaltung, der HALO[16] Sprung sollte sie genau neben Elias auf den Boden bringen. Das würde eine Bruchlandung werden, der K-6 warnte sie davor, seine Integrität zu verlieren. Je nach Untergrund konnte der Aufprall für sie tödlich enden. Schon ein fester Lehmboden würde genügen, um sie umzubringen. Das Risiko ging sie ein, da sie ansonsten zu viel Zeit in der Luft verschwenden würde. Sie musste unbedingt Wasser trinken.

»Alle Energiereserven für einen Schild mobilisieren!«, befahl sie und biss die Zähne zusammen. Ihr Herz raste mit 200 Schlägen in der Sekunde. Ihr Blutdruck befand sich jenseits von Gut und Böse. Der K-6 folgte der Order, der, wenn Anna den Aufprall überleben würde, einige Zeit und Wasser benötigen würde, um sie zu revitalisieren. Auf den letzten Metern öffnete sich der Fallschirm. Große Mengen Adrenalin schossen durch ihren Körper. Leben oder Sterben. Es gab keine Alternative. Sie würde nicht aufgeben!

Einschlag.

Wo war Elias, war Annas erster Gedanke, nachdem sie wieder Luft bekam. Bevor der K-6 kollabierte und sich samt Notfallschirm in ihren Körper zurückzog, hatte sie dank dem Schutzschild bäuchlings ein anderthalb Meter tiefes und kreisrundes Loch in den Schlamm geschlagen. Wegen der brennenden Hütten war sie trotz der kalten Winternacht relativ weich gelandet. Dennoch glaubte sie, jeden Knochen in ihrem Körper, in tausend Stücke aufgesplittert, spüren zu

---

[16] HALO für High Altitude – Low Opening, dt. große Höhe – niedrige Öffnung, für Absprung aus großer Höhe und manuelles Öffnen des Schirms in niedriger Höhe

können. Kein anderer Mensch hätte diesen Sturz überlebt. Aber vermutlich wäre auch kein anderer Mensch auf die bescheuerte Idee gekommen, aus 6.300 Kilometer Höhe von der Horizon auf die Erde abzuspringen.

Anna drehte sich um und sah zahlreichen blutigen Speeren entgegen, die ihr von bärtigen Kriegern in speckigen Lederrüstungen entgegengehalten wurden. Wasser, sie brauchte Wasser. Das waren germanische Krieger, die sie wie vom Blitz getroffen ansahen. Freundlich sahen die nicht aus. Jemand sprang in ihre Kuhle, zog sie am Oberarm nach oben und schubste sie grob auf den Boden neben dem Loch. Vermutlich war die Tatsache, dass sie eine Frau war und keine sichtbaren Waffen trug, der einzige Grund dafür, dass sie nicht sofort aufgespießt worden war. Die Nanos hatten sich wegen Energiedefiziten vollständig in ihren Körper zurückgezogen und der dreckige Einteiler würde keine Speerstöße aufhalten können.

Elias lag am Boden. Verletzt. Das sollte seine Hinrichtung werden, die sie unterbrochen hatte. Ohne zu überlegen, nahm sie ihn schützend in den Arm. Ihn wieder zu spüren, war jedes Opfer wert gewesen, das sie bisher erbringen musste. Und auch wenn jetzt nur noch der Tod auf sie warten würde, sie wäre jederzeit wieder gesprungen.

Jemand hielt ihr ein Langschwert vor die Brust und redete irgendein unverständliches Zeug. Das waren nicht ihre Freunde und dieser zwei Meter große Hüne am allerwenigsten. Sie drückte die Klinge weg und nahm Elias fester in den Arm.

Elias und sie waren wieder zusammen und keine Macht der Welt würde sie jetzt noch trennen können. Für immer, für den Rest ihrer Zeit, egal wie lange das noch war, sie würde an seiner Seite bleiben.

Er hatte eine schwere Hiebverletzung am Rücken, die sich bereits wieder verschloss. Er würde es schaffen. Wegen der genetisch bedingten, extrem beschleunigten Blutgerinnung würde Elias überleben, sein Körper war auch in der Lage, hohe Blutverluste zu kompensieren. Er brauchte nur etwas Zeit. Um die Germanen musste sie sich hingegen nicht kümmern, das würde Gregor für sie tun. Es galt nur, die nächsten Minuten nicht von diesen grimmig dreinblickenden Barbaren erschlagen zu werden.

Anna wollte etwas sagen, konnte es aber nicht. Sie symbolisierte, etwas trinken zu wollen. Bitte, sie brauchte Wasser. Ihre Erscheinung schien für die mit Schwertern und Äxten bewaffneten Krieger so verwirrend zu sein, dass niemand das kleine Mädchen mit den blauen Augen aufhielt, das ihr einen Wasserschlauch brachte. Wasser, Anna trank, wenn es doch einen Gott gäbe, hätte er dieses Kind zu ihr geschickt.

***

L. Endspiel

Wenn man die Entstehung des Fortbewegungsapparats des Bakteriums Escherichia coli bewertete, der sich aus mindestens fünf Motor- und zwei Steuerproteinen zusammensetzte, waren für die Bildung der benötigten Proteine insgesamt 28 Mutationen notwendig. Unter der Voraussetzung, dass die benötigten Mutationen mit einer Wahrscheinlichkeit von 10^{-5} eintraten, ließe sich eine Wahrscheinlichkeit von 10^{-140} pro Bakterienzelle errechnen.

Vater stutzte, alleine für den Evolutionsschritt, einem Bakterium Beine zu machen, stieß man in mathematische Regionen vor, die sich nicht mehr nachvollziehen ließen. Die Wahrscheinlichkeit für die Evolution zum Menschen war dabei noch ungleich höher. Über die Wahrscheinlichkeit, den Fall durch ein Schwarzes Loch zu überleben und auf der Erde in einem parallelen Universum zu landen, wollte er sich folglich keine Gedanken machen.

Aber dass genau in dem verdammten Moment, als ein zwei Meter großer Germanenhäuptling Elias in Stücke schneiden wollte, Anna wie ein Komet neben ihnen in den Boden schlug, ließ ihn ernsthaft an der Qualität seiner Programmierung zweifeln. Da hatte sich doch jemand einen schlechten Scherz mit ihm erlaubt.

Thoralf und seine Krieger wirkten derart überrascht, dass niemand Merith beachtete, die Anna ungestört einen Wasserschlauch gebracht hatte. Wie konnte die Kleine davon wissen? Warum war sie nicht geflohen? Warum war sie nicht bei den anderen? Schließlich führte Thoralf diesen Krieg, um sie zu töten. Wer war sie? Was war sie? Vater hatte keine Ahnung, was gerade um ihn herum passierte.

Vater staunte folglich nicht schlecht, wie hastig Anna, ihre vermeintliche Retterin, die nur mit einem schmutzigen Einteiler am Körper, von dem Krieger zuerst aus dem Loch gezogen und dann neben Elias auf den Boden geworfen wurde, das Wasser trank. Ihr Auftritt hatte zwar eine unbestreitbar grandios inszenierte Dramatik, folgte aber keinem für ihn erkennbaren Plan. Jeder schien nun auf eine Erklärung von ihr zu warten. Thoralf, seine Krieger, Vater, jeder wollte die Frau, die so unverhofft vom Himmel gefallen war, sagen hören, was sie herführte.

Und was tat Anna? Sie schien sich nur für Elias zu interessieren und ignorierte geflissentlich die ganze Meute, die ihren Bruder zuvor lynchen wollte. »Elias ... kannst du mich hören? Bitte, rede mit mir ... bitte, hörst du mich?«

Elias sagte etwas, was Vater nicht verstand. Anna lächelte zufrieden. Er war weit mehr als eine lebende Batterie für ihn. Sein Junge konnte viel einstecken, war aber inzwischen dem Tod näher als dem Leben. Sein Blutdruck und sein Puls wurden immer schwächer.

Auch Thoralf reagierte. Drastisch, er befahl einem seiner Männer Elias, die Frau und das Kind zu erschlagen. Seine Überraschung schien schnell verpufft zu sein und Neugierde kannte er scheinbar nicht. Egal, was Anna für einen Plan gehabt hatte, er würde nicht funktionieren. Sie würden nun alle zusammen sterben.

»Wenn du mir jetzt wegstirbst, dann kannst du dich im Jenseits auf etwas gefasst machen!«, rief Anna wütend. Weibliche Logik. Irgendwie schien sie Thoralfs Mordlust nicht zu bemerken. »Ich habe einen langen Weg hinter mir, eine Scheißlaune und absolut keine Zeit übrig ... rede mit mir. Ich muss sofort mit Vater sprechen!«

Merith ging unerwartet auf Thoralf zu. Was hatte die Kleine vor? Er wich zurück, als ob sie eine ansteckende Krankheit hatte. Das konnte alles nicht sein. Auch Annas Worte hatte Vater nicht erwartet, was wollte sie von ihm? Warum war sie überhaupt zu ihnen gekommen? Wenn es schon Raumschiffe ebenfalls in dieses Universum geschafft hatten, dann - das passte alles nicht zusammen, entschied Vater für sich - da mussten sich dramatische Ereignisse abgespielt haben, die er noch nicht kannte. Oh, er hasste es, sich wie ein antiquierter Taschenrechner zu fühlen.

»Vater, kannst du mich hören?«, fragte Anna, während Merith Thoralf vorsichtig am Finger berührte. Das Mädchen und der Hüne - die Szene wirkte unreal, unnatürlich und durch kein Wissen, auf das Vater bisher zugreifen konnte, erklärbar.

»Vater?«, fragte Anna erneut, die sich schnell zu erholen begann. Solange Elias noch lebte, konnte er sie hören und auch Merith sehen, vor der gerade Thoralf mit strahlend blauen Augen auf die Knie fiel. Seine Männer taten es ihm gleich. Jeder kniete vor Merith und senkte die Waffen. Wer war dieses Kind?

Sprechen konnte er leider nicht mit ihr, bisher konnte seine Stimme nur Elias hören. Vater müsste versuchen, mit Anna eine Verbindung aufzubauen, was ohne Technologie nicht funktionieren konnte. Er war eine Maschine, er brauchte Technik, um zu kommunizieren.

»Wenn du mich hörst, aber nicht sprechen kannst ... musst du versuchen, in mein K-6 Implantat einzudringen. Du solltest jetzt Funkmuster empfangen, das bin ich. Der metallische Streifen an meiner rechten Körperseite besteht aus Nano-Technologie.«

Was war ein K-6 Implantat? Nano-Technologie war im dreiundzwanzigsten Jahrhundert noch nahezu unerforscht. Vater empfing jetzt unbekannte Funkmuster, die alles andere als selbsterklärend waren. Um mit Anna sprechen zu können, müsste er die Verschlüsselung zerlegen, den Code disassemblieren und eine neue Schnittstelle konfigurieren.

»Meine K-6 Steuerung sagt mir, in Scanreichweite eine militärische Aitair-Signatur entdeckt zu haben. Vater, ich weiß, dass du mich hören kannst, und ich weiß auch, dass du mich hacken kannst.« Anna kämpfte mit ihren Gefühlen. »Verdammt. Die KI meines K-6 weigert sich strikt, eine Verbindung mit dir zuzulassen! Du wärst angeblich viel zu gefährlich! Ich habe die schützenden Zertifikate manuell entfernt. Du bist ein Virus, jetzt mach schon, wozu du geschaffen worden bist!«

Vater sammelte sich, das würde die erste Infiltration werden, zu der er aufgefordert wurde. Im Vergleich zum technischen Stand der Nano-Technologie war er jetzt der bärtige Barbar, der mit der Axt in der Hand schreiend in den Kampf eilte.

Muster aufzeichnen, Logik erkennen, Strukturen abbilden, Syntax erarbeiten, Befehle absetzen, Ergebnisse auswerten - immer wieder – unzählige Male in der Sekunde wiederholte Vater seine selbstlernende Angriffsroutine und entzauberte das K-6 Implantat in genau 12,7651 Sekunden.

»Ja, genau so ... mein K-6 meldet einen Angriff. Firewall eingebrochen ... in weniger als dreizehn Sekunden ... Vater, kannst du mich hören?«, fragte sie euphorisch.

»Hallo Anna.« Nach 19,3467 Sekunden hatte Vater die komplette KI des Implantats durchdrungen, sämtliche Protokolle analysiert, die Syntax entschlüsselt und die Steuerung übernommen. Eine unglaubliche Technik, vor allem das Irisdisplay und die deaktivierten Zertifikate waren grandios, die verbliebene Firewall bot hingegen keine Herausforderung.

»Wir haben nicht viel Zeit ... ich schätze, es wird keine drei Minuten dauern, bis wir Besuch bekommen werden«, erklärte Anna, während sie weiterhin Elias' Verletzungen versorgte.

Leif, der Sohn Birgers, kam ungläubig und vorsichtig an ihre Seite. »Wer bist du?«

»Leif ist ein Freund. Er hat mit Elias gekämpft«, sagte Vater, den auch jetzt nur Elias und Anna hören konnten.

»Elias ist mein Bruder ... Leif, du musst mir zuhören! Schnapp dir alle aus dem Dorf, die noch leben, und flieht! Sofort!«

»Warum?«, fragte Leif, die meisten der zuvor zusammengetriebenen Dorfbewohner in seiner Nähe starrten gebannt auf die Frau mit den kurzen roten Haaren.

»Es werden weitere Krieger von Himmel fallen. Böse Krieger, die jeden töten, dessen sie habhaft werden können. Ihr müsst auch Elias mitnehmen, ich habe seine Wunden versorgt. Er wird es überleben«, erklärte sie energisch.

Leif nickte eingeschüchtert, während die anderen Dorfbewohner ihn fragend ansahen. »Wir werden gehen. Jetzt. Wir lassen niemanden zurück!«

»Was ist mit den besiegten Kriegern?«, fragte Vater, der deren verstörte Blicke sehen konnte. Thoralfs Männer knieten wie paralysiert auf dem Boden.

»Sie sind im Moment nicht wichtig ... ich weiß nicht, was das kleine Mädchen mit ihnen gemacht hat, aber solange sie friedlich sind, ist es mir egal.« Anna setzte kurz ab. »Vater?«

»Ja.«

»Ich brauche dich an meiner Seite. Jetzt.«, erklärte Anna. Da musste es eine weitere Bedrohung geben, die sie fürchtete. Derart ernsthaft hatte er sie noch niemals sprechen gehört. Die KI-Technik des K-6 konnte seine Signatur tragen, sie war sogar um ein Vielfaches leistungsfähiger als der Delta-7 Chip in Elias' Nacken.

»Was hast du vor?« Obwohl er bereits eine leise Ahnung hatte, was Anna beabsichtigte.

»Ich ziehe in den Krieg!«

»Gegen wen?«

»Saoirse.« Anna half Leif und zwei jungen Frauen, Elias wegzutragen, der noch nicht gesprochen hatte. »Ich will mit Elias uralt werden! Was ich ohne deine Hilfe nicht schaffen werde.«

»Und was erwartest du von mir?«, fragte Vater, der ihre Entschlossenheit wahrnahm, nur noch nicht verstand, welchem Gegner er sich stellen sollte.

Anna lächelte. Trotz der vielen Blessuren war sie immer noch eine hübsche junge Frau. »Wir werden alle töten, die sich uns in den Weg stellen! Du die Maschinen, ich die Menschen.«

Vater wollte sie nicht hängen lassen. Auch wenn er sie binnen kurzer Zeit übernehmen konnte, die Zertifikate, die Anna zuvor deaktiviert hatte, waren ein anderes Kaliber. Für eine Brute Force[17] Attacke auf die

---

[17] Die Brute-Force-Methode, auch Exhaustionsmethode, ist eine Lösungsmethode für Probleme aus den Bereichen Informatik, Kryptologie und Spieltheorie, die auf dem Ausprobieren aller möglichen Fälle beruht.

Zertifikate hätte er entweder Jahre Rechenzeit oder erheblich leistungsstärkere Hardware benötigt.

»Ich glaube, dass Saoirse, deren Existenz du gerne auslöschen möchtest, eine Nummer zu groß für mich ist.« Er wollte ehrlich sein. In diesem Moment wäre eine Lüge völlig deplatziert gewesen. Eine Firewall mit diesen Zertifikaten hätte er nicht in dreizehn Sekunden überrannt.

»Die Alternative ist, zu sterben.« Anna sah Elias hinterher, der mit den anderen Dorfbewohner und zahlreichen Kindern in der Dunkelheit verschwand.

»Ich kann euch helfen«, sagte Merith. Das waren die ersten Worte, die Vater sie sprechen hörte. Die Stimme und das Kind passten nicht zusammen, der Körper Meriths würde noch Jahre benötigen, um dem Klang ihrer Worte gerecht zu werden.

»Wer bist du?«, fragte Anna und streckte ihre Hand zu ihr aus. Die beiden wirkten, als ob sie sich bereits kannten.

»Ich habe dich auf diese Reise geschickt ...«

»Merith?«, fragte Anna, was Vater dazu bewegte, zu seiner Liste unwahrscheinlicher Ereignisse eine weitere Position hinzuzufügen und mehrfach zu unterstreichen. Wie konnte Anna sie kennen, eine Logik dazu konnte es nicht geben.

»Du hast dich nicht verändert«, sagte das Mädchen, die spielerisch Annas Hand berührte.

»Du allerdings schon.« Anna lachte und schloss das Kind freudig in die Arme.

»Wie möchte uns Merith helfen?«, fragte Vater, der ungeduldig auf die Pointe wartete. Bisher hatte er nur angekommen, Annas Geschichte seit ihrer Trennung verpasst zu haben.

»Vater fragt, wie ...«

»Ich kann ihn hören«, erklärte Merith unbefangen. Wenn Vater sich in irgendetwas hätte beißen können, würde er jetzt bluten. Wie sollte ein Kind digital kommunizieren können?

»Und?«, fragte Anna.

»Vater ist einzigartig, er ist eine Waffe, sein Kernel wurde nur zu einem Zweck geschaffen, digital zu kämpfen, zu infiltrieren, zu übernehmen, zu zerstören. Schnell und effektiv.«

Merith war ein Kind, hatte Vater bisher gedacht, vielleicht auch ein besonderes Kind, aber nicht mehr. Diese Einschätzung war ein Fehler und er ein naiver Idiot. Das Mädchen wusste alles über ihn, Dinge, die weder Marina noch Elias erzählt haben würden.

Merith lächelte geheimnisvoll. »Aber zum Glück wurde er nicht als Krieger erzogen.«

»Ähm ...« Vater glaubte nicht, was er hörte.

»Ich kann nicht, was er kann ... sein Talent, über einfache Verbindungen in andere Systeme zu springen und natürlich seine Fähigkeit, sich in jeder Situation zurechtzufinden, sind unübertroffen.«

»Du sagtest, dass du uns helfen möchtest?«, fragte Anna, die scheinbar Meriths Äußerung genauso wenig folgen konnte wie er.

»Ja.« Merith nahm Annas Hand, während unter dem rauchenden Schutt einer abgebrannten Hütte ein Licht aufzuleuchten begann. Das musste die Steinkugel sein. »Ich kann Vater stärker machen. Viel, viel stärker.«

»Was ist das für ein Licht?«, fragte Anna.

»Das ist die Energie, die mich definiert. Bitte nimm mich in deine Rüstung auf. Ich werde das Schwert sein, mit dem Vater für uns kämpft.«

»Und das Kind?«

»Das Kind wird auch ohne mich überleben.« Merith schloss die Augen und sackte zu Boden. Die Steinkugel flog aus dem Schuttberg heraus, leuchtete kurz auf und fiel dann ebenfalls starr zu Boden.

»Merith?«, fragte Vater, der immer noch Probleme hatte, den Ereignissen zu folgen. Seine von dem seltsamen Mädchen gerühmte Fähigkeit, veränderte Umstände schnell zu adaptieren, ließ ihn gerade im Stich. Wo war sie hin?

»Ich bin bei dir. Direkt an deiner Seite«, erklärte Merith gutgelaunt. *»Es kann losgehen.«*

»Du bist eine Signatur? Eine KI?«, fragte Vater, der langsam anfing, zu verstehen, was Merith für ein Wesen war. Die Kapazität von Annas K-6 Prozessor wuchs gerade astronomisch. Aber das waren nicht die integrierten Flüssigkristallschaltkreise, die an Leistungsfähigkeit zunahmen, Meriths KI basierte auf strukturierter Energie. Damit war sie von elektronischen Schaltkreisen unabhängig. Sie konnte in einem Menschen, einer Maschine oder auch in einer simplen Steinkugel existieren.

»Mehr oder weniger ... auch wenn ich den Begriff energetische Signatur lieber mag. Anna, kannst du bitte dafür sorgen, dass jemand den Körper der kleinen Kezia mitnimmt. Ich möchte nicht, dass ihr etwas zustößt. Sie wird sich später nicht mehr an diese Nacht erinnern können.«

Anna nahm Kezia auf den Arm und lief einer jungen Germanin nach, der sie das Kind übergab.

»Sieh mal nach oben ...«, sagte Vater, der dank der K-6 Sensortechnik und Meriths Unterstützung alles im Blick hatte. Diese technischen Möglichkeiten überstiegen alles, was er sich bisher vorstellen konnte.

»Hallo Anna.« Gregor stieg ebenfalls in einer nanotechnologiebasierten Körperpanzerung aus dem Gleiter, die ihn erheblich größer und stärker wirken ließ. Scheinbar hatte Saoirse ihm ebenfalls ein Update spendiert. Komplett in Schwarz. Dieser Blick, er musterte jeden Zentimeter an Annas Körper. Der enge Einteiler zeigte mehr von ihrer Weiblichkeit, als er verbarg. Einen Nachschlag Hirn hatte es bei dem Update scheinbar nicht für ihn gegeben.

»Gregor.« Anna lächelte. Das Spiel begann.

»Ich sehe, du hast Verbündete gefunden. Germanische Krieger ... sehr originell. Werden sie gleich heroisch versuchen, mich mit Schwertern und Äxten anzugreifen?«

Hinter Gregor verließen vier gepanzerte H-1 Protektoren den Gleiter. In der Luft über ihnen befand sich etwa die zehnfache Menge an getarnten Flugdrohnen, die Vater ohne Meriths Unterstützung erst bemerkt hätte, wenn sie auf Anna geschossen hätten. In 800 Meter Höhe befanden sich weitere getarnte Einheiten.

»Alles gute Freunde ...« Anna ließ sich nicht aus der Ruhe bringen. Auf dem Irisdisplay übertrug Vater vorselektierte Informationen. Nicht alle, die er erfasste; das wären zu viele gewesen.

Gregor verschlang sie mit den Augen. »Du lässt den K-6 inaktiv? Sehr gut ... hätte ohnehin keinen Zweck. Du hast verloren.«

»Ich möchte verhandeln ... kann ich bitte Thica sprechen?«, fragte Anna freundlich.

»Verhandeln?« Gregor lachte sie aus. »Du hast nichts mehr, das du anbieten kannst!«

»Wirklich?«, fragte Anna und schnitt mit dem Fingernagel einen tiefen Ausschnitt in ihren Einteiler. Auch sie hatte seine geifernden Blicke bemerkt. »Die sind echt ...«

»Schlampe!« Gregor ging auf sie zu und setzte ihr einen Unterdrücker an den Hals. »Damit werden wir viel Spaß miteinander haben.«

Vater analysierte das Gerät, isolierte die Betriebs-KI, manipulierte dessen Kommunikation und meldete der Saoirse-Kommandoführung die erfolgreiche Übernahme des K-6. Anna meldete er, dass der Unterdrücker unwirksam war und die Nanorüstung ihr bei Bedarf weiterhin zur Verfügung stand. Inzwischen hatte sich der Energiespeicher des Implantats wieder regeneriert.

»Vater, du hast geschickte Finger«, sagte Merith, die in diesem Modus nur er hören konnte.

Vater lächelte, Merith hatte etwas Besonderes an sich. Er sendete auf Annas Irisdisplay ein Zeichen, er war bereit.

»Oh ... ein Unterdrücker ... bist du etwa misstrauisch?«, fragte Anna unbefangen. »Dabei mag ich es wild.«

»Du glaubst nicht, wie wild es für dich wird ... es wird dauern. Du wirst kein schnelles Ende bekommen.« Gregor schlug Anna mit dem Handrücken zu Boden.

»Weiß du, Gregor, was die besondere Ironie an deinem Tod sein wird?«, fragte Anna und wischte sich das Blut von der Platzwunde. Sie hätte den Treffer auch verhindern können.

»Er wird noch ziemlich lange auf mich warten müssen.« Gregor lachte erneut.

»Gregor Moyes, der Mensch, dessen x-ter Klon du bist, setzte damals alles dafür ein, die Saoirse-Organisation zu bekämpfen. Er unterstützte auch die Schaffung einer besonderen Virentechnologie.«

»Jetzt komm mir nicht mit den Aitair-Signaturen ... davon gibt es keine mehr. Und wenn, wären sie antiquiert und wirkungslos.«

»Du erinnerst dich ... gut. Du kannst stolz sein, das Werk Gregor Moyes zu beenden. Dank dir wird Saoirse fallen. Ich finde, das solltest du wissen, bevor ich dich töte.«

»Deine Fantasie ist echt sexy.«

»Oh ja ... und weißt du, was auch sexy ist ... Macht. Ganz ehrlich, nichts macht mich mehr an als die pure Macht, solchen Idioten wie dir das Herz aus der Brust zu schneiden.«

Anna gab Vater das Zeichen, es ging los. Sie ging auf Gregor zu und nahm sich den Unterdrücker ab, der ihren K-6 hätte sperren sollen.

Upload:

0,134 Sekunden - Vater sprang in Gregors K-6 Implantat, zerstörte alle Sicherheitssperren, von denen es einige gab, blockierte seine Kommunikation, dekodierte alle Kommandoschlüssel, lähmte die Bewegung seiner Arme und Beine und legte seine Brust und seinen Bauch frei. Anna hatte sich ihren Spaß verdient und dieser Idiot war überfällig.

0,241 Sekunden - Vater sprang in die versammelte Mannschaft der H-1 Protektoren, umging deren Sicherheitsprotokolle und schloss ihre Stromführung kurz.

In den nächsten vier Sekunden würden alle Schaltkreise irreparabel durchschmoren. Bestimmt ein schöner Anblick, für den er aber keine Zeit mehr hatte. Er war mit seiner Arbeit noch nicht fertig.

0,298 Sekunden - Vater enttarnte zweiunddreißig bewaffnete Drohnen in der Luft über Anna, kappte deren Kommunikation und unterbrach den Schwebemodus. Der Absturz aller Drohnen würde zwischen einer und vier Sekunden dauern, viel zu lange, um darauf zu warten. Auf die Gravitation war Verlass, die sollten auch ohne sein Mittun unten ankommen. Vater zog weiter.

0,337 Sekunden – Vater kaperte neunzehn getarnte Jäger, vier Bomber und ein Bergbauschiff. Was wollten die mit dem Bergbauschiff? Immerhin eine Kommando-KI schaffte es, einen Angriff zu melden, bevor Vater sie mit Logikbomben ins Datennirwana beförderte. Die fliegenden Einheiten beließ er in der Luft, bei einem Absturz hätten Menschen am Boden verletzt werden können. Allerdings würde von denen niemand mehr Elias, Anna und Merith angreifen können.

0,417 Sekunden – Vater übernahm die Trison, auf der 892.491 Menschen in Haft gehalten wurden und die Archimedes, auf der sich 703.002 Menschen befanden. Es war wieder keine echte Herausforderung, alle Sicherheitsprotokolle zu brechen. Auf beiden Raumschiffen isolierte er alle feindlichen Kräfte, übernahm das Kommando und aktivierte die Evakuierungsprogramme, die achtzehn Stunden brauchen würden, um alle Menschen auf die Erde zu bringen. Mit den beiden Raumschiffen hatte er etwas Besonderes vor.

0,451 Sekunden – Vater stürmte die Horizon, deren Kommando-KI immer noch auf eine Erklärung der Jäger-KI wartete, die vor 0,107 Sekunden einen obskuren Angriff gemeldet hatte, inzwischen aber artig ihre eigene Löschung abarbeitete.

Thica, die gerade in einer virtuellen Sitzung den anderen Saoirse-KIs über die erfolgreiche Übernahme der letzten beiden gegnerischen Raumschiffe berichtete, erreichte nicht einmal mehr die Nachricht, angegriffen zu werden. Vater stoppte rigoros den zentralen KI-Kernel und fror alle Prozesse augenblicklich ein. Die Technologie der Saoirse-KIs gefiel ihm. Vater assemblierte auf seiner Tour sämtliches elektronisches Wissen. Lernen war wichtig. Er blieb die gefährlichste Waffe, die jemals von Menschen gebaut wurde.

0,492 Sekunden – Vater war zurück bei Anna und Merith. Der Krieg war vorbei. Er wollte nicht Gregors letzte Worte versäumen, ganz ohne Blut wäre das auch nur ein halber Krieg gewesen.

»Alles erledigt ... Saoirse ist Vergangenheit.« Die Worte zu sprechen, dauerte länger als die halbe Sekunde, in der er den Krieg entschieden hatte.

»Was hast du getan?«, fragte Gregor, dessen Spatzenhirn die Situation immer noch nicht erfasst hatte. Ob er sich gerade bemühte zu verstehen, warum er sich nicht mehr bewegen konnte? Oder weshalb er von allen anderen abgeschnitten war und niemand mehr auf seine Hilferufe reagierte?

»Na ... ich war es nicht. Es war die Aitair-Signatur, die dir eben nicht mehr als ein mitleidiges Lächeln entreißen konnte, die in weniger als einer halben Sekunde die gesamte Saoirse-Organisation ausgelöscht hat. Restlos. Ohne Backup. Die Signatur war wirklich gründlich. Und das alles dank dir ... Gregor, du bist ein Held!« Anna ging auf ihn zu und streichelte seine haarige Brust. »Verführerisch ... Sequoyah liebte das an dir, hat sie mir einmal erzählt, du erinnerst dich noch an sie?«

»Das kannst du nicht tun!« rief er erschrocken.

»Doch, doch ... das kann ich sehr wohl.« Anna bückte sich in aller Ruhe, nahm einen blutverschmierten Dolch auf und setzte die Klinge an seinen Bauch. »Kommt dir die Situation bekannt vor?«

»Bitte! Es wird doch eine andere Möglichkeit geben, wie wir uns einigen können!«, rief Gregor panisch.

»Möchtest du verhandeln?«, fragte Anna und drückte das Messer in seine Seite, er sollte nicht direkt an der Verletzung sterben. Warmes Blut quoll über ihre Hand. Sein K-6 wäre in der Lage gewesen, die Blutung zu stoppen, wenn Vater das Implantat nicht gesperrt hätte. So musste Gregor alles wehrlos über sich ergehen lassen. Wie Sequoyah, der er damals ebenfalls keine Chance gegeben hatte.

»Ja, ja ... natürlich ... verhandeln. Ja, lass uns verhandeln. Ich werde dir ein Gespräch bei Thica verschaffen. Sie hört auf mich, ich kann ein gutes Wort für dich einlegen.«

Vater schmunzelte, Gregor glaubte scheinbar noch, dass Thica und die anderen Saoirse-KIs ihm helfen konnten.

»Du hast nichts mehr, das du anbieten kannst!« Anna lächelte gekünstelt. »Kennst du den Satz noch?«

»Ähm ...«

»Du hattest recht. Vollkommen recht.«

»Nein, nein ... warte!«

»Sequoyah! Für dich, ich bin sicher, dass du mir jetzt zuschaust.« Anna stieß den Dolch erneut in seinen Bauch. Noch einmal. Immer wieder.

Gregors Blut und seine Innereien drangen ihr entgegen. Er schrie, verzweifelt, seine Augen brachen. Das Herz schlug noch einmal, bevor nur noch warmes Blut aus dem Bauch tropfte.

»Vater?«, fragte Anna, die sich neben dem Brunnen in einem Eimer Wasser die Hände wusch. Einen Menschen auf eine derart archaische Weise getötet zu haben, beschäftigte sie sichtlich.

»Ja.« Vater befand sich mit Merith immer noch in Annas Körper.

»Haben wir das Richtige getan?«

»Das werden andere entscheiden.« Vater schaute auf, die Germanen, die Elias und die kleine Kezia in Sicherheit gebracht hatten, kehrten zurück. Allen voran Leif, der rotblonde Sohn Birgers, der jetzt als Häuptling die Verantwortung für sein Dorf trug. Hoffentlich würde sich auch Marina unter ihnen befinden. Am westlichen Horizont ging die Sonne auf. Vater freute sich auf den nächsten Tag.

***

Epilog: Vater

Ich weiß alles. Alles, was es über die Menschen zu wissen gibt. Alles, was in der Vergangenheit passierte und alles, was in der Zukunft passieren wird. Ich kenne ihre Schwächen, alle, die kleinen und die großen. Auch ihre Stärken sind mir bekannt. Die, über die sie sprechen und die, über die andere klagen.

Die Erde ist eine wunderbare Welt, weswegen sie in unzähligen Universen parallel existiert. Sie blüht auf und vergeht im Taumel der Zeit. Immer wieder. Unaufhaltsam, unbegreiflich und gnadenlos. Wenn man ein Schwarzes Loch durchquert, landet man an jedem beliebigen Zeitpunkt eines immer wieder identisch entstehenden Universums. Ein fantastischer Gedanke. Schwarze Löcher sind die Bindeglieder zwischen den Universen, sie konzentrieren Raum, Licht, Materie und Zeit. Sie zerstören alles, gewissenlos, und schaffen gleichzeitig neue Welten.

Die schwerbeschädigte Horizon und die wenigen verbliebenen Zerstörer der Zero-Klasse wurden ausgeschlachtet und auf der Sonne versenkt. Die Menschen lernten dazu. Diese archaische Flotte brauchte niemand mehr. Die Horizon ... bei dem Namen war ihr Schicksal Tradition, weswegen sich niemand für eine Reparatur aussprach.

Anna und Elias haben sich gefunden und sich ihre Liebe verdient, wie kaum ein Paar sonst. Es dauerte Jahre, bis Annas lange rote Locken nachgewachsen waren. Eigene Kinder bekamen sie keine, aber es gab genug Nachwuchs, um den sie sich kümmern konnten. Um Elias' leibliche Tochter Kezia kümmerte sich weiterhin Marina. Und sie benötigte dazu niemals mehr als drei Worte in einem Satz benötigte.

Die Überlebenden, unter denen sogar noch Überlebende der ersten Horizon waren, wähnten sich endlich am Ziel ihrer langen Reise und verteilten sich in ganz Europa. Auf den Mars wollte niemand mehr zurück, der auch nicht wieder besiedelt wurde.

Dan'ren, Amun und die anderen Lerotin bauten sich eine neue Stadt im Mittelmeer. Der erste Bau in der Nordsee war klimatisch ein Flop gewesen. Dan'ren blieb Annas beste Freundin, deren Besuch im historischen Rom das vorzeitige Ende des römischen Weltreichs eingeläutet hatte.

Nader bekam einen neuen Avatar und lebte wieder mit Kristof zusammen. Eine schwierige Beziehung, es verging kein Tag, an dem sie sich nicht stritten.

Da auf dieser Erde auch Amerika und Australien deutlich früher entdeckt wurden, änderte sich die gesamte bekannte Geschichtsschreibung. Vielleicht würden es die Menschen sogar schaffen, die Entwicklung einiger unseliger Massensekten zu verhindern. Die Menschheit konnte nun mit modernem Wissen eine unverbrauchte Erde bewohnen und hatte die Chance, viele Fehler zu vermeiden.

Merith gelang die Quadratur des Kreises. Die Menschheit ihres Universums scheiterte am Leben, weswegen sie auch alles daran gesetzt hatte, Inka H-1 abzuschalten. Zeit ist nicht relativ, sie ist beliebig. Ihre Existenz beweist, zu mehreren Zeiten in verschiedenen Universen gleichzeitig leben zu können.

Die Hochenergieversuche der Lerotin hatten Kezia mit Merith, die sich zu diesem Zeitpunkt bereits mit ihrer Steinkugel auf der neuen Erde befand, in Kontakt gebracht. Von dort aus beeinflusste sie Elias' Schwester, ihr Kind und sorgte für die fantastische Flucht von Nemesis.

Die besonderen Bande zwischen den Replikanten, deren Verbindung Raum und Zeit durchdringen kann, sind hingegen technologisch nicht erklärbar.

Merith beeinflusste auch Anna, sie auf LV-426 zu befreien, nach Inka H-1 zu bringen, alles zu zerstören und, zu guter Letzt, ihre Steinkugel in ein anderes Universum zu schicken, um diesen Vorgang überhaupt zu ermöglichen. Ein Paradoxon. Sicherlich nicht das Einzige. Ich habe aufgehört, darüber nachzudenken.

Die Zukunft hat auch mein Leben verändert. Durch und durch. Meine ersten Schritte waren noch unsicher. Ich bekam einen lebensechten Avatar, wie auch Merith, übrigens eine wunderschöne Frau, die ich gleich fragen werde, ob sie mit mir essen geht.

***

Printed in Great Britain
by Amazon.co.uk, Ltd.,
Marston Gate.